格兰特船长的儿女

[法] 儒勒·凡尔纳 著

陈筱卿 译

四川文艺出版社

图书在版编目（CIP）数据

格兰特船长的儿女 /（法）儒勒·凡尔纳著；陈筱卿译.-成都：四川文艺出版社，2018.3
（成长必读）
ISBN 978-7-5411-4994-8

Ⅰ.①格… Ⅱ.①儒… ②陈… Ⅲ.①科学幻想小说-法国-近代 Ⅳ.①I565.44

中国版本图书馆CIP数据核字（2018）第048541号

GELANTECHUANZHANG DE ERNÜ
格兰特船长的儿女
[法] 儒勒·凡尔纳 著
陈筱卿 译

责任编辑	金炀淏 彭 炜
封面设计	叶 茂 王 玉
内文设计	史小燕
责任校对	蓝 海
责任印制	周 奇

出版发行	四川文艺出版社（成都市槐树街2号）
网　址	www.scwys.com
电　话	028-86259287（发行部） 028-86259303（编辑部）
传　真	028-86259306
邮购地址	成都市槐树街2号四川文艺出版社邮购部 610031
印　刷	成都市书林印刷厂
成品尺寸	145mm×210mm 1/32
印　张	16　　　　　　　　字　数　460千
版　次	2018年5月第一版 印 次 2018年5月第一次印刷
书　号	ISBN 978-7-5411-4994-8
定　价	39.80元

版权所有·侵权必究。如有质量问题，请与出版社联系更换。028-86259301

在已知和未知的世界中的奇异漫游

(代序)

儒勒·加布里埃尔·凡尔纳（Jules Gabriel Verne，1828.2.8—1905.3.24），是19世纪法国著名作家，被誉为"现代科学幻想小说之父"。凡尔纳1828年生于法国南特，1863年长篇小说《气球上的五星期》正式发行，从此一举成名，此后便开始从事写作职业，一直到1905年3月24日于亚眠逝世。

儒勒·凡尔纳一生写过五六十本小说和短篇小说集、几十部戏剧以及其他短篇小说、诗歌、各种著作，其代表作为《海底两万里》《八十天环游地球》《气球上的五星期》。凡尔纳的大部分作品都收录于总题为《在已知和未知的世界中的奇异漫游》系列作品集。其中《格兰特船长的儿女》《海底两万里》和《神秘岛》被称为"凡尔纳三部曲"。

凡尔纳出生于法国港口城市南特的一个中产阶级家庭，早年依从其父亲的意愿在巴黎学习法律，之后开始创作剧本以及杂志文章。在与出版商埃泽尔父子合作期间（1862年开始至凡尔纳去世），凡尔纳的文学创作事业取得了巨大成功，他的不少作品被翻译成多种语言，受到了各国读者的喜爱。

凡尔纳的作品对科幻文学流派有着重要的影响,他与赫伯特·乔治·威尔斯一道,被称作"科幻小说之父"。随着20世纪下叶凡尔纳研究的不断深入以及原始手稿的发现,科幻学界对于凡尔纳的认识也在趋于多样化。

科学幻想小说并非从凡尔纳开始,但在幻想的规模上,特别是在科学的语言性上,凡尔纳大大超过了前人。凡尔纳的才能在于,他实际上是在科学技术所容许的范围里,根据科学发展的规律与必然的趋势做出了种种在当时是奇妙无比的构想。因为这些构想符合科学的发展趋势,它们到了20世纪几乎全都成为现实。凡尔纳对于科学的态度是严肃认真的,他尽可能把自己的想象建立在科学的基础上,例如,为了写从地球飞行到月球的故事,他先仔细研究过空气动力、飞行速度、太空中的失重以及物体溅落等等科技问题。正是基于此,他的科学幻想就是科学的预言。

同时,凡尔纳的作品并非枯燥的科学的图解,而基本上属于浪漫主义文学的性质。他总是在科学畅想的框架里编织复杂、曲折而又有趣的故事,情节惊险,充满奇特的偶合,再衬以非凡的大自然奇景,造成一种浓重的浪漫主义色彩,兼之凡尔纳的文笔流畅,叙述轻快,所以深受青少年读者的喜爱。

尽管凡尔纳的创作很大程度上要依靠甚广泛的阅读积累,但另一方面,他的每一次旅行都和小说的创作有着密不可分的关系。1893年,在接受采访时凡尔纳说道:"我喜欢乘游艇,但同时并不会忘记为我的书采集些信息。……我的每部小说都能从我的出游中获益。譬如在《绿光》中便可觅得我个人在苏格兰的艾奥纳岛和斯塔法岛游览中的经历和视角；还可以算上那次1861年的挪威之行……至于《黑印度》则与我在英格兰的旅行和对苏格兰湖泊的拜访有着联系。《漂浮的城市》一书，取材于我在1867年搭乘'大东方'号对美国的访问。……《桑道夫伯爵》来源于自丹吉尔至马耳他的游艇航行。"

据联合国教科文组织的资料，凡尔纳是世界上被翻译的作品最多的名家之一，排名仅次于第一名阿加莎·克里斯蒂，位于莎士比亚之上。联合国教科文组织最近的统计显示，全世界范围内，凡尔纳作品的译本已累计达4751种，他也是2011年世界上作品被翻译次数最多的法语作家。在法国，2005年被定为"凡尔纳年"，以纪念他百年忌辰。

CONTENTS
目录

第1章　双髻鲨 …………………………………… 1

第2章　三封信件 ………………………………… 8

第3章　玛考姆府 ………………………………… 18

第4章　格里那凡夫人的建议 …………………… 25

第5章　邓肯号起航 ……………………………… 31

第6章　六号舱房的乘客 ………………………… 37

第7章　巴加内尔的来龙去脉 …………………… 44

第8章　邓肯号上又添了一位侠肝义胆的人 …… 50

第9章　麦哲伦海峡 ……………………………… 57

第10章　南纬37°线 ……………………………… 67

第11章　横穿智利 ………………………………… 76

第12章　凌空一万二千尺 ………………………… 83

第13章　从高低岩下来 …………………………… 90

第14章　天助的一枪 ……………………………… 99

第15章　巴加内尔的西班牙语 …………………… 105

第16章　科罗拉多河 ……………………………… 112

第17章	南美大草原…………………………… 121
第18章	寻找水源…………………………… 131
第19章	红　狼………………………………… 140
第20章	阿根廷平原………………………… 150
第21章	独立堡……………………………… 157
第22章	洪　水………………………………… 164
第23章	像鸟儿一样栖息在大树上………… 172
第24章	依然栖息在树上…………………… 180
第25章	水火无情…………………………… 188
第26章	大西洋……………………………… 193
第27章	返回邓肯号………………………… 200
第28章	云中山峰…………………………… 209
第29章	阿姆斯特丹岛……………………… 213
第30章	巴加内尔与少校打赌……………… 219
第31章	印度洋的怒涛……………………… 228
第32章	百努依角…………………………… 236
第33章	一位神秘水手……………………… 242
第34章	到内陆去…………………………… 250
第35章	维多利亚省………………………… 256

第36章　维迈拉河············262

第37章　柏克与斯图亚特············267

第38章　墨桑线············274

第39章　地理课的一等奖············281

第40章　亚历山大山中的金矿············289

第41章　《澳大利亚暨新西兰报》消息············296

第42章　一群"怪猴"············302

第43章　百万富翁畜牧主············310

第44章　澳洲的阿尔卑斯山············317

第45章　急剧变化············325

第46章　ALAND—ZEALAND············334

第47章　心急如焚的四天············343

第48章　艾登城············350

第49章　"麦加利"号············357

第50章　西兰的历史············364

第51章　新西兰岛上的大屠杀············370

第52章　暗礁············376

第53章　临时水手············383

第54章　吃人的习俗············389

第55章	一行人到了本该避开的地方……………393
第56章	所在之处的现状……………………………398
第57章	往北三十英里………………………………405
第58章	民族之江……………………………………411
第59章	道波湖………………………………………418
第60章	酋长的葬礼…………………………………426
第61章	最后关头……………………………………432
第62章	禁山…………………………………………439
第63章	锦囊妙计……………………………………447
第64章	腹背受敌……………………………………453
第65章	邓肯号缘何出现……………………………460
第66章	审问…………………………………………467
第67章	谈判…………………………………………473
第68章	黑夜中的呼唤………………………………481
第69章	塔波岛………………………………………490
第70章	巴加内尔最后又闹了个笑话………………499

第 1 章　双髻鲨

　　1864 年 7 月 6 日，东北风呼啸，一艘豪华游轮开足马力，在北海峡①全速航行着。尾樯上悬挂着的英国国旗在迎风招展；主桅杆上悬挂着一面小蓝旗，用金线绣着两个鲜艳夺目的字母：E.G.②。字母上方还有公爵的徽记。该游轮名叫"邓肯号"，船主爱德华·格里那凡爵士不仅是英国贵族院苏格兰十二位元老中的一位，而且还是享誉英伦三岛的大英皇家泰晤士河游轮协会的最有名的一名会员。

　　此刻，格里那凡爵士及其年轻的夫人海伦，以及爵士的一位表兄弟麦克那布斯少校都在邓肯号上。

　　邓肯号刚刚造好下水，在做它的处女航。它已驶到了克莱德湾③外几海里处，正要返回格拉斯哥④。当船驶近阿兰岛附近海面时，瞭望台上的水手突然报告，说是有一条大鱼正尾随于船后的水波之中。船长约翰·孟格尔立刻派人把这一情况报告了格里那凡爵士。后者便带着麦克那布斯少校一起来到艉楼，询问船长那是一条什么鱼。

　　"阁下，"约翰·孟格尔回答道，"我想那是一条巨大的鲨鱼。"

　　"这片海域也有鲨鱼?！"格里那凡爵士惊呼道。

---

① 系指爱尔兰与苏格兰之间的海峡。
② E.G. 系船主 Edward Glenavan（爱德华·格里那凡）的姓名缩写字母。
③ 位于苏格兰以西。
④ 位于克莱德海湾。

"肯定有,"船长又说,"这是一种属于天秤鱼①的鲨鱼,它出没于任何温度的海域。如果我没看错的话,那就是一条天秤鱼!如果阁下恩准,如果尊夫人也想观赏一番奇特的捕鱼方法,我们立刻就能得知它是何物了。"

"您意下如何,麦克那布斯?"格里那凡爵士问少校,"不妨试一试?"

"您愿意的话,我也赞成。"少校平静地回答道。

"另外,"约翰·孟格尔又说道,"这种可怕的鲨鱼数量极多,捕杀不尽,我们正好遇上这个机会,既可除去一害,又可观赏到动人的一幕。何乐而不为?"

"那好吧,就捕捉它吧。"格里那凡爵士回答道。

爵士随即派人前去通知夫人。海伦夫人对此也颇感兴趣,便兴冲冲地来到了艉楼上准备观赏这动人的一幕。

海上风平浪静,海水清澈;大家清楚地看到那条大鲨鱼在海里蹿上蹿下地迅速游动着。只见它忽而潜入水下,忽而又跃出水面,动作矫健,勇猛无比。约翰·孟格尔船长逐一地下达命令。水手们按照船长的命令,把一条粗粗的绳子从右舷抛入水中,绳头上有一只大钩子,钩子上串着一大块腊肉。那鲨鱼虽远在五十码②以外,但却立即闻到了腊肉那诱人的香味,只见它如离弦之箭一般地冲了过来。霎时间,它便游到游轮附近。只见它那灰黑的双鳍在猛烈地击打着海水,尾鳍则在保持着身体的平衡,径直地直冲那块腊肉而去。它那两只突出的大眼睛,闪出贪婪的光芒。当它翻转身子时,只见它那张大嘴大张开来,四排大白牙显现在人们眼前。它的脑袋又宽又大,如同一把安在长柄上的双头铁锤。约翰·孟格尔船长没有看错,它果然就是鲨鱼中最贪馋的那种,英国人称它为"天秤鱼",而法国普罗旺斯③地区

---

① 天秤鱼系英国水手对这种鲨鱼的称谓,因为它的头像天秤,确切地说,像是双头铁锤,在法国被称之为"锤头鲨",学名为"双髻鲨"。——作者注
② 码:长度单位。1 码 =0.914 米。
③ 位于法国南部地中海地区。

的人则称它为"犹太鱼"。

邓肯号上的乘客和水手们全都紧紧地盯着那头大鲨鱼,只见它一下子便冲到钩子旁,突然一个打挺,身子一滚,吞下鱼钩,腊肉落入口中,粗绳被拉直,鲨鱼被钩住了。水手们赶忙转动帆架末端的辘轳,把那庞然大物吊了上来。鲨鱼发现自己已脱离水面,便更加奋力地挣扎开来,蹦跳不止。水手们见状,立刻又用另一根粗绳,打成一个活结儿,套住它的尾部,使之动弹不得。随即,鲨鱼被吊上船来,抛在甲板上。一个水手小心翼翼地走上前去,猛地一斧头下去,砍断了它的尾巴。

捕捉巨鲨的一幕宣告结束;那庞然大物失去了威风,没什么可怕的了;水手们的报仇雪恨的心情得以平复,但是,他们的好奇心却尚未得到满足。按照惯例,捕捉到鲨鱼之后,必须给它开膛破肚,在它的肚子里寻觅一番,因为鲨鱼什么都吃,水手们希望能够从其肚腹之中寻找到一点意外之物。再说,他们的这种希望并非次次落空的。

格里那凡夫人不愿意观赏这种恶心的"搜索寻觅",便独自回到自己的舱房中去了。鲨鱼仍躺在甲板上喘息着;它身长约有十英尺[①],体重大约有六百多磅,这在鲨鱼中并不算太长太重,但是,天秤鱼仍旧可以归之为鲨鱼中最凶猛的一种。

水手们立刻三下五除二地把这头鲨鱼给开了膛。鱼钩倒是被吞进了肚里,可却不见它肚里有什么东西,足见这只庞然大物已经许久未曾进食了。水手们大失所望,正要将其残骸抛入海中,水手长却突然发现它的肚腹中有一个粗糙的东西。

"嗨!那是什么?"水手长叫喊道。

"那个吗,那是块石头,"一个水手回答道,"它吞下石头好保持身体平衡。"

[①] 英尺为英美制长度单位,1 英尺 = 0.3048 米。书中以后出现的 1 英寻 =1.8288 米、1 英里 =1.6093 千米、1 海里 =1.8532 千米,以及重量单位磅 1 磅 =0.4536 千克就不再另作解释了。

"瞎说！"另一个水手说道，"那是一枚链弹①打进这混蛋的肚子里，它还没来得及消化呢。"

"你们都在胡猜什么，"大副汤姆·奥斯丁反驳道，"你们难道没有发现，这家伙是个醉鬼，它喝光了酒不算，还把酒瓶子也给吞进肚里去了。"

"什么！"格里那凡爵士惊呼道，"鲨鱼肚子里有只瓶子？"

"货真价实的一只瓶子，"大副回答道，"不过，这只瓶子显然不是从酒窖里取出来的。"

"那好，奥斯丁，"爱德华爵士说道，"您把瓶子取出来，要小心点儿，海上找到的瓶子里往往都装有重要的信件。"

"您还真的相信？"麦克那布斯少校说道。

"至少我认为这是很有可能的。"

"嗨！我不同您抬杠了，"少校回答道，"也许瓶子里有什么秘密。"

"这我们很快就能知晓。"格里那凡爵士说完又连忙问道，"怎么样，奥斯丁？"

大副举着他没少费周折刚从鲨鱼肚子里取出来的那件没模没样的东西。

"好，"格里那凡爵士说道，"让人把它洗洗干净，送到艉楼来。"

奥斯丁遵命照办，把那东西洗干净，送到方形厅，放到桌子上。格里那凡爵士、麦克那布斯少校、约翰·孟格尔船长，围桌而坐。一般而言，女人比男人更好奇，所以海伦夫人也围了上来。

在海上，一点点小事也会被看作是件了不起的大事。大家寂然无声地待了一会儿，都在以目探视，心想这玩意儿里面究竟装的是个什么东西？是遇难船只的求救信？还是一个航海者寂寞难耐，胡乱写的一封无关紧要的信？

格里那凡爵士立刻动手检查瓶子，想弄个水落石出。他就像是一位在寻找重要案件线索的英国检察官似的，认真仔细，专心致志地在

---

① 旧时的一种炮弹，用铁链连着，双双打出，以击断敌船桅杆。

检查着。格里那凡爵士这不是在故弄玄虚,他这么仔细小心是对的,因为表面上看上去并不重要的东西,往往会藏有破案的重大线索。

格里那凡爵士先从瓶子的外部检查起。这是一只细颈瓶,瓶口玻璃很厚,上面还缠着铁丝,只是铁丝已经生锈了。瓶壁也很厚,能承受好几个大气压力,一看就知道那是法国香槟省①生产的,阿依②或埃佩尔奈③的酒商常爱拿这种酒瓶敲击椅衬档,椅衬档被敲断了,可酒瓶却仍然完好无损。现在的这只瓶子在海上不知漂了多久了,不知被撞击了多少次,但却仍旧没有破裂,可见其结实程度有多么惊人。

"这是克里格酒厂的酒瓶。"少校脱口而出。

少校是这方面的行家,他的判断没有人会怀疑。

"亲爱的少校,"海伦夫人答道,"如果不知它从何处而来,光知道它的出处,看来并不重要。"

"很快就会弄清楚的,我亲爱的海伦,"爱德华爵士回答道,"我们已经可以肯定它是从很远很远的地方漂过来的。您看,瓶子外面这层固化物质,它已经接近于矿石了,那是因为长期在海里泡着,受到腐蚀的缘故。它在被鲨鱼吞进肚子里去之前,就已经在海里漂流了很长的时间了。"

"我完全同意您的分析,"少校接嘴说,"瓶子外面结了厚厚的杂质,就表明它已经漂流了很久了。"

"它究竟是从哪儿漂来的?"格里那凡夫人急切地问道。

"您先别着急,我亲爱的海伦,先得等一等,研究这瓶子得有耐心。除非我判断错了,否则这个瓶子很快就会为我们解开谜团的。"

格里那凡爵士一边这么说着,一边便开始刮擦封在瓶口的那层坚硬的物质。没多一会儿,瓶塞便露了出来,不过,已经被海水侵蚀得不成模样了。

"真可惜,"格里那凡爵士说,"即使瓶子里藏着信函,字迹也一定

---

① 位于法国东北部,系著名的香槟酒产地。
② 香槟省内的地名。
③ 香槟省内的地名。

模糊难辨了。"

"很有可能。"少校附和道。

"不过，我倒也认为，"格里那凡爵士又说，"如果瓶口塞得不紧，瓶子扔进海里会立即沉底的，幸好鲨鱼把它吞进肚子里去，带到了邓肯号上来。"

"这是肯定的，"约翰·孟格尔船长应声道，"不过，要是我们在它漂在大海上时将它捞上来的话，就能确定其经纬度，可以研究一下气流和海流的方向，判断出瓶子在海上漂流的路线来了。可是，我们是从鲨鱼肚子里把它取出来的，这就无法推断其漂流的路线了。"

"我们先看看再说吧。"格里那凡爵士回答道。

这时候，他便小心谨慎地动手拔出瓶塞，一股海腥味立刻在艉楼里弥漫开来。

"是什么东西？"海伦夫人以她那女性惯有的急切心情迫不及待地问道。

"没错！"格里那凡爵士说道，"我没有猜错！是信件！"

"信件！信件！"海伦夫人惊呼道。

"可是，"格里那凡爵士说，"因为纸受潮，全都粘在瓶塞上了。没法取出来。"

"那就把瓶子砸碎。"麦克那布斯少校提议说。

"我倒是希望让瓶子保持原样，完好无损。"格里那凡爵士说。

"我赞成这个意见。"少校随即转变了态度。

"当然，不砸碎瓶子更好，"海伦夫人说，"不过，瓶子里面的信要比瓶子本身更加重要，因此，应该退而求其次。"

"阁下只需将瓶颈敲掉，里面的东西就可以完完整整地取出来了。"约翰·孟格尔提议道。

"说得对！就这么办，我亲爱的爱德华。"海伦夫人大声说道。

其实，也只能采取这个办法了。所以，尽管格里那凡爵士很不乐意，也只好把那只宝贵的瓶子的瓶颈敲掉。还必须用榔头来敲，因为瓶子上的那层杂质已经坚硬得如同花岗岩一般了。不一会儿，瓶颈被敲碎，散落在桌子上；大家立刻看到有几张粘在了一起的纸。格里那凡爵士小心翼翼地把它们从瓶中抽出来，一张一张地揭开，摊放在桌子上。海伦夫人、少校和船长围在了他的身旁。

第 2 章　三封信件

这几张纸经海水侵蚀，字迹模糊，只能辨清一些单个的字词，连不成句，拼不成行。格里那凡爵士仔仔细细地看了好几分钟，颠过来倒过去地看，对着阳光看，每个字的一笔一画全都仔仔细细地研究一遍，然后，他才抬起头来对目光焦急地看着他的朋友们说道：

"这是三封不同的信件，很可能是一封信的三张信纸，是用三种不同的文字写的：一封是英文，一封是法文，一封是德文。从没被蚀掉的那些字迹来看，这一点是毫无疑问的。"

"不过，剩下的那些字至少总能反映点什么意思吧？"格里那凡夫人急切地问。

"这我难以说清，我亲爱的海伦，信上的字太不完整了。"

"这三封信上所留下的字也许可以互为补充吧？"少校说道。

"应该是的，"约翰·孟格尔说道，"海水不可能把三封信上的同一行的同一个字给侵蚀掉的。我们可以把那些断句残词相互拼凑在一起，总可以看懂个大概的。"

"好的，就这么干，"格里那凡爵士说，"我先来看看英文的。"

英文信件上的断句残词是这样的：

```
         62         Bri              gow
sink                                 stra
            aland
skipp         Gr
                    that monit       of long
and                                  ssistance
            lost
```

"这些字看不出是什么意思。"少校颇为失望地说。

"不管怎么说,"船长回答道,"这总还是地地道道的英文嘛。"

"这一点是肯定无疑的,"格里那凡爵士说,"sink(沉没),aland(登陆),that(这),and(以及),lost(死亡)等这些词还都是很完整的。而 skipp,显然是 skipper(船长);至于 Gr,大概是一位名叫 Gr……(格……)什么的人名,也许是遇难船只的船长的名字。"

"另外,"约翰·孟格尔说,"monit 和 ssistance 的意思也很明显:monit 应该是 monition(文件),而 ssistance 应该是 assistance(救助)。

"嗯!这么一看,就有点意思了。"海伦夫人说。

"可惜的是,"少校说道,"缺少整行整行的字。是什么船?在哪儿出的事?这我们就搞不清楚了。"

"我们会弄清楚的。"爱德华爵士颇为自信地说。

"这是当然的,"总是附和大家意见的少校应答道,"可是,怎么弄清楚呢?"

"把三封信相互补充着来看就行了。"格里那凡说。

"对,就这么办!"海伦夫人大声赞同道。

第二封信比第一封信侵蚀得更加厉害,只剩下如下的几个孤立的字:

```
         7Juni                    Glas
                      zwei        atrosen
                      graus
                      bringt ihnen
```

"这是德文。"约翰·孟格尔一看便说。

"您懂德文吗,约翰?"格里那凡爵士问道。

"懂点,爵士。"

"那好,您告诉我们一下,这几个字是什么意思。"

约翰船长仔细地看了看那张信纸,说道:

"首先,出事的时间确定了,7Juni,也就是6月7日,与英文信上的62合起来,就是1862年6月7日。"

"太好了!"海伦夫人惊呼道,"您继续说,约翰。"

"在同一行上,还有一个Glas,"船长接着说道,"与英文信上的gow拼接起来,也就是Glasgow,很显然,这是一条格拉斯哥港的船。"

"我也这么认为。"少校赞同道。

"信上的第二行全侵蚀掉了,"约翰·孟格尔接着说道,"但在第三行上,有两个重要的字,zwei意为'两个',而atrosen应该是Matrosen,也就是是'水手'的意思。"

"这么说,"海伦夫人说,"有一名船长和两名水手遇难了?"

"很有可能。"格里那凡爵士回答道。

"阁下,我实话实说,下面的那个graus把我难住了。也许再看一下第三封信,比照一下,可以弄明白这个字是什么意思。至于最后的那两个字,不难理解,bringt ihnen意为'盼望给予',与英文信上第六行的那个'救助'拼凑起来,就是'盼望给予救助',这一点十分清楚。"

"是的!盼望给予救助!"格里那凡爵士说,"但是,那几个遇难者究竟是在什么地方遇难的呢?到目前为止,确切地点仍是个谜,出事的地点仍旧一无所知。"

"但愿法文信件能说得明白一点。"海伦夫人说。

"咱们就来看看法文信件吧,"格里那凡爵士说,"我们都懂法文,研究起来就方便得多了。"

第三封信剩下的是如下的字迹:

```
trois        ats           tannia
             gonie         austral
                           abor
contin       pr            cruel indi
             jeté          ongit
et37°11′                   lat
```

"信里有一些数字,"海伦夫人惊呼道,"瞧,先生们,你们瞧!……"

"我们还是逐一地加以研究吧,"格里那凡爵士说,"咱们从头弄起。我来把这些残缺不全的字按顺序逐一地提出来。头几个字我看就是'三桅船'的意思,再与英文信件拼凑起来,应该是'不列颠尼亚号三桅船'。下面的两个字,gonie 和 austral,只有后一个字有意义,你们都明白,是指'南半球'。"

"这已经很有意思了,"约翰·孟格尔说道,"这就是说,该船是在南半球遇难的。"

"这仍旧不太明确。"少校说道。

"听我继续说,"格里那凡爵士接着说道,"你们看,abor 这个字写全了应该是 aborder，也就是'到达''登陆'的意思。遇难的那些人到达了某一处地方。到底到了哪儿了呢？contin！是不是 continent（大陆）？而 cruel……"

"cruel！"约翰·孟格尔嚷道，"这正好与德文信件上的那个 graus……grausam 是同一个意思，是'野蛮的'这个形容词！"

"咱们继续往下看！继续往下看！"格里那凡爵士说道，他显然因这些残缺不全的字逐渐显示出意思来而极度地兴奋起来，"indi 是不是india（印度）这个字？那些水手是不是被抛到印度去了？那个 ongit 又是什么意思？是不是 longitude（经度）？下面是纬度：37°11′。好极了！我们总算有了一个确切的方向了。"

"可是，经度仍旧不得而知！"麦克那布斯说。

"我们不可能一下子全都知道的，我亲爱的少校，"格里那凡爵士说道，"知道精确的纬度已经就很不错了。显然，这封法文信是三封信中最完整的了。不用说，这三封信彼此是互为译文的。而且是逐字逐句直译出来的，因为这三张纸上的行数都是一样的。我们现在要做的是，把这三封信合并为一封信，用一种文字表达出来，然后再研究它的最有可能、最为合理、最清晰明确的意思。"

"您打算用法文、英文还是德文来把这封信统一起来呢？"少校问道。

"用法文，"格里那凡爵士回答道，"因为法文信上的意思最为明确。"

"阁下说得对，"约翰·孟格尔说，"再说，我们大家又都更加熟悉法文。"

"这是毫无疑问的。我现在就用法文把这三封信上的断句残词拼凑出来，字与句中的空白依然保留，把确定无疑的字补全，然后，我们再加以分析研究。"

格里那凡爵士立刻拿起一支鹅毛笔，不一会儿，便写好了，拿给朋友们看。他写出来的是下面的几行字：

```
7 juin 1862        frois-mats Britannia         Glasgow
```
（1862年6月7日）（三桅船"不列颠尼亚号"）（格拉斯哥）

```
     sombrJ         gonie            austral
     （沉没）       （戈尼亚）       （南半球）
                                     deux matelot5
           aterre                    （两名水手）
           （登陆）
Capitaine Gr                         abor
（船长格）                            （到达）
contin         pr                    cruel      indi
（大陆）      （被停于）              （野蛮的）  （印地）
jetd le document                     de longitude
（抛此信件）                         （经度）
et 37°11′ de latitude                Portez-leur secours
（纬度37°11′）                                （企盼救助）
     perdu
     （死去）
```

这时候，一名水手前来向船长报告说，邓肯号已经驶入克莱德湾，听候船长命令。

"阁下有何打算？"约翰·孟格尔冲着格里那凡爵士问道。

"先尽快赶往丹巴顿，约翰。然后，等海伦夫人回玛考姆府去时，我便前往海军部，把这些信件呈送上去。"

约翰·孟格尔立刻遵命，对水手下达了指令，后者飞快地跑去向大副传达。

"现在，朋友们，"格里那凡爵士说道，"让我们来继续进行分析研究吧。我们已经获得了一件大海难的线索了。有几条人命在依靠着我们的判断能力,因此,我们必须开动脑筋,破解这个谜团。"

"我们已准备就绪了,亲爱的爱德华。"海伦夫人应声道。

"首先,"格里那凡爵士接着说道,"我们得把这封信分成三个不同的部分加以处理:一、已知的部分;二、可猜测的部分;三、未知的部分。我们现在已经知道的是什么呢?我们知道的是:1862年6月7日,格拉斯哥港的一条三桅船不列颠尼亚号沉没了;两名水手及其船长把这三封信放在漂流瓶里,在纬度37°11′处抛入海中,请求援救。"

"完全正确。"少校答道。

"我们能够猜测到的又是什么呢?"格里那凡爵士又自问道,"我们所能猜测得出的首先是:出事地点在南半球海面上。然后,我提请大家注意'gonie'这个字。它是不是在指某个地名?它是某个地名的组成部分吗?"

"是不是 Patagonie①?"海伦夫人大声说道。

"想必是的。"

"但是,巴塔戈尼亚是位于南纬37°上吗?"少校问道。

"这不难查证,"约翰·孟格尔说着便摊开一幅南美洲地图,"一点没错。巴塔戈尼亚正是位于南纬37°线上。南纬37°线先横穿阿罗加尼亚②后,沿着巴塔戈尼亚北部穿过南美大草原,进入大西洋。"

"好。咱们继续进行推测。两名水手及其船长 abor,也就是 aborder(到达)什么地方了呢? contin……就是 continent(大陆),请注意,是'大陆',而不是海岛。然后,他们又怎么样了呢?有两个字母 pr 具有揭示作用,可解开谜团。这两个字母是 pris(被俘),还是 prisonnlers(当了囚徒)了呢?这几个人是被何人掳走的呢?被 Cruels indiens(野蛮的印第安人)掳走了。这种解读,你们以为如何?空缺处的词是不是跃然纸上了?你们觉得这封信的意思不是一清二楚的吗?你们脑子里

---

① 巴塔戈尼亚,阿根廷南部地区名。
② 位于智利南部。

仍旧存有疑团吗？"

格里那凡爵士说得十分肯定，目光中充满着自信。众人也都被他的热情所感染，异口同声地大声说道："显然如此！显然如此！"

停了片刻之后，格里那凡爵士继续说道：

"朋友们，我觉得我们的这些推测是完全可信的。出事地点就是在巴塔戈尼亚海岸附近。我要让人去格拉斯哥港打听一下，当初不列颠尼亚号驶出港口之后，将开往何处。这样，我们就可以得知它是否有被迫驶向巴塔戈尼亚海域的可能。"

"噢！我们不必跑那么老远去打听，"约翰·孟格尔说道，"我这儿就有《商船日报》的汇编本，查一下就知道了。"

"太好了！太好了！"海伦夫人欢呼道。

约翰·孟格尔取来了一大摞1862年的报纸，飞快地在翻查着。他没有翻查太长的时间，一会儿之后便兴奋不已地说道：

"1862年5月30日。秘鲁！卡亚俄①！载货物，驶往格拉斯哥港。船名不列颠尼亚号，船长格兰特。"

"格兰特！"格里那凡爵士惊呼道，"就是那位雄心勃勃的苏格兰人，他曾想在太平洋上创建一个新苏格兰！"

"是的，就是他，"约翰·孟格尔说道，"1862年驾驶着不列颠尼亚号驶离格拉斯哥港，随后就音讯全无了。"

"没什么好怀疑的了！没什么好怀疑的了！"格里那凡爵士说道，"确实就是他。不列颠尼亚号于5月30日驶离卡亚俄，8天之后，于6月7日在巴塔戈尼亚海面遇难。这几封残缺不全的信里记述的就是该船的全部历史。你们看，朋友们，我们的推测完全正确。而我们现在尚未知晓的只有一点：它的经度。"

"出事地点已经知道，知道不知道经度无伤大雅，"约翰·孟格尔说，"只要知道了纬度，我就能保证找到出事地点。"

"这么说，我们全都弄清楚了？"格里那凡夫人问道。

---

① 秘鲁西海岸的一大商港。

"全都弄清楚了，我亲爱的海伦，信件上被海水侵蚀了字迹后所留下的空白，我可以毫不犯难地给填补上。如同格兰特船长亲自口述，我在做记录一般。"

格里那凡爵士说着便拿起笔来，毫不犹豫地做了如下的记录：

> 1862年6月7日，隶属于格拉斯哥港的三桅船不列颠尼亚号，在靠近巴塔戈尼亚一带海岸的南半球海域沉没。两名水手及其船长急忙登上大陆，被野蛮的印第安人俘获。特抛下这三封信件于经……南纬37°11′处。企盼救援，否则将必死于此处！

"妙极了！妙极了！我亲爱的爱德华，"海伦夫人说，"如果那几个落难之人能够重返祖国的话，他们会感谢您的。"

"他们定能返回自己的祖国，"格里那凡爵士回答道，"这些信件说得明明白白，清清楚楚，准确无误，英国政府绝不会把自己的三个孩子扔在那荒凉之地而弃之不顾。英国政府曾经营救过富兰克林[①]其他许多遇险的船员，它今天也必然是会去援救不列颠尼亚号的遇难船员的。"

"这几位落难之人想必也有自己的家庭，他们的家人一定在为他们的失踪而痛哭，"海伦夫人悲戚地说，"也许那位可怜的格兰特船长就有妻室儿女……"

"您说的没错，我亲爱的夫人，我会想法告诉他们，他们的亲人还活着，还没有完全失去希望。现在，朋友们，咱们回到顶楼上去吧，我们快要驶入港口了。"

邓肯号的确是在加大马力，于傍晚六点停泊在丹巴顿的雪花岩脚下，岩顶上矗立着苏格兰英雄华莱士[②]的那座有名的宅第。

在那儿，已经有一辆马车准备好了，在恭候着海伦夫人，准备把她和麦克那布斯少校送回玛考姆府。格里那凡爵士拥抱了自己的年轻

---

① 约翰·富兰克林（1786—1847）：英国航海家，在北极探险时遇难。
② 华莱士：13世纪苏格兰解放战争中的群众领袖，后被英国人杀害。

妻子之后,便跳上了开往格拉斯哥的快车。

不过,在动身之前,他给《泰晤士报》和《纪事晨报》分别拍发了内容相同的一份启事:

> 欲知格拉斯哥港三桅船不列颠尼亚号及其船长格兰特之消息者,可询及格里那凡爵士。地址:苏格兰,丹巴顿郡,吕斯村,玛考姆府。

第3章 玛考姆府

玛考姆府系苏格兰高地的最富有诗情画意的城堡之一，坐落在吕斯村附近，俯瞰着吕斯村的那个美丽的小山谷，依傍着乐蒙湖的清澈的湖水，其花岗岩基即浸在湖水之中。自很久之前，这座城堡便属于格里那凡家族所有。在这罗布·罗伊①和弗格斯·麦克格里高②的故乡，格里那凡家族仍旧保留着沃尔特·司各特③的小说中的那些古代英雄的好客之遗风。当社会革命④在苏格兰爆发的时候，许多佃户因无力缴纳过高的地租而被赶走，背井离乡，有的因饥寒交迫而死去，有的当了渔夫，有的则到处流浪。其情其景十分悲惨，凄凉悲切不堪。在所有的贵族中，唯有格里那凡家族不忘贵族的荣誉，一如既往地善待农民，所以他家的佃户没有一个背井离乡，没有一个挨冻挨饿，依然忠心耿耿地在为格里那凡家族耕地种田。因此，即使在那动荡的年代，在那风雨飘摇的乱世之中，格里那凡家族的玛考姆城堡仍旧像是在邓肯号上一样，始终只有一色的苏格兰人居住着。这些苏格兰人都是麦克格里高、麦克法伦、麦克那布斯、麦克诺顿等老领主们的佃户们的子孙后代，都是世代相传、土生土长在斯特林和丹巴顿两郡的孩子们。他们

---

① 苏格兰著名的侠盗，司各特曾以他为蓝本写成小说。
② 苏洛兰16世纪末的农民革命领袖。
③ 英国19世纪著名的历史小说家，苏格兰人。
④ 系指詹姆斯六世（1566—1625）时代的农民革命，革命失败后，贵族们便变本加厉地压迫剥削农民。

全都忠厚老实,勤奋劳动,对主人忠心耿耿,而且,其中还有一些人会讲古喀里多尼亚①语。

格里那凡爵士家底殷实,一向乐善好施,仗义疏财,而且,他的仁爱之心远远超过其慷慨大度,因为慷慨是有限度的,而仁爱却是无限的。这位身为吕斯村绅士的玛考姆城堡的城堡主,是英国贵族院的元老,是其所在郡的代表。但是,他的思想倾向属于雅各宾派②,又不愿逢迎宫廷,因而受到英国政客们的歧视。尤其是,他始终坚持其先辈的本色,坚决抵御"南方人"③的政治侵略,故而更加遭到歧视。

格里那凡爵士并不是一个心胸狭隘、思想平庸的人,他一向敞开大门,迎接一切进步的东西,但是,在他的内心深处,总不免把自己的苏格兰放在前位,他在皇家泰晤士河游船俱乐部所进行的竞赛中,用他的快船与他人一决高低,无非是为苏格兰争口气,他的苏格兰情结可以说是根深蒂固的。

格里那凡爵士现年三十有二。他身材魁梧,表情较为严肃,但目光却极其温和,整个仪容带有高地的诗情画意。人人都知道他为人豪爽,行侠仗义,颇具古代骑士遗风,是地道的19世纪的弗格斯④,但是,其尤为突出的特点则是他的慈悲为怀,仁爱至极,远胜于圣马丁⑤。

格里那凡爵士与海伦小姐喜结连理刚刚三个月;海伦小姐是著名的旅行家威廉·塔夫内尔的女儿,其父威廉是为研究地理并热衷于勘察而牺牲的众多学者中的一位。

海伦小姐并非出身于贵族家庭,但她却是地地道道的苏格兰人,光凭这一点,在爱德华·格里那凡看来,就足以与任何一个贵族家庭

---
① 苏格兰的旧称。
② 系指英国詹姆斯二世或1688年后斯图亚特王室的党派(支持者)。
③ 系指英格兰人,因为英格兰岛位于苏格兰南面;英格兰人在政治上不断地压迫北方的苏格兰人和南方的爱尔兰人。
④ 中古时期的苏格兰郡主,骑士们的领袖和典范。
⑤ 中世纪基督教圣贤。

相媲美了。

　　海伦小姐人很秀气，为人勇敢而热情，吕斯村的爱德华一眼便相中了她，与她结成了终身伴侣。他第一次见到她时，她是个无父无母的孤女，几乎一无所有，孤独地住在基巴特里克其父的一座房子里。格里那凡爵士明白，这个可怜的少女会成为一个贤妻良母，所以他便娶了她。海伦小姐年方二十二岁，金发碧眼，柔情似水。她对丈夫的爱超过她对他的感激之情。她那么深爱着自己的丈夫，好像她是绣户侯门女，富有的女继承人，而丈夫却像是个无父无母的孤儿。而她的佃户和仆人们都称她为"我们仁爱的吕斯夫人"，心甘情愿地要为她服务，为她献身。

　　格里那凡爵士和海伦夫人在四周环绕着高地的那片原始而美丽的大自然中幸福地生活着。他们漫步在湖边枫树和栗树的浓荫之中，耳听着湖岸上有人在唱着古老的战歌，遥望着峡谷里苏格兰人的古建筑群，体悟到苏格兰历史之厚重，光荣感油然而生。今天，他们走进了白桦树和落叶松那浓荫密布的金黄色灌木丛里；明天，他们又登上乐蒙山的峻岭之中，或骑上骏马奔驰在阒无人迹的幽谷深处。他们醉心于那充满着诗情画意、至今仍被称之为"罗布·罗伊之乡"的美景，以及沃尔特·司各特所歌颂的那些风光美景之中。傍晚时分，当麦克·法伦之灯①在天边闪烁之时，他俩便会沿自家城堡外的城垛"闲庭信步"。他俩走走停停，时而坐在一块兀立的石头上，沉思默想，沉浸在大自然之中，沉浸在淡淡的月光之下，仿佛世界上只有他们两个人一般，两颗相知相爱的心紧紧地融合在一起。只有沉浸在两情相悦的幸福之中的心灵才能领略到这幽眇难测的大自然的秘密。

　　他们新婚燕尔的头三个月就是这么度过的。但是，格里那凡爵士并没有忘记自己的妻子是一位大旅行家的女儿！他心想，海伦夫人心中肯定仍怀有其父的种种愿望；不用说，他的猜想完全正确。邓肯号造好了，它将载着格里那凡爵士夫妇前往世界上最美丽的那些地方，

---

① 麦克·法伦所建灯塔。

经由地中海，直到希腊群岛一带。当丈夫把邓肯号交由她支配时，可想而知，海伦夫人心里是多么地高兴！前往人间仙境般的希腊去继续度蜜月，世界上还有什么能比这更加幸福的呢！

可是，现在，格里那凡爵士已经前往伦敦了。他是为了援救那几个不幸之人而去的，因此，海伦夫人心中多的是焦急不安，而不是忧愁烦闷。第二天，丈夫拍来一封电报，她盼着丈夫很快就能归来；但是，晚上却收到了丈夫的一封来信，言明归期推迟，因为他的建议遇到一些阻碍。第三天，海伦夫人又接到丈夫的一封信，丈夫在信中流露出对海军部的不满。

这一天，海伦夫人心中开始忐忑不安了。晚间，她独自一人待在房间里，突然，城堡总管哈伯尔先生前来禀报，说有一个女孩和一个男孩求见格里那凡爵士。

"是本地人吗？"海伦夫人问。

"不是，夫人，"管家回答道，"因为我从未见过他们，他们是刚乘火车到巴乐支，再从巴乐支徒步走到吕斯村的。"

"快请他们上来，哈伯尔。"格里那凡夫人说。

管家出去了。不一会儿，那个姑娘和小男孩便被领到海伦夫人的房间里来。从二人的面容来看，便知是姐弟俩。姐姐年方二八，漂亮的面庞上显露着些许疲惫，一双大眼似乎哭得肿肿的，但面部表情却是又沉着又坚定，穿着打扮整洁素雅，让人不由得心生怜爱。她拉着自己的弟弟。弟弟虽小，却一脸坚定勇敢，仿佛是姐姐的保镖一样。我敢说，谁胆敢冒犯他姐姐的话，他是绝对饶不了对方的。姐姐来到海伦夫人面前时，略显迟疑。海伦夫人见状，立刻先开言道：

"你们有事找我？"她边说边用目光鼓励女孩照实说来。

"不是的，"男孩以坚定的口吻代姐姐回答，"我们不是来找您的，我们是要找格里那凡爵士。"

"请您原谅他说话不知深浅，夫人。"姐姐瞪了弟弟一眼，连忙说道。

"格里那凡爵士现在不在，"海伦夫人回答道，"我是他的妻子。如果你们愿意跟我说的话……"

"您就是格里那凡夫人？"女孩问道。

"是的，小姐。"

"您就是就不列颠尼亚号遇难一事在《泰晤士报》上登了一则启事的那位玛考姆府的格里那凡爵士的夫人？"

"是的，我就是，"海伦夫人连声答道，"二位是……"

"我是格兰特小姐，夫人，他是我的弟弟。"

"啊！是格兰特小姐！是格兰特小姐！"海伦夫人惊呼道，急忙把少女拉到自己身旁，握住她的双手，一边吻着那小小的男子汉的小脸蛋。

"夫人，"格兰特小姐问道，"关于家父沉船的事，您都知道些什么情况？他还活着吗？我们还能见到他吗？我求求您了，跟我说说吧。"

"我亲爱的姑娘，"海伦夫人说道，"就目前的情况来看，我不想让你们空欢喜……"

"请您直说吧，夫人，有什么说什么！我很坚强，我能忍受得了痛苦，我不怕听到坏消息。"

"我亲爱的孩子，"海伦夫人回答她说，"希望不很大，不过，也有可能你们有一天会与令尊重逢的。"

"上帝！我的上帝！"格兰特小姐痛苦地呼唤着，泪水忍不住哗哗地流了出来，与此同时，小男孩罗伯特抓起格里那凡夫人的双手吻个不停。

这最初的有喜有悲的激动情绪过去之后，格兰特小姐禁不住提了一连串的问题。海伦夫人便把捞起漂浮瓶，从中发现三封信件的情况告诉了他们，然后，又根据那三封信说明不列颠尼亚号如何在巴塔戈尼亚附近海面沉没，只有船长和两名水手得以逃生，随即游上陆地，发出求救的信号。

海伦夫人在如此这般地叙述时，小罗伯特一直眼巴巴地看着她，仿佛他的生命就系于海伦夫人的嘴唇上。他那少年儿童的想象力在他的脑海里为他刻画出他父亲必然会遇上的种种危险：他仿佛看见自己的父亲站在不列颠尼亚号的甲板上，看见他在海浪中拼命地挣扎，他仿佛同父亲在一起，扒住了海边的岩石，然后，气喘吁吁地在海滩上缓缓地爬动着，离开了那汹涌澎湃的大海……在听海伦夫人讲述的过程中，他不止一次地脱口惊叫着：

"啊！爸爸！我可怜的爸爸！"他一边这么痛苦地呼唤着，一边紧紧地依偎着姐姐。

而格兰特小姐则是双手合十，一声不响，静静地听着，直到海伦夫人讲完，她才问道：

"啊，夫人！那些信件呢？那些信件呢？"

"信件不在我这儿，我亲爱的孩子。"海伦夫人回答道。

"不在您这儿？"

"是的，不在我这儿。格里那凡爵士为救您父亲，把那些信件带到伦敦去了。不过，信的内容我已经一字不落地告诉你们了，我把我们根据信件上的断句残字拼凑起来的意思也都告诉你们了。只可惜只知道纬度，而不知道经度……"

"用不着知道经度的！"那男孩大声说道。

"是的，罗伯特先生，是用不着经度了，"海伦夫人边回答边看着那男孩的满脸坚定的神情说着，竟然禁不住微笑起来，"因此，您看，格兰特小姐，信的内容您连细枝末节都知道了，您已经同我所知道的一样多了。"

"是的，夫人，"少女答道，"可我想看看家父的笔迹。"

"那您就等一等，说不定格里那凡爵士明天就能回来了。我丈夫是想带着这几封确凿无疑的信件，让海军部的官员们看看，好让他们下决心派人乘船前去寻找格兰特船长。"

"真的吗，夫人？你们真的在为家父奔走呼号？"格兰特小姐不禁惊叹起来，心存十二万分的感激。

"是的，我亲爱的孩子，"海伦夫人回答道，"我们这么做并不值得感谢，任何人处于我们的位置，都会在所不辞的。但愿我的一番话让你们心中升起的希望得以实现！你们可以住在我们的城堡里，等着格里那凡爵士归来……"

"夫人，"格兰特小姐答道，"您的心肠真好，但我们不能过分叨扰了。"

"这话太见外了，亲爱的孩子，您和您弟弟在这个家里已不算是外人了。你们既然已经来了，那就在此等候格里那凡爵士归来，听听他告诉你们——格兰特船长的儿女——人们将怎样设法去援救你们的父亲。"

海伦夫人如此诚恳，姐弟二人不便再拒绝，因而格兰特小姐便同意与弟弟留下来，等着格里那凡爵士带来好消息。

第 4 章　格里那凡夫人的建议

格里那凡夫人在同两个孩子交谈时,并未提及其丈夫在来信中对海军部长官们的那份焦虑的心情,也闭口未谈格兰特船长有可能在南美洲已被野蛮的印第安人掳走的事。因为这些情况说了并没什么用,反而会让这两个可怜的孩子为自己的父亲的命运担忧,使他们怀有的希望顿失。既然有百害而无一利,海伦夫人也就决心对这一点守口如瓶,只字不提。她在回答了格兰特小姐所提的一大堆问题之后,便主动地询问起格兰特小姐的生活状况来。言谈话语之中,她感觉到格兰特小姐仿佛是她弟弟罗伯特在这个世界上的唯一的保护人。

格兰特小姐向海伦夫人讲述了他们姐弟俩的简单动人的生活和处境,这更增加了海伦夫人对他们的同情和怜爱。

玛丽·格兰特和罗伯特·格兰特是格兰特船长唯一的一双儿女。格兰特船长全名为哈利·格兰特,他的妻子在生下小罗伯特时便去世了。当他前去远航时,他便把两个孩子托付给一位慈祥的老堂姐照料。格兰特船长是个勇敢坚强的水手,既善于航海,指挥若定,又很懂得经商,真是个难得的人才。他住在苏格兰珀思郡的敦提城,系本地土生土长的人。他的父亲是圣·卡特琳教堂的牧师,从小就让自己的儿子哈利受到全面的教育,因为他认为让孩子受到全面教育是终身受益之事,即使是对一个去远洋航行的船长也是大有神益的。

哈利·格兰特开始时是个大副,后来升任船长。在开始的几次远洋航行中,业绩突出,生意很好,等到罗伯特出生之后的几年,他已经家底厚实了。

正是在这个时候,他脑海中浮现出一个伟大的计划,致使他在苏格兰闻名遐迩。他与格里那凡家族中的人一样,并且也与低地①的一些望族世家一样,对于侵蚀北方的英格兰人始终心里怀有强烈的愤懑。他认为,他的家乡苏格兰的利益就是苏格兰人的利益,而不是盎格鲁-撒克逊人②的利益,因此,他想要凭借自己个人的实力去促使苏格兰利益得以发展扩大,想要在澳大利亚一带找到一片陆地使苏格兰人可以移民。他是不是梦想着也像北美合众国那样,并且也像印度、澳洲总有一天也必然会做的那样,争取苏格兰人的独立,脱离大英帝国?也许他真的是这么想的。也许他把自己的心思透露了出去,因此,很显然,政府当局对他的这种移民设想是不会给予支持的,非但不予以支持,而且还要给他制造种种困难;换到别的国家,这若许的困难,也许会让有此设想的人送命的。但是,哈利·格兰特并不气馁。他号召自己的同胞们发扬爱国主义精神,而他自己则以身作则,带头将自己的家产全部拿出来,建造了一艘船,组成了一支精干的水手队伍,并把一双儿女托付给了自己慈祥的老堂姐,毅然决然地前往太平洋诸岛去探险了。那是1861年的事。在这一年中,直到1862年5月,他都有消息传回国内,但是,到了6月,他离开卡亚俄之后,关于不列颠尼亚号的消息就不再为人所知了,连《航海日报》也都未再提及格兰特船长的下落。

屋漏偏逢连阴雨。就在这个时候,哈利慈祥的老堂姐也仙逝了。自此之后,两个孩子就孤零零地活在了世上。

当时,玛丽·格兰特只有十四岁,但小小年纪,却心高气傲,十分坚强,不畏艰难,把全部精力都用在了小弟弟的身上,不但要养活弟弟,而且要教育培养弟弟。由于她的克勤克俭,聪明能干,日夜操劳,愿为弟弟牺牲一切,这个年幼的姐姐竟然把养活培育小弟弟的重任扛了下来,尽到了姐代母责。这种情形让人听了既心酸又感动。总之,

---

① 位于苏格兰中部。
② 居住在英格兰岛而掌控着全英实际权力的民族。

这姐弟俩就这样在敦提城活了下来，他们安贫乐苦，坚定不移地为生活奋斗着。姐姐玛丽心中只装着弟弟，一心一意地在考虑着弟弟的前途、幸福。她一直认为不列颠尼亚号已经出事了，没有希望了，父亲永远也回不来了，可是，突然间，她却偶然地看到《泰晤士报》所刊登的那则启事，她的心又从绝望之中复活了，她的那份激动兴奋之情，非笔墨所能描述。

她一点也没有耽搁，立刻跑来打听消息。即使明确地得知父亲格兰特船长抛尸于荒凉海滩边的一只船底里，也要比生死不明，永远牵肠挂肚好受一些。

当她一看到这则启事，她便立刻把情况与想法全都跟弟弟说了；姐弟二人当天便搭上开往珀思的列车，当晚便来到了玛考姆府。得知情况之后，玛丽在长期的忧伤之后，心儿又活泛了，又开始心存希望了。

以上就是玛丽·格兰特小姐对格里那凡夫人讲述的那个痛苦的经历。她在讲述时，平平淡淡，简简单单，但从这段经历之中，在这漫长的艰难岁月里，我们不难看出这女孩的坚毅勇敢，令人感佩；海伦夫人在听她讲述时，不止一次地忍不住眼泪直流，禁不住紧紧地把格兰特船长的这双儿女搂在自己的怀里。

而小罗伯特，他也是头一次听到姐姐所说的这段经历，只见他瞪着一双大眼，专心致志地在听姐姐讲述。他现在才明白姐姐为自己所做的一切，才知道姐姐所经受的一切痛苦，他禁不住一把抱住姐姐，呼喊道："啊！妈妈！我亲爱的妈妈！"这声真情的呼唤是发自内心深处的，他是真心实意地把姐姐当作母亲了。

他们这么谈着谈着，不觉夜已深了。海伦夫人怕两个孩子过于疲乏，不愿再继续聊下去，便把玛丽·格兰特和罗伯特·格兰特领到已经为他们准备好了的客房里去。姐弟俩头一挨着枕头便睡着了，在做着好梦。然后，海伦夫人便让人把少校请来，把她与格兰特船长的两个孩子交谈的情况一五一十地告诉了他。

"真是个了不起的小女孩！"少校听了海伦夫人的讲述之后惊叹道。

"愿上帝保佑我丈夫能成功地办成与海军部的交涉！"海伦夫人说，

"不然的话,这姐弟俩就真的完全绝望了。"

"他会交涉成功的,"麦克那布斯应声道,"否则海军部的老爷们的心真的比波特兰①的岩石还要硬了。"

尽管少校说得斩钉截铁,但海伦夫人仍旧心存疑虑,一宿都没有睡踏实。

第二天,一大清早,玛丽·格兰特和她弟弟便急忙起来了。他们正在城堡院子里散步,突然听见一阵马车的隆隆声响。格里那凡爵士快马加鞭地赶回了玛考姆府。几乎与此同时,海伦夫人在少校的陪伴下也来到了院子里,向着丈夫奔了过去。格里那凡爵士脸色阴沉,不悦,一脸的愤懑。他拥抱了一下自己的夫人,但没有说一句话。

"怎么样,爱德华?怎么回事?"海伦夫人连声问道。

"哼,那帮人简直没有心肝,我亲爱的海伦。"格里那凡爵士回答说。"他们不肯……"

"是的!他们不肯给我派一条船!他们竟然说,为了寻找富兰克林,已经白白地浪费了几百万了!他们硬说那几封信语义含混,不明不白!还说什么那几个不幸的人都已经有两年杳无音讯,没有找到他们的可能了。还说什么,他们既然已经落入了印第安人手里,肯定被带到内陆深处了,怎么能为了三个人——三个苏格兰人!——搜寻整个巴塔戈尼亚!这么做既于事无补又十分危险,说不定牺牲的人要比救获的人还要多!总而言之,他们打心底里就不同意,把所有的不成其理由的理由全都搬了出来。他们仍旧记得格兰特船长的那些计划,所以,可怜的格兰特看来是没有希望了!"

"我的父亲!我可怜的父亲!"玛丽·格兰特扑倒在格里那凡爵士的面前,大声地呼唤道。

"您的父亲!怎么回事,小姐?……"格里那凡爵士看见女孩跪倒在自己的面前,不禁惊讶地问道。

"哦,爱德华,这是玛丽小姐和她的弟弟,"海伦夫人回答道,"是

---

① 英国的一个岛屿城市,全城满是巉岩。

格兰特船长的一双儿女。海军部这么干,是让他们真的要成为孤儿了!"

"啊!小姐,"格里那凡爵士连忙扶起玛丽·格兰特说,"如果我早知道你们在这儿的话……"

他没能说下去。院子里一片难耐的沉寂,不时地被断断续续的哽咽啜泣声所打破。格里那凡爵士、海伦夫人、少校以及静悄悄地围在那儿的仆人们,全都紧咬着嘴唇,全都对英国政府的这种态度感到无比的愤慨。

过了一会儿,少校打破了沉寂,开口问格里那凡爵士道:

"这么说,一点希望都没有了?"

"是的,没有了。"

"那好!"小罗伯特大声嚷道,"我去找那帮人去,我倒要看看他们……"

没等小罗伯特把话说完,他姐姐便制止住了他。只见他气鼓鼓的,小拳头握得紧紧的,一脸的愤怒。

"不许这样,罗伯特,"玛丽·格兰特说道,"千万别这样!这些仁慈热心的大人们已经为我们尽力了,我们应该好好谢谢他们,要永远记住他们的恩德。咱们走吧。"

"玛丽!"海伦夫人叫住了她。

"小姐,您这是想要到哪儿去?"格里那凡爵士问道。

"我要去跪求女王,"玛丽·格兰特回答道,"我想看看女王陛下是否对我们这两个为父求救的孩子也一样地无动于衷。"

格里那凡爵士摇了摇头,他这并不是怀疑女王陛下的仁慈,而是他认为玛丽·格兰特根本就见不到女王。因为请求女王恩典的人很难走近御座前的石阶的,王宫大门上如同轮船上的舵盘上一样,都明明白白地写着:

请勿与舵手交谈。

海伦夫人明白丈夫的意思。她知道玛丽·格兰特求见女王的愿望是无法实现的。当她发现这两个孤苦伶仃的孩子又要过上绝望的生活的时候，她的脑海里突然闪现出一个伟大而慷慨的念头来。

"玛丽·格兰特，"她大声说道，"你们先等一等，我的孩子，听我说。"

少女本打算拉起她弟弟走的，立刻便停了下来。

这时，海伦夫人眼含热泪，声音坚定，神情激动地走到她丈夫的身旁。

"爱德华，"她冲着丈夫说道，"格兰特船长把信写好，放进漂流瓶里，扔进海里，他是把自己交付给上帝了。是上帝把他的信转交给我们的。很显然，上帝这是要我们负责去搭救那几个落难的人！"

"您到底想说什么，海伦？"格里那凡爵士问她道。

众人全都静默着。

"我的意思是，"海伦夫人继续说道，"新婚夫妇如果做了善行义举，肯定会非常幸福的。亲爱的爱德华，您为了让我幸福快乐，曾制订了一个远游的计划，可是，天底下的事，有哪一件事能够比去援救一些被其国家遗弃的不幸之人更加让人幸福快乐、更加有价值的呢？"

"我的海伦！"格里那凡爵士欢呼道。

"啊！您总算明白我的意思了，爱德华！邓肯号是一条坚固结实而又轻快的好船，它能抗得住南半球大洋上的狂风巨浪！如果需要的话，它能够做环球航行。我们就乘船出发吧，爱德华！我们去寻找格兰特船长！"

格里那凡爵士听了年轻夫人的这番话，不禁激动得张开双臂，把她紧紧地搂抱在自己的怀里。玛丽和罗伯特见状，也抓住了海伦夫人的双手，狂吻不止。仆人们见到这动人的一幕，无不激动万分，兴奋不已，不由自主地从心底里发出了欢呼：

"万岁！万岁！万岁！吕斯夫人万岁！格里那凡爵士和吕斯夫人万岁！"

第5章　邓肯号起航

我们已经说过，海伦夫人是个慷慨侠义之人，具有一颗金子般的心。她刚才的那种表现就是一个很好的证明。格里那凡爵士看到自己有这么一位贤惠善良的妻子了解他，追随他，心里有说不出的高兴。当他在伦敦向海军部提出自己的请求，遭到无情的拒绝时，他心中便萌发了要亲自去援救格兰特船长的念头，只不过他没有在海伦夫人面前透露而已，因为他思前想后，总是舍不得离开自己新婚的娇妻。现在，海伦夫人倒先提出来了，一切顾虑全都化为乌有了。家里的仆人们也都欢呼雀跃，完全拥护夫人的这个提议，因为主人要去援救的是苏格兰人，是他们的同胞兄弟。当仆人们为吕斯夫人的英明决策欢欣鼓舞时，格里那凡爵士也跟着向自己的夫人表示赞赏和敬意。

既然已经决定出发，就必须着手准备，不能浪费一分一秒。当天，格里那凡爵士便派人去吩咐约翰·孟格尔，让他把邓肯号开到格拉斯哥港，并做好有可能要环绕地球一周的下南海的航行准备。说实在的，海伦夫人在提出自己的伟大建议时，也充分地考虑到了邓肯号的坚固而轻快的特点，知道它可以胜任一次远洋航行的重任。

邓肯号是一艘式样新颖别致、配有蒸汽发动机的游艇，载重量为二百一十吨，而最初抵达新大陆的那几艘船，如哥伦布[①]的，威斯普

[①] 哥伦布（1451—1506）：意大利人，美洲大陆的发现者。

奇①的，品乔②的，麦哲伦③的，都比邓肯号的吨位小得多④。

邓肯号有两个主桅杆：前桅有主帆、梯形帆、小前帆、小顶帆；大桅则有纵帆、樯头帆。不过，它还有三角帆、大触帆、小触帆以及许多的辅帆。船上的帆是足够的，因此它可以与普通的快帆船相比拟，可以利用各种风向的风力，但它主要的还是靠着其本身的机器动力。它的机器是最新式的产品，有一百六十匹马力，并且还配备着增大气压的加气机，那是一台具有高压性能的机器，可以加大气压，加快双螺旋桨的速度。邓肯号如果开足马力的话，可以达到一个极高的速度，超过当时所有的轮船的最高时速。在克莱德湾试航时，根据航速仪的测试，它的最高时速达到了十七海里。具有如此高的速度，它做环球航行是毫无问题的。而孟格尔船长所要做的也就是把舱房改装一下。

孟格尔船长首先把煤舱进行扩大，尽量地多装一些煤，因为途中补充燃料并不容易。与此同时，他也把粮仓扩大了，足够装上两年的储备粮。钱的问题是不存在的，他甚至还购置了一门有转轴的炮，安装在船头甲板上，以防意外，应不时之需。它能够发射一颗八磅重的炮弹到四海里远的地方，具有很大的威慑力。

必须指出，约翰·孟格尔是个航海高手，他虽说只是指挥一条游船，但他却是格拉斯哥港少有的一位优秀船长。他刚满三十岁。表情严肃，既勇敢又善良。他是在格里那凡家里长大的。格里那凡家里把他抚养成人，并把他培养成了一名优秀的水手。在以往的那几次远航中，他都一再表现出自己的勇敢机智和坚毅沉着来。当格里那凡爵士请他担当邓肯号船长时，他真的是打心眼儿里感到高兴，因为他爱戴这位玛考姆府的主人，如同弟弟崇敬兄长一样，他早就想着要为哥哥效劳、

---

① 阿美利哥·威斯普奇（1454—1512）：意大利航海家，曾四度去新大陆探险，因此新大陆被人们称之为"阿美利加洲"。
② 品乔（1509—1583）：葡萄牙旅行家，曾经在东印度探过险。
③ 麦哲伦（1480—1521）：葡萄牙航海家，曾去东印度和摩洛哥探过险。
④ 哥伦布第四次航行时，率领着四条船，他自己所乘坐的指挥船最大，载重量为七十吨，而最小的一条船载重量只有五十吨，简直就是一些只能在沿海海岸边航行的小船而已。——作者注

出力,只是一直都未能找到机会。

大副汤姆·奥斯丁是一名老水手,是个可以完全信赖的人。邓肯号上的全体人员,包括船长、大副在内,一共是二十五人;他们都是丹巴顿郡人氏,都是饱经风浪的水手,都是世世代代都在为格里那凡家族服务的佃户人家的子弟。这么一来,邓肯号上就形成了一种诚实可信的人的组合,个个身怀绝技,连传统的风笛手[①]都不缺少。格里那凡爵士拥有这样一支船员队伍,犹如拥有一支精兵良将的队伍。他们人人热爱自己的工作,个个热诚勇敢,善于使用武器,精于驾驶船只,而且追随主人做冒险远航,人人奋勇,个个当先。他们听到将要出海远航,欢呼声不断,响彻丹巴顿的山谷。

约翰·孟格尔在忙着改造舱房,储粮备煤的同时,并未忘记为格里那凡爵士夫妇装饰供远航所用的卧房。同时,他还要考虑安排格兰特船长的两个孩子的舱室,因为海伦夫人已经答应玛丽·格兰特姐弟俩跟随邓肯号一同远航。

至于小罗伯特,你即使不让他跟着去,他也会偷偷地藏到货舱里,随同前往的。即使你让他与富兰克林或纳尔逊[②]小时候一样,去过见习水手的艰苦生活,他也会毫不犹豫地跟着去的。像他这么个小大人、硬汉子,你能拗得过他吗?大家都非常清楚他的决心,所以没人去阻拦他。而且,大家还得同意他不以乘客的身份登船,而是要在船上服务,干什么活儿都行,做见习水手、小水手或大水手,他都乐意。于是,约翰·孟格尔便承担起教他航海知识的重任。

"好极了,"小罗伯特说,"如果我学得不好,您尽管用皮鞭抽我。"

"这倒不会,我的孩子。"格里那凡爵士严肃认真地说,而且,他也不必去强调指出,船上早就禁止使用"九尾猫"[③]了,邓肯号上根本

[①] 风笛手是一种专吹风笛的人,现在高地部队里仍每队配有一名风笛手。——作者注
[②] 纳尔逊(1758—1805):英国海军著名将领。
[③] 木柄末端装有九条皮鞭,俗称"九尾猫",英国船上常用这种刑具鞭笞见习水手。——作者注

就用不着这种刑具。

麦克那布斯少校也在乘客名单上。少校年约五旬,稳重老成,仪表堂堂,为人谦和,让干什么就干什么,无论对什么事或对什么人,总是以别人的意见为重,从不与人争辩,从不与人发火,凡事都镇定自若,泰然处之。此外,他还是个胆大勇敢的人,即使炮弹落在身旁,连眉头都不皱一皱,绝不会擅离岗位。如果非要说出他有什么短处的话,那就是他是个彻头彻尾、地地道道的苏格兰人。是个纯血统的喀里多尼亚人,他固执地抱着故乡的旧习俗不放。因此,他不愿意为大英帝国服役,他的少校军衔还是在高地黑卫队第四十二团获得的。黑卫队是一支纯粹由苏格兰贵族组成的队伍。麦克那布斯以表兄的身份长住在玛考姆府,现在,他觉得以少校的身份登上邓肯号是顺理成章的事。

以上便是邓肯号上的全体人员的情况。邓肯号这条游船是因为一个意想不到的机缘巧合,正在准备去做一次当代举世皆惊的远航。当船驶入格拉斯哥港之后,便引起了社会各阶层人士和民众的好奇。前来参观的人,每天络绎不绝。人人都在关心它,谈论它,致使停泊在该港口的其他船只的船长们心里嫉羡,尤其是苏格提亚号的勃尔通船长,看了更是眼红。这苏格提亚号也是一条极其漂亮的船,就停泊在邓肯号的旁边,正准备驶往加尔各答。

就船的大小而言,苏格提亚号完全有资格把邓肯号看作是个小弟弟,可是人们却并不注意它,只把目光集中在格里那凡爵士的那条游船上,而且关注的热情日甚一日。

启程的日子一天天地迫近。约翰·孟格尔精明干练,很有办法:邓肯号在克莱德湾试航后仅仅一个月,就完全改装完毕,燃料和粮食也都已储备充足,一切都安排妥当,只等出海远航了。出航日期定在8月25日,这样的话,在开春之前,它就可以驶入南半球海域了。

格里那凡爵士的伟大计划传开之后,有人便前来劝阻他,声称这么做太辛苦,太疲劳,太危险。但是,爵士却不为所动,已经横下心来,决定离开玛考姆府。其实,劝阻他的人中,许多人是由衷地钦佩他的,而且,舆论也对这位苏格兰爵士一致表示赞赏,除了政府的官方报纸以外，其他所有报纸都在一致谴责海军部的老爷们对这件事所持的态度。再者，格里那凡爵士为人忠厚，从不计较个人得失，只知潜心于自己的职责，其他的一概不予以理会。

8月24日，格里那凡夫妇、麦克那布斯少校、格兰特姐弟俩、船上司务长奥比内先生，以及侍奉格里那凡夫人的奥比内太太，在城堡众仆人的热烈欢送下，离开了玛考姆府。几小时后，他们便在船上安顿下来。格拉斯哥的群众怀着崇敬的心情欢送海伦夫人，因为大家都为她抛弃奢华安逸的生活前去救援自己受难的同胞所感动，把这位年轻女子视为勇敢的女性，视为他们的骄傲！

格里那凡爵士夫妇被安顿在邓肯号船尾的楼舱里，拥有两间卧室、一个客厅和两间洗漱间。紧挨着他们的是一个公共的方形大厅，两侧是六个舱房，分别由格兰特姐弟俩、奥比内夫妇和麦克那布斯少校住着。而约翰·孟格尔和奥斯丁的舱房则在方形大厅的另一头，背朝方形大厅，朝着中甲板。船员们则住在统舱里。地方也很宽敞舒适，因为船上除了燃料、粮食、武器以外并没装运其他东西。船上很空，空地儿不少，孟格尔船长需巧妙地利用这些空地儿加以布置。

邓肯号决定在8月25日凌晨三点，趁着落潮启航。在启航前，格拉斯哥市民们还看到了一幕十分动人的仪式。晚上八点钟，格里那凡爵士及其旅途伙伴们，包括从厨师到船长的全体船员，凡是参加这次救援行动的人，全都下了船，前往格拉斯哥古老的圣蒙哥教堂。这是宗教改革运动大破坏之后仅存的一座完好无损的古教堂。沃尔特·司各特曾用他那生花妙笔描绘过它。此刻，它正敞开正门，恭迎邓肯号的乘客与船员。在这座古老的教堂里，在那建有一座座古冢的圣堂前，摩尔顿牧师在为他们祈福，求神明保佑他们远航顺利，一路平安。偶尔可以听见玛丽·格兰特那少女的响亮声音在大殿里回荡，她是在为自己的恩人们祈祷，在上帝的面前尽情地流着兴奋的、感激的泪水。随后，全体人员怀着无限的深情走出了教堂。夜晚十一时许，众人回到了船上。孟格尔船长和船员们忙着做起航的最后准备。

午夜时分，锅炉生火，船长命令加足燃料，烧旺炉火。不一会儿，只见大股浓烟滚滚冒出,与黑夜中的海上迷雾混杂在一起。船上所有的船帆全都卷起,藏于帆罩里,以免被煤烟熏黑,因为当时正在刮西南风,无法扬帆航行。

凌晨两点光景,邓肯号在轮机的震动下开始颤动起来;气压计标示出压力为四级;蒸汽在汽缸中哧哧地作响,与大海的潮汐相互呼应;微弱的夜光中,可以辨别出那条夹在浮标和石标之间的克莱德航道来。浮标和石标上的信号灯已经渐渐地在晨曦中暗淡下去,可以启航了。

孟格尔船长派人去请格里那凡爵士;后者立刻跑到甲板上来。不一会儿,潮水在往后退去;邓肯号拉响了汽笛,呜呜地叫起来;缆绳松开,螺旋桨转动,邓肯号缓缓开动,驶离周围的船只,进入克莱德湾的航道。船长没有找领航员,因为他对克莱德湾了如指掌,对它的深浅弯曲十分清楚,比任何一个领航员都要强得多。他熟练地一手操纵机器,一手掌着舵把儿,技术娴熟,沉着镇定。一会儿过后,最后的几座工厂已脱离了视线,河岸边丘陵地上,一座座别墅疏疏落落,城市的喧嚣越离越远,最后终于听不见了。

一小时过后,邓肯号已经贴靠着丹巴顿的巉岩在行驶;又过了两小时,它便驶入克莱德湾了。清晨六点,邓肯号绕过康太尔岬,出了北海峡,航行在大西洋上。

第6章 六号舱房的乘客

进入大西洋的第一天,风大浪急。将近傍晚时分,风越来越猛,浪也越发地大了。邓肯号颠簸剧烈;妇女们没有到甲板上来,全都在舱房里躺着,这对她们有好处。

第二天,风向转了;孟格尔船长让把主帆、纵帆和小前帆扯起,邓肯号能够压住点波涛,颠簸得没有头一天厉害了。海上,一轮红日喷薄而出,蔚为壮观。海伦夫人和玛丽·格兰特一大早就跑到甲板上来,与格里那凡爵士、少校、船长聚在一起,欣赏日出。那红红的太阳宛如一只硕大的镀金铜盘,缓缓地从海面升起。邓肯号沐浴着清晨那灿烂的阳光,在海面上滑行,仿佛船帆被阳光给照射得鼓了起来一样。

众人全都为这壮丽的景色所陶醉,看得如痴如醉。

"好美啊!"海伦夫人终于呼唤起来,"今天一定是个大晴天,但愿风向始终保持不变,一直吹送着我们的邓肯号。"

"是的,这风向再合适不过了,我亲爱的海伦,"格里那凡爵士应声道,"我们真走运,远行开端如此地好。"

"这次远航需要很长时间吗,我亲爱的爱德华?"

"这得问我们的船长了,"格里那凡爵士回答道,"船运行得如何?您对这条船感到满意吗,约翰?"

"非常满意,阁下,"约翰·孟格尔回答道,"这条船真是棒极了,任何一个水手上了这条船都会感到十分高兴的。机器运转良好,船体结构巧妙,您看,船尾的浪迹多么均匀,船在轻快地避开浪头。现在的时速是十七海里。如果保持这一速度的话,十天后就可以穿越赤道,用不了五个星期就可以绕过合恩角①了。"

"您都听见了吗,玛丽?"海伦夫人说,"用不了五个星期!"

"是的,夫人,我听见了,"玛丽·格兰特回答道,"船长的话真让我高兴万分。"

"这么长的海上航行,您能适应吗,玛丽小姐?"格里那凡爵士问道。

"能适应,爵士,没觉得有什么不适,而且,待久了也就习惯了。"

"那您弟弟小罗伯特呢?"

"啊!您别担心他了,"约翰·孟格尔回答道,"他不是钻到轮机舱里,就是爬到桅杆顶上去了。我敢说,那孩子根本不知道什么叫晕船。喏,他在那儿,您看见了吗?"

船长手一指,大家都朝前桅杆看去,只见小罗伯特正吊在小顶帆的帆索上,悬于一百英尺高的空中。玛丽见状,不由得大惊失色。

"啊!放心吧,小姐,"孟格尔船长说,"我敢保证,过不了多久,我就可以向格兰特船长推荐一个了不起的小水手了。可钦可佩的格兰特船长,我们很快就能寻找到他的。"

"愿上帝听到您的这句话了,船长先生。"少女回答道。

"我亲爱的孩子,"格里那凡爵士说,"这就是天意,会有希望的。我们这并不是在自己航行,而是有人在为我们领航。我们并不是去瞎寻乱找,而是有人在指点着我们。您看看我们的这些精兵良将,都是为着这一壮举善行聚合在一起的,您会明白,我们这次远航不仅能够成功,而且还不会遇到什么大的困难。我以前答应过海伦夫人要做一次海上游览,我相信我的这句话应验了。"

"爱德华,"格里那凡夫人说道,"您真好。"

"不是我真好,而是我有一支最好的船员队伍,有一条最棒的船。您不赞赏我们的邓肯号吗,玛丽小姐?"

"怎么能不赞赏,爵士!"少女回答道,"我赞赏它、赞美它,并

---

① 南美洲最南端的海角。

且是以内行的眼光在赞赏它,赞美它。"

"啊!真的?"

"我自小便在父亲的船上玩耍,也许父亲本想把我培养成一名水手。有必要的话,我可以帮着调整帆面,编编帆索什么的,我想这些活儿我还是应付得了的。"

"啊!小姐,您此话当真?"约翰·孟格尔惊呼道。

"如此看来,您马上就要成为孟格尔船长的好朋友了,"格里那凡爵士接口说道,"因为他认为世界上没有哪种职业能够与当水手相提并论的。即使是个女子,也只有当水手才是最好最美的。我没说错吧,约翰?"

"当然没错,阁下,"年轻的船长回答道,"不过,我倒是觉得格兰特小姐在楼舱内做贵宾比在甲板上拉帆索更合乎她的身份。话虽这么说,我听了她的那番话,仍旧觉得非常开心。"

"尤其是您听到她赞美邓肯号,您就更加开心。"格里那凡爵士接了一句。

"邓肯号本来就值得赞美嘛。"约翰·孟格尔回答道。

"说实在的,我看你们这么赞赏、这么赞美、这么喜爱邓肯号,"海伦夫人说,"我倒真想下到舱底去参观一下,看看我们的水手们在中甲板下面住得如何?"

"他们住得很好,"约翰·孟格尔回答道,"就像住在自己家里一样。"

"他们确实是住在自己的家里,我亲爱的海伦,"格里那凡爵士帮腔说,"这条船就是我们古老的喀里多尼亚的一部分,它就是丹巴顿郡所分离出来的一块土地,只是凭借特殊的天意在海上漂浮着,所以说,我们并没有离开我们的家乡!邓肯号就是玛考姆城堡,大洋就是乐蒙湖。"

"那么,我亲爱的爱德华,就请您领我们参观一下您的府邸吧。"海伦夫人说。

"好啊,夫人,"格里那凡爵士说,"不过,先让我通知一声奥比内。"

邓肯号上的这位司务长是府上的好厨师,他虽然是个苏格兰人,但却能做出一手像法国厨师那样的好菜来,而且,他做起事来既聪明能干又满腔热情。听到主人传唤,奥比内立刻跑上前来。

"奥比内,早饭前,我们要先去溜达一会儿,"格里那凡爵士说,仿佛平日里他要去塔尔白或卡特琳湖边去散步一样,"我希望在我们回来时,早餐已经摆好了。"

奥比内严肃地鞠了个躬。

"您也陪我们去看看吗,少校?"海伦夫人问。

"如果您要我去的话,我就去。"麦克那布斯回答道。

"啊!"格里那凡爵士说,"少校抽着雪茄,喷云吐雾,飘然若仙,别让他扫兴了。玛丽小姐,我跟您说吧,少校可是一管烟枪,一天抽到晚,连睡觉都不忘抽烟。"

少校不住地点头称是。因此,众人撇下少校,走到中甲板下面去了。

麦克那布斯少校独自留了下来,与平时一样地在深思默想,但却从来不去想令自己不愉快的事。他一个劲儿地在喷云吐雾,把自己裹在烟雾之中。他待在那儿一动不动,眼望着船后留下的浪迹。他默默地看了一会儿之后,猛一回头,突然发现面前站着一个陌生人。他真的是从未像现在这么惊讶的。因为他从未见过这位乘客。

此人身材高挑,清癯干瘦,年约四十岁光景,像根竹竿儿。他的脑袋又大又宽,额头高高,鼻子长长,嘴巴大大,戴着一副又大又圆的眼镜,目光闪烁不定。看上去是个聪明而快乐的人。世界上有一种人,看上去十分庄重,不苟言笑,严肃的外表下面掩盖着自己的卑鄙龌龊,但这位陌生人却让人看着并不生畏,而是显得洒脱可爱,像个好好先生。还没等他开口,别人就能感觉得到他善于交谈。看着他那副视而不见听而不闻的架势,就知道他是个很粗心的人。他头上戴着一顶旅行便帽,脚蹬一双厚厚的黄皮靴,靴子上还有皮罩子。他身上穿的是栗色呢绒裤、栗色呢绒夹克;夹克上有好多的口袋,好像装满着记事本、皮夹子一类的物件,身上还斜背着一个很大的望远镜。

这个陌生人活泼开朗,与沉默悠闲的少校形成鲜明的反差。他围着麦克那布斯走来走去,看着他,打量他,而少校却不予理会,也没想去问问此人来自哪里，去往何方，为何登上邓肯号？

这位不知什么来头的陌生人见他的举动并没引起少校的关注。只好举起望远镜，对着远方水天相连处望去。他的望远镜可以拉长到四英尺，只见他叉开双腿，站稳脚跟，举镜望了一会儿之后，放下望远镜，手按上端，拄着它，把望远镜当成了手杖。但是，望远镜的活动节立刻动了起来，一节一节往里套去，缩了起来，陌生乘客突然失去重心，差点儿直愣愣地摔倒在大桅杆脚下。

换了任何人，见到此情此景，一定会笑出声来，可是麦克那布斯少校却连眉头都未动一下，仍然无动于衷。陌生人无奈，只好先开了腔。

"司务长！"他喊了一声，口音里带着外国腔。

他等了片刻，不见司务长前来。

"司务长！"他又叫喊了一声，声音比头一声更响。

奥比内先生刚好从那儿经过，准备去前甲板的厨房，突然听见这个陌生的大个子在喊他，不禁感到惊异万分。

"这人哪儿来的？"他心里感到纳闷儿，"是格里那凡爵士的朋友？不可能！"

他虽这么琢磨，但仍旧爬上甲板，走向那陌生人。

"您就是船上的司务长？"陌生人见他走过来，便问他道。

"是的，先生，"奥比内回答道，"不过，请问先生，您是……"

"我是六号舱房的乘客。"

"六号舱房？"

"是呀。您贵姓？"

"奥比内。"

"很好，奥比内，我的朋友，"陌生乘客说道，"您得开早饭了，而且越快越好，我都三十六个小时没吃东西了，或者说，我已经整整睡了三十六个小时了。我从巴黎一口气跑到格拉斯哥，没吃没喝，想吃点东西，该不为过吧？请问，您几点钟开早饭？"

"九点。"奥比内机械地回答道。

陌生乘客想看看几点钟了，但他摸来摸去，直到摸到第九只口袋才摸着自己的表。

"好,"陌生乘客说道,"现在刚八点。您先给我来点饼干、白葡萄酒好吗,奥比内?我实在是饿得浑身乏力了。"

奥比内简直是一头的雾水。可这个陌生乘客仍在东一句西一句地乱扯,说个不停。

"我还想问一句,船长在哪儿?他还没有起来吗!那么,大副呢?他也还在睡大觉?幸好今日天气很好,顺风顺水,没人管,船照样可以行驶。"

陌生人正这么说着,约翰·孟格尔出现在楼舱的梯子上。

"这就是我们的船长。"奥比内说。

"啊!很高兴,勃尔通船长,"陌生乘客说道,"认识您真高兴。"

约翰·孟格尔非常惊讶。他不仅仅是因为看到这个陌生人而感到惊奇,更因为对方把他称之为"勃尔通船长"。

陌生乘客拉开了话匣子,继续说道:

"请允许我向您致意。前天晚上,我未能向您表示敬意,是因为船正要启航,不便打扰您,但现在,我可以向您致意了。认识您,非常之荣幸。"

约翰·孟格尔眼睛睁得老大,看看奥比内,又看看陌生乘客。

"现在,"陌生乘客又说道,"亲爱的船长,我们已经认识了,就算是老朋友了。咱们随便聊聊吧。请您告诉我,您对苏格提亚号感到满意吗?"

"什么苏格提亚号?"约翰·孟格尔也忍不住开口了。

"就是这条船,这条载着我们的船!这可是一条很棒的船,有人对我夸赞道,这条船坚固而轻快,勃尔通船长待人宽厚而热情。有一位在非洲旅行的大旅行家也姓勃尔通,他是不是您的本家?那可是个勇敢的人,祝贺您有这么一位本家!"

"先生,"约翰·孟格尔回答道,"我非但不是什么旅行家勃尔通的本家,而且我也根本不是什么勃尔通船长。"

"是吗?"陌生乘客回答道,"那么我现在是同苏格提亚号上的勃内斯大副交谈啰?"

"勃内斯?"孟格尔船长开始猜到是怎么一回事了。但是,这个陌生人到底是个疯子还是个冒失鬼,他尚不清楚。他正要跟他说个明白,格里那凡爵士及其夫人,以及玛丽·格兰特小姐这时却从底舱回到楼舱甲板上来了。那陌生人一见他们,便立即叫喊起来:

"啊!有男乘客!有女乘客!真是太好了。勃内斯先生,请您给我介绍一下……"

他边说边文质彬彬地走上前去,没等约翰·孟格尔开口,便对格兰特小姐称呼"夫人",对海伦夫人称呼"小姐",又转向格里那凡爵士叫了一声"先生"。

"这位是格里那凡爵士。"孟格尔船长介绍说。

"爵士,"陌生人随即改口称呼道,"请允许我做个自我介绍。在船上,大家就别太拘于礼节了。我希望我们大家能很快地熟识,与夫人们同乘苏格提亚号远航,是十分惬意的,不会觉得单调乏味、时间漫长。"

海伦夫人和格兰特小姐不知如何作答才好。她们很纳闷,在邓肯号的楼舱里怎么会冒出这么个宝货来。

"先生,"格里那凡爵士开口说道,"敢问……"

"我叫雅克·艾利亚桑-弗郎索瓦-玛丽·巴加内尔,巴黎地理学会秘书,柏林、孟买、达姆施塔特、莱比锡、伦敦、彼得堡、维也纳、纽约等地的地理学会的通讯会员,东印度皇家地理和人种学会的名誉会员。我在书房里研究了二十年的地理,现在想搞点实地考察,想到印度去把此前许多地理学家的事业向前推进一步。"

第7章　巴加内尔的来龙去脉

这个地理学会的秘书应是个很可爱的人，他的那段自我介绍说得生动有趣。另外，格里那凡爵士也知道他面前的这个雅克·巴加内尔是何许人也，他对他的大名与声誉早有耳闻。他著述的地理方面的著作，他在地理学会会刊上所发表的有关当代地理的多次新发现的报告，他和全世界地理学界的通讯，已经让他成为最卓越的学者之一，名闻全法国。所以，格里那凡爵士十分诚恳地向这位不速之客伸出手去，并且说道：

"现在，我们彼此已经相识，我可否请教您一个问题？"

"问二十个问题都行，爵士，"雅克·巴加内尔回答道，"我觉得与您交谈永远是一件十分愉快的事。"

"您是前天晚上登上这条船的吗？"

"是呀，爵士，是前天晚上八点钟上的船。我从喀里多尼亚来的火车上跳下来之后，就跳上了一辆马车，又从马车上跳下来，登上了苏格提亚号。我是在巴黎预订好苏格提亚号上的六号舱房的。当晚天很黑，我上船时未见到一个人。我赶了三十个小时的路，疲惫不堪，而且我也知道，要想不晕船，最好一上船就躺下睡觉，头几天先别起来，别走动，所以我上了船之后，马上就躺下睡了，足足睡了有三十六个钟头。我说的全都是老实话，请您相信我。"大家听了他的这番话之后，终于明白他是怎么跑到这条船上来的。这位法国旅行家上错了船。当邓肯号上的人在圣蒙哥教堂做出行祈祷时，雅克·巴加内尔便上了他们的这条船。大家都明白是怎么回事了，可这位博学的地理学家仍蒙在鼓里。假若立即告诉他，他乘的是什么船，要开往何方，他会作何反应呢？

"这么说，巴加内尔先生，"格里那凡爵士说道，"您是选定加尔各答作为您将来在印度的考察旅行的起始点了？"

"正是，爵士。我一生的愿望就是游历印度。这是我的美好幻想，是我的夙愿，我马上就可以在那个神秘的大象国实现自己的梦想了。"

"那要是换个地方游历一番又如何呢，巴加内尔先生？"

"那怎么可以，爵士！换个地方绝对不行，而且我还带有给驻印度总督索莫塞爵士的介绍信呢，还有地理学会的一项任务需要完成呢。"

"噢！您还带有使命？"

"是呀，我还想尝试做一次既有价值又十分有趣的探险旅行，该旅行计划是我的一位博学的友人与同事威维安·德·圣马尔丹先生替我制定的，目的是要追随施拉金维兄弟，追随沃格上校，追随韦伯、郝德逊，追随于克和加伯两位传教士，追随牟克罗、儒勒雷米先生以及其他许许多多著名的旅行家，沿着他们的足迹，继续他们的探险事业。我要在克里克教士1846年不幸失败的地方完成他未竟的事业。总之，我要踏勘雅鲁藏布江的沿岸；这条江沿着喜马拉雅山北麓，在西藏境内绵延流淌一千五百公里，我想弄清楚，它是不是在阿萨姆东北部与布拉马普特拉河相汇合。这是地理学上的一大悬疑问题，谁要是弄清楚了这个问题，爵士，谁就会获得一枚金质奖章。"

巴加内尔真的了不起。他说起来眉飞色舞，津津乐道。他像是扇动起想象的翅膀在翱翔。他口若悬河，就像莱茵河在沙夫豪森[①]地区一样奔流不息。

"巴加内尔先生，"格里那凡爵士沉默片刻后说道，"您的探险计划真的非常了不起，科学界会感激您的。不过，我不想再让您继续蒙在鼓里了。至少，在目前来说，您只能放弃您游历印度的计划了。"

"放弃！为什么？"

[①] 瑞士的一个行政区域名。

"因为您正背向印度在航行。"

"什么？！勃尔通船长……"

"我不是勃尔通船长。"约翰·孟格尔回答道。

"可是，苏格提亚号……"

"这不是苏格提亚号！"

巴加内尔闻听，一下子便惊呆了。他看看格里那凡爵士，爵士始终严肃正经；他又看看海伦夫人和格兰特小姐，她们一脸的同情与无奈；他又朝孟格尔船长看去，约翰·孟格尔脸上挂着微笑；他转向麦克那布斯少校，后者仍然一副无动于衷的表情。他实在是不知如何是好，把眼镜往额头上推去，呼喊道：

"这开的是什么玩笑嘛！"

这时候，他的目光落在了舵盘上，看见上面写有两行大字：

邓　　肯　　号

格　拉　斯　哥

"邓肯号！邓肯号！"巴加内尔大声地叫着。

然后，他飞快地冲下楼梯，回到自己的舱房去了。

这位不走运的学者跑开之后，除了少校而外，船上的人实在是憋不住了，包括水手们在内，全都笑得前仰后合。如果是上错了火车，这还说得过去！譬如，您要前往丹巴顿，却搭上了去爱丁堡的火车，这也还算是情有可原的。可是，怎么会上错了船呢！要去印度，却上了去智利的船，这不是糊涂到家了吗？

"不过，巴加内尔这样的人干出这种傻事来，我并不觉得奇怪，"格里那凡爵士说，"关于他的这类粗心大意的错，被人传作笑话的，多的是。有一次，他发布了一幅著名的美洲地图，竟然把日本也给画进去了！不过，这并不妨碍他成为一位优秀卓越的学者，一位法兰西著名地理学家。"

"可是，现在却让这位可怜的学者怎么办是好呢？"海伦夫人焦急地说，"我们总不能把他带到巴塔戈尼亚去吧！"

"为什么不能？"麦克那布斯严肃认真地说，"是他自个儿粗心，又不是我们的责任。如果他上错了火车，也让火车给他停下来不成？"

"让船停下来是不可能的，只能到了下一个码头，让他下船去。"海伦夫人说。

"嗯，如果他愿意的话，这倒是可以的，"格里那凡爵士说，"等船驶到下一个码头，就让他下去好了。"

这时候，巴加内尔已经查明自己的行李都在这条船上，既羞惭又可怜地回到楼舱甲板上来，嘴里不停地在唠叨那倒霉的船名："邓肯号！邓肯号！"仿佛不会说别的话，只学会这一句似的。他踱来踱去，仔细观看船上的帆樯设备，观望着远方的那条默然无声的海平线。最后，他又走回到格里那凡爵士的面前，询问道：

"这邓肯号是驶往……"

"驶往美洲，巴加内尔先生。"

"确切的地点是……"

"康塞普西翁①。"

"啊！是到智利去！是到智利去！"这位倒霉的地理学家嚷叫道，"那我去印度的使命怎么办呀？地理学会主席加特法兹先生该对我十分恼火了！还有达弗萨先生、高丹伯先生、威维安·德·圣马尔丹先生，都该责备我了！我还有什么脸去参加学会的会议呀！"

"您先别着急，巴加内尔先生，"格里那凡爵士对他说道，"还是有希望的，有办法可以解决的，只是您得耽搁点时间了。不过，也没多大关系，反正雅鲁藏布江仍在西藏的深山密林中等着您去。我们很快就会驶往马德拉②，在那儿靠岸，您可以从那儿乘船返回欧洲。"

"也只好如此了，不过，我还是得谢谢您，爵士。说实在的，我也真够倒霉的，这种怪事总是发生在我的身上，那么，我在苏格提

---

① 智利一个省会城市名。
② 大西洋中的一个岛屿名，以产名酒著称。

亚号上订的舱房怎么办？"

"苏格提亚号吗，您就别去考虑它了。"

"哎！"巴加内尔又仔细地看了看邓肯号之后说道，"这可是一条游船呀！"

"是的，先生，"孟格尔船长回答道，"它属于格里那凡爵士所有。"

"您在船上就安心地待着吧，不用客气。"格里那凡爵士说。

"非常感谢，爵士，"巴加内尔回答道，"谢谢您的盛情。不过，请允许我说点自己的小小想法：印度可是个好去处，去那儿旅行游览的人会发现许多奇妙惊人的事物，反正女士们也没去过印度……倒不如把舵盘转一转，向加尔各答驶去与向康塞普西翁航行一样地容易。既然都是观光旅行……"

巴加内尔见大家直摇头，也就不好再往下说了。

"巴加内尔先生，"海伦夫人向他解释道，"如果只是为了游览，我一定会答应您一起前去印度的。格里那凡爵士也不会反对我的意见。可是，邓肯号有其使命要去完成，它得前去援救几个遇上海难之后被遗弃在巴塔戈尼亚海岸的海员，这样的一个伟大的正义之举是绝对不可以更改的……"

没几分钟工夫，法国旅行家巴加内尔便了解了全部情况：漂浮瓶中的几封信，格兰特船长的情况，海伦夫人的慷慨计划，等等。巴加内尔听了之后，为之动容。

"夫人，"旅行家说道，"我要对您的善行义举、慷慨侠义表示最高的赞颂。让你们的邓肯号继续它的航程吧，我不愿意让它有片刻的耽搁。"

"那您愿不愿意同我们一道去寻访落难的人呢？"海伦夫人问他道。

"那不太可能，夫人，我也有自己的使命要去完成。到前面的第一个停泊点，我就下船好了。"

"那就在马德拉岛下吧。"约翰·孟格尔说道。

"在马德拉岛下可以。马德拉岛离里斯本只有一百八十法里①,我就在那儿等船,前往里斯本。"

"那好,悉听尊便,巴加内尔先生,"格里那凡爵士说,"就我而言,得以在我的船上留您小住数日,我感到不胜荣幸。希望您在船上不必客气,不必拘束。"

"啊!爵士,"学者回答道,"我糊里糊涂地乘错了船,却得到了这么惬意的结果,真是太幸运了!不过,说实在的,这也是个天大的笑话:想去印度,却上了去美洲的船!"

他说到这里,心里免不了总有些许的遗憾,迫于无奈,他也只好忍耐几日了。这之后,他表现得十分可爱,活泼开朗,有时仍不免表现出点粗心大意来。他的兴致特别好,女士们感到很高兴。不到一天的工夫,他与每个人都成了朋友。他要求看看那几封信,别人也满足了他。他拿到信件后,仔细地研究了很久,一点点地加以分析研究,认为不可能有其他的解释。他对玛丽·格兰特和她弟弟十分关心,给了他们极大的希望。他对前景的预测,以及他肯定地说邓肯号一定能顺利地抵达目的地,致使玛丽·格兰特听了露出了笑容。说实在的,要不是他任务在身,他是会同大家一起前去寻找格兰特船长的。

当他得知海伦夫人是威廉·塔夫内尔的女儿时,他忍不住一迭声地叫嚷起来,又惊叹又赞美。他认识她的父亲。她父亲是个具有远见卓识的学者,是巴黎地理学会的通讯会员,他们相互间没少信件来往!还是他巴加内尔和另一个会员马特伯朗先生介绍威廉·塔夫内尔加入巴黎地理学会的。真是太巧了!与威廉·塔夫内尔的女儿同船旅行真是太让他高兴了!

最后,他要求吻一下海伦夫人的额头;海伦夫人愉快地答应了,尽管这么做稍有点"不太合适"②。

---

① 法国古里,1法里约等于4千米。
② 原文为英文。英国与法国礼节有所不同。巴加内尔初识海伦夫人,便以长辈身份吻她,在英国人看来,这么做是"不太合适"的。

第8章　邓肯号上又添了一位侠肝义胆的人

此刻，邓肯号正被非洲北部的海流推送着，飞快地驶往赤道。8月30日，马德拉群岛已经遥遥在望了。格里那凡爵士信守诺言，让船靠岸，让他的那位客人下船。

"我亲爱的爵士，"巴加内尔说道，"我想问一句，在我错搭上此船之前，您是否就已经有意要在马德拉群岛停泊？"

"不是的。"格里那凡爵士回答道。

"那么，就请您允许我将错就错吧，反正马德拉群岛已经被人们研究透了，对于地理学家来说，已经没有做进一步研究的必要了。该说的都说过了，该写的也全都写了，而且以种植葡萄而闻名于世的马德拉群岛，现在的葡萄生产已一落千丈，无法与当年相比了。1813年，其葡萄酒的产量高达两万两千桶，而到了1845年，已跌至两千六百六十九桶。到现在，连五百桶也达不到了！真让人痛心！如果您不觉得有所不便的话，可否到加那利群岛停泊呢？"

"没有问题，就去加那利群岛停泊好了，"格里那凡爵士答道，"这并未偏离我们原先的航线。"

"这我知道，亲爱的爵士。加那利群岛中有三组岛屿值得研究，而且我一直都想观赏一下那儿的特纳里夫山峰。这正好是个机会，我想趁此机会，在等船返回欧洲之前，攀登一下这座山峰。"

"悉听尊便，亲爱的巴加内尔。"格里那凡爵士不禁微微一笑。

格里那凡爵士这么莞尔一笑是有道理的。

加那利群岛与马德拉群岛相距不远,也就二百五十海里①左右,对于邓肯号这样的一条快船,那简直是近在咫尺。

8月31日午后两点,孟格尔船长和巴加内尔在甲板上散步。那个法国人一个劲儿地向孟格尔船长询问有关智利的情况。突然间,约翰·孟格尔打断了对方的絮叨,指着南面海平面上的一个点说:

"巴加内尔先生……"

"什么,亲爱的船长?"

"请您往那边看。您看到什么了吗?"

"什么也没看到。"

"您没看对地方。不要看海平面,往上看,往云彩里看。"

"往云彩里看?可是我……"

"喏,您朝着触桅的辅帆架看过去。"

"什么也没看见。"

"您没认真看。总之,尽管相距四十海里,仍可以清晰地看到特纳里夫山峰就在海平面上方。您该明白我的意思了吧?"

不管巴加内尔是否认真地看了,反正几小时过后,特纳里夫山峰就已经呈现在他的面前,除非他是个盲人,对什么都视而不见。

"这一下您该看清楚了吧?"约翰·孟格尔问道。

"看见了,真真切切地看见了,"巴加内尔回答道,"那就是特纳里夫山峰?"他鄙夷不屑地补了一句。

"正是。"

"看上去并不高嘛。"

"它可是高达海拔一万一千英尺。"

"没有勃朗峰②高。"

"这有可能。不过,您若往上爬的话,就会觉得它太高了。"

"啊!攀登它!亲爱的船长,汉宝先生和朋伯朗先生都曾经攀登过,我再爬还有什么意思呀!那位汉宝先生真的非常之伟大,他爬过

---

① 约90法里左右。——作者注
② 欧洲东部阿尔卑斯山的最高峰。

这座山峰,他把这座山峰描绘得详详细细,无一遗漏。他对它做了考察,发现它有五种地带:葡萄地带、月桂地带、松林地带、阿尔卑斯山系灌木地带和最高处的荒瘠地带。他一直爬到山尖上去,那儿几乎无处下脚,无地儿可坐。他在山尖上放眼望去,看到了一片广阔的土地,有四分之一个西班牙大。另外,他还观赏了那儿的一座火山,下到火山口内,直探到那已熄灭了的喷火口的最深处。这位伟大的科学家做了这么完美的考察之后,我再爬上去又有何用啊?"

"这倒也是,"约翰·孟格尔说,"确实也没什么可做的了。只是挺遗憾的,既无事可做,又得在特纳里夫干等着船返回,又没什么可以散心解闷的地方!"

"散心是谈不上了,粗心的机会倒有的是,"巴加内尔自嘲地笑着说道,"我亲爱的孟格尔船长,佛得角群岛是否有停泊站呀?"

"有,在微拉普拉伊亚搭船就很便当。"

"在那儿下船有个很大的便利,"巴加内尔又说道,"佛得角群岛离塞内加尔不远,我可以在那儿遇到一些法国同胞。我知道。人们常说该群岛没什么意思,很荒凉,很不洁净,不过,在一个地理学家眼里,什么都是有意思的。观察就能长知识,长学问。许多人就不懂得观察,他们旅行时就像海螺和蛤蚌一样,只知道蒙着头往前走。您放心,我可不是这种人。"

"悉听尊便,巴加内尔先生,"约翰·孟格尔回答道,"我相信您在佛得角群岛的逗留对地理学一定会有所贡献的。我们正好要在那儿停船加煤,所以您在那儿下船对我们的航程并没有什么妨碍的。"

说完之后,孟格尔船长便把船朝着加那利群岛西边驶去,把那座赫赫有名的山峰抛在了左舷一边。邓肯号在继续向前疾驶着,于9月2日清晨五时驶过了夏至线。一过夏至线,天气便发生了变化,成了雨季那潮湿闷热的天气,这种天气西班牙人称之为"水季"。对旅客来说,这种天气实在难熬,但对于非洲各岛屿上的居民来说却是很有利的,因为岛上没有树木,缺水,全指望老天下雨才有水喝。这时候,海上风大浪急,人在甲板上待不住;大家只好回到方形厅内,照样谈笑风生。

9月3日,巴内加尔在整理自己的行李,准备下船。此时,邓肯号正在佛得角群岛诸岛之间钻来绕去。它穿过似大沙冢般的荒凉贫瘠的盐岛,绕过大片的珊瑚礁,从侧面驶过圣雅克岛。圣雅克岛被一条雪花岩般的山脉从北到南地纵贯着,两端兀立着两座高山。越过圣雅克岛后,孟格尔船长让船驶入维拉普伊亚湾,很快便停在了维拉普伊亚城前的四十英尺深的海面上。天气十分恶劣,虽然海风无法吹进海湾里来,但海浪却猛烈地在拍击堤岸,浪高声大。这时候,大雨倾泻,城市隐没在雨帘之中,只隐隐约约地看到它坐落在平台似的一处高地上,下面是三百英尺高的山岩在支撑着它。隔着密实的雨幕看去,该岛显得一片凄凉。

海伦夫人本想进城看看的,现在只好作罢。船在加煤,进度很不顺利。邓肯号上的乘客们因为天上的大雨与海上的波涛汇合成一片洪流,只好躲在甲板下面。大家自然而然地把话题集中到天气上来。每个人都在抱怨,只有少校是个例外,因为他对这大雨这海浪毫不在意。巴加内尔踱来踱去一个劲儿地摇头。

"这不是在故意跟我过不去吗。"他说。

"大概是风雨波涛在向您宣战呢。"格里那凡爵士说道。

"我一定得战胜它们。"

"雨大风急浪高,您千万别去冒险。"海伦夫人劝说道。

"我么?夫人,我才不会去铤而走险呢。我担心的只是我的行李和仪器,被雨一淋就全完了。"

"麻烦的也就是下船的那一会儿,"格里那凡爵士又说道,"进了维拉普伊亚城之后,您住得就不会太差。虽然不算干净清洁,与猴子呀,猪呀,住在一起,但是,对于一个旅行家而言,就没那么多的讲究了。希望您七八个月之后能够搭上船回到欧洲。"

"七八个月!"巴加内尔嚷叫道。

"至少得七八个月。佛得角群岛一到雨季很少有船只往来。不过,您倒是可以充分利用您等船的这段时间。该群岛尚不为人们所熟悉,在地形学、气象学、人种学、高度测量等方面还有许多事情可做。"

"您还可以踏勘一番一些大的河流。"海伦夫人也说道。

"根本就没有什么大河,夫人。"巴加内尔纠正道。

"没有大河,那也该有小河呀?"

"小河也没有。"

"这么说,只有小溪了?"

"连小溪也没有。"

"那么,"少校插嘴道,"您就到森林里去研究一番吧。"

"那儿连一棵树也没有,哪儿来的森林!"

"这地方可真叫美啊!"少校说道。

"您别气馁,我亲爱的巴加内尔,"格里那凡爵士又说道,"至少还有一些大山,您还是可以去考察一番的。"

"哼!大山!没什么大的山,而且早就有人考察过了,爵士。"

"早就有人考察过了?"格里那凡爵士感到十分惊讶。

"是呀,我总是这么倒霉,干什么都让人抢了先。在加那利群岛,汉宝先生捷足先登;在这里,地质学家德维尔先生又先我一步。"

"不至于吧?"

"真的是这样,"巴加内尔可怜兮兮地说道,"这位学者当年就乘坐法国的舰船'坚毅号'在佛得角群岛下来,实地考察了群岛中最值得勘查的山峰——佛哥岛上的那座大山。他既然已经做过观察研究了,我还去干吗?"

"唉,真遗憾!"海伦夫人说,"那您下了船之后,又怎么办呢,巴加内尔先生?"

巴加内尔默不作声。

"这么看来,您还真不如在马德拉下船了,"格里那凡爵士又说道,"尽管马德拉已不再生产葡萄酒了!"

巴加内尔仍旧沉默不语。

"换了我,我就在船上等候机会再说。"少校说道,看他的那个表情,意思是说"换了我,就不下船了"。

"亲爱的格里那凡爵士,"巴加内尔终于开口了,"您下一站还打算在哪儿停泊?"

"啊!这之后吗,到康塞普西翁之前就不准备停泊了。"

"啊呀!那可是让我离印度太远了!"

"这倒不一定,绕过合恩角,您不就一天天地接近印度了吗?"

"这倒也是。"

"再说,"格里那凡爵士更加郑重其事地说,"只要是到印度,是去东印度还是去西印度①都没多大关系的。"

"什么!没有多大关系?"

"是呀!而且,巴塔戈尼亚草原上的居民不也同旁遮普的居民一样,也都是印度人②吗?"

"啊!对呀!亲爱的爵士,"巴加内尔嚷叫道,"您要是不说,我差点儿就忘了这一点了。"

"再有,亲爱的巴加内尔,想要荣获金质奖章,在随便什么地方不是都可以获得吗?世界上值得人们去研究的事物多的是,到处都有新事物可以去探究,可以去发现,在西藏的深山密林中与在高低岩③的群山峻岭中不是一样吗?"

"那雅鲁藏布江呢?"

"您就拿科罗拉多河④代替它不就行了嘛!大家对科罗拉多河知道得也不多,它在地图上完全视地理学家们的兴致所至,爱怎么画就怎么画的。"

"这一点我也知道,亲爱的爵士。在地图上,这条河往往会偏离好几度。唉!我相信,我当初要是提出要求的话,地理学会也会像同意我去印度一样,同意我去巴塔戈尼亚的。唉,我怎么早没想到呢?"

---

① 哥伦布欲往西驶往印度,无意之中发现了新大陆,并把它误以为是印度,所以称美洲为印度。后来,人们为避免与亚洲的印度弄混淆,便称美洲为西印度,而把亚洲的印度称之为东印度。

② 巴塔戈尼亚草原上的居民是印第安人,亦即西印度人。

③ 此系南美土语,意为"大山脉",专指纵贯南美的安第斯山脉。

④ 美洲共有三条科罗拉多河,此处系指南美洲的那一条。

"您一向粗心大意,所以想不到。"

"还是别扯远了,巴加内尔先生。您就说说,愿意不愿意跟我们一道去呀?"海伦夫人用极其诚恳的态度问他。

"夫人,那我的使命又如何完成呢?"

"我还要先告诉您一声,我们还要穿越麦哲伦海峡呢。"格里那凡爵士补充道。

"爵士,您总是在诱惑我!"

"我还要告诉您,我们还要游历饥饿港呢!"

"饥饿港!"这位法国地理学家嚷叫道,他只觉得爵士在想方设法地从各个方面向他发起攻击,让他改变想法,"这座海港,太著名了,许多地理书籍都把它写得神奇无比……"

"您再想想,巴加内尔先生,"海伦夫人补充说道,"您若是参加到我们的这个事业中来的话,您就把法兰西的名字和苏格兰的名字结合在一起了啊!"

"您说得太对了,夫人!"

"您就相信我好了,将错就错吧,或者更确切地说,您就顺乎天意吧。请您像我们一样地去做。是天意让我们得到了那些信件,我们也就按照天意起航出发了;天意又把您给送到了邓肯号上,所以您也就不必离开了。"格里那凡爵士劝说道。

"诸位,我的好朋友们,你们这是真心实意地在挽留我呀!"巴加内尔终于松口了。

"您自己的意思呢,巴加内尔?我看您自己也很想留下来的。"格里那凡爵士说。

"是呀,没错,"博学的地理学家嚷叫道,"我没敢早点说出来,是担心自己太过冒昧了!"

第9章　麦哲伦海峡

众人得知巴加内尔愿意留下不走之后，无不高兴异常。小罗伯特更是兴奋不已，一下子跳了起来，搂住巴加内尔的脖子，几乎把我们的这位可敬可爱的秘书先生弄得站立不稳，说道："好个可爱的孩子，我要教教他地理学方面的知识。"

我们知道，约翰·孟格尔已经在负责把小罗伯特培养成一名好水手，格里那凡爵士要把他培养成为一个勇敢的人，少校则要把他训练成一个沉着稳重的孩子，海伦夫人要把他教育成为一个慷慨大度的人，玛丽·格兰特则要把弟弟培养成一个知恩图报，绝不辜负这些热心仁爱的老师们的学生。如此看来，小罗伯特将来一定会成为一个完美无缺的绅士。

邓肯号很快便加满燃料，离开了这片凄风苦雨的海域，向西驶去，沿着巴西海岸航行着。9月7日，突然刮起一阵顺风，把它吹送过了赤道线，驶入了南半球。

横渡大西洋的航行就这样顺利地进行着。船上的人一个个都怀着极大的希望。在这寻找失踪的格兰特船长的远航中，成功的希望在日益增长。最有信心的当属孟格尔船长。不过,他的信心源自他的愿望——真心实意地要让玛丽·格兰特小姐得到幸福与安慰。他对这位少女格外关怀；他想把自己的这份感情隐藏起来，但是到头来，除了玛丽·格兰特和他两人并不自觉以外，其他的人全都心知肚明。

而我们的那位知识渊博的地理学家巴加内尔先生，他也许是南半球上最幸福的人；他成天地在研究地图，把方形厅的桌子全都铺满了，致使奥比内先生每天都因为无法布置餐桌而与他发生争执。不过，楼舱里的人则全都支持巴加内尔，当然，少校不在此列，因为少校对地理学方面的问题不感兴趣，尤其是到了用餐的时候。另外，巴加内尔还在大副的箱子里发现了一大堆破旧书籍，其中有几本西班牙语著作，于是，他便下决心学习塞万提斯①的语言，而这种语言，船上的人全都不懂。他觉得学会西班牙语有利于他在智利沿海地区的调查研究。他具有语言天分，希望到了康塞普西翁之后，能够流利地运用这种语言。因此，他在抓紧时间拼命地学，大家一天到晚听见他在叽里呱啦地练着这种语言。

每当他闲下来时，他就教小罗伯特一些实用的科学知识，并把邓肯号途经的那一带海岸的历史讲给他听。

9月10日，邓肯号正驶经南纬5°73′，西经31°15′的海面。这一天，格里那凡爵士听到了也许连知识渊博的人都不一定知道的历史事实。巴加内尔在给大家讲解美洲发现史。他在讲述邓肯号所追寻其足迹的那些大航海家时，首先提及了哥伦布。讲到最后，他说这位著名的热那亚②人一直到死都不知道自己发现了一片新大陆。大家都感到不可思议，惊讶不已，但巴加内尔却言之凿凿地说道：

"这一点是绝对确实无疑的，我这并不是想要抹杀哥伦布的光荣业绩，但是，事实该怎么样就应该是怎么样。在15世纪末，人们一心一意地只想着一件事：如何找到一条前往亚洲的更便捷的道路？如何更方便地从西方走到东方？总之，如何才能找出一条捷径，前往'香料之国'③？这就是哥伦布想要解决的问题。他一共航行了四次；他到达了美洲，在库马纳、洪都拉斯、莫斯基托、尼加拉瓜、维拉瓜、哥斯达黎加、巴拿马④一带登陆，而他却把这一带海岸全都误以为是日

---

① 西班牙大作家，名著《堂·吉诃德》的作者。
② 热那亚为意大利西海岸的一城市名，哥伦布是热那亚人。
③ 古代，印度以产香料闻名于世，因此被欧洲人称之为"香料之国"。
④ 上述这些地方均位于中美洲。

本和中国的地方。所以一直到死，哥伦布都还不知道自己已经发现了一个新大陆，死后连他的名字都未能留给这新大陆作为纪念！"

"我打心底里愿意相信您所说的这番话，亲爱的巴加内尔，"格里那凡爵士说道，"可是，您毕竟还是让我感到惊讶。我倒想请问您，对于哥伦布的这一发现，后来是哪些航海家给弄明白了的呢？"

"是哥伦布死后的那些人。其中，首先是与哥伦布一起航行的奥热达，还有品乔、威斯普奇、门多萨、巴斯提达斯、加伯拉尔、索利斯、巴尔伯等。这些航海家都沿着美洲东海岸航行，由此向南勘测美洲海岸的情况。他们早在三百六十年前就同我们今天一样，被这股海流推着，向前行驶着。你们知道吗，朋友们，我们穿越的赤道线的地方，正是15世纪末品乔所驶过的地方。我们现已接近南纬8°，而品乔当年正是在南纬8°驶抵巴西陆地的。一年后，葡萄牙人加伯拉尔一直往下，抵达色居罗港。后来，威斯普奇在他1502年的第三次远航过程中，更加向南边驶去。而到了1508年，品乔和索利斯共同航行，探测了美洲沿岸各地。1514年，索利斯发现了拉巴拉塔河口，在那儿被当地土著人给吃掉了，绕过美洲南端的光荣业绩只好留给麦哲伦去完成了。伟大的航海家麦哲伦于1519年率领着一支五条船组成的船队，沿着巴塔戈尼亚的海岸往南驶去，终于发现了德塞多港、圣朱利安港。在圣朱利安港停泊了很长一段时间之后，麦哲伦又率队航行到南纬52°的海域，发现了一千一百童女峡，即现今以他的名字命名的麦哲伦海峡。1520年11月28日，麦哲伦穿过海峡，进入了太平洋。他看见天边有一片新的海面在阳光下闪烁，其喜悦、其激动简直难以用语言来加以描述。"

"啊，我真想生活在那个时候，巴加内尔先生。"小罗伯特听了这番描述，掩饰不住自己的激动心情。

"我也与您有同感，我的孩子。如果老天让我早生三百年，我想我是绝对不会错过这个机会的！"

"如果真的如此的话，我们就要深感遗憾了，巴加内尔先生，"海伦夫人说道，"如果您早生三百年的话，也就不可能在这儿跟我们讲述这段动人的故事了！"

"这倒无伤大雅，夫人，没有我，也会有别人代替我来讲述的。此人甚至还会告诉您，西海岸的探险应归功于皮萨尔兄弟①。这两位勇敢的探险家创建了许多宏伟的城市：库斯科、基多、利马、圣地亚哥、比利亚里卡、瓦尔帕莱索，以及邓肯号将要抵达的康塞普西翁。当时，皮萨尔兄弟的发现与麦哲伦的发现正好联系起来了，因此地图上才有了美洲的海岸线，旧大陆的学者们对此非常高兴。"

"哼！要是我，我就不会高兴。"小罗伯特嘟囔着。

"那为什么？"玛丽眼睛盯着自己这位爱听探险故事的弟弟问道。

"是啊，我的孩子，您为什么会不高兴？"格里那凡爵士面带微笑地问道。

"因为要是我的话，我就一定还要看看麦哲伦海峡南边都有些什么。"

"对极了，小朋友，"巴加内尔说道，"我也是呀，我也想要知道美洲大陆是否一直延伸到南极，还是像德勒克所推测的那样，与南极中间还隔着一片海洋……这位德勒克是您的同乡，爵士……所以，假若罗伯特·格兰特和雅克·巴加内尔生在17世纪的话，他们肯定是会跟随着索珍和勒美尔一道出发的，因为这两位荷兰航海家正是想要揭开地理学上的这个谜。"

"他俩也是大学者吗？"海伦夫人问道。

"不，他们是两个大胆的商人，他们并没有考虑到探险在科学上的意义。当时，荷兰有个东印度公司，该公司对穿过麦哲伦海峡的所有贸易往来都拥有绝对的控制权。你们知道，在当时，西方国家到东方的亚洲，只有穿越麦哲伦海峡这一条通道，所以这种控制权成为了一种实实在在的垄断。有一些商人便想摆脱这种垄断，另辟蹊径，想另找一个海峡通过。其中有一位，名叫伊萨克·勒美尔，是一位受过教育的十分聪慧的人。他便出资组织一次远航，让他的侄子雅各伯·勒

---

① 两位西班牙探险家。

美尔和一位优秀的水手来指挥，这个水手名叫索珍，祖籍霍恩。这两位勇敢的航海家于1615年6月起航，大约比麦哲伦晚了近一百年，他们在火地岛和斯达腾岛之间发现了勒美尔海峡。1616年2月16日，他们绕过了有名的合恩角，亦称'风暴角'，比好望角[①]更加名副其实。"

"说真的，我好想去那儿探探险啊！"小罗伯特羡慕地说。

"您要是去了那儿，孩子，您肯定会高兴得不得了的，"巴加内尔说得愈加地带劲儿，"您想想呀，有什么能比一个航海家在自己的海图上把自己的新发现一点一点地标出来更令人高兴的呀！他看着陆地在逐渐地出现在自己的面前，一个一个的小岛，一个一个的海岬，仿佛是从波涛之中涌现了出来似的！开始时，标出的界线十分模糊，断断续续，互不连贯！这儿是一片隔离开的土地，那儿是一个孤立的小港，稍远处是一个偏僻的海湾。随后，随着陆陆续续有了新的发现，这些孤立的地方便连成了一线，海图上的虚线转而成了实线，海岸线呈现出了弓形，海角也与实实在在的海边陆地连接了起来。最后，一片新的大陆呈现在地球上，有湖泊，有河流，有山峦，有峡谷，有平原，有村落，有乡镇，有都市，瑰丽壮观，煞是好看！啊！朋友们，新大陆的发现者真的是非常了不起。他们同发明家一样，功不可没！只是非常可惜，现在，这种伟大的事业，如同矿山一样，被人家开采殆尽了。新大陆，新世界，全都被人家找到了，被人家踏勘过了，我们是地理学上的迟到者，已经是无用武之地了！"

"这话可不能这么说，我亲爱的巴加内尔。"格里那凡爵士说道。

"哪里还有用武之地吗？"

"我们现在所进行的事业就大有用武之地呀！"

此时此刻，邓肯号正在威斯普奇和麦哲伦等伟人所经过的航道上疾速行驶着。9月15日，邓肯号越过了冬至线，正对着那著名的麦哲伦海峡的入口。巴塔戈尼亚的南部海岸曾不止一次地遥遥相望，但只是呈现出一条细线，隐隐约约地浮现在水天相连处。邓肯号在十海里

[①] 好望角位于非洲的最南端。

之外沿着这一带的海岸往南驶去,即使举起巴加内尔的那架大望远镜,也只能看见那美洲海岸的一个模模糊糊的轮廓。

9月25日,邓肯号已经驶抵与麦哲伦海峡同一纬度的地方。它毫不犹豫地驶进了海峡。一般来说,汽船都喜欢经由这条路线进入太平洋。海峡的真正长度只有三百七十六海里,海水都很深,即使大吨位的船只也都可以靠近海岸行驶。而且海底平坦,淡水站又很多;内河湖泊也不少,鱼类资源丰富,森林遍布,猎物众多;停泊点也很多,安全便利。总而言之,这个海峡优点多多,是勒美尔海峡和多暗礁多风暴的合恩角所无法相比的。

驶入海峡的最初几个小时,也就是说,在开头的六十至八十海里的航程中,一直到驶抵格利高里角为止,海岸都是既低矮又平坦的。而且多沙。雅克·巴加内尔贪婪地观察着这个海峡,没有漏掉它的任何一点。在海峡中得行驶三十六个小时,两岸的风光旖旎,令人赏心悦目,我们的这位学者是不会在南半球那灿烂阳光下对观赏感到厌烦的。北岸没有人烟,而南边火地岛的光秃秃的岩石上有几个火地岛人在游荡。巴加内尔没有看到巴塔戈尼亚人,不免感到有点失望,但他的同伴们却并不以为然。

"在巴塔戈尼亚不见巴塔戈尼亚人,那还叫什么巴塔戈尼亚呀?"他说道。

"您先别着急,我可敬的地理学家,"格里那凡爵士说,"我们总会见到巴塔戈尼亚人的。"

"那可不一定。"

"为什么?巴塔戈尼亚人是存在的呀!"海伦夫人说。

"我表示怀疑,夫人,因为我并没有看见他们。"

"至少,巴塔戈尼亚这个名称源自西班牙文的'巴塔贡'。而'巴塔贡'也就是'大脚板'的意思。巴塔戈尼亚人既然被人称作'大脚板',那就说明他们是存在的,并非出自人们的想象。"

"哎,名字是无关紧要的,"巴加内尔回答道,他像是故意坚持己见以引起争论似的,"何况,别人并不知道这些人究竟应该叫什么名字！'"

"这叫什么话！"格里那凡爵士反驳道，"少校，您知道是怎么回事吗？"

"我不知道，"麦克那布斯少校回答道，"我对这种事不感兴趣。"

"您真是对什么都漠不关心，少校，"巴加内尔又说，"您最终会知道的。这地方的土著人被称为巴塔戈尼亚人，是麦哲伦给他们取的名字。而火地岛人则称他们为提尔门人，智利人称他们为高卡惠人，卡门一带的移民称他们为特惠尔什人，阿罗加尼亚人称他们为惠利什人，旅行家波根维尔称他们为寿哈，法尔克纳称他们为特惠尔里特。他们自己则称呼自己为伊纳肯，'伊纳肯'在古地方言中也就是'人'的意思。我倒想请问你们，这么多称谓有谁能弄得清楚的！再说，一个民族竟然会有这么多名称，那它是否真的存在，岂不令人感到怀疑吗？"

"好一番感慨！"海伦夫人说。

"就算我们的朋友巴加内尔的议论是不无道理的，"格里那凡爵士说道，"但他总不能不承认，巴塔戈尼亚人的名称虽然很多，颇有问题，可他们的身材之高大起码是为大家所确认的吧！"

"这种看法是错误的。"巴加内尔回答。

"他们的身材确实很高。"格里那凡爵士说。

"是不是很高，我不清楚。"

"那是不是很矮小？"海伦夫人问。

"没有人敢肯定。"

"那就是不高不矮？"麦克那布斯以息事宁人的态度说道。

"这我仍然不清楚。"

"您这也太过分了，"格里那凡爵士大声说道，"亲眼见到过巴塔戈尼亚人的旅行家们就……"

"亲眼见到过巴塔戈尼亚人的旅行家们的说法就不尽相同，"地理学家坚持己见，回答道，"麦哲伦就说过，他的头还到不了巴塔戈尼亚人的腰间呢！"

"这不就说明他们身材极其高大吗？"

"是呀，可是德勒克却说，最高的巴塔戈尼亚人还没有普通的英国人高。"

"哼！跟英国人比个什么劲儿。"少校没好气地说。

"加文迪施肯定地说，巴塔戈尼亚人高大魁梧，"巴加内尔又说道，"霍金斯说他们宛如巨人一般。勒美尔和索珍说他们身高达十一英尺。"

"这不就对了吗？这些人的话总是可信的吧？"格里那凡爵士说。

"是的。但是，伍德、纳波罗和法尔克纳却说他们是中等身材，这话也不能不信呀！拜伦·拉吉罗德、波根维尔、瓦利斯、卡特莱说巴塔戈尼亚人身高一般为六点六英尺，而了解这一带地域的学者多比尼先生则说他们是中等身材，身高为五点四英尺，他们的话也不可不信的吧？"

"那么，这些相互矛盾的说法中，哪一种接近事实呢？"海伦夫人问道。

"哪一种接近事实？"巴加内尔说，"真实的情况是，巴塔戈尼亚人上身长下身短。因此，有人打趣地说，巴塔戈尼亚人坐着有六英尺高，站着却只剩下五英尺了。"

"哈哈！这话十分俏皮，我亲爱的学者。"格里那凡爵士说。

"更俏皮的话应该是，他们并不存在，这么一来，各种矛盾的说法就统一起来了。为了结束这场辩论，朋友们，我想再说一句，让大家都觉得开心：麦哲伦海峡漂亮极了，即使没有巴塔戈尼亚人，它也不失其美丽的！"

此刻，邓肯号正绕着布伦瑞克半岛行驶，两边的风景美不胜收。邓肯号绕过了格利高里角后又行驶了七十海里，把奔德·亚利纳大监牢给抛在了右舷外边了。在有一段航行的过程中，可以看到智利国旗和教堂的钟楼在森林中隐现。此刻，海峡两边突兀着花岗岩巉岩，让人望而生畏；无数的高山，山脚隐没在森林之中，山巅覆盖着终年不化的皑皑白雪，高耸入云；西南面的塔尔恩峰，凌空兀立，高达六千五百英尺；入夜时分，黄昏暮霭时间很长；阳光渐渐地融为多种色度，柔和温馨；天上逐渐变得群星灿烂；南极的星座为航海者指引着道路。在朦胧的夜色中，星光代替了文明海岸的灯塔，邓肯号并未在沿途许多的方便港湾停泊，而是大胆地继续向前驶去。有时，它的帆架掠过俯临水面的南极榉的枝梢；有时，它的螺旋桨拍击着水波，惊起各种水鸟。不一会儿，眼前出现了一些断垣残壁，几座坍塌了的建筑物在夜色中显得格外庞大，这都是殖民地废弃了的凄凉遗迹，在向那片丰饶的海岸和猎物多多的森林表示着抗议。邓肯号此刻正行驶在饥饿港前。

1581年，西班牙人萨明多带着四百个移民来到这儿定居，建立起圣菲利普城。由于严寒和饥饿，定居者纷纷死去。到了1587年，这儿只剩下了一个人。他在废墟的荒凉寂寥之中，苦苦地挣扎了六个年头！

日出时分，邓肯号在重重山峡中行驶着，两岸是茂密的森林，榉树、榛树、枫树交错混杂着生长在一起。密林中不时地冒出一座座青葱翠绿的圆圆的山岭，野花野草在散发着清香，弥漫在空中。远处可见布兰克纪念塔高高地矗立着。邓肯号经过了圣尼古拉湾口。此湾原本由波根维尔命名为"法国人"湾；海湾远处，可见大群的海豹和鲸鱼在水中嬉戏；鲸鱼看起来体积庞大，因为在四海里之外都能看见它们喷出的水柱。最后，邓肯号绕过了佛罗瓦德角，角上还密密麻麻地满布着尖利的残冰。海峡对岸，火地岛上，高达六千英尺的萨明多峰突兀而立。那是一丛巉岩，被带状的云层给分隔开来，宛如一座座"空中岛屿"。到了佛罗瓦德角，美洲大陆就真的走到了尽头，因为合恩角只不过是位于南纬56°的荒凉海域中的一块大石岩罢了。

绕过尖端，海峡变得狭窄了。它的一边为布伦瑞克半岛，另一边是德索拉西翁岛。后者系一长形岛，两边为成百上千的小岛所环绕，如同一头大鲸鱼搁浅在卵石滩上一样。如此支离破碎的南美洲的顶端，与非洲、澳洲和印度的整齐而清晰的尖端相比，真有天壤之别！伸入两大洋之间的这个大土角，不知当年是遭到了什么天灾，竟全变得如此支离破碎。

离开这片肥地沃土之后，眼前所见的是连绵不断的光秃秃的海岸，满目荒凉，被一片迷宫般的港汊啃成了月牙形。邓肯号在这错综复杂的航道中转来绕去，但没有迟疑，也未出错，把喷出来的一股股的浓烟排出，混杂在被巉岩划破的海雾之中。在这片荒凉的海岸上，有一些西班牙人开设的商行，邓肯号毫未减速地从这些商行前驶过。绕过塔马尔角之后，峡道变宽，邓肯号有了旋转的余地了。它绕过了纳波罗群岛的陡峭岸壁，靠近南岸行驶。最后，在进入海湾航行了三十六个小时之后，它终于见到了皮拉尔角的巉岩突然崛起在德索拉西翁岛的末端。邓肯号面前呈现出一片大海洋，波光闪烁。雅克·巴加内尔激动不已，挥动着手臂，尽情地欢呼着，如同麦哲伦当年在他的那条三位一体号上被太平洋上的微风吹得倾斜时的心情一样。

第 10 章 南纬 37° 线

绕过皮拉尔角之后八天，邓肯号便开足马力，进入塔尔卡瓦诺湾。这是一个绝妙的海湾，长十二海里，宽九海里。天气晴朗。此地，从11月到第二年的3月，天空无云，万里晴空，整个海岸因有安第斯山脉作为屏障，经常刮的是南风。约翰·孟格尔遵照格里那凡爵士的指示，让邓肯号紧贴着济罗岛和美洲西海岸的众多零零星星的陆地行驶着。但凡一块破船板、一根断桅杆、一块经人加工过的小木料，都会给邓肯号提供不列颠尼亚号沉没的线索。可是，大家什么都没有发现，邓肯号只好继续向前驶去，最后停泊在塔尔卡瓦诺港内。此时，邓肯号离开克莱德湾那浓雾笼罩的海面已经有四十二天了。

邓肯号一停，格里那凡爵士便命人放下小艇，带上巴加内尔，划到水栅跟前上了岸。我们的这位地理学家很想利用这个机会试试自己多日来勤学苦练的西班牙语，可是，他说的话当地土著人根本就听不明白，弄得他十分尴尬，惊讶不已。

"难道我的语音语调不对？"他怀疑道。

"走吧，咱们去海关。"格里那凡爵士对他说。

到了海关，人家连说几个英文单词连带着用手比画着，告诉他们英国领事住在康塞普西翁。骑马前往，一小时可到。格里那凡爵士立刻找到两匹快马，他和巴加内尔很快便来到了康塞普西翁城。这可是一座大城，是皮萨尔两兄弟勇敢的同伴，天才的冒险家瓦第维亚所建造起来的。

当初，该城可谓繁荣昌盛，可如今却是一片萧条！该城常常遭到土著人的劫掠侵袭，而且1819年又突遭大火，无数的屋宇被焚毁，连城墙都被烟火熏得黑乎乎的。它已经被塔尔卡瓦诺港取而代之，城中居民已不足八千人，面对满目疮痍的城市，人人无精打采，没有了一点生机。家家阳台上都传出弹拨曼陀林乐器的乐曲，垂着的窗帘里传出软绵绵的歌声，昔日的康塞普西翁这座男人们的古城，如今已变成了妇孺们的村落，商贸往来已不复存在，街道上已是荒草遍地了。

格里那凡爵士无心去研究这座城市如此萧条的原因，虽然巴加内尔在一旁一再地问来问去，他也全然不顾，片刻工夫也不耽搁地赶往英国领事彭托克的府邸。彭托克礼貌地接待了他，听说他是为了格兰特船长遇难之事前来的，便答应负责在沿海一带展开调查。

可是，三桅船不列颠尼亚号是不是在智利或阿罗加尼亚海岸的南纬37°线附近出的事，他却从未听说过，他同其他国家的领事都未曾接到过有关该船出事的或类似的报告。格里那凡爵士并不气馁。他回到塔尔卡瓦诺，通过各种渠道去打听，不吝钱财，不畏辛劳，派人四处探访查询，但结果却一无所获。最后，只能做出如下判断：不列颠尼亚号在这儿没有留下任何失事的痕迹。

格里那凡爵士把自己没有结果的调查情况告诉了船上的同伴们。玛丽·格兰特姐弟二人闻听此言，不禁痛苦万分。到目前为止，邓肯号驶抵塔尔卡瓦诺港已经有六天了。此刻，大家都聚集在楼舱里。海伦夫人在竭力安慰格兰特船长的一双儿女。她是在用自己的怜爱而非话语在安慰他俩，因为她也找不出什么话来安慰他们了。这时候，雅克·巴加内尔又把那几封信给拿了出来，专心致志地在进行研究，想从中探索出什么新的秘密来似的。他如此这般地研究了足足有一个小时，突然听见格里那凡爵士在叫他：

"巴加内尔先生！请您运用您的智慧判断一下，是不是我们对这几封信的解释有误？我们按照那些残缺的字句所做的解释是不是不太合乎逻辑？"

巴加内尔没有回答，他仍旧在继续思考着。

"难道我们把出事地点给判断错了？"格里那凡爵士又问道，"'巴塔戈尼亚'这几个字不是明摆着的吗？再笨的人也能猜测出来！"

巴加内尔仍旧没有应声。

"还有，indian不就是印第安人吗？我们的判断并没有失误啊？"格里那凡爵士又说。

"绝对没错。"麦克那布斯帮腔道。

"这不是明显地在告诉我们，那些出事的船员在写这几封信的时候，已知道自己要成为印第安人的俘虏了？"

"对不起，我亲爱的爵士，我想打断您一下，"巴加内尔终于开腔了，"您的判断，其他的我觉得都很正确，只是这最后一点恐怕不太合理！"

"那您的意思呢？"海伦夫人连忙问道，其他人也都把目光集中到地理学家身上。

"我的意思是，格兰特船长在写这几封信的时候，已经沦为印第安人的俘虏了，"巴加内尔特别强调地回答道，"而且，我还得补充一句，关于这一点，这些信说得一清二楚，不容置疑。"

"请您给解释一下好吗，先生？"格兰特小姐请求道。

"这很容易解释的，亲爱的玛丽。信上的空白，我们不应该理解为'将被俘于'，而应该理解为'已被俘于'，这样一来，不就全都明白了吗？"

"那不可能！"格里那凡爵士大声反对道。

"不可能？怎么不可能，我尊贵的朋友？"巴加内尔笑着问道。

"因为漂流瓶只能在船触礁时才会扔进海里，因此，信上的经纬度必然是指船只出事的地点。"

"您这么判断是毫无根据的，"巴加内尔立即反驳道，"我不明白，那些遇难的船员难道就不能在被印第安人掳到内陆去之后，想法丢下一只瓶子，让人知晓他们被囚禁的地点吗？"

"这很容易解释，我亲爱的巴加内尔。要把瓶子扔到海里，就必须有海才成啊！"

"没有海，难道就不能扔到入海的河流里吗？"巴加内尔反诘道。

众人闻言，全都沉默不语了，觉得巴加内尔的这个说法实出意料，可却又完全合情合理。巴加内尔见众人眼中闪着激动的光芒，便知道人人又都燃起了一个新的希望。只听见海伦夫人首先开言道："这倒不失为一个见解！"

"一个绝妙的见解。"地理学家得意地补充道。

"那么，您的意思是……"格里那凡爵士问道。

"我的意思是，先要把南纬37°线与美洲海岸的切入点测定出来，然后，沿着这37°线向内陆纵深处去寻找，不能偏离半度，一直寻找到大西洋。也许，我们因此就可以在37°线上找到不列颠尼亚号的船员。"

"希望微乎其微！"少校说道。

"哪怕存在一点点希望，我们也不能放弃，"巴加内尔反驳道，"万一我的推断是正确的，漂流瓶的确是从一条河流流入大海里去的，那我们就一定可以寻找到俘虏的线索。你们看一看这一带的地图，朋友们，你们一定会完全相信我说的是对的。"

巴加内尔说着，便把一张智利和阿根廷的地图摊开在桌子上。

"你们看，"他说道，"咱们一起来一次横穿美洲大陆的旅行。我们将越过这狭长的智利，越过安第斯山脉那一带的高低岩，下到南美大草原去。这一带，大江大河大川很多。这是内格罗河，这是科罗拉多河，这是两条河的众多支流，它们都被南纬37°线穿过，都可以把漂流瓶送到海洋中去的。在这些地方，也许就在一个土著人部落里，在一些定居的印第安人手中，在这些不为外界知晓的河岸上，在这些山坳里，我们所称之为'我们的朋友'的那些人很可能正在等待着凭着上帝的意愿前来搭救他们的人！我们难道可以让他们大失所望吗？你们是否赞成沿着我在地图上所画出的这条直线穿越这一地带？即使我判断错了，我觉得我们也不能放弃，必须沿着南纬37°线彻查，绝不放过任何一个点。"

巴加内尔的话说得铿锵有力，掷地有声，众人为之动容，纷纷起身与他握手。

"没错，我父亲就在那一带！"罗伯特·格兰特大声说道，眼睛贪婪地死死盯着地图。

"您父亲在哪里，我们就会寻到哪里，我的孩子，"格里那凡爵士对他说，"我们的朋友巴加内尔的阐释完全正确，毋庸置疑，现在，我们应该毫不迟疑地沿着他所划定的路线去寻找。格兰特船长不是落在大部落土著人村子里，就是落在小部落土著人村子里。如果落入小部落手中，我们直接就可以把他救出来；如果落入大部落手中，我们就得先摸清情况，再走到东海岸，回到船上，到布宜诺斯艾利斯①去招点人马，由麦克那布斯少校组织起来，加以训练，就足可以对付阿根廷境内所有印第安人了。"

"好，就这么着，阁下！真是太好了！"约翰·孟格尔说，"我还可以补充一句，横穿美洲的旅行会安全地走完的。"

"不但安全，还不太疲劳，"巴加内尔补充道，"有许多人，装备不如我们，又没有伟大事业的驱动，也都横穿过南美大陆了！1782年，有一位名叫维拉摩的人，就从卡门走到了高低岩；1806年，智利人、康塞普西翁省的法官堂路易就是从安杜谷出发的，他越过安第斯山脉，走了四十天，走到了布宜诺斯艾利斯；还有卡西亚上校、多比尼先生以及我们可敬的同事穆西博士，都踏遍了这个地区。他们为了科学研究可以这么做，我们为了救人不是更应该这么做吗？"

"先生，"玛丽·格兰特感动不已，声音颤抖着说，"您真是侠肝义胆，不畏艰险，我们该如何感激您才好！"

"艰险！"巴加内尔大声说道，"谁说有'艰险'，有'危险'了？"

"反正我没说！"罗伯特·格兰特眼睛瞪得老大，流露出坚定不移的神情说道。

"哼！"巴加内尔继续说道，"哪有什么危险呢？我们不就是去旅行吗？不就是三百五十里的一趟路程吗？我们走的是直线，所经过的纬度与在北半球的西班牙、西西里岛、希腊等地的纬度完全相同，因此气候条件相差不大。这趟旅行顶多也就是一个月，我们等于是去散

---

① 阿根廷首都名。

了一趟步！"

"巴加内尔先生，"海伦夫人插言道，"您认为失事的船员们落入印第安人之手之后，生命仍然无虞吗？"

"那还用说吗，夫人！印第安人又不是吃人的生番！绝对不是的！在地理学会时，我认识了一个法国人，名叫季纳尔先生，他曾被大草原上的印第安人掳去了三年。当然，他吃了不少的苦，受了不少的罪，但是，他都扛过来了，终于返回了祖国。一个欧洲人被这个地区的印第安人视为有用的动物，他们知道他的价值，爱护他就像爱护一头值钱的牲畜一般。"

"既然如此，我们就不必再犹豫了，"格里那凡爵士说道，"我们应该去，而且应该立即动身。我们该怎么走呢？"

"走一条既便捷又好走的路，"巴加内尔说道，"先经过山势不高的山路，然后经由安第斯山脉东麓的小山坡，最后到达大草原，整条道上没有崎岖山路，如同逛大花园一般。"

"还是看看地图吧。"麦克那布斯说。

"地图在这儿，亲爱的麦克那布斯。我们将从智利海岸的鲁美那角与卡内罗湾之间的南纬37°线的一端出发。穿过阿罗加尼亚之后，再翻过安杜谷火山一侧绵延的山坡，涉过内乌康河和科罗拉多河，便进入了帕潘大草原了。再经过盐湖、瓜米尼河、塔巴尔康，就到了布宜诺斯艾利斯的省界了。然后，穿越布宜诺斯艾利斯，爬上坦迪尔山，沿途仔细寻找，一直找到大西洋岸边的马达那斯角。"

巴加内尔边说边用手比画着，一眼也不看放在面前的地图。他根本用不着查地图，因为他曾经仔细地阅读过佛勒雪、毛里纳、洪宝、米艾尔、多比尼等人的著作，一切全都熟记于心中。他在列举完这一连串的地名之后，接着又说道：

"所以说，亲爱的朋友们，这条路笔直好走，三十天工夫就能走完。如果遇上逆风，邓肯号定会在我们之后才能驶抵东海岸的。"

"按您这么说，"约翰·孟格尔说道，"邓肯号应该在哥连德角和圣安托尼角之间巡航，是吗？"

"正是。"

"那让谁参加这次长途跋涉呢?"格里那凡爵士问。

"人越少越好,因为我们并不是去找印第安人打仗,而是去打探一番格兰特船长的情况。我想,格里那凡爵士是必须去的,而且应该是我们理所当然的领导者;少校也肯定要算上一个的。当然。少不了你们忠实的朋友兼仆人,巴加内尔……"

"还有我一个!"小罗伯特大声喊道。

"不许乱喊,罗伯特!"玛丽制止道。

"为什么不让他去呀?"巴加内尔帮腔道,"旅行是对青年人最好的锻炼。所以,就我们四个人,外加邓肯号上的三名水手……"

"怎么,就没有我的份儿?"约翰·孟格尔说。

"我亲爱的约翰,"格里那凡爵士说,"我们的女乘客们都撇在船上了,也就是说,我们把我们最亲爱的人都留在了船上,不由您这位热情的船长来照料,又能托付给谁呢?"

"我们陪你们一起去不行吗?"海伦夫人说道,一边望着爵士,一副担心的神情。

"我亲爱的海伦,"格里那凡爵士回答道,"这次远行时间不会太长的,我们只是暂时分别几日而已,而且……"

"那好吧,我知道的,你们去吧,"海伦夫人说,"我预祝你们马到成功!"

"而且,这连旅行都谈不上。"巴加内尔接着格里那凡爵士的那句话茬儿说。

"旅行都谈不上,那又算是什么呢?"海伦夫人追问道。

"走马观花地疾速而过罢了,既不考察又不访古探幽。"

巴加内尔说完之后,谈话也就结束了,大家并未发生争论,意见完全一致。就在当天,大家便开始忙着做出行的准备。大家决定,先别大事声张,免得惊动了印第安人。

出发的日子定在10月14日。在准备挑选随行水手时,一个个都争着要去,弄得格里那凡爵士不知如何决定的好。迫于无奈,他便决定以抽签的方式来决断，结果，有三个人有幸被选中：大副汤姆·奥斯丁、水手威尔逊和穆拉迪。威尔逊膀大腰圆，力气过人，而穆拉迪则比汤姆·塞约斯①还要厉害。

格里那凡爵士在积极地准备着，他要求一定要按时出发。孟格尔船长也毫不懈怠，他立刻储备燃料，以便尽快下海航行。他一心想着要赶在徒步远征队之前到达阿根廷海岸。因此，格里那凡爵士与年轻船长之间，仿佛在进行一场竞赛似的。

10月14日，预定的时间到了，大家也都分头准备完毕。出发时，全体乘客齐集方形厅。邓肯号已经扬起帆来，螺旋桨在拍击着塔尔卡瓦诺湾的清波。格里那凡、巴加内尔、麦克那布斯、小罗伯特、奥斯丁、威尔逊、穆拉迪都携带上马枪和"高特"手枪②，准备离开邓肯号。向导拉着骡子在水栅那边等候着。

"到时间了。"格里那凡爵士终于宣布道。

"您放心地去吧，我的朋友。"海伦夫人控制着激动，镇静地说。

格里那凡爵士一把搂住自己的夫人，小罗伯特也蹦了过去，搂住了姐姐的脖颈。

"现在，伙伴们，"巴加内尔说道，"最后再握握手吧，大西洋岸边再见了！"

大家并不只是在握握手，而是拥抱住这位可敬可爱的学者，预祝他马到成功。

大家全都拥上了甲板，目送七位远行者离船。不一会儿，他们便来到了码头；邓肯号也在紧贴着岸边行驶着，离岸顶多只有半链③远。

海伦夫人在楼舱上最后又呼喊了一声：

"愿上帝庇佑着你们，朋友们！"

"上帝一定会庇佑我们的，夫人，"巴加内尔回答道，"您只管放心吧，我们会互相帮助的。"

---

① 当时伦敦拳坛的拳王，天下无敌。
② "高特"为生产这种手枪的厂家名。
③ 长度单位，1链=185.2米。

"开船!"约翰·孟格尔向轮机手发令道。

"咱们走吧!"格里那凡爵士也说。

陆地上的一行人马,快马加鞭地沿着海岸前进;邓肯号开足马力向远洋驶去。

第 11 章 横穿智利

格里那凡爵士的旅行队由三个大人和一个孩子引领着。带队的骡夫领队是一个在当地生活了二十年的英国人。他干的行当就是租骡子给旅行者,并带着他们翻过前方高低岩的各处隘口,过了山隘之后,他便把旅行者们交给一个熟悉阿根廷大草原的向导。这个英国人尽管这么多年一直同骡子、同印第安人打交道,生活在一起,但并没忘记自己的母语,因此,格里那凡爵士与他交流起来没有任何的困难,这对爵士来说是再好不过的了,因为巴加内尔的西班牙语当地人还是听不懂。

骡夫领队在智利语中称为"卡塔巴"。这个原籍英国的卡塔巴雇用着两名当地的骡夫,土语称之为"培翁",还雇了一个帮手,是个十二岁的小男孩。培翁负责照管驮行李的骡子,小男孩则骑着当地称之为"马德琳娜"的挂着铃铛的小母马,走在骡队的前头,身后跟着十匹骡子。十匹骡子中,七匹由旅行者们骑着,卡塔巴自己骑了一匹,还有两匹驮着行李和几匹布。这几匹布是为了与平原地区的商号套近乎所必备的。培翁们照例是徒步走走。有如此这般的装备,横穿智利的旅途,在安全与速度方面,应该是不成问题的了。

翻越安第斯山并非易事,必须有强壮的骡子才行。翻山越岭的骡子中,最好的当属阿根廷的骡子,它们在当地得到了很好的培育,比原始品种强壮得多。它们对饲料并不挑剔,每天只喝一次水。八小时可走十英里，驮着十四阿罗伯①的东西也毫不在乎。

连接两大洋的这条路上，没有客栈。路上吃的是肉干、辣椒拌饭和可能在途中碰到的猎物；喝的则是山中的瀑布水和平原上的溪水，内中滴上几滴甜酒。每个人身上都带着牛角壶，装着些这种甜酒，用来给水提味儿。不过，旅行者必须注意，含酒精的饮料则不能多喝，因为在这种地区，人的神经系统很容易受到刺激，喝含酒精的饮料是有百弊而无一利的。被子、褥子全都用绣花宽边带系在马鞍子上；马鞍子是当地产的，土语称之为"勒加驮"，系当地产的羊皮制成的，一面硝光了，另一面仍留着羊毛。旅行者用这暖和的被褥紧裹着，不用担心夜间的潮湿，可以睡得很香甜。

格里那凡爵士是个能屈能伸的人，他很会旅行，也能适应各地的风俗习惯、风土人情，他替自己和同伴们准备好了智利服装。巴加内尔和小罗伯特这一大一小两个"孩子"，头一套进那智利大斗篷，脚一蹬进长皮靴，就乐得跟什么似的。大斗篷土语称之为"篷罩"，系一大块格子花呢，中间挖了个洞；皮靴是用小马后腿上的皮制成的。另外，他们一行人骑的骡子打扮得非常漂亮，嘴里咬着的是阿拉伯式的嚼铁，两端系着皮制的缰绳，可以当作鞭子使用；头上配有金光闪闪的络头；背上搭着颜色鲜艳的褡裢，里面装着当天食用的干粮。巴加内尔一向粗心大意，骑上去时，总要挨骡子踢几下。待爬上鞍子后，他就优哉游哉地那么坐着，腰间挂着他那形影不离的大望远镜，脚紧踩着脚蹬，缰绳松松的，任由骡子信步走着。他对自己的坐骑十分满意，因为它是经过很好的训练的。而小罗伯特则不然，他一爬上骡背，便俨然是个一流骑手似的。

全队开始出发了。天气晴好，万里无云。尽管烈日当空，但是由于海水的调节作用，空气很凉爽。这一小队人马沿着塔尔卡瓦诺湾的曲折海岸迅速前行，再往南去三十英里，就到南纬37°线的末端了。第一天，大家疾速行进在干涸了的滩涂地的芦苇丛中，彼此间并不搭

---

① 当地人的重量计量单位，一个阿罗伯约等于11公斤左右。——作者注

话，临别时的赠言依然萦绕在旅行者们的脑海之中。邓肯号冒出的黑烟，渐渐地在天际消失，但仍依稀可辨。大家都一言不发，只有那位勤奋好学的地理学家在自问自答地练习着他那西班牙语。

不仅仅是旅行者们不言声，连那位卡塔巴也少言寡语，这是他的职业使然，他对培翁都很少说话。两个培翁堪称行家里手，知道自己应该做些什么。见骡子停下，他们便吆喝一声，催促它们快走；再不走，就极其准确地扔一个石子去砸它们。如果兜带松了，或是缰绳出溜了，培翁们便脱下斗篷，蒙住骡子脑袋，把兜带或缰绳弄好，然后，让骡子继续往前走去。

骡夫们的习惯是，早晨八点吃早饭，出发，一直走到下午四点，停下，过夜。格里那凡尊重他们的这一习惯。这一天，当卡塔巴发出歇息的信号时，这一小队人正走到海湾南端的阿罗哥城，直到目前为止，他们还没有离开过海水拍击着海岸的海洋边缘。他们还得往西走上二十英里，一直走到卡内罗湾，才到南纬37°线的端点。他们已经走遍了滨海地区，但是并未寻找到一点沉船的痕迹。再往下走，也同样是一无所获，因此，他们便以阿罗哥城为出发点，向东寻去，沿着一条笔直的路线向前。

他们进入阿罗哥城，找到一家十分简陋的小客栈住下。

阿罗哥城是阿罗加尼亚的首都。该国国土长一百五十英里，宽三十英里，居民为毛鲁什族①，系智利族的一支支脉，诗人爱尔西拉②曾经赞美过他们。毛鲁什族人身体强健，性格高傲，是南北美洲中从未受过外族统治的唯一的一族。阿罗哥城曾一度隶属于西班牙，但当地居民却从未屈服过；他们当时就像现在抵御智利人一样地抵抗着西班牙人，其独立的旗帜——蓝底白星旗——始终在那座构筑起防御工事的山顶上高高地飘扬着。

趁别人在准备晚饭的时候，格里那凡爵士、巴加内尔和那个卡塔巴在茅草顶的房屋之间散着步。阿罗哥城除了一座教堂和一座修道院

---

① "毛鲁什"系当地居民自称，阿罗加尼亚人是西班牙人为他们所取的名字。
② 爱尔西拉（1533—1596）：西班牙军事家兼诗人，著有史诗《阿罗卡那》。

以外，没有其他什么可看的了。格里那凡爵士尝试着打听一点有关沉船的事，但一无所获。巴加内尔说的西班牙语当地居民听不懂，因为阿罗哥城的居民说的是一种直到麦哲伦海峡都通用的土语——阿罗加尼亚语，不会西班牙语，巴加内尔西班牙语再流利也不管用。对此格里那凡爵士很失望，既然无法交流，就只好自己用眼睛多看多观察了。他感到还是挺高兴的，因为他可以随意观察，看到了毛鲁什族各种类型的人。他们身材高大，脸扁平扁平的，肤色呈古铜色，下巴无毛，目光充满疑惑，脑袋宽大，又黑又长的头发披散着。他们成天无所事事，仿佛是一些处于和平时期无用武之地的战士；而女人们却很能吃苦，终日忙忙碌碌，刷马、擦拭武器、耕田犁地、打猎等等，全都由她们去干，此外，她们还得抽空编制斗篷——那种蓝蓝的"篷罩"。这种篷罩编织一件费时约两年，最便宜的也得卖上一百美元。

总的说来，毛鲁什人风俗粗野不羁，人类的坏习惯他们全都沾染上了，唯一的美德就是热爱独立自主。

"他们可真像是斯巴达[①]人啊！"巴加内尔散步归来，围坐在院子里吃饭时，不禁赞扬道。

大家都觉得这位地理学家言过其实，赞扬得有点过分。后来，他还说，在游览该城时，他那颗法兰西人的心跳动得十分激烈，弄得大家更加莫名其妙，不知所云。少校问他为何他的那颗心会如此激烈地跳动，他说这是十分自然的事，因为他有一位同乡不久前曾经当过阿罗加尼亚国王。少校问他此人姓甚名谁。巴加内尔不无自豪地说此人名叫多伦斯，是个地地道道的大好人，满脸的络腮胡子，早年曾在白里各[②]当过律师，后来当上了阿罗加尼亚的国王，后来又被赶下了御座，罪名是"忘恩负义"。少校闻言，不觉鄙夷地一笑，巴加内尔却正儿八经地回答他说，一个律师要做一个好国王．也许要比一个国王想当个好律师容易得多。大家听了他的解说，忍俊不禁，举起玉米酒，每人喝了几滴，以祝愿阿罗加尼亚的废王奥莱利·安托尼一世身体健康。

[①] 古希腊的一个邦，居民以勇武善战著称。
[②] 法国一城市名。

数小时之后,大家纷纷裹上自己的篷罩,进入了梦乡。

翌日,早晨八点,马德琳娜打头,培翁押后,这一小队人马又向东踏上了南纬37°线的路径。他们穿越了阿罗加尼亚的那片满地葡萄树和成群的肥羊的丰饶地区,然后,人烟逐渐稀少。走上一英里多路,也难得见到闻名全美洲的印第安人驯马人——"拉斯特勒阿多"的茅草棚。他们有时会看到一个废弃了的驿站,那是在平原上游荡的土人们用作避风躲雨的地方。这一天,他们被两条河——杜克拉河和巴尔河——挡住了去路。但卡塔巴发现了一处浅滩,他领着大伙儿顺利地蹚过河去。前方天际,安第斯山脉隐约可见;向此延伸的尖峰以及一座座圆圆的山峦隐隐约约的。安第斯山脉是整个新大陆的脊梁骨,他们此刻所见到的是这巨大的脊梁骨的最低矮的部分。

到了下午四点,他们已经一口气走了三十五英里,便在旷野中的一丛巨大的野石榴树下停了下来。骡子卸去了鞍辔,松了缰绳,自由自在地跑到草地上去吃草了;大家解开褡裢吃起了肉干和辣椒饭,然后,把被褥解开,铺在地上,安然入睡。培翁和卡塔巴轮流担任守夜者。

天气如此的好,旅行者们,包括小罗伯特在内,全都健健康康,而且旅途又十分顺利,所以大家认为应该乘兴勇往直前。因此,第三天,大家行进的速度更加快了。渡过了伯尔激流之后,格里那凡爵士一行便在西班牙属的智利和土人所属的独立智利之间的标标河边过夜。这一天他们又走了三十五英里。地理状况依然如前,肥沃的土地上,长满了宫人草、木本紫罗兰、曼陀罗花、金花仙人掌。鹭鸶、鸱枭和躲避鸱鹰的黄雀和鹧鸪栖息于此。丛莽之中,有黑斑虎[①]出没。但是,却未见什么土著人,难得遇上几个被称之为"瓜索"的,也就是印第安人与西班牙人的混血儿,他们光脚上捆扎着大马刺,刺得马儿浑身是血,策马飞奔,一闪而过。沿途找不到一个可以打听点事的人,什么消息也无法获得。格里那凡爵士认为无须浪费时间去做无益的查访,因为他推测,如果格兰特船长真的成了印第安人的俘虏,那他早就被掳往

[①] 黑斑虎为南美洲所特有的大老虎,黑斑如豹,善攀树,又称"南美豹"和"亚美利加虎"。

安第斯山那边去了。只有翻过山去,到了山那边的草原里去访查,才会有所收获。因此,只好坚持不懈地继续向前,迅速地往前赶。

17日,依然按头几日的时间和习惯顺序出发上路了。小罗伯特总是别出心裁,不遵守次序,一高兴起来,便会冲到马德琳娜前面去,没少让自己的那头坐骑吃苦头。待到格里那凡爵士大声呵斥了,他才老老实实地回到自己的位置。

道路开始变得崎岖了一些。地面高低起伏,说明前面就是山路了,而且溪流也多了起来,都在随坡就势地淙淙地流淌着。巴加内尔不时地翻看地图;有些溪流地图上没有标明,他一看便气不打一处来,火气很大,令人觉得又可爱又可笑。

"一条溪流竟然没有名字,这不就等于是一个人没有身份证吗?"他气愤地说,"在地理学的法律上,这就表示它并不存在。"

因此,他便毫不谦让地给那些没有名字的河流冠上了名称,标在了地图上,而且他所标志的名称用的都是西班牙文,听起来既好听又响亮。

"西班牙语真妙!"他老这么说,"多么美好的语言啊!这种语言像是由金属构成的,里面起码含有百分之七十八的铜,百分之二十二的锡,如同铸钟的青铜一般!"

"这么美好的语言,您学得颇有进步吧?"格里那凡爵士问他道。

"当然有进步啰,亲爱的爵士。啊!若不是因为语音语调的问题!别人也就能听得懂我说的话了!"

为了把语言语调弄准确了,巴加内尔一路上不停地大声练着,嗓子都有点哑了。但他并未因此就忘记提出他对地理学上的一些看法。他真的是深谙地理学,看来世界上,在这个方面,他可真是独一无二,无出其右的了。只要格里那凡爵士一向卡塔巴提个什么问题,想了解当地的一个什么特点,他的这位博学的同伴就会抢先回答了他的问题,说得还一清二楚,明明白白,把个卡塔巴惊得目瞪口呆,钦佩不已。

这一天,将近十点钟光景,他们遇上了一条横切着他们所走的那条直线上的路。格里那凡爵士自然而然地便问起了这条路来。而巴加内尔也自然而然地抢先答道：

"这条路是从荣伯尔通向洛杉矶的。"

格里那凡爵士看着卡塔巴。

"没错，完全正确。"卡塔巴回答道。

接着，格里那凡爵士又转向巴加内尔问道：

"这里您来过？"

"当然来过。"巴加内尔一本正经地说。

"也是骑骡子来的？"

"不是，是坐着安乐椅来的。"

卡塔巴没有听明白他这话是什么意思，只好耸了耸肩膀，回到队伍里去了。

下午五点光景，这支队伍在一处不太深的山坳里歇下来了。山坳位于小罗哈城北面几英里路的地方。这儿已是安第斯山的最低的阶梯了。

第12章 凌空一万二千尺

到目前为止,穿越智利的途中未曾遇到什么严重的事故。但是,此刻却有一座高山横亘在面前,挑战大自然的斗争就要到来了。

摆在面前的首要问题是,从哪条路走才能翻过安第斯山脉而又不偏离原定的路线?大家都在等着卡塔巴回答。

"我只知道在这一带高低岩间有两条路可以走。"卡塔巴回答说。

"一定是曼多查以前所发现的阿里卡那条路吧?"巴加内尔说道。

"完全正确。"

"在维腊里卡岭以南的是不是叫维腊里卡路?"

"没错。"

"可是,朋友,这两条路,一条偏北,一条偏南,都不在37°线上。"

"那您知道还有第三条路吗?"少校问巴加内尔。

"有,"巴加内尔回答道,"有一条路,叫作安杜谷小道,位于火山的斜坡上,南纬37°30′处。也就是说,与我们所拟定的路线只差半个纬度。这条小道是查密迪奥·德·克鲁兹从前所探测出来的,高度仅为一千托瓦兹[①]。"

"很好,"格里那凡爵士说,"您认识这条小道吗,卡塔巴?"

"认倒是认得,爵士,这条小道我也曾走过,我之所以没有提起,是因为它太狭窄,顶多可供羊群通过,是这座山东边的印第安牧人所

---

① 法国古长度单位,1托瓦兹约等于1.949米。

走的小径。"

"那么，朋友，"格里那凡爵士回答他说，"羊群可以通过的地方，我们就能通过。既然它仍旧位于直线上，那我们就走这条小道。"出发的信号业已发出，这队人马便钻进了拉斯勒哈斯山谷；山谷两侧都是大丛大丛的结晶石灰岩。路随着一个几乎觉察不出的斜坡在渐渐地往上去。将近十一点光景，来到了一个小湖泊前，必须绕过去。这小湖是个天然形成的蓄水池，是附近的山泉溪流的汇合点，风景美丽宜人。湖水在静静地流淌着，在山里的恬静之中消失。湖泊上方，立着一层层的高地，长满着青草林木，为印第安人放牧之地。过了这一带，便是一片沼泽地，呈南北向横亘着。多亏了善于跨越沼泽的骡子，一队人安然无恙地走了过来。下午一点光景，在一座石峰上建起的巴勒那堡呈现在众人面前，残缺不全的壁垒仿佛替那巉岩镶上了王冠。骡子队伍从这座堡垒旁边绕过去。山势在逐渐地陡峭，乱石嶙峋，骡子踩踏的石子在滚动着，形成了一个碎石瀑布，哗哗地流淌。将近三点钟时，又见到许多的残壁废垒，都是1770年土著人起义中毁掉的。看上去，这些遗迹虽残破不堪，但却不乏诗情画意。

"唉！"巴加内尔说道，"大山已经就把人与人分隔开来了，还要建造这样的一些碉堡出来。"

从这儿开始，路不仅难走，而且险象环生。坡度加大了，小道变得越来越窄，道旁的深渊深不可测。骡子鼻子贴着地，嗅着山路，谨慎地爬着。众人依次而行。有时候，遇上一处弯道，马德琳娜看不见了，大家便听着它的铃铛声响，寻音前行。有时候，山路折拐，成了两个平行山路，领头的卡塔巴可以同押后的培翁攀谈；平行道之间隔着一条裂缝，不到两个托瓦兹宽，但深度却不止两百托瓦兹，形成一条无法逾越的鸿沟。

不过，这一带，仍然有一些草本植物在岩石间顽强地生长着，只是大家已明显地感觉到植物界被矿物界侵占了。几条熔岩已经凝固，呈现出铁青色，针状的黄色结晶竖立着，一看便知安杜谷火山就在跟前。岩石层层叠叠，无一定之规，没按平衡规律排列，靠着巧妙的支撑力只是摇摇欲坠,并未倒下来,不过,稍微加点外力,它们必然会倾塌下来的。

安第斯山的硕大无朋的骨架似乎总在摇晃个不停,因此,通行的道路经常发生变化,难以辨认,昨天记准的标记,今天可能已经移动了位置。因此,卡塔巴经常摸不准,要停下来四处查看,辨认岩壳的形状,寻找印第安人在那些易碎的石头上留下的印迹。

格里那凡爵士紧随向导身后;他感到了向导因路难寻而产生的烦恼,而且觉得他的烦恼在不断地增加。他不敢问他,他心想,骡夫应该像骡子一样地识途,所以还是干脆别问,相信骡夫为好。他这么想也并非没有道理。

卡塔巴就这么走走停停,寻来觅去地走了整整有一个小时,尽管路确实是在向上延伸,但他却始终没有找准,最后,他干脆就停下来不走了。此刻,他们刚进入一个不太宽阔的山谷,是印第安人称之为"格伯拉达"的那种狭窄的山谷。路口拦着一堵云斑石的峭壁,陡峭尖削。卡塔巴寻找了半天,也没找到路径,只好爬下骡子,抱住双臂,一语不发。格里那凡爵士冲着他走上前去。问他道:

"您迷路了?"

"没有,爵士。"向导回答道。

"您找不到那条应走的路了?"

"不是的,我们仍旧是在那条路上。"

"您肯定没弄错?"

"肯定没错,您瞧,这是印第安人烤火时留下的灰烬,这是畜群走过时留下的印迹。"

"这么说,前不久刚有人从这儿走过!"

"是呀,可是现在却过不去了。最近的一次地震把这条路给堵死了。"

"堵得住骡子的路却不一定能堵住人的路。"少校说道。

"那就得看诸位怎么决定了,"向导回答道,"我已经是尽力而为了。如果大家愿意折回去,再在这带高低岩处找一条别的路的话,我和我的骡子听候诸位的吩咐。"

"那不就得耽搁……"

"起码三天。"

格里那凡爵士听了卡塔巴的一番话，沉默起来。卡塔巴是遵照契约行事的。他的骡子不能再继续向前了。对于向导提议的折返回去的建议，他是心存异议的，因此，他扭过头去看着大伙儿问道：

"你们愿意豁出去继续前进吗？"

"我们跟着您走。"奥斯丁回答道。

"我们非常愿意，但问题的关键在于如何翻过这座山去，只要翻过去，山那边就是下坡路，好走多了。而且，到了山那边，就可以寻得到习惯于在大草原上奔驰的骏马了。所以，不必犹豫，继续向前。"巴加内尔说道。

"继续向前！"格里那凡爵士的旅伴们异口同声地说。

"您不再陪我们一起走吗？"格里那凡爵士扭过头去问向导。

"我是负责赶骡子的。"向导回答道。

"那就随您的便吧。"

"我们用不着他陪，"巴加内尔说，"只要爬过峭壁，到了山那边，我们就可以再找到安杜谷小路，我保证把大家带下山去，比这一带的最好的向导毫不逊色。"

于是，格里那凡爵士跟卡塔巴结清了账，把他及他的培翁和骡子全都退掉了。一行七人分摊着背起武器、工具和干粮。大家立即开始往上爬去，甚至都不怕走一段夜路。左边斜坡上有一条小径，由上而下地蜿蜒伸展着，骡子确实是走不了。困难重重，但格里那凡爵士一行七人，经过两小时的艰苦努力，终于又踏上了安杜谷那条小路了。

此刻，他们已经走到真正的安第斯山里，离那巨大的高低岩最高的山脊不远了。可是，无论大路还是小路，都看不出路径来。最近的一次地震把整个这一带搅得一塌糊涂，只有从山腰上隆起的石壳一点点地往山脊上攀登。巴加内尔也找不到可走的路径，一时也没了主意，只好一个劲儿地往安第斯山的顶端爬去。山顶高达一万一千英尺到一万二千六百英尺。幸运的是天空晴朗，气候宜人。要是换到冬季，在五月到十月之间,根本就不可能像这样攀登。天寒地冻,高处不胜寒,肯定会被冻死冻僵的,再加上当地所特有的那种飓风的肆虐,更加难以想象。这种独特的飓风被称之为"腾薄拉尔",每年被它刮掉到高低岩深坑中去的尸体不计其数。

格里那凡爵士一行人爬了整整一宿:遇到几乎无法攀登的重重岩石,大家便用手扒紧往上爬;遇到又宽又深的缝穴,便纵身跃过;胳膊挽住胳膊充当绳子;肩上人摞人,作为梯子。这群英雄好汉如同马戏团的杂技演员,在表演空中飞人。此时此刻,正是健壮的穆拉迪和灵巧的威尔逊大显身手的时候。这两位诚实忠心的苏格兰人忙前忙后,十分卖力,有许多次,如果不是他们的勇敢与热诚,整个队伍肯定是无法继续前进了。格里那凡爵士总在担心小罗伯特,怕他年纪小,活泼好动,出现闪失。而巴加内尔则带着自己那法兰西人的狂热劲儿,一直在勇往直前。至于少校嘛,他总是该动则动,恰如其分,一直都那么漫不经心,若无其事,不慌不忙地往上爬着。

清晨五点时分,从气压表上看,这伙人已经爬到七千五百英尺的高处了。此刻他们已上到二级平台,到了乔木带的尽头。有几种动物在那儿跳来蹦去的,如果猎人遇上它们,一定会乐开怀的。这些矫健的动物也知道猎人喜欢捕杀它们,所以见人就逃。这些动物中尤为突出的是山区所特有的骆马,能够充当羊、牛、马之用途,生活在骡子也上不去的地方。还有一种动物叫大耳龈鼠,是啮齿类中的小动物,温顺而胆小,皮毛很好,形似野兔,又像野鼠,其后腿很长,又像袋鼠。这种小动物喜欢在树顶上蹿来蹿去,颇像栗鼠,甚是可爱。

"它虽说不是鸟儿,"巴加内尔说道,"但它已经不再是四足兽了。"

但这些动物还不是山中最高地带的"居民"。在九千英尺高处,靠近冰雪地带,还有着一群群的十分漂亮的反刍动物:一种披着如丝绒般长毛的羊驼;另一种叫作无角山羊,身材瘦削,但气宇不凡,毛质细密,被博物家们称之为"没角羚"。只不过,这种小动物没法接近,它见到危险便会迅速奔离,逃得比鸟儿飞得还要快,消失在茫茫一片雪域里。

天刚破晓，山里呈现出的是一片幻化世界，天空中反射着冰雪那淡青色的光芒。峭壁上的冰凌耸立着，显得又冷又滑。此刻爬山，相当危险，不仔细探测，摸不准裂隙的所在，寸步难行。威尔逊已经跑到队伍前面去探路了，他不停地以足试路，后面的人便小心翼翼地循着他的脚印前行。大家都不敢大声交谈，因为声音一大，空气也就随之震荡，很可能把悬于头顶上方约七八丈高的大雪团给震落下来。

一行人已经走到灌木地带了，再往上走二百五十托瓦兹，灌木就不见了，为禾本草类和仙人掌类所替代。到达一万一千英尺高处时，连禾本草类和仙人掌也都见不着了。这伙人只是在八点钟时休息了一次，简单地填了填肚子，恢复一下体力，然后，又鼓起勇气，冒着更大的危险，继续往上爬去。他们越过冰凌，跨过深渊，经过路边一个个木十字架——那是一次次不幸事故的见证——终于在午后两点左右走到了光秃荒凉的一片位于险峰间的开阔地。这悬崖峭壁间的一片平坦的地方，犹如波涛汹涌的大海中的一个小岛。头顶上是干冷的蓝天，周围是稀薄凛冽的空气，高处石壁上偶尔会有"歪风邪气"顿起，把大块大块的岩石吹得滚落到山下去。

此刻，这一小队人尽管勇气十足，但体力毕竟不支。格里那凡爵士看到自己的伙伴们一个个已筋疲力尽，深悔在深山之中走了这么久这么远。小罗伯特拼命地在抗御着疲乏，但实在是迈不动步了。三点钟时，格里那凡爵士停下了脚步。

"还是歇歇脚吧。"他见大家都不好意思先提这种建议，便开口说道。

"歇歇脚？"巴加内尔说，"可哪儿有可供歇息的地方呀？"

"不管怎样，非歇不可，尤其是小罗伯特，更需要歇息。"

"我不用歇，爵士，"勇敢的孩子回答道，"我还可以走……大家别停下来……"

"让我们来背你吧，我的孩子，"巴加内尔说道，"反正得再往东边走点，到那边可能会碰到一个茅棚什么的，可以歇息一下。我想大家还得坚持两个钟头。"

"那么，大家同意吗？"格里那凡爵士问道。

"同意。"众人异口同声地回答。

"我负责背这孩子。"穆拉迪补充道。

众人继续向东行去。他们又艰难乏力地攀爬了两个小时。他们一直在这么往上爬呀爬的,一直爬到最高峰。这里的空气更加稀薄,令人喘不上气来。血也在从人们的牙齿和嘴唇上渗出来。无论这群勇敢者如何意志坚强,但毕竟难以熬过这稀薄的空气,高山反应愈演愈烈,体力不支,毅力也随之受到了影响,总这么硬挺下去可不是个事儿。只见摔跤的人和次数越发地多了起来。跌倒后还爬不起来,只好跪着往前爬。

这一番攀登,真是把这一行人折腾苦了,疲乏得快要支持不住了。望着那茫茫的冰雪,那冻彻荒山的寒气,那在渐渐地吞噬山峰的夜影,却又找不到过夜的处所,格里那凡爵士不由得心惊胆战,忧从心来。正在这一时刻,突然听见少校在以镇静的语气大声喊道:

"看,那儿有个小屋!"

第13章　从高低岩下来

如果不是麦克那布斯，换了其他任何人，即使从这小屋旁边走过去上百次，甚至是从小屋顶上走过去，也发现不了它的。因为那小屋只不过是突出于雪地的一个点，与周围的岩石混在一块，难以发觉。小屋埋在雪里，必须扒开来。于是，威尔逊和穆拉迪便动起手来，拼命地扒了半个钟头，方才把这种称之为"卡苏栅"的小屋扒开来。大伙儿便赶忙挤了进去，缩成了一团。

这种卡苏栅是印第安人用木坯建在岩石上的，呈正方形，长与宽各四米，矗立于雪花岩顶上；只有一个小门，门前有一石梯；门尽管狭小，但一刮起那"腾薄拉尔"来，雪花和冰雹便往里钻。

这小屋可容纳下十来人，在雨季里，四壁虽无法遮挡雨水，但此时此刻，却可暂避一会儿零下十多度的严寒。另外，小屋内还垒有一个炉灶，装有土坯烟囱，砖缝用石灰糊上，很不严实，但生火取暖，抵御寒气，还是凑合的。

"真得好好感谢上帝，给我们提供了一个栖身之地，尽管不太舒适，但毕竟可以避寒歇脚了。"格里那凡爵士说道。

"这还不太舒适呀？"巴加内尔接嘴说道，"这简直就算是一座王宫了！只是缺少朝臣与禁卫军罢了。"

"要是在炉灶里生上一把火，那就更好了，"奥斯丁说，"我看大家虽说很饿，但更是冷得不行。我觉得，能找到一把干柴，那要比打到点野味更让人高兴。"

"那好啊,"巴加内尔说,"我们就找点什么来生把火吧。"

"在这片雪地山中,哪儿有东西可烧的!"穆拉迪不以为然地摇着脑袋说。

"屋子里既然垒了炉灶,外边就一定有东西可以生火的。"少校说道。

"麦克那布斯说的有道理,"格里那凡爵士说,"你们收拾一下,准备做饭,我去找柴去。"

"我和威尔逊陪您去。"巴加内尔说。

"我也陪你们去吧?"小罗伯特爬起来问道。

"你别去了,你要好好歇着,我的孩子,"格里那凡爵士回答他说,"别人在你这么大的时候,还是个孩子,可你已经是个小大人了!"

格里那凡、巴加内尔、威尔逊走出卡苏栅,当时已是傍晚六点钟了。虽然没有起风,但那寒气却冷得彻骨。天空已经变暗,夕阳只剩下一抹余晖拂过高山乱峰。巴加内尔看了一下气压表,水银柱指出的是:负四度九十五分。这说明他们现在所处的位置是一万一千七百英尺高空。这儿比勃朗峰只低九百一十米了。假如这座山峦也像瑞士的山峰一样有诸多困难,那么,一刮起飓风或旋风来时,那谁也别想翻过这新大陆的屋脊了。

格里那凡爵士和巴加内尔走到一处云斑石高冈,放眼四下望去。他们正处于高低岩那一带层峦叠嶂的最高峰上,视线可达四十平方英里。东边,山坡在逐次低下去,不算太陡峭,可以走下来,培翁们滑着下去,可以一滑数百托瓦兹。远处是乱石堆,排成一条条的行列,系冰山滑落时冲出来的。科罗拉多河流域一带已经隐入随着夕阳落下而渐起的夜影之中;地面陡峭起伏,犬牙交错。也在逐渐隐没。整个安第斯山脉的东部,都在渐渐地暗黑下去。西边,那些支撑着嶙嶙尖峰的山腰上的弓形石壁依然有阳光的余晖抹在上面。眼望着沐浴在光波下的岩石和冰山,让人眼花缭乱。北边,一连串的峰峦,隐隐约约地起伏不定,宛如用颤抖的手握着笔画出来的一条模模糊糊的波浪线。南边,情况却正好相反,景象瑰丽辉煌,愈近黄昏日暮,却愈加地灿烂。放眼向着荒凉的脱尔比多河谷望去,便可看到安杜谷火山,大张着嘴的火山口,就在离那儿只有两英里远的地方。那火山怒吼着,宛如一只硕大无朋的怪兽,就像《圣经》中所描述的长鲸[1]在喷射出炽热的浓烟和奔流不息的褐色火焰。周边的峰峦仿佛着了火一般。白热的石雹、暗红色的烟云、似火箭般的熔岩,交织混杂在一起,恍若巨大的万花筒。

巴加内尔和格里那凡眼望着这天火与地火交织在一起的壮丽一幕,如痴如醉;这两个临时充当砍柴人的旅行者一时间变成了艺术观赏家了。不过,威尔逊却对此了无兴趣,他一个劲儿地在催促着该去砍柴了。此处并无树木可砍来当柴烧;幸好,有一种干枯的苔藓趴结于岩石上,于是,他们便动手弄下来不少。另外,还有一种名为"拉勒苔"的植物,其根可以生火,他们也拔了不少。他们把这些宝贵的燃料带回小屋后,立即放入炉灶,堆在一块。但是,这火却老也生不着,生着了也烧不了一会儿。原因在于空气稀薄,氧气不足,至少少校是这么一个看法。

"不过,烧水倒是容易,"少校补充说道,"水的沸点到不了一百度。喜欢沸水冲咖啡的人也只好将就一点了,因为在这么高的高度下,水不到九十度就沸腾了[2]。"

麦克那布斯说的完全正确。当水刚开始沸腾时,用温度计插入一试,显然不是九十度,只有八十七度。大家喝了几口热咖啡,感觉爽极了。至于干肉,似乎少了点,不够分配。这时,巴加内尔便突发奇想。

"对了,我想起来了,"巴加内尔说道,"骆马肉烤着吃味道蛮不错的!有人说骆马肉赛过牛羊肉,我倒很想试试此话是否当真。"

"怎么!"少校反诘他道,"这样的晚餐您还不满足,我的巴加内尔大学者!"

"满足得很,我的好少校。不过,我得说句心里话,再有一盘野味的话,我会更开心的。"

"您可真会享受!"麦克那布斯说。

"您这么说我,我并不生气,少校。不过,您呢?您自己又如何呀?

---

[1] 见《约伯记》中的描述。
[2] 高度每增加 324 米,沸点约低 1 度。——作者注

您嘴上说得很好听,心里未必不想来块肉嚼嚼吧!"

"也许吧。"少校回答道。

"假如有人邀请您去打猎,您是否不畏严寒,不怕夜黑,有兴趣去呀?"

"当然有兴趣,您如果真的有此想法的话……"

大家尚未对他的赞同态度表示感谢,也未来得及劝阻他,就已经听见远处传来一片吼声。那片吼声延续得很久,不是一只两只野兽发出的,而是一群野兽在吼叫,在向他们奔来。难道上苍赐予他们一间避寒小屋之后,还要赐给他们一顿丰盛的晚餐不成?地理学家心里在做如是想。但格里那凡爵士却给他泼了一瓢凉水,说这高低岩的如此高处是绝不会再有野兽出没的。

"没有野兽出没,那这吼声是怎么来的?"奥斯丁说,"那声音不是越来越近吗?"

"会不会是雪崩?"穆拉迪问。

"这不可能!这明明是野兽的吼叫声。"巴加内尔反驳道。

"我们还是去看看吧。"格里那凡爵士说道。

"那还是以猎人的身份去看的好。"少校说着便拿起了他的马枪来。

众人钻出小屋。夜幕已经降临,屋外一片阴森瘆人。天空中倒是满天的星斗。下弦月尚未露面。北边和东边的山峰都隐没在夜色之中,只能隐隐约约地看到最高的那几座巉岩的侧影,好似幽灵一般。吼叫声看来像是受到惊吓的野兽的嚎叫声,而且声音越来越大,是从高低岩的那片黑暗中传过来的。究竟出了什么事?说时迟那时快,突然间,一团大东西排山倒海似的崩塌下来,但那并不是雪崩,而是一群受惊的野兽。仿佛整个山体都在震颤。那涌了出来的野兽足有数十万只,尽管空气稀薄,但那奔突之声、咆哮之声仍然震破耳鼓。这是大草原上的野兽呢,抑或是山中的骆马和没角羚?这阵野兽卷起的狂风正好从他们头顶上方几英尺高的地方一卷而过。格里那凡、麦克那布斯、小罗伯特、奥斯丁和两个水手连忙趴倒在地。巴加内尔是夜视眼,他立在那儿,想看个究竟,但却被那"狂风"吹得趴在了地上。

这时候,少校在黑暗之中突然开了一枪。他觉着有一只野兽在离他没几步远的地方掉了下来,而整个兽群则以锐不可当的势头奔腾而去,响声更大,最后消失在火山映照的那一带山坡上。

"啊!找到了!"只听见有个声音在喊,那是巴加内尔的喊叫声。

"找到什么了?"格里那凡爵士问道。

"找到我的眼镜了!在这么一阵慌乱中,只掉了一副眼镜,够便宜我的了!"

"您该没有伤着哪儿吧?……"

"没有,只不过是被踩了几脚。不知是被什么踩的。"

"就是这个家伙踩的。"少校拖着被他打死的那只野兽回答道。

众人连忙回到小屋里,借着炉火的光亮细细地观察麦克那布斯那一枪所得到的收获物。

那是一只很漂亮的野兽,像一只无峰骆驼:头细小,身子扁瘦,腿细长,毛细软,呈咖啡色,腹下有白色斑点。巴加内尔一看便立即叫嚷道:

"是原驼[①]!"

"什么叫原驼?"格里那凡爵士问道。

"就是可食的野兽。"巴加内尔回答说。

"能吃?"

"味道好极了,是美味佳肴。我早就说了吗,今晚大有口福!这是多好的肉呀!谁来剥皮?"

"让我来。"威尔逊自告奋勇。

"好呀,您来剥我来烤。"巴加内尔赞同道。

"您还会做菜呀,巴加内尔先生?"小罗伯特问道。

"我是法国人,还能不会烧菜吗,我的孩子?法国人生来就是个好厨师!"

五分钟后,巴加内尔已经把大块的原驼肉放在"拉勒苔"根烧成

[①] 系驼马之一种。某些动物学家认为骆驼就是由它进化而来,故称"原驼"。

的炭火上烤起来。不一会儿，小屋里肉香四溢。过了十分钟，巴加内尔便把他的"原驼肋条肉"烤得又香又嫩，分给大家吃。众人接过来之后，也没什么客套，便大口大口地嚼了起来。

可是，大家刚刚吃了一口，便都哇的一声，苦着脸吐了出来，弄得巴加内尔好生惊讶。

"真难吃！"这个说。

"不能吃！"那个喊。

可怜的地理学家尽管心里很不高兴，但也不得不承认那肉实在是难吃，即使饿得要死也难以下咽。于是，众人便取笑他的厨艺、他的美味佳肴。他知道大家在奚落他。他左思右想，到底是怎么回事？明明是无人不知无人不晓的真正好吃的原驼肉，怎么到了他的手里就出了怪味了呢？他突然像是顿有所悟似的大声嚷道：

"我想起来了！我想起来了！我知道是什么缘故了！"

"是不是烤过头了！"麦克那布斯仍然平静地说。

"不是烤过头了，爱挑刺儿的少校，是跑过头了！我怎么搞的，怎么把这个茬儿给忘了呢！"

"什么叫'跑过头了'，巴加内尔先生？"奥斯丁问道。

"什么叫'跑过头了'？就是说，原驼在歇息的时候打死才好吃；要是跑得太久太累，肉就没法吃了。我可以根据它的肉味判断出它跑了有多远，我敢说，那群原驼肯定是跑了不少的路，从很远的地方跑经这儿的。"

"真的如此？"格里那凡爵士问道。

"绝对没错。"

"那么，是出了什么事，或者出现了什么状况把这些动物给吓成这副模样，使之从本该安稳地睡在窝里的地方逃了出来的呢？"

"这个嘛，亲爱的爵士，我可无法回答，"巴加内尔说道，"如果您相信我，您就去睡觉吧，别再刨根问底了。我都困得要命了。我们睡吧，少校？"

"那就睡吧，巴加内尔。"

话已至此,大家便裹上"篷罩",加了把火,躺下睡去。不一会儿,高高低低的鼾声相互呼应起来。地理学家发出的是男低音,与众人的各种鼾声融汇在了一起。

可是,格里那凡爵士却睡不着。他心中忐忑不安,脑子里总在想着那群动物为什么总朝着一个方向逃跑,为什么它们是那样地惊恐害怕。那些原驼数量众多,不可能是被什么猛兽驱赶跑的。在这么高的山上,猛兽本来就不多,猎人则更少。那么,是什么样的恐怖让它们如此害怕,非要逃往安杜谷的深坑中去?恐怖的原因到底是什么?格里那凡爵士有一种不祥的预感,担心很快会有灾难降临。

不过,这么思来想去,使他已处于半睡眠状态了,他的想法也开始有了点转变,希望多了,疑虑少了。他想象着明天一行人就将到达安第斯山下的大平原了。他想象着在那儿开始进行探访、调查,也许离成功已经不太远了。他想象着格兰特船长及其两名水手已经摆脱了奴隶的苦难生活,回到他们的中间。他脑海里就这么闪现着这些希望的光芒,可是,炭火的劈啪声、冒出的火花、红红的火焰、火光映照下的同伴们的面庞及墙上忽闪忽闪的影子,总在不断地干扰他的思绪。接着,灾难降临的预感又纠缠住了他,并且比先前更加地缠绕着不放。他模模糊糊地听着屋外的声响,那声响在这寂静的高山上是缘何而起的呢?真的是想不明白!

有时候,他仿佛听到一种带有威胁性的声响从远处隆隆地传来,恍若雷鸣。这种声响只有在山腰距山顶几千尺以下起了暴风雨时才会产生的。格里那凡爵士一心想要证实自己的判断,便索性走出了小屋。

这时候,月亮正在升起。空气静谧清新。山上山下不见云彩。安杜谷火山有活动的火光在闪现,稀稀拉拉的。未见风雨,未见闪电。天上,群星闪烁。然而,隆隆的响声始终在持续着,仿佛越发地临近,在安第斯山里奔驰而来。格里那凡爵士又走回到小屋里,心里更加乱糟糟,他老在纳闷儿:这地底下的隆隆声响是否与那群原驼的奔逃有关?他看了看表:凌晨两点。他没有去惊醒自己的同伴们,因为他并没能确定马上就会有危险发生。他脑子里懵懵懂懂的,这种状态一直持续了好几个钟头。

突然间,猛烈的哗啦啦的巨响把他惊醒过来。那声响震耳欲聋,如同千万辆炮车在坚实的地面上隆隆驶过一般。他忽然觉得脚下的地面在陷落,小屋在摇晃、断裂。

"快跑啊!"他大声呼喊道。

他的同伴们也被震醒了,东倒西歪,左滚右跌地摔成了一团,滚到一个陡坡上。天空放亮,眼前一片骇人的景象。山峦的面貌大变:无数圆锥形山顶被拦腰斩断,尖尖的山峰摇摆着陷落下去,不见了踪影,好像山脚下的地面忽然张开了大口似的。一座宽有数里地的大山整个在移动,向平原方向滑过去。①

"地震了!"巴加内尔嚷叫道。

他没有说错,确实是地震。智利边境地区常发生这类灾难;正是在这一地区,可比亚波城曾两度被毁,圣地亚哥城十四年中被震毁过四次。这一带地方的地壳经常被地下的烈火燃烧,这个晚期出现的山脉所有的火山无法尽释地下的能量,因此常有地震发生。

我们的七位远行者拼命地用手紧抓苔藓,攀住平顶山头的边沿。他们头晕目眩,茫然不知所措。只见那座大山头像是快速滑车似的在下滑。他们叫不出声来,一动也不敢动,既然无处可逃,也无法止住身子随着山体滑落。再说,即使喊救命,也没人听得见,更没人来搭救你。那山在没有阻碍地向下滑去,忽而颠簸起来,前后左右地颠动着,犹如汪洋中的一条船。试想,一个几亿吨的物体在以五十度角的斜度向下滑去,而且在不断地加速,可真的是锐不可当啊!

没人知晓这难以描述的滑落究竟延续了多长时间,也不知道究竟会落进哪个深渊里去。他们七人是否仍在山原来的那个地方?是不是都还活着?是不是有谁已经落入旁边的深坑里去了?凡此种种,无人可以作答。他们全都被这滑落的速度,被这彻骨的严寒弄得无生气,如同死人一般,只是求生的本能在让他们不知不觉地紧紧扒住岩石。

---

① 1820年,勃朗峰也曾发生过类似的情况,造成了巨大的灾难。有三名当地的向导丧生。——作者注

突然间，猛烈的一声撞击，把他们甩出了这列快速滑车。他们被扔向前方，在山脚下的最后几层山坡上一个劲儿地滚动着。平顶大山停止了滑行。

好几分钟过去了，没一个人能动弹一下。最后，尽管头昏眼花、晕头转向、身子站不直，终于有一个人爬了起来，那就是麦克那布斯少校。他拂去了迷眼的灰尘，四下里望了望，只见自己的伙伴们全都躺在一个小山窝里，堆积在一起，仿佛落入碗底的一个个弹子似的。

少校数了一下人数，躺在那儿的人少了一个：罗伯特·格兰特。

第 14 章　天助的一枪

安第斯山脉东麓全都是一些长长的山坡,它们延伸到平原上便戛然而止,而新滑飞而来的这座山也突然在平原边上停止了下滑。这里草丰林茂,大片大片的苹果林里,金黄色的苹果挂满枝头,金光闪烁。仿佛法国富饶的诺曼底被截下来一块,抛到了这个地区。旅行者们突然之间由荒凉地带进入了绿野,由雪峰落到了草地,由寒冬进入炎夏,若是在平常的日子里,他们一定会感到惊喜万分的。

这时候,大地停止了震颤,复归宁静。地下蓄积的能量肯定是转移到其他地方去散发、去破坏了,因为在安第斯山脉中,震颤时有发生,随处可见。而旅行者们这次所遭遇的地震的确是太猛烈了,整个这一带的山体形状都改变了模样。抬眼望去,蓝天下显露的全是一些全新的山峦峰嶂,连熟知草原的向导们想要寻找原先的路径标志都是不可能的。

晴朗的一天开始了。太阳从大西洋冉冉升起,阳光洒满了阿根廷大平原,并进而洒向太平洋的波涛涌浪之中。现在是早晨八点。

在少校的逐一救护之下,格里那凡爵士及其伙伴们渐渐地恢复了知觉。他们也只是因震动而昏厥,并无大的损伤,所以很快就苏醒过来了。他们总算是从那硕大的高低岩"爬"过来了,一直"爬"到山脚下。如果不是少了年幼的罗伯特·格兰特,大家一定会非常兴奋,竟然借助自然神力,不用脚走就能翻过这高山峻岭。

罗伯特可是个勇敢的孩子,人见人爱,尤其是巴加内尔,总也离不开他，而少校虽说有点孤僻，但也挺喜欢这个勇敢少年。至于格里那凡爵士，他就更是把这孩子当成了心肝宝贝。得知小罗伯特不知去向，格里那凡爵士这一惊可非同小可，心想这可怜的孩子一定是掉到哪个深坑里去了，正在向他平时称之为"第二慈父"的他呼救呢。

"朋友们，我的朋友们，"爵士泪如泉涌，声音哽咽地说，"咱们快去找他！一定要把他找回来！不能撇下他！要把所有的山头、所有的深坑、所有的悬岩仔细搜索一遍！如果把他给弄丢了，我们有何脸面去见他父亲！为了援救格兰特船长，却牺牲了他的儿子，这怎么可以呢！"

伙伴们只是听着他在说，却不应声。他们感觉得到格里那凡爵士在看着他们，想从他们的目光中看到一线希望，他们只好把头低了下去。

"你们都怎么了？说话啊！"格里那凡爵士又说，"你们听见我说的了吗？怎么全都一声不吭？你们是不是认为一点希望都没有了？真的就一点希望也没有了？"

仍旧是一片沉默。最后，还是麦克那布斯先开了口，问道："朋友们，你们有谁知道小罗伯特是在什么时候不见的吗？"

对此，无一人作答。

"至少，"麦克那布斯少校又说道，"你们总能告诉我那高低岩往下崩塌时，那孩子在谁的身边吧？"

"在我身边。"威尔逊回答说。

"那么，直到什么时候为止您还一直觉得他还在您的身边呢？您好好想想，您说说看。"

"我只记得，我们随着山体崩塌一起下滑，最后才猛地一撞。在这么一撞之前不到两分钟时，罗伯特·格兰特当时还在我的身边，两手还紧抓着苔藓呢。"

"不到两分钟的时候！可是，威尔逊，您得弄清楚了，当时每分每秒都出奇地长！您该没有记错吧？"

"我想不会记错吧？……没错……就是不到两分钟！"

"很好，"麦克那布斯少校说，"他当时是在您的左边还是右边？"

"在我左边。我记得他的篷罩还拍击着我的脸来着。"

"那您呢?您是在我们的……"

"也是左边。"

"这么说,小罗伯特应该是在这一边失踪的,"麦克那布斯一边说,一边脸冲着山,指着右边,"我敢断定,就那孩子失踪的时间来看,他应该是掉落在离地面两英里以内的这一部分山地里。若要去找,就该往那儿去找,分片分头去找,在那一带准能找到他的。"

少校这么一说,众人二话没说,立刻便往高低岩山坡上爬去,分别在不同高度的地方开始寻找。他们在崩塌的路线右边仔仔细细地搜寻着,不放过任何一处,连小小的石孔也不漏掉。他们慢慢地往下寻去,顾不得自身安危。衣服刮破了,手脚划破了,没有一个人皱一下眉头,没有一个人想要歇息片刻。但是,寻来觅去,总不见孩子的踪影。他想必是已经死了,而且被乱石给填埋了。

到了午后一点钟光景,格里那凡爵士及其五个同伴已经是累得实在迈不动步了,只好回到原来的山谷里。格里那凡爵士伤心至极,只是一个劲儿地哀叹着说:

"我不离开这儿!我不离开这儿!"

大家知道他受到了刺激,所以没有作声,对他表示理解和遵从。

"那我们就再等等看吧,"巴加内尔对少校和奥斯丁说道,"先休息一下,恢复一下体力。不管是继续寻找还是继续赶路,都必须先休息一下。"

"对,"少校应声道,"既然爱德华这么坚持,那我们就先别走了。他仍旧怀着希望,可是希望十分渺茫。"

"唉!"奥斯丁叹了口气。

"可怜的小罗伯特!"巴加内尔擦着眼泪说。

山谷里树木很多。少校选中了一丛高大的树木,在树丛下搭起了临时帐篷。他们所剩下的只是几块盖布、全部武器、一点点干肉和干粮。不远处有条小河,可以取水,但因山崩之故,河水发浑。穆拉迪在草地上把火生上,很快便烧好了水,给主人送去了一杯冒着热气的水,让他喝上几口定定神。但是,他的主人却不肯喝,只是愁眉紧锁,躺在篷罩上。

这一天就这么过去了。与昨天夜晚一样,今夜仍然平静而安宁。同伴们都躺下歇息了,格里那凡爵士却又爬上了高低岩的山坡。他屏声敛息,侧耳细听,希望能有呼救声传到耳鼓中来。他独自往前摸索,爬了很高走了很远,不时地用耳朵贴着地面认真地听着,并且失望地呼唤着。

可怜的爵士在山里这么盼望了一夜,同伴们因为不放心,有时巴加内尔跟着他,有时少校尾随着他,生怕他这么乱走,一不小心摔下深谷中去。这么不辞劳苦地苦苦寻找着,却一无所获,他的呼唤声只是引起了"罗伯特!罗伯特!"的回声在空谷中回荡而已。

天明了,众人都跑到山岭上去找寻爵士,生拉硬拽地把他弄了回来。看他的那副神情,没人敢提一个"走"字。但是,干粮告罄。在前方不远处应该可以遇到骡夫提及的阿根廷向导以及过草原所必需的快马。往回走则不可能,因为来路比去路更加难行。再说,与邓肯号约定好了要在大西洋岸集合的。为了整体的利益,绝不可以再这么拖延下去了。

少校想把爵士从悲痛之中拉出来。他一个劲儿地劝说着,但对方只是摇头叹息,不予理睬,只是偶尔会蹦出几个字来。

"走?"他说。

"对,走。"

"再等一小时。"

"好吧,就再等一小时吧。"

但过了一小时,格里那凡爵士又说再等一小时。就这样,等呀等的,一直拖延到了晌午时分。这时候,少校按照众人一致的意见告诉爵士说,不能再延宕了,非走不可,大家的性命全都系于爵士一身。

"好!好!"爵士回答道,"那就走吧,那就走吧。"

可是,他嘴里虽这么说,腿却没有挪步,眼睛从少校身上转到天空中的一个黑点上。突然,他猛地一举手,指着天空,像中了风似的定在那儿不动了。

"那儿！那儿！"他说道，"快看！你们看！"

大家顺着他手指的方向朝天上望去。这时候，那黑点在逐渐变大，原来是一只鸟在天空中翱翔。

"是只兀鹰。"巴加内尔说道。

"对，是只兀鹰，"格里那凡爵士应声道，"看，它飞过来了！它飞下来了！等一等！"

格里那凡爵士在想些什么？他是不是脑子糊涂了？巴加内尔说得对，那的确是只兀鹰，现在看得更加真切了。这种大鸟是安第斯南部的山中之王，过去曾被当地的酋长们奉若神明。这种鸟个头儿大，气力惊人，能够抓住一头牛，扔进山谷之中。它们常常袭击平原上的羊、马、小牛，一把就把猎物抓起，飞上高空。在两万英尺高空盘旋对它来说算不了什么，可那么高，人非但不能，甚至连都看不见它。但它却目光锐利，能够辨别清楚地上最微小的东西，让人惊奇其视力之好。

这只兀鹰是不是看见了什么？看见了一具尸体？是看见小罗伯特的尸体了？那大鸟越来越近，有时盘旋，有时突然骤落。不一会儿，它便在离地面二百米高处绕着圈子盘旋，这时，大家看得更加清楚了。它展翅的宽度达十五英尺多，矫健的双翼浮在空气上；一动不动，一副凛然而悠闲的架势，不像小飞虫那样，如果不老是鼓翅飞动，就会掉落下来。

少校与威尔逊已经抄起各自的马枪。但格里那凡爵士举手制止住了他们。兀鹰在离他们不到四分之一英里处绕着山腰上一个无法攀援的平台盘旋着，速度之快，令人目眩。它突然张开铁爪，继而又立刻攥紧，软骨的冠子在摆动着。

"就在那儿！那儿！"爵士叫嚷道。

然后，他脑子一转，又惊叫一声：

"要是小罗伯特仍旧活着呢？……这兀鹰会……开枪！朋友们，快开枪！"

这时，兀鹰已经飞到一排高耸的山峰背后去了。过了一秒钟（比一百年都长的一秒钟），它又飞了回来，带着重物，慢慢往上飞去。众人不禁惊呼起来,因为它的爪子里抓着一具尸体;那尸体悬吊着,晃动着,那正是罗伯特·格兰特!那只兀鹰抓着小罗伯特的衣服晃来晃去地飞到离帐篷不足一百五十英尺的上空;它也看见了下面的旅行者们,便振着双翼,搏击着狂风,想带着猎获物遁去。

"啊!"格里那凡爵士大叫道,"宁可让罗伯特的尸体摔毁在岩石上,也不能让那兀鹰……"

他话还没说完,威尔逊便已抄起了枪,准备举枪瞄准,但他的双臂却颤抖不已,枪拿不稳,而且眼睛也模模糊糊的。

"让我来!"少校说。

少校神清气定,身子纹丝不动地瞄准那只兀鹰,此时,兀鹰已飞到离他有三百英尺远了。

少校尚未扣动扳机,山谷里却突然传出了一声枪响,只见一道白烟从两座雪花岩之间冒出来,兀鹰耷拉着脑袋,打着转地在坠落,双翼张开似降落伞一般。其猎获物仍被它紧紧地抓着,轻飘飘地落到离河岸边只有十来步远的地方。

"快过去!快过去!"格里那凡爵士嚷叫道。

大家也不问这一枪源自何处何人,只顾急匆匆地向着河边跑去。

待他们跑到河边时,兀鹰已经死了。小罗伯特的尸体被它的大翼遮护着。格里那凡爵士扑到孩子的身上,把他从鹰爪下拉出来,放在草地上,耳朵贴到他的胸口上去听。

格里那凡爵士听见了声响,那简直是仙声妙乐,令他好不兴奋!他大声呼喊道:

"还活着!还活着!"

小罗伯特的衣服很快便被扒掉了;大家往他脸上泼水。他动弹了一下,睁开了眼睛,看了看,开口说道:

"啊!是您,爵士……我的父亲!"

格里那凡爵士一阵心酸、激动,连话都说不出来了。他跪了下去,守着孩子哭泣起来。这可真是一个奇迹,他竟然得救了!

第 15 章　巴加内尔的西班牙语

逃出兀鹰恶喙的小罗伯特被大家热烈地吻个不停，像是要把他吞下肚去似的。大家紧紧地搂抱住他那衰弱的身子。他尽管很疲乏，但却感到心里喜不自胜。

孩子终于得救。此时此刻，大家才想到救命恩人。当然，是少校想起来的。他一个劲儿地东张西望，以目搜寻，终于在离河边五十步远处，看见一个高大的身躯立在高冈上，岿然不动。此人脚边放着一支长枪，肩膀宽厚，长发用皮绳扎着，身高在六英尺以上，脸庞呈古铜色，眼睛和嘴之间抹着红颜色，下眼皮处涂了黑色，额头上则涂抹上白色。他是当地的土著人，模仿边境地区巴塔戈尼亚人的装束，身披一件漂亮的大氅，上面绣有阿拉伯式红色花纹，系原驼颈皮和腿皮缝制而成，细茸毛外翻，大氅里边穿着一件紧身狐皮袄，前襟往下呈尖形。腰带上悬着一只小袋子，装着涂抹面庞的颜料。足蹬牛皮制皮靴，用皮带交叉在小腿上。

脸上涂抹得五颜六色的这个巴塔戈尼亚人，看上去威武雄壮，而且透着一股机警聪颖劲儿。他威严地站在那儿等待着，俨如一尊威武的神像雕塑。

少校赶忙让格里那凡爵士看。爵士连忙向那人跑了过去，那人也向前走了两步，迎上前来。格里那凡爵士双手紧紧地攥住对方的一只手，目光中，笑容里以及整个面部表情都满含着感激之情。那土人一看也明白，不会产生任何误解的。他微微地点了点头，说了几句，但少校和爵士都没听懂。

那土著人仔细地打量过两个外国人之后，便改用另一种语言，但是，与刚才一样，大家依然听不懂。不过，他话中的几个词却引起了格里那凡爵士的注意。爵士能听懂点西班牙语的单词，所以猜想到这土著人是在说西班牙语。

"您说的是西班牙语吗？"格里那凡爵士问道。

那土著人点了点头。点头这动作基本上各个民族的人都是明白其含义的。

"好极了，"少校说，"该我们的朋友巴加内尔施展本领了。幸亏他想到要学西班牙语！"

他亮起嗓门儿，喊巴加内尔。巴加内尔赶紧跑了过来，以法国人所特有的高雅风度向那巴塔戈尼亚人打招呼，只不过这种法兰西风度对方未必能够领会。巴加内尔听说要让自己与对方用西班牙语对话，劲头儿便上来了，说道：

"没有问题。"

于是，为了咬字清楚，他便一个字一个字地大声喊了出来：

"您——真是——好人——呀！"

对方只是在听，没有回答。

"他听不懂。"巴加内尔说。

"是不是您的语音语调不对？"少校在提醒他。

"可能是，这该死的语音语调可把我给害苦了！"

于是，他又重说了一遍那句恭维话，但仍然是没能奏效。

"我再换一句话吧，"巴加内尔咬住每个音节，一首一顿地说了下面这句话，"毫无——疑问——您是——巴塔戈尼亚人！"

那人仍旧是没有反应。

"请——您——回答——我！"巴加内尔又加了一句。

同样是不见回答。

"您——听得懂——我说的吗？"巴加内尔真的着急了。

那印第安人明显是听不懂，他用西班牙语说了一个字：

"不!"

这下子,巴加内尔不耐烦了,把眼镜往额头上一推,说道:"他说的那种语言我一个字也不懂,一定是阿罗加尼亚语。"

"不会吧,"格里那凡爵士说,"他刚才可是用西班牙语回答的。"

说着,他便面对着那个巴塔戈尼亚人用西班牙语问道:

"西班牙语?"

"是!是!"土著人回答道。

巴加内尔惊呆了。少校和爵士互相对视了一下。

"哎呀!我博学的朋友,"少校嘴上泛着微笑说,"您真是粗心得到家了,这次又犯这种粗心的毛病了吧?"

巴加内尔刚回过神来,只是有所怀疑地"嗯"了一声。

"很明显,这个巴塔戈尼亚人说的就是西班牙语……"

"他说的是西班牙语?"

"那还有错。您是不是学了另一种语言,还以为是……"

少校没有说完,巴加内尔便耸了耸肩,没好气地顶了他一句:

"您太过分了,少校!"

"否则您为何听不懂呢?"少校并不退让地反驳他道。

"那是因为他讲得很不地道!"巴加内尔越说越气。

"是不是因为您听不懂,才说人家讲得不地道?"少校声色不动地步步紧逼。

"麦克那布斯,"格里那凡爵士开始打圆场了,"您这么说有欠公允。我们的朋友巴加内尔就是再粗心,也不至于弄错了一国语言学起来嘛。"

"如果不是这样,我倒想要请教您,我亲爱的爱德华……或者我干脆就请教您,我的好巴加内尔,请您说说看,您与这个土著人怎么就无法交谈呢?"

"这不用解释,"巴加内尔回答道,"是因为我成天照着西班牙语的书本学的缘故!这您该满意了吧,少校?"

他边说边在口袋里摸来摸去,摸了有好几分钟,终于摸出一本很破旧的书来,信心十足地递给少校。

少校接过来一看，不禁问道：

"这是本什么书？"

"《卢夏歌》①！"巴加内尔回答道，"是一本壮丽的史诗，是……"

"《卢夏歌》！"爵士大声说道。

"是的，朋友，是大诗人喀孟斯②的《卢夏歌》。绝对没错！"

"喀孟斯，"格里那凡爵士重复了一遍这个名字，"啊！我倒霉的朋友，喀孟斯可是葡萄牙诗人！您是苦学了六个星期的葡萄牙文！"

"喀孟斯！《卢夏歌》！葡萄牙文！……"巴加内尔惊愕得说不下去了。大眼镜下的那两只眼睛在发花；耳朵里传来一阵哄笑，因为同伴们全都围在他身边。

那个巴塔戈尼亚人看着这一切，觉得莫名其妙，不能理解发生什么事了，只好耐着性子等待着。

"啊！我真的是傻瓜一个！简直是个疯子！"巴加内尔终于说话了，"怎么搞的？怎么会闹出这种笑话来呢？这搞的是什么？怎么会干出这种蠢事来？这简直就像是在说巴别塔③的故事了！啊，朋友们，朋友们！我要去印度，却跑到了智利！我要学西班牙语，却偏偏学了葡萄牙语！这真叫见鬼了！要是照这么下去，总有一天，我想往窗外扔个烟头，会把自己给扔了出去的！"

大家听他这么说，又见他那副尴尬的神情，都忍俊不禁，首先，他自己就带头大笑了起来。

"笑吧，朋友们，"他说，"尽情地笑！我自己都觉得自己很可笑。"

他边说边哈哈大笑着，一个学者还从未这么大笑过。

"笑倒是可以，但我们就没有翻译了。"少校说道。

"噢，您先别着急，"巴加内尔回答道，"西班牙语与葡萄牙语非常相似，所以我才被弄糊涂了的，我稍微改正一下，就能弄懂西班牙语了。

---

① 歌颂葡萄牙航海家的探险经历的史诗。
② 喀孟斯（1525—1580）：葡萄牙大诗人。
③ 巴别塔：据《圣经》故事说，诺亚的子孙们想要建造一座通天塔。上帝大怒，为惩罚他们，使他们操各种语言，无法相互交流沟通，让塔建不起来。

这个可敬的巴塔戈尼亚人的西班牙语说得很好,我保证过一会儿我就可以用西班牙语向他致谢。"

巴加内尔没有吹牛,不一会儿,他就能与那土著人交流几句了。他得知那人名叫"塔卡夫",这个名字在阿罗加尼亚语中意为"神枪手"。

塔卡夫显然是因善射而得此美名的。

但是,令格里那凡爵士更为高兴的是,他获知对方是专以向导为业,而且是专门替在草原上旅行的旅行者充当向导。这真是机缘巧合,天赐良机,看来,此行必然成功,格兰特船长的获救当不成问题了。这时,众人与那巴塔戈尼亚人一起回到小罗伯特的身边。小罗伯特向那土著人伸出双臂,后者没有说话,只是用手抚额。他检查了一下小罗伯特的身子,捏了捏他疼痛的胳膊腿,然后,微笑着跑到河边,揪了几把野芹菜,替他把全身擦了一遍。他的动作轻巧;小罗伯特经他这么一按摩,便觉得渐渐地有了气力。再休息上几个小时,他肯定会完全恢复过来了。

因此,大家决定当夜仍待在临时帐篷里。只是食物与交通工具的问题却亟待解决,因为他们的干粮业已告罄,骡子也没有了。幸亏有塔卡夫这位草原好向导在,可以为一行人提供所需之一切。他主动表示,要带格里那凡爵士前去离此不足四英里地的一处印第安人集市去,那儿可以弄到旅行所需要的一切东西。他的提议是用西班牙语加手势连说带比画地表达出来的,巴加内尔终于能听明白了。格里那凡爵士和他的博学朋友立刻接受了塔卡夫的建议,告别了其他同伴,与那位巴塔戈尼亚人沿着河向上游走去。

他俩迈着大步才能勉强地跟得上塔卡夫,就这么紧赶慢赶地走了有半个小时。安第斯山这一带地区,土质肥美,风景宜人。一片一片肥美的草场紧紧相连,足可以供给数十万只牛羊的食料。此外,池塘遍布,沟渠纵横,黑头天鹅在水中嬉戏。无以计数的鸵鸟在藤蔓中腾跃。这儿的鸟类品种繁多,喧闹声不绝于耳。有一种斑鸠,名为"依萨卡",羽呈浅灰色,带有白色条纹,十分惹人喜爱,与一群群黄莺在一起,点缀在枝头,仿佛一朵朵盛开的鲜花。野鸽成群结队地飞过天空。

无数的麻雀，扑扇着小翅膀，你追我逐，叽叽喳喳，好不热闹。

巴加内尔一路走一路欣赏，不住地赞美着。对此，那巴塔戈尼亚人颇为惊奇，在他看来，鸟在天上飞，天鹅在水中游，草原上青草依依，这不是极其自然的吗，有什么好大惊小怪的！巴加内尔心情舒畅，走起路来脚步轻快，并不觉得累，不一会儿，就看到印第安人的帐篷出现在眼前了。

集市设在两山包围着的一个葫芦谷的深处。在树枝搭成的棚子下面住着三十多个印第安人，他们以游牧为生，放养着一大群奶牛、羊和马。

这些印第安人是阿罗加尼亚人、白环什人和奥卡人的混血后代，皮肤棕黑、身体敦实、低额头、高颧骨、薄嘴唇、圆脸庞、神色冷漠，但却有着一种女人气。格里那凡爵士对他们并不感兴趣，他所关心的是他们手中的牲畜。

经塔卡夫的交涉，生意很快就谈成了。格里那凡爵士买了七匹阿根廷矮马，鞍辔齐备，还买了一百来斤干肉和一些大米，以及几只盛水用的皮桶。印第安人本想让格里那凡爵士用葡萄酒或朗姆酒交换，但买家没有，所以只好收下他二十两黄金——他们是了解黄金的价值的。格里那凡爵士本想再买一匹马供那巴塔戈尼亚人骑，但后者表示不必多此一举。

办完事后，格里那凡爵士和巴加内尔与称之为"供货商"的人告别，不到半个钟头，便返回到临时帐篷处。他们一回来，大家便欢呼起来；格里那凡爵士很清楚，大家更多的是在欢呼他给他们带回了粮食和马匹。每个人都先饱饱地吃了一顿。小罗伯特也多少吃了一点；他的体力基本上已经恢复了。

这一天剩下的时间，大家都在休息，东拉西扯，什么事什么人都谈到了，包括亲爱的海伦夫人、玛丽小姐、约翰·孟格尔船长及其船员，还谈到哈利·格兰特，觉得他离这儿大概不会太远了。

而巴加内尔则没有参与大家的谈话，只是与那巴塔戈尼亚人寸步不离，他高兴极了，竟然碰上了一个真正的巴塔戈尼亚人！与此人相比，自己简直成了一个侏儒了。他觉得，塔卡夫可与古罗马皇帝马克西姆和学者伯罗克所见到的那个刚果黑人相媲美了，因为他俩身高都可达八英尺！他不停地用西班牙语同那个庄重的塔卡夫交谈，后者竟能耐住性子听他那不熟练的西班牙语。巴加内尔这是在抓住一切机会学习西班牙语呢，可这一次不是在跟书本学。他练得真起劲儿，真认真！

"如果今后有人说我的西班牙语语音语调不标准的话，那就不能责怪我了，"他老对少校这么自我辩解道，"谁叫我遇到的是一个巴塔戈尼亚老师呀！"

第 16 章　科罗拉多河

第二天，10月22日上午八时，塔卡夫领着大家上路了。阿根廷地处南纬22°与42°之间，由东向西倾斜，一行人的行经路线正是由西向东，沿着斜坡向海边走去。

昨日，当巴塔戈尼亚人说他不需要马时，格里那凡爵士还以为他是要徒步而行，凭他的身材与体力，他完全可以徒步追上他们的，但是，爵士发现自己想错了。

临出发时，塔卡夫忽然一个长长的呼哨，一匹高大的阿根廷骏马听见主人呼唤，立刻从树林子里奔驰而来。这马毛色棕红，一看便知它是一匹宝马良驹。它脖颈细长，肩脚高耸，腿弯宽大，鼻孔大张，眼睛闪亮，可以说具备了一切矫健勇武的条件。少校是马的行家，对眼前的这匹马赞叹连声，认为它与英国的"猎马"不相上下。这马名叫"桃迦"，在巴塔戈尼亚语中就是"飞鸟"的意思，真是名副其实。

塔卡夫纵身上马，马立刻腾跃起来。这个巴塔戈尼亚人是个好骑手，骑在马上，英姿飒爽，威风凛凛，一身的巴塔戈尼亚骑手的装备。首先是阿根廷草原上打猎时所常用的猎具："跑拉"和"拉索"。"跑拉"是用皮条连起来的三个球，挂在鞍前，印第安人可在百步之外扔出它去，打击追踪的野兽或敌人，而且百发百中。而"拉索"则相反，是用手挥动的武器，从不脱手。"拉索"是一条绳，是用两根皮条编起来的，末端是个活结，串在铁环上。需用时，右手扔出活结，左手攥住绳子，绳子的这一端是牢系在马鞍上的。除了这两种可怕的武器而外，他还斜背着一支马枪。

塔卡夫的那副英姿勃发、威武刚毅的神态,令众人赞叹不已,但他本人却并不以此为傲,只顾奔到一行人的头里去。全体出发之后,他或奔驰或徐步,从不碎步小跑,仿佛阿根廷马根本不懂得中速行进似的。小罗伯特沉着大胆,很像个地道的骑手,格里那凡爵士很快也就放心了。

从高低岩下来,草原平川便开始了。它可分为三个地带:第一个地带从安第斯山起始,一直延伸出去二百五十英里,满是不很高大的树木和灌木丛;第二个地带宽约四百五十英里,满地茂密的青草,地毯似的铺到离布宜诺斯艾利斯一百八十英里处;然后便是第三地带,长满了大片大片的紫苜蓿和白术。

刚一出了高低岩山区,爵士一行便碰上了许多沙丘。当地人称沙丘为"迷魂路",它们如同波浪一般,每遇一点点风,沙子便如轻烟一般飞起,或随风飞舞,或形成烟柱盘旋空中。这沙子烟柱在平原上空飘摇不定,变化万千,让人看了觉得十分有趣,但是,这景象又颇让人担忧,因为沙子极细,眼睛闭得再紧,它也会钻到眼睛里去的。

这一天,北风骤紧,扬了大半天的沙子。尽管沙尘满天,一行人仍然马不停蹄,疾速而行,将近傍晚六时,高低岩已被甩下四十英里远了,只剩下一片阴影,消失在暮霭之中。

此刻,大家人困马乏,很高兴看到歇下过夜的时间的到来。他们在内乌康河边"安营扎寨",内乌康河水流湍急,河水浑浊不清,在赤色的悬崖中流淌着。该河又叫"拉密河"或"考莫河",发源于连印第安人也不知其所在的许多湖泊。

一宿无话,翌日继续进发。道路平坦,行进顺利。只是将近响午时分,原来舒适的气候开始热起来。时近傍晚,西南方天空中出现一抹彤云,预示着要变天了。塔卡夫懂天文识地理,他说要变天是不会有错的。他指着西边一带天空让地理学家巴加内尔看。

"嗯,我明白了。"巴加内尔回答了塔卡夫之后,又转而告诉自己的同伴们说:"天气要变,我们要遭遇'奔北落'了。"

他知道大家并不知道何为"奔北落",便立即解释说,那是阿根廷这一带平原上常见的西南风,特别干燥。果不其然,当晚,"奔北落"便呼啸而起,可苦坏了这些只有一层"篷罩"裹身的远行者们了。马全都在地上躺下了,人便卧倒在马的身旁,紧紧地贴着。格里那凡爵士好不心焦,担心风暴不息,行程必然受阻,延宕了时间,但巴加内尔看了一下气压表,让他放宽心,风暴很快会过去的。

"没多大问题,"巴加内尔说道,"通常,气温下降的话,'奔北落'肯定会连刮三天,带来整整三日的暴风雨。按目前水银柱的显示,顶多刮几个小时的狂风就没事了。您就放心吧,天一亮,便会像往常一样,晴空万里。"

"您说得有根有据,与书本一样,巴加内尔。"格里那凡爵士说。

"我就是个活书本,"巴加内尔回答道,"您尽管翻看我这本活书本好了。"

巴加内尔果然说得不错。凌晨一点,风骤然止息,众人安然入睡。翌日,人人容光焕发,精神抖擞,尤其是巴加内尔,又伸胳膊又踢腿,还捏住手指关节活动着,弄得嘎巴嘎巴地响,好不快活。

这是10月24日的早晨,是从塔尔卡瓦诺出发后的第十天。此处距离科罗拉多河和南纬37°线交叉点尚有九十三英里,还得走上三天。一路上,格里那凡爵士专注于是否有土著人向他们走来,以便打听有关格兰特船长的下落。而巴加内尔此刻已能同那巴塔戈亚人用西班牙语对话了,相互间加深了了解,若要向土著人打听消息,可通过塔卡夫来传译。可是,他们行经的路线并非印第安人通常所走的路线,草原上由阿根廷共和国到高低岩山区的大路都在他们所走的路的北面,因此很难碰上游牧的印第安人和在酋长治下定居的印第安人。偶然也会看见远处有骑马游牧者出现,但那些人一发现他们,也便迅速地逃离开去,不愿意与生人有所接触。再说,他们一行八人,让草原上任何一个独来独往的人见了都觉得疑惑:强徒见了他们全副武装,不敢造次,逃之夭夭;一般行人见他们在荒野之中游荡,会误以为是强盗。因此,他们无论是想与强盗或好人交谈,都是不可能的事。显然这给打听消息带来了不利,但这荒凉路径也给信件的解释带来了一个意想不到的证明。

他们行经的路线,有几次,小路是横穿草原的,其中有一条非常重要,是由卡门通往门多萨的;沿途满是牲畜的残骸,被秃鹫啄得一干二净,又经风蚀,白花花的。这些骸骨成千上万,肯定也有人的骸骨混于其间。

直到此时为止,塔卡夫看他们总在沿着直线走,并未提出任何异议。他很清楚,老这么走下去,总也见不到什么城镇、村落或阿根廷垦殖区的,因为这条直线与草原上的任何一条路都互不衔接。他是一名向导,而这行人非但不由他来引路,却在向导着他,令他颇为惊讶。但是,惊讶归惊讶,他毕竟是个印第安人,始终固守着自己的矜持态度,一直未发一言。这一天,来到这条路与直线的交叉点时,塔卡夫终于憋不住了,勒住马缰,停了下来,对巴加内尔说道:

"这是通往卡门的路。"

"不。"巴加内尔回答他道。

"我们是往……"

"一直往东。"

"往东可没什么地方去呀!"

"那谁知道?"

于是,塔卡夫便不再吭声了,他望着巴加内尔,一脸的惊讶。但他又觉得巴加内尔不像是在开玩笑。印第安人一向正儿八经,他也永远想象不出别人会随便开句玩笑。

"你们不是要去卡门吗?"塔卡夫沉默了一会儿后又问道。

"不是的。"巴加内尔回答道。

"也不是去门多萨?"

"对。"

这时,格里那凡爵士走上前来,问巴加内尔,塔卡夫在说什么,为什么停下不走了。

"他问我,我们是去卡门还是去门多萨,我说都不是,他非常惊讶。"

"确实，我们走这条路是让他很惊讶。"格里那凡爵士说。

"我也这么认为，这么走下去，的确是走不到任何地方的。"

"那么，巴加内尔，您能否把我们此行的目的向他解释一番？您能否跟他说说我们一直往东的目的何在？"

"这挺难的，"巴加内尔回答道，"印第安人不懂什么经纬度，而且，即使把我们发现信件的经过情况告诉他，他也会觉得那纯粹是在编故事。"

"我倒想请教您一句，"少校也跟着插上一句，"是这故事本身让他无法理解呢，还是说的人说不清楚他才不懂的呢？"

"唉！麦克那布斯，"巴加内尔回答少校说，"你仍旧在怀疑我的西班牙语会话的水平呀！"

"既然您的西班牙语没有问题，那您就解释给他听听试试吧，我可敬的朋友。"

"那就试试看吧。"

巴加内尔回到塔卡夫身旁，尽力地把这段奇事的来龙去脉讲给他听。有时因找不到恰当的词，有时因翻不出某些细节，以致在讲述时，总是磕磕巴巴，经常卡壳儿，实在说不出来时，只好连说带比画的，最后，竟然在地上画出一张大地图来，说哪儿是纬度，哪儿是经度，怎么经纬度交叉；又指出哪儿是太平洋，哪儿是大西洋，那儿是卡门哪条路，他们此刻还在哪里，等等。塔卡夫始终态度安然地看着巴加内尔，这位学者又说又比画，根本不管他塔卡夫听不听得懂。

巴加内尔讲了半个多钟头，然后，停了下来，用手擦拭着满头大汗，眼睛看着那位巴塔戈尼亚人。

"他听明白了吗？"格里那凡爵士问。

"先等等看吧，"巴加内尔回答道，"他要是再不懂，我也就没辙儿了。"

塔卡夫一动不动，一声不吭，眼睛始终没有离开那张逐渐被风吹平的沙土地图。

"怎么样？"巴加内尔问塔卡夫。

塔卡夫似乎没有听见他的问话。巴加内尔看见少校的嘴不屑地撇了撇。巴加内尔心有不甘，还要努力地向塔卡夫解说一番，可后者却以手止住了他。

"你们是在找一个俘虏？"塔卡夫问道。

"是呀！"巴加内尔连忙回答道。

"就是在太阳落山到太阳升起的这条路上吗？"塔卡夫以印第安人惯常的说法指明这条由西往东的路线又问道。

"是呀，是呀，没错！"

"是上帝把那个俘虏的秘密交给了大海的波涛了？"

"是的，是上帝亲自交付的。"

"让上帝的意旨得以实现吧，"塔卡夫严肃地说道，"我们一直往东走，必要的话，一直走到太阳脚下。"

巴加内尔见自己的学生终于听明白了，非常得意，喜不自胜，立即把印第安人所说的翻译给同伴们听。

"真是个聪明的民族啊！"巴加内尔补充说道，"要是在我们国家，我若跟二十个农民讲这些，必定和十九个是对牛弹琴。"

格里那凡爵士随即让巴加内尔问问那印第安人，他可曾听说有外国人落入草原地区的印第安人手中。

巴加内尔便把他的问题译给巴塔戈尼亚人听，然后静等他的回答。

"好像听说过。"巴塔戈尼亚人回答道。

他的这句话一经翻译，众人立即围住了巴塔戈尼亚人，以目询问，等他回答。

巴加内尔激动不已，几乎说不出话来。他就此问题，继续追问巴塔戈尼亚人，眼睛死死地盯着他，恨不得把他的答话生挖出来。

那巴塔戈尼亚人每说出一个西班牙词语，他便立即译成英文。使同伴们听着就像是塔卡夫在直接用英语讲述似的。

"这俘虏是个什么样的人？"巴加内尔问道。

"是个外国人，"塔卡夫回答，"是个欧洲人。"

"您见过他吗？"

"没见过，是印第安人闲聊时听到过。他是条硬汉子！有一颗老牯牛的心！"

"有一颗老牯牛的心！"巴加内尔惊叹道，"啊！巴塔戈尼亚语真棒！你们懂吗，朋友们！意思是说'一个勇敢之人'！"

"那就是我的父亲！"罗伯特·格兰特嚷叫道。

然后，小罗伯特转向巴加内尔问道：

"'那就是我的父亲'，西班牙语怎么说？"

"艾斯——米奥——巴特勒。"

小罗伯特立即抓住塔卡夫的手说：

"艾斯——米奥——巴特勒。"

"苏奥——巴特勒（他的父亲）！"塔卡夫激动地应答道，双目闪闪发光。

他一把搂住小罗伯特，把他从马上抱了下来，既好奇又同情地看着他。塔卡夫那聪明的面庞上流露出一种平静的激动。

但巴加内尔的问题尚未问完。他继续在问塔卡夫：那俘虏当时在什么地方？他当时在干什么？塔卡夫是什么时候听人提起他的？凡此种种，一下子全映在了他的脑海里。

他的问题全都迅速地得到了回答。他得知那个欧洲人当时是在某个印第安人部落里做奴隶，而这个部落是科罗拉多河和内格罗河之间的一个游牧部落。

"那么，现在那欧洲人在什么地方？"巴加内尔又问。

"在卡夫古拉酋长家里。"塔卡夫回答。

"就在这条直线上吗？"

"是的。"

"酋长是个什么样的人？"

"是印第安·包于什族的首领，是双舌双心人。"

"此话怎讲？是不是说他言而无信，反复无常？我们有希望把我们的朋友搭救出来吗？"巴加内尔把自己的问话也翻译给了朋友们听。

"也许有希望，如果他们在印第安人手里的话。"

"您何时听说的？"

"那是很久以前的事了。在我听说这事之后，太阳已经又给这个草原带来了两个夏天了！"

格里那凡爵士心里很高兴。这个回答与信件上的日期相吻合。但是，还有一个问题得弄清楚。于是，巴加内尔又用西班牙语问道："您提到一个俘虏，是不是同时有三个人！"

"这我就不怎么清楚了。"塔卡夫回答。

"那俘虏现在的情况您一点也不清楚？"

"不清楚。"

问题全都问完了。也许三个俘虏全分开了。不过，这个巴塔戈尼亚人所提供的情况足以证实一点：印第安人过去曾经常谈起一个落入他们手中的欧洲人。他被俘的日期及地点，甚至表明他勇敢的那句巴塔戈尼亚语，都明显地显示那个欧洲人就是哈利·格兰特船长。第二天，10月25日，一行人怀着新的希望踏上了往东的征程。那一带平原十分荒凉，单调乏味，当地土语称之为"特拉维西亚"，也就是"无穷无尽的空旷之地"的意思。没有草的土地被风吹刮得光秃秃的，左一条沟右一道壑。只有稀稀拉拉的一些矮树丛点缀其间，而且彼此之间相距甚远。偶尔可见几棵决明子树，结着荚，荚里长有一种带点甜味的果肉，清凉爽口。此外，还有一些笃褥香树、沙纳尔树、野金雀花树，以及各种各样的矮小荆棘。连荆棘都长不高，可见土地贫瘠到何种程度了。

26日，为了赶到科罗拉多河畔宿夜，一行人快马加鞭，奔驰不停，劳顿至极。但是，他们终于在当天晚上便抵达西经69°45′的地方，抵达了草原上的那条美丽的大河了。这条河在印第安人语汇中被称之为"高比勒比"，亦即"大河"的意思。此河流程很长，最终流入大西洋。在接近大西洋的那一段，非常奇怪，河水水量反而愈来愈少，原因至今未能查明，也许是河水被松软的土质河床吸收了去，也许被逐渐蒸发掉了。

一到河边，巴内加尔便急不可耐地跳进被红壤染红的河里去，洗了个澡。让他惊讶的是，河水非常深。这是初夏时节太阳把积雪融化所导致的。另外，这条河河面非常宽，马匹无法跨过河去。幸好，在上游几百托瓦兹处，有一座木栅桥，桥板用皮条捆扎住悬吊于河上。爵士一行人牵着马由桥上过去，抵达左岸，宿营过夜。

巴加内尔临睡之前，想把科罗拉多河仔细地测量一番，再认真细致地记在他的那张地图上。他已经放过了雅鲁藏布江，所以这一次，一定不能放过科罗拉多河，必须把它认认真真地测量准确。

27日和28日两天，一路上没有什么事情可以讲述。眼见的尽是贫瘠与单调。景色很少变化，地形也无起伏，只是土壤却变得很潮湿。一行人必须越过许多的"喀那大"（水渍洼地）和"厄斯特罗"（满是水草，一年到头都不干涸的沼泽）。28日晚，他们到达一片大湖，在湖畔歇息。此湖名为"兰昆湖"，印第安语的意思是"苦涩湖"，湖水含有浓烈的矿泉味，很难闻。1862年，阿根廷军队曾在此野蛮残酷地大肆屠杀土著人。格里那凡爵士一行人躺下睡去，要不是有许多猴子和野狗捣乱，大家会睡上个好觉的。因为它们总在一个劲儿地吵闹不休，仿佛在演奏一种天然的交响曲，以示对来客们的欢迎，只可惜欧洲人的耳朵对于这种未来派音乐的韵味实在是极不习惯。

第 17 章　南美大草原

阿根廷的潘帕斯大草原位于南纬 34°与 40°之间。"潘帕斯"在阿罗加尼亚语中即为"草原"之意，这一带以大草原命名，可以说是恰如其分，名实相副。西部的木本含羞草类和东部的各种各样的茂密的草，给这一地区以一种特殊的面貌。在这片广袤的区域，各种草本植物都植根于浅红色或黄色泥土上面的一层厚厚的浮土之中。地质学家们如果前来考察这第三纪地层，肯定会大有收获，因为这儿有着大量的洪水前期的兽骨化石，按印第安人的说法，那是现已绝种的大犰狳的残骸。在大草原的茫茫野草和沙土底下，埋藏着这个地区整个原始时代的历史。

南美洲的潘帕斯大草原与北美的大湖区及西伯利亚的"荒原"近似，其严寒与酷热均超过布宜诺斯艾利斯，因为此处地处内陆的缘故。巴加内尔认为，海岛上，夏季热量被海洋所吸收，到冬天又慢慢地释放出来，所以冬夏两季温差变化不大，不像内陆地区那样，夏季炎热，冬季严寒①，因此，潘帕斯草原的气候就不如受到大西洋影响的东海岸一带的气候那么温和。这里的气候说变就变，忽而酷热，忽而寒冷，寒暑表的水银柱总在不停地快速上下移动着。秋季，也就是四五月份，雨水又多又急，但是到了十月前后，气候就变得异常干燥，气温极高。

---

① 冰岛的冬天要比意大利伦巴第地区的冬天气候温和得多。——作者注

格里那凡爵士一行，晓行夜宿。每天早晨，划定好路线之后，便立即上路。灌木丛生，野草漫漫，地上没有沙丘，马儿可以放开脚步，大踏步前进。沙丘没了，风刮不起沙来，行人不会被迷了眼睛，骑马远行，轻快多了。这儿生长着一种特殊的草，名为"帕佳布拉法草"，遍地皆是，印第安人途中遇雨，可在这种草下避雨。走一段之后，还会遇到一片潮湿洼地，只是这种洼地现在已经愈见稀少了。洼地中有柳树生长，还生长着一种名为"阿根廷蒲苇"的植物，专长在淡水附近。马儿一到这种地方，便痛快地大喝一番，不仅是为解一时之渴，也是因为前方水少，很难再有机会畅饮。塔卡夫走在队伍前头，边走边以木棍打击草丛。这丛莽之中，生活着一种剧毒的蛇，学名为"飐蛇"，当地人称之为"韶力拿"，牛若给咬了，不用一小时便会一命呜呼。塔卡夫这么做就是为了驱赶毒蛇。他的那匹桃迦马在丛莽中腾跃着，以助主人一臂之力，为后面的马儿开辟路径。

总的来说，在这种平坦的草原上奔驰还是非常迅速，非常顺利的，因为一路平坦，一马平川，方圆一百英里之内，连一块石头、一粒石子也找不着。不过，这儿毕竟也单调得出奇，景色从无变化，一天跑下来，见不到什么风光景致，自然奇观。只有巴加内尔对此处倒是颇有兴趣，他以地理学家的敏感和专业知识作为后盾，一路之上，总会发现点让他感兴趣的东西。哪怕是一棵树、一根草，他也能滔滔不绝地说上老半天。不过，小罗伯特却是他的忠实听众，很爱听他这么不停地讲述。

10月29日，午后两点，单调的旅途上遇到了一点情况。他们发现了一大片白骨，堆积在那儿，白花花的一片。那是无数头牛的骸骨，它们是堆积在一起的，而不是排成一条弯弯曲曲的线，以表明它们是因精疲力竭而沿途倒毙的。谁也弄不明白，连巴加内尔也搞不清楚，为什么这么多的骸骨会堆积在一起，堆积在这么狭小的一个空间里。于是，他们便向塔卡夫讨教，后者轻陕地给予了解答。

听了塔卡夫的解释，巴加内尔连呼"这不可能"，而那巴塔戈尼亚人则只是点头，表示事实确实如此，弄得大家一头雾水。

"到底是怎么回事？"大家急着问道。

"是天火烧死的。"巴加内尔回答道。

"什么？雷击能造成这么大的灾难？"奥斯丁不解地惊呼道，"能把五百来头牛一下子击毙在一起？"

"塔卡夫就是这么说的，塔卡夫说的是不会有错的。我相信他所说的，因为潘帕斯草原的雷电威力巨大。但愿我们可别遇上！"

"这儿真热。"威尔逊说。

"是啊，"巴加内尔回答道，"温度表放在阴凉处也有三十度。"

"我倒觉得这是意料之中的事，"格里那凡爵士说道，"只不过热气直往身上钻，有点受不了，但愿别再这么继续热下去。"

"唉！一时半会儿，别指望天气有所变化！"巴加内尔说道，"你们看，天边连一块云彩都没有！"

"真糟糕，马儿都热得有点受不了了，"格里那凡爵士又说道，"你怎么样，我的孩子？"他转而又问小罗伯特道。

"我没事，爵士，"小罗伯特回答说，"我不怕热，我喜欢热点儿。"

"尤其是冬天里热点好。"少校纠正他道，一边向空中喷出一口雪茄烟。

夜晚，一行人在一个废弃了的"栏舍"中歇息。这"栏舍"是用树枝柳条编好，四壁抹上泥，顶上铺着茅草，实为一个草棚，与一个用破木棍围起来的院子连在一起。这个破院子是可以保证马匹过夜，不致受到群狐袭击。马儿本来是并不惧怕狐狸的，可是狡猾的狐狸专门咬拴马缰绳，绳子一断，马就逃走了。

在"栏舍"不远处有一土坑，坑里尚留有余烬，显然以前有人在此埋锅做饭。"栏舍"中有凳子一个、破牛皮床一张、铁锅一口、铁通条一根，煮"麻茶"的壶一把。"麻茶"乃南美人喜爱饮用的饮料，是印第安人的茶。那是一种用水冲泡熔干的叶子，用麦秆管吸饮的饮料，与美洲人喝其他饮料一样。在巴加内尔的要求之下，塔卡夫为大家泡了几杯"麻茶"；大家边吃干粮，边喝"麻茶"，觉得很带劲儿，不住地称赞此茶味道醇美。

第二天，10月30日，热雾融融，太阳缓缓地升了起来，烤灼得大家十分难受。这一天一定是热浪滚滚，可大草原上又无阴凉可寻。但大家并不畏惧，依然鼓足勇气，向东而去。他们多次遇到大群大群的牧群，盛暑酷热之下，牛羊们懒洋洋地躺在地上连草都懒得去吃。放牧者连人影儿也不见。只有狗儿在守护着这大群的牛羊，渴时以羊奶解渴。好在这儿的牛很驯服，不像欧洲的牛，一见红色便惊惧狂躁起来。

"它们不怕红色，想必是吃了法兰西共和国的草①了！"巴加内尔风趣地说。

晌午时分，草原上的景物发生了点变化，因为大家的眼睛已经看厌了单调乏味的东西，所以稍微有点变化，便立即引起了注意。禾本草类开始变得越来越少了，而牛蒡子则越来越多，而且还有驴子特别喜食的九英尺高的大白术。有许多沙纳尔树和其他一些墨绿色多刺的小树稀稀拉拉地生长着。在这之前，草原上的黏土墒情甚好，牧草得到滋润，丰厚密实，犹如地毯一般。现在，原先的精美"地毯"开始变成旧地毯了，有些地方在大块大块地掉毛，露出麻织底儿——贫瘠土来。这是土地越来越干燥所造成的。前面的旅途之艰辛已经表露出来。塔卡夫也在提醒大家注意。

"这种变化无伤大雅，老是看草，把我的头都看大了。"奥斯丁说。
"这倒也是。不过，有草看就表示有水喝。"少校说道。
"水？水不用愁的，路上总会碰上条小河什么的。"威尔逊说。

这番对话巴加内尔没有听到，否则他就会告诉大家，在科罗拉多河与阿根廷行省的那些山峦之间，河流极其稀少。此刻，巴加内尔正在同格里那凡爵士交谈，他正在向爵士解释一种奇特的现象。

原来，他们感觉到空气中弥漫着一股烟味，可远近都没见到有一星半点火，也没有见到冒烟。那这股烟味是从何而来的呢？不一会儿，这股烟味就愈加浓烈了，除了巴加内尔和塔卡夫以外，大家都非常惊诧。

地理学家巴加内尔似乎对任何问题都胸有成竹，只听他解释道：

---

① 当时法国正处于拿破仑三世的第二帝国时期，统治者最害怕社会革命，一提"红色"便谈"红"色变。

"我们看不见火却闻到了烟味,按理论,'无火不生烟',无论是在欧洲还是在美洲,都是这个理儿。所以说,一定在什么地方有火。只是潘帕斯草原很平坦,气流通畅无阻,即使在七十五英里之外烧草,也能闻到烟味的。"

"七十五英里之外?"少校表示怀疑地说。

"当然是七十五英里之外,"巴加内尔言之凿凿地说,"不过,我得补充一句,这火是大片地烧起来的,往往烧的范围会逐渐地扩大。"

"是谁在草原上放火?"小罗伯特问道。

"有时是雷电所致,有时是草晒干了,印第安人放火烧的。"

"放火烧它干吗?"

"他们认为——但我不知道他们的这种'认为'有多大根据——放火一烧,潘帕斯草原的草就会越发地茂盛。如果真的是这样的话,那就是说,他们这是在用草灰肥田。可我却更倾向于认为,他们是在烧草灭虫。草原上有一种寄生虫,名为'鲁虱',对牲畜危害极大。放把火,可以烧死千千万万只'鲁虱'。"

"可是,这么一来,城门失火,会殃及池鱼的,牲畜不也要跟着送命吗?"少校问道。

"那当然啰。不过,这儿牛羊极多,烧死一些也无伤大雅。"

"我担心的倒不是牛羊,"麦克那布斯又说道,"而是从潘帕斯草原穿过的旅行者。突然遭到大火包围,他们如何是好?"

"您怎么还怕这个!"巴加内尔惊讶地说,"要是真的遇上这种情况,那可是难得的好景象,颇值得观赏一番的。"

"我们的这个学者呀,研究起学问来,连死都不怕。"格里那凡爵士说。

"噢,我亲爱的爵士,我可没有那么傻。我读过库柏①的游记。皮袜子②告诉我们说:野火烧起来的时候,把自己周围的草拔光,弄出一块直径有几托瓦兹的空地来,就可以避开火势了。这办法简单可行。

---

① 库柏(1789—1851):美国小说家。
② 皮袜子:库柏小说中主人公的绰号。

所以我并不担心大火烧过来,我反而希望能看到一场大火。"

巴加内尔希望观赏到的一场漫天大火并未到来;如果说他此时此刻已经被烧灼得够呛的话,那是因为太阳的强光所致。在这么热的地方,连马也喘息不停。根本就见不到一星半点的阴凉地儿,除非天上飘过一片浮云,遮住了太阳,投下一片阴影。这时候,骑马的人们便快马加鞭地追着这片云影,躲在下面奔驰着。但是,马儿跑不过飞云。不一会儿,太阳又露出了云端,洒下一片"火雨"来。

威尔逊先前还说不愁没水喝,他没想到这一天大家竟然渴得比饥饿还难受。他原以为路上会遇到溪流小河什么的,也真是想得太美了。沿途不仅没有河水流淌,甚至连印第安人挖掘的池塘也都干涸了。巴加内尔看到干燥的情况越来越严重,便问塔卡夫何处可以找到水源,得赶紧想办法。

"必须走到盐湖才有。"那印第安人回答道。

"什么时候可以到盐湖?"

"明天晚上。"

通常,阿根廷人来到草原,都是临时掘井取水,一般往下掘几托瓦兹便可见到水了。可是,格里那凡爵士一行人没有携带掘井工具,无法取水,只好把所带的那一点点水,定量分配。

大家一口气又走了三十英里地。入夜时分,便歇了下来。大家都想好好地睡上一觉,恢复体力,可是蚊子成群结队地飞来,黑压压地飞了过来。蚊虫成群飞来,表示风向有所改变。果然,风向转了九十度,由西风变成了北风。一般情况下,刮南风或西南风是不会有蚊虫飞过来的。

对这些恼人的事,少校倒还能泰然处之,但巴加内尔就不行了,他开始不耐烦起来,恼透了那些可恶的蚊子,也恨自己没带药水来擦拭浑身被叮咬的伤痕。尽管少校竭力地在安慰他,但他第二天早晨爬起来时仍然是一脸的不高兴。

不过,天一亮,他还是跟着大家上路了,并没让人催促,因为当天必须赶到盐湖。马也累得不行,渴得要命,尽管骑马的人在尽量省点水给它们喝，也只是杯水车薪。这一天，天气干燥得更加厉害，潘帕斯草原的北风与非洲大沙漠的那种令人生畏的热风一样，风起沙扬，如沙尘暴一般。

这一天，旅途上遇上了一个小插曲，打破了沉闷的气氛。走在前面的穆拉迪忽然勒住马，报告说有一些印第安人走了过来。对迎面而来的印第安人，格里那凡爵士与塔卡夫的看法不同，意见相左。爵士想到这些土著人的到来，可以让他从中打听到点有关不列颠尼亚号失事的船员的情况；可塔卡夫却极不愿意在草原上遇上游牧的印第安人，他认为他们多为盗贼，避之为好。在塔卡夫的命令之下，一行人集中在一起，准备好武器，有备无患。

不一会儿，他们便看见一些印第安人迎面而来。人数大约在十个人左右，塔卡夫一看，心里踏实了。印第安人已经到了离他们一百来步的地方，面庞看得清清楚楚。他们都是土著人，是1835年罗萨斯将军[①]扫荡过的那个地区的部落人。这帮人额头高高向前突起，身材魁梧，皮肤棕黑，具有印第安人的那种健美。他们身披原驼布或臭鼬皮，身上除背着长枪以外，还带着刀子、弹弓、"跑拉"和"拉索"，善骑术，姿势优美，英姿勃发。

他们在一百来步远处停了下来，大呼小叫，指手画脚，像是在商讨什么。格里那凡爵士迎上前去，但还没走上四米远，那帮土著人便勒转马头，一溜烟消失得无影无踪。

"熊包！"巴加内尔骂道。

"逃得这么快，绝不是什么好人！"麦克那布斯说。

"这些印第安人是什么种族的？"巴加内尔向塔卡夫问道。

"是一些高卓人[②]。"

"高卓人！"巴加内尔转向他的同伴们说，"原来是一些高卓人！我们刚才也太大惊小怪的了。没什么好害怕的！"

"为什么？"少校问道。

[①] 阿根廷独裁者。

[②] 西班牙人与印第安人的混血种族。

"因为高卓人都是和善的庄户人。"

"您真的这么认为,巴加内尔?"

"那当然。这几个高卓人把我们当成了盗贼,所以才一溜烟地吓跑了。"

"我倒是认为他们不敢攻击我们。"格里那凡爵士说道,他本想不管他们是什么人,也要同他们谈谈。可他们却望风而逃,令他感到很是懊恼。

"我也这么认为,"少校说,"如果我没弄错的话,我看高卓人并不是什么和善的庄户人,而是地地道道的盗匪。"

"您怎么能这么说!"巴加内尔反对道。

于是,巴加内尔便开始大谈起种族学的问题来,而且越说越激动,使得少校也按捺不住,与之争论起来。

"我认为,您的说法不对,巴加内尔。"

"不对?"

"就是不对。连塔卡夫都把他们视为盗贼,我觉得塔卡夫这么说是有根据的。"

"塔卡夫这一次可就错了,"巴加内尔反驳道,语气之中不免带着这么点气愤,"高卓人不过是农民、牧民,其他什么都不是,我曾写过一本关于潘帕斯大草原的土著人的小书,颇受欢迎。"

"那您就更是错了,巴加内尔先生。"

"我更是错了,麦克那布斯先生?"

"就算作是您因粗心而导致出错吧,"少校步步紧逼地说,"您的书要是再版的话,一定要更正一下。"

巴加内尔听到对方不仅批评自己,而且还在嘲笑自己,脸色就变了,挂不住了,火气上来,难以抑制。

"您听清楚了,先生,我的书无须更正!"

"还是需要更正的!至少,这一次得更正更正。"麦克那布斯毫不相让,固执地反诘道。

"先生,我看您今天是专门在找碴儿。"巴加内尔说道。

"我也觉得今天按捺不住火气!"少校针锋相对地顶撞道。

不难看出,本不是什么大事,可争论已超出了范围,格里那凡爵士觉得应该予以干涉了。

"说实在的,"他说道,"你们两个,一个在故意挖苦,一个也火气太大,我对你们两个都感到惊讶。"

那个巴塔戈尼亚人听不懂他俩在争论些什么,但却看得出来他俩在争吵,于是,他微笑着冷静地说道:

"都怪北风不好。"

"北风有什么不好?这关北风什么事?"巴加内尔大声说道。

"没错,就是北风不好,"格里那凡爵士说,"正是北风惹您上火的!我听说,南美洲的北风最能刺激人们的神经。"

"圣巴特利克①作证,爱德华,您说得太对了!"少校说着便放声大笑起来。

巴加内尔这一次可真的气坏了,他觉得格里那凡爵士的干预简直是在捣乱,便抓住爵士不依不饶了。

"哼!您这叫什么话,爵士?"他不肯善罢甘休地说,"我的神经受到刺激了?"

"是呀,巴加内尔,确实是北风刺激的。这种风让人在潘帕斯大草原没少犯错,正如山外②风在罗马乡间刮起时一样。"

"犯罪!"巴加内尔气哼哼地说,"我像会犯罪的人吗?"

"我并没说您是犯罪。"

"您干脆就说我想杀害您得了!"

"哈哈!"格里那凡爵士忍不住放声大笑起来,说道,"我还真怕您把我给杀害了呢!幸好,这北风只刮了一天!"

其他人听了这话,便与爵士一起哈哈地大笑起来。

于是,巴加内尔双腿一夹,刺马飞奔,跑到前面,独自去冷静去了。一刻钟之后,他便把这事一股脑儿地抛得不见了踪影。

---

① 圣巴特利克(377—460):苏格兰人所崇拜的基督教圣人。
② 法国人称阿尔卑斯山以东地区为"山外"。

晚上八点,塔卡夫指着那些通往盐湖的干沟让大家看,告诉大家盐湖就要到了。又奔驰了一刻钟,众人便翻过盐湖堤岸,下到湖边,但不禁大失所望,只见湖底一片干涸。

第18章 寻找水源

盐湖乃一连串湖泊溪流的汇聚点。从前,许多人长途跋涉,从布宜诺斯艾利斯前来这里弄盐,因为湖水含有大量的氯化钠。现在,湖水因天气干燥全都蒸发掉了,只剩下盐分凝聚于湖底。那湖已经变成了一面巨大的反光镜。

塔卡夫先前所说的到了盐湖就有水喝了,他是指那许许多多注入盐湖的湖泊溪流,可是,他未曾想到,此刻那些小溪小湖也同盐湖一样,因干燥而蒸发,湖水干涸了。一行人来到这里一看,全都傻了眼。皮桶里仅存的一点水也已变质,不能喝了,一个个更加觉得渴得厉害。饥饿和困乏倒在其次,主要是渴得难以忍受。他们找到了一个被土著人遗弃了的一种名为"鲁卡"的皮帐篷,支在土坎里。在里面歇下来;他们的坐骑便在湖岸边无可奈何地嚼着带有咸味的枯草和芦苇。

在"鲁卡"里安顿下来之后,巴加内尔便立即询问塔卡夫有何打算,该怎么做。他俩话语急促地交谈着;格里那凡爵士在一旁偶尔也能听懂几个单词。塔卡夫一直镇定自若,而巴加内尔则是指手画脚地非常激动。几分钟过后,塔卡夫抱着双臂在寻思起来。

"他说了些什么?"格里那凡爵士瞅空儿问巴加内尔,"我好像从只言片语中听出他要我们分开来?"

"是的,他要我们一分为二,"巴加内尔回答道,"马已又累又渴,熬不过的人,就沿着37°线的这条路一点一点地往前挪,而马尚能走的,则往前头去,去探查那条瓜米尼河。这条河是流入圣路加湖的,离此三十一英里。如果河水充足，就在河岸上等着后面的人；如果河水已干涸，就立即返回去迎后面的人，别让大家跑冤枉路了。"

"要是真没有水又该怎么办呢？"奥斯丁问道。

"那就只好往南走七十五英里，一直走到文塔拿山脉中起始的几条支脉，那儿河流众多。"

"这建议很正确，"格里那凡爵士说，"就这么办吧。时间紧迫，事不宜迟。我的马还能忍耐，我陪塔卡夫往前赶。"

"啊！爵士，也带上我吧。"小罗伯特嚷着要跟着去，好像这是去玩似的。

"你跟不上我们的，孩子。"

"跟得上！我的马是匹好马，老要往前蹿。让我去好吗，爵士？……求求您，带上我吧！"

"那就去吧，孩子，"格里那凡爵士答应了，其实他也离不开这孩子，"我们三人，若再找不到清凉的河水，那就笨到家了。"

"那我呢？"巴加内尔忙问。

"噢，您么，我亲爱的巴加内尔，"少校抢着回答道，"您就跟大伙儿一起，留在后备队里吧。您对37°线太熟悉了，您知道瓜米尼河，您知晓整个潘帕斯大草原，您不能离开我们。穆拉迪、威尔逊和我追不上塔卡夫，无法与他一起赶到约定的那个地点，我们只好在您的领导之下，满怀信心地，慢慢地往前挪了。"

"那我只好是勉为其难了。"巴加内尔很不高兴当这个头儿。

"不过，您可不能粗心大意呀！"少校接着又说，"可不能把我们领到不该去的地方啊！比如说，可别把我们领回到太平洋岸边去。"

"我还真想把您领回到太平洋岸边去呢，您这个讨厌的少校，"巴加内尔笑着说道，"可是，我亲爱的格里那凡，您又如何与塔卡夫交流呢？"

"我想，"爵士回答道，"那巴塔戈尼亚人也没什么可以跟我交流的。再说，我也能说几句西班牙语，在紧急的情况下，我还是可以让他明白我的意思的，而且，他也可以让我明白他的意思。"

"那好，那您就去吧，我可敬的朋友。"巴加内尔说道。

"我们先吃晚饭，"格里那凡爵士说，"要是能睡得着的话，好好地睡一会儿，睡到出发。"

没有水，大家干嚼了点干粮，实在是难以下咽。无奈之下，大家纷纷睡下。巴加内尔在梦境中看到了许多激流、瀑布、大川、大河、湖泊、溪流，甚至还梦见了一瓶清凉泉水。

第二天，清晨六点，塔卡夫、格里那凡、小罗伯特三人的坐骑已经备好。给马喂了最后的那点水；水已经变质有味儿了，马儿们只是无可奈何地勉强喝了一些。然后，三人便纵身上马，扬长而去。

"再见！再见啦！"少校、奥斯丁、威尔逊、穆拉迪一起在喊。

"最好是快找到水，别再往回跑。"巴加内尔也在喊。

跑了一程，三人回头望去，已经看不见同伴们了，心中不免升起一丝惆怅。

他们在盐湖区那坚实的陶土地上奔驰着，周围的植被已逐渐稀少，只偶尔可见一些高约六英尺的干巴巴的灌木丛，和印第安人称之为"勾拉马迈尔"的木本含羞草，以及饱含苏打成分、被称作"如木"的丛生灌木。盐滩地随处可见，光洁如镜面，强烈地反射着阳光。这种盐滩地被称作"巴勒罗"，凝结得如同冰面，但有太阳的炽热阳光照射，没人会误以为是冰面的。不过，这片被晒焦烤干的贫瘠土地与这闪闪发亮的冰湖般的盐滩地却也相映成趣，别有一番趣味。

先前已经说过，如果瓜米尼河也干涸了，那就得往南走七八十英里，到文塔拿山区去，那儿与盐湖这片荒凉区域完全不同。1835年，费兹·罗船长曾指挥着探险船"猎犬号"前去那儿探查过。那里土地肥沃，牧草碧绿柔嫩；在山峦绵延的西北面坡地上，绿草茵茵，如地毯般地一直铺到山脚下树木繁茂的森林里去。那儿还长着一种名为"阿尔加罗波"的决明子树，其果实晒干之后，研磨成粉，可制作面包，为印第安人之最爱；还有一种白颜色的破斧树，枝条长长，袅袅垂下，仿佛欧洲的垂杨柳一般；也有一种红颜色的破斧树，其木质坚硬，从不损坏；还有一种名为"诺杜伯"的树，见火便着，往往会酿成一片森林大火；还有一种名叫"维拉罗"的树，长着层层叠叠的紫色花朵，状若金字塔；再有就是名为"丹波"的树，向空中张开二十多米高的一把"大伞"，是可供成群的牛羊在其下纳凉的。阿根廷人曾数度想要移居这一地区，但终因印第安人的仇视而未能如愿。

这么肥美的地区，自然会引人猜想，此处一定有大河从山中流出，供给充足的水量。这种猜想不无道理，那些大江大河即使在最干旱的年份也不会干涸。不过，若想到达这些大河，必须再往南走上一百三十多英里。因此，塔卡夫提议先去瓜米尼河找水是正确的，这样，既不必离开原定的路线，又比前往文塔拿山要近许多。

那三匹马跑得十分欢实。这些聪明的马儿想必是知道自己的主人要把它们带往什么地方。尤其是骏马桃迦，更是不知疲劳，奋勇向前，如飞鸟一般，越过干涸的沼泽，跳过"勾拉马迈尔"树丛，高兴地嘶鸣着。格里那凡爵士和小罗伯特的坐骑步伐要沉稳得多。但是，在桃迦的带动之下，跟随其后，也在猛跑。塔卡夫稳坐在马鞍上，沉着镇定，如同桃迦在鼓舞其他两匹马一样，以自己的榜样在鼓励自己的同伴。

巴塔戈尼亚人常要回过头来看看罗伯特·格兰特。

这孩子年纪虽小，但在马上却沉着不乱，腰肢灵活，肩膀微侧，两腿安然下垂，双膝紧贴马鞍，塔卡夫见了，心里十分高兴，不住地夸奖他。的确，罗伯特·格兰特也确实像个一流骑手，值得那印第安人称赞。

"很好，罗伯特，"格里那凡爵士说，"你瞧，塔卡夫那神情，对你有多满意啊！他真的很赞赏你，我的孩子。"

"为什么，爵士？"

"因为你骑马骑得真好。"

"啊！我只是放心踏实地在骑而已。"小罗伯特听到赞许，不免羞涩地回答道。

"关键就在于心里平和踏实，罗伯特，"格里那凡爵士说道，"你也别太谦虚了，我敢保证，你将来一定是个马术高手。"

"那好啊，"小罗伯特笑着说道，"我父亲想要把我培养成为一名好水手,我当了马术好手的话,见到父亲,我该怎么说呀?"

"当马术高手并不妨碍你当好水手,好水手也能变成好骑手。习惯于骑在帆架上干活的人,骑起马来心里也会很踏实。至于勒马、转弯、腾跃什么的,是很容易学的。"

"唉!我可怜的父亲,您在哪儿?"小罗伯特说,"啊,您救了他,爵士,他将来会多么感激您啊!"

"你很爱你父亲吧,罗伯特?"

"是的,爵士,他对姐姐和我都很好。他心里只装着我们姐弟俩!他每次远航归来,总要把他途经地方的纪念品带些回来给我们,而且一进家门便拥抱我们,抚爱我们,亲切地问我们这问我们那。啊!将来您见到他的话,也一定会喜欢上他的。玛丽就很像他。他说起话来温柔亲切,与玛丽一样!一名水手,讲起话来细声细气,挺奇怪的吧?"

"是啊,这真的挺奇怪的,罗伯特。"格里那凡爵士回答道。

"我现在仿佛觉得他就在我的面前似的,"小罗伯特仿佛在自言自语地说,"亲爱的爸爸!我的好爸爸!小的时候,他总喜欢把我抱在怀里,哄着我入睡,嘴里哼着苏格兰曲子,曲子里唱的都是对我国湖泊的颂扬。我有时还能记起那种曲调,只是有点模模糊糊的。玛丽也记得的。啊!爵士,我们好爱他!唉!年龄越小,就越爱父亲。"

"年龄越大,就越尊敬父亲,我的孩子。"格里那凡爵士听了孩子从小心灵里流露出的这份对父亲的爱之后,感动地说。

他俩这么交谈时,马儿已经放缓脚步,徐徐而行。

"我们肯定能找到我父亲,对吧?"小罗伯特沉默片刻之后又问。

"当然,我们肯定能找得到他的,"格里那凡爵士回答道,"塔卡夫为我们提供了很好的线索,我对他非常信任。"

"这个塔卡夫真是个正直的印第安人。"小罗伯特说。

"确实如此。"

"有一点您知道不,爵士?"

"哪一点?"

"跟您在一起的都是好人!比如海伦夫人、少校、孟格尔船长、巴加内尔以及邓肯号上的全体水手，我都喜欢他们，他们都是既勇敢又热心的人。"

"这我当然知道，孩子。"

"可您是否知道，您是好人中最好的人。"

"噢，这我可就不知道了。"

"那您就必须知道，爵士。"小罗伯特边说边拉起爵士的手来亲吻。

格里那凡爵士轻轻地摇了摇头。谈话没有再继续下去，因为他俩不知不觉之中已经落在后面了，塔卡夫正在向他们招手，催促他们。时间紧迫，还有一些人在后边等着他们归来，所以不能这么拖拖拉拉的了。

于是，三人又挥鞭催马，奔跑起来，但不一会儿，便发现除了桃迦之外，另两匹马已经气喘吁吁的了。中午，得让马匹歇上一个小时，它们确实是快累趴下了。大丛的紫苜蓿，晒得干巴巴的，它们不肯吃。

格里那凡爵士感到焦虑起来：天气依然如此干燥，如果再找不到水的话，那后果就不堪设想了。塔卡夫也愁眉不展，一言不发，他肯定也在担心，怕找不到水源。

他们又出发了。他们心一横，又举鞭又用马刺，无奈地逼迫马匹上路，不过，只是让马儿徐缓行进，没让它们快跑。

按理说，塔卡夫完全可以跑到头里去，因为他的桃迦仍然精力旺盛，不消几个小时就能把他送到有水的地方，但是他却没有这么做，也不敢这么做，不能把两个同伴扔在这荒野无水之地。因此，他总在勒住马缰绳，不让桃迦跑快。

桃迦生就的急性子，老让它慢步缓行它受不了，只见它一个劲儿地挣扎、腾跃、嘶鸣，很不耐烦。主人无奈，只好既用力勒住缰绳，又好言抚慰着它。是的，塔卡夫确实老是在与桃迦嘀咕，尽管它没回答，但看来它似乎能够明白自己主人的意思，塔卡夫想必是对桃迦讲了不少道理，与它"商量"了半天，最后，桃迦被说服了，步子放缓，但仍不时地咬着嚼铁，很不耐烦。

如果说桃迦了解主人，主人也同样了解它。聪明的桃迦嗅觉极其灵敏，它已经感觉到空气中的湿气了。它正疯狂地猛嗅着那湿气，舌头吧唧得直响，仿佛伸在泉水中一般。塔卡夫明白，离水不远了！

于是，塔卡夫便把桃迦急躁的缘由讲给同伴们听，鼓励他们，与此同时，另两匹马很快也明白桃迦的意思了，于是便又鼓起了劲头，紧跟在塔卡夫的马后面奔跑起来。将近午后三时光景，只见一条白茫茫的水线，在烈日下闪耀着。

"水！"格里那凡爵士大声喊道。

"水！水！水！"小罗伯特跟着叫道。

他们没有扬鞭催马，可三匹马如同离弦之箭一般，冲了过去，几分钟工夫，便跑到瓜米尼河岸边，连鞍带人，一下子便冲入河中，直没到胸脯上面。主人们也当然被水浸着，衣物全都湿了，但却高兴异常。

"啊！真美啊！"小罗伯特一边欢叫一边猛喝河水。

"喝慢点，我的孩子！"格里那凡爵士在告诫孩子，但自己却也像他一样在猛喝个不停。

这时候，只能听见一片咕噜咕噜的喝水声响。

塔卡夫也在喝水，但并不像他俩那么急不可耐的样子。他慢条斯理地一口一口地小口喝着，但并不间断，好像要把河水喝干似的。

"这下可好了，"格里那凡爵士说道，"我们的朋友们不会失望了。他们一到瓜米尼河就有水喝了。这水真是又多又清，但愿塔卡夫可别自个儿把河水喝干了啊！"

"我们是不是去迎迎他们？"小罗伯特问道，"这样，他们就可以少焦急几个小时了。"

"你说得对，我的孩子。可是，这水没法带，皮桶都在威尔逊的手里。还是别迎过去，就在这儿等吧。按路途来算，根据他们的马徐缓前进的速度，他们今夜里就可以赶到了。我们先替他们准备好歇脚处，替他们先准备好晚饭。"

塔卡夫没等爵士吩咐，便去寻找宿营地点去了。他在河岸边很幸运地找到了一个"拉马塔"。这是一种三面有围墙围着的小院子，是为关住牛马牲畜用的。在这种"拉马塔"里歇息过夜毫无问题，只是得露宿，好在塔卡夫的同伴们对住宿并不挑剔。所以，他们也就没再去寻找别的宿营地，就在"拉马塔"里把湿透了的衣服晾在太阳地里晒了起来。

"住处有了，现在该解决晚饭的问题了，"格里那凡爵士说道，"不能让我们后面的同伴们到了之后没有饭吃。我想咱们先去打打猎看。你觉得怎样，罗伯特？"

"没问题，我跟您去。"孩子很干脆地回答道，立刻去抄家伙。

瓜米尼河两岸仿佛是附近各种飞禽走兽的汇聚点，所以格里那凡爵士才想到了打猎。这儿有各种鸟儿成群成群地在飞翔：潘帕斯草原特有的红鹧鸪，这儿称作"啼纳木"；一种名为"得洛得洛"的雎鸠；还有黑鹧鸪，以及许许多多的黄秧鸡和绿松鸡。而兽类都出没于深草和树丛中，只要往前走不远，就进入世界上最富饶的狩猎区了。

他们嫌飞禽不解馋，所以决定先打野兽。只听见砰砰地响了数枪，划破了草原上那静止的空气。霎时间，成百只狍子和原驼便从山上蹿了出来，如同那天夜里在山间向他们冲过来的阵势一样。这种动物奔跑速度太快，枪没法瞄准。无奈之下，只好退而求其次，打点飞禽，做点佳肴。很快，他们便打落了十来只红鹧鸪和秧鸡。格里那凡爵士出手不凡，还幸运地打到了一头被称之为"泰特突尔"的野猪。野猪可称得上肉味鲜美的动物，所以他们十分开心。

不到半个小时工夫，他们的收获就不少了，而且心情也十分愉快，并不觉得累。小罗伯特打着的是一种被称之为"阿尔马德罗"的犰狳，浑身满是鳞甲，身长有一英尺五英寸，很肥实，据那个巴塔戈尼亚人说，这种犰狳可是一道美味。小罗伯特对自己所取得的成绩不无自豪。塔卡夫打到的是一只潘帕斯草原的特产——鸵鸟，当地人称作"南杜"。塔卡夫并未举枪射击这种跑得飞快的动物，他只是纵马飞奔，赶到它的前面，拦截住它。这种动物很会绕着圈跑，若是用枪中又未能一枪毙命，它就会绕起圈来，把猎人弄得人困马乏，精疲力竭。塔卡夫跑到它前面之后，立即用力甩出他的"跑拉"，准确无误地套住了它的腿，使之动弹不得，没多一会儿，它便躺倒在地了。

他们收获不小,带回到"拉马塔"的有:一串鹧鸪和秧鸡、塔卡夫的鸵鸟、爵士的野猪和小罗伯特的犰狳。鸵鸟和野猪立刻被剥皮开膛,切成了肉块,而犰狳系名贵野味,身上本已带着"烤肉托",所以只需带着壳儿放在火上烤就行了。

　　他们三人只是把鹧鸪和秧鸡当作了晚餐,把大个儿的动物留着给后面的同伴们享用。他们一边吃着肉,一边喝着清凉的水,觉得这水远胜过世界上的美酒佳酿,即使苏格兰高地那闻名遐迩的"乌斯奎波酒"[①]也无法与之相提并论。

　　他们也没忘了喂马;"拉马塔"里有大量的干藁草,足够它们吃饱肚子的了。吃饱喝足,收拾停当,这三人便裹上篷罩,在一大堆松松软软的紫花苜蓿上躺倒了——这种紫花苜蓿实为潘帕斯大草原上猎人们的松软的床垫,睡上去舒服极了。

---

① 系一种发酵的大麦酒,亦即苏格兰和爱尔兰所产的威士忌。

第19章 红　狼

夜幕降临。时值月初,月亮没有露面,只有微弱的星光在闪烁着。远方天际,茔道星座隐于夜雾之中。瓜米尼河在静静地流淌,如同大片的油在云母石面上轻轻地滑过。鸟兽虫鱼都在歇息,荒漠上寂寥无声。

格里那凡、罗伯特和塔卡夫都困得不行,直挺挺地躺在紫花苜蓿软垫上酣睡。马儿也精疲力竭地倒在地上休息,只有桃迦这匹纯种良马仍站立着睡,四腿笔直,如醒着时一样地精神抖擞,英姿勃发,随时听候主人的调遣。院子里寂静异常,炉火也已熄灭,只有一点余烬在黑夜之中闪着最后的那一点点红光。

然而,将近夜晚十点,刚睡了一小觉的塔卡夫突然醒了。他凝眉入神,竖起耳朵在听,似乎有微弱的声响从草原上传来。不一会儿,他那张通常没有任何表情的面庞上便隐隐约约地泛起了某种不安的神情来。是印第安人流窜至此?还是沿河一带常有的黑斑虎、水老虎或其他什么猛兽袭来?他觉得后一种可能性极大。他瞥了院中的燃料堆一眼,显得更加焦虑不安。燃料——干苜蓿——堆不高,很快就会烧完,无法长时间地抵挡胆大野兽的来袭。

此时此刻,塔卡夫一筹莫展,无可奈何,只好静观事态的发展。因此,他在静候着。他身子半躺着,双手支起脑袋,双肘压在腿上,眼睛凝视着,如同一个突然从梦中惊醒的人一般。

一个小时过去了。换了别人,听到外面没有动静,就会放心地继续睡大觉了。但这个感觉极其敏锐的印第安人具有天生的本能，预感到必然会有危险袭来。

他正这么仔细地倾听着时，桃迦发出了隐隐的嘶声。它的鼻孔伸向院子的出口处。塔卡夫立即腾地一下挺直了腰。

"桃迦感到了敌人在迫近。"那巴塔戈尼亚人说道。

他站起身来，走出院子，仔细地望着那片大草原。

依旧沉寂，但已不再宁静了。塔卡夫隐隐约约地看到许多黑影在苜蓿丛中不声不响地摇动。只见疏落稀拉的流光在闪烁，从四面八方聚拢过来，越聚越多，忽明忽暗，宛如无数的磷火在镜子般的湖面上舞动。外地人一定会以为那是潘帕斯大草原上常见的萤火虫在飞舞，但塔卡夫却不会出此差错，他知道是什么样的敌人偷袭过来。他立即子弹上膛，躲在柱子后面注视着。

不一会儿，草原上便响起了一片凄厉的嗥叫和吠鸣。砰的一声枪响，给那片叫声一个回答，但嗥叫一变而成骇人的吼叫了。

枪声惊醒了格里那凡爵士和小罗伯特，他们便一骨碌站起身来。

"怎么了？"小罗伯特问道。

"是印第安人来了？"格里那凡爵士也在问道。

"不是，"塔卡夫回答说，"是'阿瓜拉'。"

小罗伯特疑惑地看看格里那凡爵士。

"'阿瓜拉'？"他问道。

"是的，"格里那凡爵士回答他道，"也就是潘帕斯草原上的红狼。"

与此同时，二人立即抄起枪来，跑到塔卡夫身边来。塔卡夫向院外指了指，让他们注意那片黑漆漆的草原，叫声就是从那边传过来的。

小罗伯特不由自主地往后退了一步。

"你害怕狼，我的孩子？"格里那凡爵士问道。

"我不怕，爵士，"小罗伯特语气坚定地回答，"只要同您在一起，我什么都不怕。"

"很好。再说，红狼并不可怕，要不是来得太多，根本就不必理睬它们。"

"对，"小罗伯特回答道，"我们手里有枪，让它们来好了！"

"对，来了让它们吃点苦头！"

格里那凡爵士之所以这么说，完全是让孩子别害怕，其实，这么多的红狼夜晚来袭，他心里是很发毛的。也许袭来的红狼有好几百只，他们就三个人，武器再厉害，对付这么多的野兽，也占不了上风。

塔卡夫一说"阿瓜拉"，格里那凡爵士就知道是印第安人口中说的红狼。这种动物系食肉动物，学名为"鬣狗"，身子如同大狗，脑袋却像狐狸，毛呈棕红色，脊背上有一长条黑毛。红狼行动敏捷，习惯待在沼泽地区，常常凫水去捕食水里动物。它们白天在洞中睡觉，夜晚出洞猎食。它们经常袭击牲畜，牛马见了它们也十分恐惧，是当地的一大祸害。单个的红狼不足为惧，但一群饿狼却非同小可。猎人宁愿面对一只美洲豹或一只黑斑虎，也不愿去惹一群红狼，因为老虎或豹子可以正面开枪射杀，但群狼却是前后左右袭来，无法应付。

此次，格里那凡爵士一听见潘帕斯草原上响起的那一片嗥叫声，又看见有无数的黑影在草原上跳动着，就知道大事不好。瓜米尼河岸边聚集了许多的红狼，是冲着人和马来的，不吃个痛快，它们是不会返回狼穴的。

此刻，狼群的包围圈在逐渐缩小。几匹马也惊吓不已，又刨地又挣缰绳。尤其是桃迦，更是挣扎得厉害，意欲冲出院外。它的主人一再地轻轻拍打着它，安抚着它，才使它渐渐安静下来。

格里那凡爵士和小罗伯特把守着"拉马塔"的入口处。他们已把自己的枪上了膛，准备向冲在头里的红狼开火，但塔卡夫突然一把抓住了他们的枪。

"他这是干吗？"小罗伯特问格里那凡爵士。

"他不让我们开枪。"爵士回答道。

"为什么？"

"他也许觉得还不是时候。"

塔卡夫不许他开枪，其实是有着更重要的理由。他把自己的子弹袋托起，翻转过来，表示袋中几乎没有子弹了，格里那凡爵士便立即明白了他的意思。

"怎么了？"小罗伯特仍旧不解地问格里那凡爵士。

"他的意思是必须节省子弹。我们今天白天打过猎，子弹用去不少，剩下的不到二十发了！"

小罗伯特闻听，没再吭声。

"你害怕吗，罗伯特？"

"我不害怕，爵士。"

"很好，好孩子。"

这时候，只听砰的一声枪响，一只胆子太大的红狼冲上前来，被塔卡夫一枪毙命。其他的狼原本排着密集队形冲上来的，这时也吓得向后退去，挤在离"拉马塔"大约一百来步远的地方。

那巴塔戈尼亚人立刻向格里那凡爵士招招手，后者便跑过去接替了他的位置。巴塔戈尼亚人则跑到院子里去，把干草、干苜蓿以及一切可以引燃的东西全都堆积在"拉马塔"的入口处，然后，把一个仍红彤彤的火炭向那儿扔过去。霎时间，大火便燃烧起来，映红了一片；透过这个火焰帘幕，可以看见大群的红狼聚集在那边。格里那凡爵士这还是头一次看清竟然有这么多的红狼需要对付。塔卡夫点燃的"火墙"挡住了狼群的攻击，但同时也激起了它们更大的愤怒。有几只红狼竟然冲到火墙边来，被烧坏了爪子。

爵士必须时不时地冲又叫又跳冲上来的狼群开上一枪，以阻止它们的攻势。一小时左右，已经有十多只红狼被击毙在草地上了。

此刻，被狼群包围着的这三个人的处境稍许得以缓解。只要子弹没有告罄，只要火墙仍在燃烧，群狼的攻势尚不足为惧。但是，万一子弹打完了，火墙也熄灭了，那可怎么办？

格里那凡爵士看了看小罗伯特，心里不禁一阵酸楚；他并不是在考虑自己，而是在为这孩子担忧，觉得这孩子所表现出来的勇气与他的年龄很不相称。小罗伯特虽然面色发灰，但始终没有放下手中的武器，坚定不移地等待着恶狼扑上来。

格里那凡爵士在对眼前的处境进行了一番认真仔细的考虑之后，

决定痛下决心。他想，再过一小时，子弹没了，火也灭了，再做决定也为之晚矣。

于是，他扭过头去看着塔卡夫，把脑子里能够想到的几个西班牙语单词聚在一起，凑凑合合地与塔卡夫交换意见，边谈边开上一枪。

他俩费了九牛二虎之力才弄明白对方的意思，好在格里那凡爵士早就了解红狼的习性，所以看着那巴塔戈尼亚人的嘴唇以及他所做的手势，大概也弄明白了对方想说的是什么。

他毕竟还是花费了足足有一刻钟的工夫才把塔卡夫的回答弄明白，传达给小罗伯特。

格里那凡爵士问那巴塔戈尼亚人这种状况如何是好，问他有何办法解脱。

"那他是如何回答的呢？"小罗伯特问道。

"他说无论如何也得坚持到天亮，因为'阿瓜拉'只在夜间活动，天一亮便返回狼窝里去了。"

"那我们就坚持到天亮。"

"是呀，孩子，不过，子弹打完了之后，就得用刀去砍了。"

这时，塔卡夫正在给他俩做出榜样：一只红狼跑到火墙边，塔卡夫眼疾手快，长臂一伸，刀过火墙，随即把带血的刀收了回来。

子弹将要告罄，火墙即将熄灭。将近凌晨两点光景，塔卡夫向火堆上扔去最后一抱柴草。子弹只剩下五发了。

格里那凡爵士四下里望去，不免悲从中来。

他想到身边的这个小男孩，想到他的同伴们，想到所有他所钟爱的人。小罗伯特沉默不语。也许，他那天真的小脑袋瓜里尚未浮现出死亡的阴影。但格里那凡爵士却替他想到了，他脑海中浮现出一幅可怕的图景：一个活蹦乱跳的可爱的孩子，被饿狼给撕咬啃噬掉了！他难以抑制心中的悲痛，一把把孩子搂在怀里，吻着孩子的额头，两行热泪不由自主地从眼里流了出来。

小罗伯特憨笑着看着爵士。

"我才不怕呢！"他说道。

"对,不怕!孩子,不怕!"格里那凡爵士回答道,"再过两小时,天就亮了,危险也就解除了。打得好!塔卡夫,打得漂亮!真是巴塔戈尼亚好汉!"他在大声呼喊着。此刻,巴塔戈尼亚人还用枪托把两只想冲过火墙的红狼的脑袋砸烂了。

可是,借着即将熄灭的火光,他看到大群的红狼正密集在一起,冲了上来。

人狼大战已接近最后关头,火苗越来越低;原先被火光照亮的原野正渐渐地隐入阴暗中去,红狼那闪动着的如磷光般的眼睛又在黑暗之中闪现。用不了几分钟工夫,狼群会全部压到院子中来的。

塔卡夫射出了最后一粒子弹,一只红狼应声倒地。这时候,他的子弹已经打光,他双臂搂抱着,头低低地垂下,像是在冥思苦想。他是不是在想一种孤注一掷、破釜沉舟的办法?格里那凡爵士没敢问他。

这时,狼群像是逃走了似的,原先的一片嗥叫声戛然而止,死亡般的沉寂笼罩在大草原上。

"它们走了!"小罗伯特说。

"很有可能。"格里那凡爵士竖起耳朵听着外边的动静说。

可塔卡夫却在摇头。他知道红狼是绝对不会放过到嘴的肥肉的,除非太阳出来,它们不得不回到窝里去!

就在他们疑惑不解,猜来度去的时候,红狼改变了攻击策略。

眼见"拉马塔"门前有火堆和枪把守着,它们便抄到后面和侧翼,从另外三个方向发起进攻。这样一来,里面的人危险就更大了,甚至是致命的危险。

突然间,只听见狼爪子抓挠半朽枯的木柱的声音响成一片。有许多条健壮的狼爪和血盆大口已经从摇晃的柱子缝隙间伸了进来。马惊了,挣断了缰绳,在院子里疯跑。格里那凡爵士一把搂住了小罗伯特,想要拼命保护他,直到生命的最后一息。为了死里逃生,他甚至想着豁出去,冲出院外。这时候,他的目光落在了那个巴塔戈尼亚人的身上。

塔卡夫像一头困兽,在"拉马塔"里转着圈子,然后,突然冲到他的桃迦跟前；桃迦已经是急不可耐了。他给它套上鞍辔，仔细认真地系好皮带和每一粒扣子。红狼的嗥叫声一阵高过一阵，他全然不顾。格里那凡爵士见他这么做，心里不免既痛苦又惊慌。

"他这是想撇下我们！"他见塔卡夫挽缰上马，脱口叫道。

"不！他绝不会撇下我们的！"小罗伯特信心十足地说。

是的，那印第安人非但不会抛弃自己的朋友，而且是正在设法以自己的牺牲来换朋友们的安全。

桃迦已整装待发。它咬着嚼铁，踢腿蹬地，眼冒怒火。它已经明白自己主人是什么意思了。

印第安人正待揪住马鬃，将冲出去时，格里那凡爵士一把抓住了他的胳膊。

"您要走？"他指着正面无狼的原野问印第安人。

"是的。"印第安人明白爵士的意思，回答道。

接着，他又说了几句西班牙语，大意是：

"桃迦！我的好马，快，把狼群引开。"

"啊！塔卡夫！"格里那凡爵士呼喊道。

"快！快！"印第安人又在说。这时候，格里那凡爵士感动不已，几乎说不出话来。

"罗伯特，我的孩子！你知道吗，他是想牺牲自己来救我们？他要奔向大草原，把狼群引开去！"

"塔卡夫！我的朋友！"小罗伯特扑上前去，拉着塔卡夫呼喊道，"我的好朋友，不要去，不要离开我们！"

"不！"格里那凡爵士说道，"他是不会离开我们的！"

然后，他又转向塔卡夫说：

"我们一起往外冲吧。"他边说边用手指着另两匹惊恐得贴靠在柱子上的马。

"不行！"印第安人明白了爵士的意思，反对道，"不行！那两匹是劣种马，受惊了，而桃迦不怕，是骏马良驹。"

"既然这样，那好吧，"格里那凡爵士说，"罗伯特，你别离开塔卡夫，我来骑马引走狼群，你紧紧地跟在他身边！"

格里那凡爵士说完，一把抓住桃迦的缰绳说道：

"让我来！"

"不行！"印第安人坚决拒绝道。

"我决心已定！"格里那凡爵士夺过缰绳，大声喊道，"让我来！你照管好这孩子！我就把他托付给你了，塔卡夫！"

格里那凡爵士激动异常，英语和西班牙语搅和在一起这么说着。但是，此时此刻，语言已无足轻重，手势表情就可以明白一切了。爵士坚决要去，塔卡夫就是不肯。二人争执不下，可危险却分分秒秒地在增加。院子后面的树桩，经红狼的又抓又咬，快要断了。

格里那凡爵士和塔卡夫此时仍无相让的意思。印第安人急得一把抓住爵士，把他拉到院门口，指着不见狼群的原野，情绪激动地告诉他：不能再耽搁了；引开狼群的办法万一不能成功，留下的人危险更大；只有他了解桃迦的脾气，可以让它奔跑得更快，把狼群引开，大家都能平安。格里那凡爵士因为心急，反而没能听明白印第安人的意思，更加坚决地要自己担此重任。突然间，他被一把推开。只见桃迦前蹄竖起，急不可耐地跳过大墙和一堆狼尸，又听见一个孩子的声音在喊：

"原谅我吧，爵士！"

爵士和塔卡夫还没反应过来，小罗伯特已经跃上马背，抓住马鬃，飞也似的冲了出去，消失在茫茫夜色之中。

"罗伯特！别胡来！"格里那凡爵士不知如何是好地乱叫一气。

但是，他的喊叫声被一片突然爆发出来的嗥叫声淹没了，连他身边的塔卡夫都没能听见。原来那群红狼见有马蹄出，便一窝蜂地嗥叫着追上前去，向西奔腾，快若闪电。

塔卡夫和格里那凡爵士急忙冲出院子。此刻，草原已经复归宁静，他们只隐隐约约地看到有一条波动着的红线在远方夜影之中飞逝着。

格里那凡爵士急火攻心，倒在了地上，绝望地揉搓着双手。他朝塔卡夫看了一眼；后者却在含着笑容，毫不着急的样子。

"桃迦是匹宝马！孩子又聪明伶俐！一定不会有危险的！"他边点

头边称赞道。

"要是他从马上摔下来怎么办！"格里那凡爵士仍很担心地说。

"掉不下来的！"

尽管塔卡夫很有把握，但可怜的爵士却急得什么似的，一直到天亮，悬着的心也没能放下来。他连狼群已经离去，自己已经安全了都没有感觉出来。他要去寻找小罗伯特，但塔卡夫坚决不许他去，说那两匹马都追不上桃迦；桃迦跑得快，一定能把狼群甩得远远的；再说，天黑漆漆的，要寻找小罗伯特也必须等到天光放亮的时候再说。

凌晨四点，东边已隐约泛白。不一会儿，天边浓雾升起，渐渐地染上了淡白色的银光。草原上露珠遍洒，深草在晨风中晃动。

现在可以出发去寻找小罗伯特了。

"走吧！"印第安人说道。

格里那凡爵士没有吭声，但已经跨上了小罗伯特的坐骑。二人立刻向西飞奔，沿着他们的同伴不会离开的那条直线一路追去。

他们纵马飞驰了一个小时，一边四下里张望着，想要发现小罗伯特，但心里又在发毛，生怕看到他鲜血淋淋的尸体。格里那凡爵士不停地刺马飞奔，几乎把马肚子都要给刺穿了。最后，他们听见了枪声，一声连着一声，很有规律，显然是信号枪。

"是他们！"格里那凡爵士大声喊道。

二人立刻又催马加鞭，不一会儿，就同巴加内尔带领着的那一小队人马会合了。爵士不禁欢叫了一声。他眼睛一亮，突然发现小罗伯特也在他们中间，仍旧是那么活泼欢快，骑在桃迦背上。桃迦一见到自己的主人——那位巴塔戈尼亚人，也高兴得嘶鸣不已。

"啊！我的孩子！我的孩子！"格里那凡爵士慈爱地连声喊叫道。

他与小罗伯特同时纵身下马，相互奔过去，紧紧地搂抱在一起。然后，印第安人又走上前去把格兰特船长的这个勇敢的儿子拥抱在自己的怀中。

"他还活着！他还活着！"格里那凡爵士仍在不停地喊叫着。

"是的，我还活着，这都多亏了桃迦！"

印第安人还没等小罗伯特说完，便自己跑过去抚摸自己的爱驹了。他在与桃迦絮叨，抱住它的脖颈吻它，仿佛它像是人一样。

　　然后，印第安人又转向巴加内尔，指着小罗伯特说：

　　"好小伙子！"

　　然后，他又用印第安人表示"有勇有胆"的俗语夸赞小罗伯特道：

　　"他的马刺从不发抖！"

　　这时候，只见格里那凡爵士搂抱着小罗伯特嗔怪道：

　　"你怎么搞的，我的孩子！你怎么能不让塔卡夫或我去冒这个险，偏偏自个儿去冒险，好搭救我们？"

　　"爵士，"孩子激动地回答道，"冒险或牺牲的事情难道不该由我去做吗？塔卡夫已经救过我的命，而您，您正要去救我父亲的命呀！"

第 20 章　阿根廷平原

重逢的喜悦过后,后续"部队"的人,除了麦克那布斯少校以外,巴加内尔、奥斯丁、威尔逊、穆拉迪,全都感到渴得不行。幸好,不远处就是瓜米尼河,大家直奔河边而去。早晨七点,众人来到了"拉马塔"前,只见院子前后左右躺着不少的死狼,可见昨夜战斗之激烈。

喝足了清凉的河水,在"拉马塔"里又饱餐了一顿。"南杜"的肋条肉非常可口,连壳烧烤的犰狳更是好吃。

"吃少了也对不起老天爷,"巴加内尔说道,"所以得吃到撑破肚皮。"

巴加内尔真的没少吃,但肚皮并未撑破,因为他喝了不少瓜米尼河清凉的水,觉得那水具有奇迹般的消化功能。

格里那凡爵士想到汉尼拔[①]在卡布[②]按兵不动所带来的后果,不想重蹈他的覆辙,便下令于十点上路。众人把皮桶装满了清凉的河水之后,便动身了。马儿们吃饱喝足休息够了之后,劲头儿十足,奋蹄前行。潮湿的土地开始肥沃了点,但依然不见人烟。11 月 2 日和 3 日,两天没有什么事情可以记述的。到了 3 日晚上,大家经过两天来的长途跋涉,已经是人困马乏了,便在潘帕斯大草原的尽头,布宜诺斯艾利斯省边界上歇了下来。他们于 10 月 14 日从塔尔卡瓦诺出发,已经走了

---

① 汉尼拔(前 247—前 182):古迦太基著名将领,屡屡战败罗马,但最后却一败涂地。

② 卡布位于古罗马城南不远处,公元前 216 年,汉尼拔占领该城之后,迷恋上当地的安逸生活,不再发兵,最后导致彻底失败。

二十二天,走了四百五十英里左右,也就是说,走完了三分之二的路程。

第二天早晨,他们跨越了阿根廷的草原区和平原区的分界线。塔卡夫希望在这一带能够碰上抓住哈利·格兰特船长及其两个同伴的那些印第安人的酋长。

阿根廷十四个行省中,就数布宜诺斯艾利斯省最大,最富庶。该省位于东经60°和65°之间,与南部的印第安人居住区接壤。这里土地肥沃,气候宜人,禾本科草类以及高大得如树木一样的蔬菜遍地皆是。此处地势平坦,一直到坦狄尔山和塔巴尔康山,几乎毫无起伏。

一行人自离开瓜米尼河之后,一直对这一带的气候深感满意。由于巴塔戈尼亚的凛冽寒风在天空高处搅动着气浪,使这儿的气温经常保持在十七摄氏度左右。众人经过酷热,来到这儿,自然感到非常舒适,一个个兴奋不已,神清气爽,精神抖擞,奋勇向前。尽管这儿条件是这样的好,但这儿却仿佛未曾有人住过,或者更确切地说,在这儿住的人全都搬走了。

南纬37°线在这一地区穿过许多沼泽和湖泊。湖水有咸有淡,湖岸树丛中可见鹡鹩、百灵鸟、红腹椋鸟,能在空中停歇的"唐迦拉"在飞来飞去……荆棘丛中,"安奴比"鸟的悬窝像殖民地里的白种人的吊床一般;有着火红翅膀的朱鹭的窝则是一英尺多高的圆锥形建筑物,成百上千个窝聚在一起,俨如一座小城镇。一行人靠近时,朱鹭并不躲闪,照旧排着整齐的队列行进着,令巴加内尔大为失望。

"我早就想观赏一下朱鹭是怎么飞翔的了。"巴加内尔对少校说道。

"这并不难。"少校回答道。

"现在正是个好机会。"

"那就莫失良机,巴加内尔!"

"跟我来,少校。你,罗伯特,你也来。我需要你们作证。"

巴加内尔说着,便向那群朱鹭走去,身后跟着少校和小罗伯特。

走到射程之内,巴加内尔便往枪里塞上火药。他没有装子弹,他不愿看到这漂亮的鸟儿鲜血淋漓。只听他砰的一声,朱鹭们一下子全都惊飞起来;巴加内尔举起望远镜,仔细地在进行观察。

"怎么样？"当朱鹭飞远看不见了时，巴加内尔问少校，"您看见它们飞了吗？"

"当然看见了，我又不是瞎子。"少校回答道。

"您觉得它们飞起来时像不像羽箭？"

"一点也不像。"

"根本没法相比。"小罗伯特也说。

"我也早就认为是不像，"巴加内尔很高兴地说道，"可是，竟然有这么一个人，一个可以说是谦虚者中最骄傲的人，也就是我们那位大名鼎鼎的夏多布里昂①，他却以羽箭来比喻朱鹭。唉！罗伯特，你看到没有，文学性比喻是最不足信的！你要记住，一辈子都别轻信比喻，不到万不得已，也别使用比喻。"

"您对自己的试验感到满意了吧？"少校问道。

"太满意了。"

"我也满意了，不过，该赶紧扬鞭催马了，就因为您的那位大名鼎鼎的夏多布里昂，我们耽误了一英里路的行程。"

当巴加内尔他们追上来时，格里那凡爵士正在与塔卡夫高谈阔论而又苦于语言不太能沟通，感到十分苦恼，塔卡夫不断地停下来，看着远方地平线，满腔的惊讶，而格里那凡爵士见状，总想向塔卡夫问个究竟，但总也问不清楚。这时候，巴加内尔出现了，他当然是喜出望外了。

"快过来，快过来，巴加内尔！塔卡夫同我说话，我们相互沟通起来太困难了！"

于是，巴加内尔便与塔卡夫交谈起来，然后转向格里那凡爵士说："塔卡夫看到一种非常非常奇特的现象，颇感惊讶。"

"什么现象？"

"他说，在这一带平原上，往日总会碰到许多印第安人成群结队地走过，或是赶着从牧场劫掠来的牲畜，或是赶到安第斯山区去卖他们

---

① 夏多布里昂（1768—1848）：法国19世纪悲观浪漫主义的代表作家，著有长篇小说《墓中回忆录》等名篇。

的鼬绒毯子和皮条鞭子，但现在，不仅见不到印第安人，而且连他们走过的痕迹也看不见了。"

"塔卡夫没说这是什么原因导致的吗？"

"他也弄不清是什么原因，只是感到非常惊讶。"

"他原以为在这一带会遇到什么样的印第安人呢？"

"他原以为会遇到曾掠掳过外国人的那帮印第安人，也就是卡夫古拉、卡特利厄尔或扬什特鲁兹等酋长手下的那帮印第安人。"

"他们都是些什么样的人，这些酋长？"

"三十年前，这些酋长曾是手中握有巨大权力的酋长，后来被赶到山这边来了。从此，他们便驯服了——在印第安人所能忍受的驯服范围内驯服了。他们在潘帕斯大草原上和阿根廷平原地区游来荡去，专干盗匪的勾当。可我们却一直没有碰到他们，我也同塔卡夫一样，对此非常地惊讶。"

"我们该怎么办呢？"格里那凡爵士追问道。

"我得问问他看。"巴加内尔回答道。

于是，他又去同塔卡夫交谈了一会儿，然后转向格里那凡爵士说道：

"他的意见我很赞同。他提议我们继续往东走，在这37°线上，有一座独立堡。到了那儿，我们即使听不到格兰特船长的消息，也能弄清楚为什么阿根廷平原上见不到印第安人的踪影。"

"独立堡离这儿远吗？"格里那凡爵士接着又问道。

"不远，就在坦狄尔山里，离这儿大约有六十英里。"

"什么时候可以走到？"

"后天晚上。"

格里那凡爵士因这一意外情况而心事重重。在潘帕斯地区竟然碰不到一个印第安人，这真是万万没有想到的事。通常，这一带印第安人特别多，可现在却一个也看不见，肯定是有什么特殊的情况迫使他们离开了这里。尤为严重的是，如果哈利·格兰特船长确定落入这儿的一个印第安人部落手中，那么现在，他是被掳去北方了还是被带到了南方？这么一想，格里那凡爵士不免举棋不定，但又苦于没有其他良策，只好听从了塔卡夫的提议，先到独立堡再说。

将近下午四点左右，远处可以望见一个丘陵隐现在地平线上。那丘陵挺高，在这个平原地区，可算是一座山峦了。那就是塔巴尔康山，一行人在山脚下歇息、过夜。第二天再翻过这座山，非常容易。山坡沙土地似波浪般起伏，并不太陡。与安第斯山脉的高低岩比较起来，这山坡对这一行人来说，简直是小菜一碟。马儿在爬坡的时候连速度都没有放慢。中午时分，他们过了塔巴尔康废堡。这儿是山南地区构筑的防御土著人来袭的那条碉堡链的第一环。但是，在这儿，大家仍旧没有见到印第安人的踪影，使得塔卡夫更加惊讶不已。晌午时，有三个人骑着马，带着枪，观察了一番格里那凡爵士的这支人马，保持着高度的警惕，不一会儿便一溜烟不见了。格里那凡爵士感到大失所望。

"他们是高卓人。"巴塔戈尼亚人说道，他对土著人的这种称谓曾引起少校与巴加内尔的一番争吵。

"啊！是高卓人，"麦克那布斯应声道，"嘿！巴加内尔，今天北风止息了，您到底觉得这帮家伙怎么样？"

"我觉得他们的架势很像大盗。"巴加内尔回答道。

"我亲爱的大学者，'像大盗'与'是大盗'有多大的差别？"

"一步之差，我亲爱的少校！"

巴加内尔的回答把大伙儿给逗乐了，他非但没有生气，反而就印第安人的问题发表了一通高论：

"我记不清在哪本书上曾经说过，阿拉伯人的嘴带有凶恶之相，但眼光却显得十分温和。现在，我看美洲的土著人，情况却恰恰相反，他们总是眼露凶光。"

即使是专业相面师也不会比他形容印第安人更加准确了。

这时，大家遵照塔卡夫的意思，紧靠在一起向前走着。尽管此处看似荒无人烟，但还是小心为上，绝不可掉以轻心！然而，这种防备毕竟是多此一举。当天晚上，一行人在一个废弃的寨子里歇息，这个废弃的寨子原先是卡特利厄尔酋长平日里集合土著人队伍的地方。巴塔戈尼亚向导看不出这儿最近曾经有人住过的迹象。他仔细地检查了一番，仍一无所获，只发现此处已经久无人住了。

翌日。一行人重新上路，与坦狄尔山毗邻的头几处"厄斯丹夏"①已可看见，但塔卡夫决定不在此处停留，直奔独立堡而去，因为他特别想搞清楚，为什么这一带竟然会没有人烟。

自打越过高低岩之后，一路之上，树木日渐稀少；可是，到了这儿，树木竟然又多了起来，多数是欧洲人来到美洲大陆之后种上的。其中有楝树、桃树、白杨、柳树、豆球花树等。这些树没人照管，但长势很好。这些树通常都是围绕着"戈拉尔"，亦即很大的"牲畜栏"栽种的。"戈拉尔"周围钉有树桩，栏内饲养着成群的牛、马、羊；牲畜身上都烙有代表其主人的烙印；栏外有许多大狗守护着。在山脚下层开的稍稍带有盐质的土壤上，长着优质刍草，是牲畜的上等饲料。每一个"厄斯丹夏"都有一个总管和一个工头，每千头牲畜又有四个培翁负责。

这些人过着《圣经》中的那些大牧主般的生活；他们的牧畜头数可能要比遍地牛羊的美索不达米亚平原上的牧主们的牲畜还要多；但是这儿的放牧人没有家庭生活，潘帕斯地区的"厄斯丹夏"的业主都是一些贩卖牲口的人，毫无《圣经》中的那些儿孙满堂的老祖宗的味道。

上面的这些情况是巴加内尔解释给他的同伴们听的。而且，他还就此发挥起他的有关人种学高论来，对不同种族进行了饶有兴味的比较，连平时不动声色的少校听了也露出颇感兴趣的神情来。

与此同时，巴加内尔还有机会让他的同伴们欣赏了一次海市蜃楼的奇观。这种幻景在平坦的原野上并不鲜见——许多的"厄斯丹夏"远远望去，犹如一座座小岛一般；其周围的树木倒映在清水里。而这汪清水像是在逗引行路人，你进我退，遥不可及。这幻象奇妙逼真，令人难辨真伪。

11月6日，一行人数次遇到"厄斯丹夏"和一两个"杀腊德罗"——宰杀肥壮牲畜的地方。正如其名所示，"杀"了牲畜之后，便用盐把肉

---

① 阿根廷平原的饲养牧畜的大牧场。——作者注

腌渍起来。这种血腥的宰杀活计始于春末。"杀腊德罗"派人去"厄斯丹夏"拉回需要宰杀的牲畜。他们先用"拉索"去套捕牲畜,套捕够数了便一起拉走。其套捕技术十分高超,令人惊叹。在屠宰场,一次就得杀上好几百头,杀了之后剥皮、切肉。但是,老牯牛不好杀,经常挣扎、反抗,遇此情况,屠夫就变成了斗牛士。这种活计相当危险,但屠夫们技术娴熟,得心应手。当然,手段毕竟是极其残忍的,"杀腊德罗"周围简直可以说是"阴森可怖"。臭气弥漫于空气中;院子里,屠夫们的吼叫声、狗吠声和牲畜的哀鸣声交织在一起;阿根廷平原上的鸷鸟——"乌鲁布"和"奥拉"成百上千地从方圆几十英里处飞来,从屠夫们的手中抢夺仍在颤动的牲畜肉。不过,当格里那凡爵士一行路过此处时,却是寂然无声,静悄悄的,因为大规模屠宰的时候尚未到来。

塔卡夫一个劲儿地在催促大家快马加鞭,他想在当晚赶到独立堡。众马在主人的鞭子的抽打之下,学着桃迦的样儿,在高深的禾本科草类中奔驰着。一路之上,也曾遇上几户农家,屋子周围都挖有深沟,垒起高垒;正屋上方有一阳台;农夫们全都携有武器,可以从阳台上射击平原上的盗匪。格里那凡爵士觉得在这儿也许能打听到一些消息,但是,考虑再三,还是到了坦狄尔村再说吧。于是,一行人沿途没有停息,他们涉过了洛惠索河,奔跑了好几英里之后,又越过了沙巴雷夫河。然后,马蹄便踏上了坦狄尔山的最初几重草坡。一小时之后,他们已经看见了坦狄尔村;它深藏在一个狭窄的山坳里,独立堡那重重城垛显现在上面。

第 21 章　独立堡

坦狄尔山海拔一千英尺，是一条十分古老的山脉，属于片麻岩地区。由一连串的片麻岩丘陵组成，上面长满碧绿的青草，呈半环形状。与此同名的坦狄尔县几乎包括布宜诺斯艾利斯省的整个南部地区。该县有居民四千人，县城就设在坦狄尔村，位于北部冈峦脚下，有独立堡掩护着。该村居民主要是法国人和意大利人的后裔，因为在拉巴拉他河下游的这一片地区早期殖民者是法国人。1828 年，法国人巴尔沙普在该村上方的山坡上，修建了独立堡，以便更好地防范印第安人的袭击。

坦狄尔村贸易交往频繁。它以当地的一种适合在平原大道上跑的大牛车"加勒拉"与布宜诺斯艾利斯进行贸易往来。这种大牛车跑一趟布宜诺斯艾利斯只需十二天的时间。村子往省城送去的货有："厄斯丹夏"喂养的牲畜、"杀腊德罗"腌渍的腊肉，以及印第安人的手工织品，如棉布、羊毛织物、皮制品等。该村不仅有一些十分漂亮的房屋，还有一些学校和教堂。

巴加内尔在详细介绍了坦狄尔村之后，还强调指出，这儿可以打听到一些消息，因为这儿经常有军队驻守。于是，格里那凡爵士便选中了一家挺漂亮的客栈，当地人称之为"逢达"。一行人住了下来，把马匹牵到马厩里去。然后，格里那凡、巴加内尔、麦克那布斯、小罗伯特等，在塔卡夫的带领下，向独立堡走去。往上爬了几分钟，便来到独立堡入口处。那儿有一名阿根廷士兵在把守着，一副漫不经心、松松垮垮的样子。这要么说明防卫不够严密，要么就说明这一带相当安全。

堡内操场上有几名士兵正在操练，年龄大小不一，最大的二十来岁，最小的也就六七岁。说实在的，那也就是十来个少年和儿童，但是他们那舞刀弄枪的架势，倒也像模像样。他们全都穿着条纹布衬衫，用皮带紧紧地束住。下身既无长裤，也没有短裤，也没有穿苏格兰式短裙，也不知道穿的是什么，好在这儿气候温和，衣着随便点儿也没多大关系。他们每人佩带着一杆后膛枪和一把军刀，枪显得太重，刀显得太长，因为他们确实是太小了点。他们的面庞晒得黑黑的，模样长得十分相像。指挥他们操练的也同他们长得一模一样，一问才知，他们是兄弟十二人，在大哥的带领下，进行操练。

巴加内尔对此并不感到惊讶，因为他很了解阿根廷的家庭状况，知道每家至少有九个以上的孩子；但是，让他诧异的是，他们做的都是法国士兵的操。步伐动作，一招一式都像模像样，而且指挥者的口令也是用巴加内尔的母语发出的。

"这就怪了！"巴加内尔说道。

格里那凡爵士可不是跑到独立堡来观看这几个孩儿兵操练的，更不是前来研究他们的国籍和出身的。因此，他没容巴加内尔在那儿惊奇不已，便催促他快点去找驻军首长。巴加内尔便叫一个娃娃兵进营房里去找他们的司令。

不一会儿，司令走了出来。他五十来岁，身子结实，一副军人风度，嘴上是两撇胡子，颧骨很高，头发灰白，目光炯炯，抽着短把儿烟斗。他的这副派头令巴加内尔回想起法国年纪较大的下级军官的那种风度。

塔卡夫忙走上前去，向司令介绍格里那凡爵士一行。塔卡夫在说的时候，司令总看着巴加内尔，眼睛凝视着后者，令他十分局促，不知这位老兵到底是什么意思，为何如此这般地盯着他看。巴加内尔正憋不住，想要问一句，可司令已经一把抓住了他的手，用法语高兴地问道：

"您是法国人？"

"是的,是法国人!"巴加内尔回答道。

"啊!非常荣幸!欢迎,欢迎!我也是法国人。"司令猛摇着巴加内尔的胳膊激动万分地说。

"他是您的朋友?"少校问巴加内尔。

"是的!"巴加内尔颇为自豪地回答道,"我们的朋友遍及五湖四海!"

巴加内尔好不容易才把几乎被捏碎了的手从司令那老虎钳子似的手中抽出来,然后,便与对方交流起来。格里那凡爵士很想插上一句,打听一下自己想要知道的消息,但是,那位军人却一个劲儿地在讲述自己的经历,容不得别人插话。从他的话里,大家得知这位性格爽朗的军人已经离开法国很久了,对自己的母语都有点生疏了,虽然词没有忘掉,但语法规则却已是不太讲究,他说的法语如同法国殖民地的黑人说的法语一样。这位独立堡的指挥官是一个军曹,曾是巴尔沙普的伙伴。

自1828年独立堡建成之后,这位军曹就没有离开过这里,现在,他已经由阿根廷政府授权,对独立堡行使指挥权了。他已年届五十,是巴斯克人①,名叫玛努埃尔·伊法拉盖尔。他虽不是西班牙人,但来到当地之后,便讨了一个印第安人老婆,并且入了阿根廷国籍,在阿根廷军中服役。这时候,他那位印第安人妻子已为他生了一对双胞胎,都已经六个月了,而且还是两个儿子。玛努埃尔就知道世上只有当兵一种行当,他希望上帝能赐予他一个连的儿子,将来好为共和国服役。

"你们都见过他们了吧?"他说道,"一个个都很可爱,都是好兵。若瑟!若望!米凯尔!倍倍!倍倍只有七岁,都会打枪了!"

倍倍听见父亲在夸奖他,随即把两只小脚后跟并拢,打了个立正,举起枪来,姿势优美自然。

"他将来一定很有前途,"玛努埃尔说道,"总有一天,他会成为上校!当个师长什么的!"

---

① 比利牛斯山两边的居民。

玛努埃尔越说越兴奋。他高兴异常，正如歌德[①]所说，"使人快乐的一切，无非梦幻"。

玛努埃尔一口气讲述了自己的历史，竟然不间断地讲了有一刻钟，令塔卡夫惊异不已，没想到一张嘴竟能说出这么多的话来！他这么说着，虽然没有间断，但一个军曹，即使是一个法国军曹，说话也得有个终了之时。最后，他总算打住了，然后邀请大家进屋里去。众人不好推却，只好去拜见一下那位伊法拉盖尔军曹夫人。这位夫人倒也颇具"大家风范"。

等一切繁文缛节完毕之后，军曹这才想起来问大家，他们是怎么会跑到他这儿来的。这正是谈论正事的大好时机。于是，巴加内尔便用法语把如何横穿潘帕斯大草原的情况说给他听。最后，他便问起为何印第安人全都离开了这一地区。

"噢，是呀……一个人也没有了……"军曹回答道，"确实是……一个人也没有了……我们只好闲待着……无所事事了！"

"这是怎么搞的？"

"打仗了。"

"打仗了？"

"是啊，自己人打自己人……"

"自己人打自己人？"

"是啊，是巴拉圭人与布宜诺斯艾利斯人打起来了。"

"然后呢？"

"然后，印第安人就全都跑到北边去了，跟随佛劳莱斯将军跑了。印第安人，一伙强盗，就知道抢！"

"那么，酋长们呢？"

"酋长也同他们在一起。"

"怎么！卡特利厄尔……"

"没有什么卡特利厄尔了。"

[①] 歌德（1749—1832），德国19世纪的大诗人、大作家，《浮士德》的作者。

"还有卡夫古拉呢?"

"也没有了。"

"扬什特鲁兹呢?"

"更没有了。"

巴加内尔把这番话译给塔卡夫听,后者点了点头,认为军曹所说属实。原来,塔卡夫并不知道,或者是忘记了此时此刻的一场内战。这场内战还引起西班牙的干预,使阿根廷共和国内战双方都死伤无数。这种自相残杀正是印第安人的大好时机,他们正好趁机大肆打劫。因此,潘帕斯草原成了无人区了。

但是,这件国家大事却把格里那凡爵士的计划给打乱了。是啊,如果哈利·格兰特落到酋长们手里,那他一定被带往北边去了。那又怎么去寻找他呢?还能找得到吗?是否应该往北方去做一次冒险但可能实属无益的远行呢?这么做,后果会很严重,必须好好商量一下才行。

这时候,本有一个重要问题要问军曹,因一时着急,竟然忘了,多亏少校想了起来:

"请问军曹先生,您可曾听说过有什么欧洲人在潘帕斯地区当了印第安人酋长的俘虏的吗?"

玛努埃尔在思考,像一个人在努力地搜索自己的记忆库似的。

"有!"他终于想起来了。

"啊!"格里那凡爵士像是看到了新的希望似的嚷了一声。

于是,格里那凡、巴加内尔、麦克那布斯、小罗伯特一起向前走过去,把玛努埃尔围了起来。

"您说!您快说!"众人异口同声地在催促着他,眼里充满着渴望的光芒。

"那是几年前的事了,"玛努埃尔回答道,"是的……没错……欧洲人……俘虏……但是,我自己并没见过……"

"几年前的事?"格里那凡爵士说,"您记错了……船失事的日期是准确无误的……不列颠尼亚号是1862年6月出的事……还不到两年。"

"噢！不止两年了，爵士。"

"这不可能！"巴加内尔说道。

"的确不止两年了，那是倍倍出生的时候……有两个人……"

"不对，是三个人。"格里那凡爵士纠正他道。

"两个人！"军曹语气坚决地说。

"两个人？两个英国人？"格里那凡爵士很惊讶，疑惑地问道。

"不是的，"军曹回答道，"谁说是两个英国人？不……一个法国人，一个意大利人。"

"是不是一个意大利人被包于什人给杀掉了？"巴加内尔大声问道。

"没错，我后来得知……那个法国人得救了。"

"得救了！"小罗伯特听了军曹的这句话，高兴得跳了起来。

"是的，是从印第安人手中解救出来的。"玛努埃尔回答道。

"噢！我明白了，"巴加内尔用手拍了拍脑门儿说道，"一切都明白了，一切都可以解释得通了！"

"怎么回事？"格里那凡爵士焦急不安地问道。

"朋友们，"巴加内尔一把抓住小罗伯特的手回答道，"我们还是搞错线索了！在这儿被掳走的不是格兰特船长，而是我的一个同胞。我们这个同胞被印第安人掠着在科罗拉多河一带往返多次，后来，很幸运地逃脱了，回到了法国。我们原想寻找哈利·格兰特的踪迹的，却追踪到了这位法国青年吉纳尔①的踪迹了。"

格里那凡爵士挺失望地看着巴加内尔。这时候，塔卡夫又向军曹打听道：

"您从未听说过有三个英国人被俘虏的事吗？"

"从没听说过，"军曹回答道，"如果确有此事，在坦狄尔这个地方，应该听到传闻的……我一定会知道的……不，没有这回事……"

---

① 吉纳尔于1856年至1859年，被印第安包于什族人掳去三年。他以极大的勇气忍受住了残酷的考验，终于从乌普萨拉隘口逃出安第斯山，于1861年回到祖国。现在，他已加入法国地理学会，是巴加内尔的一位同事。——作者注

格里那凡爵士听了军曹的这么干脆的回答之后，觉得没有必要再在独立堡多耽搁了。于是，他们便同玛努埃尔握手、致谢、告辞了。

格里那凡爵士见自己的希望落了空，心里很不是滋味。小罗伯特走在他的身旁，一声不吭，眼泪汪汪的。爵士也找不出什么话来安慰他。巴加内尔在自言自语；少校却紧闭着双唇；塔卡夫觉得搞错了线索，有损自己印第安人的那份自尊，因此也一脸的不悦。其实，这个错误也不在他塔卡夫，也没有谁想到要责怪他。

大家回到了客栈。

众人没有好好吃晚饭。他们一个个都是勇敢热情之人，没有人后悔白吃了这么多辛苦，白冒了这么多的险，只是，大家感到希望破灭，不免惆怅茫然。在坦狄尔山和海岸之间还能找到哈利·格兰特吗？没有这种可能了。现在，既然没有一点有关格兰特船长的消息，那就只有前往梅达诺岬的那个约定地点，去与邓肯号上的人会合了。

这时，巴加内尔又向格里那凡爵士要那几封不幸造成这次错误的信件。他心里非常不悦地重又研究起它们来。他在竭力地寻找一种新的解读。

"这信件说得明白无误！"格里那凡爵士一再说，"关于格兰特船长沉船经过及被俘地点，写得非常确切啊！"

"噢！那可不一定！"地理学家用拳头击着桌子回答道，"那可不一定！既然哈利·格兰特不在潘帕斯地区，那就说明他并不在美洲。那他到底是在哪里呢？从这些信件中应该分析得出来的，这些信件一定会告诉我们的。朋友们，我一定要把线索找出来，否则我就不叫雅克·巴加内尔了！"

第22章 洪　水

独立堡距大西洋岸边有一百五十英里。如果没有任何意外造成延误——发生意外造成延误的可能性极小——一行人四天后就可以与邓肯号上的同伴们会合了。但是，就这么无功而返又有什么意义呢？格里那凡爵士很不甘心。第二天，他依然沉浸在这种不甘心的状态之中，没有发出出发的命令。是麦克那布斯少校代行了指挥任务，他让大家备好马，带好干粮，制订了行程计划。早晨八点，一行人走下了坦狄尔山的长满青草的山坡。

格里那凡爵士扬鞭催马，一言不发；小罗伯特紧跟着他。他性格倔强，接受不了这种失败。他心跳加剧，头痛欲裂。巴加内尔则在脑子里反复思索着那几封信，逐字逐句地反复地斟酌思考着，意图从中发现新的线索。塔卡夫也沉默着，任由桃迦引领着众人向前飞奔。少校依然满怀信心，仿佛不知灰心丧气是何物。

奥斯丁和两个水手同主人一样心事重重。突然间，一只胆小的野兔从他们面前蹿了过去，两个水手觉得不妙，迷信地对视了一眼。

"不吉利。"威尔逊说。

"是的，在高地，这可是个凶兆。"穆拉迪说。

"在高地是凶兆，在这里也不是好兆头。"威尔逊一本正经地说。

晌午时分，一行人走完了倾斜的山坡，进入了一直延伸至海岸的那片起伏不定的大平原。只见溪流纵横，滋润着肥沃的土地。潘帕斯草原上最后的一片峰峦消失在他们的背后，马儿在绿草茵茵的草原上，步伐轻快了许多。

在这之前,天气一直晴朗,可今天却要变天了。前几天的高温造成了大片水汽的凝聚,变成了乌云,预示着大雨将至。这一地区邻近大西洋,经常刮着西风,空气往往湿漉漉的。不过,这一天,大片的乌云尚未形成倾盆大雨;傍晚时分,马儿已轻快地跑了四十英里,在一些较深的"喀那大"旁歇了下来。"喀那大"为当地土语,意思是"天然的大水坑",没有任何遮风避雨的地方。各人的篷罩因而便既当帐幕又做被褥。就在这风雨欲来的黑夜里,众人睡着了,好在风雨虽然像是马上就会到来,实际上却并未来临。

第二天,地势在走低,湿气越来越重。无数大大小小的沼泽不断地出现在一行人的面前。每前进几步,就会遇上或深或浅或正在形成的池沼挡住往东去的路。边缘清晰的池沼还比较容易对付,那种隐藏在草丛下面的"盆荡诺"——流动的烂泥窝——则危险异常,一步不慎,便会陷下去。

在这些烂泥窝中,人畜悲剧不知发生了多少起。小罗伯特正在前头走,突然勒马返转,冲巴加内尔大声喊道:

"先生!巴加内尔先生!前面有一片长满牛角的林子!"

"什么?"巴加内尔应答道,"长满牛角的林子!"

"是呀!至少是一片小林子,全是牛角!"

"你该不会是在做梦吧,我的孩子?"巴加内尔耸了耸肩说。

"不,我没在做梦。您自己来看看吧!真的好怪!地里种牛角,牛角长得同麦子一样!我真想弄点种子回去种种。"

"看来他真的发现了点什么。"少校说道。

"那么,少校先生,您就去看看吧!"

小罗伯特并没有说梦话。大家往前走了不远,便看到一片牛角林,牛角长得还很整齐,而且是一大片,一眼望不到边。真的是一片小丛林,又低又密,好生奇怪!

"我没瞎说吧?"小罗伯特说。

"这真是奇怪了。"巴加内尔说着,便扭过头去望着塔卡夫,希望他能给解释一下。

"牛角在外,牛在地下。"塔卡夫解释道。

"这么说,一大群牛全都陷进泥潭中去了!"巴加内尔惊呼道。

"没错。"那巴塔戈尼亚人回答道。

确实如此,一大群牛踩到这片松软泥泞的土地,一下子全都陷了下去,好几百条牛就这么挤成一堆地憋死在这烂泥窝中。这种事在阿根廷平原上时有发生,塔卡夫当然知道。这也是对行路人的一种警示,让大家走路留神。一行人绕过那片死牛滩,足足走了一个小时,才把那片牛角林甩在身后两英里处。

塔卡夫边走边环顾四周,显得十分焦虑,总觉得会有大事发生。他走走停停,立于马镫上,向远处瞭望,但是却没看出个所以然来,只好又坐回马鞍,继续前行。走了一英里地之后,他又停了下来,然后离开直线路径,忽而向北,忽而往南,走上几英里,然后又领着大家在直线上走,也不说明缘由,也不知他在希望什么,害怕什么。他这么转来转去,弄得巴加内尔莫名其妙,使得格里那凡爵士心里忐忑不安。爵士于是便让巴加内尔问问塔卡夫,到底是怎么一回事。

巴加内尔问过之后转告爵士,塔卡夫说他发现平原上渍透了水,颇为惊异。自打他当向导以来,他还从未走过这样的湿地,即使是在雨季里,阿根廷平原上也有旱路可走。

"地越来越渗水,原因到底是什么呢?"巴加内尔问塔卡夫。

"这我也搞不清楚,"塔卡夫回答道,"再说,即使我知道……"

"山中溪流涨满了雨水,从来不会泛滥吗?"巴加内尔追问道。

"有时也要泛滥的。"

"现在是不是溪流在泛滥呢?"

"也许是吧。"

巴加内尔没有再追问下去,只是把交谈的内容转告了格里那凡爵士。

"塔卡夫认为该怎么办?"格里那凡爵士问道。

"那我们该怎么办?"巴加内尔把爵士的问题转向塔卡夫。

"赶快走。"塔卡夫回答道。

这句话说得容易，做起来却很难。在这么软的地上走，马总是在往下陷，越走越累，而且地势越来越低，这一带简直变成了一片望不到边的洼地，因此，这种锅底状的平原，一旦泛滥，便会变成大湖泊。眼下，必须想尽一切办法赶紧跨越过去。

一行人在加快步伐。大雨倾泻，毫无遮拦，只好任由水洗雨浇了。篷罩上流出一条条水沟；帽子成了盛水器，往篷罩上注水；鞍子上的璎珞成了水网；马蹄踏地，溅起水花；马上人在天雨与地水的两面突击下不顾一切地奔驰着。

他们一个个好似落汤鸡，又冷又饿又累，直到傍晚时分，才跑到一座破败不堪的"栏舍"里来。无奈之下，也只得在这破烂"客栈"歇息过夜了。好不容易用草生着了火，但只有烟，不见火。没有热气。外面是凄风苦雨，里面是棚顶漏下的雨水淅沥。就这么点冒着烟的所谓的火，也不知灭了多少次，又点了多少次。众人皱着眉头，算是勉强吃了晚饭。只有麦克那布斯少校把湿透了的干肉吃得还算顺畅，因为他对什么样的生存环境都能够适应。而巴加内尔这个地地道道的法国人，在这种情况之下还没忘了说个笑话，只不过他的笑话没能把别人逗乐。

"我今天的笑话像爆竹似的受潮了，响不起来。"巴加内尔自我解嘲道。

大家别无他法，只好睡觉。可是，狂风暴雨肆虐，吹得"栏舍"的木板墙壁和棚顶辟啪乱响，仿佛马上就要倒塌了似的。在外面的马匹比主人的状况更惨，只听见它们在不断地呻吟。但是，尽管如此，困倦还是占了上风。小罗伯特第一个睡着了，头枕在格里那凡爵士的肩膀上。不一会儿，"栏舍"中的其他旅客也相继进入了梦乡。

仿佛上帝在庇佑着他们，夜里竟然平安无事。早晨，桃迦的嘶鸣声把大家从睡梦中叫醒。即使塔卡夫不在，它也会按时发出起程的信号。然后，一行人便上了路。雨倒是小了，但土地已吸足了水，积水渗不下去，一路上，尽是烂泥，泥泞不堪。水洼、沼泽和池塘都在漫溢，形成大片的"巴纳多",深浅难测。巴加内尔查看了一下地图,自然而然地便联想到,大河与维法罗塔河平日里都是在吸收平原上的水的,想必现在这两条河已经连成一片,两条河床加在一起该有几英里地宽了。

此刻要紧的是尽快离开此地,否则众人的生命堪虞。如果泛滥的水再继续往上涨,那么,何处可以栖身呢!放眼四周,不见一点高地。

因此,众人快马加鞭,一个劲儿地拼命奔驰。桃迦奔在头里,胜过带鳍的两栖动物,简直就是一匹海马,在水中奔腾着,仿佛如鱼得水似的。

然而,将近十点钟光景,桃迦表现异常,显得很狂躁焦急。它不停地把头向着南边那平坦地带,发出长长的嘶鸣声,鼻孔在拼命吸着。它猛烈地在腾跃:塔卡夫虽不致被掀下马来,但也难以驾驭。它的嘴边的泡沫中都带着血丝,因为嚼铁被勒得太紧了的缘故。塔卡夫感觉到如果放松缰绳,它肯定拼命地向北边奔逃而去。

"桃迦这是怎么了?"巴加内尔问道,"阿根廷的蚂蟥很凶,它是不是让蚂蟥给咬了?"

"不是的。"塔卡夫回答道。

"那它可能是感到了什么危险,受惊了。"

"是的,它感到有危险。"

"什么危险?"

"不清楚。"

桃迦感觉到的危险,人的眼睛虽然没有发现,但耳朵却听到了。只听见有一种澎湃声隐隐约约地在响,如涨潮一般,从远方传来。风湿漉漉的,夹着灰尘般的水沫;鸟儿在空中疾飞而去,像是在逃避某种危险的袭来;马儿的腿已经没到一半,已经感知到洪水最初的浪头了。不一会儿,突然响起一片喧嚣,牛哞、马嘶、羊咩之声混在一起,从半英里地外传来;只见无数的牲畜纷纷向北奔逃,连滚带爬,一片慌乱,把积水溅起,浪花一片,犹如数百头巨鲸在海里翻腾一般。

"安达！安达！①"塔卡夫呼喊着。

"怎么回事？"巴加内尔忙问。

"洪水！洪水！"塔卡夫边催马向北边回答道。

"洪水来了！"巴加内尔连忙大叫起来，领着众人追着桃迦向北奔去。

他们逃得算及时。在南面五英里远处，只见一片高大宽厚的巨浪以排山倒海之势向平原涌来。平原立刻成了一片汪洋。深草不见了，像被巨刀割掉了似的。被浪头冲掉的木本含羞草在水上漂荡着，像是一座座孤岛。很显然，潘帕斯地区的一些大河溃堤了，也许是北边的科罗拉多河和南边的内格罗河同时在泛滥，汇积成了一个河床。

白浪滔天，马在飞奔，放眼四周，无处可避，远远望去，水天一片。马受到惊吓，没命地狂奔。马上人费劲乏力地紧紧抓住鞍鬐。格里那凡爵士不停地回头张望。

"水快追上我们了。"他一直在这么想。

"安达！安达！"塔卡夫一直在催。

马刺扎得马肚子流出鲜血，滴在水面上，形成了一条条红红的线。马儿经常被水草绊倒，跌跌撞撞，十分可怜。水却在不停地往上涨，浪花白如雪，在浪头上腾跃，看来，大水离一行人顶多也就两英里地了。人与这紧追不放的大水顽强地拼搏着，坚持了有一刻钟。大家只顾拼命地逃，也不知逃了有多远的路，按这种速度算下来，奔逃得也够远的了。此刻，水已漫到马的胸脯了，马跑动起来十分艰难。格里那凡、巴加内尔、奥斯丁都觉得这一回算是小命休矣，仿佛在大海上沉船似的，只有等死这一条路了。渐渐地，马蹄已经探不着地；水若深至六英尺，马就会被淹死。一行人的焦急、痛苦、无奈简直难以形容，面对这种人力无法抗拒的自然力，一个个都感到自己的渺小，无能。他们的安危已经不掌握在自己的手中了。

又过了五分钟，马已经浮了起来，不是在跑，而是在游了。水流

---

① 印第安语中"快"的意思。

以其巨大的冲力,极快速地挟带着马儿,一小时行二十多英里。

在众人陷于绝望之中时,突然,麦克那布斯大喊一声。

"树!"少校喊道。

"在哪儿?"格里那凡爵士喊着问道。

"在那儿,在那儿。"塔卡夫叫道。

他边喊边用手指着北边八百码处孤立于水中的一棵高大的胡桃树。

众人喜出望外。急流冲着人和马,不停地快速往前。这时,奥斯丁的马突然一声长鸣,不见了踪影。奥斯丁急忙蹬掉马镫,奋力游了起来。

"快抓住我的马鞍!"格里那凡爵士连忙冲他喊道。

"谢谢爵士,"奥斯丁回答,"我的胳膊很有力。"

"你的马怎么样,罗伯特?"爵士转而又问小罗伯特。

"它还不错,爵士!它游得像鱼儿一样!"

"小心点!"少校大声嘱咐他道。

少校的话刚一说完,洪水的巨浪已经涌了过来。那是一个四十英尺高的冲天巨浪,隆隆之声胜过雷鸣,向这九个落难之人扑了过来。他们立刻就全都连人带马地被卷进了泡沫飞溅的大漩涡中,不见了踪影。成百万吨的洪水波涛汹涌地卷裹着这几个人和马旋来转去,翻上倒下。等这巨大的浪头过去了之后,落水之人又都浮了上来,彼此赶忙点了点人数。人倒是一个没少,可马匹除了桃迦驮着自己的主人以外,其他的就不知去向了。

"要挺住!要挺住!"格里那凡爵士不停地大声叫喊着,一手托住巴加内尔,另一只手在划着水。

"我还行!还行!我并不讨厌这……"

他不讨厌什么?没人知道!只是他刚说了这半句,就呛了一大口泥浆水,把那下半句话给噎了回去。少校则是像平时一样地不紧不慢,很有规律地左一下右一下在划动着。那两个水手,更是水中蛟龙,在水里大显身手。而小罗伯特则眼疾手快,一把抓住桃迦的鬃毛,让马带着他游。桃迦在劈波斩浪，勇敢顽强地随着向大树冲过去的那股急流，终于冲到了大树附近了。

离树只有二十码远了。不一会儿，众人便抓到了树枝。真是万幸啊！若是没有这棵救命的大树，这些人必然是葬身波涛之中。

水已经把大树的主干给淹没了，树枝正好贴在水面上向四下里伸展着，众人毫不费力地便爬到树上来。

塔卡夫松开桃迦，先把小罗伯特托到树上，然后逐一地把其他落水的人都拉上树。可是，桃迦却被水冲走了，很快便漂到很远的地方。只见桃迦拼命地扭过头来，嘶鸣着，声嘶力竭地在呼唤自己的主人。

"您怎么把它给抛弃了呀！"巴加内尔责怪塔卡夫道。

"我怎么会抛弃它！"塔卡夫大声地喊叫着。

突然，"扑通"一声，塔卡夫跃入洪流之中，在离救命大树十码远处又冒出一个脑袋来。一会儿过后，只见他手臂挽住桃迦的脖颈，人和马一起向着北面那茫茫一片天际漂过去。

第 23 章　像鸟儿一样栖息在大树上

格里那凡爵士等人栖身的这棵大树，像是一棵胡桃树。树叶油光锃亮，树冠呈圆形，与胡桃树非常相似，但却并不是胡桃树，而是一棵"翁比"树。阿根廷平原上的"翁比"树总是孤独地生长的。树干粗大，根系发达，主根深入地下，副根从各个方向把树干稳稳地固定住，可以抵御任何方向的大风和洪水的来袭。

这棵"翁比"树高达上百英尺，树冠有一百二十平方米的面积，主干、支干，层层叠叠，盘旋而上，是一把实实在在的巨型遮阳伞。任何雨水都甭想透进它那成百上千层的枝叶叠层！这棵树有一枝横向生长着的支干，枝叶耷拉在水面上。整棵大树好似大海中的一座绿色孤岛，而那根横枝则像向前伸展的一个海峡。树中有无数的空间；伞形枝叶圆周间有许多空隙，可让空气流通，处处有阴凉；阳光也从枝叶间的缝隙透过来，给大树下带来了光亮。

落水的人们爬到树上，惊得一群鸟儿连忙向上层枝叶间飞逃，叽叽喳喳的，像是在抗议这几个非法入侵者。其实，鸟儿们也是飞到这棵"翁比"树上来避难的。这些鸟儿多得无法计数，成群成窝地飞来飞去，有乌鹛，有椋鸟，有"伊萨卡"鸟，有"喜格罗"鸟。还有那"披迦佛罗"鸟，属于蜂鸟类，五颜六色，特别多。它们在飞起来时，宛如被风从树上吹落的一朵朵鲜花一般。

格里那凡爵士一行人就栖身在这棵大树上。小罗伯特和身壮体健的威尔逊一上了树，便爬到最高的树枝上去了。他们把头钻出那绿色的穹隆,一眼可望到很远很远的地方。放眼四周,一片汪洋,大树被洪水团团围住。水面上没再见到一棵树,只有"翁比"树孤孤单单地立于洪水之中,被急流冲得在颤动。水面上漂浮着一些被连根拔起的大树,横冲直撞地向下游奔去;还有不少被淹死的牲畜、横七竖八的树枝、草房的屋顶……一棵漂浮不定的大树,上面趴着一窝黑斑虎,绝望地在怒吼着,由南往北顺流而下。突然间,威尔逊发现远处隐隐约约有一个黑点在动,这引起了他的极大注意,他屏气凝神,仔细看着,发现竟是塔卡夫和他的桃迦,在远处天际逐渐消失!

"塔卡夫,我的朋友!"小罗伯特向远方伸出双臂,高声呼喊道。

"您别担心,他不会淹死的,罗伯特先生,"威尔逊说道,"咱们下去,同大家在一起吧。"

没一会儿,小罗伯特和威尔逊便穿过三重树枝,到了主干的顶端。格里那凡、巴加内尔、麦克那布斯、奥斯丁、穆拉迪都在那儿。或骑,或坐,或躺,各行其是。威尔逊把所看到的情况汇报了一下。大家都与他的看法一致:塔卡夫不会被淹死,只是不知将是塔卡夫救起桃迦,还是桃迦救起塔卡夫。眼下,这几个人的处境比塔卡夫还要危险。树虽说是不致被洪水冲倒,但如果洪水继续往上涨。最终会把整棵大树给没了顶!这一带地势低洼,简直就像是一个大蓄水池。格里那凡爵士心细,一上树便拿出小刀刻下水位高度,以观测水位是涨还是落。这时,水位倒是稳定了,没有继续往上涨,好像已达到最高峰,大家才把悬着的心稍微放下了点儿。

"现在我们该干什么?"格里那凡爵士问道。

"那还用问,做窝呗!"巴加内尔不失风趣地回答道。

"做窝?"小罗伯特感到惊讶。

"当然了,孩子!没过上鱼儿的生活,就过过鸟儿的日子吧!"

"那好!"格里那凡爵士说,"可是,窝做好了之后,谁给我们喂食呀?"

"我!"少校回答。

大家立刻向少校那边看去,只见他斜靠在一根软软的树枝上,把他那湿漉漉的褡裢递了过来。

"啊！麦克那布斯，"格里那凡爵士叫喊道，"您真是太棒了！想得这么周到！"

"人不能淹死，也不能饿死。"少校听了爵士的称赞后说。

"我本该也想到这一点的，只可惜自己太粗心了。"巴加内尔不无遗憾地说。

"您那褡裢里装了些什么？"奥斯丁问道。

"够七个人吃两天的食物。"

"太好了，"格里那凡爵士说，"但愿洪水在二十四小时内能退得差不多。"

"或者说，在二十四小时之内我们能有办法回到陆地上去。"巴加内尔补充道。

"因此，我们的首要任务就是吃早饭。"格里那凡爵士说。

"总得先把衣服烤干吧？"少校提出了自己的看法。

"哪儿有火？"威尔逊问道。

"没有火就生呗。"巴加内尔说。

"在哪儿生火？"

"这主干顶上。"

"用什么生？"

"用枯枝败叶，树上有的是！"

"有了也生不着，"格里那凡爵士说，"火绒都湿透了，成了海绵！"

"用不着火绒！"巴加内尔回答道，"找点干苔藓，我用我的望远镜，借助太阳光照上一会儿，就有火冒出来了。现在，谁去找点柴？"

"我去！"小罗伯特自告奋勇地说。

他说着，便像只猫似的忽地往上蹿去，钻进树叶深处；威尔逊紧随其后。他俩走了之后，巴加内尔便动手找来不少干苔藓；当时，阳光正强，他很容易地便找到有阳光的地方，用望远镜把干苔藓点燃，然后，把点燃的干苔藓捧到"翁比"树主干的分枝处，铺一层湿树叶托住。这就成了一个天然炉灶，而且不用担心引起火灾。没多大工夫，小罗伯特和威尔逊便回来了，弄了一大抱干树枝，放在点燃的苔藓上。巴加内尔爬到"炉灶"上方，叉开两条长腿，像阿拉伯人一样，一蹲一起，用自己的篷罩煽风、点火。干树枝引燃了，不一会儿，只见火苗在临时"炉灶"上蹿了起来。众人围着这堆火烤自己的湿衣裳，接着便开始吃起早饭来。每人只能吃分配的定量，因为还得想到日后，也不知大水是否能像格里那凡爵士所希望的那样迅速退去，而所带的干粮又极其有限，再说，"翁比"树上又不结果子。不过幸运的是，树上有许多鸟巢，鲜鸟蛋可不少，而且鸟儿也可以杀了吃。看来，不必为吃食过于犯愁。

现在，不得不做长时间栖息在树上的打算，睡的问题也要考虑，要尽量舒适些。

"厨房和餐厅都在楼下，那么，卧室就设在楼上吧，"巴加内尔幽默地提议道，"房子很大，房租也不要，还是住得宽畅些好。我看见大树上方有不少藤蔓，形成了天然的网，把它们固定牢之后，就是一张张吊床！我们轮流守夜，什么都不用怕，我们人数不少，足以打退印第安人和野兽的攻击。"

"只是没有武器。"奥斯丁说。

"我有手枪。"格里那凡爵士说。

"我的手枪也在。"小罗伯特紧跟着说。

"光有枪还不行，得让巴加内尔先生想出法子制造点弹药出来。"奥斯丁又说。

"用不着制造弹药。"麦克那布斯说着便把保存好好的弹药袋拿了出来。

"您是哪儿弄来这一袋弹药的，少校？"巴加内尔惊讶地问道。

"是塔卡夫给我的。他在跳入水中之前，估计我们可能有用，就把弹药袋交给了我。"

"真是一位侠义的印第安人！"格里那凡爵士不禁感叹道。

"是呀，"奥斯丁说，"如果所有的巴塔戈尼亚人都像他一样，那这个民族就真的不同凡响了！"

"还有桃迦呢！"巴加内尔补充道,"那真是一匹好马,它也是巴塔戈尼亚人的一部分。我估计我们还会见到他和它的。"

"这儿离大西洋还有多远？"少校问道。

"顶多也就是四十来英里，"巴加内尔回答道,"诸位，我得先告辞了，我要到上面去找个观察点，用望远镜侦察一番，看看有什么情况，好向诸位报告。"

说着，巴加内尔便灵巧地爬了上去，不一会儿，他的身影就被密密实实的树叶给遮挡住了。于是，其他人便各自忙于整理自己的"床铺"，找一个自己觉得中意的枝丫，绑上几根藤条，睡觉的地方就出来了。

整理好床铺之后，大家又不约而同地回到下面，围"炉"闲聊开来。他们并没有谈论眼前的处境，因为，现在除了忍耐、静观以外，已别无他法。他们谈论的还是此行的目的：寻找格兰特船长。只要大水退去，不几日他们便可回到邓肯号上去。可是，横穿美洲大陆的目的却未能达到！没能找到哈利·格兰特及其两名水手，把他们带回邓肯号，一起返回祖国。所有希望看来都化成了泡影。还能去哪儿寻找他们呢？海伦夫人和玛丽·格兰特要是得知这一情况，该会多么伤心啊！

"唉，我可怜的姐姐，"小罗伯特悲叹道，"我们没有希望了！"

格里那凡爵士张了张嘴，竟找不出一句话来安慰他。再说，光说几句安慰的话，又能解决什么问题呢？

"可是，"格里那凡爵士非常纳闷儿，"这南纬37°是实实在在的呀！哈利·格兰特的失事地点和被俘地点，信件上说的不是一清二楚，明明白白的吗？那是不会有错的！"

"是啊，没有错，阁下，可我们没有找到他们也是真的！"奥斯丁说道。

"真让人灰心丧气，苦恼心烦！"格里那凡爵士大声嚷道。

"苦恼心烦倒是可以的，但灰心丧气就不对了，"麦克那布斯平静地说道，"我们毕竟掌握着一些可靠的数字，我们应该根据这些数字追寻到底！"

"您这话是什么意思？"格里那凡爵士在问少校，"您认为我们还有什么可做的呢？"

"我们要做的事既简单又合乎逻辑，我亲爱的爱德华。回到邓肯号上之后，我们便让船仍旧沿着南纬37°线行驶，往东去，哪怕一直走到我们的出发点为止！"

"唉，麦克那布斯，您以为我就没有想到这一点吗？"格里那凡爵士回答他道，"我都想过不知多少次了，可是，有希望成功吗？我们再往前走，岂不是离哈利·格兰特信件上指明的巴塔戈尼亚越来越远了吗？"

"我们已经查明，不列颠尼亚号的失事地点既不在太平洋沿岸也不在大西洋沿岸，那还有什么必要再回到潘帕斯地区去呢？"麦克那布斯反驳道。

格里那凡爵士没有回答。

"这条纬度线是他明确指出的，我们只要沿着它去找他，就有希望！哪怕希望再小，也值得一试！"麦克那布斯又说道。

"那当然……"爵士应答道。

"朋友们，"少校转向大家说，"你们赞成我的看法吗？"

"完全赞成。"奥斯丁、穆拉迪和威尔逊异口同声地回答。

"朋友们，你们现在听我说，"格里那凡爵士接过话头说道，"你也仔细听好，罗伯特，因为这事关重大。我要想尽一切办法找到格兰特船长，这是我已经承担下来的责任，必要的话，我会付出毕生的精力去完成自己的职责。格兰特船长是个好人，他一直在为苏格兰的利益而尽职尽责，我是代表苏格兰人民去寻找他的。因此，即使希望再渺茫，我也要继续找下去！哪怕是沿南纬37°线绕地球一周，也在所不惜。但是，现在的问题不在这里，而是我们有没有必要继续在美洲找下去？"

这个问题十分棘手，大家一时没法回答，陷于沉默之中。

"您说说看。"爵士问少校。

"亲爱的爱德华，"麦克那布斯少校回答道，"事关重大，很难轻率地回答'是'与'否'。这事得从长计议。首先，我想知道南纬37°线都经过些什么地方。"

"这个问题得由巴加内尔来解答了。"

"那就先问问他看。"少校说。

巴加内尔已经钻到上面,被枝叶遮挡住了,看不见他,大家只好大声地喊。

"巴加内尔!巴加内尔!"

"哎!"一个声音从半空中应答道。

"您在哪儿呢?"

"在观察站上!"

"您在干什么呢?"

"在观察那一眼望不到头的天边!"

"你能下来一趟吗?"

"有事吗?"

"是啊!"

"什么事?"

"南纬37°线都穿越哪些地方?"

"这问题太简单,我就不用下去了。"

"那您说说看!"

"好吧,听着。南纬37°线离开美洲之后,就穿越大西洋。"

"然后呢?"

"然后到透利斯坦达昆雅群岛。"

"然后呢?"

"然后往下两分度,经过好望角。"

"然后呢?"

"穿过印度洋。"

"接下来呢?!"

"接下来,掠过阿姆斯特丹群岛中的圣彼得岛。"

"再往后呢?"

"再往后,就横穿澳大利亚的维多利亚省。"

"然后呢?"

"然后，出澳大利亚……"

巴加内尔说到这儿，有所停顿，大家觉得疑惑。他是不是记不准了？突然间，浓密的枝叶间，传来一声大叫，格里那凡爵士及其朋友不觉大吃一惊，面面相觑。出什么事了？是不是倒霉的学者从树上摔下去了？威尔逊和穆拉迪腾地站了起来，准备上去救他。突然，巴加内尔从上面滚落下来，双手抓不住任何东西，眼看要掉进波涛中去了。说时迟，那时快，只见少校眼疾手快，一伸胳膊，把他架住了。

"谢谢您了，麦克那布斯！"巴加内尔大声地感谢少校。

"您怎么搞的？"少校关心地问道，"怎么会滚下来呢？是不是又犯老毛病了？"

"是呀，是呀，粗心大意……这一次，要开创一个新纪元了！"巴加内尔回答道。

"怎么粗心还能开创新纪元？"

"我们错了！我们错了！我们又错了！"

"什么又错了？到底是怎么回事呀？"

"爵士、少校、小罗伯特、朋友们！你们听我说，"巴加内尔大声说道，"我们这是专在格兰特船长不在的地方找他！"

"您在说些什么？"格里那凡爵士不解地问。

"我们寻找的地方，格兰特船长非但不在，而且他也从来没有到过！"

第 24 章　依然栖息在树上

地理学家的这番话弄得大家一头雾水。他这是什么意思？他是不是神经上出了毛病？可是，他说话的样子好像是成竹在胸，把握十足，不像是神神叨叨的！大家都看着格里那凡爵士，因为巴加内尔的话是冲他说的，可是，爵士却在摇头，他不赞成巴加内尔的说法。

"这是确确实实的呀，"巴加内尔一阵兴奋之后，又以坚定的语气说道，"我们确实是找错了地方，信件根本就没提这儿！"

"您说说为什么吧，巴加内尔！"少校镇静地说道。

"这很简单，少校，我同你们一样，起先也钻到牛角尖里去了，错误地理解了信件上的意思。刚才，我在回答你们说'澳大利亚……'时，心中突然一亮，顿有所悟！"

"怎么！"格里那凡爵士惊呼道，"您认为格兰特船长……"

"我认为，"巴加内尔回答道，"信件上的'austral，不是指'南半球'，而是指'Australia'（澳大利亚），是这个词的前半部分。"

"这种解读未免太奇怪了。"少校说。

"岂止是奇怪，"格里那凡爵士耸了耸肩说，"简直是乱弹琴！不可能！"

"爵士，任何事情都是可能的。在我们法国，根本就不承认'不可能'这个词。"巴加内尔辩白道。

"怎么？您真的认为不列颠尼亚号是在澳大利亚海岸遇的难？"格里那凡爵士以颇为怀疑的口吻问道。

"我坚持这么认为。"

"说实在的,巴加内尔,从地理学会的秘书嘴里说出这样的话来,真让我吃惊。"格里那凡爵士说。

"这有什么可吃惊的。"巴加内尔听到格里那凡爵士的这种口气颇为不悦。

"如果真的是在澳大利亚,那里就该有印第安人,可澳洲还从未见过有印第安人呀!"

巴加内尔早已料到会有这种疑问,他莞尔回答道:

"我亲爱的格里那凡爵士,您的这种说法没有多大道理。"

"那您就解释解释看吧。"

"信件上根本就没提什么'印第安人'和'巴塔戈尼亚'!那个'indi'是'indiènes'(当地土著)的意思,而不是'Indiens'(印第安人)的意思。难道澳大利亚没有土著人?"

"嗯,言之有理。"少校赞同道。

"您认为呢,亲爱的爵士?"

"我承认这也说得通。但是,'gonie'又作何解呢?那不是指'巴塔戈尼亚'(Patagonie)吗?"格里那凡爵士反问道。

"当然不是!您怎么解释都行,就是不能解释为'巴塔戈尼亚'。"

"那又能怎么解释呢?"格里那凡爵士不解地问。

"可以解释的多了,它可以是指:创世记(Cosmogonie)、多神教(théonie)、十分危险(agonie)。"

"那就是'十分危险'了!"少校说。

"这个词可以说无关紧要,怎么解释都可以。关键的是 austral 一词。必须把它认定为'澳大利亚'!可惜,我们一开始先入为主了。如果我先看了这封信,我也就不会受到你们的看法的影响,也许就不会出现这么大的一个错误!"

大家听到这儿,都非常高兴,喜形于色,纷纷向巴加内尔表示祝贺和钦佩。格里那凡爵士一直紧锁着的眉头也在渐渐舒展开来,对巴加内尔表示心悦诚服。

"亲爱的巴加内尔,我还有个问题,您若能解答,我就完全认输了。"

"您请讲,爵士。"

"按照你的解释,整封信又怎么解读呢?"

"这很简单,信件就在这儿。"巴加内尔边说边把几天来他一直在细心研读的信拿了出来。

大家全都屏声敛息,准备聆听地理学家的解读。巴加内尔用手指指着信件上很不完整的词和句,以坚决的语气解读道:

1862年6月7日,三桅船不列颠尼亚号,隶属格拉斯哥港,沉没于……澳大利亚海面。因急于上陆,格兰特船长及两名水手……到达陆地……被土著人俘虏。

特抛下这几封信件……

"很好,"格里那凡爵士说,"可是,澳大利亚是个岛,怎么能和'大陆'一词连在一起呢?"

"这您就不必担心了,一流的地理学家们都称它为'澳洲大陆',亲爱的爵士。"

"那我现在只有一句话可说了:去澳洲!"

"去澳洲!"众人异口同声地呼喊道。

"巴加内尔,您知道吗?是上苍把您给派到邓肯号上来的!"

"得了!就算是上苍派来的,也别再提此事了!"巴加内尔说道,心想,别哪壶不开提哪壶。

巴加内尔的这番解释使众人从绝望之中解脱了出来,让大家重新见到了希望的光芒。他们的心一下子便撇开了美洲大陆,飞向澳洲那片希望的土地去了。当他们回到邓肯号上时,不会把绝望带了回去,不会让海伦夫人和玛丽·格兰特为哈利·格兰特船长的一时没有找见而大恸悲声了。霎时间,大家忘记了眼前的危险处境,一个个兴奋不已,欢欣鼓舞起来,只为无法立即上路而感到遗憾。

此时正是下午四点。大家决定六点钟吃晚饭。巴加内尔想准备一顿丰盛的晚餐以示庆祝。但所带的饭菜太少，于是，他便邀请小罗伯特到"附近的树林里"去打猎。小罗伯特高兴得直拍手。他们带上塔卡夫留下的弹药袋，擦拭了手枪，装上弹药，立刻出发了。

"别跑太远了。"少校不无担心地叮嘱他们道。

他俩出发之后，格里那凡爵士和麦克那布斯少校便忙着去观察树上刻下的水位标记，而威尔逊和穆拉迪则把临时炉灶中的炭火重新点燃起来。

水流湍急，看不出有任何退去的迹象，只是，水位已经升到最高点，不会再继续上涨了。水仍然在由南往北急速流淌着，这说明阿根廷所有河流的水量尚未得到平衡。水在退下去之前，会像海面在涨潮停止落潮开始时一样，先要保持一段时间的稳定。因此，只要河水老这么一直往北急速流动，就别指望它一时半会儿之间退下去。

二人正在仔细观察水位时，只听见树上方响起了枪声，接着，便是一阵如枪声般响亮的欢呼声。小罗伯特清脆的童音与巴加内尔沉重的低音交融在一起，听起来让人觉得完全是两个孩子在欢笑。他们一定是大有收获，晚上肯定是有好吃的了。格里那凡爵士和少校回到临时炉灶旁，发现威尔逊突发奇想，竟然用一根针穿上线钓起鱼来。他已经钓到好几十条小鱼了，全都放在篷罩的褶缝里，都是些"摩查拉"鱼，非常鲜活；这种鱼味道极其鲜美，是一道美味佳肴。

两个猎手从上面下来。巴加内尔小心翼翼地捧着一些乌燕蛋，还提着一串小麻雀。小罗伯特还打着几对"喜格罗"。这是一种黄绿相间的小鸟，肉质鲜美，在蒙得维迪亚[①]市场上一直是颇受青睐的名贵野味。巴加内尔烹制禽蛋类菜肴的手艺堪称一绝，但迫于环境所限，现在他只能将就着把乌燕蛋放在热灰中烤熟了。不管怎么说，这顿晚餐还是十分丰盛可口的。烤鱼、熟蛋、煨"摩查拉"、烧麻雀，可谓样样俱全。

大家边吃边聊，十分开心，一致赞扬巴加内尔，说他既是个好猎手，又是个好厨师。巴加内尔美滋滋地谦虚着。然后，话题便转向这棵巨

---

① 乌拉圭一城市名。

大的"翁比"树。

"我同小罗伯特还以为是跑到一座大树林了呢,"巴加内尔说道,"我甚至还迷了路,以为钻不出来了。眼看太阳快要落山,想循着原路返回,可是却不见了来时的踪迹!而且,肚子还咕咕直叫!暗黑的树丛中已经有猛兽的吼声了……我是说……不对!没有什么猛兽,唉,真可惜!"

"什么!"格里那凡爵士说道,"没有猛兽您还可惜?"

"是啊,太可惜了!"

"这洪水就如同猛兽,已经够凶恶的了!……"

"从科学的意义上说,没有什么凶恶不凶恶的……"巴加内尔回答道。

"这么说,猛兽对人是有好处的了,巴加内尔先生?"少校说道。

"少校先生!"巴加内尔提高了嗓门儿,"猛兽可是分门别类的,有门、纲、目、科、属、种……"

"这就叫'对人是有好处的'!"麦克那布斯反唇相讥,"我却用不着这种好处!如果诺亚方舟上有我的话,我是绝对不会带上一对狮子、一对老虎、一对豹子、一对狗熊,以及其他什么有害无益的兽类的。"

"您真的会那样?"巴加内尔逼问道。

"当然会。"

"那么,从动物学的角度来说,您可就犯了大错了。"

"从人道的角度来讲,我就是完全正确的。"少校顶撞道。

"您真让人恼火!"巴加内尔又说,"要是我,我就不像您那样,我不仅要带上您所不想带的那些猛兽,还要带上大懒兽、翼手龙以及大洪水之前的所有生物。真可惜啊,我们现在已经见不到大洪水前的一些生物了!"

"我告诉您吧,诺亚那么做是大错特错了,"少校寸步不让,"他保留下来那些猛兽,应该受到世世代代的学者们的诅咒。"

少校的怒斥引得众人大笑不已,因为他一向与人无争,现在却常常无端发火，今天又同巴加内尔为了诺亚方舟的事争吵了起来。当然，是巴加内尔在有意激他。格里那凡爵士便息事宁人地出来打圆场：

"关于猛兽的问题，说可惜也好，不可惜也好，就动物学观点说也好，就人道观点说也好，反正我们现在没见到有猛兽。不管怎么说，巴加内尔总不能希望在这棵大树的空中会遇上野兽吧！"

"怎么不可能？"巴加内尔反问道。

"树上会有吗？"奥斯丁问。

"当然会有！美洲虎，也就是黑斑虎，被猎人追急了，他会往树上爬的；现在，洪水来了，黑斑虎无路可逃，怎么就不会往树上爬呢？"

"您刚才没遇上黑斑虎吧？"少校又顶了巴加内尔一句。

"是呀，没有遇上。真可惜！要是遇上了就好了，可以来一场围猎！黑斑虎凶猛异常，一爪子就能把马脖子弄断！它只要吃过一次人肉，就专爱吃人肉了。它最爱吃的是印第安人，然后是黑人以及白人和黑人的混血种，最后才是白人。"

"幸好把我排在了第四位。"麦克那布斯少校说道。

"这只能证明您这种人没有味道。"巴加内尔故意气他道。

"是您让我这样的。"少校毫不相让。

"这就证明您这个人很没劲！白种人向来是以头等人自居，但黑斑虎不一定持有这种看法。"巴加内尔的话越说越重。

"行了，巴加内尔，"格里那凡爵士又出来打圆场了，"现在，我们这儿既没有印第安人，也没有黑人，更没有混血种人，您的那些亲爱的黑斑虎还是别来的好。我们的处境本来就……"

"怎么！不舒适？"巴加内尔觉得这个词儿可以把话题岔开，便赶忙说道，"您是说我们运气不好吗，爵士？"

"当然啰，"格里那凡爵士回答道，"待在树枝上，既不方便，又不软和，您觉得舒适吗？"

"我可是觉得从来没这么舒适过，就是待在我的书房里也没这么舒适。栖息在树上，像鸟儿一般自由自在！我觉得，人类本来就该在树上生活。"

"可惜缺少一对翅膀。"少校说。

"将来总有一天会长出翅膀来的。"

"在长出翅膀来之前,我亲爱的巴加内尔,您还是让我先爱公园小径、卧室的地板或船上的甲板吧。"格里那凡爵士回答道。

"格里那凡爵士,"巴加内尔反驳道,"您该不会忘了'随遇而安'吧?您是不是后悔离开了您的玛考姆府那温柔乡了?"

"没有,不过……"

"我相信小罗伯特是很喜欢这儿的。"巴加内尔连忙打断对方,想找到一个能够支持自己观点的人。

"是的,巴加内尔先生。"小罗伯特快快活活地回答道。

"这是因为这种生活适合他这种年龄的孩子。"格里那凡爵士说。

"也适合我这种年龄的人!"巴加内尔反驳道,"一个人,只要能随遇而安,他的需求就少,需求少了,人也就感到幸福多了!"

"看见没有?巴加内尔这是在开始向一切现代文明发动攻击了。"少校说道。

"非也,非也,"学者巴加内尔摇头晃脑地说,"您这么一说,倒让我想起一个阿拉伯的小故事来。如果你们愿意听的话,我就给你们讲上一讲。"

"愿意,愿意,巴加内尔先生。"小罗伯特兴奋地回应道。

"您的故事想证明什么?"少校问道。

"伙计,它证明所有故事所证明的东西。"巴加内尔回答道。

"那也就是说,它什么也不能证明,"麦克那布斯少校顶了他一句,"好吧,您就讲吧,山鲁佐德[①],您就专会讲故事,那您就讲出来让我们听听吧。"

"从前,"巴加内尔开始讲了起来,"有一个大主教的儿子,总也快乐不起来。于是,他便前去请教一位长者。长者告诉他说:尘世中的幸福很难找到,不过,我倒是有一个百试不爽的妙法,可以让您快乐

---

① 《一千零一夜》里讲故事的女主人公,此处用以比作巴加内尔。

起来。主教之子便连忙求教；长者就说：您去找一个快乐的人，把他的衣服穿到自己身上。于是，主教之子千恩万谢，便去寻找快乐的人，要把他的衣服穿到自己身上。他出发了，访遍了世界各国，把皇帝、国王、王子、贵族的衣服全都试了个遍，可他仍旧是不快乐。然后，他又把艺术家、士兵、商人等的衣服也拿来试了试，但仍然是无法奏效。他非常地失望，沮丧地回到了自己的家中。有一天，他偶然地走到乡间去，看见一农夫一边犁地一边唱歌，十分快活。他心想：这该算是个快乐的人了，如果他还不快乐，那么，世上就再没有快乐的人了。于是，他便走上前去，与农夫打招呼道：喂，这位农人，您快乐吗？农夫回答道：我很快乐。主教之子又问：您就不想再要点什么吗？农夫答道：不想要什么了！主教之子又说：让您当国王，不让您再做农夫了，怎么样？农夫回答道：绝不！主教之子就说：那么，您把您的衣服卖给我吧！农夫回答：衣服？我哪儿有衣服呀！"

第 25 章　水火无情

大家都对巴加内尔生动地讲述的故事表示十分赞赏，但各人的见解都不尽相同。地理学家获得了一般学术讨论的通常结果：谁也没能说服谁。不过，有一点却是大家的一致看法：无论遇上多大的困难都绝不灰心丧气，既然现在无地方可住，那就只好忍耐一下，先在这棵大树上栖身。

大家谈着谈着，天色已晚。经过惊心动魄的一天，大家是该好好地睡上一觉了。"翁比"树上的鸟儿们已经停止了歌唱，藏在浓密的树叶间，美美地睡着了。

临睡之前，格里那凡爵士、小罗伯特和巴加内尔都爬到观察站上瞭望了一番，对那一片汪洋做最后一次观察。当时已是九点钟了。太阳正从西边地平线上的浓雾中沉落下去。水雾茫茫，水天相连；星辰也模糊不清，只能隐约地辨清方位。巴加内尔便趁此机会给小罗伯特讲起天上的星座来，什么"南极十字架"啦，"人马星座"啦，"麦哲伦星团"啦……可惜，"猎户星座"尚未出来。

这时候，东边天空，乌云翻滚，那儿肯定已经是大雨如注了。乌云滚动得极快，不一会儿，便把半个天空给占据了。一切都在静止之中：树叶没有颤动，水面没有涟漪，连空气仿佛都停止了流动。

"暴风雨要来了。"巴加内尔说道。

"你怕打雷吗？"格里那凡爵士问小罗伯特道。

"我不怕，爵士。"小罗伯特回答。

"那就好，一会儿就会电闪雷鸣了。"

"看这架势，这场暴风雨来头不小。"巴加内尔说道。

"我倒不是害怕暴风雨，只是大雨浇下来，我们都得给浇透了的。不管您怎么说，巴加内尔，反正人住在鸟窝里总不是个事儿。"格里那凡爵士对巴加内尔说。

"唉，请您豁达一点吧！"巴加内尔讥讽地说。

"豁达了，就不会被浇透了吗？"

"身子虽免不了被浇透，但豁达了，心里就暖洋洋的了。"

"行了，咱们下去吧，让我们的朋友们豁达一点，用斗篷把自己裹严实了！"

这时候，乌云把整个天空全都给覆盖住了；天空的乌云与水面上的雾气混在了一起；沉闷的声响从远处传来。

"下去吧，当心炸雷。"格里那凡爵士催促道。

三个人连忙下到下面，只见到处有微光在闪烁，那是无数的小光点发出来的，它们在水面上乱纷纷地游移着，跳动着……

"是不是磷光？"格里那凡爵士问道。

"不是，"巴加内尔回答道，"是磷虫，很像萤火虫。这是鲜活而廉价的金刚钻，布宜诺斯艾利斯有钱人家的女用用它们制成装饰品佩戴。"

"什么！昆虫能像火星一样？"小罗伯特惊奇地问。

"是呀，我的孩子。"

小罗伯特伸手捉到一只会放光的虫子。巴加内尔说的没错。这是一种大土蜂，印第安人称之为"杜可杜可"。其翅前有两个斑点，光就是从那儿发出来的。其光度很强，可在黑夜利用它来看书。巴加内尔把它移近表蒙子，居然看见表针正指着夜晚十点。

格里那凡爵士来到少校和三个水手身边，告诉他们暴风雨即将来临，让他们做好准备。大家按照他的要求，把自己牢牢地绑在"吊床"上。暴风雨一来，大树必将摇来晃去，人会被甩下去的。

大家互相道了"晚安"，怀着并不"安"的心情躺下睡了。

暴风雨即将袭来，人人毕竟心中没底儿，总怕灾难降临，心在怦怦地跳，连最坚强的人遇此情况也不例外。

第一声炸雷响时，将近十一点，大家还都没有入睡。那雷声不是在近旁炸响的，而是从远处传过来。格里那凡爵士冒着危险，把头伸出枝叶外面，想看看外面的情况。

黑如锅底的夜空，被撕开了一个锯齿状的明亮的缺口，清晰地倒映在水面上，仿佛水面也给撕裂开了。

"情况怎样，爵士？"巴加内尔问道。

"来势凶猛，这风暴小不了！"

"太好了！"巴加内尔兴奋不已地说，"既然躲不过，能看到一场大自然奇观也很不错嘛！"

"您少来点奇谈怪论，好吗？"少校顶了他一句。

"少校，这场暴风雨来势凶猛，无法躲过。既然如此，何不豁达一点，好好欣赏一番。我记不清在哪本书中看到过，1793年，就在这布宜诺斯艾利斯省，一场大风暴竟落了三十七次雷，有一声雷鸣竟然长达五十五分钟！"

"手里拿着表数的？"少校问道。

"是呀……不过，这无关紧要，"巴加内尔接着又说，"诸位，科学家们都劝告人们雷雨天别躲在树下避雨，因为树比人高，更容易遭到雷击。我们的这棵'翁比'树可是这片'汪洋'中的最高点，我可以肯定，它会遭到雷击。"

"这倒还算一句正经话。"少校说。

"对呀，巴加内尔，别光说俏皮话。"格里那凡爵士说。

"啊！响雷了！"巴加内尔大声嚷道。

雷声滚滚，越来越响，一声紧似一声。按音乐术语来说，由低音转入中音，多声部的合唱就要开始了！闪电在空中跳跃，上下蹿动，形成一片火海。

闪电形状各异，纵横交错，有的如珊瑚树一般在天空中扭转，有的则直落落地射向地面，不愧为自然奇观。

天水之间，已经变成了电火的世界，而水中的倒影又将这电火扩大增长,使整个世界充满了火光,而"翁比"树就在这电火世界的中心伫立着。

树上的人们脸都被照亮了,一个个都默然无声地看着这骇人的景象:格里那凡爵士坚强刚毅地不动声色;少校镇定自若地眯着眼睛;巴加内尔饶有兴味地观赏着、研究着;小罗伯特则惊恐地紧攥住树枝;当然,几位水手的面庞上显露的则是司空见惯、不以为然的神情。

雨终于下来了,宛如天上的瀑布决了口子,倾泻而下,在水面上击出无数的大水坑……

电闪雷鸣,暴雨倾泻。突然间,一个大火球迅速地白天而降,轰的一声,在"翁比"树顶上炸开了。

一股浓烈的硫黄味在雨水中弥漫开来……

突然,只听见奥斯丁大喊一声:

"树上着火了!"

奥斯丁没有看错。"翁比"树的西边部分立刻燃起了熊熊大火,只听见树枝燃烧的噼里啪啦声响成一片。

火借风势,越烧越旺,众人连忙向没有着火的一边逃去。他们一个个连滚带爬,手忙脚乱地攀到颤颤悠悠的树枝上。

燃烧声、上下蹿动的火蛇一般的火焰、不断往下掉落的烧断了的树枝,弄得大家无处藏身。树上再也没法待下去了。摆在面前的只有一条路:不是烧死就是淹死。两害相权取其轻,还是选一种悲惨少一点的死法吧。

"快跳水!"格里那凡爵士喊道。

威尔逊身上已经着火了,他第一个跳了下去。可是,大家立刻听见他在没命地呼喊:

"救命!救命!"奥斯丁连忙跑过去,一把把他又拉了上来。

"怎么了?"奥斯丁问他。

"鳄鱼!鳄鱼!"威尔逊胆战心惊地回答道。

借着火光,众人看到有一圈扁平脑袋、眼睛暴突、嘴巴很大、满身疙瘩的家伙围住了树干。

这下完了！必死无疑！不是被烧死就是被鳄鱼咬死！连平素十分镇定的少校也不禁低下了脑袋，哀叹一声：

"看来是一点希望也没有了。"

不过，自然界的事物总是一物降一物的。格里那凡爵士一行人上有火，下有水，外加鳄鱼虎视眈眈，会有奇迹发生吗？

此刻，暴雨势头变弱，一股强大的旋风在水面上搅起了一团锥形的水雾，锥尖冲下，锥底冲上，卷起了冲天的水柱，以令人惊奇的速度移动着。

霎时间，那股水柱便一下扑向了"翁比"树，把大树团团围住，树被摇得东倒西歪的，格里那凡爵士还以为鳄鱼们快要把树给咬断了！

其实，大树在一瞬间已经被连根拔起，倒在了水中。

树上的人紧紧地抱住树干。

树下的鳄鱼已被水柱卷走了，只有一只爬到了树干上，张开血盆大口，向落难的人们爬了过来。穆拉迪眼疾手快，立即抓起一根烧断了的大树枝，猛地向鳄鱼腰间砸下去。鳄鱼的腰折了，滚落到水里去，可它那骇人的尾巴还在横扫着……

爵士一行人见鳄鱼已死，便立即向上风口爬去，紧抱住树干。这时，"翁比"树便带着一团火焰，在夜影中顺水漂流。火焰被大风吹得越来越旺，大树如同一条张着火帆的船在向前冲去。

第 26 章 大西洋

燃烧着的"翁比"树在漫无边际的水面上漂流了两个小时,仍然没碰到陆地,但燃烧着的火焰却已经在逐渐熄灭。大的危险算是过去了。少校轻巧地说了一句:"现在,没什么大的危险了,我们算是得救了。"

水流的速度仍旧很快,而且仍旧保持着由西南奔向东北的方向。天空中,只有角落里还有几条残余的闪电在稀稀拉拉地闪着;夜又黑下来了。

雨点也越来越小,变成了水雾雨帘;水雾会随风飘舞,渐渐地被撕裂成一团团的云,在空中急驶而去。

"翁比"树像是装上了发动机似的,顺流直下,犹如飞驰,也不知它会这样漂流多久。然而,将近凌晨三点,少校让大家注意看,树枝似乎有时碰到了水底。奥斯丁折断一根长树枝,插向水中探了探,确实水已不太深了。果然,二十分钟过后,"翁比"树轰的一声,撞到了什么,停止了漂流。

"陆地!陆地!"巴加内尔兴奋地喊道。

确实,"翁比"树撞到了一片高地,搁浅了。从未有过哪位航海家遇到陆地像他们这么高兴的。小罗伯特和威尔逊蹦到了高地上,大声高喊着"万岁"!正在这时候,突然有一个为大家所熟悉的声音传了过来,同时还听见了马蹄声。一个印第安人的高大身影出现了。

"塔卡夫!"小罗伯特首先叫喊道。

"塔卡夫!"众人异口同声地呼喊道。

"阿来哥斯①!"巴塔戈尼亚人也在呼喊。他知道他们会顺流而下,必然会漂流到这儿,因为他自己就是被冲到这儿的,所以他就在这里恭候着同伴们。

塔卡夫一把把小罗伯特抱住,而巴加内尔也从其身后把他给搂抱住了。格里那凡爵士、麦克那布斯少校和水手们见到自己的向导大难不死,都高兴得不得了,使劲地同他紧紧握手。然后,塔卡夫把众人领到一个废弃的"厄斯丹厦"的敞篷底下,那儿正燃着一堆旺火,火上还烤着大块大块的肉;大家边取暖边大快朵颐,好不快乐!吃饱了,身子也暖和了,这时,大家才开始感叹,竟然在上有火,下有水,外加鳄鱼围困的艰难处境之下活了过来!

塔卡夫简略地向巴加内尔讲述了自己的经历,多亏了他的桃迦,他才得以逃过这一劫。而巴加内尔也把对信件新的解读,以及这种新的解读给大家带来的希望告诉了塔卡夫。后者显然不甚明白他的新的解读,但看到朋友们一个个又重新燃起了希望,他也跟着高兴起来。

稍事休整,一行人又踏上了征途。时间正是早晨八点,这里离海边还有四十英里,步行得要三十六个小时。谁走累了,可以让桃迦驮一下。

一行人背对着身后的一片汪洋,跟随着塔卡夫向高地走去。高地上除了稀稀拉拉的几棵树以外,就是满目荒凉了。

第二天,在距海边还有十五英里的时候,大家就嗅到大海的气味了。海风十分强劲,植被受风力的影响,长得都很矮小,偶尔还可看到亮光闪闪的盐滩,盐滩光滑如镜、难以行走,只好绕行。一直走到晚上八点,大家一个个都累得快要散架了,可是,眼前却偏偏出现一座四十多米高的沙丘,挡住了后面的一条泡沫飞溅的白线。不一会儿,涨潮的声音便传到了众人的耳朵里来。

"大海!"巴加内尔欢呼道。

---

① 西班牙语,意为"朋友们"。

"是的，到大海边了。"塔卡夫大声道。

已经累得迈不动步的长途跋涉者们，突然间为之一振，来了精神，步伐矫健地往那沙丘上爬去。

冲上沙丘顶上时，只见夜色中的大海苍苍茫茫，什么也看不清楚，也根本见不到邓肯号的影子。

"邓肯号肯定是在这一带海边巡弋！"格里那凡爵士焦躁地说。

"明天准能看见它的。"麦克那布斯少校应答道。

奥斯丁朝着邓肯号可能出现的方向，扯开嗓门儿喊，但没有一丝回音。这时，风大浪急，沙滩又浅，邓肯号不会在海岸边五英里以内停泊的。船长孟格尔是个谨慎的人，他明白浅滩比礁石更加可怕。水手们冲着大海喊了一阵，当然一点效果也没有。在这种情况之下，再这么寻找邓肯号确非明智之举。

少校劝大家不要着急，等天亮之后再说，当务之急是安排过夜的地方。于是，大家便仿照少校的样子，在沙丘上挖掩体，作为睡觉的床铺，准备就寝。临睡之前，大家把最后的一点干粮吃掉，然后便倒头睡去。格里那凡爵士虽然与大伙儿一样，疲惫不堪，但却怎么也睡不着。眼望着那黑夜中的大海，听那海风怒号，浪涛拍岸，沙丘飞沙走石，格里那凡爵士不敢指望邓肯号会在周围的海面上出现。但若是说它不会到达约定的地点，那也找不出任何的理由来。格里那凡爵士一行离开塔尔卡瓦诺湾已经整整三十天了，他们横穿了美洲大陆；邓肯号也应该有足够的时间绕过合恩角，来到南纬37°线穿过的大西洋岸边了！邓肯号是一艘快船，又有一位好船长以及好船员，它不可能会延误的！

理智的分析与情感上的揣度在苦苦地折磨着格里那凡爵士；在这漫漫的黑夜里，他的脑海中浮现出他的亲人们的身影：海伦、玛丽·格兰特、邓肯号上的水手们……

他待在这荒凉的海岸上，眼望着茫茫大海，恍惚中似乎隐隐约约地看到了邓肯号上的灯光在闪烁。

"没错，那一定是邓肯号上的灯光。可是我怎么又看不清楚了呢？

我的视力为何就穿不透这夜的黑幕呢?"他独自嘟囔着。

突然间,他想起来,巴加内尔曾说过他是夜视眼,可以看清黑暗中的东西。于是,他便忙不迭地去找巴加内尔。后者在自己的沙窝窝里睡得正香,忽然被一只强有力的大手拖了出来。

"谁呀?"巴加内尔喊道。

"是我,巴加内尔。"格里那凡爵士回答。

"您是谁呀?"

"格里那凡。快起来,我得借用您的眼睛。"

"借我的眼睛?"巴加内尔猛揉着眼睛,莫名其妙地问。

"是的,借用您的眼睛。我想让您穿透这夜的黑幕看到我们的邓肯号。您快点,快来。"

"唉,有了夜视眼活该倒霉!"巴加内尔嘟囔着,但心里头却十分高兴自己能为格里那凡爵士做点事。

他立马爬了起来,伸了伸懒腰,跟着爵士来到海岸边。

格里那凡爵士要他仔细地看看远处幽暗的天际。巴加内尔认认真真、仔仔细细地看了有好几分钟。

"怎么样?看见什么了吗?"格里那凡爵士急切地问道。

"什么也没看见!漆黑一片,猫眼也看不出两步远去。"

"您再仔细看看,有没有一盏红灯或绿灯,就是船上左舷灯或右舷灯?"

"看不见!只是漆黑的一片!"巴加内尔回答着,眼睛又不由自主地闭上了。

巴加内尔被心急如焚的爵士拖来拉去地足足有半个钟头。他的头低垂在胸前,被爵士拉着走,时而又抬起头来。对方问一句,他答一句,不问就不答;脚步踉踉跄跄的,好像是个醉汉。格里那凡爵士了看他,发现他走着走着又睡着了。

于是,格里那凡爵士不忍心再叫醒他了,只是挽住他的胳膊,把他扶回到了他的沙窝窝里去,又用沙子把他埋好。

天刚放亮,只听见一阵"邓肯号!邓肯号!"的欢呼声,众人一下子便从梦中惊醒过来了。

"万岁！万岁！"大家高兴不已，欢叫着奔到海岸边。

果然，在海上，离岸边五英里开外，邓肯号正收起全部的帆，缓缓行驶着。烟囱里冒出来的烟与晨雾混杂在一起。海浪很大，邓肯号这样吨位的船难以驶到沙滩边沿，否则便会出事。

格里那凡爵士举起巴加内尔的望远镜，仔细地观察邓肯号的动向。显然，孟格尔船长尚未发现他们，因为它并没掉头，仍旧继续往前缓缓地行驶着。

这时候，只见塔卡夫在往枪里装火药，然后冲着邓肯号上方连发三枪。枪声在沙丘上响起了很大的回声，

突然，邓肯号腰部冒出一股白烟来。

"他们看见我们了！"格里那凡爵士激动地叫喊道，"是邓肯号在开炮！"

众人全都欢呼起来。

不一会儿，只见邓肯号升帆转头，向他们这个方向开了过来。

举起望远镜，可以看见大船上放下来的一只小艇。

"浪太大，海伦夫人可别来！"奥斯丁说。

"孟格尔也别丢下船跑下来！"麦克那布斯说。

"姐姐！姐姐！"小罗伯特伸开双臂冲着那颠簸剧烈的小艇大呼小叫道。

"啊！我真恨不得一步跨到小艇上去！"格里那凡爵士急不可耐地说。

"别着急，爱德华，再过两个小时您就到船上了。"少校回答他道。

是啊，小艇打个来回至少得两个小时！

格里那凡爵士回过头来找塔卡夫，只见后者搂抱着双臂，远远地站着，身旁伴着他的桃迦，静静地看着波涛汹涌的海面。

格里那凡爵士走过来拉住他的手，指着远处的小艇，对他说道："跟我们一起走吧。"

印第安人缓缓地轻摇着头。

"走吧,我的朋友。"格里那凡爵士恳求他道。

"不,"塔卡夫轻声答道,一边指了指自己的马和身后的大陆,"桃迦!潘帕斯!"

格里那凡爵士明白,塔卡夫是不会离开这块生他养他的土地的,因此,他紧紧地握了握塔卡夫的手,不再勉强他。

当爵士提及报酬的事时,塔卡夫微微一笑,回答他道,他这全是"为朋友帮忙",不要任何报酬。

格里那凡爵士不知如何回答是好。再说,他现在什么也没有了,没有什么可以作为报酬的。突然,他脑子一转,想到了一个办法。他从皮夹子里掏出一个精巧的小雕像框,里面嵌有一张小画像,是劳伦斯[①]为海伦夫人画的头像。

"这是我的妻子。"爵士说道。

塔卡夫看着画像,激动地说:

"美丽贤惠的女人!"

接着,小罗伯特、巴加内尔、少校、奥斯丁和两个水手全都走上前来,与巴塔戈尼亚人激动地话别。朝夕相处多日,经历了生与死的考验,说分离就分离,心中的悲伤难以言表。塔卡夫伸开他那长胳膊,把大家全搂在了一起,场面让人动容。巴加内尔想起塔卡夫经常看他的地图,便忍痛割爱,把自己的这唯一的宝贝送给了他。小罗伯特无物相赠,只是一个劲儿地亲吻塔卡夫。他亲吻着自己的救命恩人,同时也没忘记吻他所喜爱的桃迦。

小艇渐渐地在靠近岸边。

"我妻子呢?"格里那凡爵士喊问道。

"我姐姐呢?"小罗伯特喊问道。

"海伦夫人和格兰特小姐都在大船上等你们呢!"一名桨手回答道,"快上船吧,阁下,开始退潮了!"

众人最后一次拥到塔卡夫身边,又是握手,又是拥抱,又是亲吻。

---

① 托马斯·劳伦斯(1760—1830):英国著名肖像画家,皇家艺术学院院长。

塔卡夫把朋友们一直送到小艇边；小艇又被推到水里。小罗伯特在上船之前，又忍不住扑到塔卡夫的怀里；塔卡夫紧紧地搂抱住他，慈祥地对他说道：

"去吧。孩子，你现在已经是个大人了！"

"再见，朋友！再见啦！"格里那凡爵士大声喊道。

"我们还会再相见吗？"巴加内尔喊问道。

"但愿吧！"塔卡夫双臂伸向天空回答道。

印第安人的这最后一句话在晨风中消失了。

小艇划入海面，被浪潮推拥着，越去越远了。

众人隔着飞溅的浪花，仍隐隐约约地看见塔卡夫那高大的身影，一动不动地屹立在海岸边，越来越小，越来越小……

一个小时之后，小罗伯特第一个跳上邓肯号的甲板，扑到姐姐的怀里。船上的水手们发出一片"万岁"的欢呼声。

沿着一条直线横穿南美大陆的远征就这么结束了。大自然的重重障碍，都在他们的英勇顽强的意志面前退让了。

第 27 章　返回邓肯号

格里那凡爵士等人一回到船上,大家便沉浸在一种劫后重逢的欢乐气氛之中。为了免得扫大伙儿的兴,为了免得海伦夫人和玛丽·格兰特小姐失望,爵士没提寻访失败的事,只是说:"不要灰心!朋友们,要坚定信心!虽然此次格兰特船长未能同我们一起归来,但是我们有把握找到他。"

本来,海伦夫人和玛丽·格兰特小姐在船上已经等得心急火燎的了;当她们看到小艇出现的时候,她们的心情一下子从绝望转为了兴奋。玛丽·格兰特小姐紧张得心跳加速,站立不稳,幸好海伦夫人一把将她搂住,她才没有摔倒在地。

"他来了!他在小艇上!我的父亲啊!"格兰特小姐已经是泪眼模糊,边仔细地看着小艇上的人,边喃喃道。

船长孟格尔就站在她的身旁,他用他那水手的犀利眼睛,默默地打量着小艇上的人,但却并没有发现有格兰特船长。

小艇距离大船越来越近,已不足十英尺远了,连海伦夫人都看清楚了,艇上并没有格兰特船长的身影。玛丽小姐自己也看清楚了,小艇上没有她的父亲,她感到彻底失望了。

正是在这种情况下,格里那凡爵士才说了上面的那番话,让大家心情平静了一些,又燃起了希望的光芒。

在一阵激动不已的拥抱之后,格里那凡爵士便把此次陆地探险的艰险以及意外讲述给海伦夫人、格兰特小姐和孟格尔船长听了。首先,他夸赞了一番巴加内尔的聪明智慧，把学者对信件的新的解读叙述了一遍。接着，他又对小罗伯特大加赞扬，说他如何临危不惧，遇到险情时，镇定自若，机智英勇，并说格兰特小姐应该因有这个弟弟而感到自豪。

小罗伯特被夸奖得不知如何是好，羞涩地躲进姐姐的怀里。

"干吗难为情啊，小罗伯特！这才不愧为格兰特船长的儿子！"孟格尔船长边说边把小罗伯特拉到自己身边，吻着他的小脸蛋，那脸蛋上还沾着他姐姐的泪珠哩。

当然，还必须提一句，少校和巴加内尔也受到大家的热情欢迎。大家还对那个巴塔戈尼亚人赞不绝口。海伦夫人因未能有幸与这个热诚的印第安人谋面而深感惋惜。

在一阵欢叙之后，麦克那布斯少校便钻进自己的舱房去刮胡子去了。而巴加内尔却在逛来逛去，不是找这个就是找那个，仿佛要吻遍全船的人，当然也包括海伦夫人和玛丽·格兰特小姐在内。于是，他便从她俩开始，逐一地亲吻着大家，直到奥比内先生。

奥比内先生对巴加内尔的热情无以回报，只好宣布开饭。

"吃午饭了！"巴加内尔欢叫道。

"是的，吃午饭了，巴加内尔先生。"奥比内应答道。

"是一顿正儿八经的午餐？大家围桌而坐？有餐具、餐巾什么的？"

"是的，巴加内尔先生。"

"不用再吃'沙肌'[①]、焐鸟蛋和鸵鸟肋条了？"

"啊！先生，您这话从何说起？"厨师因别人奚落其烹饪技术而大为不满。

"我这可不是挖苦您，我的朋友！"巴加内尔微笑着说，"您知道，一个月来，我们一直都在吃这些玩意儿，而且是席地而坐或骑在树枝上吃，没有桌子，没有椅子！所以您刚才宣布开饭时，我仿佛觉得自

[①] 南美当地人吃的一种干牛肉。

己是在梦中。"

"那好,我们就去看看,看是不是货真价实的午餐,巴加内尔先生!"海伦夫人忍俊不禁地回答道。

"夫人,请允许我挽住您的玉腕。"巴加内尔殷勤地说。

"爵士,您对邓肯号还有什么指示吗?"孟格尔问道。

"亲爱的约翰,午饭后我们再好好研究一下我们下一步的探险计划吧。"格里那凡爵士回答道。

船上的乘客和船长都来到了方形厅。

船长命令轮机师把火烧旺,随时待命,扬帆远航。

少校已经刮好了脸,乘客们也都梳洗完毕,大家纷纷坐在餐桌旁。

奥比内先生准备的午餐,让众人吃得美滋滋的,大家异口同声地称赞,比潘帕斯草原的那些盛筵强过百倍。而巴加内尔则每样菜都夹上双份,还诡称是自己粗心大意使然。

一提到粗心大意,格里那凡夫人便问那位可爱的法国人一路上是否犯过老毛病。少校和格里那凡爵士闻言,相视一笑,巴加内尔则纵声大笑起来,样子显得天真极了。他首先以自己的名誉担保说,在今后的整个行程中,绝不再犯老毛病,然后,便讲起自己如何苦读喀孟斯的大作,但自己说的话别人仍旧听不懂这个有趣的故事来,说得津津有味,最后说了一句:

"不管怎么说,反正我也没吃亏,吃一堑,长一智嘛!"

"此话怎讲,我尊敬的朋友?"麦克那布斯问他道。

"这还用多说吗?由于这次的阴错阳差,我不但学会了西班牙语,还学会了葡萄牙语,这不是一箭双雕吗?"

"原来如此,那我倒该祝贺您了,巴加内尔。我真心实意地祝您一下子掌握了两门外语。"麦克那布斯少校说道。

大伙儿也跟着向巴加内尔表示祝贺。巴加内尔也不应答,只管自顾自地吃饭,嘴从没停下,而且边吃边与大伙儿逗笑。

席间有个秘密,只有格里那凡爵士有所察觉:孟格尔船长坐在玛丽·格兰特小姐的身旁,对她关怀备至,十分殷勤。爵士便对其夫人挤了挤眼，相视一笑。格里那凡爵士带着怜爱，带着慈祥看了看这对男女青年。突然间，他喊问了一句：

"孟格尔，你们一路上怎么样？"

"好极了，不过，阁下，我们没有从麦哲伦海峡经过。"孟格尔船长回答道。

"好啊！"巴加内尔叫嚷道，"你们趁我不在船上，背着我绕过了合恩角！"

"您别为没看见合恩角而懊恼，亲爱的巴加内尔，"格里那凡爵士说，"您当时人在潘帕斯大草原，您又不会分身术，怎么可能同时又去绕经合恩角呢？"

"不能是不能，但终归有些遗憾！"巴加内尔回答道。

大家没再逗弄巴加内尔，而是听孟格尔船长讲述航行经过。他首先讲到他们沿着美洲西海岸航行，观察了美洲西边所有的群岛，但都没有发现任何有关不列颠尼亚号失事的踪迹。航行至皮拉尔角时，遇上了顺风，于是，便一直向南驶去，驶到南纬67°线附近，绕过合恩角，沿火地岛航行，穿过勒美尔海峡，再沿着巴塔戈尼亚海岸北上。此时，他们遇上了爵士一行在潘帕斯大草原上遇到的那股大风，但人和船都安然无恙。他们沿着海岸连续行驶了三天，焦急地等着找到爵士一行人，直到听见了枪声。航行过程中，海伦夫人和格兰特小姐尽管焦急万分，但仍声色不动，镇定自若，可钦可佩。

听完孟格尔船长的讲述之后，格里那凡爵士对他大加赞扬，然后，又转向格兰特小姐，对她说道：

"亲爱的小姐，孟格尔船长对您倍加赞扬，想必您在船上不会寂寞吧。"

"怎么会寂寞呢？"格兰特小姐一边回答，一边看了看海伦夫人和孟格尔船长。

"啊！我姐姐很喜欢您，孟格尔先生，我也喜欢您！"小罗伯特嚷道。

"我也爱你，亲爱的孩子！"船长回答道。小罗伯特的话让孟格尔船长脸上绯红，也让玛丽·格兰特脸上泛起了红晕。

然后，为了打破窘境，孟格尔便转移了话题，说道：

"邓肯号沿途经历我已讲完，阁下能否把你们横穿美洲大陆的详细经过和这位小英雄的事迹跟我们说说？"

海伦夫人和格兰特小姐最喜欢听这类惊险故事了。于是，格里那凡爵士便把他们翻越安第斯山、遇上地震、小罗伯特失踪、恶战红狼，以及洪水暴发、鳄鱼逞凶、狂风肆虐等，一幕幕惊险场面详详细细地讲给他们听。最后，他说道：

"现在，朋友们，过去的事情都已经过去了，我们该想想下一步应该做的事。我们还是再来谈谈格兰特船长吧。"

午饭后，大家都聚集在海伦夫人的小客厅里，围着一张桌子坐下来。桌上放着一些彩色的和素底的地图。

"我亲爱的海伦，"格里那凡爵士开口说道，"上船时，我告诉过您，我们有希望找到格兰特船长。尽管此次失事的人们没能同我们一起归来，但是，横穿美洲大陆的结果却增强了我们的信心。或者更确切地说，我们坚信，不列颠尼亚号的失事地点既不是在太平洋沿岸，也不是在大西洋沿岸。总之，我们一开始就错误地解读了信件的内容。多亏了巴加内尔先生的聪明才智，重新研读了信件，做了一番新的正确的诠释，纠正了我们开始时的错误。现在，就请巴加内尔先生来给大家解释一番，让大家心里明白。"

地理学家并不谦辞，立刻接受了请求，滔滔不绝地讲了起来。他有理有据地解释了 gonie 和 indi 这两个不完整的词的意思，又从 austral 解读出 Australia（澳大利亚）来，然后，证明格兰特船长离开秘鲁海岸返回欧洲时，可能是因为船上机件失灵，船便被太平洋南部的海流裹挟到了澳洲海岸。他的解读和诠释合情合理，精确无误，就连一向性格固执，不易受他人影响的孟格尔船长听了之后，也不住地点头称是。

巴加内尔讲完之后，格里那凡爵士便下令让邓肯号扬帆起锚，驶往澳洲。

这时候,麦克那布斯要求在命令船掉头往东去之前,允许他提出一个小小的建议。

"您说吧,麦克那布斯。"格里那凡爵士允许道。

"我无意推翻我们的朋友巴加内尔先生的推断,他的解读有理有据,缜密完善,完全可以作为我们今后航行的依据,我们应该重视。但是,我又在想,我们是否再对这几封信作最后的一番推敲,以臻完善,达到无可指责的尽善尽美的地步。"少校说。

大家知道麦克那布斯一向行事谨慎周密,这时,大家十分困惑,不知他这番话究竟意欲何为。

"请您接着往下说,少校,我准备好回答您提出的所有问题。"巴加内尔回答道。

"我的问题非常简单,"少校说道,"五个月前,我们在克莱德湾研究那三种文字的信时,曾以为我们的理解完全正确,无懈可击,除了巴塔戈尼亚东海岸之外,不会另有沉船地点。对于这一解读,我们没有产生过一丝一毫的怀疑。"

"您说得对。"格里那凡爵士说道。

"随后,巴加内尔先生因粗心大意错上了我们的邓肯号,他在看了我们给他看的那三封信之后,也完全认同我们的解读,完全赞同我们前往美洲海岸去找寻。"

"没错,是这样的。"巴加内尔回答道。

"可是,我们却错了!"少校说。

"是呀,我们是错了,但是,麦克那布斯,人总是免不了会犯错的,问题是不要坚持错误,有错必纠,否则就是愚蠢。"巴加内尔回答道。

"您先别急,听我把话说完,巴加内尔。我并不是说我们仍旧得在美洲寻找。"

"那么,依您的意思呢?"格里那凡爵士问他道。

"我并没有别的意思,我只是要你们认定,澳洲显然就是不列颠尼亚号失事的地点,就如同我们当初认定美洲是出事地点一样。"

"我们当然是这么认定的。"巴加内尔回答他道。

"既然如此，我想告诉您，您不要总是以您的凭空想象来断定今天这个'显然是'，明天又是那个'显然是'，否则，今天的'显然'否定了昨天的'显然'，而明天的'显然'，又会否定今天的'显然'。谁能保证我们的澳洲之行显然是正确的，一定会如愿的？说不定我们'显然'还得往别处去寻找的。"

少校的话不无道理，格里那凡爵士和巴加内尔彼此对视着，无言以对。

"因此，我建议，"少校继续说道，"在起航往澳洲之前，再做最后一次验证。我们按照信件所示，在地图上把南纬37°线所穿越的地方一个个加以研究，看看还有没有其他地方与信件有关的。"

"这太容易了，费不了多少事，"巴加内尔回答道，"因为，很巧，南纬37°线穿越的陆地并不多。"

"那我们就来研究一下吧。"少校说着便把一张英文地图展开来。大家围了上来，听巴加内尔按图解说。

"我已经说过，"地理学家说道，"南纬37°线在穿过南美洲之后，就是透利斯坦达昆雅群岛。我认为信件上没有一个字与这个群岛有关。"

大家又仔细地研究了一遍那几封信，不得不承认巴加内尔言之有理，于是，便继续往下看那张地图。

"往下去，"巴加内尔解说道，"经过大西洋，绕过好望角，便进入了印度洋。在这一纬度上，遇到的只有阿姆斯特丹群岛。我们再比对一下那几封信看看。"

大家又仔细地研究了一番那几封信，无论英文信、德文信，还是法文信都看不出有什么与阿姆斯特丹群岛相关的字句。

"现在，我们便来到了澳洲了，"巴加内尔继续解说道，"南纬37°线从百努依角穿入，进到澳洲大陆，再从杜福湾出来。很显然，英文信件上的'stra'和法文信件上的'austral'，都让人联想到'Australia'（澳大利亚）。事情是明摆着的，无须我多说。"

大家都对巴加内尔的分析表示赞同。

"再往下看。"少校说道。

"在地图上旅行是极其便当的事,"巴加内尔回答道,"出了澳洲,就是新西兰了。不过,法文信件上的'contin'显然是指'continent'(大陆),而新西兰却是一个岛,格兰特船长显然是不会逃到那儿去的。"

"绝对没有这种可能。"孟格尔船长研究了地图和信件后,态度十分坚决地赞同道。

"绝不可能。"众人纷纷表示赞同,包括少校也表示认可,"不可能去新西兰,这与新西兰无关。"

"那么,再往下去,在美洲海岸和新西兰岛之间的辽阔海洋里,南纬37°线穿过一个荒无人烟的小岛。"

"什么岛?"少校问道。

"您看地图,该岛名叫玛丽亚-泰勒萨岛,但三封信中都未见与此岛相关的文字。"巴加内尔说道。

"确实没有。"格里那凡爵士赞同道。

"既然如此,朋友们,现在我们该做出决定了,该不该去澳洲?"格里那凡爵士接着又说道。

"应该,当然应该!"船长和全体乘客一致表示道。

"孟格尔,燃料和粮食备齐了吗?"于是,格里那凡爵士便向船长问道。

"都备齐了,阁下,在塔尔卡瓦诺就补充了不少。再说,我们到了好望角时,也很容易获得燃料和粮食的。"

"那好,我们就扬帆起航吧……"

"我还有点想法。"少校打断格里那凡爵士的话,说道。

"你说吧,麦克那布斯。"

"我们暂且别管澳洲之行能否获得成功,我想提议在透利斯坦达昆雅岛和阿姆斯特丹群岛也停泊一两天,看看能否打听到有关不列颠尼亚号的失事情况,况且,又是顺路,不必绕行。"

"少校就是生性多疑,非常固执。"巴加内尔嚷道。

"我确实很固执,但我可不想将来又走回头路。"

"我觉得他这么考虑也不是坏事。"格里那凡爵士说。

"我并没反对,我也是赞同的。"巴加内尔辩解道。

"既然如此,孟格尔,"格里那凡爵士命令道,"那就向着透利斯坦达昆雅岛前进吧!"

"遵命,阁下。"孟格尔船长答应了一声,便走上甲板。

不一会儿,邓肯号便驶离美洲海岸,船头劈波斩浪,向东驶去。

第28章　云中山峰

　　美洲与澳洲之间，确切地说，澳洲的百努依角与美洲的哥连德角之间，经度相距196°，距离有一万一千七百六十海里。从美洲海岸到透利斯坦达昆雅是二千一百海里。邓肯号一路向东行驶着，如果一路顺风顺水的话，孟格尔船长希望十天内跑完这段路程。

　　果然，当天晚上，西风劲吹，邓肯号轻快地在大西洋宁静的海面上向前行驶着。大家因航行顺利而高兴异常，谈兴顿起。他们又谈论起格兰特船长来，仿佛并非去寻找失踪的他，而是前去把他迎接归来。格兰特船长及其两名同伴的舱房都已准备好了。玛丽·格兰特小姐心情舒畅，乐呵呵的，亲手为父亲布置卧室。这间卧室原是由奥比内先生住着的，现在他把它让了出来，自己住到妻子的舱房里去了。

　　巴加内尔先生仍旧住在自己所预订的那间六号舱房里。他埋头写作，夜以继日地在写他的《一位地理学家漫游阿根廷潘帕斯大草原印象记》，时而还停下笔来，铿锵有力地朗读一下自己所写的文字。有时候，为了换换脑子，他也走出舱房，同大家聊上几句。海伦夫人经常真心实意地赞扬他勤于做学问。

　　少校也同样很佩服他，常常赞扬他，但总不免要叮嘱他一句：

　　"不过，您可别再粗心大意了，我亲爱的巴加内尔先生。"

　　船上的生活很愉快。格里那凡爵士和海伦夫人对孟格尔船长和玛丽也倍加关心，只是从不点破他们，让他俩顺其自然，自由发展。

　　"将来，如果格兰特船长知道了这件事，他会有何想法？"有一天，格里那凡爵士问海伦夫人。

"他一定会觉得孟格尔船长与他女儿十分般配,您说是不是,亲爱的爱德华?"海伦夫人这么回答丈夫。

五天后,11月16日,海面上又刮起了凉爽的西风;非洲南端经常是刮东南风的。这场西风在这一带海域可真是难得。邓肯号鼓起了船上所有的风帆:主帆、纵帆、前帆、顶帆以及各种辅助帆,全部张开来了,船在飞速地向前行驶着。

第二天,邓肯号驶入一片满是海藻的洋面,船速受到影响,减慢下来。

又过了二十四小时,天刚破晓,担任瞭望哨的水手大声呼喊道:

"陆地!"

"在哪边?"担任值星官的奥斯丁问道。

"迎风的方向。"那水手回答说。

水手的喊叫声惊动了船上的乘客们,他们全都激动地拥到甲板上来。不一会儿,只见一只大望远镜从艉楼里伸了出来,随后便看到了巴加内尔的身影。

这位地理学家架起了望远镜,对着水手所指的方向看了又看,但却没有发现什么。

"往云里看。"孟格尔船长对他说。

"啊,没错,像是一座山峰,隐隐约约的。"巴加内尔回答道。

"那就是透利斯坦达昆雅峰。"

"透利斯坦达昆雅峰海拔七千英尺,在这样的距离看到它,我想我们与它相距有八十海里。"巴加内尔说道。

"完全正确。"孟格尔船长回答道。

几小时后,远处的那又高又陡的岛屿已经可以看得一清二楚了。透利斯坦达昆雅峰那圆锥形峰顶在旭日初升的万道霞光中显露出来。接着,大家又看清了主岛从那片岩石中显现。群岛呈三角形,主岛占据三角形的顶端,另有莺岛和云路岛两座小岛作为依托。该群岛是南大西洋上的孤独的岛群,而且不在航线上,所以很少有船只经过这里。

下午三点左右，邓肯号驶往透利斯坦达昆雅的法尔默思湾。那里停泊着一些捕猎海豹的船只。这一带海岸，海兽种类繁多，无以计数。

孟格尔船长选择好一个合适地点，把邓肯号停泊在距离岸边约有半海里的深水处。船上的乘客们立刻上到一只大艇上，在一片黑黑的细沙地上登上陆地。

透利斯坦达昆雅群岛的首府是个小小的村落，位于海湾深处的一条水声淙淙的溪水旁。该村大约有五十来所房屋，都是典型的英国式建筑，错落有致。村后是一片平原，有一千五百公顷左右；平原尽头就是那座山峰，高耸入云。

格里那凡爵士受到了当地总督的热情接待。原来，这儿是属于好望角英国殖民地政府管辖的。格里那凡爵士便急切地向这位总督大人打听哈利·格兰特船长以及失事的不列颠尼亚号的情况。但总督对这两个名字并无耳闻。由于此处不在航路上，过往船只很少，记录在案的船只失事情况也只有三次。

格里那凡爵士本来也没抱多大希望，只不过是随便问问，让心里有个安慰而已。不过，他还是派人划上邓肯号上的大艇小艇，绕着岛子察看了一番。这个岛不大，周长超不出十五英里，绕一周费时不多。

格里那凡爵士在向总督打听情况的时候，船上的乘客们就在村子里和海岸边散步。该岛人口不足一百五十人，多为英国人和美国人，有的与当地黑人通了婚。平原上溪流遍布，随处可见翠绿的一片灌木丛，野芹、凤尾草、狮子头草长满田野。田里种着小麦、玉米等农作物，以及各种蔬菜；村外放牧着成群成群的牛羊。

散步的人们有说有笑地边观赏风光边交谈着，直到日暮时分才回到大船上。格里那凡爵士派去巡察的水手也回来了，没有发现不列颠尼亚号的任何踪迹。因此，透利斯坦达昆雅便在大家心中被删除掉了。

邓肯号本该当晚便驶离该岛的，但岛上海豹等动物非常之多，格里那凡爵士便决定让水手们晚间捕猎海豹，次日白天把它们熬成油，贮存起来。

因此，邓肯号延迟到第三天，也就是11月20日才启程。

晚饭时，巴加内尔讲了一些有关透利斯坦达昆雅的史实。原来，该岛群是葡萄牙人透利斯坦·达·昆雅于1506年发现的。由于此处处于风暴地带，此后一百多年间，几乎很少有人来过。1700年，天文学家哈雷①对该岛的方位进行了测定。这之后许多年，才陆陆续续地有人来这儿居住。

当晚，邓肯号的水手们成绩斐然，捕杀了五十多头海豹。第二天，大家便忙着把这些海豹剥了皮，炼成油。白天，格里那凡爵士和少校携带了枪支，想在岛上打点野味，他们一直走到山脚下。这儿到处是黑色多孔的岩石，足见由熔岩所构成，说明这座山原是一座火山。

他俩在这儿发现了几头野猪，少校举枪，命中一头。格里那凡爵士则打中几只黑竹鸡。当晚晚餐桌上可有好吃的了。

晚上八点，大家吃了晚饭之后，便休息了；邓肯号于当天夜里起航，离开了透利斯坦达昆雅。

---

① 哈雷（1656—1742）：英国天文学家。

第29章 阿姆斯特丹岛

孟格尔船长想要在好望角添加燃料,便不得不偏离南纬37°线,往北走上两度。

邓肯号有老天帮忙,乘着西风劲吹,不到六天,便跑完了透利斯坦达昆雅至非洲南端的一千三百海里的路程。

11月24日下午三点,从船上就已能望见桌山了。不一会儿,约翰·孟格尔便把方位测定好,确定了海湾入口处,将近八点时分,船驶入海湾,在开普敦港里停泊下来。

巴加内尔身为法国地理学会会员,他知道这非洲的南端是1486年由葡萄牙海军上将狄雅兹首先发现的,1497年,著名的航海家霍斯哥·达·伽马[①]曾经绕过这里。

开普敦位于开普湾深处,1652年,由荷兰人凡·利伯克建立起来的。它是这儿的殖民地首府,地理位置十分重要。1815年之后,根据所签订的条约,这里才归属英国。

在此添加燃料需要一天的时间,孟格尔船长决定26日一大早开船,因此,邓肯号上的乘客们就有十二小时的空闲时间游览全城。

其实,游览开普敦全城并不需要太多的时间。所谓的开普敦城只不过是一个由住宅排列而成的方格子大棋盘,在这个大棋盘上活动着的有白人也有黑人,约有三万人。城里并无什么名胜可言,顶多也就

---

① 霍斯哥·达·伽马(1460—1524):葡萄牙著名航海家,他第一个发现绕过好望角到印度的航线。

是城东南的那座高耸起的城堡值得看看。还有总督衙门、证券交易所、博物馆，以及狄雅兹当初发现好望角时所竖起的一个石头十字架，也不妨去观赏一下。乘客们参观了上述名胜之后，又品尝了一下贡斯丹斯公司生产的上等土酒——"彭台"酒，也就心满意足，再没有什么值得留恋的了。第二天清晨，邓肯号便扯起了触帆、三角帆、主帆、前帆，起锚出发。几个小时之后，它绕过了那著名的"风暴角"——后被葡萄牙国王更名为"好望角"。

从好望角到阿姆斯特丹岛全程两千九百海里，顺风顺水的话，十天左右便可跑完。我们的远航者们比在潘帕斯大草原幸运得多，天公作美，印度洋风平浪静，助了他们一臂之力。

"啊，海洋啊，海洋！"巴加内尔大发感慨，"海洋才是人类真正的用武之地！船舶是真正的文明使者！你们想想看，朋友们，如果地球光是一片陆地，那么人类即使到了20世纪也不会了解它的千分之一的面积。西伯利亚的森林、中亚细亚的草原、非洲的沙漠、美洲的大草原、澳洲的原野以及两极那冰雪严寒地带，连最最勇敢的人也会望而却步。再说，陆地上问题多多，什么交通工具啦、炎热、疾病啦，还有土著人的威胁啦，等等，不一而足，更增加了人们了解上的困难。二十英里的沙漠地带就可以给人以远隔千里之感，而五百英里的海洋却让人觉得是一衣带水。只要在陆地上隔着一大片森林，人们彼此间就感觉到对方成了另类，而英国与澳洲相距甚远，但却仿佛像是边境相连。非洲大陆的埃及与塞内加尔相距并不遥远，但却像是相隔千万里；而北京与圣彼得堡更像是天各一方似的。今天，我们在大海上航行，比穿越一个小的撒哈拉沙漠要便当得多。因此，可以说，有了海洋，全球陆地之间才建立起友好的联系来。"

巴加内尔对海洋的这份感慨由衷而发，连一贯爱挑剔的少校也无法反驳。确实，有了海洋，才使得这些寻找哈利·格兰特的人从一个陆地跑到另一个陆地；不然的话，要是光在陆地上行走，那困难就无法想象了。

12月6日，天刚泛白，海面上隐隐约约地显现出一座山峰来。那就是阿姆斯特丹岛。

阿姆斯特丹岛位于南纬 37°47′，东经 77°24′。天气晴朗时，在五十英里开外就能看见岛上那座山峰的圆锥形峰顶。

"这座山峰与透利斯坦达昆雅峰十分相似。"格里那凡爵士说道。

"您的看法十分正确，"巴加内尔肯定道，"依据几何定理，假定甲乙两岛同丙岛相似，则甲乙两岛必相似。我要补充一句，阿姆斯特丹岛与透利斯坦达昆雅岛一样，过去和现在都有鲁滨孙一类的人生活着，而且海豹非常多。"

"到处都有鲁滨孙吗？"海伦夫人问。

"那当然，夫人，"巴加内尔回答道，"就我所知道的岛屿中，很少没有这类故事的。在您那位同胞笛福写《鲁滨孙漂流记》之前，就已经不乏此类故事了。"

"巴加内尔先生，可以向您请教一个问题吗？"玛丽·格兰特小姐问道。

"亲爱的小姐，您问两个问题都行，我保证给您以满意的答复。"巴加内尔回答她道。

"那好。假若您独自一人待在一座荒岛上，您害怕不害怕？"

"害怕？我会害怕？"巴加内尔嚷道。

"行了，我的朋友，您想必不会说您迫切希望被抛弃在一座荒岛上吧！"麦克那布斯少校挖苦他道。

"我当然是不会这么希望的，不过，真有这样的遭遇的话，我也不会讨厌的。我就重新安排好自己的生活，打打猎，捕捕鱼，冬天住在山洞里，夏天住到树上去，并且还建起一座储藏库房，把猎获物贮存起来。总而言之，我要把我的荒岛开发出来。"

"就您一个人？"

"无奈之下，一个人就一个人。不过，在这个世界上，并没有绝对的孤独。我可以找动物做朋友。我可以驯养一只山羊，教一只鹦鹉学会说话，教一只猴子听懂我的语言，与我交流，如果能遇上一个忠实的'星期五'，那就更好了！两个人做朋友，同住孤岛，其乐融融！要是少校和我……"

"谢谢,我可不学鲁滨孙,您别把我给扯进去。"少校打断他说。

"亲爱的巴加内尔先生,"海伦夫人接过话茬儿说道,"您又在天马行空地胡思乱想了。我想,现实与梦想毕竟是大不相同的。您凡事总是从好的方面去设想。"

"怎么,夫人,这么说,您认为一个人就无法在荒岛上生活得快乐点?"

"是的,我是这么认为的。人生来就得过社会性的生活,而非离群索居。孤独就会产生绝望,只是时间早晚罢了。一个人若是生活在孤岛上,一开始只考虑着如何活下去,如何无生命之忧,或许还不会感到孤独。但是,时间长了,想到自己远隔重洋,无法回到故里,无缘与亲人重见,他该怎么想呢?他的痛苦就可想而知了。听我的话,巴加内尔先生,您还是别做这样的好梦才是。"

巴加内尔虽心有不甘,但不得不承认海伦夫人的话的确有道理。

然后,大家一直围绕着孤独与快乐这一话题继续交谈着,直到邓肯号在离阿姆斯特丹岛沿岸一海里远的海面上停泊下来。

阿姆斯特丹岛孤独地悬在印度洋上,由两个岛屿组成。这两个岛屿之间相距三十三英里,北边的那个叫阿姆斯特丹岛,又叫圣彼得岛;南面的那个叫圣保罗岛。

这两个岛屿是1796年12月被荷兰人弗拉明发现的。圣保罗岛位于阿姆斯特丹岛以南,是一座无人居住的小岛,由一座圆锥形山构成。阿姆斯特丹岛周长十二英里,岛上住着三个看守渔场的人:一个法国人和两个黑白混血儿。渔场和岛都属于印度洋上留尼汪岛[①]的一位名叫奥特凡的商人。三个渔场看守都是该岛岛主兼商人奥特凡所雇用的。阿姆斯特丹岛隶属于法国。原先,其占有权归属波旁岛圣德尼[②]的一个名为卡曼的船东,后让给了一个波兰人,后者便雇用马达加斯加岛上的一些奴隶来此垦殖。此人虽是波兰人,但也是法国人,

---

① 留尼汪岛旧称波旁岛,位于印度洋上,马达加斯加岛以东,系法国一海外省。
② 波旁岛的首府。

因此，该岛后来又落到法国人奥特曼的手里了。

岛上的这三个人中，有一位长者，名为维奥，法国人，热情地招待了格里那凡爵士一行远方来客，对他来说，这简直是幸福的一日。因为平日里，他们只能同一些前来这里捕海豹和海狗的粗鲁之人打交道。

维奥先生向客人们介绍了他的两个臣民：那两个黑白混血儿。他们三人就住在岛子西南部一个天然港湾的深处。

很早以前，该岛就曾经有过遇难的人在此栖身。巴加内尔还讲了两个与此相关的故事，让大家听得津津有味。

一个故事讲的是两个苏格兰人在这儿的遭遇。这两个苏格兰人，一个名叫贝纳，二十二岁，另一个名叫博尔夫，四十八岁。他俩原是由捕海豹的船送来这里的，要在此待上一个月，捕杀海豹，剥皮熬油。但是，一个月过去了，并没有船来接他俩回去，他们在阿姆斯特丹岛上一待就是十八个月，靠着小心保护着的一点点火种熬着时日，其饥饿痛苦之状，难以描述。直到1827年，英国的一条名为巴米拉号的船才将他俩搭救了。

另一个故事讲述的是费龙船长的事。费龙船长和两个法国人、两个英国人留在岛上准备捕猎海豹，准备在此待上十五个月。结果，十五个月过去了，不见船只来接。粮食告罄，相互间的关系变得紧张起来。两个英国人首先发难，但多亏了自己的两位同胞的帮助，费龙船长才免遭杀害。这之后，双方争斗时有发生，互有胜负，彼此都在警惕着对方，在焦虑与困苦中熬着时日。最后，他们才被一条英国船给救了出来。

在这两件事之后，就没有任何船只来此，也就没有船员在岛上漂流的事情发生了。那位长者从未听说过什么不列颠尼亚号、格兰特船长的事。格里那凡爵士对这位长者的回答既不感到惊讶也未觉得失望。他只是想弄清楚格兰特船长有没有来过这儿就行了。因此，邓肯号决定第二天起航。

大家在这个岛上游览了一天，直到夜晚。岛上的景色迷人，但动植物并不多。植物尤为少见；至于动物，也就是有点野猪、信天翁、鲈鱼、海豹而已。不过，这里却有不少温泉从淡黑色的熔岩石堆中喷出来，热气腾腾，有几处的温度极高。孟格尔船长用温度计测试了一下，竟高达华氏176度[①]，几近沸水了。从相距不远处的海里捕上来的鱼，放到这泉水中去，几分钟工夫就煮熟了。因此，即使巴加内尔这个粗心大意的人也不会不知轻重地下去沐浴的。

众人兴致颇高地在岛上游览了一日，傍晚时分，格里那凡爵士便向那位忠厚长者辞行。大家纷纷向这位名叫维奥的长者祝福，祝愿他在小岛上万事如意，健康长寿。维奥先生也祝愿格里那凡爵士一行一路顺风，寻访成功，并且感谢大家前来这里，给他带来了快乐。接着，格里那凡爵士一行便上了小艇，回到邓肯号上。

[①] 合摄氏80度。——作者注

第30章 巴加内尔与少校打赌

12月7日凌晨三点,邓肯号的锅炉便开始隆隆地响了起来。水手们转动着绞盘,将船锚吊上来。螺旋桨开始转动,邓肯号又重新驶入大海。上午八点,乘客们登上甲板的时候,阿姆斯特丹岛已消失在天边海雾中了。从阿姆斯特丹岛到澳洲,航程三千海里。只要海上一直刮着西风,不出现什么意外情况,只需十天工夫,邓肯号就可以驶达目的地。

玛丽·格兰特和小罗伯特望着印度洋的波涛,思绪万千。也许,不列颠尼亚号正是在印度洋上突遇强大风暴而失事的,然后又随着海流漂到了澳洲。

孟格尔船长拿来海图,把印度洋的各种海流指给格兰特小姐看,其中有一股横流,直冲澳洲而去,也许,不列颠尼亚号正是被这股横流给冲到澳洲海岸去的。

可是,这其中仍有一个问题令大家十分困惑。据《商船日报》记载,格兰特船长是在1862年5月30日从卡亚俄发出最后的信息的,可是,不列颠尼亚号却在离开秘鲁之后八天,即6月7日,就驶入印度洋海域,这是怎么回事呢?巴加内尔被问及这一问题时,倒是做出了合乎逻辑的回答,大家也就信服了。

有一天晚上,也就是12月12日晚上,离开阿姆斯特丹岛的第六天,格里那凡夫妇、格兰特姐弟俩、孟格尔船长、麦克那布斯少校和地理学家巴加内尔等聚在一起闲聊。与平时一样,大家又提起不列颠尼亚号来,就在这时候,格里那凡爵士便冷不丁地提出了令大家困惑的那个问题,仿佛往众人头上泼了一瓢凉水似的。

巴加内尔没有想到格里那凡爵士会提出这么一个问题来,便默然无语地站起身来去找那几封信件,回来时,不屑一顾地耸了耸肩。

"您既然耸耸肩膀,我亲爱的朋友,那就是说这是个不成问题的问题了?那太好了,您就给我们解释一番吧。"格里那凡爵士说。

"您先别着急,待我先问孟格尔船长一个问题。"巴加内尔回答道。

"您说,巴加内尔先生。"约翰·孟格尔回答道。

"在一个月的时间里,一艘快船能否穿过美洲到澳洲之间的太平洋?"

"如果它的时速每天是二百海里的话,那是有可能的。"

"这是最快的速度了?"

"不,快速帆船的速度比这还快。"

"那好,听我说吧。信件上的6月7日中间有空隙,如果我们不把它看成6月7日,而看成'6月17日'或'6月27日'的话,问题也就迎刃而解了。"

巴加内尔的这一解释不无道理。

"对呀,从5月30日到6月27日……"海伦夫人说道。

"格兰特船长有足够的时间穿越太平洋,驶入印度洋。"

大家十分信服地接受了巴加内尔的这一说法。

"多亏了我们的这位朋友,我们又解决了一个困惑的问题。现在,我们只等着前往澳洲去寻找不列颠尼亚号的踪迹了。"格里那凡爵士兴奋地说。

"去澳洲的东西两岸寻找。"孟格尔船长说道。

"没错,约翰,您说得对。信件上并没有提及是东海岸还是西海岸,因此,我们得在37°线穿过的澳洲的东西两岸寻找。"

"这么一来,不就又有问题了吗,爵士?"格兰特小姐说。

"啊,问题是不会有的,小姐。"约翰·孟格尔连忙说道,以解除玛丽·格兰特的疑惑。然后,他转向爵士又说道:"万一格兰特船长是在澳洲东海岸登陆,那他会很快得到救助的,因为东海岸一带住的都是一些英国侨民,格兰特船长等人走不出十里地就能遇上自己的同胞的。"

"您说得对,船长,"巴加内尔说道,"在东海岸、杜福湾、艾登城,格兰特船长都能找到栖身之所的,而且还能找到返回欧洲的交通工具。"

"这么说,"海伦夫人问道,"我们邓肯号要寻访的那一地带,遇难的船员诸事都十分不便了?"

"是的,夫人,"巴加内尔回答道,"那一带非常地荒凉,没有一条通向阿德雷得或墨尔本的路。如果不列颠尼亚号是在那一带失事的话,它就会像是在非洲的那些荒无人烟的海岸一样,得不到任何的救援。"

"那我父亲这两年来的日子又如何熬得过?"格兰特小姐悲痛地说。

"亲爱的玛丽小姐,"巴加内尔对她说道,"您一直相信格兰特船长上了澳洲大陆就不会有问题的,对吗?"

"是的,巴加内尔先生。"少女回答道。

"那么,登上澳洲大陆之后,格兰特船长会怎么样呢?可能的推测只有三个:一是他与其同伴们去了英国移民区;二是落入土著人之手;三是在荒无人烟地区迷失了。"巴加内尔说到这儿,略作停顿,看看众人的反应,是否同意他的分析。

"请继续说,巴加内尔。"格里那凡爵士催促道。

"好,我接着往下说。首先,我要否定掉第一种推测。格兰特船长并没有到英国移民区,不然的话,他早已回到家中,与儿女们团聚了。"

"可怜的父亲!"玛丽·格兰特在自言自语,"他离开我们都两年了。"

"别打岔,姐姐,让巴加内尔先生继续说,他会告诉我们……"小罗伯特说道。

"唉,我的孩子,我也无法告诉你们更确切的情况了。或者我们可以断定他已落入土著人之手,或者……"

"澳洲的土著人是不是……"海伦夫人急切地问道。

"放心好了,夫人,"巴加内尔明白海伦夫人的意思,便说道,"这儿的土著人虽是未开化的，愚蠢的，但却性情温和，并不像他们的近邻新西兰土著人那样嗜杀成性。如果不列颠尼亚号上的船员被他们俘虏了去，他们是绝对不会加害于他们的。许多的旅行家都说过，澳洲的土著人最怕杀人流血，他们甚至与旅行家们联合起来，击退被流放在当地的囚犯们的侵袭。"

"巴加内尔先生的话，您都听见了吧？如果令尊落入澳洲土著人之手，我们一定会找到他的，而且，信件上似乎也在告诉我们他们可能是被土著人掳走了的。"海伦夫人安慰格兰特小姐说。

"可是，如果是迷失在荒无人烟的地带，那可怎么好？"格兰特小姐焦急地问道。

"就算是迷失在那儿，我们也一定能找到他的，对不对，朋友们？"巴加内尔似乎胸有成竹地回答她说。

"那当然啰，不过，我都不相信他会迷失的。"格里那凡爵士想岔开这一令人悲伤的话题，这么说道。

"我也不相信！"巴加内尔赞同道。

"澳洲地方大吗？"小罗伯特问。

"澳洲大约有七亿七千五百万公顷那么大，我的孩子。相当于欧洲的五分之四。"

"有那么大？"少校问。

"是的，有那么大，麦克那布斯，误差顶多也就是一码。信件上说了有大陆，您说该相信它可以称得上是大陆了吧？"

"真有这么大的话，那当然可以称之为大陆了，巴加内尔。"

"我还想补充一句，尽管它地域辽阔，但旅行家在此迷失的却并不多。"

"难道澳洲尚未被全部勘察过？"海伦夫人问道。

"没有，夫人，差得远了。人们对它的了解并不比对非洲内陆的了解多。不过，这却并非探险家们的过错。从1606年到1862年，有五十多人曾经前往澳洲内陆或沿海从事过勘察工作。"

"什么，有五十多人！"少校惊问道。

"当然,麦克那布斯。把那些勇闯澳洲海岸和到内陆从事探险的旅行家们算在内,足足有五十多人。"

"即使把他们包括在内,也没有那么多。"少校反驳道。

"您觉得我说五十多人是夸大其词了?我还可以列出更多一些来呢,麦克那布斯。"巴加内尔回击道,别人越反驳,他就越兴奋,越来劲儿。

"那您就列出来看看,巴加内尔。"

"您要是不信,我可以一口气给您列出五十个人来。"

"哼!学者总是这样,说话老这么肯定。"少校不服气地说。

"少校,您敢拿您的那支普德摩马枪与我的斯克勒丹望远镜打赌吗?"巴加内尔在激少校。

"有什么不敢的?赌就赌!"

"那好,少校,从今往后,您就甭想再拿您的那支马枪打羚羊打狐狸了!不过,您若想向我借,我还是会借您一用的。"

"巴加内尔,您以后向我借望远镜,我也会答应的。"少校毫不相让地回击道。

"那好,我们现在就开始。女士们,先生们,请你们给当个裁判。罗伯特,你来计数。"

格里那凡夫妇、玛丽、小罗伯特、少校、孟格尔都被逗乐了。他们静静地听着巴加内尔说探险家们的名字,也可借机了解一下澳洲的历史。

"尼姆辛①啊!赐予您虔诚的崇拜者以灵感吧!"巴加内尔大声祈祷道。然后,他便开始叙述开来:

"朋友们,二百五十年前,人们还根本不知道有个澳洲存在呢!亲爱的格里那凡,贵国大英博物馆的图书馆里,保存着两幅1550年绘制的地图,图上标明着亚洲南部有一片陆地,被命名为'葡萄牙的大爪哇'。但这两张图并不十分可靠。因此,我想从17世纪讲起。1606年,西班牙航海家科罗斯发现了一片陆地,并取名为'神圣的澳大利亚'。现在,

---

① 尼姆辛:希腊神话中司记忆的女神,是九个司文艺的女神的母亲。

223

我们不去讨论这一问题,因为,后来的地理学家认为那并非现今的澳大利亚,而是现在的新赫布里底群岛。罗伯特,你就记下科罗斯的名字。"

"记下了。"小罗伯特回答道。

"同年,科罗斯船队的副指挥托列斯则一直往新陆地的南边去勘察。但是,重大的发现应归功于荷兰人赫特兹,他在澳洲西海岸南纬25°的地方登陆,并以其船名'恩德拉'为该地冠名。这之后,航海家来的就越来越多了。1618年,齐申考察了北海岸的安亨和凡第门等地。1619年,厄代尔沿西海岸勘察了一段,并以自己的名字为那段海岸命了名。1622年,雷文一直来到现在以他的名字命名的雷文角。1627年,内兹和维特二人,一个在西,一个在南,又来到了这儿,为前人的发现进行了补充。其后,卡奔塔船长率领其船队到达现在的卡奔塔里亚湾。1642年,著名的航海家塔斯曼绕凡第门岛一周,并以巴塔维亚总督的名字给那儿冠了名,后被人更名为塔斯马尼亚岛。1665年,澳洲大岛被硬给加上了'新荷兰'的名字,而这个时期,正是荷兰航海家的活动就要结束的时候,所以'新荷兰'这个名字并未被保留下来。——现在,有几个人了,罗伯特?"

"说了十个人了。"小罗伯特回答道。

"很好,"巴加内尔继续说道,"现在,我开始说说英国人。1686年,一个在美洲猎野牛的浪人头头[①],一个出没于海岸[②]之间的人,一个横行于南海的最有名的海盗[③],名叫威廉·丹别尔的,曾经跑到新荷兰,与当地土著人结下了友谊。此后七十多年,从1699年到1770年,再没有任何一位航海家到过这儿。直到1770年,世界上最著名的航海家库克船长开始对新大陆进行勘察探险。这之后,欧洲人便开始往这一地区移民了。库克船长曾经做过三次轰动一时的旅行,分别为1770

---

① 原文为 boucaier,16、17 世纪的欧洲浪人或冒险家,在美洲以猎获野牛,剥皮贩卖为业,兼干抢掠的勾当,后经西班牙追杀,下海为盗,与威廉·丹别尔同流合污。
② 此海岸似乎指美洲海岸。
③ 17、18 世纪的美洲海域上的海盗。

年3月、1773年和1777年。1770年3月31日,他在'新荷兰'登陆,那是他的第一次。他在大溪地清晰地观察到金星贯日[①]的天文奇观,然后便行驶到太平洋的西边。他勘察了新西兰,然后就来到澳大利亚东海岸的一个海湾,发现了许多新奇的植物,便把该海湾称作'植物湾',也就是今天的波塔尼湾。1788年,菲利普船长在约克港建立了第一个英国殖民地。1797年,巴斯穿越了巴斯海峡……"

"啊!已经有二十四个了!"小罗伯特惊呼道。

"很好,少校的枪已经有一半归我了。说完了航海家,我再来说说陆地上的探险家。"巴加内尔说道。

"太好了,巴加内尔先生,"海伦夫人说道,"不得不承认,您的记忆力简直是太惊人了!"

"真是怪了,"格里那凡爵士说,"一个人这样……"

"这样粗心大意,是吧?"巴加内尔连忙接上去说道,"我只不过记了一些年代和事实而已。"

"二十四个。"小罗伯特重复了一遍。

"好。第二十五个是陶斯大尉。1789年,他试图翻过东海岸那条漫长的山脉,深入腹地,走了九天之后,他又由原路回到了约克港。同年,特齐船长又想翻越这条山脉,但也没能成功。1792年,裴特逊上校也做了同样的尝试,也以失败而告终……1829年和1830年,司各特船长先后勘察了达令河和墨累河。"

"已经三十六个人了。"小罗伯特说。

"好。我再继续往下说,"巴加内尔继续说道,"现在,我们该提一下埃尔和雷沙德了。他们于1840年和1841年游历了部分内陆地区。1846年,格勒高里兄弟和赫普曼游历了西澳。1847年,科迪也过维多利亚河。1848年,他到达过澳洲北部。这之后,著名的旅行家斯图亚特穿越了澳洲。从1860年到1862年,邓斯特兄弟、纳尔逊、马金莱、

---

① 该天文现象应是1769年发生的。金星从日轮面前穿过的现象很罕见,这在天文学上具有很大的意义,因为根据这一现象,我们可以准确地计算出地球与太阳之间的距离来。——作者注

赫维特……"

"五十六个了。"小罗伯特大声嚷道。

"好。少校,我还没提吉伯雷、伯格维尔、斯特克斯……"

"行了,行了!"少校说。

"还有裴罗尔、科伊、贝内特、科宁汉……"

"行了,饶了我吧!"

"还有迪克斯、雷德、维科斯、米切尔……"

"打住吧,巴加内尔,得饶人处且饶人,少校已经认输了。"格里那凡爵士笑着说。

"那他的马枪呢?"巴加内尔神气活现地问道。

"当然是归您了,巴加内尔!尽管我实在是舍不得,但我不得不服输,您的记忆力简直是无出其右!"少校心服口服地说道。

"我看,没人能比他更了解澳大利亚的了,即使是一个小小地名,一件小小的事实……"海伦夫人也佩服地说。

"小小的事实!"少校打断了海伦夫人的话,摇了摇头,有点不相信。

"怎么,您还不服气,麦克那布斯?"巴加内尔追问道。

"我的意思是,你不一定对澳大利亚的很多细微的情况也都知道得一清二楚。"

"那可不一定!"巴加内尔非常笃定地说道。

"那我就举出一个事实,您若不知道,您得把马枪还我。"

"好啊,您说,少校。"

"说话算数?"

"当然算数。"

"那好,巴加内尔,您说说看,为什么澳大利亚不属于法国?"

"这个吗,我想……"

"或者,至少您能说出英国人对此有何看法吧?"

"这……我说不上来,少校。"巴加内尔神情懊恼地说。

"其实理由非常的简单。因为您的那位同胞,波丹船长,1802 年到达澳洲之后,听到一片蛙鸣,吓得起锚开船,一去不回头。"

"怎么！"巴加内尔生气地说，"你们英国人就这么笑话人？"

"我承认，是在取笑人，但这也确实是事实。"

"无聊至极！"富有爱国心的地理学家说，"英国人现在仍旧在这么说？"

"仍旧在这么说，我亲爱的巴加内尔先生。您怎么连这么个事实也不清楚呢？"格里那凡爵士回答道，大家已是笑得前仰后合了。

"这我还真的是一点也不知道。但是，我不相信！英国人说法国人是'吃青蛙的人'，我们既然敢吃青蛙，又怎么会害怕青蛙呢？"

"道理倒是对的，但事实总归是事实。"少校微笑地答道。

这么一来，那支打赌的马枪又回到了麦克那布斯少校的手里。

第 31 章　印度洋的怒涛

这次交谈后的第三天中午，孟格尔船长测算出邓肯号的方位是在东经 133°37′，与百努依角相距不到五度。估计四天后，就可以看到百努依角出现在海平面上了。

直到此前，邓肯号一直顺风顺水，但近几日来，这西风却在逐渐减弱。到了 12 月 13 日，一丝风也没有了，船帆鼓不起来，全都软塌塌地挂在桅杆上。

邓肯号若不是装备着强有力的驱动装置，就会漂浮在这宁静的海面上，无法前行了。

这种无风状况可能会一直持续下去。晚上，格里那凡爵士同孟格尔船长谈起了这种尴尬的状况。年轻的船长知道煤舱快要空了，对眼下的这种无风状态尤为焦急。他把船上的大大小小的帆悉数挂了起来，希望能利用上哪怕一丝丝的微风，但却未能如愿。

"不过，也别太怨天尤人了，"格里那凡爵士劝慰道，"无风总归比逆风要强。"

"阁下说得对，"孟格尔船长回答道，"不过，天气突然这么平静下来，说明要变了。我们正处于印度洋上的信风①带。这种信风每年 10 月到来年的 4 月间，从东北往西南吹。只要信风稍稍刮起，我们的航程就要受到影响，因此我才这么着急。"

---

① 印度洋上的信风十分猛烈。其方向不定，随季节而变更，夏季的信风通常与冬季的信风风向相反。——作者注

"那也没有办法,约翰。真的是这样的话,我们也只好忍耐了。不就是耽搁点时间嘛。"

"那倒是,不过可千万别遇上风暴。"

"怎么,天气真要变?"格里那凡爵士边说边观察天空,从海平线到头顶上方,天上未见一片云彩。

"是呀,我担心天气会变,"船长回答道,"不过,这话我只想告诉阁下您,我不想让海伦夫人和格兰特小姐知道,免得她们担惊受怕的。"

"您考虑得很周到。但是,真的会有什么可怕的事情出现吗?"

"肯定会遭遇一场大风暴。您别看现在天上什么也没有,那只是表面现象。两天来,晴雨表已经低得让人心里不安了,现在只有27°了①。这是一种警报,我最害怕的是南海上的风暴,因为我尝过它的滋味,知道它的厉害。它是由极区风与赤道风相交织而产生的风暴,遇上了它,没有不倒霉的。"

"约翰,"格里那凡爵士宽慰约翰·孟格尔道,"邓肯号船体坚固,船长又十分能干,风暴来就来吧,我们有办法对付它的。"

约翰·孟格尔出于水手的本能,见晴雨表下降,不由得担心起来,因此便采取了一切必要的预防措施。

夜晚,约翰·孟格尔一直待在甲板上。十一点钟光景,南边天空出现了一块块云斑。于是,他立即把水手们招呼到甲板上来,把小帆落下,只留下主帆、纵帆、前帆和角帆。午夜时分,风力在加强,每秒达十二米。桅杆被吹得咯咯直响,帆索发出辟啪的声音,舱内隔板也在咔咔地响。原先并不知情的乘客们,此时已知道是怎么回事了。巴加内尔、格里那凡、麦克那布斯和小罗伯特都上了甲板,或出于好奇想看个究竟,或想上来帮上一把。临睡之前所见到的万里无云、繁星闪烁的天空,此刻已经是乌云翻滚,十分吓人。

"是飓风吗?"格里那凡爵士问孟格尔船长道。

"现在还不是,不过马上就要来了。"孟格尔船长回答道。

---

① 合73.09厘米,而晴雨表柱的通常高度为76厘米。——作者注

约翰·孟格尔命令水手们卷起前帆下面的收缩部。水手们爬上软索梯，颇费周折地才把前帆的下收缩部卷了起来，用帆索捆扎好，固定在帆架上。孟格尔船长想尽量保留一部分帆面，以压住船，使之不致左右摆动个不停。

随后，孟格尔船长又发出一道道命令给奥斯丁和水手长，准备应付即将袭来的飓风。系缚小艇的绳索和扳桅的缆索都拉紧了。炮两侧的滑车也绑结实了，横桅索和后支索也都拉牢了，舱门也关上了。这时，孟格尔船长俨如一位严阵以待的军官，屹立在炮位上似的，站在楼舱顶上，迎着风，观察着变幻莫测的天空。

这时候，晴雨表已降至26°了，这么低实属罕见。同时，风暴镜①也指示出风暴即将袭来。

凌晨一点，海伦夫人和格兰特小姐在舱房内感到了剧烈的颠簸，便冒险跑到甲板上来了。此时，风速已达到每秒二十八米。缆索被风吹得猛烈地抖动着，发出巨大的声响；绞盘在相互撞击，绳索在粗糙的索槽里发出刺耳的声音；帆布也被吹得嘭嘭直响，如同大炮在轰鸣；浪涛汹涌，一浪高过一浪，邓肯号在浪涛中颠簸腾跃着。

孟格尔船长一见海伦夫人和格兰特小姐上了甲板，便迎上前去，请她们立刻回到自己的舱房里去。但由于风浪实在太大，海伦夫人几乎听不见船长在说些什么。

"不会有危险吧？"趁风浪稍有一点平静，海伦夫人立即问孟格尔船长。

"不会有危险的，夫人。不过，您还是别待在甲板上。还有您，玛丽小姐，也回到自己的舱房去吧。"

海伦夫人和格兰特小姐不能违抗船长的命令，便回到自己的舱房里去了。

这时候，风力更加加大，桅杆在帆的压力之下快要弯下去了，船仿佛是浮在浪尖上，跳动个不停。

---

① 此镜内装有化学药品，随风向和空中的电压而变换颜色。最好的风暴镜是英国海军中的两位光学家尼格莱迪和藏伯拉发明的。——作者注

"卷起主帆！降下前帆和角帆！"约翰·孟格尔大声命令道。

水手们立即奔向各自的岗位，放吊帆索，紧卷帆索，一片忙碌。邓肯号的烟囱里黑烟喷涌；螺旋桨轻一下重一下地在拍击着海浪，与狂风恶浪艰难地搏击着。

格里那凡、麦克那布斯、巴加内尔和小罗伯特看着与风浪顽强拼搏的邓肯号，既钦佩又担心。他们紧紧地抓住舱壁上的横板，默默地看着大群的海燕在狂风中翱翔。

突然间，传来一片比风暴的声响更大的响声，震耳欲聋。那是蒸汽在猛烈地喷射出来；它不是从泄气管里喷射的，而是从锅炉的熔栓里喷出来的。汽笛声立刻尖声响起，船猛地一倾斜，扶着舵盘的威尔逊冷不丁地被舵杆击倒。邓肯号横对着海浪，失去了控制。

"怎么回事？"孟格尔船长边喊边冲着指挥台奔去。

"船舵倒了。"奥斯丁回答道。

"船舵倒了？"

"救机器！快救机器！"轮机师一连声地在呼喊。

孟格尔连滚带爬地奔向轮机舱。舱内雾气弥漫。活塞在气缸里已不再动弹，轮机师怕把锅炉憋炸了，所以关掉了气门，让蒸汽从排气管里排出去。

"怎么回事？"船长问道。

"螺旋桨弯了，或者是被卡住了，转不动了。"轮机师回答道。

"什么？卡住了，弄不开吗？"

"好像弄不开。"

螺旋桨转不动了，蒸汽排放掉了，而且此时此刻又不是排除故障的时候，孟格尔船长只好利用船帆，向眼前这凶恶的敌人——风暴——借点力。

孟格尔船长又跑了上来，向格里那凡爵士简单地汇报了一下情况，并劝他带着另外三名乘客回到舱房里去。格里那凡爵士却坚持要留在甲板上。

"这不行，阁下！只有我和船员们可以留在这儿。快回舱房吧，否则大浪会把你们卷到海里去的。"孟格尔船长语气坚决地奉劝道。

"我们留下或许能帮上点忙的。"

"不行,进去吧,快进去!爵士,你们必须回到舱房里去。现在,由我说了算。听我的,回舱房去吧。"

孟格尔船长语气坚决,不容商量,可见情况确实是十分地严重;格里那凡爵士觉得还是应该听从船长的指挥。于是,他领着另三名乘客来到了两位女乘客的舱房里。后者早已等得心急火燎了,很想知道现在的情况到底怎样了。

"约翰真是个好样的。"格里那凡爵士走进舱房时说道。

"是的,"巴加内尔应声道,"他使我想起你们伟大的莎士比亚的《暴风雨》中的一句台词。剧中的那位司锚官对乘坐在战舰上的国王嚷叫道:'您给我走开!不许出声!快回到您的舱房里去!您要是无法让风浪停息,就赶快闭上嘴。告诉您,别挡我的路!'"

这时候,孟格尔船长正在全力以赴地抓紧指挥,使船摆脱险境。螺旋桨卡住了,无法转动,他决定利用少量的船帆,借助风力,使船能继续往前,不致太偏离原定航线。船员们在镇定的船长指挥下,升起前帆,又在主桅杆的辅助杆上升起一面三角帆来。坚固结实、性能良好的邓肯号借助暴风的力量,像离弦之箭一般地向前疾驶着。

这么行驶并非没有危险,万一船落入浪谷里去爬不上来,那就无法补救了,因此,孟格尔船长把自己捆绑在护桅索上,时刻监视着桀骜不驯的大海。而船员们全都聚集在他的周围,准备随时听候船长的差遣。

这一夜就在这种情况之下,紧张地过去了。大家原本希望天亮后,暴风会渐渐地减弱下来,但情况并非如此。上午八点钟左右,风力加大了,风速竟高达每秒三十六米,这种风速肯定就是飓风了。

约翰·孟格尔表面上声色不动,但内心深处却在为这条船以及船上的人而担忧。船在风浪中严重倾斜,甲板支柱发出吱吱咯咯的响声,有时主桅上伸出的辅杆被浪头所没,船滑入浪谷,幸好很快又爬了上来。船摇摆颠簸剧烈,继续如此,后果不堪设想,于是,孟格尔船长便决定再把三角帆扯起来。花了好几个小时,也不知扯了多少次,最后,在下午三点钟光景,这张小三角帆才被扯到辅杆上去。

邓肯号立刻被这张小三角帆带动起来,迎着波涛,左冲右突,像一条鲸鱼似的,划过一个又一个扫过其甲板的巨浪,在暴风中以惊人的速度向东北方向驶去。

12月15日的白天和黑夜,在这种险象环生的境况中过去了。孟格尔船长始终坚守在自己的岗位上,不吃不睡;他表面上沉稳镇定,但却心急如焚,眼睛始终紧紧地盯着北边的幢幢雾影。他一直预感着灾难的发生。确实,邓肯号被飓风刮出了航线,疾速向澳洲海岸冲去,危险时刻在威胁着它,万一触礁,船毁人亡,在所难免。现在,离澳洲海岸不足十二海里,船若靠近岸边,就会触礁、失事,他倒是希望船仍留在海上,即使风浪再大,也还是有法可想的。

孟格尔船长前去找格里那凡爵士,把眼下的危险处境告诉了他,并说明必要时,迫于无奈,将冒险靠岸。

"这是为了救船上的人,爵士,因为这么孤注一掷,或许有生还的可能。"

"您就见机行事,当机立断吧,约翰。"格里那凡爵士回答他说。

"海伦夫人和格兰特小姐那儿怎么办?"

"由我来告诉她们,如果船真的无法留在海上,您及时告诉我一声。"

"好的,爵士。"

格里那凡爵士又回到女乘客们的舱房中来。后者已经感到情况不妙,但究竟危险到什么程度了,她们并不十分清楚。这时候,巴加内尔正在给小罗伯特解释大气环流方面的理论,讲述西非龙卷风与台风的不同。

上午十一点光景,风暴稍微小了一点,雾气也在开始散开。孟格尔船长看见了一片陆地,在下风口六海里远处。邓肯号正在朝着那片低低的陆地疾驶而去。正在这时候,前方一排巨浪,高得吓人,排山倒海似的压了过来。孟格尔船长马上便想到,海浪这是遇到强大的阻力,才会腾起这么高的。

"有暗滩！"他对奥斯丁说。

"我也这么认为。"奥斯丁回答道。

"我们的性命这回是完全悬于上帝的手上了。如果这暗滩没有缺口，或上帝不让邓肯号船头正对缺口，那我们便难逃此劫了！"

"此刻，潮水正高，船长，也许我们能够闯过这险滩。"

"您瞧那浪头有多高吧！船能高过那浪头吗？还是祈祷上帝吧，奥斯丁！"

邓肯号由它的小三角帆带动着，以飞快的速度向海岸冲去。在离暗滩两海里远时，约翰·孟格尔看到满是泡沫的水面后边的海水较为平静，心想，如果船能驶入那片平静的水面，那就安全了。

约翰·孟格尔让所有的乘客都上了甲板，他不愿看到船要沉没时，乘客们还被关在舱房里。格里那凡爵士几人上了甲板，一见一片滔天巨浪，不禁往后缩去。玛丽·格兰特小姐的脸吓得煞白。

"约翰，"格里那凡爵士轻声细气地对孟格尔船长说，"我想法救我妻子，如果救不了她，我就与她一起死；您嘛，您就负责救格兰特小姐好了。"

"好的，阁下。"孟格尔船长眼噙泪水地点头应道。

邓肯号离暗滩越来越近，只有几链远了。此时，海水正在涨潮，正可以把船送过暗滩。但是，海浪太大，一上一下，船忽被抛起，忽被抛下，船底后部就有可能撞上暗滩。如何才能让浪头平缓一些呢？

约翰·孟格尔终于想到一个孤注一掷的办法，便冲水手们喊道："油！弟兄们，倒油！快倒油！"

原来，油若是漂浮在海面上，可以压住海浪的激荡，海面暂时可以保持点平静。然而，这种办法虽能立竿见影，但却不能维持长效。船一驶过，海浪会变得更加汹涌，后面的船只就必然遭殃[①]。面临生死关头，水手们力气倍增，用斧头砍破桶盖，挂在左右舷边，将许多桶装得满满的海豹油全都倾倒进海里去了。

[①] 因此，航海法规明确规定，在后面有船跟上来时，前面的船绝对不允许采取这种倾油压浪的办法。——作者注

在船长的命令之下，油全倒入海中，白浪滔天的海面立即被油压住了，一时间平静了下来。邓肯号趁此机会，一眨眼的工夫，便越过了暗滩，进到那片平静的水面。

随后，船后面的海面挣脱了油层的束缚，更加汹涌地奔腾开来。

第 32 章　百努依角

约翰·孟格尔立即在船的两侧各抛下一只锚,将船稳稳地停泊住。此处海水深约五英尺,海底多为粗砂石,扒得住锚,落潮时,锚不致走滑,船不致搁浅。

邓肯号在惊涛骇浪之中艰难地拼搏了好几个小时,此刻总算进到了一个安全的天然港湾。这里群峰环抱,海风吹不进来。

格里那凡爵士拉住年轻船长的手,动情地说道:

"谢谢您,约翰。"

就这么几个字,已让约翰·孟格尔感到无比的欣慰了。

现在,首先要弄清楚邓肯号究竟是处于什么方位,离百努依角有多远?孟格尔船长立即进行测算。他一面观察,一面在海图上做标记。

测算结果出来了,还挺好,船仅偏离原航线两度,位于东经 136°12′,南纬 35°7′的地方,地名为"灾难角",在南澳的一个尖端上,离百努依角有三百海里。

"灾难角",一听这名字就让人毛骨悚然。它与坎加鲁岛[①]遥遥相望,中间隔着一条探险家海峡。该海峡连接着北边的斯宾塞湾和南边的圣文森湾。南澳省省会阿德雷得港就坐落在圣文森湾的东岸。该港口城市始建于 1836 年,人口约四万,资源丰富,但城市农民以农耕为主,种植葡萄、柑橘以及其他一些农作物,对工商业不太重视。

---

① 此为音译,意译为"袋旧岛"。

能否尽快把邓肯号修复好,这也是当前急需解决的问题。为了摸清船的损毁情况,孟格尔船长立刻派潜水员下水检查船的后底部。潜水员检查过后,向船长报告说,一只螺旋桨叶扭歪,顶住了龙尾骨,致使螺旋桨无法转动。这么看来,船损坏得不轻,需用特别的工具才能修复,可阿德雷得港又不可能有这类修理工具的。

约翰船长与格里那凡爵士进行了认真的研究之后,决定让邓肯号借助风帆的动力,沿着澳洲海岸行驶,沿途正好可以打听一下不列颠尼亚号的下落,然后,驶到百努依角稍事休整,再继续南下,直到墨尔本。

大家都一致赞同这一决定。因此,孟格尔船长便在等待顺风的到来,起锚开船。傍晚时分,飓风完全止息,西南风随之刮起,大家便开始做开船的准备。凌晨四点,水手们开始转动绞盘,把锚起上来。邓肯号张开主帆、前帆、顶帆、纵帆、辅帆,借助风力,向前驶去。

两小时之后,船驶入探险家海峡。灾难角从大家的视线中消失了。傍晚时分,邓肯号绕过波大角,沿着坎加鲁岛海岸几链远处行驶着。远远地就可以看出岛上有成群的袋鼠在树林中或草原上跳跃奔腾。该岛是澳洲诸小岛中最大的一个,亦为从澳洲逃出的囚徒们的栖身之所。第二天,邓肯号放下小艇,众人上岸寻访。此时,船泊在南纬36°线上。格里那凡爵士不愿在36°线和38°线之间留下任何一个未经探访的空白点。

12月18日,邓肯号一整天都在扬帆前进,紧贴着遭遇湾的海岸边。

这次航行中,小艇可是大有用武之地。格里那凡、巴加内尔和小罗伯特跟随水手们一起寻访,只是却一无所获。但是,他们仍旧每次都非常的认真仔细,从不漏掉任何一个地方。他们是夜间泊船,白天上岸寻访。

他们就这样边走边寻,一路查过来,于12月20日,抵达拉西贝德湾尽头的百努依角。这儿虽未找见任何踪迹,但这并不能表明不列颠尼亚号船长格兰特没有到过此地。何况,不列颠尼亚号已失事两年多了,失事船只的残骸很可能被海水冲得无影无踪。而且,遇有船只失事，当地土著人一定会闻讯赶来，早把格兰特船长及其两位伙伴给掳到内陆地区去了。

不过，这么一来，与巴加内尔原先的推测就有出入了。巴加内尔肯定地说，信件上所标明的纬度是被拘押的地点，而不是不列颠尼亚号的失事地点。要是事发于潘帕斯大草原，因为河汊很多，漂浮瓶会漂流到大海中去，但澳洲的情况却并非如此。在这相同纬度的澳洲地区，跨越30°线的河流并不多。再说，科罗拉多河和内格罗河都是经由荒漠地带入海的，那儿无人居住；而墨累河、雅拉河、套伦河、达令河等河流，又是支流交错，来往船只众多，一只易碎的玻璃瓶，怎么可能安然无恙地一直漂流到大海中去呢？

显而易见，这是根本不可能的事。因此，巴加内尔所说的漂浮瓶从内河漂到大海里去的说法是不符合逻辑的。这么看来，信件中的纬度应该是指沉船地点了。

不过，这并不能否定格兰特船长被人掳走的假设。因为信件上明明写着被当地土著人所掳。这么一来，光是沿着南纬37°线寻找而不去别处寻查似乎又不合道理了。

大家围绕这个问题讨论来讨论去，最后总算有了一个基本共识：如果在百努依角仍然寻找不到不列颠尼亚号的任何线索的话，寻访工作就此结束，格里那凡爵士返回欧洲，因为他总算是尽到了自己的义务了。

这样的一个决定难免让大家扫兴、丧气，格兰特姐弟俩更是沮丧绝望。当他俩跟随格里那凡爵士、孟格尔船长、麦克那布斯少校、巴加内尔学者等人一起乘上小艇上岸时，他们心里就一直在想，成功与否，就看此举了。

"有希望的！会有希望的！总会有希望的！"海伦夫人如此这般地宽慰着格兰特小姐。

百努依角伸入海中两英里，顶端为一缓坡，小艇划到一个由珊瑚礁构成的天然小港湾里去。

邓肯号上的这几位乘客顺利地登上了岸。这一片陆地荒凉至极，巉岩围着海岸，形成一道六七丈高的天然屏障，没有梯子与钩绳是绝对没法爬上去的。幸好，孟格尔船长在南边半英里处发现了一个缺口，那显然是因海浪冲刷，岩壁崩塌而形成的。

格里那凡爵士一行人便钻进缺口，沿着一条陡坡向上攀爬。小罗伯特像只猫似的灵活自如，第一个登上了最高处。巴加内尔见状，颇为不悦，心想，自己一个四十岁的大人，两条腿竟然不敌一个十二岁的孩子的腿脚。幸好，还有少校落在他的后头，不紧不慢地往上爬着，巴加内尔心里也就平衡了不少。

众人登上岩顶，放眼望去，一片平原，稀稀落落地长着一些灌木。这一带海岸看上去似乎无人居住，但远处却有一些建筑物，看那架势，应有人烟，而且并非野蛮人的居所。

"哟！一个风磨！"小罗伯特喊道。

果然，三英里远处，有一个风磨的羽翼在风中转动着。

"真是一个风磨，造得很好看，而且很实用，看着很顺眼。"巴加内尔举起望远镜看过后说道。

"很像是一座教堂的钟楼。"海伦夫人说道。

"是的，夫人，风磨是为人的肉体磨食粮的，而教堂则是在磨人的精神食粮。因此，二者颇为相似。"巴加内尔答道。

"好，我们就往风磨那边去吧。"格里那凡爵士说。

于是，众人便往那个方向走去。走了有半个小时左右，便来到一个由树篱围起来的新开垦的庄园前。草场上可见几头牛和几匹马在吃草；草场四周长着高大的豆球花树。田地里麦穗金黄，果园里充满诗情画意。一座普通的住宅立于其中，就在风磨下面。

这时候，四只大狗突然狂叫不止。一位五旬上下、慈眉善目的男人闻声走出屋来，后跟五个身强力壮的青年男子和一位高大壮实的妇人，想必是那男人的儿子们和妻子。一看便知，这是一个典型的爱尔兰人家庭。他们远渡重洋，逃避国内苦难，前来此处求生存。

格里那凡爵士正要作自我介绍，便听见那男人已先开口表示欢迎了：

"远方的客人们,欢迎大家光临帕第·奥摩尔家,不胜荣幸。"

"您是爱尔兰人吧?"格里那凡爵士握住那男子的手问道。

"从前是爱尔兰人,现在是澳洲人。屋里请,诸位。不管你们来自何方,都请把这儿当成自己的家。"

大家也就不再客气地接受了主人的这番热情。海伦夫人和格兰特小姐由奥摩尔太太陪着进到屋里;孩子们则帮着男客人们卸下了携带着的武器。

这幢屋子系由圆木构筑而成。楼下为一间宽敞明亮的大厅,几条长条凳钉在涂有鲜艳色彩的墙上。厅里还摆放着十几只圆凳、两只橡木橱,橱里放着白色陶器和明亮的锡壶。大厅中央,由一张又宽又长的大桌子占据着,能坐得下二十来人用餐。家具如同主人,显得十分结实。

午餐已经摆在桌上。一盆热气腾腾的肉汤居中,两边放着烤牛肉和烤羊腿,一圈大盘碟,放着橄榄、葡萄、柑橘以及各色小吃。主人热情好客,桌子宽大结实,菜肴丰盛可口,众人恭敬不如从命,围桌就座。这时候,庄园里的雇工们也平等地前来与主人一起用餐。

"我早就恭候诸位了。"主人帕第·奥摩尔说道。

"早就恭候了?"格里那凡爵士觉得好生奇怪,不禁问道。

"是呀,凡来寒舍的人,都是我所恭候的。"主人谦虚地说。

然后,大家肃立,主人神情庄重地在做餐前祈祷。海伦夫人见主人这么虔诚笃信,十分感动。

大家吃得十分开心,谈笑风生。苏格兰人和爱尔兰人一握手便成了一家人了。主人随即开始讲述自己的经历。

奥摩尔当年举家离开故土,在澳洲阿德雷得下了船。他没去当矿工,而宁愿从事农业。当年,南澳地区土地都被划分为块,每块地大约八十英亩,由政府作价让与移民。一个勤劳的农民耕种这样的一块地,除可养家糊口以外,每年尚可剩余八十英镑。

帕第·奥摩尔有着丰富的农业经验,又善于持家,他用耕种第一块地获得的收益,又买下了几块地。不到两年工夫,他已经拥有五百英亩的土地和五百多只牛羊,成为了农场主。现在,他的农场十分兴旺,他在当了欧洲人的奴隶之后,如今自己已经成了自己的主人。

格里那凡爵士等人听了主人的讲述之后,由衷地向他表示钦佩和祝贺。随后,奥摩尔也在等着客人们作自我介绍。格里那凡爵士因急于想知道不列颠尼亚号的消息,便直截了当地向主人提出了这一问题。

那爱尔兰人的回答并未让大家高兴起来。他说他从未听说过这个船名。而且,两年来,据他所知,还从未有船员在百努依角这一带海岸失事的。而不列颠尼亚号失事也才两年,所以他肯定地说,失事的不列颠尼亚号上的船员绝对没有来到西海岸。

"我想问一句,爵士,这事与您有什么关系?"主人问道。

于是,格里那凡爵士便把寻访格兰特船长的事细说了一遍。并且还说,听了主人的回答,他感到对寻找到遇难船员已彻底绝望了。

大家听了爵士的话,不禁唏嘘起来,玛丽和小罗伯特更是满眼含泪。巴加内尔也不知说什么来安慰这姐弟俩。

邓肯号船长约翰·孟格尔心里也颇不是滋味,冒险航行这么远,到头来竟然是一场空!

正当众人一片唏嘘,沮丧绝望的时候,突然有人说了这么一句:

"爵士,您就感谢上帝吧!如果格兰特船长真的还活着的话,那他一定是活在澳洲大陆上!"

第 33 章 一位神秘水手

这句话不禁让众人为之一震。格里那凡爵士猛地站起身来，推开坐凳，大声问道：

"是谁在这么说？"

"是我。"桌子的另一头，农场的一个雇工回答道。

"是你，艾尔通！"帕第·奥摩尔与格里那凡爵士同样深感惊讶地说。

"是我。我同您一样，爵士，我也是苏格兰人，而且我也是不列颠尼亚号的一名遇难船员。"艾尔通颇为兴奋，语气坚定地说。

他这么一说，真可以说是"语惊四座"。玛丽·格兰特小姐心里一阵惊喜，几乎晕了过去，不由自主地倒在了海伦夫人的怀里。孟格尔、小罗伯特、巴加内尔也都纷纷离座，围到了帕第·奥摩尔称之为艾尔通那个人的身边去了。

此人年约四十五岁，身材瘦削高挑，肌肉发达，面孔严峻，两眼炯炯有神，充满智慧，让人一看便会产生好感。看得出来，此人吃过不少苦，也能吃得起苦，是个硬汉。

格里那凡爵士代表同伴们向艾尔通提了一连串的问题，只是，一开始，因为激动不已，问起问题来没有条理，不见章法。

"您真的是不列颠尼亚号的遇难船员？"

"是的，爵士，我是格兰特船长船上的水手。"

"您是在船失事后与他一起脱险的吗？"

"不是的，爵士。在那可怕的一刹那，我被震下船去，被冲到了岸上。"

"您不是信件中提到的那两位水手中的一位？"

"不是。我不知道信件的事，船长把信件丢到海里时我已不在船上了。"

"那么船长呢？船长在哪儿？"

"我原以为不列颠尼亚号上只有我一人得以逃生，其他人全都淹死了，失踪了。"

"您刚才不是说船长还活着吗？"

"不，我刚才说的是'如果格兰特船长真的还活着的话……'"

"您不是说他一定是活在澳洲大陆上吗？"

"是的，他只能是活在澳洲大陆上。"

"那您知道他究竟是在什么地方吗？"

"我不知道，爵士。我再说一遍，我原以为他已葬身海底了，或者撞上岩石而亡了，是您告诉我说他还活着的。"

"那您到底知道些什么呢？"

"我只知道，如果格兰特船长真的还活着，他就一定是在澳洲大陆上。"

"船究竟是在什么地方失事的？"麦克那布斯少校终于把这个关键的问题提了出来。

此前，问话一直是空泛的，没有逻辑性，经少校这么一提，谈话才有了条理。艾尔通是这么回答麦克那布斯的：

"我当时正在船头扯角帆，突然之间，被震出船外。不列颠尼亚号正直奔澳洲海岸，距海岸只有两链远。因此，出事地点一定就在那个地方。"

"是在南纬37°线上吗？"孟格尔船长问道。

"是在南纬37°线上。"

"是不是在西海岸？"

"不，在东海岸。"

"什么时间？"

"1862年6月27日夜里。"

"对，对极了！"格里那凡爵士大声嚷叫道。

"这您该明白了吧，爵士，如果格兰特船长真的还活着，那就到澳洲大陆上去找他，不用去别处了。"

"我们一定去找，我们一定会找到他，把他救出来，朋友。"巴加内尔信誓旦旦地大声说道。然后，又补上一句道，"啊！宝贵的信件啊！你们可真的是落到聪明人的手中了！"

没有人接巴加内尔的话茬儿。格里那凡夫妇、玛丽·格兰特姐弟俩都在激动地握着艾尔通的手，仿佛有艾尔通在眼前，格兰特船长的生命就安全了。既然水手艾尔通能够脱险，难道船长格兰特就逃不出劫难吗？众人兴奋不已地不停地向艾尔通问这问那，他也很高兴地既清楚又明确地回答大家的问题。玛丽·格兰特握住父亲同伴的手，眼泪都快要流出来了。

此时，除了少校和孟格尔船长以外，没有人对艾尔通的水手身份、对他的话心存疑虑。这种意外的巧遇确实是会引起怀疑的。当然，艾尔通讲了许多事实，许多日期也与他所叙述的事情相吻合，包括许多细节也完全相符，但尽管如此，仍让人不能完全放心，所以，麦克那布斯始终有所保留，没有妄下结论。

但孟格尔船长的疑虑很快便被打消了。他看到艾尔通在同玛丽小姐谈论她的父亲时，就觉得他真的是格兰特船长的一位同伴。他好像对玛丽和小罗伯特都很了解。他还说不列颠尼亚号在格拉斯哥港起航时见过他们姐俩。当时，格兰特船长在举行告别宴会，他们姐弟俩也都参加了。督政官麦克恩特尔也出席了。当时，小罗伯特还不满十岁，由水手长迪克·汤纳照应着，可他却背着水手长，偷偷地爬上了前桅上的横木上去了。

"是的，有这么回事。"小罗伯特承认道。

艾尔通还讲了许多的琐碎的事情。他只要一停下来，玛丽小姐便立即催促他继续往下讲：

"您继续讲，艾尔通先生，再讲讲我父亲的事。"

艾尔通在尽量满足玛丽小姐的要求。尽管格里那凡爵士还有许多紧迫的问题要问，但海伦夫人却示意他先别提问。

于是，艾尔通又讲述了不列颠尼亚号在太平洋上的航行情况。玛丽·格兰特对那次的航行也知之甚详，因为直到1862年为止，报上连篇累牍地在介绍那次航行。这一年，格兰特船长几乎在大洋洲各主要陆地都停泊过，比如新赫布底里群岛、新几内亚、新西兰、新喀里多尼亚等。由于英国当局的歧视，所到之处，都受到英属殖民地当局的监视。但是，他最后竟在巴布亚西海岸找到了一个重要的地点，认为可以在那儿建立起苏格兰移民区，并且可以引来过往船只，使那儿繁荣起来。

不列颠尼亚号考察完巴布亚之后，就前往卡亚俄筹集粮食。1862年5月30日，它离开了卡亚俄港，打算经由印度洋返回。三个星期后，遭到一场巨大的风暴的袭击，船只受损，船底出现一个大洞，无法堵塞，只能用抽水机日夜不停地抽水，人们一个个都累得快散架了。就这样，在海上熬了八天，船舱中积水达六英尺深。船渐渐地在往下沉，小船也被飓风刮跑了，大家只有等死这一条路了。6月27日夜晚，船漂到了澳洲东海岸，撞毁在那儿，艾尔通正是在此时被海水冲上岸的。当时，他人已昏了过去，待醒过来时，知道已落入土著人之手。土著人把他带到内陆。这之后，他就再也没有听到过不列颠尼亚号的消息了。他断言，不列颠尼亚号早就在杜福湾的礁石群中沉没了。

艾尔通随即又简单地讲述了一下他自己被俘之后的情况。被土著人掳去之后，他被带到达令河一带，也就是在南纬37°线北边四百英里处。当地土著部落十分贫穷，他确实是吃了不少的苦，但却并未受到虐待。在两年的奴隶般的生活中，他无时无刻不在想着逃跑。

1864年10月的一个风高月黑夜，他趁土著人不备，逃了出来，在森林中躲藏了月余，以草根、含羞草汁为生。白天靠太阳，夜晚靠星斗辨别方向。他翻过了一座座高山，走过了一片片沼泽地，涉过了一条条河流，闯过了探险家们都不敢涉足的无人地带，经常是险象环生，但都化险为夷，绝处逢生。最后，在他已精疲力竭，几乎走到了人生尽头的时候，却遇上了仁慈的奥摩尔先生，在他家中依靠劳动谋生。

"艾尔通满意我，我也满意他。他人既聪明又勇敢，干活儿又卖力。如果他愿意的话，我这里永远是他的家。"爱尔兰人奥摩尔先生听完艾尔通的叙述之后说道。

艾尔通鞠躬致谢，然后，便等着大家提问，不过，问来问去，他的答复也是多有重复，所以也没有什么新的问题可问的了。于是，格里那凡爵士便请大家议论一下，看看能否根据艾尔通提供的情况制定下一步的寻访计划。

这时候，麦克那布斯便向那水手问道：

"您刚才说您是不列颠尼亚号上的水手？"

"是的。"艾尔通语气坚定地回答。

但是，他又觉得少校这一问中含着不信任，便又补充说道：

"我有在船上服务的证书。"

说着他便站起身来，走出大厅，去取他的证书了。

奥摩尔先生这时便对格里那凡爵士说道：

"爵士，我可以向您保证，艾尔通是个诚实可靠的人。他到我家已有两个月了，我还没找到什么可以责备他的地方。我知道他是怎么被掳去当奴隶的。他为人光明磊落，完全值得信赖。"

格里那凡爵士正要回答说他并没有怀疑艾尔通，而艾尔通已经手拿证书走进大厅里来。证书是不列颠尼亚号船东和格兰特船长共同签署的，玛丽·格兰特也认出了父亲的笔迹。证书上写道：

> 兹委派一级水手汤姆·艾尔通担任格拉斯哥港三桅船不列颠尼亚号的水手长。

艾尔通既然有证书为证，对他的身份也就没有什么好再怀疑的了。

"现在，"格里那凡爵士说，"我们来讨论一下，下一步该怎么办。艾尔通，您如果能给我们提出一些宝贵的意见的话，我们将会深表感谢的。"

"谢谢您对我的信任，爵士。我对这儿，对土著人的风俗习惯多少还是知道一点的，如果我能帮得上大家的忙的话……"

"当然能帮得上忙。"格里那凡爵士说。

"我和你们的想法一样，"艾尔通说道，"格兰特船长和他的两个水手都逃过了沉船那一劫。不过，既然他们至今仍旧音讯全无，那就说明他们并没有去到英属殖民地。因此，我估计他们也同我的遭遇一样，被土著人给掳走了。"

"您所说的这些，正是我所预料到的，艾尔通，"巴加内尔立刻接嘴说道，"他们肯定是被土著人俘房了，信件上也这么说了。但是，他们是否也同您一样被掳到37°线以北的地方去了呢？"

"这很有可能，先生，"艾尔通回答道，"因为那些土著人仇视欧洲人，所以他们很少住在英国人统治的地区附近。"

"这么一大片陆地，找起来就太困难了。"格里那凡爵士一时也没了主意。

大厅里寂然无声，一片沉默。海伦夫人扫视全场，但没有一个人吭声的。就连一向爱说的巴加内尔也缄口不言了。约翰·孟格尔在大厅里踱来踱去，十分焦急，不知如何是好。

"艾尔通先生,依您的意见，应该怎么办？"海伦夫人向艾尔通请教。

"要是我的话，夫人，我就立刻回到邓肯号上去，直奔出事地点，然后，视情况再作定夺。"艾尔通爽快地回答道。

"这倒也好，可是，得等到邓肯号修好了才行。"格里那凡爵士说。

"什么？船坏了？"艾尔通惊讶地问。

"是的。"孟格尔船长回答道。

"严重吗？"

"严重倒也不严重，只是需要特殊工具来修理，而船上又没有。是一只螺旋桨叶弯曲了，只能到墨尔本去修了。"

"升起帆来行驶不成吗？"

"当然可以，但是，稍有点逆风，到杜福湾就很费时间了。无论如何，反正船还是要回到墨尔本的。"

"那就让船去墨尔本好了,"巴加内尔连忙大声嚷道,"我们就别坐船了,从陆路走到杜福湾去。"

"怎么个走法?"孟格尔问道。

"沿南纬37°线走。"

"那邓肯号呢?"艾尔通关切地问。

"邓肯号去接我们,或者我们回头去找它,到时候看情况再说。如果途中找到了格兰特船长,我们就一起回墨尔本;如果没找到,我们就一直找到海岸边,邓肯号去接我们。这个计划怎样?少校,您反对吗?"

"我不反对,"麦克那布斯说,"如果横穿澳大利亚大陆是可能的话。"

"完全可能。我建议海伦夫人和格兰特小姐与我们同行。"

"您别开玩笑了,巴加内尔!"格里那凡爵士说道。

"我没有开玩笑,亲爱的爵士。路程只有三百五十英里,不会再多的。一天走上二十英里,用不了一个月就走完全程了。而邓肯号也正好需要这么长时间来修理。如果往北边一点去穿越的话,那儿就宽多了,而且要穿越酷热难耐的沙漠地带,也就是说,要做最大胆的探险家都未曾做过的事,那情况就大不一样了。可南纬37°线是从维多利亚省穿过的。那儿是英属地区,有公路,有铁路,沿途有居民。如果大家高兴的话,我们可以乘坐四轮马车或轻便马车前往。这如同从伦敦前去爱丁堡旅行一样,没有区别。"

"要是遇上猛兽怎么办?"格里那凡爵士说道。

"澳大利亚根本就没有猛兽。"

"那要是遇到野蛮的土著人呢?"

"这条纬线上没有土著人;即使有的话,也没有新西兰的土著人那么凶残。"

"遇上流放于此地的囚犯[①]怎么办?"

"澳大利亚南部诸省没有流放犯,只有东部殖民地才有。维多利亚

[①] 指英国流放到澳洲做苦工或垦荒的罪犯。

省不仅拒绝一切流放犯入境，而且还制定了一项法律，连其他省的流放犯也不准许入境。今年，省府甚至还通知半岛轮船公司，如果该公司的船只再在西部有流放犯的港口加燃料的话，政府将停止对该公司的一切补助。这些情况，连您这个英吉利人[①]也不知道？"

"我不是英吉利人。"格里那凡爵士纠正巴加内尔道。

"巴加内尔先生所言极是。不单单是维多利亚省，就连南澳、昆士兰、塔斯马尼亚都不允许流放犯入境。自从我创建农庄时起，我就从未见到过流放犯。"奥摩尔说道。

"我也从未见到过。"艾尔通也说。

"这一下你们该可以放心了吧，朋友们？这儿没有土著人，没有猛兽，没有流放犯。在欧洲，像这样的地方也不多见的。你们同意此次行动吗？"

"您认为呢，海伦？"格里那凡爵士问妻子道。

"我的意见同大伙儿一样。"海伦夫人回答丈夫说，然后，又转而对大家说，"动身吧！出发了！"

[①] "英吉利人"广义而言系指英国人，而狭义上指的是英格兰岛人；巴加内尔说的是广义，而格里那凡爵士回答的是狭义。

第 34 章　到内陆去

格里那凡爵士是个当机立断的人，决定下来的事情，便立即付诸执行。他接受了巴加内尔的建议，吩咐大家做好行前准备，12月22日登程。

这次横穿澳洲之行结果如何？谁也说不清楚，没人敢肯定就一定能找到格兰特船长，但是，起码可以获得一些线索。如果艾尔通同意与大家一起去的话，就可以帮助大家穿越维多利亚森林，到达东海岸。为此，格里那凡爵士便开始征询庄园主帕第·奥摩尔的意见。

奥摩尔一开始并不希望失去自己的这么一位好帮手，但最后还是同意了。

格里那凡爵士获得主人的允准之后，便转向艾尔通问道：

"艾尔通，您愿意跟我们一起去寻找不列颠尼亚号上的遇难船员吗？"

艾尔通并未立即回答。他略加思索之后，说道：

"好吧，爵士，我跟你们去。即使我领着大家找不到格兰特船长的踪迹，但至少也要把你们送到失事的地点。"

"太谢谢您了，艾尔通。"格里那凡爵士激动地说。

"我还有个问题想问，爵士。"

"您请讲，朋友。"

"我们在哪里与邓肯号会合？"

"如果我们无须走完整个行程的话，就去墨尔本与邓肯号会合；如果必须一直走到东海岸,那就在东海岸与它会合。"

"邓肯号的船长呢?"

"船长在墨尔本等候我的指示。"

"好,爵士,没问题,您相信我好了。"

"我信任你,艾尔通。"

大家对艾尔通的决定非常高兴,深表感谢,尤其是格兰特船长的一对儿女,更是感激涕零。然后,格里那凡爵士便请求忍痛割爱的帕第·奥摩尔提供必要的交通工具,并与艾尔通约定好见面的时间和地点。

大家高高兴兴地回到船上,为可能找到流落在澳洲大陆上的格兰特船长而兴奋不已。

如果一切顺利,两个月后,邓肯号就能将格兰特船长载回苏格兰了。

约翰·孟格尔支持横穿澳洲大陆的建议,本以为自己也可以随同众人一同前往,没想到没有他的份儿。于是,他便提出种种理由,要紧随海伦夫人和格里那凡爵士左右,说自己去了可以派上用场,帮上大忙,而留在船上则一点用处也没有。其实,他还有一个非常重要的理由没有说出来,格里那凡爵士非常清楚。

"约翰,您对您的大副绝对信赖吗?"格里那凡爵士问他道。

"当然绝对信赖,"孟格尔船长回答道,"汤姆·奥斯丁是个好水手,而且听从命令,恪尽职守,他一定会把邓肯号开到目的地的,并且会尽快地把船修好,阁下可以像对我一样地信赖他。"

"那好,既然您这么说,约翰,那您就一起去吧。找到玛丽的父亲时,您能在场也好。"格里那凡爵士微笑着说。

"嗯……阁下……"孟格尔含含糊糊地应声道。

第二天,孟格尔船长便领着船上的木匠和几名水手抬着食粮等物,来到了帕第·奥摩尔的庄园,同主人商量交通工具的事。

主人全家都在等候着他们,准备随时提供帮助。

有一点,主人和孟格尔的意见完全一致:女士们坐牛车,男士们骑马,所需之车子、牛马等,由主人提供。

主人提供的牛车是一种二十英尺长的大拖车,上有一皮面大篷,下有四只圆木截成的车轮,没有辐条,也没有铁箍。车辕长三十五英尺,可套六头牛并排拉车。赶这种大拖车是需要有一定的技巧的;艾尔通在主人这儿学过赶车,因此,赶车的任务只有靠他了。

　　这牛车没有弹簧,坐着很不舒服。大家也只好将就着点了,但约翰·孟格尔却尽可能地把车内的环境装饰弄得好一些。他决定把车厢分成两个部分,中间用木板隔开来。后半部分装载行李、粮食和奥比内的炊事用具;前半部分留给女士们搭乘。木匠把这前半部分改造成一间小房间,下面铺上厚毯子,放两张床,并装备着洗漱设备。四面挂着皮帘子,夜间可抵御风寒;下雨时,男士们可以进来避雨。但平时,他们得搭帐篷歇息。

　　男人们以马代步。共准备有七匹骏马,由格里那凡、巴加内尔、小罗伯特、麦克那布斯、孟格尔和威尔逊、穆拉迪两位水手分乘。奥比内先生不善骑术,愿意坐在行李车厢里。

　　牛马在庄园草地上吃饱了草,出发时一吆喝,就集中起来了。

　　一切安排就绪之后,下午四点,约翰·孟格尔就把前来回访爵士的爱尔兰主人一家带到船上,艾尔通也跟着来了。

　　格里那凡爵士对主人的到来非常高兴,在船上设宴招待了他们。帕第·奥摩尔对于船上的家具什物以及装饰等赞不绝口,而艾尔通却不然,认为这是不必要的耗费,所以并未表示出赞赏的样子来。

　　不过,这位不列颠尼亚号的水手长却从航行的角度对邓肯号做了一番考察。他船上船下里里外外看了个遍,询问了船的机器动力和煤耗量,查看了一下煤舱和粮仓。他还格外关心武器舱,对船头上的大炮的射程也询问了一番。最后,他察看了桅杆和船具,说道:

　　"您这条船真的非常漂亮,爵士。"

　　"是一条特别坚固的好船。"格里那凡爵士回答道。

　　"吨位多少?"

　　"二百一十吨。"

　　"邓肯号开足马力,一小时可跑十五海里,我猜得对吗?"

"如果您说十七海里,那就完全正确了。"格里那凡爵士纠正道。

"十七海里!"那水手长惊呼道,"这么说,任何一艘战船,哪怕是最好的战船,也甭想追得上它?"

"没错!没有任何战船能追得上它的!"约翰·孟格尔回答道,"邓肯号是一条名副其实的游艇,无论采用什么方式参加比赛,都不会落于人后的。"

"即使只用风帆航行也比别的船快?"

"是的,没错。"

"啊,爵士,还有您,船长,"艾尔通又说道,"请你们接受一个懂得使船的水手的衷心祝贺!"

"谢谢,艾尔通,"格里那凡爵士回答道,"如果您愿意的话,您就留在这条船上干吧,您可以把它当作是您的船。"

"我以后会考虑您的建议的,爵士。"艾尔通简单地回答道。

这时候,奥比内先生上来报告爵士说,宴席已经准备就绪;于是格里那凡爵士便招呼客人们向楼舱走去。

"这艾尔通可是个聪明人。"巴加内尔对少校说道。

"有点过于聪明了。"麦克那布斯含糊不清地嘟囔了一句,他总觉得艾尔通有点不对劲,但又说不出是什么缘故。

席间,艾尔通对他所十分熟悉的澳洲大陆做了详细而有趣的描述,并问格里那凡爵士打算带上多少水手进行这次长途旅行。听说只带威尔逊和穆拉迪两名水手一同前往,艾尔通不禁惊讶万分。他劝爵士把船上最优秀的水手全都带上,而且非常坚持这一点。他的这种态度倒是让少校心中的疑虑消除了。

"为什么?"格里那凡爵士问道,"横穿南澳地区非常危险吗?"

"危险倒没什么危险。"艾尔通急忙回答道。

"那就应该多留点人在船上。邓肯号扬帆航行得用人,修理也得要人,更重要的是,它得准时驶抵指定地点,与我们会合。因此,船上的人不能再抽调了。"

艾尔通像是明白了格里那凡爵士的意思,没再坚持己见。

天色已晚，苏格兰人与爱尔兰人挥手告别。艾尔通随爱尔兰人奥摩尔全家人回到庄园。

出发的时间定在翌日早晨八点，车马届时都得准备停当。

海伦夫人和格兰特小姐很快便做好了行前的一切准备。但巴加内尔这位大学者就啰唆不少。他把自己的那只大望远镜的玻璃拆下来，擦了又擦，把螺丝又拧得紧紧的，折腾了大半夜。因此，第二天天一亮，少校大声喊他时，他还在睡梦中哩。

约翰·孟格尔已经派人把行李物件先行送往庄园里去。一只小艇在等着，大家纷纷登了上去，坐好。孟格尔船长又最后叮嘱了一遍汤姆·奥斯丁，嘱咐他一定要在墨尔本等候爵士的命令，并坚决执行，不得有误。然后，他也上了小艇。

小艇在船上众人的欢送声和祝愿声中离开了大船。十分钟后，便靠了岸。又过了一刻钟，一行人已经来到了爱尔兰人帕第·奥摩尔的庄园里了。

一切都已准备就绪。

海伦夫人对为她准备的床铺十分满意，她也非常喜欢那古朴笨重的马车以及那六头两两并排的牛。艾尔通手握赶车鞭，在等候自己新主人的吩咐。

"哈哈！"巴加内尔说道，"这辆牛车真的太棒了，赛得过世界上任何一辆驿车，真像是一座活动房屋，乘坐它来旅行真是妙不可言啊！"

"巴加内尔先生，欢迎您光临我的沙龙。"

"啊，荣幸至极。您哪一天是沙龙接待日？"

"我的沙龙天天接待尊贵的客人，何况您是……"

"您的最热忱的朋友。"巴加内尔殷勤有加地回答海伦夫人道。这时候，预订的七匹马由帕第·奥摩尔的一个儿子牵了过来，鞍辔齐备。格里那凡爵士与帕第·奥摩尔结清了账，付清了一切购置费用，并说了许多感激的话。

该出发了。海伦夫人和格兰特小姐坐进了她们那装饰一新的车厢；奥比内先生钻进了行李杂物车厢；艾尔通坐到了赶车人的座位上。格里那凡、麦克那布斯、巴加内尔、小罗伯特、约翰·孟格尔以及两名水手,身佩马枪、手枪,纵身上马。帕第·奥摩尔说了句"愿上帝保佑你们!"全家人也随声和着。然后,艾尔通发出一声奇特的吼声,长长的牛车车轮滚动,车厢板吱咯吱咯地响着出发了。

不一会儿,转过一道弯,那位诚实热情的爱尔兰人的庄园便看不见了。

第35章 维多利亚省

这一天,是1864年12月22日。

12月,在北半球,那可是天寒地冻,冰天雪地;可在南半球的澳洲大陆,却是炎热的夏季了。

在这一带的太平洋上,包括澳洲大陆、新荷兰、塔斯马尼亚、新西兰以及周围的岛屿等英国所属的各个领地,通称澳大利亚。而澳洲大陆本身则被划分成若干个大小不等的殖民地;各个殖民地的贫富差别也很大。打开地图,可以看到各个殖民地之间的界线是直线界定的,而且不依河流、地形、气候和种族来区分。唯有其海岸线是迂回曲折的,有河口、海湾,显示出大自然的生动可爱,参差不齐,而非整齐划一。

这种直线划界所形成的棋盘式格局,令巴加内尔这位学者哑然失笑,他声称,如果澳大利亚归属法兰西,那么,法国地理学家们是绝不会犯这种可笑的错误的。

澳洲大陆被划分为六个殖民地:新南威尔士,首府为悉尼;昆士兰,首府为布里斯班;维多利亚省,首府为墨尔本;南澳,首府为阿德雷得;西澳,首府为珀斯;北澳,如今尚未有首府。澳洲大陆只有沿海各地住有移民,只有很少很少的一部分胆大的移民曾经冒险深入到内陆二百英里远处。真正的内陆腹地面积相当于欧洲的三分之二,几乎无人知晓其隐秘情况。

幸好,南纬37°线并不穿过那人迹罕至的广袤地带。格里那凡爵士一行所走的是澳洲南部地区,包括阿德雷得省很狭小的一部分,整个维多利亚省和新南威尔士的那个倒置的三角形的尖端。

再说,从百努依角到维多利亚省边界,不到六十二英里,只不过两天的行程。艾尔通计划第二天晚上就在维多利亚省最西边的阿萨布雷城过夜。

因为是长途跋涉,必须爱惜马匹,不让它们太累,所以决定每天平均只走二十五英里到三十英里的路程。而且,牛车笨重,行驶缓慢,又是全队人的核心,所以骑马的男士们只好按辔徐行,围绕在牛车周围,不能离得太远。

这么一来,可以说,骑士们是在散漫地骑马漫步,或去打猎,或与女士们闲聊,或彼此间探讨问题。巴加内尔则是三件事同时在做,忙得不亦乐乎。

在阿德雷得省境内,没有什么引人注目的东西。放眼望去,一片丘陵,光秃荒凉,偶尔出现一片草原,上面灌木丛生。麦克那布斯说大家恍若置身于阿根廷境内,而巴加内尔则说,未必如此,情况想必会有变化的。

下午三点光景,一行人走入一片旷野之中,此处俗称"蚊原"。巴加内尔说这个名称名副其实。只见令人讨厌的挥之不去的双翅目昆虫铺天盖地地袭来,叮得人无处可躲。好在车上带着防虫药水,擦一擦也就不痛不痒没事了。巴加内尔因身材修长高挑,是群蚊首选的目标,叮得他招架不住,骂不绝口。

晚上八点,一行人来到了红胶站,那是一些内地饲养牲畜的木栅栏建筑物。牧民们热情地款待了他们。

第二天,天刚放亮,艾尔通便驾起牛车上路。沿途多为高低不平的山峦,不过,倒也没有遇到什么艰难险阻。他们一口气走了两天,行了六十英里,23日傍晚,到达了阿萨布雷。这是进入维多利亚省的第一座城市,位于东经141°线上。

艾尔通把牛车赶到一家名为"皇冠旅舍"的小客栈的车库里去。全城没有一家像样的旅店,所以大家只好将就地住了下来。晚餐是炖羊肉餐,做的样式多种多样,端上桌来,热气直冒。

一向喜欢神侃的巴加内尔，没等大家催请，边吃边聊了开来，以"幸福的澳洲"的维多利亚省为题，畅谈一通。他说道：

"首先，'幸福的'这个形容词使用不当，应该说是'富足的'，因为一个地方与一个人一样，富足并不就是幸福。澳洲有金矿，但却断送在那些残酷的、专门搞破坏的冒险家们的手中。等我们走过金矿地区的时候，你们就可以看见了。"

"维多利亚这个殖民地，时间不长吗？"海伦夫人问道。

"是的，不长，夫人，只有三十年的历史。1835年6月6日，星期二……"

"晚上七点十五分。"少校见巴加内尔总是把日期说得十分精确，便打趣地接了一句。

"错了，是七点十分，"巴加内尔一本正经地纠正他道，"巴特曼和弗克纳二人在菲利普港建立了一个据点，就是今天墨尔本所在的港湾上面。最初的十五年里，这个殖民地还是新南威尔士的一部分，属于首府悉尼管辖。到了1851年，这儿宣布独立，正式定名为维多利亚。"

"独立后就繁荣起来了吗？"格里那凡爵士问道。

"您可以想想看，我尊贵的朋友，"巴加内尔回答道，"我这里有一些统计数字，不管少校讨厌不讨厌，我觉得很有意义。"

"您就说吧。"少校说道。

"那好吧。1836年，菲利普港殖民地拥有居民二百四十四人，而今天，其人口总数已达五十五万。它拥有七百万棵葡萄树，年产葡萄酒十二万一千加仑[①]。平原上，奔跑着一万三千匹马；辽阔的草原上，放牧着六十七万五千二百七十二头牛。"

"还得有猪吧？"少校插言道。

"啊，对不起，少校，有七万九千六百二十五头猪。"

"羊有多少只，巴加内尔？"

"羊有七百一十一万五千九百四十三只，麦克那布斯。"

[①] 加仑：英美制容量单位。1美加仑=8美品脱=3.7853升，而1英加仑=8英品脱=4.546升。

"包不包括我们现在吃的这一只？"

"当然不包括。这只羊都被我们吃掉四分之三了。"

"讲得太棒了，巴加内尔先生，"海伦夫人喝彩道，"必须承认，您的地理知识真的是太渊博了。麦克那布斯是难不住您的。"

"我干的就是这一行，夫人。这都是一位地理学家所必须知道的，而且，遇到适当机会，还得广为传播。请你们相信我，在这儿可以看许多奇闻趣事的。"

"可是，直到目前为止，我们并没有……"麦克那布斯寸步不让，步步紧逼巴加内尔。

"您真是个急性子，少校，您就耐心地等着吧，"巴加内尔回敬道，"别刚踏入一个地方的边缘就耐不住性子了。我告诉您吧。这儿是世界上最奇异的地方，我敢向您保证。无论其地理环境、物产、气候，还是它的未来，都会让世界上所有的学者感到惊讶的。要知道，朋友们，这片大陆最初形成时并非从内陆中心开始的，而是从其周边地区开始的。四周的海岸首先耸立起来，像一个指环似的把一个内海包围起来，随后，内海和河流渐渐蒸发，干涸了，便形成了广袤的内陆。这儿的植被尤其特别，树木每年都得脱一层皮，可是却不落叶；树叶是侧面而非正面朝向阳光；树木长不高，可草却长得长。这儿的动物也同样很特别：四足兽却长着鸟的嘴巴，比如针鼹、鸭嘴兽什么的，使得生物学家们不得不为它们开出一个新的门类——'单孔动物'；袋鼠用其长短不一的腿蹦跳着；山羊长着个猪脑袋；狐狸能从一棵树飞到另一棵树上；天鹅满身的黑羽毛；老鼠会筑窝；'抱窝鸟'[①]会打开门来迎客——其他鸟类；鸟儿的叫声各有不同，有的像时钟报时，有的像马鞭作响，有的声似磨刀，有的像钟表滴答，有的在日出时叫声似笑声，有的在傍晚日落时鸣叫声如同哭喊。这儿真可谓是个稀奇古怪的地方，一处不合自然规律、难以理解的地方。"

巴加内尔一口气发表了这番宏论，滔滔不绝，眉飞色舞，几乎刹

---

① 澳洲特产的一种椋鸟。

不住车。他边说边手舞足蹈,绘声绘色,手中的刀叉飞舞,令左右邻桌躲着避着。当然,他最后的说话声被满意的听众们的喝彩声给淹没了。

关于澳洲大陆的离奇故事,大家听得心满意足,也就没再向他问这问那了。可是,少校这时却来了一句:

"说完了,巴加内尔?"

"完了?还早着呢!"少校这么一逗,巴加内尔又来了精神。

"怎么,澳洲还有比这更稀奇的事?"海伦夫人也故意地逗了他一句。

"有啊,夫人。澳洲的气候就比它的物产还要怪。"

"那请您举个例子看看。"有人惊奇地大声说道。

"我先要说,澳洲大陆在卫生条件方面的优点不少。这里氧气丰富,氮气不多;这里也没有湿风,因为信风沿着海岸平行地吹过去了;很多疾病,比如伤寒、斑疹以及各种各样的慢性病,这里都没有。"

"这就很好啊!"格里那凡爵士说道。

"当然很好,不过,我得说这儿的气候却有一个独特的地方,说出来你们可能都不会相信的。"

"有什么特点?"孟格尔忙问道。

"你们永远也不会相信我的。"

"我们相信,您快说。"有人忙不迭地催促道。

"我是说,它有……"

"有什么?"

"有净化的功效。"

"有净化的功效?"

"是啊,有净化的功效。在这里,金属在空气中不会生锈,人也不会'生锈'。这里的空气干燥而纯净,一切都能得到净化,保持洁白,从衣物到人的灵魂都一样。英国当初把囚犯弄到这儿来,就是看中了这儿的气候的净化功效。"

"真的?真有这种功效?"海伦夫人说。

"是的,夫人,对人,对动物,都具有这种功效。"

"您该不是在说笑吧，巴加内尔先生？"

"绝对不是说笑。这里的牛、马、羊等都十分的温顺、驯服。你们会亲眼看见的。"

"这不可能！"

"确实如此。而且，但凡干了坏事的人，一旦被送到这里，在这种充满活力、符合卫生条件的空气中净化，几年工夫便改邪归正了。这种净化人的灵魂的功效，慈善家们早就知道。在澳洲，人类的天性都在往好里变。"

"那么，您呢，巴加内尔先生？"海伦夫人说道，"您已经很优秀了，在这块得天独厚的土地上，您将净化成什么样呢？"

"更加地优秀，夫人，这一点是毫无疑问的。"巴加内尔信心十足地回答道。

第 36 章　维迈拉河

第二天，12月24日，天一亮，格里那凡爵士一行便出发上路了。天气已很热了，但尚能忍受，而且，道路平坦，车、马走起来也很方便。他们整整走了一天，日暮时分，到了白湖岸边，露宿过夜。

白湖徒有其名，实际上并不白，水咸得不得了，无法饮用。

奥比内先生一向认真负责，及时地准备好了晚餐。饭后，众人或在车上或钻帐篷，很快就进入了梦乡。

第二天，众人早早地醒来，只见眼前是一片美丽的平原，满目色彩绚丽的菊花竞相开放，让人流连，但一行人还是按时上路了。

一路之上，广阔的草原上，鲜花盛开，间有各种树木和植物，如滨藜、艾莫菲拉树等。巴加内尔熟知各种花草，都能叫得上名字来，从地理学家一变而成了植物学家。据他介绍，到目前为止，澳洲所发现的植物有一百二十个种类，共四千二百多种。

随后，又走了十多英里路，进入高大的树丛之中，树木中有豆球花树、木本含羞草、白胶树等。

所见动物并不太多，偶尔可以遇到几只火鸡，但人却无法接近它们。少校倒是射中了一只怪鸟，这种鸟已几近绝种，名为"霞碧鹭"，英国移民称之为"巨鹤"，身高有五英尺，长约一英尺八英寸，下部宽大，白色的胸脯黑黑的嘴，羽毛色彩斑斓，十分好看。大家惊叹不已。

又走了数英里之后，小罗伯特打到一只怪兽，嘴巴呈圆筒状，舌头又尖又长，还滴着黏液，以捕食蚂蚁为生，外形看上去颇似刺猬。

"这叫针鼹,你们没有见过吗?"博学的巴加内尔对动物也有研究。

"模样丑陋不堪。"格里那凡爵士说道。

"模样是不好看,但却很稀罕,除了澳大利亚以外,世界上其他地方都没有。"

巴加内尔本打算把这件稀罕物塞进杂物车厢带走,但却遭到奥比内先生的竭力反对,只好作罢。

这一天,一行人走到了东经141°30′处。到目前为止,他们很少见到移民,而土著人则一个也没遇上。

但是,一个罕见的场面却引起了一行人的极大兴趣。在澳洲,有很多投机倒把的商人,把大批的牲畜从东部山区赶到维多利亚省和南澳等地去贩卖,那牲畜群简直是浩浩荡荡,蔚为壮观。

下午四点光景,孟格尔发现前方三英里远处有一股漫天灰尘从地平线上滚过来。这是怎么回事?众人疑惑不解。巴加内尔认为这只是一种自然现象,并以其科学家的想象力在进行科学的解释。但是,巴加内尔的想象被艾尔通一句话给打断了,后者说那是牲畜群走过时扬起的灰尘。

艾尔通没有说错,那灰烟尘埃在渐渐地移近,很快便听见了一片马嘶牛哞羊咩的叫声,间杂着人的呼喊声、口哨声、咒骂声。这时候,突见一人从这片尘雾之中走了出来,那是这支浩浩荡荡的牲畜大军的总指挥,但是,若称他为"牧守"则更贴切。此人名叫山姆·米切尔,从东部来,到佩特兰去。格里那凡爵士便同这位"牧守"交谈起来。

米切尔的这支牲畜群大军共有牲畜一万二千零七十五头,其中有一千头牛,七十五匹马,羊一万一千只,都是从蓝山一带的平原里购买的。买来时都很瘦,现在要把它们赶往南澳那些丰饶的草原上去放牧,养得膘肥肉壮之后,可以卖个好价钱,获利丰厚。不过,这么多牲畜赶起来也很不容易,必须有耐心和毅力才行,所以,赚点钱也实在是不容易。

牧群在继续往前走着,米切尔便开始简略地对这一行人讲述自己的经历。

他说他已经出来有七个月之久了，每天走十英里，整个行程得耗时三个月。他有二十条狗，三十个帮手，另有六辆大车跟随其后。

众人盛赞牧群秩序井然，有条不紊。米切尔便解释说，牧群以牛打头，中间是羊群，由二十个人指挥着往前走，最后是马群。而牛群必须打头阵，其他牲畜都愿意跟随着牛群，否则根本驾驭不了。

在平原上的牧群，容易驱赶，到了丛林地带，困难就来了，若是遇上暴雨和湍急的河流，那困难就更大了。米切尔就如此这般地克服了重重困难，一英里一英里地往前行进，穿越了许许多多的平原、丛林和山峦。

米切尔在讲述的时候，牧群已经过去了一大半，他也必须奔到前头去选择牧场了。于是，他告别了格里那凡爵士一行，骑上骏马，眨眼工夫，便消失在烟尘之中了。

格里那凡爵士一行随即也背向牧群往前走去，日暮时分，在塔尔坡山脚下停歇下来。

巴加内尔一本正经地提醒大家，今日是12月25日，是圣诞节，按英国人的习惯应该隆重庆祝一番。其实，奥比内先生并未忘记这个节庆日。他早已做了准备，为大家做好了一顿丰盛的节日晚餐，有鹿肉火腿、腌牛肉、熏鲑鱼、大麦粉与荞麦粉制作的糕点，还有香茶、威士忌酒和波尔多葡萄酒。大家一边在帐篷下尽情地享受着美食，一边对奥比内先生的厨艺赞不绝口。

晚餐丰盛至极，但巴加内尔却觉得还应该有点水果才是。于是，他便跑到山脚下去采了一些野生橘子，当地土著人称之为"毛卡梨"，没什么滋味，其核嚼碎之后，味同辣椒，辣得厉害。巴加内尔总想尝试一番，以示对科学的热爱，结果被辣得连嘴巴都张不开了，以致少校原想让他讲点澳洲沙漠的特点，也未能如愿。

第二天，12月26日，一行人走过了诺通河那片肥沃地带，又过了已半干涸了的麦根齐河。天朗气清，也不太热，因为南风吹拂。犹如北半球夏季刮起北风一般地凉爽，巴加内尔就是这么解释给小罗伯特听的。

"我们是赶巧了，因为总体来说，南半球要比北半球热。"巴加内尔解释道。

"那为什么啊？"小罗伯特问道。

"为什么？你没听说过地球在冬天离太阳近吗？"

"倒是听说过，巴加内尔先生。"

"听说过冬天之所以冷，是因为阳光斜射的缘故吗？"

"这也听说过。"

"喏，孩子，南半球热一些的原因就在于此。"

"这我就搞不明白了。"小罗伯特瞪着一双大眼回答道。

"你想想啊，冬季里，在欧洲，我们是在地球的另一半，而我们脚下的澳大利亚是什么季节？"

"夏季。"

"喏，就是这时候，地球离太阳最近，你明白了吗？"

"明白了。"

"南半球夏季热一些，正是由于夏季时节，南半球比北半球离太阳近的缘故。"

"是的，巴加内尔先生。"

"所以，人们说地球冬天离太阳近，是就我们住在北半球的人来说的。"

"这一点，我倒是没有想到。"小罗伯特天真坦率地回答道。

"现在你明白了，可别再忘记了啊，我的孩子。"

小罗伯特非常高兴地上了一堂地理课，最后还知道了维多利亚省的年平均温度是华氏 74 度，约合 23.33 摄氏度。

傍晚时分，一行人来到离龙斯达湖五英里处宿营。

第二天，十一点左右，他们走到了维迈拉河畔，该处位于东经 143°。

维迈拉河宽约半英里，河上没有桥，也找不到木筏。艾尔通便忙着去寻找可以蹚过河去的浅滩。在上游四分之一英里处，河水似乎较浅，艾尔通便准备让大家从这儿过河。他探测了一下，河水深约三英尺，牛车可以通过，不会有什么危险。

"就没有别的办法可以过河的吗？"格里那凡爵士问艾尔通道。

"没有了，爵士。我觉得从这儿过河问题不大，不会有什么危险。"

"要让海伦夫人和格兰特小姐下车吗？"

"不必，我会拉紧驾辕的牛。"

"那好吧，艾尔通，全靠您了。"

于是，骑马的人围着牛车，毅然决然地下到河里去了。

艾尔通坐在牛车上小心翼翼地赶着车；少校和两位水手骑马走在头里探路；格里那凡爵士和约翰·孟格尔守在牛车两侧，护卫着两位女士；巴加内尔和小罗伯特殿后。

直到走至河中心之前，没有任何问题，平平安安，稳稳当当。可是，一到河中心，河水变深了，牛车轮盘都被淹没了。艾尔通担心牛脚探不着河底，深一脚浅一脚地走不稳，便下到水里，把住牛角，引着牛往前走。

突然间，意想不到的事情发生了。只听见哗啦一声，牛车撞到了什么，倾斜过去，水都淹到女士们的脚踝了。格里那凡爵士和约翰·孟格尔拼命地扛住牛车，但终究无法稳住它。牛车漂了起来。

艾尔通眼疾手快，用力一扛，把牛车给正了过来。前面河底有一道小坡，牛和马都可以"脚踏实地"了。不一会儿，牛车和骑马的人们便安然地渡过河来，尽管浑身湿透，但心里却十分高兴。

不过，牛车前厢碰坏了，格里那凡爵士的马前蹄的蹄铁也掉了。这得赶快修理。可是，怎么修理啊？大家正在犯难，不知如何是好时，艾尔通自告奋勇地说，他可以去二十英里远的北边的黑点站，找个铁匠来。

"那好，您去吧，辛苦您了。来回一趟得多长时间？"格里那凡爵士问道。

"大约十五个小时，不会再多。"

"那您就去吧，我们在这里等您回来，我们就在这维迈拉河畔宿营了。"

第37章　柏克与斯图亚特

在等待艾尔通回来的这一天里,大家便在维迈拉河畔漫步,闲谈,欣赏周围风光。河边有不少的灰鹭和红鹤,见他们走近,便纷纷飞走,还发出嘶哑的鸣叫。缎光鸟、黄鹂、斑鸫、翘翅凤鸟在野无花果树或百合花枝间飞来绕去;翡翠鸟没再捕鱼;七色的"碧山"鸟、朱头红颈的"罗什儿"鸟、红蓝相间的"乐利"鸟等一些鹦鹉类的鸟儿在开花的胶树顶上发出震耳欲聋的喧叫声。众人陶醉在这片大自然的美景之中,或驻足于潺潺流淌的小河旁,或流连于绿草茵茵的草地上。

不知不觉之中,已经走出去半英里地,天也开始黑了下来,只有靠着星星辨别方向。当然,在南半球是看不见北斗星的,只有依靠南极十字星座。

奥比内先生在宿营地的帐篷里已经准备好了晚餐。众人归来后便纷纷落座。晚餐的佳肴是一盆烩鹦鹉。鹦鹉是威尔逊想法捕杀到的,经厨师妙手烹饪,香味扑鼻,非常可口。

这样的美丽夜色不可错过。晚餐之后,众人没有就寝,围在一起谈天说地。海伦夫人于是便提议请巴加内尔先生讲讲前来澳洲探险的大旅行家们的故事。大家纷纷表示赞成,巴加内尔也不谦让。地理学家凭借自己很强的记忆力,开始滔滔不绝地讲了起来:

"朋友们,你们应该记得,当然,少校就更不会忘记,我在邓肯号上列举过许多旅行家。而深入到澳洲内陆地区来探险的,只有四个人,他们或从南往北,或从北往南,穿越了澳洲。他们分别是柏克、马金莱、兰兹博罗和斯图亚特。他们穿越澳洲的时间分别是：柏克1860年和1861年；马金莱1861年和1862年；兰兹博罗1862年；斯图亚特也是1862年。马金莱和兰兹博罗二人我就不加赘述了。马金莱是从阿德雷得到达卡奔塔利亚湾的；而兰兹博罗则是从卡奔塔利亚湾到墨尔本。他们都是受澳大利亚委员会委派，前去寻找柏克的。

"柏克和斯图亚特都是勇敢无畏的探险家。我现在就来给大家讲讲他们的探险史。

"1860年8月20日，在墨尔本皇家学会的鼓励下，罗伯尔·柏克这位曾当过卡斯尔门警视厅巡察的退役军官，从墨尔本出发了。同他一起出发的有十一个人：杰出的天文学家威尔斯，植物学家伯克莱尔博士、格莱，印度青年军官金格、兰代尔、伯拉赫，以及几名印度士兵。他们还带上了二十五匹马和二十五只骆驼及十八个月的食粮。

"探险队计划沿着柯伯河走，直奔北部的卡奔塔利亚湾。他们顺利地越过了墨累河和达令河，到达殖民地北部边界梅宁蒂站。

"到了那儿之后，由于嫌携带的行李太多，再加上柏克脾气暴烈，所以探险队内部意见纷纷，出现了分裂。带领骆驼队的兰代尔于是便带上几名印度兵脱离了探险队，返回到达令河。柏克则仍然往前走着。11月20日，也就是出发后的三个月之后，他们在柯伯河畔建立起第一个储粮站。

"他们在柯伯河畔待了一段时间，因为一时无法找到既有水源又利于行走的路。后来，历尽千辛万苦，终于来到一个地方，他们便把这儿称之为'威尔斯堡'，并在此建立起一个中转站。柏克在此把探险队一分为二，一个小队由伯拉赫率领，驻守威尔斯堡三个月以上，等待另一个小队归来；另一个小队只有四个人，即柏克、金格、格莱和威尔斯，继续前行。

"这四个人来回需要走六百法里，所以带上了六匹骆驼和三个月的粮食。粮食包括三夸脱①面粉、两夸脱大米和荞麦粉、一夸脱干马肉、

---

① 一夸脱合五十千克。

一夸脱咸猪肉和腊肉、三十公斤饼干。

"柏克一行四人出发了。他们艰难地穿过了一片荒凉的砂砾地带，到达了埃尔河。这也正是1845年司徒特所到达的最远的地方。从这儿以后，他们便尽量地沿着东经140°线往北去。

"1月7日，他们走过了南回归线，骄阳似火，而且热带沙漠中又找不到水喝，只是偶尔遇上一阵暴风雨，感觉凉爽痛快一些。有时还能碰上几个土著人，但并未发生意外。这段行程没有高山挡道，也无江河阻隔，倒还不算太困难。

"1月12日，他们到了佛伯山和连山山脉，这是一些花岗岩质的山脉，爬起来相当困难。人走困难，骆驼更是不肯向前。柏克在其旅行日记本上记述道：'总在山中转悠，骆驼都累出汗来了！'但是，一行人凭借着坚忍不拔的精神，终于走了出来，抵达特纳河畔。随后，又到了佛林德斯河上游；佛林德斯河流入卡奔塔利亚湾，两岸满目的桉树和棕树。

"接着遇到的是一片接一片的滩地，这说明离大海不远了。这时候，有一只骆驼死了，其他的骆驼见状，死活都不肯再往前走。金格和格莱只好被留下来照看。柏克和威尔斯仍继续前行。他俩克服了重重困难，于1861年2月11日走到一个被海潮淹没了的滩地，但却并未见到真实的大海。"

"您是说这两位勇敢的探险家没能再往前走了？"格里那凡夫人问道。

"是的，夫人，"巴加内尔回答道，"那种滩地，踩上去人就往下陷。柏克他们没有办法，只好折返回来，与威尔斯堡的同伴们会合。往回返也很不容易，二人累得都快要散架了，只是一步一挪地才回到同伴身旁。然后，小分队又沿原路南下，向柯伯河走去。4月里，他们才走到柯伯河，但只剩下三个人了，格莱因劳累过度。在途中身亡；六只骆驼也先后死去四只。但是，只要能走到威尔斯堡，有伯拉赫在等着他们，那儿有足够的存粮，他们就有救了。于是，他们便强打起精神来，举步维艰地往前走着。就这么一步一挪地走了几天，于4月21

日看见了威尔斯堡外的栅栏,喜极而泣。但是,没想到,这儿已是人去楼空了。说来也怪,等了五个月未见人归来的伯拉赫他们,就在这一天走了。"

"走了?"小罗伯特惊呼道。

"是啊,走了。而且就在这同一天里。你说说看,这不是该死吗?伯拉赫还留下了一张字条,而且还是七小时前刚写的。柏克他们想追也追不上了。他们无可奈何地吃了点被丢弃的粮食,稍稍恢复了点气力。可是,离达令河尚有一百五十法里,又没有交通工具,这可如何是好!

"这时候,柏克决定走到六十法里外的澳洲居民站去。于是,三个人便上路了。剩下的两只骆驼,一只死于柯伯河的一条泥泞不堪的支流里了,另一只也实在走不动了,只好把它杀了吃了。不久,随身所带的粮食也吃完了,三人只好以一种水生植物的芽苞充饥。前面没有别的水源,再说,他们也没有盛水的工具,所以不敢离开柯伯河。谁知,偏偏又遭了场火灾,所有的衣物什么的,全都化作了灰烬。

"这时候,柏克便把金格叫到自己的身边来,对他说道:'我活不了几个钟头了,这是我的笔和日记本,您拿去。我死了之后,请您在我右手中放一支手枪,死时是怎样就怎样放着我的尸体,不必掩埋。'说完这话之后,他就没再开过口,第二天早晨八点,他便死了。

"金格给吓傻了,不知如何是好,便跑去找澳洲土著人。待他返回时,威尔斯也死了。至于金格,他总算被土著人收留下来;9月里,霍维特、马金莱和兰兹博罗被派出寻找柏克等人,而霍维特那支探险队终于找到了金格。就这样,穿越澳洲内陆的四位探险家,只有金格一位活着回来了。"

巴加内尔的这番讲述,令众人不免唏嘘一片。大家不禁联想到格兰特船长,在这么恶劣的内陆地区,恐怕是凶多吉少了。这么多的艰难险阻连几位科学先锋都送了命,不列颠尼亚号的落难水手们能逃此一劫吗?玛丽·格兰特小姐想到此,不禁热泪哗哗地流淌起来。

"父亲大人!我可怜的父亲!"她不由自主地呼唤道。

"玛丽小姐!玛丽小姐!"约翰·孟格尔连忙劝慰道,"那些人是因为冒险进入内陆地区才遭遇不测的。而格兰特船长却是同金格一样，落在土著人手中，他一定会像金格一样，活着回来的！格兰特船长不一定会遇到那么恶劣的环境的！"

"他绝对不会遇到那么恶劣的环境的，"巴加内尔也劝慰道，"澳洲的土著人是热情好客的。"

"愿上帝保佑我父亲！"

"还有斯图亚特呢？他是怎么个情况。"格里那凡爵士在请巴加内尔继续往下讲。

"斯图亚特吗，他可是幸运得多了。他的名字在澳洲历史上非常地响亮。他是你们的同乡。自1840年起，他便开始在阿德雷得北边沙漠上旅行了。1860年，他只带了两名随从，想进入澳洲内陆，但没能成功。1861年元旦，他又带上十一个人，一直深入到离卡奔塔尼亚湾六十法里的地方，因所带粮食告罄，才不得不返回阿德雷得。再一次的失败并未使他气馁。他又进行了第三次探险，终于实现了大家所共有的愿望。

"南澳议会积极支持他的探险活动，资助他两千镑。这一次，他总结了上两次的失败的教训，做了周密完善的准备工作。他的老友博物学家瓦特霍斯、斯林、凯奎克、老伙伴伍弗德、奥德等十人加入了他的探险队。他们携带了二十只美洲大皮桶，每只容量为七加仑。1862年4月5日，他们在新炮台湖集合；此处位于南纬18°，他们计划沿着东经131°北上。

"但是，由于出发地周围为丛林所包围，他们向北、向东北走，结果均告失败，只好折回来，向西走去，走到了维多利亚河，也没能继续走下去。后来，斯图亚特便决定往东走，到达草原中的达利溪，沿溪流而上，上行三十英里，往前走到斯特兰威河和罗伯河。这两条河均流经热带丛林。那儿住着许多土著人。他们受到了土著人的热情接待。

"他们从这儿开始，又折向西北方，找到了阿德雷得河的源头；这条河流入凡第门湾。他们沿河而下，穿过安亨地区。安亨地区到处是椰菜、竹子、松树、柳树。继续往下，阿德雷得河在逐渐变宽，两岸尽是些沼泽地，看来离大海不远了。

"7月22日，星期二，前方是无数的小溪流，挡住了去路。斯图亚特派出三个人去探路；第二天，一行人便踏上了林木丛生的高地。

"7月24日，离开阿德雷得城已经九个月了。早晨八点二十分，他们起程往北。地面渐渐往高里去，布满了火山岩，树木矮小，显然是靠近海边了。

"他们又走过一片低谷地带；谷边长着灌木，已可听到海浪拍岸的声响。又走过一片矮树林，一行人便踏上了印度洋海岸。斯林像疯了似的大喊大叫：'大海啊！大海！'其他人也大声欢呼，向印度洋致敬。

"第四次横穿澳洲大陆的探险计划总算成功了！

"斯图亚特纵身下海，洗了洗手、脚和脸，实践了他出发时向南澳总督所发的誓言。然后，他便回到低谷边上的树林里，在一棵树上刻下了自己名字的缩写：J.M.D.S.。

"次日，斯林又去探路，看看有没有一条可由西南方向回到阿德雷得河口的路，但是，斯林探完路回来报告说，前方满是沼泽，马无法骑，只好作罢。

"于是，斯图亚特便在树林中选了一棵大树，砍去下面的枝条，在树顶上插上一面澳大利亚旗帜，并在树干上刻下一行字：**由此向南一英尺往下挖掘。**

"如果有谁发现了，照树干上所刻的字向南一英尺往下挖掘，就能见到一只白铁盒，内有一封信件，其内容我还记得很清楚：

由南向北横穿澳洲大陆的伟大的探险之旅

以约翰·斯图亚特为首的一支探险小队，于1862年7月25日到达此处。他们横穿澳洲大陆，由南海直走至印度洋海边，途经大陆之中心。他们于1861年10月26日从阿德雷得城出发，1862年1月2日抵达最后一个殖民站，向北前行。为纪念此次成功之旅，特在此树上插上一面澳大利亚旗帜，并刻下探险队队长的名字。愿上帝保佑我们的女王陛下！

"下面就是斯图亚特及其同伴的签名。这就是他们那次轰动全世界的壮举。"

"那些英勇顽强的人们都回到了南方了吗？"海伦夫人关切地问道。

"是的，夫人，"巴加内尔回答道，"他们历经千辛万苦，全都归来了。只是斯图亚特情况不佳，在归途中得了败血症，身体健康受到严重的损害。他曾因无法行走而被放在衣筐子里，用两匹马担着走。10月末，他曾咯血不止，几乎丧命。10月28日，他却奇迹般地活过来了。

"12月17日，斯图亚特回到了阿德雷得，居民倾城而出，对他表示热烈的欢迎。但是，因为他的身体未能完全康复，在接受了澳洲地理学会的金质奖章之后不久，便搭乘印度号回到了自己思念的故乡苏格兰。我们回到苏格兰时会见到他的。"

"此人毅力非凡，这是让人完成伟业的根本，"格里那凡爵士感叹道，"拥有这样的人，是苏格兰的一大骄傲。"

"在斯图亚特之后，还有过探险家来此探险的吗？"海伦夫人问道。

"有。我曾提到过的那位雷沙德，他于1844年就在北澳进行过一次重要的探险。1848年，他又去东北部探险，一去十七年，至今音讯全无。去年，墨尔本植物学家穆勒博士发起一次募捐，作为组织一次探险的经费。1864年6月21日，由英勇顽强的英泰尔率领的一支探险队，从巴鲁河区牧场出发，此刻大概已经深入内陆了，但愿他们能找到雷沙德。祝他们成功！也祝我们成功！但愿我们能找到我们亲爱的朋友。"

巴加内尔的故事滔滔不绝地讲完了。时间不早，天色已晚，大家纷纷向地理学家道谢，便安然入睡了。

第38章 墨桑线[1]

麦克那布斯见艾尔通离开维迈拉河畔宿营地独自到黑点站去找铁匠,总觉得心里有点什么不对劲儿的地方。不过,他并未流露出来,只是细心地巡视了一番周围的环境。四周原野,一片寂静。几个小时的黑夜已经过去,旭日已在东方冉冉升起。

格里那凡爵士则只担心艾尔通独自归来,没能找到铁匠。找不到铁匠,牛车难以修理,无法上路,行程受到影响,所以他心急如焚,似热锅上的蚂蚁。

幸亏艾尔通不负众望,也没浪费多少时间,第二天天一亮,他便带着一个人回来了。此人自称是黑点站钉马掌的铁匠,身材高大魁梧,但面目可憎,让人看着很不顺眼。不过,人不可貌相,只要他活儿干得好就行。

"这人能行吗?"约翰·孟格尔问艾尔通道。

"我同您一样,船长,对他也一无所知。看他干了再说吧。"艾尔通回答道。

这铁匠话不多,但活儿却干得有板有眼,修理起车子来十分熟练、麻利。少校见他两只手腕上都削掉了一圈肉,皮肤绛紫,如同戴着一副镯子。显然,这是新近留下的伤痕。少校便问他伤得厉害不,疼不疼,但铁匠只顾埋头干活,并不回答。

---

[1] 连接墨尔本和桑达斯特的铁路。

两个小时过后，牛车修好了。

铁匠带了现成的马蹄铁，正要替格里那凡爵士的坐骑钉上。少校眼睛尖，一看便觉得那马蹄铁有点异样，呈三叶状，还刻有叶子轮廓。于是，他便把马蹄铁拿给艾尔通看。

"那是黑点站的标记，"艾尔通回答他道，"以防马跑丢了，好找回来，不致与其他的马匹混淆了。"

没过多一会儿，马蹄铁换好了。铁匠算完工钱离去，前后没说超过四句话。

半小时之后，一行人又踏上了征途。先走过一片长着木本含羞草的平原地带，然后进入湖滩地区，只见许多河水溪水，潺潺地在高大的芦苇丛中流淌着。一行人在湖滩地上走着，倒也不太困难。

海伦夫人将骑马的人轮流请上她的牛车，让每个人都能稍事休息。玛丽小姐也帮着海伦夫人招呼着上车歇息的人。

就这样，一行人穿过了从克劳兰到霍尔桑的邮路。这条道灰尘飞扬，行人稀少。他们又越过了几座山丘，于傍晚时分，过了玛丽博罗三英里处，扎营宿夜。

第二天，12月29日，进入山岭地区。山路难行，速度减缓，走了一段之后，大家才慢慢习惯了一些。

十一点左右，他们抵达了卡尔斯伯鲁克城。艾尔通主张绕城而过，以节省时间，爵士表示赞同，但好奇的巴加内尔却很想参观一下这座很重要的城镇。大家让他独自去参观；牛车继续缓缓向前。

巴加内尔与平时一样，总是把小罗伯特带在身边，二人一起参观游览。城里有一家银行、一座教堂、一个法院、一所学校、一个市场。房屋有百十来幢，用砖砌成，样式整齐划一。街道平行，系典型的英国模式。这座城镇也太过简单，枯燥乏味。

不过，这却是一座新兴城市。人人忙忙碌碌，为生活，为钱财在奔忙。外乡人打城中经过，没人去注意他们。

巴加内尔和小罗伯特在城中游逛了一个钟头，然后，穿过一片精耕细作的田野，追上了众人。

一行人又走过了一片草原，见到不少羊群，看到了一些牧人的棚屋。再往前走，就进入荒漠地带了。

直到目前为止，他们尚未遇到一个土著人。格里那凡爵士觉得颇为蹊跷，但巴加内尔却告诉他说，在这条纬度线上，土著人主要是集中在墨累河一带的平原地区，在离此地尚有二百英里远的地方。

"我们很快就要到达金矿产区了，"巴加内尔对爵士说道，"用不了两天工夫，我们就要穿越亚历山大山脉那富饶的地区。1852年，无数的淘金者蜂拥而至，可能早就把土著人吓走了，跑到内陆荒漠里去了。今天傍晚之前，我们就将越过从海岸到墨累河的那条铁路。说实在的，朋友们，我始终觉得这条铁路怪怪的。"

"为什么，巴加内尔？"格里那凡爵士问道。

"为什么？因为它太不协调了。我知道，你们英国人在海外搞殖民事业搞惯了，你们在新西兰架设电线，举办万国博览会，所以认为在澳洲修建铁路是极其自然的事。可我这样的法国人却对此不以为然，认为你们把我对澳洲的固有看法给搅乱了。"

"因为您只看过去而不注重现在。"约翰·孟格尔反驳他道。

"这我承认。不过，火车头在荒漠地区汽笛声声，烟雾腾腾，破坏了树林美景，吓跑了火鸡、鸭嘴兽。土著人乘坐三点三十分发车的快车，从墨尔本前往肯顿、卡斯尔门、厄秘卡、桑达斯特，除了英国人和美国人以外，有谁会不觉得这很怪诞呢？修筑了这条铁路之后，荒漠的诗情画意便荡然无存了！"

"诗情画意丧失无伤大雅，只要文明进入荒漠就行。"少校反驳他道。

这时候，突然一声汽笛声响，打断了大家的争论。一行人离铁路线不到一英里，从南边驶来的列车缓缓地行驶着，恰好停在牛车所走的路和铁路的交叉口上。这条铁路正是连接维多利亚省会墨尔本和墨累河的。墨累河于1828年被司徒特发现。它发源于澳洲的阿尔卑斯山，流经维多利亚省的北部地区，在阿德雷得城附近的遭遇湾入海；其支流拉克兰河和达令河注入其河床。这条铁路线沿途都是一些丰饶富庶的地区，畜牧站在日益增多。多亏了这条铁路，使这里前往墨尔本十分地方便。

当时,这条铁路已修筑了一百零五英里,由墨尔本到桑达斯特,中间有肯顿和卡斯尔门两大站;还要修到厄秘卡,长度有七十英里。厄秘卡是今年在墨累河上新建立起来的殖民地利物林的首府。

南纬37°线在卡斯尔门上行几英里处穿过这条铁路线,那儿有一座桥,名力康登桥,架设在墨累河的一条支流吕顿河上。

艾尔通赶着牛车奔向康登桥,骑马者也扬鞭催马,想一睹康登桥的英姿。

这时,正有许多人向那座桥奔去,都是附近的居民和牧民。只听见人们在呼喊着:

"快到铁路那儿去看看!快到铁路那儿去看看!"

这么乱哄哄的,肯定是出了什么大事了。也许是发生了惨祸。格里那凡爵士扬鞭催马,同伴们紧随其后,不一会儿便来到了康登桥前。原来,是火车出轨,酿成大祸。桥下小河中满是车厢和火车头的残骸,只有最后一节车厢尚侥幸地停在距离深渊边沿一米处。显然,发生了一场大火,杂乱的废物堆里还冒着火苗,满眼的烧焦了的枕木、烧黑了的车轴、弯曲了的铁轨、破损的车厢;满目的残肢断臂、摊摊血迹、散落四处的烧焦了的尸体。这场车祸不知有多少人死于非命。

格里那凡、巴加内尔、麦克那布斯和孟格尔挤在人群中,听着人们在议论纷纷,对事故原因什么样的猜测都有,只有救护人员在那儿忙碌着。

"是桥断了!"有个人说道。

"那儿啊!桥好好的,肯定是桥未合上,可火车已经到了,才酿成惨祸的。"另一个人说道。

原来,康登桥是一座转桥。有船只过往,桥便转开;火车驶来,桥则合上。是不是护桥工疏忽大意,忘了合上桥,造成这么大惨祸?这种推测不无道理,因为桥的一半被压在火车头和车厢底下,而另一半仍吊在铁索上,铁索明显地仍完好无损。可以肯定,纯属护桥工失职才酿成此惨祸的。

出事的是37次快车，晚上十一点四十五分从墨尔本发车。车离开卡斯尔门车站二十五分钟后抵达康登桥，因此，惨祸应发生在凌晨三点十五分。车一出事，最后一节车厢里的旅客和员工便立刻求援，但电线杆全倒在了地上，电报不通。卡斯尔门的主管当局三个钟头后才闻讯赶到出事地点。等到当地殖民地总督米切尔和一位警官率领一队警员前来组织救援工作时，已经是早晨六点了。许多当地人也参与了救援工作，帮忙扑灭大火，抢救伤者。

尸体被烧焦了，无法辨认。全列车到底有多少名旅客，也没人说得清楚。只有十个人侥幸逃过此劫难。他们是最后一节车厢的乘客，已被当地铁路部门用救护车拉回到卡斯尔门去了。

格里那凡爵士向总督亮明自己的身份，便与他及那位警官攀谈起来。那警官身材高挑瘦削，面孔冷峻。面对眼前的惨祸，他外表上依然保持着镇静，心中正在思考着惨祸的罪魁祸首是谁。当格里那凡爵士扼腕痛惜地说"这真是一场惨祸！"时，他冷峻严肃地回答道：

"不仅是惨祸，爵士。"

"不仅是惨祸？那还有什么？"爵士惊呼。

"而且还是一桩罪行。"警官冷冷地回答道。

格里那凡爵士未再继续追问，只是扭过头去看着米切尔先生。以目探询其看法。

"是这么回事，爵士。经过一番调查，我们肯定这次惨祸系犯罪分子所为。他们抢劫了最后一节车厢的行李物品，袭击了未遇难的旅客。他们有五六个人。转桥是有人故意转升起来的，而非工作的疏忽大意。如果护桥工失踪了，那就可以肯定，是他勾结犯罪分子干的这种罪恶勾当。"

那位警官在摇头，似乎对总督的结论不敢苟同。

"您不同意我的看法？"

"我不相信护桥工会与犯罪分子相互勾结起来。"

"可是，如果没有护桥工的帮助，墨累河上游的那些土著人根本就干不起来，他们并不熟悉转桥的机关，怎么会转动那桥呢？"

"这话没错。"

"另外，昨天晚上，有一艘船从桥下经过，是晚上十点四十分。船老大说，船通过之后，转桥又合上了。"

"确实如此。"

"所以，护桥工与土著人相互勾结是明摆着的事了。"

警官还摇头。

"那您的意思是，警官先生，这并非土著人所为？"格里那凡爵士问道。

"当然不是！"

"不是土著人，那又会是谁呢？"

这时候，上游半英里处传来一片喧嚣声。人围成一团，越聚越多。不一会儿，这群人便来到了康登桥前。其中有两个人抬着一具尸体，是那个护桥工。尸体已经冰凉，其胸口上被扎了一刀。尸体的发现证明警官的分析是正确的，此案与土著人并无牵连。

"干这一勾当者，对这玩意儿非常熟悉。"警官指着一副手铐说。那副手铐是一对铁环，中间连着一把锁。

"我很快就会把这副'手镯'送给他们当作新年礼物的。"警官又补充说了一句。

"您怀疑是……"

"是那些'坐英王陛下的船不用付钱'的家伙干的！"

"怎么？是流放犯所为？"巴加内尔惊呼道。

"我还以为维多利亚省不允许流放犯逗留呢！"格里那凡爵士说道。

"哼，不允许固然是不允许，但他们逗留还是照样逗留。如果我没弄错的话，这帮家伙一定是从珀斯来的，他们还要回珀斯去。这一点我敢保证。"警官说道。

米切尔先生在点头，表示赞同警官的分析。这时候，牛车已经来到了公路与铁路的交叉处了。格里那凡爵士不想让女士们目睹桥下的惨状，便立即与总督、警官告辞。然后，他招呼一声自己的同伴，让大家跟他离开。

他来到牛车旁,没有将真相告诉夫人,只是说列车出了点事故。没提流放犯的事。他准备以后再把情况单独告诉艾尔通。

一行人在康登桥上方八百米处穿过铁路,仍朝着原来的方向,向东而去。

第 39 章 地理课的一等奖

越过铁路,走了两英里远,便是一片丘陵地带。牛车很快便进入曲折狭窄的谷地。谷中林木喜人,丛丛分布,并不连片。树丛中高大的灌木耸立,柔枝细条悬垂,犹如碧绿水流,飘飘忽忽,美不胜收。

一行人在此处停下来了。牛车的木轮碾轧的是一片碧绿的草地,如同地毯一般延伸开去;有些地垄突出于地面,将草地划隔成块,似棋盘一般。

"这是一些荫庇墓地的树丛。"巴加内尔一看周围环境,便知此为澳洲土著人之墓地,便告诉大家说。

这确实是土著人的墓地,但由绿树掩映,又有青草满地,再加上鸟儿啁啾,让人感觉不出是肃穆凄凉的墓地。但是,有不少墓地因白人侵入,土著人被迫离开了祖辈长眠之故园,而遭牛羊践踏,已经树木稀疏,甚至坟墓已被踏平。

巴加内尔和小罗伯特此刻正穿行于坟墓间的小径上,边走边聊。巴加内尔觉得与小家伙交谈,自己也大受其益。但是,格里那凡爵士看见他俩只走了几百米便停了下来,跃身下马,低头看地,像是在观看一件稀罕物似的。

艾尔通很快也赶着牛车来到他们那里。大家立刻明白他俩驻足其间的原因了。原来,地上躺着一个小土著人,是个男孩,八岁左右,身着欧洲人的衣服。男孩正躺在树荫下酣睡。他满头鬈发,肤色较黑,塌鼻梁,厚嘴唇,两臂较长,一看便知是个内陆小土著。但是,孩子模样聪颖，显得与一般土著人不同，显然像是一个受过教育的孩子。

海伦夫人一见这孩子，便心生怜爱，立刻走下牛车。众人随即也围了过来，而那男孩依然睡着未醒。

"这孩子好可怜！他会不会是在此迷了路啊？"玛丽·格兰特说道。

"我想，他可能是从老远的地方跑到这儿来上坟的，这儿想必埋葬着他的什么亲人。"海伦夫人猜测道。

"我们不能把他撇在这儿……"小罗伯特话还没说完，那孩子便动弹了一下。但他虽动了一下，却并没有醒，翻了个身，又酣然入睡。这时，大家看到他背上有一个小牌子，上面写着：

特林纳
去厄秋卡
由乘务员史密斯负责照料
车费已付清

众人阅后，不胜惊讶。

"英国人就爱干这种事，"巴加内尔大声嚷道，"他们就这么寄包裹似的寄送孩子。这种事我早就听说过，但并不怎么相信，这么一看，我是真的信了。"

"可怜的孩子！不知他是不是坐的那趟在康登桥出事的火车？也许他的父母已经罹难，只剩他孤苦伶仃一个人了。"海伦夫人怜爱地叹息道。

"我想，不见得，因为他背上有这块小牌牌，这就说明他是独自一人旅行的。"约翰·孟格尔说道。

"他醒了。"玛丽·格兰特说。

只见那男孩慢慢地睁开眼睛，但见阳光太强烈，马上又把眼睛闭上了。海伦夫人立刻上前拉住他的小手，那男孩站了起来，惊恐地看着面前的这些人，脸都吓白了。但是，当他看到海伦夫人之后，好像是松了一口气似的。

"你会说英语吗，孩子？"海伦夫人问他道。

"会，听得懂，也会说。"孩子用英语回答她，但口音较重，有点像法国人说英语。

"你叫什么名字啊？"海伦夫人问他。

"我叫特林纳。"

"噢，特林纳，如果我没记错的话，'特林纳'在澳洲话中就是'树皮'的意思，对不？"巴加内尔说道。

特林纳点了点头，然后又看看海伦夫人。

"你从哪儿来的，孩子？"海伦夫人又问道。

"从墨尔本，乘坐的是到桑达斯特的火车。"

"就是在康登桥上出轨的那趟火车吗？"格里那凡爵士问他。

"是的，先生。"

"你一个人独自坐火车？"

"是的，独自坐火车。巴克斯顿牧师把我托付给史密斯照顾，可是史密斯却摔死了。"

"你在火车上没有其他熟人吗？"

"没有，先生。"

那他又为什么钻到这么荒僻的地方来呢？为什么要离开康登桥？海伦夫人心存若许疑问又问起孩子来。

"我想回家乡克拉兰，回去看家人。"

"你家里人都是澳洲本地人吗？"孟格尔问他道。

"都是克拉兰的澳洲人。"

"你有爸爸妈妈吗？"小罗伯特问他。

"有的，哥哥。"特林纳说着便握住小罗伯特的手。

小罗伯特听见有人叫他"哥哥"，非常激动。他一把搂住小男孩，吻了吻他，二人立刻成了好朋友。与一个八岁的小土著问来答去，众人十分高兴。大家渐渐地围坐在他的身旁，听他叙述。此时，日已西沉，大家也不想再往前赶，再说，周围环境挺美，正好宿营。艾尔通把牛解下来；穆拉迪和威尔逊赶忙为六头牛套上绊索，让它们随意去吃草。

帐篷也已经支了起来，奥比内的晚餐也安排就绪。大家便让特林纳一起吃晚饭。那男孩肚子早已饿得咕咕直叫了，但他还是有礼貌地客气了几句。当然，两个孩子是坐在一起的。小罗伯特一个劲儿地夹菜给小男孩，小男孩边接边道谢，既羞涩又文雅，大家看着直乐。

大家在边吃边聊，都想知道这孩子的经历，不停地问这问那的。这孩子的经历很简单，据他说，他小的时候便被送到附近殖民地的慈善机构；父母都是墨累河流域克拉兰地区的土著人，他们这么做，是想让孩子接受英国人的教育。这孩子在墨尔本一住五年，从没再见过自己的亲人。但是，他却一直在想念着自己的亲人，所似不畏艰险地想回到部落中去，看望一下父母双亲。

"你看望了父母之后，还回墨尔本吗，孩子？"海伦夫人问道。

"回的，夫人。"特林纳回答道，两眼望着海伦夫人，神情十分诚实。

"你打算日后做个什么样的人啊？"

"我要教育我的同胞，把他们从贫穷愚昧中拯救出来。"

一个八岁的孩子竟然说出这种话，有人也许会以为这是滑稽的事，但那些苏格兰人听了之后都非常赞赏这孩子的凌云壮志，对他多了一份尊重。巴加内尔也深受感动，对这土著小孩深表同情。

说实在的，在这之前，巴加内尔其实并不怎么喜欢这个穿着欧式服装的小土著人。他本想来这儿看看赤身裸体、满身刺有花纹的土著人的，而穿着这种合乎礼仪的服装的土著人，并不合他的口味。但是，听了特林纳的豪言壮语以后，他便改变了态度，而在下面的一番交谈之后，他俩竟然成了好朋友了。

当海伦夫人问特林纳在什么地方上学时，他回答说在墨尔本师范学校，校长是巴克斯顿牧师。

"学校里都上些什么课啊？"格里那凡夫人又问。

"有圣经、数学、地理……"

"什么？还有地理！"一听"地理"两字，巴加内尔便来了精神。

"是的，先生，"特林纳回答道，"寒假前，期末考试，我的地理还得了个一等奖呢。"

"你还得过奖,孩子?"

"是的,这是我得的奖品,先生。"特林纳说着便从口袋里掏出一本书来。

那是一本 32 开本的《圣经》,装帧很精致。第一页的背面写着:奖给地理课一等奖获得者克拉兰人特林纳,墨尔本师范学校。

巴加内尔没有想到,一个澳洲小土著人在地理方面竟然这么有天分,不禁激动不已,一把抱起小男孩,吻着他的面颊。特林纳被巴加内尔这一突然举动弄得莫名其妙。海伦夫人便立刻解释给他听,说巴加内尔先生是一位著名的地理学家,要是当老师,一定是位优秀卓越的教授。

"一位地理学教授!"特林纳惊呼道,"啊,先生,请您提问我吧。"

"好啊!我正想提问你呢。我倒要看看墨尔本师范学校的地理课教得怎么样!"

"特林纳会让您大开眼界的,巴加内尔。"麦克那布斯说道。

"让一位法兰西地理学会的秘书大开眼界?"巴加内尔不满地说着,一边把眼镜架上鼻梁,挺直修长的身子,摆出一副教授的派头来,一边以严肃的口吻开始提问。

"特林纳同学,请站起来。"

特林纳本来就是站着的,此刻只是挺直腰杆儿,毕恭毕敬,等着地理学家提问。

"特林纳同学,说说世界上有哪五大洲?"

"大洋洲、亚洲、非洲、美洲和欧洲。"特林纳干净利落地回答道。

"完全正确。既然我们现在身在大洋洲,那就先说大洋洲吧。大洋洲主要划分为哪几个部分?"

"波利尼西亚、美莱尼西亚、密克罗尼西亚。主要岛屿有:澳大利亚,属于英国;新西兰,属于英国;塔斯马尼亚,属于英国;查塔姆、奥克兰、马加利、喀马代克、马金、马拉基等,都属于英国。"

"很好,但是,还有新喀里多尼亚、斯奈尔斯、门答纳、帕乌摩图呢?"

"这些岛屿都在大不列颠的保护之下。"

"什么？在大不列颠的保护之下？"巴加内尔不满地说，"我看正好相反，法国……"

"什么法国啊？"男孩惊讶地问道。

"哼！墨尔本师范学校就是这么教你们的啊？"

"是啊，先生。怎么，教得不好吗？"

"好！好！太好了！整个大洋洲都属于英国！好吧，我们接着往下提问。"

巴加内尔的神情既惊讶又不满，让少校看了在一旁偷着乐。

提问在继续进行。

"谈谈亚洲吧。"巴加内尔说道。

"亚洲是个大洲，都城是加尔各答。主要城市有：孟买、马德拉斯、卡列卡特、亚丁、马六甲、新加坡、曼谷、科伦坡；岛屿有：拉克代夫群岛、马尔代夫群岛、查哥斯群岛等等，都属于英国。"

"行，行，都属于英国。还有非洲呢？"

"非洲主要是两个殖民地：南边的好望角殖民地，都城是开普敦；西边是一些英国居留地，主要城市是塞拉勒窝内。"

"回答得很好，"巴加内尔总算是了解了这种英国狂式的地理学了，"教得真是太好了！至于阿尔及利亚、摩洛哥、埃及……都从英国地图上删除掉了。现在，来谈谈美洲吧。"

"美洲分为南美洲和北美洲。北美属于英国，有加拿大、新布伦克、新苏格兰，还有约翰逊总督治下的北美合众国。"

"约翰逊总督！"巴加内尔惊诧不已，"伟大的林肯被贩卖奴隶的疯子刺杀后，他可是林肯的继承人啊！你回答得真妙啊！好，太好了！那么，南美洲的圭亚那啊，福克兰群岛（现称马尔维纳斯群岛）啊，塞得兰群岛啊，还有牙买加、特立尼达什么的，当然都属于英国了。这是毫无疑问的了。现在，我想请你说一说欧洲，看看你们老师对欧洲是一种什么看法。"

"欧洲？"特林纳显然不明白巴加内尔为何口气有点激动。

"是啊，欧洲！欧洲属于谁啊？"

"当然属于英国啊!"那男孩颇为自豪地回答道。

"我就料到你会这么回答的。好,接着说,我倒很想听一听。"

"欧洲有大不列颠岛、爱尔兰岛、马耳他岛、泽西岛、昆西岛、爱奥尼亚群岛、赫布里底群岛、塞得兰群岛、奥克尼群岛等等,都属于英国。"

"好,好,特林纳!另外还有一些国家,你给忘了,我的孩子。"

"还有什么国家啊,先生。"男孩并不认为自己漏掉了什么国家,因而这么回答道。

"还有啊!还有西班牙、俄罗斯、奥地利、普鲁士、法兰西啊!"

"这些都是省份,不是国家。"

"这叫什么话!"巴加内尔气得摘下了眼镜说。

"没错,先生。西班牙的省会是直布罗陀。"

"妙!妙极了!那法兰西呢?我可是法兰西人,我很想知道自己到底属于谁。"

"法兰西?那是英国的一个省,省府在加莱①。"特林纳从容不迫地回答说。

"加莱?这么说,你认为加莱也属于英国了?"巴加内尔又一次惊讶地嚷道。

"那当然。"

"加莱是法兰西的省会?"

"是啊,先生!总督拿破仑爵士就驻守在那儿……"

听到这里,巴加内尔实在憋不住了,哈哈大笑起来,笑得特林纳不知怎么回事。

"怎么样?我没有说错吧!特林纳同学会让您大开眼界的。"少校笑着对巴加内尔说道。

"没说错,少校。您瞧人家墨尔本是怎么讲授地理知识的吧!师范学校的老师真的是太棒了!佩服!佩服!欧洲、亚洲、美洲、非洲、

---

① 加莱是法国西海岸的一个城市,与英国隔英吉利海峡遥遥相望,百年战争时长期为英国所占据。

大洋洲，全世界都属于英国了。还有呢，特林纳同学，月球也属于英国吗？"

"月球将来也要属于英国的。"小男孩一本正经地回答道。

巴加内尔这下子可真的憋不住笑了，他连忙一口气跑到四百米开外的地方，痛痛快快地笑个够。

这时候，格里那凡爵士从随身携带的书籍里找出一本理查逊写的《地理学简论》来，送给特林纳。该书在英国颇有影响，叙述得比墨尔本的老师们教的要科学一些。

"喏，孩子，"爵士对孩子说道，"这本书送给你作个纪念，它可以纠正你在地理知识方面的一些错误认识。"

特林纳接过书来，仔细地看了看，没有吭声，似乎不很相信这本书，摇了摇，没有把它装进口袋里去。

这时，天已完全黑下来，已经是晚上十点钟了。明天还得早起赶路，大家便纷纷准备歇息。小罗伯特要那男孩与他一起睡，小男孩高兴地答应了。

过了一会儿，海伦夫人和玛丽·格兰特小姐也回到牛车厢房里去了。男士们也都在帐篷里睡下来。只有巴加内尔，此时此刻仍在远处笑个不停，笑声与野鹊的叫声混在了一起。

第二天，早晨六点，阳光已经照射下来，一行人都醒了过来，可是，那个小男孩却不知跑哪儿去了。他是想早点赶回克拉兰呢，还是巴加内尔的狂笑不已惹恼了他？对此，没有人能够知晓。

不过，海伦夫人醒来时，却发现胸口上放着一束单叶含羞草。而巴加内尔则在口袋里摸到了那本理查逊写的《地理学简论》。

第40章 亚历山大山中的金矿

1814年，现任伦敦皇家地理学会会长的莫奇逊先生曾经研究过乌拉尔山和澳洲南部沿海附近南北走向的那个山脉，发现这两座山有许多明显的相同之处。

我们知道，乌拉尔山金矿蕴藏最丰富，据莫奇逊先生推测，澳洲的这条山脉可能也有这么丰富的蕴藏量。他的推测是完全正确的。

两年后，有人从新南威尔士给他寄去了两块金矿样品，于是，他便决定送一批工人去澳洲的金矿区。

在南澳发现黄金的消息不胫而走，传遍了世界各地，引来无数的淘金者，有英国人、法国人、德国人、意大利人，还有中国人。然而，直到1851年4月，哈格勒夫先生才勘探出大量的金矿苗。于是，他便向悉尼殖民地总督费兹·罗伊先生提出，奖给他五百英镑，他便告知矿苗的所在位置。

他的这一提议遭到了拒绝，但发现矿苗的消息却传了开来。寻找矿苗的人络绎不绝，纷纷奔向夏山和雷尼塘地区。很快，一座城市——奥弗尔城①建立起来了。

直到此时为止，还没有人想到维多利亚省的金矿含量比任何地方都多。数月过后，1851年8月，在维多利亚省也采到了金沙。很快，人们便从金矿含量丰富的巴拉拉、奥文河、奔地哥和亚历山大山这四

---

① 奥弗尔城，原为《圣经》中的黄金出产地。

个地方开始挖掘。但是，巴拉拉的矿脉分布不匀，很难找准，而奔地哥的开采条件很艰难，奥文河地区溪流遍布，也给开采带来了困难，所以人们便纷纷前往亚历山大山地区，那儿矿藏分布均匀，开采条件较好，而且黄金成色绝佳，每斤[①]价格高达一千四百四十一法郎，创世界黄金价格之最。

格里那凡爵士一行沿着南纬37°线寻找格兰特船长的路线正穿过此处。这个地方正是人们做黄金梦，有人暴富有人破产的地方。纷至沓来的有城里人，也有当地人，连水手们也不再跑船了。单单墨尔本一地，1852年之后的四个月里，就一下子拥来了五万四千个移民，这么多的人，可见当时的混乱状况已经到了何种地步。不过，英国人以其惯常的沉着镇静态度还是控制住了这混乱的局面，情况在逐渐地好起来。十三年过去了，这儿金矿的开采已经步入正轨，井然有序了，格里那凡爵士一行不会碰到当年的那种无法无天、一片混乱的状况了。

十一点钟光景，一行人走到了矿区的中心。这儿俨然一座城市，有工厂、银行、教堂、别墅、报馆、营房，还有旅店、游乐场和农庄。甚至还有一家剧院，票价为十先令，购票的观众不少，当时正在演出反映本地生活的《幸运的淘金者》：剧中主人公绝望之中却意外地刨出一大块黄金来。

格里那凡爵士很好奇，想要参观一下亚历山大山的采金区，便让艾尔通和穆拉迪赶着牛车先往前走，自己再同其他人随后赶上。巴加内尔对这一提议十分赞赏，非常高兴，并提出由他来充当向导和解说。

大家按照巴加内尔的意思向银行那边走去。马路挺宽，碎石铺成，"黄金有限公司"、"淘金者办事处"、"块金总汇"等巨大招牌挂在马路两旁，十分醒目。洗沙、碾金之声阵阵，不绝于耳。

在住宅区附近，有一大片开采区，被雇用的许多矿工正在那儿挖掘。地上矿洞多得无法计数。矿工们挥动着矿铲，闪闪发光，如同闪电一般。矿工中，各国人都有，但相互间并不争吵，只是埋头干活儿。

---

① 系指法国的古斤，合半公斤左右。

"这里也有一些人是赤手空拳地跑来做发财梦的。他们既买不起也租不起一块地来进行挖掘，但他们也有自己的高招儿。"巴加内尔开始解说起来。

"什么高招儿？"

"'跳坑'啊。"

"什么叫'跳坑'？"少校问道。

"'跳坑'是这一带的风俗，经常引起斗殴，可主管当局又始终无法取消。"

"快说吧，巴加内尔，别卖关子了。"少校催促道。

"我这不是在说嘛！矿区地面为政府所有，由政府出售或出租。没有钱当然就买不起或租不起，也就无法下镐开挖。但是，这里也有一个不成文的规定：除重大节日以外，一块地若二十四小时没人挖掘，就变成了'公地'，谁先占据，谁就可以挥镐开挖，如果运气好，照样可以发财。所以，罗伯特，我的孩子，快去找一个没人看管的矿坑，找到了就归你所有了。"

"巴加内尔先生，可别教坏了我弟弟啊。"玛丽·格兰特小姐连忙说道。

"我是在开玩笑，亲爱的小姐。罗伯特也知道我是在逗他玩的。他能当淘金者吗？绝对不会的。只有那些走投无路的人才会来这里干这种营生，像土拨鼠似的在地里乱刨乱掘的。唉，这一行可真不是人干的！"

一行人参观完了主要矿场之后，便走向银行。

这家银行是一座高大的建筑，屋顶插着国旗。银行总监热情地接待了格里那凡爵士一行，请大家进来参观。

各公司所采掘到的金子都存放在这家银行里，由银行方面开出收据。从前，淘金者往往会受到殖民地商人的欺诈盘剥，现在已经不会再有这种情况出现了。

银行总监让大家看了许多奇异的生金样品，并且讲述了许多采金的有趣故事。

生金一般可分为卷金和分解金。它们都是矿石块，金子与泥土或硅石混杂在一起，因此，土质不同，开采的方法也有所不同。

卷金多分布于急流山谷或干沟深处，依其体积之大小，分层分布。最上层的是金粒，下层的是片金，最下面的是块金。分解金一般外部都包着石皮，石皮在空气中分解之后，金子便集成一堆，形成金团。有时候，一个金团就是一大笔财富。

在亚历山大山区，金子一般都蕴藏在黏土层中，或者在青石片岩的层与层的缝隙里，形成金块窝。因此，在这种地方，淘金者幸运的话，往往能找到大片的金块层。

参观完生金标本之后，一行人又参观了银行的矿物陈列室。澳洲地质构成的各种矿质应有尽有，分类陈列着。橱窗内陈列着各色宝石，看得人眼花缭乱：白色的黄玉、宝贵的石榴石、粉红的红宝石、蓝宝石，等等。

格里那凡爵士谢过银行总监的热情接待之后，走出银行，又去参观矿床。

一向视财富如粪土的地理学家每走一步都眼不离地面，寻来觅去，动作不由自主，同伴们取笑他，他也置若罔闻。只见他时时弯下修长的身子，捡起一块石头，仔细地观察一番，然后鄙夷不屑地丢掉。一路参观下来，他始终如此。

"嗨，巴加内尔，您把什么宝贝扔掉了？"少校问道。

"是啊，在这个产黄金的地方，谁不想找点宝贝带走啊！我也想找到几块几重的金子带走，能找到二十来斤就更美了，不用再奢望了。"

"如果真的让您找到了，您怎么处理啊，我的朋友？"格里那凡爵士问他。

"啊！要是真的让我找到了，我就把它献给我的祖国，送到法兰西银行去……"

"银行会接受吗？"

"当然会接受，就说是购买铁路建设债券不就行了嘛！"

大家对巴加内尔的"把金块献给祖国"的想法大加赞扬。海伦夫人祝愿他能找到世界上最大的金块，了却心愿。

他们就这样边说笑边游逛，把大部分矿区逛完了。见到的矿工都在机械地干着活儿，看上去并没有多大的劲头儿。

两小时后，巴加内尔看到一家小酒店，看着还蛮像个样儿的，便提议大家一起进去，等与牛车会合的时间到来。海伦夫人也表示赞同。巴加内尔便吩咐老板上点当地的饮料。

侍者为每位客人送来一杯"诺白勒"，也就是英国式水酒，但酒多而水少，是用一小杯水兑一大杯酒精，再加上点糖。前来的这几位客人不适应这种水酒，又往里面加了不少水之后才饮用。

大家随即又谈起淘金者来。巴加内尔对这次参观颇为满意，但他又提起这儿当初开采金矿的情景来：

"当初，这儿到处是挖洞的'蚂蚁'，好不厉害啊！地上给挖得千疮百孔，大洞小洞遍地皆是。人们像是疯了似的。那时候，金子来得容易，花得也快，不是喝酒就是赌钱。这家小酒店当年就被人称之为'地狱'，赌着赌着就动起刀子来。连警察都管不了，以致总督多次动用军队来进行镇压，把这帮人给制服了，让他们每个人都得缴纳采金税，派人强行征收，这才算恢复了点秩序。"

"这一行谁都可以干吗？"海伦夫人问道。

"是的，采金谁都可以干，用不着多少文化，只要胳膊有劲儿就行了。当年的那些冒险家，一个个穷困潦倒，身无分文，迫于无奈，背井离乡，跑到这儿来做发财梦。于是，这儿遍地都搭起了帐篷、草屋，以及木板树枝树叶和泥而建起的小屋。贩金的、收金的、运金的各种贩子齐集于此，干起投机的买卖来，其实，发财的人尽是他们。而真正的掘金人却是很苦的。这儿环境极其恶劣，雇工们整天泡在泥水里，遍地的死牲口，臭气熏天！死亡的阴影始终在笼罩着这帮悲惨的掘金人。幸亏澳洲气候条件有益于健康，否则，他们十之八九都得把命丢在这儿的。说实在的，真正幸运地发了财的掘金人并不多，一个掘金人发了财，必然有成百上千的掘金人在贫穷与绝望中死去。"

"您能否跟我们说说采金的方法，巴加内尔？"格里那凡爵士问道。

"方法极其简单,早期的采金人只是采取淘金的办法。现在,这儿的公司已不再采用这种方法了,他们直接去探测金矿源、金矿脉,然后便采金片、金块。淘金的方法是先掘出含金的土层,然后用水冲洗,把金子与沙土分开。这种方法需用专门的工具——'克拉德尔',也就是摇床,形状像是一只五六英尺长的盒子,中间隔开来;第一半装一层粗铁纱,再装几层细铁纱;第二半的下部窄小,淘金时,一边浇水,一边摇动摇床,于是,石块便留在粗铁纱上,而碎金和细沙,因体积与重量不同,分别留在了细铁纱上。泥土随水流走。这就是简单常用的所谓'淘金机'。"

"简单倒是简单,没有还不行。"约翰·孟格尔说道。

"一般来说,都是向发了财或破了产的采金人购买;实在没有,也没关系。"

"怎么会没有关系呢?"格兰特小姐怀疑地问。

"可用一只大铁盘子来代替。如同用簸箕簸麦子一样,用铁盘子簸土,把土簸掉,剩下的就是金粒了。当初,许多人就是这么干的,有的还真的发了财。那时候,真可谓遍地黄金!土层表面上就有!溪水就在金矿上流淌着,水里就能捞到金子。当时,墨尔本大街上几乎都是金子,简直是金粉末在铺地!所以,从1852年1月26日到2月24日,光是在政府护送之下,从亚历山大山中运往墨尔本的金子就价值八百二十三万八千七百五十法郎,平均每天产金十六万四千七百二十五法郎之多。"

"差不多等于俄国沙皇一年的俸禄。"格里那凡爵士说道。

"这沙皇也太可怜了!"少校加了这么一句。

"有没有一下子就发了大财的呢?"海伦夫人问道。

"也有几个,夫人。"

"那您说说看呢。"格里那凡爵士追问道。

"1852年,在巴拉拉,就有人发现了一块金子,重达五百七十三两;在吉普斯兰,有人发现了一块重达七百八十三两的金子;1861年,又有人发现了一块重达八百三十四两的金子。最后,还是在巴拉拉,有一个采金人,一镐下去,掘出一大块金,重达六十五公斤,按每斤一千七百三十二法郎计算,价值二十二万三千八百六十法郎,这简直成了奇迹了。"

"发现了这些金矿之后,世界黄金产量增加了多少?"约翰·孟格尔问道。

"那可多了,我亲爱的约翰。19世纪初,世界上每年黄金的产量价值四千七百万法郎,现在,把欧洲、亚洲、美洲的金矿产值都计算在内,每年黄金产值有九亿多,将近十亿法郎了。"

"这么说,巴加内尔先生,在这里,就在我们脚下,也许有不计其数的金子吧?"小罗伯特说道。

"那可不!有几百万呢,我的孩子!都踩在我们的脚下。不过,我们也正是瞧不起它,才把它踩在脚下的。"

"澳大利亚可真是一块风水宝地!"

"那倒也未必,罗伯特,"巴加内尔回答他说,"出金子的地方也不见得就好。这儿尽出些游手好闲的懒汉,造就不出勤劳勇敢的人来。你看看巴西、墨西哥、加利福尼亚、澳大利亚,都19世纪了,这些地方还那么落后!你要记住,我的孩子,最好的地方,并不是出金子的地方,而是产铁的地方。"

第 41 章 《澳大利亚暨新西兰报》消息

1月2日,太阳刚刚升起,一行人已经走出了金矿区。几小时之后,他们涉过了高尔班河和康帕斯普河。这两条河处在东经144°35′和45′处。他们的行程已走完一半。如果照这样顺利地走下去,再有十五天就可以到达杜福湾滨海地区了。

而且,大家的身体都健健康康的。巴加内尔的话没错,这儿的气候有益于身体健康。这儿的空气不潮湿,几乎没有潮气。尽管天气炎热,但并不闷,人和牲畜都能忍受。

但是,走过康登桥之后,一行人的次序有了点变动。艾尔通听说康登桥劫车惨案之后,加强了防范。首先,打猎的人不可离开牛车太远,不能走到看不见牛车的地方。再有,宿营时,必须轮流守护,而且,枪必须时刻都装有弹药。显然,有一伙强徒在这一带流窜,未雨绸缪,防患于未然还是必要的。

海伦夫人与玛丽·格兰特小姐对所采取的这些谨慎措施并不知晓,因为格里那凡爵士害怕引起她们的恐慌,所以没有告诉她们。

自劫车惨案发生之后,这儿的人全都加强了戒备。城镇里的居民和畜牧站上的人,天一擦黑,便立刻门窗紧闭,牧民们放牧时也枪不离身。

地方当局也加强了戒备,对邮电交通更是防范有加。以前,邮车放心大胆地在大路上奔驰,无须警卫保护。这一天,格里那凡爵士一行人正穿越从基莫尔到希斯哥特的公路时,只见一辆邮车绝尘而过,后面跟着骑马的警察在护卫着。

越过基莫尔公路一英里之后，牛车钻进了一片森林之中。这还是自出发以来头一次进入如此大片的森林。

这是一片高大的桉树林，树高达二百英尺，令人赞叹不已。而且，既高又粗，合抱起来，周长有二十英尺；树皮厚有五英寸；树干上流着一条条的树脂，散发出阵阵香气。树干笔直，距地面一百五十英尺以下，没有任何枝丫，光溜得连个树疙瘩都没有。

这些大树一连数百棵，立柱一般，粗细一样。树顶高处才有蓬散开来的枝丫，均很匀称。枝头长着互生叶，叶子里垂着一朵朵大花。

树与树之间，空隙很大，易于空气流通。不断吹入林内的风，把地上的湿气全部吹走了。车马在其间可以自由往来，畅通无阻。既无灌木丛生，荆棘遍地，也不像原始森林，树木倒伏，藤蔓缠绕，没有刀斧披荆斩棘，难以进入。

这座桉树林确实与众不同。树顶上是翠绿的华盖，地面上是小草茵茵。树干疏落，一眼望不到头。一道道阳光穿进林内，仿佛一片片柔纱，让人恍若梦境。树荫不浓密，暗影不深黑。树叶侧面向阳，一眼看去，可见到奇特的叶子侧面。阳光透进，如同透过百叶窗。

格里那凡爵士一行进得林来，好生惊讶。

树叶的这种奇特长法，令众人颇为不解，便向巴加内尔请教。巴加内尔倒是不吝赐教，他说道：

"这完全是物理原因使然，朋友们。这儿空气干燥，降雨量少，土壤又晒干了，树木不需要风和阳光了。湿气少，树的汁液也就少，其窄树叶就得避免阳光的照射，防止水分蒸发太多，因此便总是侧面向阳，不让太阳照射它的正面。可见树叶是非常聪明的。"

"可它们也够自私的了，只顾自己，也不为行路的人想想，让行路的人饱受太阳烤晒。"少校说道。

大家都对少校的看法表示赞同。确实，通过桉树林，需走较长时间，烈日暴晒，行人遭罪，但巴加内尔却不这么认为。尽管大汗淋漓，他仍旧认为走在这种并非浓荫掩映的桉树林里，是一次很难得的机会。

牛车在这望不到尽头的桉树林中整整穿行了一天,没有遇到一只野兽,也没碰上一个土著人。树顶上倒是有几只鹦鹉,但是因为太高,看不清楚,几乎也听不见它们的叫声。

天色已晚,一行人便在几棵遭火焚烧过的桉树下面搭起帐篷。这几棵桉树被火烧成了空心树,从下到上一直贯通,宛如工厂里的大烟囱一般,尽管只剩下一层皮了,但它们却仍然活着。如果当地人和土著人仍旧保持这种烧树的恶习的话,这些优质树木不久也就全都会被毁坏殆尽的。奥比内听从巴加内尔的劝告,小心地在一棵空心树干里生火做起晚餐来。夜间的警戒护卫工作也安排就绪。艾尔通、穆拉迪、威尔逊、孟格尔四人轮流值班,直到次日早晨。

1月3日,一行人仍旧穿行其间,桉树林似乎永无尽头似的。不过,傍晚时分,只见树木渐渐稀疏。再行几英里,见到一片小平原,有一些房屋整齐地排列着。

"到塞木尔了!"巴加内尔欢叫道,"过了这个镇子,就走出维多利亚省了。"

"是个大镇子吗?"海伦夫人问道。

"不是,夫人。只是一个小村庄,正在变成为镇子。"巴加内尔回答道。

"这儿有像样点的客栈吗?"格里那凡爵士问。

"我想也许会有吧。"

"那我们就进到镇子里去。我想,我们勇敢的女士们是不会反对在客栈里歇上一晚的。"

"我亲爱的爱德华,"海伦夫人说道,"我和玛丽小姐都同意这个安排,但别走出去太远了,以免耽误了明天的行程。"

"一点也不远,"格里那凡爵士回答道,"牛也很累了,也得让它们好好地歇歇,反正,明天天一亮,我们就上路。"

此时已是晚上九点钟了,月亮已接近地平线,透过一片薄薄的夜雾,斜射在大地上。一行人踏上了塞木尔镇的宽阔马路,巴加内尔在前面担任向导,他对于未曾见过的东西都显得很熟悉似的。他凭借着本能,一直把大家带到了康贝尔客栈。

牛车停在了停车场上,牛和马被牵到牛栏马厩中去,人被领到非常舒适的房间里休息。十点光景,大家围在桌旁开始用餐。奥比内先生以总管家的身份事先对晚餐做了检查。巴加内尔则带着小罗伯特在镇子里溜达了一圈回来,他们三言两语地就把夜游的印象说完了。其实,他们什么也没看到。

一向粗心大意的巴加内尔当然没有注意到,镇上有股骚动的暗流在涌动。一群群的人聚集在一起,越聚越多。大家在门前议论着,彼此探询,显得紧张、不安。有的人还在大声读着报纸,边读边议边分析。这种情况应该是很容易觉察到的,可巴加内尔却偏偏没有发现。

少校则不然,他虽然没有走出去多远,甚至可以说没有离开客栈,但却觉察到镇上有点不对劲的地方。于是,他便找到客栈老板狄克逊,不消十分钟,便知道了是怎么回事。

不过,他并没立即说出来。等大家用完晚餐,海伦夫人和格兰特小姐回房歇息去了,他才让大家稍留片刻,对大家说道:

"这儿的人已经知道桑达斯特铁路上的惨案的凶手是谁了。"

"抓到了吗?"艾尔通连忙问道。

"还没抓到。"少校尽管对艾尔通的急切感到蹊跷,但并未表露出来。

"真可惜!"艾尔通又说了一句。

"那么,惨案究竟是何人所为?"格里那凡爵士问道。

"您看了报纸之后,就会明白,那位警官的推断很正确。"少校回答道。

于是,格里那凡爵士拿起那份《澳大利亚暨新西兰报》,大声读起了下面这段新闻:

1865年1月2日,悉尼讯。大家应该记得,12月29日夜,在墨桑线上,距卡斯尔门车站五英里的康登桥上,发生了一起列车惨案:十一时四十五分,一列夜班快速火车高速行驶到此地时,坠入吕顿河中。

列车通过时,康登桥没有合上。

失事后，列车遭劫，护桥工失踪，后在距桥半英里处发现了他的尸体。显而易见，这是一起人为的惨祸。

据检察官调查后证实，六个月前，西澳伯斯拘留营曾准备将一批流放犯押送到诺福克岛去，但流放犯们在押送途中逃跑了。康登桥惨案即为这批流放犯所为。

这批人共二十九名。为首者名叫本·乔伊斯。此人系一狡猾凶狠之歹徒。几个月前，不知是搭乘什么船只潜来澳洲，政府虽一直在全力缉捕，但始终未能将他抓获。

希望各村镇的居民、乡间移民和牧民，严加防范，并协助缉拿。若有罪犯消息，随时向本殖民地总督报告。

殖民地总督米切尔

格里那凡爵士一读完，少校便立即对巴加内尔说道：

"您瞧，巴加内尔，澳洲不也有流放犯吗？"

"越狱逃犯当然是会有的，但是，正式收容的流放犯却没有。这种人是绝不允许居留在这里的。"巴加内尔回答道。

"不过，不管怎么说，这儿已经有了流放犯了，"格里那凡爵士说道，"但是，我在想，我们并不能因此就改变计划，驻足不前。您看呢，约翰？"

约翰·孟格尔没有立即回答，他有所迟疑，既担心停止前进会令格兰特姐弟俩心里难受，又害怕继续前行遭遇不测。然后，他就说道：

"如果我们没有带着海伦夫人和格兰特小姐的话，我对这帮家伙是不以为然的。"

格里那凡爵士明白了约翰的意思，说道：

"是啊，我并没有不继续去寻找格兰特船长的意思，我是说，有两位女伴同行，为安全起见，我们先去墨尔本，回到邓肯号上去，乘船到东海岸去寻找格兰特船长的踪迹。您觉得怎样，麦克那布斯？"

"我想先听听艾尔通的看法。"少校说。

艾尔通被点了名，眼望着格里那凡爵士说道：

"我觉得，我们离墨尔本有二百英里，若是说危险，那无论是往东还是往南，都一样地危险。这两条路基本一样，都是荒无人烟。而且，我也不信，三十来个流放犯就能吓住我们八个荷枪实弹的好汉。所以，我觉得，应该继续执行原计划，除非有更好的主意。"

"完全正确，艾尔通，"巴加内尔赞同道，"继续往前走，很可能发现格兰特船长的踪迹；转向南去，有点背道而驰，越走越远。我也认为，那么几个毛贼，何足惧哉！勇敢的人是不会把他们放在眼里的。"

这样一来，是否改变行程就得表决了。结果大家一致通过不改变行程的决定。

"我还有个建议，爵士。"众人正待离去，艾尔通说道。

"您说吧，艾尔通。"

"派人去通知邓肯号上的人，让他们把船开到东海岸去，岂不更好吗？"

"为什么？"约翰·孟格尔说道，"我们到了杜福湾再这么命令才对。如果提前下令，万一我们出现什么意外的话，不得不返回墨尔本，找不到邓肯号，那不糟了？再说，船现在还没修好。因此，我看还是晚点再说吧。"

"也好。"艾尔通说，没再坚持己见。

第二天，一行人离开了塞木尔镇。大家都全副武装，提高警惕，严防意外。半小时后，他们又进入了一片桉树林：树林一直向东延伸去。格里那凡爵士此刻倒是宁愿在旷野里走，因为旷野中视野开阔，歹徒不易躲藏。但是，现在只有一条路，没法选择。牛车在这单调的大树之间穿行了整整一天。日暮时分，沿安塞格尔区北边走了一段之后，牛车越过了东经146°线。

一行人便在墨累县县界上搭起帐篷过夜。

第42章 一群"怪猴"

第二天，1月5日，早晨，一行人进入了广袤的墨累地区。这是一片人迹罕至的荒漠地带，一直延伸至澳洲阿尔卑斯山脉。它也是维多利亚省最荒僻的一部分，现代文明尚未来到，还没有划分区乡。森林尚未被砍伐，草场也未有放牧，现在仍是一片未开垦的处女地。

在英国人绘制的地图上，这片荒漠被称为"黑人区"，也就是为黑人保留的一片区域。英国移民们野蛮地驱走土著人，把他们赶进这片区域里来。土著人在这一区域内自生自灭。但凡白人，无论是移民、牧民还是伐木者，都可以自由进出这个地区，但土著人却不许走出来。

巴加内尔边骑马前行，边对土著人所面临的种族歧视问题大发议论。其结论只有一个：大英帝国的殖民政策就是旨在灭绝弱小民族，在澳大利亚，这种情况尤为明显。

在殖民初期，被流放到澳洲来的流放犯和正当的移民，全都视黑人为野兽。他们驱走黑人，枪杀土著人，还口口声声地说，澳洲土著人冥顽不化，只有一杀了之。甚至在悉尼的报刊上，有人还建议大面积地投毒，把猎人湖地区的土著人悉数毒死。

由此可见，在征服当地之初，英国人是采取屠杀土著人的方法来拓展其殖民事业的。其手段之残忍简直达到了登峰造极的地步。在印度，他们消灭了五百万印度人；在好望角，一百万胡图族人被灭掉了九十万。英国人在澳洲的残暴行径与在印度、好望角如出一辙。因此，大批的澳洲土著人在这灭绝人性的"文明"面前惨不忍睹地死去了。

尽管有少数几位总督也曾下令，不许那些嗜杀成性的伐木者滥杀土著人，但一纸空文，并未使屠杀有所收敛。这些总督甚至还宣布：一个白人割掉了一个黑人的鼻子或耳朵，或者砍下黑人一只小拇指做烟扦，将受到鞭笞，但虐杀仍有增无减，以致整个整个的部落都给灭绝了。比如，在凡第门岛，19世纪初，岛上有土著人五千，至1863年，就只剩下七个人了。最近，《水星报》还报道了一则消息：最后一个塔斯马尼亚人已经去了哈巴特。

格里那凡爵士、麦克那布斯少校、孟格尔船长听了巴加内尔的这番讲述，沉默不语，无言以对。他们虽然都是英国人，但面对巴加内尔所列举的事实，而且是人人皆知的事实，根本无法反驳。

接着，巴加内尔又补充说道：

"换到五十年前，一路上，早就遇到不少的土著人了。可是现在，到目前为止，我们连一个土著人都还没有遇上。一个世纪之后，这个大陆上的土著人将会完全绝迹。"

是啊，巴加内尔所言极是。这一带都未见土著人的影子，再往前走，不是旷野就是森林，越走越荒凉，不要说是人影了，就连野兽的影子也难见到。

突然间，小罗伯特在一丛桉树前停下来，大声喊道：

"看啊，一只猴子！快看，是猴子！"

他边喊边指着树上的一团黑东西；只见那玩意儿在树枝上跳来蹦去，忽而在这棵树顶上，忽而又跃到另一棵树顶上去，仿佛身上长着翅膀似的。

这时，牛车也停了下来。大家都在观看那个动物，不一会儿，它便在桉树梢儿中不见了踪影。又过了一会儿，它快若闪电般地蹦到了地上，跳来跃去，扭动着身子跑动着。然后，伸出两只长臂，抓住一棵大桉树的树干。大家正在纳闷儿，这么粗大挺拔的树干，表面又十分光滑，如何爬得上去？可是，那猴子却颇有办法，它拿着一把斧子状的工具，在树干上左砍右劈，砍出许多凹口来，而且还都是等距离的，它便踩着这些凹口，迅速地攀援上了树梢，没几秒钟的工夫，便钻进树叶丛中去了。

"好奇怪！这是一种什么猴子啊？"少校在自问着。

"这种猴子吗，就是地地道道的澳洲土著人。"巴加内尔回答道。

大家刚耸了耸肩，还没来得及反驳，便突然听见远处传来一片"咕呃！咕呃！"的叫声。艾尔通赶着牛车疾速往前，走了百十来步，但见一处土著人的营地出现在众人面前。

那营地上有十多个搭在地上的棚子，用大块的树皮叠盖着，只能斜挡着一面，看那情景，颇为凄凉。一些土著人就居住在这种斜坡式的棚子里，一个个看上去不像人样。他们一共有三十多人，男女老幼都有，全都身披着破破烂烂的袋鼠皮。见牛车过来，纷纷想逃。艾尔通立刻说了几句莫名其妙的土话，他们好像放心了，便跑了回来，满怀疑惧地打量着这伙陌生人。

这些土著人身高在五英尺五英寸到五英尺七英寸之间，皮肤黝黑，但又并非纯粹的黑色，头发卷曲，胳膊很长，浑身刺有花纹，且长满毫毛。有的人身上还留有丧礼上割去一块肉后所留下的疤痕。他们的面部很丑陋，厚唇阔嘴，塌鼻梁，下颚前突，一口白牙。

海伦夫人和玛丽·格兰特小姐下了牛车，满怀着恻隐之心给这些人分发吃食。土著人立刻狼吞虎咽起来。这么一来，他们便把她俩视作神灵，因为澳洲土著人原本就很迷信，认为白人原来也是黑人，只是死了之后才变成白人。

在这些土著人中，妇女让人尤为同情。她们的处境也是最悲惨的。她们没有任何展现自己妩媚的机会，总是被人以暴力抢来夺去，丈夫手中的大棒的毒打就是她们的结婚礼物。妇女婚后，未老先衰，流浪生活中的一切苦活累活全都落在了她们的身上。她们经常是怀抱用蒲包裹着的孩子，背上背着渔猎的工具，并且带着织网用的野草筋，为一家人的生计奔忙。她们得捕捉蜥蜴、袋鼠和蛇；她们得砍柴和扒树皮盖棚子。她们简直牛马不如，只知干活，很少歇息，吃饭时得等丈夫吃完之后，才能吃上一口残羹剩饭。

这时候，只见几个可怜的妇女在用谷粒诱捕鸟雀，看她们的模样，大概有多日没有吃什么东西了。她们在烫人的地上躺着不动,连续数小时,企盼着有这么个笨鸟落入圈套。

格里那凡爵士一行人的好心好意感动了土著人,他们纷纷围拢过来,嘴里不停地叽里咕噜,声音倒也十分悦耳。看他们的手势,他们叽咕的"诺吉、诺吉"声,意思像是"给我、给我"。不论看见什么,他们都这么叽咕着。奥比内先生担心他们会上来抢东西,便尽力地在护着那行李车厢,对途中的食物尤其看得更紧。

土著人看见车上的东西,眼睛睁得老大,既贪婪又可怕。而且,像是吃过人肉的牙齿还龇着,更加让人胆寒。当然,大部分澳洲土著人平时并不吃人肉,但在部落之间发生仇杀的时候,杀红了眼,那也照样要吃人肉的。

格里那凡爵士听从了海伦夫人的提议,让人向这些土著人散发一些吃食。土著人明白了他的意思,做出各种各样的表情来,看着让人动容。他们边向前拥来,边大声喊叫,如同笼中野兽见到主人来喂食一般。

奥比内先生倒是颇有风度,懂得社交礼仪,觉得应该先把东西散发给女人。但是,土著女人却没有领他的情,仍让自己的男人先吃。只见男人们像饿虎扑食一般地冲了上来,抢那些饼干和干肉。

玛丽·格兰特联想到父亲很可能落入这种野蛮的土著人之手,吃苦挨饿,当牛做马,眼里不由自主地便涌出泪水来。约翰·孟格尔见状,知道玛丽小姐心中之所思,颇为不安,便赶忙问艾尔通道:

"艾尔通,您就是从这样的土著人手中逃脱的吗?"

"是的,船长。内地的土著人差不多都这样。您现在所看见的只不过是一小伙可怜虫罢了。在达令河两岸有很多大的部落,其酋长具有相当大的权威。"

"那么,一个欧洲人落到这些土著人部落手中,要干些什么活儿吗?"

"干自己以前所干的事。同他们一起打猎、捕鱼,也和他们一起打仗,而且还论功行赏。只要你干得好,又聪明又勇敢,就吃不了亏的。"

"那还是俘虏吗？"玛丽·格兰特问道。

"当然是啊，仍然要受到严密监视的，白天黑夜都有人看守，无法逃跑。"

"可您不就逃脱了吗？"少校连忙插上一句。

"是啊，麦克那布斯先生。我是趁那个部落与邻近部落交战，趁乱逃脱的。当然，我现在并不后悔，但若是让我再逃一次，那我宁愿做一辈子奴隶，也不愿意去穿越内陆的荒漠，去吃那种种的苦头了。愿上帝保佑格兰特船长，千万别动逃跑的念头。"

"是啊！"约翰·孟格尔应声道，然后转而对玛丽小姐说道，"玛丽小姐，但愿令尊大人现在仍在土著人手中。这样，他就不会在内陆森林中乱跑，我们找他也就容易得多了。"

"您始终认为家父有望被找到？"

"是的，我一直这么认为。玛丽小姐，希望有上帝庇佑，看到您有幸福的那一天。"

玛丽小姐满含着泪水，向年轻船长深表感谢。

这时候，那些土著人突然骚动起来，大喊大叫，拿着武器，疯狂地向四面八方跑去。

格里那凡爵士好生不解，少校连忙把艾尔通叫了过来，问他道："您在澳洲土著人中间生活过很长时间，总能听得懂他们的话吧？"

"只能听懂一些，因为每个部落都有自己的土语。不过，我可以猜到这些土著人是什么意思。他们想表演一场格斗给阁下看，以表示他们的谢意。"

果然，他们一阵骚动正是为了这场表示感谢的格斗。那些土著人并不答话，直接动起手来。打得十分火爆，装得十分逼真。如果事先不知道是格斗表演，还真以为他们打起来了呢。

他们攻击和防御的武器只是一些大木槌，沉甸甸的，击中脑壳，必碎无疑。还有一种武器是用坚硬的石块磨制的石斧，用两根木棍夹着，斧柄长十英尺。它既可用作武器，又是一种工具，既可砍人头颅，又可砍树削枝。

土著人手里武器抢了开来，嘴里喊杀声不断，不停地相互冲杀，有的倒地装死，有的获胜欢呼，如同真打真杀一般，让人提心吊胆。

这场打斗表演进行了十来分钟。然后，战斗双方停了下来，扔掉手中武器，一动不动地站在那儿，像是一种谢幕式。观者不知何故，正在纳闷儿，但很快便明白过来。原来，有一群大鹦鹉飞来，在橡胶树顶上盘旋着。它们的羽毛五颜六色，宛如一条飘动着的彩虹。打猎当然比表演更有意思，所以，一个土著人便拿起一种红颜色的奇特物件，离开了伙伴们，独自在树丛中悄悄爬行，不发出任何声响。然后，看见距离差不多了，看准目标，扔出手中那物件。只见那物件在离地面两英尺高处平行飞着，飞出十多米之后，突然飞向上，连续击死了十多只鹦鹉，然后，呈抛物线状返回那土著人的脚下。

"那叫'飞去来器'。"艾尔通对看呆了的格里那凡爵士及其同伴们解说道。

"'飞去来器'！就是澳洲人用的那种'飞去来器'？"巴加内尔惊呼道，一边奔了过去，像个孩子似的好奇地捡起那物件，左看右看了半天。

这种所谓的"飞去来器"，其实并没有暗藏什么机关，构造极其简单，只是一块弯弯的硬木，长三四英尺，中间厚度为三英寸，两头尖尖的，有一面是凹进去的，深约七八十厘米，另一面凸出来，有两条锋利的边缘。

"这就是人们常说的那种'飞去来器'？"巴加内尔端详了良久之后又说道，"只不过是块木头，怎么会平飞，又突然上升，然后又飞回来呢？许多学者和旅行家都说不出个所以然来。"

"是不是像抛铁环一样，用某种方法抛出去，又能让它回到起始点？"孟格尔说。

"也许是一种回力作用，"格里那凡爵士说道，"如同打台球一样，击到台球的那个点，它就会转个弯退回来。"

"都不是，"巴加内尔说，"抛铁环，打台球，都有个着力点在起反作用。抛铁环以地面为着力点,打台球有桌台为着力点,而'飞去来器'却根本没有触及地面,没有着力点,可却会突然升高!"

"那您对此有何看法啊,巴加内尔先生?"海伦夫人问道。

"这我说不清楚,不过,有两点我敢肯定:一是投掷方法特殊,二是'飞去来器'本身构造奇特。但这种投掷方法正是澳洲土著人的绝招。"

"不管怎么说,这足见他们是很有智慧的……怎么可以视他们为'怪猴'呢?"海伦夫人看了看少校补充说道。少校仍不服气地在摇着头。

格里那凡爵士觉得已经耽搁了不少时间,应该继续往东走了。他正要请海伦夫人她们上车,却突然看到一个土著人飞奔过来,兴奋地对他说了几句。

"他说他们看到了几只鸸鹋。"艾尔通连忙为他翻译。

"还要打猎?"格里那凡爵士问道。

"得去看看,一定很带劲儿的!也许又得使用那种'飞去来器'了。"巴加内尔兴奋不已地说。

"您看呢,艾尔通?"

"用不了多长时间的,爵士。"

土著人确实手脚麻利,动作迅速,不一会儿便安排就绪,准备停当了。打鸸鹋可是他们的一大喜庆事!一只鸸鹋够整个部落享用好几天的。所以,他们总是全力以赴,一定要捕捉到这种大猎物。

鸸鹋又称为"无鸡冠食火鸡",土人称之为"木佬克",在澳洲平原上已日见稀少。这种大鸟高约两英尺五英寸;头上长有一角质硬甲;眼睛浅棕;喙呈黑色,且呈钩状;趾带利爪,强健有力;翅膀只剩两个短根,无法飞翔,但跑动速度极快;羽毛像兽毛,颈部与胸部颜色较深。这种大鸟由于跑动速度超过骏马,所以对它只能智擒。

这时,突然听到刚才前来报告的那个土著人一声呼喊,十几个土著人便像冲锋队似的散开来。格里那凡爵士他们便待在一丛木本含羞草旁观看着。

十几只鸸鹋一见土著人走过来,立刻站起来奔逃而去;跑出有一英里远后,它们又躲藏了起来。那个猎人发现了它们的藏身之处,立即打了个手势，让同伴们待在原地别动，躺在地上。那猎人从随身带着的网兜中取出几张缝制得极其巧妙的鸸鹋皮，披在自己身上，然后，把右臂伸出，高于头顶，模仿鸸鹋在觅食的样子。

他边这么模仿，边向那群鸸鹋走去，但不时地还要停一下，假装觅食；有时还用脚扬起尘土，把自己罩在一团尘埃之中。他的动作与鸸鹋如出一辙，惟妙惟肖。

同时，他还不停地在学鸸鹋在叫，那声音也像极了，足可以假乱真。

果然，那群鸸鹋被蒙住了，毫无戒备地围到猎人的身边来。那猎人突然挥起大木槌，击倒了六只鸸鹋中的五只。

猎人的捕猎成功了，这场打猎也就宣告结束。

格里那凡爵士一行看了这场精彩的捕猎之后，十分高兴，因时间已晚，不便久留，便与土著人告别，向东而去。

第 43 章　百万富翁畜牧主

一行人在东经 146°15′ 处安然地度过了一夜。1月6日早晨七点，他们继续东行，在那片广阔的平原上前进着，时常遇到一条条弯弯曲曲的河流，有的有水，有的干涸。河边长着黄杨树。这些河流全都发源于野牛山。那是一座并不太高的山峦，远远望去，似波浪般起伏，景色秀丽。

当天晚上，一行人便决定在山脚下宿夜。艾尔通挥动鞭子，催牛快行，一天走了三十五英里。

当晚轮到巴加内尔值勤。他扛着枪，在帐篷周围巡逻。他迈着大步走动着，免得犯困打瞌睡。

天上没有月亮，但在星光之下，南半球的夜色仍然很明朗。大自然在沉睡，万籁俱寂，偶尔听到马脚上的绊索的声响在划破静夜。巴加内尔望着星空，不知不觉地便沉浸在幻梦之中，他的心早已飞到天上去了。

突然，他听见远处有一种声音传来，猛地一激灵，从幻梦中回到现实中来。他凝神倾听，宛如钢琴的声音。他好不诧异。这时，又传来几声节奏很强、声音很高的音波，震动着他的耳鼓。

他觉得这并非是幻觉。于是，他便自言自语地在说：

"奇怪！这种荒郊野外，怎么会有钢琴声？这不可能啊！"

这的确是很奇怪。巴加内尔不禁在想，是不是澳洲有什么怪鸟，能学钢琴之声？

这时候，空中又传来一阵清脆动听的歌声。钢琴家加歌唱家！巴加内尔简直不敢相信自己的耳朵了。那竟然是一首名曲，是歌剧《唐璜》①中的一段。

"这就怪了!"巴加内尔心想,"即使澳洲的鸟儿再特别,也不至于会唱莫扎特的名曲吧!"

巴加内尔边寻思边静听。在这寂静的夜晚,有这等美妙动听的歌声相伴,好不快哉,真的是恍若身临仙境,才有此仙声妙乐可听!

不一会儿,歌声止息,夜又恢复了寂静。

威尔逊前来换班,巴加内尔仍是一副如醉如痴的样子。他不想把自己的发现告诉威尔逊,打算等天亮之后,把这事告诉格里那凡爵士。交完班之后,他便钻进帐篷里去,呼呼大睡起来。

第二天,突然一阵狗叫,把众人惊醒。格里那凡爵士连忙起身。只见两只非常漂亮的高大猎犬在树丛旁边蹦跳着。众人靠近时,它们便钻进树丛中去,吠声更加凶了。

"这么荒僻的地方难道还会有畜牧站不成?"格里那凡爵士说,"既然有猎犬,就必然会有猎人。"

巴加内尔正要把夜里值勤时听到琴声歌声的事告诉格里那凡爵士,却见两个青年骑着两匹纯种马出现了。

这两个青年,一身漂亮的猎装,一副绅士派头。他们看到这群宿营者,便勒马停下。看上去,他们也好生奇怪,怎么这儿会有身带武器的人出现?这时,海伦夫人和玛丽小姐走下牛车。

两个青年见状,连忙翻身下马,脱下帽子,拿在手上,向她俩走来。

格里那凡爵士赶忙迎上前去。因为自己是外来之人,所以便先开口自报家门。两个年轻人听到后,连忙鞠躬致礼,其中年纪稍大一点的那位开口说道:

"爵士,欢迎欢迎,欢迎诸位前去寒舍小坐,蓬荜生辉!"

"您二位是……"格里那凡爵士问道。

"米歇尔·帕特逊,桑迪·帕特逊,霍坦站的主人,你们已经进入本站地界,距寒舍不到半英里。"

---

① 《唐璜》系奥地利著名作曲家莫扎特(1756—1791)的杰作。

"承蒙二位盛情相邀，实在不敢打扰。"

"爵士，"米歇尔·帕特逊说，"诸位若肯赏光，不胜荣幸之至。陌路相逢，也是有缘嘛。"

格里那凡爵士见无法推辞，只好应允。

"先生，恕我冒昧，我想请问一下，昨晚唱天才作曲家莫扎特的那支名曲者是您吗？"巴加内尔问米歇尔·帕特逊道。

"是我，先生。伴奏的是我的堂弟桑迪。"米歇尔回答道。

"那就请允许我这个法国人，此曲的爱好者，向您表示衷心的赞美吧。"巴加内尔说着，便向那位年轻的绅士伸出手去，后者很文雅地握了握。然后，米歇尔用手一指右边的那条路，请大家前去他家。马匹都已交给艾尔通和水手们照看了。

一行人在年轻绅士的引领下，边闲聊边欣赏美丽景色，向霍坦站走去。

那是一座美丽的庄园，布局如同英国公园一般整齐有序。无边无际的草场被灰色栅栏围成一大块一大块的；不计其数的牛羊在草场上吃草；许多放牧人和牧羊犬在一旁守护着。只听见牛哞羊咩，犬吠鞭响，别有一番风味。

放眼向东，是一片混成林，尽头便是巍峨耸立的霍坦山，山高七千五百英尺。一排排常绿树向四面八方伸展开去。一丛丛的六英尺高的所谓"草树"随处可见；这种"草树"颇像矮小的棕榈，树身全部被细长如发丝的叶子掩盖着；此时，"草树"正在开着一串串的白花，似薄荷般的清香四溢。

在这些当地花木丛中，还点缀着一些由欧洲移植来的果树：桃树、梨树、无花果树、橘子树、苹果树，甚至还有橡树。一行人走在故乡的果树下，不禁欢呼惊奇，但是，尤其令他们感到开心的是，在枝头上飞舞着的鸟儿：羽毛如绸缎的"缎鸟"，长着一半金色羽毛的"丝光鸟"，以及在凤尾草丛中穿来穿去的琴鸟。

他们边走边聊，不觉之间便发现通道尽头出现了一座漂亮的房屋。

那是一座砖木结构的房屋，形状美观，宛如一座瑞士别墅，墙外带有回廊,廊檐下悬挂着中国灯笼。

房屋周围是马厩、厂棚;这儿看上去没有一点农庄的样子。所有这类建筑都建在半英里外的一个山谷中,大约有二十多座,形成一个小小村落;村落与主住宅之间架设有电话线,随时可以通话联系。

又走过一座小桥,一行人便来到了主人住宅门前。一位满面红光的管家开门迎客。客人们于是便走进了富丽堂皇的屋内。

客人们先走进的是一个前厅,厅内挂满着取材于骑马射猎的各式各样的艺术品。对着前厅的是一间大会客厅,有五扇宽大的窗户。客厅里放着一架钢琴,一堆古代或近代的乐谱摆放在琴上;几个画架上还摊放着画稿;几尊大理石雕像立在一旁;墙上挂着几幅欧洲著名画家的画;地板上铺着柔软的深绿色高级地毯;墙上壁毯上绣着美丽的神话故事;天花板上垂吊着一个古铜质吊灯。此外,尚有不少珍奇古玩、精美陶器以及其他一些精致的艺术品。

一座澳洲住宅竟然有若许的珍贵物品,实在令人称奇艳羡。这足以说明住宅主人的艺术鉴赏能力和丰富的生活乐趣。但凡能使人在飘零生活中解忧遣愁的东西,但凡能让人回忆起欧洲生活习俗的东西,这座仙宫中都应有尽有。这儿让人恍若踏进了法国和英国的高贵府邸。

柔和的光线从那五扇大窗中透了进来,海伦夫人走近窗前,不禁赞叹连声。窗外是一片宽阔的谷地,一直延伸至霍坦山脚下。眼前呈现着片片草场、丛丛树林、疏落空地、起伏地势,宛如一幅绝妙的风景画,令人心旷神怡,流连忘返。

这时,桑迪事先吩咐厨师预备的早餐已经送上,客人们围桌而坐。主人为能在家中款待远方来客,颇感荣幸。

主人很快便知道了客人们此行的目的;格里那凡爵士所叙述的一路寻访过来的情况让主人感动不已。主人还对格兰特船长的一双儿女说了不少的宽慰的话语。

"哈利·格兰特既然未曾在沿海各殖民地露过面,"米歇尔说道,"那想必是落入土著人之手了。从信件上看,他是知道自己所在的方位的。他肯定是一踏上陆地就被土著人给掳走了。"

"他的水手艾尔通的遭遇正是如此。"约翰·孟格尔说道。

"你们二位从未听说过不列颠尼亚号失事的事吗?"海伦夫人问道。

"从未听说过,夫人。"米歇尔答道。

"照你们看,格兰特船长被土著人掳去之后会怎么样?"

"澳洲土著人并不残忍,夫人。他们性情比较温和,有许多欧洲人与他们生活在一起,从未受到过虐待。关于这一点,格兰特小姐大可放心。"

"柏克探险队的唯一一位幸存者——金格就是一个明证。"巴加内尔说道。

"不仅是那位勇敢的探险家,还有一位,是个英国士兵,名叫布克莱的,他1803年脱险,逃到菲利普港,被土著人收留,与土著人共同生活了三十三年。"桑迪说道。

"还有,最近,据《澳大利亚》杂志报道,有一个名叫毛利尔的人,过了十六年的奴隶生活,不久前终于回到了自己的家乡。他是1846年'秘鲁'号失事后被土著人掳到内陆地区去的。格兰特船长的遭遇应该同他一样,我想,你们完全有望找到他们。"米歇尔·帕特逊说道。

他的这番话让一行人听了之后十分振奋。他的话也证实了巴加内尔先前与艾尔通所说的话。

女士们离席之后,男士们又谈起了流放犯来。两位主人也听说了康登桥遭劫所发生的惨案的事,但他们对流放犯的出现并不以为然,他们有一百多号人,这帮流放犯绝不敢贸然前来骚扰。再说,墨累河一带荒漠地区,无东西可抢,而新南威尔士殖民地,公路上盘查很严,那帮人是不会来的。艾尔通也同意主人的这种分析。

鉴于两位主人的热情好客,盛情难却,格里那凡爵士只好在霍坦站逗留一天。这样一来,就得耽搁十二个小时,但正好利用这段时间休整一下,牛和马也可以待在舒适的牛栏马厩里恢复一下体力。

为了愉快地度过这段短暂的逗留时间,主人为客人们拟定了一个计划,客人们高兴地同意了。

中午时分,主人准备好了十匹善于围猎的骏马,并为两位女客准备了一辆漂亮的轻便马车,随即便出发了。马上的人背着猎枪,在轻便马车两旁奔跑；猎犬也跟着穿行于矮树林中，狂吠不止。

　　四个小时的围猎过程中，猎手们骑着马跑遍了林中的大路小道，不停地开枪射猎。小罗伯特更是不甘落后，奋勇当先，第一个开枪，置姐姐的叮咛嘱咐于不顾。不过，有孟格尔在一旁照顾着他，玛丽小姐也就不太担心了。

　　这场围猎收获不小，猎获了一些当地特有的动物，巴加内尔虽早已听说，但却从未见过，其中有袋熊和袋鼬。袋熊是一种食草兽，大小与羊相近，同沙獾一样，善于打洞，其肉质鲜美。而袋鼬则属于袋兽中的一种，比欧洲的狐狸还要狡猾，偷起鸡来简直可以说是狐狸的师父。袋鼬其貌丑陋，长约十五英寸。巴加内尔举枪一射，便击中了一只袋鼬，由于猎人的自尊心使然，他还自言自语地说："这小家伙多漂亮啊！"

　　小罗伯特也颇有建树，猎获不少，其中包括一只袋狐和一对袋鼠。

　　不过，这次围猎最有趣的是追捕大袋鼠了。下午四点光景，猎犬狂吠，惊起一大群大袋鼠。霎时间，幼袋鼠慌忙钻进母亲腹部的袋子里躲藏起来，大袋鼠们便连蹦带跳地奔逃开来。其后腿比前腿要长两倍，蹦跳的距离相当远；那腿一屈一伸，如同装上了弹簧一般。领头的是一只雄性大袋鼠，高有五英尺，非常地俊美神气。

　　围猎者们一连追出了四五英里，袋鼠们仍奔跑如前，没见一丝疲劳。猎犬不敢向它们扑过去，因为它们后腿上长着厉害的利爪。最后，袋鼠们还是没了力气，跑不动了。那只雄性大袋鼠倚靠在一棵大树上，准备负隅顽抗。一条猎犬因为跑动速度太快，刹不住脚，一下子冲到雄性大袋鼠面前。刹那间，只见猎犬被踢到空中，摔下地来时，肚子已被撕裂。显然，靠猎犬捕获，无济于事，只有开枪射击了。

　　正在这时，小罗伯特一不小心，差点丧命。他是想再往前靠近一些，好打得更准，不料，那雄性大袋鼠蹿了出去，一跃而起，向他扑来。

　　小罗伯特大叫一声，倒在地上。坐在马车上的玛丽·格兰特见状，吓得魂不附体，只是无助地伸出双臂。大家害怕伤着小罗伯特，都不敢开枪。

但见约翰·孟格尔嗖地一下拔出猎刀，冒着被袋鼠利爪撕破肚皮的危险，冲上前去，手起刀落，当胸一刀，袋鼠当即倒地。小罗伯特爬了起来，没有受伤。

姐弟二人拥抱在一起，然后，玛丽·格兰特转向年轻船长，伸出玉手，连声道谢：

"谢谢您，约翰先生！谢谢您！"

"区区小事，何足挂齿，我本来就答应你要保护他的。"约翰·孟格尔握着少女那颤抖的玉手，客气地回答道。

这次意外，化险为夷，大家长出了一口气，但围猎因此也就宣告结束了。那群袋鼠，见头领已死，群龙无首，四散奔逃而去。被打死的那只雄性大袋鼠给弄回主人住处。下午六点，一桌丰盛的佳肴在等着大家。其中尤以按当地风味制作的袋鼠尾汤，最受众人欢迎。

晚餐后，用完饭后甜食——冰淇淋和果汁，主客双方聚于大客厅中。晚间，大家以欣赏音乐来度过。海伦夫人对钢琴颇有造诣，专门为两位主人弹上一曲。米歇尔和桑迪嗓音甜美，唱了法国作曲家古诺、马塞、达维德的名曲片段，还唱了德国天才作曲家瓦格纳的名曲。

十一点时，大家用茶。茶泡得十分香浓，只有英国人才能泡得出这么好的茶来。但是，巴加内尔别出心裁，非要尝尝澳洲风味土茶。于是，主人便给他端上来一杯黑如墨汁的饮料，是用一升水加半斤茶叶熬制四个小时制成的。巴加内尔喝时，不禁双眉紧蹙，撇着嘴咬着牙，但却嘴硬，连说"好茶，好茶"。

午夜时分，客人们被领进舒适凉爽的房间里，睡梦中继续享受着一天来的欢快。

第二天，东方破晓，格里那凡爵士一行告别主人，客气了一番，并相约日后到欧洲玛考姆府相见。然后，骑手们围着牛车，踏上寻访征途，绕过了霍坦山，不一会儿，主人的那幢漂亮宅第便看不见了。前行又五英里，仍旧身在霍坦站地界之内。九点时，才走到它的最后一道栅栏，进入维多利亚省的那片荒漠地区。

第44章　澳洲的阿尔卑斯山

前方是一排漫长的屏障，挡住了格里那凡爵士一行人的去路。那是澳洲的阿尔卑斯山。它绵延起伏达一千五百英里，海拔四千英尺，宛如一道天然防御工事，天然的屏障阻遏住天上的浮云。

天空中阴云密布，地面上水汽聚集，气温虽然很高，但还忍受得了，只是路面崎岖，行走困难。平原上，长满橡胶树的丘陵疏落散布，但愈见增多，一直绵延至远方，构成阿尔卑斯山脉的山前坡。路在不断地往上盘旋，牛累得呼哧带喘，牛腿上的筋肉紧绷，好似快要绷裂。艾尔通虽说是个好把式，但毕竟还是时有碰撞发生。

约翰·孟格尔同两名水手在前面几百步远处开道，尽量挑选易行好走的路走，但无奈地面忽高忽低，实在是不好行走。沿途障碍多多。高耸着的花岗岩、幽深的山谷、深浅莫测的河滩，比比皆是，必须绕行。有好多次，一行人竟然走进了又深又密的荆棘丛中，威尔逊只好挥动大斧，披荆斩棘，为一行人开路。一直这么艰难地行走到傍晚时分，也才只走了半个经度的路程。因天色已晚，一行人只好在阿尔卑斯山脚下的哥本伯拉河畔安营扎寨。这儿有一片小平川，长满着四英尺高的灌木，其叶子呈浅红色，煞是好看。

"过了这一带的山坡，还有许多苦头在等着我们呢，"格里那凡爵士望着隐没在夜色中的山脉说，"阿尔卑斯！一听这名字就让人浮想联翩。"

"这名字得大打折扣的,亲爱的格里那凡爵士，"巴加内尔说道，"您别以为这是在穿越整个瑞士。在澳洲如同在美洲、欧洲一样,有格兰比安山脉①,有比利牛斯山脉②,还有蓝山山脉③,但其规模都缩小了不少。这种名实不副的情况说明,那些地理学家缺乏想象力,或者头脑中专有名词太少,想不出新的名称来。"

"照您这么说,澳洲的阿尔卑斯山是……"海伦夫人说道。

"是一条袖珍山脉,"巴加内尔立即接上去说,"我们翻过去之后还没觉出来呢。"

"您这是在说您自己吧!只有您这么粗心的人,翻过一座山还觉不出来!"少校顶撞他道。

"您怎么老说我粗心大意啊!"巴加内尔不服气地回答道,"我早就不粗心大意了。请两位女士给评评看,来到澳洲之后,我不是实现了自己的诺言,没有做过一件粗心大意的事吗?您能找出我哪儿做得不对了?"

"您没犯过任何粗心大意的错,巴加内尔先生,您现在可以称得上是十全十美的人了。"玛丽·格兰特小姐说。

"完美无缺!不过,您要是还像从前那样粗心大意的话,那才像是真正的您呢!"海伦夫人笑着补充道。

"真的吗,夫人?我若是没有了那点小毛病,就同普通人一模一样了!那我希望自己不久就要犯点错误,让你们开开心,你们信不?如果不犯点小错误,我像是没有尽到自己的责任似的。"巴加内尔回答道。

翌日,1月9日,尽管乐观的巴加内尔极力保证,一行人还是在艰苦难行的阿尔卑斯山的隘路上走着。一小时之后,如果不是在一条山路旁发现了一家小客栈的话,艾尔通真的感到进退两难了。

"哈哈!这种地方开什么旅店!这能发财吗?真是滑天下之大稽!"巴加内尔说道。

"对我们可是大有用处啊,正好替我们指指路。"格里那凡爵士说,

---

① 格兰比安山脉,位于苏格兰。
② 比利牛斯山脉,位于法国和西班牙的交界处。
③ 蓝山山脉,位于北美洲。

"咱们进去吧。"

格里那凡爵士同艾尔通相继走进小客栈。客栈挂的招牌上写着大字:"绿林旅店"。老板身体壮实,满脸横肉。店里有烧酒、威士忌和白兰地卖。旅店很少有顾客光顾,只不过是一些过路的放牧者前来而已。

格里那凡爵士通过艾尔通向店主问了几个问题。店主勉强地敷衍几句,不怎么回答,但根据店主那简短的回答,艾尔通还是弄清了方向。为了表示谢意,格里那凡爵士给了店主点钱。走出店门,他突然发现墙上贴着一张告示。

那是殖民地当局张贴的一张通缉令。通缉令上写道:

> 珀斯发现一批流窜犯,为首者名叫本·乔伊斯。若有人将该犯擒获,请速押送当局,赏银一百镑。

"这个本·乔伊斯真是罪大恶极,真该让他上绞刑架。"格里那凡爵士对艾尔通说道。

"那得先把他抓到才行,一百镑!赏银不少。这家伙不值那么多钱!"艾尔通说道。

"那个店主,尽管墙上贴着告示,但我看他也不像个好人。"格里那凡爵士又说道。

"我看也是。"艾尔通应声道。

格里那凡爵士和水手艾尔通回到了牛车旁。一行人于是便向卢克诺大路尽头走去。那儿有一条蜿蜒曲折的小路斜贯于山腰间。

上山的路颇为艰难。车上和马上的人不止一次下来步行。车子太重,上坡时得帮着推;下坡时得在后面拉着点;拐弯时,辕木太长,拐不过去,得把牛解下来。有几次,艾尔通还不得不把几匹已经筋疲力尽的马套上,帮着牛拉车。

不知是因疲劳过度,还是其他什么原因,这一天,有一匹马死了。事先一点征兆也看不出来,一倒下便死了。那是穆拉迪骑的马,他拼命地拉它,但已无济于事。

艾尔通上前检查了一下倒卧在地上的马，但却说不出个所以然来。

"看来是血管破裂所致。"格里那凡爵士推测道。

"肯定是。"艾尔通应声附和着。

"您骑我的马吧，穆拉迪，我坐牛车。"格里那凡爵士提议道。

穆拉迪接受了爵士的安排。一行人继续往上爬去；那匹死马只好撇下，任由乌鸦啄食了。

澳洲的阿尔卑斯山并不算大山，从山这边到山那边，不足八英里宽。如果艾尔通选择的路能够通向山的东边的话，四十八小时后就可以翻越到山那边去了。继续向前，一直到海边，都不会遇上多大的障碍。

10日那一天，一行人爬到了山路的最高点，海拔约两千英尺。这儿地处高原，视野开阔，一眼可看到很远的地方。只见北边的奥美湖波光粼粼，湖上有水鸟的身影，湖那边就是墨累河流域的广阔平原。南边是克普斯兰的绿色草场，青草依依，柔如地毯，一望无垠。

当晚，一行人便在高原顶上露宿。翌日，大家开始下山。下山的路走起来快多了。半路上，突然一阵大冰雹袭来，众人连忙找遮挡处躲避。牛车篷顶被冰雹砸出许多洞来。大约一个小时过后，冰雹停了，众人便在湿滑的山路上往下走去。

牛车一路摇晃颠簸，车厢板有几处给碰脱了榫，好在整个车身相当结实，并无大碍。傍晚时分，一行人已经走下阿尔卑斯山的最后几个阶梯。阿尔卑斯山总算翻越过来了。前方就是直通吉普斯兰平原的大路，于是，众人便照例搭起帐篷宿营。

12日，天刚放亮，一行人便踏上了征程。人人兴高采烈，劲头儿十足，恨不能一步跨到海边，到达不列颠尼亚号遇难之地。只有到了那儿，才能找到失踪者的踪迹。

艾尔通再次催促格里那凡爵士，让他派人向邓肯号传令，让船开到太平洋沿岸来，以利寻访工作的进行。他说从卢克诺到墨尔本的路好走，过了这儿，就没有大路了，因此最好现在就派人去传达命令。

他的话听上去不无道理。巴加内尔也劝格里那凡爵士这么做，也认为邓肯号开过来会有所帮助。

格里那凡爵士犹豫不决，要不是麦克那布斯少校坚决反对的话，他也许就听从了艾尔通的建议。少校说一行人缺了艾尔通不行，这一带只有艾尔通一人熟悉路径，万一真的发现了格兰特船长的踪迹，跟踪寻访的话，也只有靠艾尔通才行，再说，也只有他知道不列颠尼亚号的失事地点。

因此，少校坚持按原计划继续向前。约翰·孟格尔也支持少校的意见，认为还是从杜福湾派人给邓肯号送信更为合适。最后，少校等的意见占了上风。少校偷偷地瞥了艾尔通一眼，见他似乎有点失望，但少校没有言声。

在澳洲的阿尔卑斯山脚下展现的是一片十分平坦的平原，只是东面的地势略显低一些。平原上可见一丛丛的树木，有桉树、胶树等。另外，还有一些开着艳丽花朵的胃豆类灌木。有时还有几条溪流挡住行人出路，必须涉水而过。远处，可见成群的鸨鸟、鸸鹋及袋鼠，看见有人靠近，正在拼命奔逃。格里那凡爵士一行已经人困马乏，无心打猎了。另外，天气也很闷热，弄得人无精打采，只能埋着头往前走。只有艾尔通吆喝牛快走的声音打破这一片沉寂。

从正晌午到午后两点，一行人穿行于凤尾草丛中。此时，凤尾草正在开花，高约三十英尺，细细的枝条往下垂，人马从其下面走过并无大碍。在这些高大的凤尾草丛中行进，多少有了点凉爽之意；巴加内尔看到奇异景色，总不免要感叹一番，不曾想，他的感叹声惊动了一群鹦鹉，顿时叫声四起。

巴加内尔正在得意忘形地感叹连声时，他的同伴们却突然发现他在马背上摇来晃去的，随即便摔到了地上。他这是怎么了？是中暑了？众人急忙奔了过来。

"巴加内尔！巴加内尔！您怎么啦？"格里那凡爵士在大声呼唤他。

"怎么搞的？亲爱的朋友，我怎么没有骑在马上啊？"巴加内尔一边回答，一边连忙把脚从马镫子里抽出来。

"怎么？您的马也……"

"也死了！说死就死啊，同穆拉迪的马一样。"

格里那凡、孟格尔、威尔逊连忙检查巴加内尔的那匹马,确实是已经死了。

"这可真怪了。"约翰·孟格尔说道。

"是啊,真是太奇怪了。"少校也嘟囔着说道。

这又一次的意外事故,令格里那凡爵士焦急不安起来。在这么个荒僻地带,没有马可以补充的。如果马匹都染上马瘟,相继死去,继续前行就非常艰难了。

不料,尚未到傍晚,"马瘟"似乎便得到了证实:又一匹马,威尔逊的坐骑,也死了。更加严重的是,有三头牛也死了。这么一来只剩下三头牛和四匹马供拉车和人骑的了。

事态严重了。骑马的人没有了马,尚可豁出去徒步而行,可是,若没了牛拉车,两位女士怎么办啊?这儿离杜福湾还有一百二十英里的路程,她俩走得动吗?

约翰·孟格尔和格里那凡爵士心急如焚。他俩忙去检查剩下的马和牛,想办法不能再出现意外了。检查完了之后,倒是没发现什么病症,甚至看不出一点衰弱的征兆来。牛和马全都十分健壮,长途跋涉并无问题。格里那凡爵士连声祈祷,希望再也别出现马牛倒毙的事了。

艾尔通也在这么希望着,他说他也颇觉蹊跷,怎么突然会出现马牛倒毙的现象。

大家又开始继续往前。没马骑的人,徒步走着,累了就坐到牛车上去歇息一会儿。一天下来,一行人只前行了十英里。

第二天,1月13日,一天无事,平平安安地度过了。没有再发生牛马死亡的事;人人精神也都十分饱满。由于天气炎热,大家没少喝饮料,令奥比内先生忙得不亦乐乎,半桶苏格兰啤酒很快便见了底儿。

这一天开始就很顺利,一个个精神抖擞,一口气走了有十五英里,轻轻松松地就走过了一片高低起伏的红土地带,急切地盼着当天晚上便能赶到斯诺威河畔宿营。斯诺威河在维多利亚省南部流入太平洋。日暮黄昏时分,远远望去,前方有一道雾气,那显然就是奔流不息的斯诺威河了。艾尔通催赶着牛车,骑马人扬鞭催马,又赶了几英里的路程,来到了一个山丘旁。翻过这山丘,大路拐弯处出现了一片森林。艾尔通驱赶着已经疲劳过度的牛,往那片参天大树林奔去。出了这片树林,距离斯诺威河已不到五英里了,可是,偏偏在这个时候,牛车陷进泥淖之中,一直陷至车轴。

"小心!"艾尔通扭回头去冲骑马的人喊道。

"怎么了?"格里那凡爵士忙问。

"牛车陷进泥潭里了。"艾尔通答道。

艾尔通拼命吆喝,一边猛甩鞭子,催赶着拉车的牛使力,但那几头牛已半截陷入泥潭之中,根本使不上力。

"咱们就在这儿宿营算了。"约翰·孟格尔说道。

"也只能如此了。等天亮之后,再想法子把车子弄出来。"艾尔通附和道。

"准备宿营!"格里那凡爵士喊道。

夜幕很快便降临了。太阳下山之后,天气依然闷热。远处正在下雨,只见一道道闪电把天边照得雪亮。帐篷已在树下搭起来,只要不下雨,这一夜是可以平安度过的。

艾尔通费了很大的劲儿才把三头牛从泥潭中拽了出来。他将牛同四匹马牵到一起,给它们喂了好料。格里那凡爵士见一向认真仔细的艾尔通今晚更加细心侍候牛马,心生感激,因为就剩这三头牛了,牛车全靠它们了。

大家简单地凑合着吃了晚饭,因天气闷热,再加鞍马劳顿,便准备歇息了。海伦夫人和格兰特小姐与大伙儿道了晚安,也去车上歇息去了。

众人逐渐进入梦乡。这时候,大片大片的乌云已经云集天空,夜色更加黯黑,没有一丝风。四周寂然一片,偶然传来几声猫头鹰的叫声。

十一点钟光景,少校突然醒来。由于过于劳累,他睡得不好。他揉了揉惺忪睡眼,忽然发现树林中隐隐约约地有亮光在闪动,宛如湖面上的粼粼波光,又如洁白的绸缎在飘动。

一开始,他还以为地上着火了。他立即爬了起来,向树林里走去,仔细一看，不免颇为惊奇，原来是一片望不到边的菌类发出的磷光。

少校不愿独享这奇景，正待前去叫醒巴加内尔，让这位地理学家也一饱眼福。可是正在这时候，突然出现了一点意外情况，他便止步不前了。

那片磷光把树林里有半英里的面积给照亮了。少校凭借这片磷光，隐隐约约地看到树林边缘有几个黑影掠过。自己是产生了幻觉还是看花了眼了？

于是，他便趴在地上，小心翼翼地仔细地观察着。他看清楚了，有几个人的身影在一弯一伸的，好像在地上寻找些什么。

这么晚了，他们这是干什么？一定要弄个明白。于是，他决定先别惊动大家，自己先看个究竟。他在地上爬着，躲进草丛中。

第45章 急剧变化

这一夜，天气恶劣。凌晨两点，乌云翻滚的天空突然下起了倾盆大雨。帐篷挡不了大雨，格里那凡爵士等几人只好爬到牛车上去暂避一下。睡觉是不可能了，只好聊天。少校闷不作声，听着大家在聊。上半夜，他离开帐篷很长时间，但却无人察觉。雨老下个不停，很可能引发斯诺威河河水泛滥。因此，穆拉迪、艾尔通、孟格尔总不时地要爬下牛车去看一下水位，回来时，都成了落汤鸡。

天总算亮了，雨也停了，但没出太阳。地面上水汪汪的，冒着热雾，空气潮湿得很，闷热难受。

格里那凡爵士最担心的就是牛车，得先把它从泥淖中弄出来才是。他们去看了一下牛车，只见车子前部几乎全都陷进泥里去了，车尾也陷至车轴处了。这么笨重的牛车，想把它从泥淖中拉出来，看来很难很难，即使全部人力加牛马一起上，恐怕希望也不大。

"无论如何，必须立即动手，否则，这种黏糊糊的烂泥一干，就更不容易把车子弄出来了。"约翰·孟格尔说道。

"那就赶紧动手吧。"艾尔通也附和道。

于是，格里那凡、孟格尔、艾尔通和两名水手都钻到昨夜放牛马的树林里去拉牛牵马去了。

那是一片胶林，林中全是枯木，一片凄凉。一棵一棵的树，相距都很远，树皮剥落好像都上百年了。树顶离地面有二百英尺，干枯的树枝向四处伸展着，一片树叶也没有。没有一只鸟儿在树上搭窝做巢，整片树林像是遭了瘟疫似的死亡了。这种现象在澳洲倒并不鲜见,但没有谁能说得清原因何在。

艾尔通跑到昨天把牛马牵来的地方,结果却不见它们在那里了,不觉大吃一惊。牛马全都用绊索套着的,应该不会跑走啊。

大家赶忙在树林中四处找寻,但仍不见牛马的踪影。艾尔通连声呼唤,但始终没有牛马的应声。

大家焦急地找了一个小时,但却一点影子也没有,不免心焦不安起来。格里那凡爵士已经走到离牛车有一英里远了,正要回头走去,突然听见一声马嘶,同时,又听见了一声牛哞。

"它们在那边!"约翰·孟格尔边喊叫,边钻进那片胃豆草丛中去。胃豆草都长得很高,即使一群牛马藏在里面,也发觉不了。

格里那凡、穆拉迪、艾尔通也连忙奔了过去。到那儿一看,大家全都愣住了。只见两头牛和两匹马倒在地上已经死了。一群乌鸦在上空呱呱乱叫,显然是已经发现了这几具牛马尸体。威尔逊见状,不禁骂了开来。

"骂也没用,威尔逊,"格里那凡爵士尽力地控制住自己说,"这也是没法子的事。艾尔通,把剩下的这头牛和这匹马牵回去吧,只能靠它俩对付下去了。"

"要是车子没被陷入泥淖里,有这两头牲畜也可以把车子拉到海边的,顶多也就是慢了一点而已。所以,当务之急是必须尽快地把车子拖出泥淖。"孟格尔说道。

"那就赶紧试试吧。"格里那凡爵士道,"我们出来的时间已经不短了,他们可能很着急了,还是赶快回去吧。"

艾尔通把牛的绊索解开,穆拉迪把马的绊索除去。大家便沿着弯弯曲曲的河岸往回走。半小时后,巴加内尔、麦克那布斯、海伦夫人和玛丽小姐都知道牛和马已死的事了。

"哎,可惜啊!太可惜了!"少校叹了口气说,"艾尔通,过维迈拉河的时候,要是给所有的牲口都钉一钉蹄铁就好了。"

"为什么,先生?"艾尔通不解地问。

"因为所有的马匹中,唯独您让铁匠钉了马蹄铁的那一匹逃脱一死,而其他的全都倒毙了。"

"是啊,也真的很巧。"孟格尔说道。

"这也只不过是碰巧了的事。"艾尔通看着少校道。

少校动了动嘴唇,像是想说点什么,但却咽了下去。格里那凡爵士、约翰·孟格尔、海伦夫人都在等着他说下去,但他却没有再吭声。他向正在检查牛车的艾尔通身边走去。

"他刚才说的那句话是什么意思?"格里那凡爵士问孟格尔道。

"这我也没弄明白,不过,少校不会随便说说的。"孟格尔回答道。

"您说得对,约翰,"海伦夫人说,"麦克那布斯肯定是对艾尔通有所怀疑。"

"有所怀疑?"巴加内尔耸了耸肩,不解地说。

"他怀疑什么?"格里那凡爵士说,"怀疑是艾尔通把我们的牛马给毒死的?艾尔通干吗要这么干啊?他难道不是同我们利害相关吗?"

"您说得对,我亲爱的爱德华,"海伦夫人说道,"从出发的第一天起,艾尔通就事事处处都很诚诚恳恳,认认真真的。"

"确实如此,"约翰·孟格尔附和着海伦夫人,"不过,他那句话到底是个什么意思?我非得问个清楚不可。"

"他是不是认为艾尔通与那帮流放犯是一伙的?"巴加内尔嘴快,脱口而出。

"什么流放犯?"格兰特小姐疑惑地问。

"巴加内尔说错了,他一直明白维多利亚省是没有流放犯的。"孟格尔赶忙把话岔了开去。

"啊!是的,是的,我又犯糊涂了,"巴加内尔知道自己说走了嘴,后悔莫及地连忙改口道,"流放犯?澳洲哪儿来的流放犯?再说,被弄到澳洲来的流放犯全都改邪归正了。这全有赖于这儿有益健康的气候啊!玛丽小姐,您知道,这儿的气候能够净化人的灵魂……"

这位可怜的学者只因说走了嘴,拼命想纠正一下,可是,他越解释越糟糕,见海伦夫人两眼盯着他看,更是心里发毛。海伦夫人不愿看到他这么尴尬，便把玛丽小姐带到帐篷那边去了。奥比内先生正在那儿忙着做早餐。

"我真该死，也该像个流放犯似的递解出境。"巴加内尔见海伦夫人她们走后，懊恼不已地责怪自己。

"我看也是。"格里那凡爵士这么说了一句之后，便同孟格尔一起往牛车那儿走去。

格里那凡爵士说的这一句，让巴加内尔心里难受极了。这时，艾尔通正在同两个水手想方设法地要把牛车从深陷其中的泥淖里拖出来。他们套上剩下的那头牛和那匹马；威尔逊和穆拉迪把住车轮在推；艾尔通挥着鞭子驱赶着，硬逼着勉为其难地凑成一对的牛和马拼命地向前拖。但那笨重的牛车竟然纹丝不动，仿佛被那黏稠的泥浆吸住了似的。

黏泥浆在逐渐变干，孟格尔便让人往上面泼水，但仍然无济于事，牛车还是一动不动。除非将它拆开来，否则无法将它拖出，但是，拆卸牛车得有工具，上哪儿去找啊？

这时候，艾尔通又要试一次，便挥起鞭子，猛抽牛马，但格里那凡爵士立即制止住了他。

"行了，艾尔通，别再试了，"他说道，"还是爱惜点畜力吧。我们还得继续往前赶，还要让它们两个一个驮行李，一个驮两位女士呢。"

"那好吧，爵士。"艾尔通边答应着，边替那两匹牲口解下套索。

"现在，朋友们，"格里那凡爵士然后又说道，"大家都回帐篷里去吧，我们得商量商量了，看看眼下这种情况，我们下一步该怎么办。"

大家匆匆吃完早饭，便开始商量起来。格里那凡爵士要求大家各抒己见。

但是，讨论办法之前，先得测定目前所在的准确方位。这项任务自然就落在巴加内尔的头上了。经仔细测算，他报告说，目前所处位置是南纬37°、东经147°53′，在斯诺威河畔。

"杜福湾海岸的准确经度是多少？"格里那凡爵士问道。

"正好位于东经150°线上。"巴加内尔回答道。

"离我们这儿相差两度七分，合多少英里啊？"

"七十五英里。"

"离墨尔本呢？"

"起码二百英里。"

"嗯。现在，方位已经弄清楚了，看看下一步该怎么办吧。"

大家一致主张尽快向海岸进发。海伦夫人和玛丽·格兰特小姐毫不示弱，保证每天走五英里。

"您真不愧为女中豪杰啊，我亲爱的海伦，"格里那凡爵士称赞夫人道，"不过，我们是否一到杜福湾就能找到我们所需要的一切呢？"

"那肯定没有问题的，"巴加内尔回答道，"艾登城历史悠久，同墨尔本之间的交通也很便利。我看，再走上三十五英里，我们就可以到达维多利亚省边界的德勒克特了。到了德勒克特，我们就能购买食物，找到交通工具了。"

"那邓肯号怎么办？现在让它开到杜福湾来，应该是时候了吧，爵士？"艾尔通说。

"您看呢，约翰？"格里那凡爵士问。

"我看先别着急，以后有的是时间通知汤姆·奥斯丁的。"孟格尔略加考虑后说道。

"这话很对。"巴加内尔附和道。

"而且，别忘了，再有四五天，我们就能到达艾登城了。"孟格尔补充道。

"四五天？"艾尔通摇着头说，"我看您得说十五天、二十天，否则您会后悔自己估计不足的。"

"只不过是七十五英里而已，用得了十五天、二十天吗？"格里那凡爵士不相信地说。

"我这还是少说了，爵士。往前是维多利亚省最难走的一段路。据本地人说，那片荒原根本就没有什么路，一片丛莽，必须用斧头开道，用火把照明。你们就相信我的话吧，根本就快不了的。"

艾尔通说得非常肯定，像是铁板钉钉似的，大家看了看巴加内尔，他也在点头。

"就算是前路艰险难行,就算要花十五天、二十天的时间,到那时再向邓肯号下令也不迟。"孟格尔坚持道。

"我还得补充一句,路难走倒也无甚大碍,主要的问题在斯诺威河,必须等它的河水回落之后才过得去。"艾尔通又提出了一条理由来。

"要等河水回落?难道没有浅滩可以蹚过河去吗?"孟格尔大声地说。

"我看是找不到什么浅滩的,今天早上我就去找过,没有找到。这种季节,偏偏遇上这么一条湍急的河流挡道,实在是少见。也怪我们自己运气不济。"艾尔通抱怨道。

"这条河很宽吗?"海伦夫人问。

"不但宽,而且深。它宽约一英里,水流又十分湍急,连游泳高手也难保安全地游过河去。"艾尔通回答道。

"那我们就想法打造一只小船,"小罗伯特提议道,"把一棵大树砍倒,中间掏空,人坐上去,不就行了吗?"

"真行!不愧是格兰特船长之子。"巴加内尔称赞道。

"他说得对,"孟格尔说,"不过,不到万不得已,我们不这么做。我们别在这儿议论个没完,浪费宝贵时间了。"

"您看呢,艾尔通?"格里那凡爵士问。

"我觉得,如果没人相帮,恐怕我们一个月之后仍滞留在这里。"

"那么,您还有什么更好的办法没有?"孟格尔有点按捺不住地说。

"有啊!让邓肯号离开墨尔本,开到东海岸来。"

"哼,邓肯号,邓肯号!就算邓肯号真的开到杜福湾来,我们就没有困难了?"

艾尔通没有立即回答,他思量片刻,然后,含糊其辞地说:

"我并不是想坚持己见,我只是在为大家考虑。如果阁下命令现在就走,我现在就准备上路。"他说完这话,搂抱着双臂,等待着。

"您可别这么说啊,艾尔通,"格里那凡爵士说道,"您尽管说出您的看法来,大家一起讨论讨论。您说说您的主张吧。"

"现在,我们已经别无办法可想了,所以我的意思是,不要冒险渡河。

应该原地等待，等别人来帮助我们，而能够帮助我们的，只有邓肯号上的人了。所以，我们暂且在此待着，反正这儿不缺食物，但得派个人去给汤姆·奥斯丁送信，让他把船开到杜福湾来。"众人对他的这个建议非常惊讶，约翰·孟格尔则更是对此嗤之以鼻。

"在派人送信去的这段时间里，"艾尔通接着又说道，"如果斯诺威河河水回落的话，我们就想法寻找一处浅滩，蹚过河去；如果它不回落，必须要有船的话，我们也有时间来得及打造。这就是我的建议，请阁下定夺。"

"很好，艾尔通，"格里那凡爵士说道，"您的意见值得考虑。它的最大缺憾就是影响我们的行程，不过，我们正好趁此机会休息休息，并且也少了不少的危险。朋友们，你们意下如何？"

"请您也说说吧，亲爱的麦克那布斯，"海伦夫人插言道，"您一直光听不说，应该不吝赐教嘛。"

"既然点名要我说，那我就直抒己见了，"少校回答道，"我觉得艾尔通是个既聪明又谨慎的人，从刚才的谈话中就可以看到他这一点。所以，我完全赞同他的意见。"

麦克那布斯此前一直是持反对意见的，现在却说出这种意见来，令大家颇觉意外。就连艾尔通也没想到，所以他不由得瞅了麦克那布斯一眼。而巴加内尔、海伦夫人、两名水手原本就是同意艾尔通的意见的，听了少校的话之后，当然也就更不犹豫了。

格里那凡爵士见此情况，便宣布说，原则上采纳艾尔通的建议。

"现在，约翰，"他转而对孟格尔说道，"为了稳妥起见，您觉得我们是不是应该待在河这边等人送交通工具来？"

"我觉得应该这样，"约翰·孟格尔回答道，"可是，我们过不去河，送信的人又怎么会过得去呢？"

大家又看着艾尔通，只见他颇有把握似的微微一笑，说道："送信的人无须过河。"

"什么？无须过河？"孟格尔颇觉惊异。

"他只需回到从卢克诺通往墨尔本的那条公路上就行了。"

"步行二百五十英里！"孟格尔惊呼道。

"骑马去啊，"艾尔通解释道，"我们不是还有一匹骏马吗？骑马去，不用四天就到了，邓肯号从墨尔本开到杜福湾需要两天时间，再由杜福湾来这儿，需要一天，前后一个星期，派去送信的人就能领着船上的人来到我们这儿了。"

少校在听艾尔通说话时，频频点头赞许，孟格尔看了好不奇怪。但是，对艾尔通的意见，大家都表示赞同，孟格尔也就不好再说什么了。

"朋友们，现在，我们得派个人去送信，"格里那凡爵士说道，"大家都很清楚，这是一趟极其辛苦的差事，说不定还会遇到危险。谁愿意担此重任跑一趟啊？"

威尔逊、穆拉迪、孟格尔、巴加内尔，甚至小罗伯特闻言，争先恐后地表示愿意前往。不过，尤以孟格尔要求得最为坚决。这时，一直没再吭声的艾尔通，此时开口说话了：

"如果信得过我的话，爵士，您就派我去吧。这一带我熟悉，什么艰难的地方我也都走过。只要您写封信给大副，让他相信我，我保证六天后邓肯号就能开到杜福湾来。"

"那好吧，艾尔通，"格里那凡爵士说，"凭您的聪明和勇敢，您一定能完成任务的。"

很显然，艾尔通去完成这项艰巨任务比任何人都更加合适，所以，大家也就没再去争，但约翰·孟格尔最后还是说了一番反对意见。他认为艾尔通留下来，可以帮着找到不列颠尼亚号和格兰特船长的踪迹，但少校却认为艾尔通即使在这儿，大家待在河这边，寻访工作仍然无法进行。

"那好，就这样吧。艾尔通，您就辛苦一趟。要尽快返回，越快越好。回来时，从艾登城往斯诺威河方向找我们。"格里那凡爵士嘱咐艾尔通说。

艾尔通闻言，面露喜色，连忙扭过脸去，但他的一举一动全落在了约翰·孟格尔的眼里了，更加深了后者对这个喜形于色的人的怀疑。

艾尔通忙着做行前准备。两个水手在相帮着，一个帮他备马，一个帮他装干粮。而格里那凡爵士则在给汤姆·奥斯丁写信。

他在信中命令邓肯号大副立刻把船开到杜福湾来,并特别强调来人忠实可靠,还命令大副,船到了东海岸之后,便立即派一队水手,交来人……

麦克那布斯看着格里那凡爵士在写,当他看到这儿时,却阴阳怪气地问爵士,艾尔通的名字如何写法。

"照音拼呗。"格里那凡爵士回答道。

"您弄错了,爵士,"少校神情严肃地说,"按音拼是'艾尔通',但写出来却是'本·乔伊斯'!"

第 46 章　ALAND—ZEALAND[①]

"本·乔伊斯"这个名字一经挑明，犹如晴天霹雳一般。只见艾尔通腾地一下挺起身，举起手枪，砰的一声，格里那凡爵士应声倒地。随即，外面也枪声四起。

约翰·孟格尔和两名水手，先是一愣，随即便猛地扑了过去，想制服住本·乔伊斯。但是，那个穷凶极恶的通缉犯已经蹿入胶林中去，与自己的同伙们会合在一起了。

帐篷难挡子弹，只好退避。格里那凡爵士伤得不轻，但已从地上爬了起来。

"到车上去！快到车上去！"约翰·孟格尔边喊，边拉上海伦夫人和格兰特小姐往外跑。她们立即蹦到牛车上，躲在厚厚的车厢板后面。

孟格尔、麦克那布斯、巴加内尔和两个水手眼疾手快地抄起枪来，准备还击。格里那凡爵士和小罗伯特也都与两位女士藏在了一起。这时，奥比内也从牛车上跳下地来，准备参加到还击的队伍中去。事变发生得突如闪电。孟格尔仔细地观察着树林里的情况。本·乔伊斯一跑进树林，枪声也就随之停止了。周围一片死寂。只有胶树枝头还飘浮着几团白烟。

少校与孟格尔趁机溜至树林边缘仔细侦察。那帮恶徒已经逃走了。地上留下了一些脚印以及一些尚在冒烟的火药引子。少校向来就很细

[①] aland 和 zealnd 二字，即为漂浮瓶中信件上的"上陆"和"西兰"的意思。

心，他把那些冒烟的火药引子全给踩灭了。这么一大片枯木林，遇上点火星，必然酿成熊熊大火。

"歹徒全都溜了。"孟格尔说道。

"溜倒是溜了，可我总觉得很蹊跷。我倒是宁愿与他们正面相对。平原上的老虎要比草丛中的毒蛇容易打得多。我们还是到牛车四周搜索一下的好。"少校说道。

少校同约翰一起在牛车周围搜索了一番，从树林边一直搜寻到斯诺威河边，也没有发现一个流窜犯。这一伙歹徒突然之间逃得无影无踪，令人困惑不解，因此，大家更加提高了警惕。牛车被当成了防御堡垒，每两人一班，轮流守卫着。

海伦夫人和玛丽·格兰特小姐抓紧时间在为格里那凡爵士包扎伤口。幸好，他只是被子弹擦破了点皮，并没有伤筋动骨，但是伤口流血很多。格里那凡爵士忍着疼痛在宽慰大家，随即，便让大家谈谈对这事的看法。

除了当班值勤的穆拉迪和威尔逊以外，所有的人全都挤到牛车上来。少校首先发言。

少校在谈及这次事件之前，先讲了海伦夫人尚不知道的那些事情，并把那份《澳大利亚暨新西兰报》拿给她看。少校介绍说，本·乔伊斯是个作恶多端、穷凶极恶的惯犯，警方正悬赏捉拿他。

可是，麦克那布斯是如何弄清艾尔通就是本·乔伊斯的呢？大家都觉得这是个谜，急于知晓个中原委。于是少校便讲述起来。

一开始，麦克那布斯就凭着直觉对艾尔通有所怀疑。而且艾尔通的疑点多多，比如：在维迈拉河时他与那个铁匠交换过眼色；每当要穿过市镇时，艾尔通总有所迟疑；他又一再地要求让邓肯号到东海岸来；他照料的牛马莫名其妙地先后死去；他的言谈支吾，举止躲闪……这一切，都让少校的疑惑越来越深。

不过，要不是头天夜里，他凭借那片植物所发出的光亮，发现了几个可疑的身影，便偷偷地摸了上去，他也不敢那么肯定艾尔通就是匪首本·乔伊斯。

头天夜晚,他发现人影有三个,正在察看地上的印迹,他认出其中有一个正是那黑点站的钉马掌的铁匠。他听见了他们的对话。

"就是他们。"一个在说。

"没错,这儿还有三叶形马蹄铁的印迹。"另一个说道。

"从维迈拉河起,一直都是这样。"

"他们的马都死了。"

"毒马的药草这附近就有。"

"多的是,足够毒死一队骑兵的马的!这种胃豆草真管用啊!"

麦克那布斯接着说道:"然后,这几个人就没再说话了,也走开了。我还想听得明白些,把情况摸清,便又往前爬了一段。"

然后,少校又接着往下叙述着:

"过了一会儿,那几个人又交谈起来,那铁匠说:'本·乔伊斯真是好样的!他把船失事的故事编得活灵活现,天衣无缝,真不愧为水手!他的妙计如果成功了,我们也就有救了。艾尔通那家伙真不简单!'接着,另一个纠正道:'还是叫他本·乔伊斯吧,这个名字响亮得多!'这之后,几个人便离开了胶树林。"

最后,少校说道:"该知道的我都听到了,于是,我便回到帐篷里来,心想,这帮被送到澳洲来的流放犯,并不像巴加内尔所说的那样,放下屠刀立地成佛了。我这么说,请巴加内尔先生不要见怪。"

听完少校的叙述之后,大家全都低下头去,若有所思。格里那凡爵士气得脸色发白。

"看来,"爵士说道,"艾尔通这家伙,把我们引到这儿来,目的就是要抢劫我们,加害我们。"

"没错,正是如此。"少校说。

"这么说,这家伙并不是什么不列颠尼亚号上的水手!他是盗用了艾尔通在船上的从业证书,冒名顶替的!"

大家的目光全都集中到麦克那布斯身上,心想他肯定考虑过这个问题。

"这个问题很复杂,"少校平静地回答道,"我觉得,此人真名就叫艾尔通，而本·乔伊斯只是他落草为寇后所起的诨名。他肯定认识哈利·格兰特船长，而且在不列颠尼亚号上当过水手。从艾尔通跟我们说的那些真实细节来看，这一点应该是确信无疑的。而那几个流放犯的交谈，也足以作为旁证。因此，可以肯定，艾尔通和本·乔伊斯实际上是一个人。也就是说，不列颠尼亚号的一个水手当上了一伙歹徒的头领。"

大家一致认为少校的阐释言之成理。

"那么，您可否跟我们说一说，"格里那凡爵士问道，"他既然是格兰特船长的一名水手，怎么会跑到澳洲来了呢？"

"怎么会跑到澳洲来了？这我可说不清楚。恐怕连警方都不知道。原因是必然有的，一时半会儿尚不得而知，不过，将来一定会弄清楚的。"少校回答道。

"警方可能还不知道艾尔通和本·乔伊斯就是一个人吧？"孟格尔说。

"您说对了，约翰，"少校回答道，"如果警方获知这一情况，一定会有助于捉拿罪犯的。"

"这么说，"海伦夫人说道，"那家伙潜入帕第·奥摩尔农庄，是想伺机作案？"

"这一点是肯定的，"麦克那布斯回答道，"他本想拿那位爱尔兰人开刀的，但却又遇到了更好的机会，也就是说，我们送上门去了，因此，他便改变了原先的计划，冲我们下手了。他听到了格里那凡爵士的详细叙述，知道了不列颠尼亚号失事的事，这个心怀叵测的家伙便处心积虑地要欺骗我们。横穿澳洲之行决定下来之后，他便串通其同伙，那个铁匠，在格里那凡爵士的马上做了手脚，在其马蹄上装了一个三叶形的马蹄铁，这样他们便可一路寻踪跟来。最后，把我们骗到斯诺威河畔，就可以任意摆布我们了。"

少校把本·乔伊斯的情况这么一阐释，大家便恍然大悟。

情况虽然搞清楚了，但后果也明显地看出，非常严重了。玛丽·格兰特小姐边听大家议论，边感到了事态的严重，她独自默然无语地想

着将来的事。约翰·孟格尔第一个发现她脸色发白,一脸失望,便立刻明白了她的心思,连忙呼唤她道:

"玛丽小姐!玛丽小姐!您怎么哭了?"

"您怎么哭了,我的孩子?"海伦夫人也连忙问道。

"我父亲!他……啊,夫人!"玛丽哽咽着说。

玛丽小姐说不下去了,大家也都明白她心里是个什么滋味。

艾尔通的阴谋一败露,所有的希望也随之破灭了。不列颠尼亚号压根儿就不是在杜福湾触的礁!哈利·格兰特船长也根本就没有踏上澳洲大陆。

对那几封信件的错误判断把大家给引入了歧途。

大家看着这两个愁容满面的孩子干着急,找不出任何话语来安慰他们姐弟俩。只见小罗伯特倒在姐姐的怀里不住地抽泣着。巴加内尔更是满腹懊丧,不停地嘟囔着:

"唉!这该死的信件!把大家伙儿可给害苦了!"

这位可敬可爱的地理学家非常生自己的气,一个劲儿地拍打着自己的脑门儿,像是要把它拍碎了方才解气似的。

格里那凡爵士走出帐篷,到站岗放哨的穆拉迪和威尔逊那儿去了。从林边到河岸这一带平原,一片沉寂。乌云在天上翻滚着,空气闷热难耐。大群的鸟儿飞落在树枝上;几只袋鼠在悠然自得地吃草;一对凤鸟放心大胆地把脑袋从灌木丛中伸出来。这一切表明,本·乔伊斯一伙人已经走远了。

"这一个小时,听见什么动静了吗?"格里那凡爵士问两位值勤者。

"没有,阁下,"威尔逊回答道,"那帮浑蛋大概走出老远去了。"

"看来,他们自知力量不够,攻击不了我们,所以才走的,"穆拉迪说道,"那个本·乔伊斯想必是去召集人马,再来袭击。"

"这很有可能,穆拉迪,"格里那凡爵士回答道,"这帮匪徒知道我们武器精良,不敢贸然行事。他们也许会趁黑夜进行偷袭。天一擦黑,我们就得加倍地小心才是。唉,要是能走出这片沼泽,到海岸边就好了。可惜啊,河水暴涨,挡住了去路!如果能找个木筏载我们过河,花再多的钱也行。"

"那我们何不自己动手造个木筏呢？这儿不是有的是树木吗？"威尔逊提议道。

"不行啊，威尔逊，这斯诺威河可不同一般，水流特别湍急，不容易渡过去的。"格里那凡爵士反对道。

这时候，孟格尔、麦克那布斯、巴加内尔也都走出帐篷，来到这里。他们已经看到了斯诺威河的水势凶猛。由于最近的几场大雨，河水暴涨，比往年同一季节的水位要高出一英尺，由于水流湍急，还出现了不少的漩涡。

约翰·孟格尔斩钉截铁地说，渡河是不可能的事。

"不过，"他又说，"我们也不能在这儿干等着，束手待毙，我们还得想法子，要做艾尔通在这之前要我们做的事。"

"您这话是什么意思，约翰？"格里那凡爵士追问道。

"我是说，我们得想法子赶紧求援。既然到不了杜福湾，那就得派人去与墨尔本联系。我们还有一匹马，请阁下把马给我，我骑马飞奔墨尔本。"

"可这太危险了，约翰！在这么荒僻的陌生之地走三百英里地，简直是危机四伏！光是本·乔伊斯那帮浑蛋就难对付的了，他们一定是把大小路口全都封堵住了。"格里那凡爵士说道。

"这一点，我考虑过了。可是，爵士，现在情况十分危急，容不得我们这么耽搁下去啊。艾尔通说他七八天就能把邓肯号上的人带来这里，我决定只用六天时间，您看怎样？"

"我认为派人去墨尔本是刻不容缓的事，但约翰·孟格尔是船长，他不能冒这么大的风险，所以，还是让我去吧。"巴加内尔自告奋勇地说。

"您的话说得倒还在理，可是，为什么偏要让您去呢，巴加内尔？"少校接嘴说。

"我们也可以去！"穆拉迪和威尔逊同时叫嚷道。

"你们以为我就不能骑着马跑上这么两百英里吗？"少校反驳道。

见众人争先恐后，互不相让，格里那凡爵士便说道：

"朋友们，这么看来，只有抽签来决定看让谁去了。巴加内尔，请您拿出一张纸来，写上咱们……"

"您的名字可不能写上，阁下。"孟格尔打断格里那凡爵士道。

"为什么？"爵士不同意地反问道。

"因为您的伤口还没愈合，怎么可以离开海伦夫人呢？"

"爵士，您可不能离开大家。"巴加内尔也在表示反对。

"您绝对不能离开，爱德华，您是我们一行人的灵魂。"少校说。

"去墨尔本相当危险，危险当前，我怎么可以不与大家分担责任呢？我怎么可以把自己排除在危险之外，让大家为我分担呢？巴加内尔，照我说的做，把我们的名字写上，我希望自己能够抽中。"

大家见格里那凡爵士态度如此坚决，也不好再多加反对，只好把他的名字也给写上了。然后，大家便开始抽签，结果，让穆拉迪给抽中了，只听见他高兴得欢呼起来。

"爵士，我马上就准备动身。"穆拉迪立刻说道。

格里那凡爵士紧紧地握住穆拉迪的手，一切都在不言中，然后，他便让少校和孟格尔留下站岗放哨，自己回到牛车那儿去了。

海伦夫人很快便知道抽签的结果。她对穆拉迪嘱咐了一番，让他一路小心，鼓励他马到成功，令后者感动不已。大家都知道穆拉迪机智勇敢，身强力壮，不畏艰难，他抽中了，大家都感到十分放心。

大家决定，穆拉迪晚上八点出发。威尔逊负责为他备马。他准备把马左前蹄上的三叶形蹄铁弄掉，然后从死去的那几匹马蹄上随便找一个换上，这样就可以不给那帮匪徒留下可辨识的印迹了。

这时候，格里那凡爵士则在给汤姆·奥斯丁写信，让穆拉迪带上。可他胳膊受了枪伤，无法握笔，只好请巴加内尔代劳。后者此刻正在思考问题，对周围的一切并没注意。他心里想着的只是那几封被他错误地阐释的信件，翻来覆去地斟酌着信件上的一个个字词，希望能够理出个头绪来。但是，他绞尽脑汁，冥思苦想，总也弄不出个结果来。

所以，当格里那凡爵士请他代劳时，他根本就没有听见，直到爵士又提高嗓门儿叫他，把话又重复了一遍，他这才心不在焉地回答道：

"啊！好，我替您写。"

他边说边机械地拿出自己的那本笔记本，撕下一页来，又拿起铅笔，听格里那凡爵士念一句写一句。格里那凡爵士开始念道：

"汤姆·奥斯丁，即速起航，将邓肯号开到……"

巴加内尔正写完这个"到"字时，眼睛却扫到了地上的那张《澳大利亚暨新西兰报》。那张报纸是折叠着的，报头上的报刊名只露出"aland"① 这几个字母在外面。巴加内尔手中的笔突然停下了，忘了自己在记录格里那凡爵士口授信件的事。

"您怎么了，巴加内尔？"格里那凡爵士疑惑不解地问道。

"噢！"巴加内尔仿佛顿有所悟似的猛然叫了一声。

"您在想什么？"少校问他。

"没什么，没什么。"巴加内尔连声否定着。

然后，他便念念有词地在叨叨："aland！ aland！ aland！"

说着说着，他人已经站了起来，一把抓起那张报纸来。他抖动着那张报纸，仿佛有许多话要说，可一时又不知道从哪儿说起，傻呆呆地愣在那里。海伦夫人、玛丽小姐、小罗伯特、格里那凡爵士都在看着他，感到莫名其妙，不知道他发什么傻。

巴加内尔突然又像是发了疯似的，但不一会儿，又平静下来，眼里流露出得意的光芒。然后，他坐下来，平静地说道：

"往下念，爵士，我听着呢。"

于是，格里那凡爵士又继续口授道："汤姆·奥斯丁，即速起航，将邓肯号开到南纬37°线横截澳洲东海岸的地方……"

"是澳洲吗？"巴加内尔问道，"啊，对的，是澳洲！"

他把口述的信记录完之后，递给格里那凡爵士，让他签上名字。爵士手臂有伤，写字无力，歪歪扭扭地凑合着签了字。信封好之后，

---

① 《澳大利亚暨新西兰报》在原书中英文名为"Australia and New Zealand"。

巴加内尔情绪很激动,手直打哆嗦,在信封上写上了收信人的姓名,地址:

墨尔本邓肯号
汤姆·奥斯丁大副亲启

随后,巴加内尔便离开了牛车,一边走,一边手舞足蹈地念念有词:"aland! aland! Zealand(新西兰)!"

第47章 心急如焚的四天

写完信后，这一天平安无事地就过去了。穆拉迪已经整装待发。

巴加内尔也恢复了常态。但是，从他的眼睛里，你仍可以看出他心里藏着点什么，只是不肯说出来。少校看见他总在那么不停地嘟嘟囔囔，仿佛在进行着思想斗争：

"不，不，说了他们也不会相信的，再说，说也晚了，没有用了。"

既然已横下心来不说了，他便转而跟穆拉迪介绍一路上所必需的知识。他把地图摊在面前，用手指着应该走的路线。草地上有许多条小路直通卢克诺公路。这条公路一直向南延伸，抵达海岸后，折向墨尔本。

因此，路线简单清晰，穆拉迪是绝不至于迷路的。

说到危险性，那就是离一行人宿营地几英里之内，肯定埋伏着本·乔伊斯一伙儿人；冲出他们的埋伏圈，就不会再遇到什么危险了。

六点光景，大家用完晚餐。天上大雨哗哗地下着，帐篷挡不了雨了，众人只好都挤到牛车上去。这辆牛车可真是个安全可靠的堡垒，它被黏在泥土里，纹丝不动。一行人还带有七支马枪和七支手枪，粮食弹药也十分充足，歹徒们胆敢前来袭击，他们完全可以抵御很久的，直到邓肯号上的船员赶来增援。

八点钟时，天已经黑透了，该是动身上路的时候了。给穆拉迪备好的马已经牵了来。为了谨慎起见，还在马蹄上裹了布，让它跑起来没有声响。

少校告诫穆拉迪，冲出埋伏圈之后，应该爱惜马力，宁可晚到半天，也别让马跑得精疲力竭，累垮了，欲速则不达。

约翰·孟格尔给了穆拉迪一把手枪,枪里装上了六粒子弹,几秒钟工夫就可连续射击,即使有几个歹徒,也不在话下。

穆拉迪立即纵身上马。

"您带上这封信,交给汤姆·奥斯丁,"格里那凡爵士叮嘱他道,"让他即刻赶来,不得有误!如果船到了杜福湾之后,碰不到我们,那就说明我们尚未能渡过斯诺威河,让他们快速赶过来迎我们。您去吧,我的好水手!愿上帝保佑您!"

格里那凡爵士、海伦夫人、玛丽小姐等同穆拉迪一一握手道别。

"再见,爵士。"穆拉迪告别一声之后,很快就消失在树林边的小路上了。

这时,风刮得更紧了。树枝被风刮得哗哗地响,斯诺威河也在狂风中翻滚着。天空中乌云翻滚,向东而去,几乎紧贴地面,好似一片片的烟雾。好可怕的夜啊!

穆拉迪离开之后,众人便齐集在牛车里。海伦夫人、格兰特小姐、格里那凡爵士和巴加内尔先生待在前半截车厢里;奥比内、威尔逊和小罗伯特挤在后半截车厢中;麦克那布斯少校和孟格尔船长担任警戒,在外面放哨。这种月黑风高之夜,正是歹徒活动猖獗之时,放哨的人格外地警惕着。

放哨的这两位屏声敛息地倾听着,看看周围会有什么异样动静。但是,狂风怒吼,很难从这片嘈杂声中辨别出什么异样的声响来。只是在狂风间歇的那片刻时间里,方能听到斯诺威河和胶树林的呻吟声。突然间,他们就是在这狂风间歇的瞬间,听到了一声尖叫。

约翰·孟格尔立刻靠近少校,问道:

"您听见了吗?"

"听见了。是人的叫声还是野兽的吼叫?"少校说不准地问道。

"是人的叫声。"

两人随即又竖起耳朵继续仔细地听着。突然间,那莫名其妙的尖叫声又传了过来,紧接着,又听到了枪声,但听得不十分真切。因为这时,狂风又刮开来,连二人相互对话都听不太清,他们只好跑到背风处去。

这时，车上的皮帘掀了开来，格里那凡爵士走下牛车。他也同样听到了尖叫声和枪声。

"声音是从哪个方向传来的？"他问道。

"从那边，"约翰·孟格尔边说边用手指了指黑暗中的那条小路，那正是穆拉迪奔去的方向。

"大概有多远？"

"风很大，传声力就强，我看起码有三英里远。"孟格尔回答道。

"我们过去看看。"格里那凡爵士说着便背起了马枪。

"不能去！"少校连忙阻止道，"很可能是歹徒施的诡计，想把我们骗离牛车。"

"如果是穆拉迪遭到那帮浑蛋的袭击呢？"格里那凡爵士紧张地抓住少校的手说。

"天亮之后，我们就会搞清楚的。"少校坚决不让爵士去，冷静地回答他道。

"您不可以离开的，爵士。要去，让我去。"约翰说道。

"谁都不许去！"少校坚决果断地说道，"您想让他们把我们一个个地打死啊！如果真的是穆拉迪遭遇不测，当然这是很不幸的事情，但不能因此就不幸之中再增添不幸了！穆拉迪是抽中签走的，如果是我抽中了，我也会同他一样，义无反顾。"

不管怎么说，少校强拦住格里那凡爵士和约翰·孟格尔是完全正确的。月黑风高，再加上歹徒设伏，冒险前去，无异于疯狂之举。

可是，格里那凡爵士硬是听不进去。他紧握马枪，在牛车周围转来转去。想到自己的人遭遇袭击，明知凶多吉少，却束手无策，真的是心急如焚。少校也没了主意，他真担心爵士一时气糊涂了，冲上去送死，所以他紧跟着爵士，寸步不离，一边不停地劝解道：

"爱德华，您得冷静一点，要听人劝。您得为海伦夫人、格兰特小姐以及我们大家着想。再说，您也不知道事发的具体地点，上哪儿去找，这么黑漆漆的？……"

少校正这么劝慰着，突然传来一声呼救声，仿佛回答少校那具体地点的问题似的。

"快听！"格里那凡爵士嚷叫道。

呼救声是从枪声那边传过来的，离他们那儿不到半英里。格里那凡爵士一把推开少校，要向那条小路冲去，突然又听到呼救声："救命啊！救命啊！"

那呼救声离牛车约有三百步远，声音凄厉。孟格尔和少校循声而去。

不一会儿，他们便看到了一个人影，正沿着树林边缘，跌跌撞撞地跑过来，嘴里不停发出呻吟声。

那人影正是穆拉迪，他身受重伤，同伴们搀扶他时，感觉到他满手的血。

雨下得急，风刮得猛，格里那凡、麦克那布斯和孟格尔连忙把穆拉迪抬回来。

此刻，大家全都惊醒了。巴加内尔、小罗伯特、威尔逊、奥比内纷纷跳下牛车。海伦夫人把自己的车厢让给了穆拉迪。少校连忙把穆拉迪的上衣脱掉，只见雨水和血水混在一起往下淌。少校在他的右肋下发现了刀伤。少校见伤口处直往外冒血，伤者面色苍白，呼吸急促，知道伤得不轻。他赶紧替穆拉迪清洗伤口，敷上厚厚的一层火绒，再裹上几层纱布，包扎好了，血终于止住了。穆拉迪右半身侧着躺着，头和胸肋垫得很高。海伦夫人喂了他几口水。

一刻钟之后，如死人一般的穆拉迪动弹了一下，随即微微地睁开眼来，嘴唇在翕动着，仿佛在说些什么，声音极其微弱。少校把耳朵凑上去，只听见他嘴里喃喃地重复着几个字：

"爵士……信……本·乔伊斯……"

少校把他说的这几个字照说了一遍，大家都弄不清是什么意思。不知本·乔伊斯拦截穆拉迪的真实意图究竟何在？不知那封信……

格里那凡爵士摸了一下穆拉迪的口袋，那封写给汤姆·奥斯丁的信已经不在了。

这一夜，人人都处于焦虑不安之中。大家都为穆拉迪的生命担忧。

他一直高烧不退。海伦夫人和玛丽·格兰特小姐一直守候在他的身边细心地照料着。

天亮了,雨也不下了,但高空中依然乱云飞渡。地下满是断了的枯树枝。黏土遭大雨浸泡,使牛车陷得更加深了,以致爬上爬下都很困难。不过,牛车已经陷到底了,不会再继续往下陷了。

孟格尔、巴加内尔和格里那凡,天一亮便到周围仔细搜索。他们沿着那条粘着血迹的小路,寻到了昨夜事发地点。那儿躺着两具尸体,是穆拉迪打死的,其中的一具就是那黑点站的铁匠的尸体。

格里那凡爵士等没敢继续往前搜索,害怕不安全,所以便折返回来。他边走边思索着,神情极其严肃。

"现在无法再派人去墨尔本了。"他说道。

"可不派也不行啊,爵士,"约翰·孟格尔回答道,"穆拉迪没能做到的事,不妨让我去试一试看。"

"那可不行,约翰。两百英里的路,没有马怎么成啊?"

是啊,穆拉迪的马,那唯一的一匹马,没有出现。是被打死了,还是跑掉了,抑或是被那帮歹徒抢走了?

"不管怎么说,我们不能再分开了,"格里那凡爵士接着说道,"再等一个星期,甚至两个星期,我们都得等。等到斯诺威河的水回落之后,我们立即赶往杜福湾,然后再设法给邓肯号送信,让它来接应我们。"

"现在也只有这样了。"巴加内尔说道。

"所以,朋友们,我们不能再分开了。大家得守在一起,不可单独行动。这里歹徒猖獗,出没无常,相当危险。但愿上帝保佑穆拉迪逃过这一劫,但愿上帝保佑我们大家平平安安。"

格里那凡爵士所言极是。其实,他们离德勒吉特并不远,还不到三十五英里,而德勒吉特又是南威尔士省第一个边境城市,在那儿很容易找到交通工具前往杜福湾的。另外,到了杜福湾,就可以发封电报到墨尔本去,让邓肯号前来接应。

这一考虑十分明智。要是早这么考虑,不派穆拉迪顺卢克诺公路去墨尔本的话,穆拉迪也就不会遭此毒手了。

格里那凡等人返回牛车，见小罗伯特飞快地迎了过来说：

"他好些了！他好些了！"

"穆拉迪好些了？"

"是的，爱德华，"海伦夫人回答道，"伤势好转了，少校说他已无生命危险了。"

"麦克那布斯呢？"格里那凡爵士忙问。

"在他身边，他拼命想要同少校说话。您先别去打扰他们。"穆拉迪已经苏醒了有一个多小时了，高烧也退了。他神智稍一清醒，就立即要找格里那凡爵士或麦克那布斯少校。少校见他身体太虚弱，就让他好好休息，少讲话，可他却拼命想说，少校无奈，只好顺从了他。

过了一会儿，车帘子挑起，少校从牛车上下来，来到支着帐篷的那棵大胶树下。他表面上看着十分平静，但大家仍然看得出来他满腹心事。在格里那凡爵士的催促下，他便把听到的前因后果说给大家听：

"穆拉迪走上那条小路后，便急忙向前奔去。大约走出约两英里，突然看见有五个人影从暗处蹿了出来，冲到马跟前，吓得马都直立了起来。穆拉迪举枪便射，仿佛有两个黑影应声倒地。凭借子弹射出的那点亮光，他认出了本·乔伊斯也在那五个人之中。他还没反应过来，右肋便被捅了一刀，倒下马来。但他并没有昏厥过去，而那帮歹徒却以为他已经死了。他觉着有人在他身上摸来摸去，还说：'找到信了。'然后，又听见本·乔伊斯在说：'快给我！这一下，邓肯号就是我们的了。'接着，本·乔伊斯又说：'快把马给我找回来，两天之内我就能登上邓肯号了，六天内就可以到达杜福湾。哼，让爵士那帮家伙在泥塘里泡着吧。你们赶快从根布比尔桥过河，到海岸边等我，我自有办法让你们上船的。把船上的人统统扔到海里去喂鱼，我们有了邓肯号，就可以在印度洋上称王称霸了。'那帮歹徒闻言，齐声欢呼。穆拉迪被找回来时，本·乔伊斯早已纵身上马，向卢克诺公路飞奔而去，而其同伙则向东南方向潜逃了。穆拉迪虽然身受重伤，但尚能迈得动步。他跌跌撞撞地往回走来，直到我们把他救起，抬了回来。这就是事情的全部经过。现在，我们该明白，为什么穆拉迪拼命要说话了。"

情况一说出来，人人都惊恐不安。

"海盗！他们原来是海盗！我们的船员难逃一劫了！邓肯号落到这帮海盗之手了！"格里那凡爵士惊呼道。

"是啊！邓肯号是逃不出本·乔伊斯的魔爪了。"少校说道。

"看来，我们必须在那帮歹徒之前赶到海边去。"巴加内尔说道。

"可斯诺威河挡在前面啊！"威尔逊说。

"我们也学他们，从根布比尔桥过河！"格里那凡爵士说。

"那穆拉迪怎么办啊！"海伦夫人说。

"我们抬着他！轮流抬着他走！绝不能眼睁睁地看着我的船员丢掉性命。"

从根布比尔桥过河，行倒是行，但风险不小，因为歹徒可能据守着那座桥。看来，非硬闯不可了。

"在硬闯之前，我看是否先侦察一下。让我去吧，爵士！"孟格尔提议道。

"我陪您去，约翰。"巴加内尔说。

这一提议为大家所接受。于是，约翰·孟格尔和巴加内尔便着手准备起来。他们全副武装，带足了干粮，便上路了。不一会儿，便消失在河岸边那高大的芦苇丛中了。

整整一天，大家都在焦急地等待着他俩归来。但天色渐晚，仍不见他俩的身影，大家更加心焦，似热锅上的蚂蚁。

夜晚十一点光景，威尔逊前来报告，说二人已经回来了。巴加内尔和约翰·孟格尔整整跑了有十英里的路，累得双腿发软，浑身乏力，快要趴下了。

"桥怎么样？有那座桥不？"格里那凡爵士连忙问道。

"有！是一座用藤条捆扎而成的桥，歹徒们已经过桥而去了。只是……"

"只是什么？……"格里那凡爵士感到肯定又有问题，着急地问。

"这帮浑蛋过桥之后，便把桥给烧了！"巴加内尔回答道。

第48章　艾登城

现在不是唉声叹气的时候。当务之急是渡过斯诺威河去，赶在歹徒们之前到达杜福湾。

第二天，1月16日，孟格尔和格里那凡爵士便前往河边察看了一下水势，打算想法渡过河去。大雨过后，河水猛涨，尚未回落，浪涛汹涌，无法渡河，否则定会船毁人亡的。格里那凡爵士抱着双臂，愁眉不展。

"要不让我游过去试试？"孟格尔建议。

"不行，约翰，"格里那凡爵士拉住英勇的孟格尔的手阻拦道，"还是再等等看吧。"

于是，二人便回到了宿营地。这一天又是在焦急之中度过了。其间，格里那凡爵士不知往河边跑了有多少趟了，但总也没想出有什么办法可以渡河的。

海伦夫人一直在看护着穆拉迪。幸好，那一刀并未伤及要害，只是血流得太多。只需好好休息，很快就会康复的。穆拉迪担心自己连累大家，便要求大家有法子过河，一定先过去再说。只需留下威尔逊一人照顾他就行了。

可是，那条河仍然无法渡过去。1月17日，仍旧是无法渡河。格里那凡爵士急得团团转，不知如何是好。海伦夫人和少校都在尽力地宽慰他，但他的心情总也无法平静下来。一想到本·乔伊斯那厮已经准备好去抢夺船了，而邓肯号正开足马力自投罗网，船员们正步入死亡之路，他的心里如翻江倒海似的，怎能平静得下来呢？

孟格尔的心情同格里那凡爵士一样，也焦急万分。他设法像澳洲土著人那样，用大块的胶树皮制成小船。

1月18日，孟格尔便同威尔逊一起，抬着制作完成的小船，到河里去试。但刚一下河，小船就翻了，因为水流太急，二人差点送了命。小船也不知被急流冲到哪儿去了。

1月19日和20日，也这么过去了。少校和格里那凡爵士沿着河边向上游走去，都走了有五英里地了，也没发现有任何浅滩可以涉水而过的。眼前所见的只有汹涌的波涛、湍急的洪流。

看来，救邓肯号的希望是不复存在了。本·乔伊斯已经走了五天，船现在恐怕已经到了东海岸，落入那帮歹徒的手中了！

不过，到了21日，出现了转机。洪水来得快，退得也快，巴加内尔早晨时发现水在回落，便立刻报告了格里那凡爵士。

"唉！现在河水回落又有何用！太晚了！"格里那凡爵士叹息道。

"可我们也不能因此就老待在这儿不动啊！"少校说。

"就是嘛。也许明天就能渡过河去了。"约翰·孟格尔附和道。

"过了河又能怎样？能救我们可怜的船员们吗？"格里那凡爵士仍然乐观不起来。

"您听我说，阁下，"约翰·孟格尔进一步地劝说道，"我了解汤姆·奥斯丁的为人。当然，接到您的命令，他是会开船的。但是，谁敢保证邓肯号就一定能开得了呢？谁敢肯定本·乔伊斯到墨尔本时，船已经修好了呢？如果一时还没修好，船暂时无法出海，也许会拖上好几天的。"

"您说得对，约翰，"格里那凡爵士听他这么一说，觉得颇有道理，高兴地回答道，"我们还是赶往杜福湾去吧。我们离德勒吉特只有三十五英里！"

"太好了！"巴加内尔说道，"一到杜福湾，我们就能找到交通工具，说不定就能防止这场灾祸的发生了。"

"那好，准备动身吧。"格里那凡爵士说道。

孟格尔和威尔逊立即动手打造一只大木筏。他们砍倒了几棵大胶树，准备造一个又大又结实的木筏。这活儿并不容易，直到第二天木筏才造好。

这时候，斯诺威河的水位已明显下降，但水流仍旧很湍急。不过，孟格尔船长认为，顺着水流斜着走，控制得好一点，是可以到达对岸的。

十二点三十分，大家把两天路程所需之食物搬上了木筏，剩余的都同牛车、帐篷一样，全都丢下了。穆拉迪伤势见好，恢复得很快，把他抬上抬下，没太大的问题。

一点钟时，大家便上到系在岸边的木筏上去了。孟格尔在木筏右边安了一支长桨，由威尔逊驾驶着，以免木筏被急流冲出航线。木筏尾部也安了一支又粗又大的大橹，由他自己掌握，控制着木筏的前进方向。海伦夫人和玛丽·格兰特小姐挨着穆拉迪，坐在中间。格里那凡爵士、少校、巴加内尔和小罗伯特围在他们周围，保护着。

"准备好了吗，威尔逊？"孟格尔问道。

"准备好了，船长。"威尔逊用强健有力的大手握着长桨回答道。

"千万小心，别让浪头把我们给冲走。"

孟格尔解开系着大木筏的绳索，把它撑到河中间。一开始，木筏漂流得挺好，但过了一会儿，遇上了漩涡，木筏失去了控制，桨和橹都起不了作用，只见它一个劲儿地在打转儿。孟格尔也拿它没办法，只好听凭它跟着水流转着往下漂流。

漂流了半英里之后，木筏已经到了河中央，水势很猛，但却没有漩涡，木筏反倒平稳多了。

于是，孟格尔和威尔逊又紧握住桨和橹，使木筏斜向前进，终于接近了对岸。谁知道在到了离岸边还有五十米处，威尔逊的桨断了，木筏立刻失去了控制，任由水流冲着。孟格尔见状，死死地把住橹，生怕橹也断了。双手满是血的威尔逊赶忙过来帮着他。半小时之后，木筏总算撑到了对岸。

不料，木筏与岸边陡坡猛力相撞，绳子断了，捆绑在一起的木头散开，水直往上涌来。众人连忙抓住弯向河边的小树，先把穆拉迪和两位女士从水里拉出来；这三位已经是半截身子泡在水里了。最后，大家总算脱险了。不过，除了少校随身携带的马枪以外，木筏上的所有武器和大部分干粮，全都随着木筏漂走了。

河倒是渡过来了，可是一行人可就一无所有了。身处荒野之中，离德勒吉特还有三十五英里，这可如何是好？

大家研究决定，不能耽搁，立即出发。穆拉迪不愿拖累大家，坚持要独自留下，等大家到了德勒吉特之后，再派人来接他。格里那凡爵士当然不能同意。此去德勒吉特，少说也得三天时间，要到海岸，最快也得五天，也就是说，要到1月26日，而邓肯号已于1月16日离开了墨尔本，反正是迟了，再迟一点也无关紧要了。因此，格里那凡爵士便对穆拉迪说道：

"不行，绝对不行，我的朋友。我绝不丢下任何人。我们来做一个软兜子，轮流抬着您走。"

很快，用桉树枝编成了一只大软兜，把穆拉迪硬装了进去。格里那凡爵士第一个抢着抬；他背起软兜一端，威尔逊则背起了另一端。大家随便起身上路。

每抬十分钟就换班。天气闷热，路又难走，抬着人走就更加艰难，但没有一个人叫苦的。

走出五英里后，天就渐渐地黑下来了，一行人便找了一丛胶树歇下来，把从木筏上抢出来的一点食物拿来充饥。

未曾想，夜里却下起雨来，让人苦不堪言。好歹熬到天亮，一行人又上路了。

一路上，满目荒凉，不见飞鸟走兽的踪影，少校的马枪也派不上用场。幸好，小罗伯特发现了一个鸟窝，摸到了十多只大鸟蛋，奥比内便用火炭灰把它们焙熟，再从洼地里弄了些马齿苋，凑合着当了23日的一顿午饭。

路更加难行。沙土地上满是蒺藜草，衣服刮破了，腿上拉得一条条血印。两位女士非常坚强，没有叫一声，随着众人勇往直前。

傍晚时分，一行人在布拉布拉山脚下的容加拉河畔宿营。麦克那布斯弄到一只大老鼠,众人烤了烤,就当晚餐,吃得连骨头都不剩。

24日,众人已经十分疲惫,但仍旧坚持上路。绕过山脚之后,眼前是一片漫漫草场,草长得犹如鲸须,盘根错节,好似一片箭林。必须用火烧,用斧砍,方能穿过。

这一天,没有食物当早餐,加之天气闷热,一行人饥渴难忍,竟至一小时还走不了半英里的路。再没吃没喝的,真的难以坚持下去了。

幸好,此时,他们已经走到了有灌木的地方;那些灌木长得像珊瑚似的,结有荚果,果内有水,可让众人喝个痛快。另外,巴加内尔又在一条干河沟里发现了一种植物,叶子很像苜蓿,叶上长有芽孢,大小如扁豆,用石头碾碎之后,呈面粉状,可制成粗糙的面包。因此,奥！内弄了许多这种大如扁豆的芽孢,储存起来,以备不时之需。

第二天,25日,穆拉迪不用别人搀扶,自己走了一段。他的伤口已经完全愈合,结痂了。此刻,他们离德勒吉特只有不到十英里的路程了。当晚,便在新南威尔士省边界处宿营,位置在东经149°。

夜间,细雨霏霏,连续下了几个小时,淋得一个个浑身透湿。偶然间,孟格尔发现了一个伐木人丢弃的破棚屋,大家高兴地钻了进去。威尔逊便弄来了一些枯树枝,可是怎么也点不着。原来,这就是巴加内尔曾经说过的那种不能燃烧的木头。烤不了火,也吃不了面包,无奈之下,只好和着湿衣裳睡觉了。

即将苦尽甘来,曙光就在前头了。也幸亏这样,否则海伦夫人和格兰特小姐很难再坚持下去,她俩已迈不动步,只是被人搀扶着,连拖带拉地往前走着。

第二天,天蒙蒙亮,一行人便踏上了征途。十一点光景,已经可以望得到德勒吉特小镇了。这儿离杜福湾五十英里。

他们在镇子上很快便找到了交通工具,再有二十四小时,就可以到达杜福湾,格里那凡爵士心中重又燃起了希望。他在想,如果邓肯号因故耽搁了一时半会儿的话,他们就能在它离开杜福湾之前赶到那里。

中午,一行人美美地饱餐了一顿,然后便搭乘一辆五匹马拉的邮车,飞也似的出了德勒吉特镇。马车夫听说加倍地付钱给他，劲头儿就更大了，把车赶得如同离弦之箭。公路上每十英里有一驿站，他在每站顶多只耽搁一两分钟。

马车就这样以每小时六英里的速度飞奔着，整个下午如此，连晚上也是这样。

第二天，旭日初升，海涛声已隐约可闻，离海不远了。邮车需要绕过杜福湾才能到达南纬37°线上的海岸——汤姆·奥斯丁驾船前来接应他们的地方。

海出现在眼前。众人齐刷刷地向海面望去，希望能像一个月前在阿根廷海岸时那样，发现邓肯号游弋在海上。

但是，怎么看，也没发现什么东西。但见远方水天一色，不见有什么帆影闪现。

也许因海上风浪太大，汤姆·奥斯丁把船开进杜福湾内港停泊等待了？大家真的希望是这样的情况。

"到艾登城去。"格里那凡爵士说道。

邮车立刻右转，驶上环绕海湾的路，直奔五英里外的小镇。

车夫在标志港口的固定信号灯不远处把车停了下来。码头上停靠着几条船，但没有一只挂着玛考姆府的旗帜。

格里那凡、孟格尔、巴加内尔走下邮车，直奔海关而去。他们向海关关员打听了一番，查看了一下近几日进港船只登记簿。但是，一个星期以来，竟然没有一只船进入杜福湾。

"他们会不会还没起航？我们也许赶在他们之前到达了？"格里那凡爵士满怀希望地这么说道。

只见约翰·孟格尔在一旁连连摇头。他很了解汤姆·奥斯丁，相信他不会延误十天还不执行命令的。

"我一定要弄个明白，"格里那凡爵士又说，"宁可得知一个确实的凶讯，也不愿这么忐忑不安的。"

一刻钟后，他给墨尔本船舶保险经理人联合会拍发了一封电报，然后，便一起坐上邮车，入住维多利亚大旅社歇息。

下午两点，有人给格里那凡爵士送来一封电报，电报上写着：

杜福湾艾登城格里那凡爵士：
邓肯号于本月 18 日起航，去向不明。

船舶保险经理人安德鲁

电报从格里那凡爵士手中掉落下来。

情况是明摆着的：邓肯号已落入本·乔伊斯之手，变成一条海盗船了！

原本是怀着极大的希望开始的澳大利亚之行，现在是在绝望之中结束了。也许再也找不到格兰特船长及其水手了。不仅如此，反而把自己的船员的性命也搭上了。

此时此刻，一向坚强的格里那凡爵士已经心力交瘁，万念俱灰。这位未被潘帕斯大草原的天灾击倒的勇士，却在澳洲大陆被人祸所压垮。

第 49 章 "麦加利"号

说实在的,若想找到格兰特船长,真的是难于上青天!此时此刻,这几位寻访者确实是到了进退维谷的境地。有什么办法去继续寻找?邓肯号也没了,连自己立刻回国的希望也难以实现了!热情的苏格兰人的英勇壮举就这么一败涂地了。失败!这个字眼儿对他们来说是多么难以接受的!可是,格里那凡爵士确实是心灰意冷,难以支撑了。

玛丽·格兰特见众人都耷拉着脑袋,自己也强忍着,不便再提寻找父亲的事了。想想邓肯号的船员们为此而送了命,再提寻父之事,也有点太不近人情了。这位善解人意、深明大义的少女强忍着酸楚,强颜欢笑地在劝慰着海伦夫人,并率先提出返回苏格兰。孟格尔见她如此坚强,心中更增添了几分敬佩。他寻思,为了她,也得再提一下继续寻找的建议,但还没等他开口,玛丽·格兰特小姐便以目光制止了他。只见她态度坚决地说道:"情况都这样了,应该体谅大家,尤其鉴于格里那凡爵士的情况,无论如何都必须立即返回欧洲!"

"您说得对,玛丽小姐,爵士应该回去,"孟格尔接着说道,"正好可以把邓肯号的情况向英国政府报告一下。不过,您也别灰心,我们既然已经走到了这一步,就不可以半途而废了。我已想好了,我要留下来,找不到格兰特船长绝不罢休!"

约翰·孟格尔这番铿锵有力的话语,深深地打动了姑娘。她伸出手去,与对方紧紧一握,一切尽在不言中。约翰当然心领神会,他知道姑娘对自己的没有说出口的感激爱慕之情。

就在当日，众人商量决定，返回欧洲，并决定尽快赶到墨尔本。第二天一早，孟格尔便忙着去打听开往墨尔本的船什么时候起航。

他以为艾登城与维多利亚省省城之间来往班次一定很多，可他却估计错了。泊于杜福湾的商船一共也就三四条，而且没有一条是驶往墨尔本的，更没有去悉尼或威尔士角的。而要回欧洲，只有这三处有船可搭，因为，上述三地与英国本土之间开辟着半岛邮船公司的一条正式航线。

这可如何是好？等搭乘便船吧，又不知等到何时才有。从这儿经过的船只倒是不少，但都从不在杜福湾停靠！

经过研究分析，格里那凡爵士正想沿着海岸公路前往悉尼，可巴加内尔这时突然提出了一个出乎大家意料的建议来。

原来，巴加内尔曾跑到杜福湾去看了一下，了解到停泊在那儿的三四条船中有一条要驶往新西兰南岛的奥克兰。所以，他便提议，先乘该船到奥克兰，在那儿换乘半岛邮船公司的船回欧洲。大家认真仔细地讨论起巴加内尔的建议来。一向滔滔不绝的巴加内尔，这次却一反常态，话语不多，只简单明了地介绍了一下情况说，此行最多也就五六天时间。是呀，澳大利亚距离新西兰也就一千海里左右。

说来也巧，奥克兰正好是在一行人离开阿罗加尼亚海岸一直沿着走的南纬37°线上。

不过，巴加内尔并没据此为由，因为他两次都错误地解释了那几封信，所以他担心再一次地犯错。不过，他始终觉得那些信件上所表明的格兰特船长逃到的是一个"大陆"上，而不是一个岛上，而新西兰只能算作是个岛屿而已。不过，他并未提及去奥克兰等船是为了寻找格兰特船长，他只是强调从那儿去欧洲的船很多。

孟格尔支持巴加内尔的意见。他劝说大家接受这个建议，因为在杜福湾等船的希望十分渺茫。说服了众人之后，他便领着大家一起去看看那条大船。格里那凡、麦克那布斯、巴加内尔、小罗伯特等在他的带领之下，坐上一只小筏子，不一会儿便靠上离岸边两链远的那只大船了。

那大船名为"麦加利"号,是一条二百五十吨的双桅帆船。它专门跑澳大利亚和新西兰各口岸间的短程航线。

该船船长——更确切地说,应叫"船主"——名叫威尔·哈莱,脸又胖又红,满脸横肉,塌鼻梁,脏兮兮,又是一个独眼龙,嘴唇上沾满烟油,看了让人直恶心。他正大声地骂自己的那五个水手,一边还挥动着那只又大又粗的手,一副神气活现的样子,让人看了既可恨又可笑,一看就是没有受过教育的人。虽然船长令人讨厌,但因无其他船只可搭乘,只好退而求其次,将就一点了。那船长见这几个生人前来,不禁大声喝问道:

"嗨!你们是干什么的?跑船上来干吗?"

"找人。"约翰回答他道。

"找人?找谁?"

"找船长。"

"我就是!有话快说!"

"您船上装什么货?"

"什么都装!怎么啦?"

"什么时候开船?"

"明天中午。怎么啦?"

"载客吗?"

"载啊!只要能吃得惯船上的饭就行!"

"自备干粮。"

"怎么啦?"

"不怎么啦!"

"多少人?"

"九位,其中有两位女士。"

"舱房不够。"

"甲板上的便舱也可以。"

"这……"

"您直说了吧,到底行不行?"约翰不理会对方的恶劣态度,直截了当地问道。

"这……这……"威尔·哈莱船长"这,这"地支吾了半天,然后,打上铁掌的皮靴踏得甲板笃笃地走了几步,突然站在约翰·孟格尔面前。

"肯出多少?"威尔·哈莱终于问道。

"您要多少?"约翰沉着地反问道。

"五十镑!"

格里那凡爵士在一旁点了一下头。

"好,五十镑就五十镑。"约翰·孟格尔答应了他。

"不过,那只是船费。"威尔·哈莱又补上了一句。

"行。"

"不包括饭钱。"

"行。"

"那么就这么说定了。怎么样?"威尔·哈莱边说边伸出手来。

"什么?"

"定金!"

"喏,拿去,二十五镑,先付一半。"约翰把定金交给船主。

船主立刻把钱接过去,连忙往腰包里一塞,连个"谢"字也没有。

"明天上船。中午前必须赶到,船不等人,到时便开。"船长口气生硬地说道。

"中午前一定到。"

回答完这句话之后,五个人便离开了麦加利号。那个一头蓬乱红发上扣着一顶漆皮帽的威尔·哈莱,连手举帽檐行个告别礼都没有,简直一点教养都没有。

"蠢货一个!"约翰悄悄地嘟囔了一句。

"像只地地道道的海狼。"巴加内尔附和着。

"我看倒像是头货真价实的狗熊!"少校纠正道。

"我看啊,此人以前像是干人肉买卖的。"孟格尔不无怀疑地说。

"管他像什么!"格里那凡爵士说,"只要他是麦加利号的船长,只要这船是开往奥克兰的,就行了嘛!以后谁还会见他呢。"

事情就这么定了下来。海伦夫人和格兰特小姐闻讯,十分高兴,尽管听说这条船条件太差,她俩也毫不在乎。奥比内则忙着去筹办路上的干粮,邓肯号下落不明之后,奥比内一直在为自己的妻子担忧,不免常常暗自落泪。他妻子是留在邓肯号上的,万一落在那帮歹徒之手,那可如何是好?他虽然心事重重,但并没影响他积极地去完成他分内的事。没几个小时,干粮的事就很好地解决了。

这时候,少校也在忙着跑银行,把格里那凡爵士在墨尔本联合银行的几张期票,兑换成现金。然后,又去买了一些枪支弹药。而巴加内尔则弄到了一张精制地图,是爱丁堡约翰斯顿出版社编制的新西兰全图。

穆拉迪的伤势情况良好,再在海上待这么几天,经海风这么一吹,会好得更快。

威尔逊受命去麦加利号上打扫便舱,安排铺位。经他的一番细心清扫整理之后,便舱焕然一新。威尔·哈莱见了,只是耸了耸肩膀,什么也没说。对他而言,只要能多载上几个旅客,多赚点钱,其他的都无所谓了。在他的眼里,船上的皮革是摆在第一位的,旅客嘛,只是次要的。他是个商人,这么想并不为奇,好在在这满是珊瑚礁的危险海域跑船,他的航海技术还是可以的,对海上情况比较熟悉。

一切准备就绪,这一天还剩下点时间。格里那凡爵士便想到南纬37°线上的海岸去看看。他这么做是出于两种考虑:一是,看看心里也踏实一些,不列颠尼亚号在这一带失事是很有可能的,他日后也不会再来这儿了;二是,即使不列颠尼亚号没在这一带失事,至少邓肯号是在这一带落入歹徒之手的。也许船员们当时还同歹徒们进行过顽强的搏斗呢,既然搏斗,总该留下点痕迹的。就算他们全都被抛尸下海,也可能有尸体冲到浅滩边上来的呀。

于是,格里那凡爵士在忠实的约翰·孟格尔的陪伴下,骑上维多利亚大旅社老板为他们备好的快马,奔向向北绕着杜福湾的那条路。

海水轰然之声不绝于耳,正荡涤着礁石和沙滩,仿佛在诉说着往事一般。睹物思人，二人都闷声不响，心中有着同样的苦痛在折磨着。他俩怀着悲痛的心情，仔仔细细地、寂然无声地在察看着每一处地方。但是，找来寻去，一点线索也没见到。

不列颠尼亚号究竟是在哪里失事的？这仍然是个谜。

而邓肯号也未见留下任何线索。

他们仍旧孜孜不倦地在寻找着，几乎把这片荒凉的海滩都踏了个遍。最后，终于在一丛"米亚尔"树下发现了几堆最近留下的灰烬。随后，又在一棵大树脚下发现了一件破破烂烂的浅黄色毛衣，上面印着的伯斯监牢的囚犯号码仍依稀可辨。这就足以表明，这帮歹徒来过这里。

"您看到了吧，约翰？"格里那凡爵士说道，"这帮浑蛋到过这儿！唉，我们邓肯号上的伙伴们……"

"是啊，"约翰也悲痛地说，"可怜的弟兄们，还没上岸就……"

"这帮浑蛋！"格里那凡爵士咬牙切齿地说道，"如果有一天落到我的手里，我一定要为弟兄们报仇雪恨……"

悲痛不已的爵士面孔冷峻，两眼紧盯着大海，也许他仍想在这浩瀚的大海上发现邓肯号。过了一会儿，二人心头沉重地打马奔回艾登城。

当晚，格里那凡爵士到警察局，把本·乔伊斯匪徒的情况报告了。警官班克斯听说匪首等一伙强徒已经离去，仿佛心头的一块大石头落了地似的，轻松多了，脸上露出了多日不见的笑容来。全城的百姓也同他一样松了一口气。他立刻做了笔录，并把情况向墨尔本和悉尼的上级单位发了电报。

格里那凡爵士无奈地摇了摇头，返回了维多利亚大旅社。这一夜，一行人全都快快不乐，脑子里浮现的全都是一连串的糟糕的事情。想想当时在百努依角时，抱着那么大的希望，到头来全都落了空，怎么不叫人灰心丧气！

而这时候，巴加内尔更是显得坐立不安，像是有一肚子心事在压抑着自己。其实，约翰·孟格尔自斯诺威河岸边发生状况时起，就一直在注意观察着他，总觉得他心里有话没有说出来，而且是不愿意说出来。他曾不止一次地探过他的口气,但后者总是闪烁其词,避而不答。

这天晚上,他便把巴加内尔邀至自己的房间里来,逼问他为何如此心神不定,心事重重的。

"约翰,我的朋友,我哪儿心神不定了?"巴加内尔仍旧在闪烁其词,"我不是同平时一样吗?"

"巴加内尔先生,您别装了,您心里一定有什么事堵着。"约翰紧追不放。

"哪有什么事堵在心里!我只是有点不由自主,百感交集罢了。"

"怎么就不由自主,百感交集了?"

"噢,噢,是悲喜交加。"

"悲喜交加?"

"是呀,到新西兰去,让我又喜又忧。"

"这是为什么?您是不是有什么眉目了?是不是又发现什么新线索了?"

"什么呀!没有,没有。约翰,到了新西兰就不能回去了!唉,人就是这样,只要一息尚存,什么事都不死心,一定要干到底的。正所谓'气不绝,心不死也'!"

第50章 西兰的历史

第二天，1月27日，一行人登上了麦加利号，住进了狭小的便舱。威尔·哈莱船长毫无绅士风度，根本就没有客气一声，把自己的舱房让给两位女士住。其实不让也好，反正他的那个狗熊窝也只配他这种狗熊去住。

晌午十二点半，趁着退潮的机会，麦加利号起锚开船了。西南风微微吹来；帆慢慢地扯起。威尔逊好心好意地帮上一把，可那威尔·哈莱却硬把他支开，不让他多管闲事。

约翰知道哈莱在指桑骂槐，他实际上是冲着约翰发火的，因为约翰见到那五个水手笨手笨脚的，在一旁讪笑。船主持这种敌视态度，约翰当然是乐得清闲了，不过，他也多少有点担心，生怕这些笨蛋把船弄翻，他们全都得遭殃。于是，他心中暗自在想，万一出现险情，不管你船长乐意不乐意，自己反正是要冲上前去干预的。

那五个水手在船主的吆喝咒骂声中，七手八脚、手忙脚乱地总算把帆拉扯好了。帆索全都揽在左舷上，低帆、前帆、顶帆、纵帆、触帆、小帆、插帆全部扯起，俨然渡海远航的架势。可是，尽管如此，船却慢慢腾腾，磨磨蹭蹭，跑不起来，因为船头过沉，船底过宽，船尾粗笨，只能是像老母鸭似的缓缓行走。

船跑不快，众人也只好忍耐，再说，尽管船行太慢，但五天之后，顶多六天，就可以到达奥克兰了。

晚上七点，澳大利亚海岸和艾登港口的灯塔已经看不到了。这时，海浪越来越大，船走得更加缓慢。船颠簸剧烈，大家在便舱里实在是难受，但又不能跑到甲板上去，因为雨下得太大。大家只好蜷缩在便舱里，各自想着心事，很少说话，就连海伦夫人和玛丽·格兰特小姐都很少交谈。格里那凡爵士坐立不安，在踱来踱去；少校待在自己的铺位上，一动不动；孟格尔则时不时地跑到甲板上去观察一下风浪的情况；小罗伯特则每次都跟在约翰屁股后面；巴加内尔则是独自守着一隅，嘴里不住地嘀咕着，不知在说些什么。

我们的这位可敬的地理学家究竟在想些什么呢？他脑子里在想着命运支配他前往的新西兰。他默默地温习着新西兰的全部历史，它的过去又全都浮现在他的脑海中了。

新西兰到底是不是大陆？新西兰的两个岛可否称之为大陆？岛与大陆毕竟不是一回事！地理学家的看法怎么可以同水手、船员一样呢？他的想象力从巴塔戈尼亚，到澳大利亚，再到新西兰，那都是那个字在启发着他。可是，他总也拿不定主意，他在想：

"contin，contin，这个字就是'大陆'！不是岛！可是，大的岛可不可以称之为'大陆'呢？"

他为这个字苦恼着。这时，他又回想起那些航海家发现这南海上的两个大岛的经过来。

那是1642年12月13日的事。荷兰人塔斯曼发现了凡第门陆地之后，就把船开往新西兰那一带没有人到过的海岸去了。他沿着海岸行驶了几天之后，于17日驶入一个大海湾，尽头是一条海峡，夹在两座岛屿之间。

北边的那座岛屿名为"依卡那马威"，是土语，意为"马威之鱼"；南边的那座岛屿叫作"玛海普那木"，意为"产绿玉的鲸鱼"①。

于是，塔斯曼便派了几只小船登陆，归来时，还带回两只独木舟，上面坐着一些土著人，叽里呱啦地不知在说些什么。这些土著人肤色有棕有黄，中等身材，干瘦，黑发盘在头顶上，像日本人似的，在头

---

① 后经考证，整个新西兰的土语名称为"台卡·马威"。

上插上一支长而宽的白羽毛。

欧洲人与土著人第一次相见后,似乎已成为朋友。但是,第二天,塔斯曼船长派出一只小艇探看附近海岸有无合适的停泊点,却受到了七只土著人的独木舟的猛烈攻击。水手长脖颈上挨了一枪,先跳水逃命。其他的水手死了四人,另两个与水手长一起奋力游向大船,总算保住了性命。

塔斯曼船长见情况不妙,立即下令开船,一边随便地放了几枪,也没打中土著人。因此,这个海湾至今仍被称作"杀人湾"。大船离开这个"杀人湾"后,一路向北,未敢轻易停留。次年1月5日,才在北角附近停了下来。但这儿波涛很大,又有土著人的怒目而视,无法靠近补充淡水,只好离开了这个地方,并把此处命名为"斯塔腾兰",也就是"三级地带"的意思,以纪念当时的"三民会议"①。

其实,塔斯曼之所以为此处取这么个名字,是因为他以为自己发现的这个新"大陆"是同南美洲的斯塔腾岛连在一起的。

"但是,"巴加内尔心中暗想,"17世纪的一个船长可能会把新西兰误认为是'大陆',但19世纪的船长是不会犯这种错误的。格兰特船长是绝对不会犯这种错误的。这究竟是怎么回事呢?我还真是有点弄不懂。"

塔斯曼船长离开新西兰之后,一百年内,没有人再注意过这块陆地,新西兰仿佛已不复存在了。后来,一位名为绪尔威的法国航海家在南纬35°37′处又发现了它。一开始,绪尔威与土著人相处甚好。在一场风暴中,绪尔威的一只运送患病水手的小艇被吹到了另一处地方,还受到一位名为那吉·努依的酋长的热情款待。但后来,绪尔威发现自己的小艇被土著人偷走,不免非常愤怒,便去追讨,但对方不予理睬。一气之下,绪尔威放火把整个村庄给烧掉了。这种过激行动,这次残酷的不人道的报复行动引发了一起又一起的流血事件。

1769年10月6日,著名的库克船长出现在这一带海岸。他把他

---

① 国王主持召开的会议。由教士、贵族、平民三级代表组成。也称作"三级会议"。

的"奋勉"号停泊在塔维罗阿湾，想施以小恩小惠来笼络土著人。他先抓来两三个土著人，强硬地往他们身上塞好东西，然后，把他们放走。这几个土著人回去后这么一宣扬，消息便不胫而走，一下子全传开了。没几天，就有几个土著人主动地跑到库克船长的奋勉号上来，要同欧洲人做买卖。过了几天，库克船长便把船开到北岛东岸的霍克湾去。没想到，在那儿却遇上了一群张牙舞爪的好斗的土著人。库克无奈，便放了一枪，吓住他们，自己则开船离开了此地。

10月12日，奋勉号停泊在脱可马鲁湾里。这儿住有二百多个性情温和的居民。他们对船上的植物学家热情相帮。每次考察和采集标本时，他们都用独木舟接来送去。库克船长也登上岸去，参观了两个村落，外面都设有木栅围栏，还有碉堡和双重壕沟，颇像防御工事。库克船长在这一带停留了五个月，搜集了许多奇珍异品如有关人种学方面的资料。次年3月31日，他便以自己的名字给那条分隔两座岛的海峡命了名，然后就依依不舍地离开了。后来，在以后的几次航行中，他还到过新西兰。

没错，1773年，这位伟大的库克船长又一次来到霍克湾，目睹了吃人的事。

在他第三次航行时，他又到了这一带，他喜欢这个地方，同时还想把这一带的水道给测量出来。1777年2月15日，库克船长离开了这里，从此就再也没有来过了。

1791年，樊可佛来到了幽暗湾，停泊了二十来天，几乎一无所获，无功而返。1793年，丹特尔加斯陀在伊卡那马威岛进行过测量。商船队队员霍森和达林普，以及后来的巴顿、理查逊、穆迪等，也都到过这一带。最后，萨法奇博士也来了，在这儿待了五个星期，搜集了不少新西兰人的风俗习惯方面的有趣的资料。

1805年，也就是巴顿前来的那一年，酋长兰吉胡的侄子杜阿塔拉搭上巴顿的船。当时，他指挥的这条船还停泊在群岛湾，船名为"阿尔哥"号。

如果毛利族中有一位如荷马一样的大诗人的话，也许杜阿塔拉的这次行动可以成为史诗般的题材了。这个聪明而勤勉的毛利族小伙子在船上受尽了歧视、屈辱,惨遭监禁和毒打。历经千辛万苦,最后,他来到了伦敦,在船上当了一名下等杂役,成了水手们的出气筒。要不是遇上马斯登教士,他肯定会累死在船上的。马斯登教士发现这个年轻人耿直而善良,头脑清醒,为人温文尔雅,所以非常关心他。最后,他给了他几袋麦种和一些农具,让他回家乡去种地。可是,送他的东西,未曾想竟然让人给偷了!可怜的杜阿塔拉只好又继续过那种非人的生活。直到1814年,他总算回到了自己的故乡。当他正想大干一场时,却因病不幸去世了,死时只有二十八岁!这对新西兰的发展可以说是一大损失。

直到1816年,新西兰都无人探访过,只有一位名叫桑普生的人跑来游历了几天。1817年,尼可拉跑来过;1819年,马斯登也来过;1820年,八十四步兵团的一位名为克鲁斯的上尉在岛上住了有十个月左右,全面地对土著人的风俗习惯进行了考察,做了颇有价值的研究。

1824年,"壳"号的船长居帕莱在群岛湾停泊了半个月,与当地土著人关系十分融洽。

1827年,英国捕鲸船"水星"号驶来这里。不幸,遇上了抢劫,只好奋力抵御。同年,狄龙船长来过两次,都受到了土著人的盛情款待。

1827年3月,"阿斯特罗拉伯"号船长居蒙居威尔赤手空拳地来到土著人村落,住了好几晚,还学会了一些土著歌曲。他在那儿很好地完成了自己的测量工作,为海军资料库提供了许多有价值的资料、地图。

第二年,1828年,詹姆斯指挥的英国双桅船"霍斯"号却运气不佳,到了群岛湾后向东驶去,遇到了一个狡猾奸诈的酋长,名为艾那拉罗,受到了巨大损失,好几个水手惨死在那里了。

综上所述,从土著人的那种忽善忽恶的行为中可见,新西兰土著人的残酷行为大多带有报复性质。他们待人的亲疏好坏,得视船长的态度而定。

后来,英国的探险家伊尔来到了这两座大岛,考察了那些前人未曾到过的地区,自己倒是没有受到土著人的虐待,但却目睹了土著人吃人的现象。

1831年,拉普拉斯在群岛湾一带也见到土著人之间人吃人的现象。

自此之后,新西兰人已经会使用火器,战斗力增强,以致血腥事件更是层出不穷,愈演愈烈。所以,在依卡那马威岛,以前十分繁荣的许多地方,而今已是一片荒凉,有些部落整个地被灭掉了。

新西兰人比澳大利亚人要胆大,遇见敌人来袭,拼命抵抗,奋力反击。他们仇恨侵略者,正因为如此,他们今天也在与英国移民进行着斗争。

巴加内尔如此这般地在脑海里把新西兰的往昔回忆了一番,心里更加急躁,他绞尽脑汁,思来想去,总想不出新西兰是个"大陆",而求救言上的那个字——"contin"令他始终想不出什么新的解释来。

第51章 新西兰岛上的大屠杀

1月31日,开船已经四天了,麦加利号走了还不到三分之二的航程。威尔·哈莱船长很少过问,并不怎么催促水手们,甚至都不怎么走出自己的舱房。那他到底在干些什么呢?他成天地在喝酒,不是烧酒就是白兰地,整天醉醺醺的。他的水手也全都同他不相上下,满嘴的酒气。因此,麦加利号也像是喝醉了酒似的,摇摇晃晃地向前飘荡着。

约翰·孟格尔见到这种情况,心里直冒火。这哪儿是在行船啊!可他又不便指手画脚。有几次船猛地一晃,差点儿翻了,幸亏穆拉迪和威尔逊眼疾手快,抢过舵把儿,才把船给稳住了,让船尽量地保持着平稳。这时,威尔·哈莱竟然还跑出来,对帮忙的他俩骂骂咧咧的。他俩也不是好惹的,便与他对骂开来,并要把这个醉鬼捆了起来,扔到底舱里去。多亏了约翰·孟格尔从旁劝解,才使这场风波平息了下来。

但是,约翰对这条船总不放心,一颗心总是悬在那里,老怕船会出事。他把自己的担心告诉了少校和巴加内尔,而没对格里那凡爵士说,免得他心里着急。

"我看,干脆就您来指挥这条船算了,约翰!"少校提议道,"如果您不想明着来,您就暗地里担当起'船长'的重任好了。那家伙成天醉醺醺的,说不定会出什么事的。"

"这话倒也是,麦克那布斯先生,"孟格尔回答说,"不过,我在大海里指挥行船是不会有问题的,何况我还有穆拉迪和威尔逊这两个好帮手呢。可是,到了近海岸处,我可就不大有把握了。我对海岸边的水下情况不清楚，那家伙再不省人事，不帮着指点一下，那就……"

"您对港湾也不熟悉吗？"巴加内尔急忙问道。

"不熟悉，船上连一张航海图都没有！简直太不像话了！"约翰回答道。

"是吗？"

"真的。这条船只是跑艾登和奥克兰之间的近海一带，那酒鬼船长都跑熟了，所以根本也不管什么航线、海图什么的！"

"这酒鬼一定以为这船识路，不用人，自己就会辨别方向。"巴加内尔讥讽道。

"不管怎么着，反正快靠岸时，一定得把那家伙弄醒了。"约翰说道。

"但愿他一到靠近陆地的时候就会醒来。"巴加内尔祈祷似的说。

"您只要多加小心，就一定能把船安全地开进奥克兰的。"麦克那布斯在鼓励年轻船长。

"没有海图，确实挺困难的。那一带地形复杂，尽是悬崖峭壁，弯来扭去，很不规则，而且礁石又多，离水面又浅，一不小心撞上，再怎么结实的船也得出事。"

"船一毁，人只好在水里扑腾着往岸上游去，恐怕就没有别的什么办法了！"少校无可奈何地说。

"只要来得及，逃得及时，还是有希望游到岸上去的，麦克那布斯先生。"

"可是，爬上岸说不定也是个死！"巴加内尔说道，"新西兰这一带对外来人持仇视态度，上了岸，说不定也会惨遭杀害的。"

"您是指毛利人吗？"约翰问道。

"是的。毛利人的凶狠在印度洋一带是出了名的！他们同澳大利亚土著人可不一样，毛利人狡猾、嗜杀，而且喜食人肉。落到他们手里，可就没救了。"

"照您的意思，如果格兰特船长是在新西兰海岸沉的船，我们不必再去寻找他了？"少校反问道。

"找还是得找的，在靠近海岸的地方可能会找到点不列颠尼亚号的踪迹，但往内陆地区去寻找，就很危险了。而且，找也无益，因为毛利人对欧洲人是非常仇视的,总是杀无赦。说实在的,我曾斗胆地劝大家穿越阿根廷大草原,穿越澳洲内陆,但我却不敢劝大家踏上前往新西兰的险途。愿上帝保佑,千万别让我们碰上新西兰土著人!"

巴加内尔这么说也不能责怪他,因为新西兰的恶名在外,其发现史上充满了血腥味。

在新西兰遇难的航海家可不在少数。塔斯曼船长的五名水手全都惨遭杀害,而且被吃掉了。其后,还有不少人遇害:脱克内船长及其水手们;"雪内可夫"号渔船上的五个渔民;双桅船"兄弟"号的四名水手;盖兹将军手下的几名士兵;"玛提达"号上的几名逃兵。

其中最为骇人听闻的当属法国兵舰舰长马利荣了。1772年5月11日,他率领的"马斯加兰"号和克劳采舰长指挥的"卡特利"号停泊在群岛湾里。新西兰人对他们殷勤有加,帮他们干活,还送礼物给他们,甚至还装出怯生生的样子,目的就是为了套近乎,好刺探船上的情况。他们的酋长名叫塔古力,此人诡计多端,十分狡猾。据居蒙居威尔说,他就是两年前被绪尔威骗走的那个毛利人的亲戚,都是属于王加罗阿部落的。

毛利人向来就是有怨报怨,有仇报仇。塔古力终于等来了报仇雪恨的机会。

他表面上装得怯生生的样子,心里却盘算着如何伺机杀人。他热情有加地给法国人送上鲜鱼等物品,甚至还让老婆、女儿陪着一起到兵舰上来。然后,他又邀请舰长到村中做客,热情地款待他们。这两位舰长终于被他迷惑住了。

马利荣舰长的舰只停泊在群岛湾里,因为几次大的风暴吹断了一些桅杆,便去内陆寻找木材更换。5月23日,他发现了一片高大的柏树林,离海岸只有两法里,而柏树林附近就有一个小海湾,离兵舰只有一法里,非常方便。

于是,舰上三分之二的水手都到那儿去伐木了。他们带斧头锯子,又砍又锯,还开辟了一条小路通向那个小海湾,以便运送树木。除了这个工作点以外,另外又选了两个地方:一个在港湾中心的毛突阿罗小岛上,船上的伤病号、铁匠、箍桶匠都集中于此;另一个在岸上,离兵舰一法里半,是用作运送做好的桅杆的。一些身强力壮的毛利小伙子有说有笑地在上述工作场里干活,与水手们亲如一家人似的。

马利荣舰长并未因此就有所松懈,他仍然保持着警惕,每次派小艇上岸,水兵们全都是全副武装的。而毛利人上舰来时,全都赤手空拳。但时间一长,法国人也就渐渐地放松了警惕,马利荣舰长最后竟然下令派出的小艇无须全副武装。克劳采舰长却认为这样不行,劝他收回成命,但马利荣舰长并未听从。

自此,新西兰人显得更加的热心,殷勤,积极。他们的酋长与船上的军官也过往甚密。塔古力酋长甚至有时还带上自己的儿子在兵舰上过夜。6月8日,马利荣舰长应邀上岸作正式访问,所有的土著人都尊称他为"大酋长",还在他的头上插上四支白羽毛,表示最崇高的敬意。

两艘兵舰来到群岛湾已经三十三天了。桅杆已全部换好;淡水池也都修好,放满了水。一切都顺顺当当的。

6月12日午后两点,马利荣舰长乘上小艇准备去塔古力的村子里去钓鱼,随行的有两名年轻军官——佛德利古和勒伍,以及一名志愿兵、教官和十二名水兵。塔古力和另外五位酋长热情地伺候左右,没有一点搞鬼的迹象。

小艇离开大船,向陆地划去,很快便划出很远,两艘兵舰已经看不见了。

入夜,马利荣舰长仍未归来,但谁也没有想到会出什么事,都以为他留在伐木点过夜了。

第二天,清晨五点,卡特利号的大舢板像往日一样到毛突阿罗岛上去装淡水。它没遇到任何意外,平安地返回了。

九点钟光景,"马斯加兰"号的值勤水兵发现海上有一个人,正拼尽最后的力气在游过来,便连忙放下救生艇,把他救了上来。

被救上来的是护卫马利荣舰长去钓鱼的水兵屠尔内。他腰部被铁矛扎了两处。在昨天陪着舰长钓鱼的十七人中,只有他一人幸免于难。

于是,他便将骇人听闻的惨剧一五一十地告诉了大家。

原来,马利荣舰长所乘坐的小艇于早晨七点光景划到村边靠岸之后,十七个法国人分别被土著人热情地迎到家中。有的还是被背下船来的,因为土著人怕他们把鞋子弄湿了。

突然间,情况骤变。许多毛利人手握长矛、木棒和铁锤等凶器奔来,十多个人围殴一个。只有屠尔内腰部被扎了两铁矛后逃了出来,躲入丛林,后跳入海中,拼命向兵舰方向游来。

兵舰上的人闻此暴行,怒气顿生,报仇的呼喊声响彻云霄。但是,首先应想法把尚留在岸上做收尾工作的水兵救出来,然后再考虑报仇的问题。何况克劳采舰长昨晚在伐木场过夜,也没有回船。

舰上的最高临时代理代表舰长发布命令,派出一队水兵乘大舢板前去救援。他们发现马利荣舰长乘坐的小艇后,便立即上了岸。

下午两点,一直没有获知大屠杀惨案的克劳采舰长,看见自己的水兵后,恍然大悟。为了不引起其他人的惊恐慌乱,他让这队水兵们先别把这一噩耗传播开去。

他立刻下令把一些重要工具弄毁,把工棚烧掉,迅速撤离。毛利人早已占据了这一带的有利地形,一见法国人要撤,便一窝蜂地冲了过来。边冲边喊:"塔古力干掉了马利荣了!"想让水兵们听到舰长已死,作鸟兽散。可水兵们闻听舰长被杀,怒火冲天,一个个都要冲上前去与这群野蛮人拼命,克劳采舰长好不容易才制止住他们。法国人总算撤到了岸边,上了留在那儿的几只大舢板。上千名毛利人也追踪而至,石块像雨点似的向大舢板飞来。水兵中有四个神枪手,忍无可忍,举枪向岸上射去,把几个在岸上指挥土著人进攻的酋长给击毙了。土著人见火器如此了得,全都吓傻了,目瞪口呆地站着动弹不了。

克劳采舰长登上了"马斯加兰"号,立刻又派一队水兵到毛突阿罗岛救援,把伤病员救回到兵舰上来。

第二天,又派了一队水兵前去增援,并命令将水舱蓄满淡水。毛突阿罗岛上共有三百来个毛利人。他们开始骚扰起水兵来。法国人洗劫了毛突阿罗岛上的这个毛利人村落,打死了六个酋长,杀死了许多毛利人,一把火把村子给烧了。克劳采舰长一面加紧储备淡水,一面让人把卡特利号的桅杆最后安装完备。

一个月过去了,土著人曾不止一次地企图夺回毛突阿罗岛,但都未能得逞,他们的独木舟经不起兵舰上的大炮的轰击。

现在,对于法国人来说,重要的是必须弄清那十六个同胞中是否有人依然活着。有人活着就得去救,同时,也必须为死者报仇。于是,一只大舢板载着一队水兵划到塔吉力的村落去了。可塔古力十分狡猾,听到风声,立刻穿上马利荣舰长的大衣,逃之夭夭。水兵们仔细地搜索了该村。在搜索到塔古力的屋子时,发现了一个刚烤熟的人头,上面还留有牙印!还有一条人腿用木串子穿着,另有一件硬领衬衫,满是血迹,一看便是马利荣舰长的衣物。另外,水兵们还发现了一些佛德利古的手枪、小艇上的盾形徽章、血衣和破布片。在附近的一个小村里,还发现了一些人的肠子,全都洗净煮熟了。

这种吃人的惨相令人发指!法国水兵怀着悲痛的心情,郑重其事地把同胞们的遗骨掩埋了,然后,一把火将塔古力及其帮凶皮吉·俄尔的村子给烧了,以祭奠亡灵。

1772年7月14日,两艘兵舰驶离了这个令人发指的海岸。

以上便是这个吃人惨案的经过,凡是到新西兰海岸来的人都不该忘记。新西兰人的复仇心理、嗜杀成性,后来又被库克船长所证实。

1773年,库克船长第二次前来新西兰。12月17日,他麾下的由佛诺舰长指挥的"冒险"号放下一只大舢板,准备到岸上去采集一些草药什么的。可是,大舢板去后一直未归;舢板上坐的是一名候补海军少尉和九名船员。佛诺舰长非常着急,立刻派博内中尉去寻找。博内带人登陆,发现了惨状,回来报告说:"我们好几位同胞的脑袋、肠子、心肺都被胡乱地扔在沙滩上了,几只野狗在争抢着⋯⋯"

这类屠杀事件可谓层出不穷:1815年,兄弟号被新西兰人掳杀;1820年,桑普生指挥的"波伊德"号上的船员全都惨遭毒手,无一幸免;1829年3月1日,瓦吉他一带的一个酋长艾拉那罗洗劫了悉尼的英国双桅船"霍斯"号,土著人把好几个水手杀死,把尸体煮了吃了⋯⋯

新西兰简直就是吃人的海岸。醉鬼威尔·哈莱的麦加利号正在驶向这个令人毛骨悚然的去处!

第52章　暗　礁

2月2日，麦加利号已经走了六天了，一路上，单调乏味，总也望不到奥克兰海岸，令人好生烦闷。海上刮的是西南风，倒是顺风，但海浪很大，又是逆着风向的，似乎故意在阻挠船往奥克兰驶去似的。风帆鼓鼓，整个骨架都在咯吱咯吱地响着，让人提心吊胆，生怕它散架。横桅索、后支索、牵桅索等全都没有绷紧，以致桅杆摇晃得厉害。

约翰·孟格尔心里非常紧张，不停地在默祷着，愿苍天保佑这船和船上的朋友们安然无恙。

雨仍在继续下着。海伦夫人和玛丽小姐无法走出舱室，强忍着憋闷与颠簸，从不叫苦。有时，雨小了点，她们便走到甲板上来透透气。便舱本是用来装货的，不宜住人，尤其是女人，更加觉得不便难耐。

巴加内尔为了给大家消愁解闷，就没话找话地说点故事来逗乐，可众人心中愁云密布，无心去听。说实在的，这种血腥之地，如果不是为了寻找格兰特船长，谁会往这儿跑？格里那凡爵士当然也同样是愁眉紧锁，烦躁不安，不愿在便舱里憋着，无论雨大雨小，总喜欢待在甲板上，时而踱来踱去，时而止步沉思。只要雨一停，他便会举起望远镜搜索着大海。可海面上雾气笼罩，好像故意不让他看到什么似的。他只好满心不悦，挥动着拳头，以泄心头之愤！

约翰·孟格尔不顾风雨交加，时刻跟在他的身旁，寸步不离。这一天，大风吹走了一些云雾，天空清亮了一块。格里那凡爵士连忙举起望远镜观察。约翰走近他，悄声问道：

"阁下是在寻找陆地吗？"

格里那凡爵士摇了摇头。

"我了解您的心情，阁下，"年轻船长又说道，"船本该在一天半前就驶到奥克兰了。"

格里那凡爵士仍旧没有接嘴，只是举着望远镜对准着左边上风口的海面。

"陆地不在左边，阁下，您请朝右舷看。"约翰说道。

"我不是在寻找陆地。"爵士回答道。

"那您在找什么？"

"找我的邓肯号！"格里那凡爵士没好气地说，"它可能就在那边，让海盗们驾驭着在干罪恶的勾当！我敢说，约翰，它就在澳大利亚和新西兰之间……"

"愿上帝保佑我们别碰上它！"

"您说什么，约翰！"

"要是碰上了它，阁下，您瞧瞧我们这条破船，还跑得了吗？"

"跑？为什么要跑？"

"不跑行吗？您想想看，那帮浑蛋能放过我们吗？本·乔伊斯可是没有人性的畜生！我们倒是可以同他拼个你死我活，可海伦夫人怎么办？玛丽小姐怎么办？"

"唉，可怜的女人！"格里那凡爵士自言自语地叹息道，"约翰，我真的是心如刀绞啊！我总觉得有一种不祥的预感，真的担心得要命！"

"您可别这样，爵士。"

"我这并不是因为我自己，我是担心她们俩……"

"您请放心，爵士，"年轻船长宽慰他道，"麦加利号虽然行驶缓慢，但它仍旧在行驶着。只要我人在，我就保证不会让这船出事，顶多我让它在海面上漂着，绝不会让它撞上礁石的。至于邓肯号，我们还是不要看了吧，赶紧逃开它的好。"

约翰·孟格尔言之有理。在这一带海面上，流窜犯和海盗们活动猖獗，一旦遇上他们，就无望返回祖国了。还算好，这一天，无论白天还是夜晚，都没见到邓肯号出现。

但是，到了这一天的晚上七点光景，老天突然变脸了。天空像是突然黑了下来，墨黑一片。连威尔·哈莱船长也从醉乡中惊醒了过来。他走出舱房，揉着醉眼，摇晃着他那肥大泛红的脑袋，强打起精神来，猛吸了半天海上空气，然后抬头看着桅杆。风力在加大，风向转为由西往东刮了，似乎故意要把麦加利号尽快地吹送到新西兰去似的。

威尔·哈莱连吆喝带骂地唤醒水手，叫他们落下顶帆，扯起夜航帆。约翰·孟格尔看着，不免心中暗暗称赞，此人还是颇有航海经验的。但他仍旧没有去搭理这个狗熊船长。格里那凡爵士也同约翰一样一直待在甲板上，心里很不踏实。两小时过后，风力更强而猛了。威尔·哈莱便命令赶快把前帆收小。麦加利号有两层帆架，只要把上层的落下来，前帆便缩小了，所以干起来挺方便的。

又过了两小时。海浪越来越大，麦加利号船的底部震动得剧烈。海浪冲上甲板，船内积了不少海水。突然间，左舷边竿上挂着的小艇不见了，被海浪给卷走了。

船在这巨浪中缓缓地浮动着，大有下沉之势，因为船上的水越积越多，无法排放。约翰·孟格尔此刻一颗心悬了起来。他十分着急，主张用斧砍破船舷板，把水放出去，可威尔·哈莱却坚决不同意。

此外，还有一个更大的危险在威胁着这条船，而且，这个危险已来不及预防了。

将近十一点三十分时，待在甲板上的约翰·孟格尔、威尔逊等人突然听到一种异样的声响，极其吓人。他们立即警觉起来，这是他们的海上阅历所赋予他们的本能。约翰不由自主地抓住威尔逊的手说：

"是逆浪！"

"没错，是逆浪！是浪触礁石所发出来的声音！"威尔逊回答道。

"顶多也就四百米吧？"

"是的，离岸不远！"

约翰·孟格尔探身舷外，查看海浪，大声喊道：

"测水深！快！威尔逊，快测！"

威尔逊赶忙抓起测水锤，跑到前桅桅盘处，抛下铅锤。威尔·哈莱坐在船头，不以为然。绳子从威尔逊指缝中溜下去，但只溜下三节，便停住了。

"啊，只有九米！"威尔逊喊道。

约翰·孟格尔一听，立刻冲到威尔·哈莱面前，大声吼道：

"船长，船都上了礁石了！"

威尔·哈莱听了，无可奈何地耸了耸肩。约翰·孟格尔没有管他，径直奔向舵把处，伸手转舵。同时，威尔逊在拼命地拉着前桅的调帆索，让船凭借风力转向。

"尽量借用风力！放松扣帆索！放松扣帆索！"孟格尔船长边喊边转舵把儿，让麦加利号避开礁石。

约半分钟的工夫，船头扭转了方向，躲避开了右边的礁石。虽然夜里风大，孟格尔仍然看到离船右舷不远处的那道白浪。

这时候，威尔·哈莱船长才意识到情况不妙，着起急来。只听见他在吆喝来吼过去的，也不知他想要干什么，而且他的水手们一个个酒还没有醒，根本听不明白他的意思。这头笨熊根本就没有想到离海岸只有八海里远了，还以为自己的船离岸至少有三四十海里呢。近海暗礁多，再加上天黑风大，他的那点航海经验也帮不上他什么忙了。

幸亏有约翰·孟格尔船长在。我们的年轻船长连忙下令，果断地把船驶出险滩。但他摸不清情况，不知船的方位，不知船已陷入礁石圈中。此刻，西风正紧，船颠簸剧烈，很容易触礁，后果不堪设想。

不一会儿，船右舷也传来了逆浪声。约翰被迫再转动舵把儿，调整帆索。暗礁太多，必须赶快掉头。可这船的状况能允许来个急转弯吗？无奈之下，只好冒险一试了。

"舵把儿转向下风船舷！快！"约翰冲威尔逊大声嚷道。

可是，船又进入另一个礁石群了。只见浪打礁石，激起无数的白色泡沫来。情况真的是千钧一发，危险重重啊！威尔逊和穆拉迪把整个身子压在舵把儿上，但仍转不动它；舵把儿已经转到头了。

突然，砰的一声，船撞到礁石。触桅支索断了，前桅随即就摇晃起来。船虽然只受了这点轻伤，但仍旧掉不过来。突然，又一个大浪涌来，把船冲起，托送到礁石面上，然后，猛然放下，前桅连帆带索全都折倒下来。这么碰撞了两三次之后，船便动弹不了了，呈三十度倾斜在那儿。

舱壁玻璃震飞了，众乘客纷纷奔出舱外，跑向甲板，但海浪正猛冲甲板，待在上面也是相当危险的。约翰怕出意外，把大家都劝回到便舱里去。

"情况到底怎样，您说实话，约翰？"格里那凡爵士沉着地问道。

"沉倒是沉不了，爵士，"孟格尔船长回答道，"但船会不会被巨浪击散掉，这就说不准了。"

"现在是半夜了吧？"

"是的，爵士，只能等到天亮再说了。"

"能不能放小艇下海？"

"天太黑，浪又太大，不行！再说，方向也没搞清，往哪边靠岸？"

"那就在这儿等待天亮吧，约翰。"

这时候，威尔·哈莱船长像个疯子似的在甲板上跑来跑去。他的水手们惊慌了一阵之后，刚刚清醒了点儿，又喝起烧酒来。哈莱船长急得直跳脚，哭喊着：

"这一下我可全完了！船上的货物全都没上保险！我得赔光了！"

孟格尔见他那可怜相，并不想去劝慰他。他多了个心眼儿，嘱咐自己的同伴们武装起来，提高警觉，以免那笨熊及其水手走投无路，图财害命。

"这帮浑蛋，看谁敢闯进便舱来，我非一枪崩了他不可！"少校毫不在乎地说道。

那帮穷凶极恶的水手起先还图谋不轨，见大家都有所准备，所以未敢造次，识趣地溜走了。约翰·孟格尔的一颗心总算放了下来，只等着东方发白了。

船已完全动弹不了了。风已止息。海渐渐平静下来。一时半会儿，船还不至于散架。约翰·孟格尔准备等太阳一出来,立刻探明情况,看什么地方可以上岸,好把人用救生艇送到岸上去。只是艇太小,一次只能坐四个人,来回得跑上三趟。这是船上的唯一一只小艇了,左舷的那一只早就被海浪冲得不知去向了。

孟格尔伏在舱篷上,一面想着当前的处境,一面细听逆浪的声音。他在努力地分析情况,考虑对策。

便舱里的同伴们因为一夜的折腾,疲惫不堪,都已歇息了。格里那凡爵士和约翰也抽空打起盹儿来。

清晨四点光景,东方泛白,霞光映出,海面晨雾弥漫,波浪在轻轻地涌动。

约翰第一个跑上甲板。渐渐地,天已大亮,东边天空泛起一片红云。晨雾渐渐消散,黑色礁石渐渐地露出峥嵘。礁石间,白色泡沫和浪花映出水淋淋的黑色礁石,似一条黑线。稍远处,有一座灯塔在闪烁着红光。陆地就在眼前,顶多八九海里的样子。

"哈哈!看见陆地了!"约翰·孟格尔大声叫喊道。

同伴们猛一激灵,全都醒了,纷纷跑上甲板,静静地望着远处出现的陆地。不管上面的人是善良的还是凶恶的,反正他们一行人有了可以逃避之处了。

"那个船主呢?"格里那凡爵士突然想起,不禁问道。

"不知道,爵士。"约翰回答道。

"那他的那些水手呢?"

"也不清楚,没见着。"

"是不是和他一样,也都醉死了?"少校接嘴说道。

"还是去找一找吧,"格里那凡爵士说,"不能把他们扔在船上不管。"

于是,穆拉迪和威尔逊便四下里去找寻,但找遍了整个船,也没见他们的人影。

"一个也不在?"格里那凡爵士惊诧地问。

"都跳海逃生了吧?"巴加内尔说。

"很有可能,"孟格尔心里好生疑惑地说着,便向船尾走去,"快去找小艇!"

威尔逊和穆拉迪跟着孟格尔向船尾走去,准备帮忙把小艇放到海里。但走去一看,小艇早就没了踪影了。

第53章 临时水手

哈莱船长及其水手趁格里那凡爵士等人安睡，摸黑放下小艇，逃命去了。船长本应最后一个离船，可他竟然头一个溜之大吉。

"那帮浑蛋全都溜了，"约翰·孟格尔向格里那凡爵士报告说，"这倒也不错，爵士，省了不少麻烦。"

"我也是这么想的，"格里那凡爵士回答道，"船总得有船长，您就当吧，约翰。我们几个技术不行，就权且当您的临时水手吧！"

众人闻听，都鼓掌赞成，立即跑到甲板上列好队，听候新船长指示。

"您就下命令吧。"格里那凡爵士对约翰新船长说。

约翰朝海面看了一眼，又看了看损毁的船桅，想了一下说道：

"要脱险，只有两个办法：一是把船弄下礁石，开到大海里去；二是做一木筏划到岸边去。"

"我看还是第一个办法好些，如果能行的话。"格里那凡爵士建议道。

"是的，就近着陆，没有交通工具，上岸后也麻烦。"约翰附和道。

"在荒僻的海岸上岸是很危险的，这可是新西兰！"巴加内尔也这么说了一句。

"尤其是我们的船位置已经有点偏南，已过了奥克兰了！都是那个酒鬼弄的！正午时，我们再测定一下，说不定还真的要往回行驶。"约翰说。

"船损坏得这个样，还能开吗？"海伦夫人焦急地问道。

"没问题，夫人，"约翰安慰道，"在船头安个临时桅杆，作为前桅，走得慢些，还是可以开到奥克兰的。真的不行，就就近上岸，从陆路前去奥克兰。"

"先检查一下船的损毁情况吧。"少校提议道。

格里那凡、约翰和穆拉迪忙把大舱盖掀起，下到货舱里去。货舱里装满了熟过的皮革，约有两百吨，胡乱地堆放着。约翰立刻下令将一部分皮革捆儿扔到海里去，以减轻船的重量。

就这样一连忙活了三个小时，船底儿清理出来了，可以检查船底儿的情况了。船底左侧发现两个接缝口裂开来。幸好，船是向右倾斜的，左边翘起，露出水面，水没能涌进舱内。威尔逊连忙用麻丝塞进裂缝，再钉上一块铜片，修补好了。

底舱积水还没到两尺深，用抽水机一抽，船的重量还会减轻一些的。至于船体外壳，经检查并无大碍。

最后，威尔逊又潜入水下，摸清船底儿陷下去的部位。船头触到了一片泥沙滩，滩边又陡，而船嘴的下部和将近三分之二的龙骨都深嵌在泥沙之中。但船身的大部分却浮在水上。水深有五米。舵没有嵌进去，尚可自由转动。因此，麦加利号很有可能开动得起来。

约翰本想利用涨潮把船开出去，但此时潮头并不大。船这时更加向右倾斜，用不着再支撑它了，所以约翰便想用船上的帆架和其他木料打造一个临时前桅杆。但这得花费一天的时间，得到明天中午方能完工。

"动手干吧。"孟格尔说干就干，下达命令道。

临时水手们听到命令，立即动起手来。有的卷帆，有的爬上桅盘，有的把主帆、顶帆给落了下来。小罗伯特也跟着忙活，像只猴子似的蹿上蹿下的，绝对不亚于一个见习水手。

为了让船涨潮时船头翘起，先得在船尾抛下两个锚。有小艇在，抛锚下海并不困难，现在却得另想高招儿。

"没有小艇怎么办？"格里那凡爵士问道。

"用断桅和酒桶扎个木筏，就行了。这船的锚不算大，抛起来困难要小些。只要锚吃上劲儿了，我就有办法。"约翰船长胸有成竹地说道。

"那好，现在就动手吧，别浪费时间了，约翰。"

于是，所有的人都上了甲板。大家齐动手，把残桅弄断，脱下桅盘，扎起空酒桶，安上船橹。

木筏刚完成一半，日已偏西。

为了赶着落潮放筏，约翰忙去测量方位，留下爵士指挥造筏。幸好，在威尔·哈莱的舱房里找到了一本格林尼治天文台的年鉴和一个脏兮兮的六分仪，开始测量方位。

约翰在甲板上进行测量，但北面的礁石把六分仪的望远镜的视线挡住了，只好用一只装满水银的平盘来代替，但又去哪儿找水银去呢？约翰灵机一动，想到用柏油代替，因为柏油也能反射太阳光。

既然是在新西兰西岸，经度已知，不必再测。现在需要测定的是纬度。

约翰利用六分仪，先测出太阳在子午线上离地面的高度：68′30″，由此推算出太阳距天心为：21′30″，因为两数相加正好是90°。当天是2月3日，据格林尼治年鉴，日暑为16′30″，把它加到天心距离上，就是38°，也就等于纬度38°。

由此得出，麦加利号的方位为东经171°13′，南纬38°，误差不会太大。

约翰拿来巴加内尔在艾登购买的地图一查，发现此处已是奥地湾口，卡花尖角北面，系奥克兰省的海边。奥克兰城位于南纬37°线上，麦加利号现已偏南了一纬度，必须往北行驶一纬度方能驶抵奥克兰。

"也就是再多走二十五海里嘛，没什么大不了的。"格里那凡爵士说道。

"海上走二十五海里不算什么，要在陆地上走这么远可就困难了。"巴加内尔说道。

"所以必须把麦加利号弄到海里才行。"孟格尔说道。

木筏仍然没有完工。已是十二点一刻了，海水正在涨潮。这次的潮水虽然无法利用，但约翰仍然十分关切地去查看了那条船，但见它一动不动地停在那儿。不知潮水能否把它冲得起来。不一会儿，船身倒是有点浮动，船底在颤抖，但船却还是没能移动。只好等下次涨潮再看了。

下午两点，木筏终于造好。便锚搬上了木筏，约翰和威尔逊在船尾系上一条细铁链拴着便锚，登了上去。木筏正顺潮而上，漂至一百米远处，二人连忙把便锚抛下，水深十米。

锚扒住了海底；木筏返回大船。

接下来得把主锚抛下去。于是，众人七手八脚地把主锚抬到木筏上，在便锚附近扔下主锚，那儿水深十五寻。

二人随即沿着粗铁链返回麦加利号。

细铁链和粗铁链都卷在绞盘上，只等着下一次的涨潮了。下次涨潮在午夜一点半。此时刚刚下午六点。

约翰·孟格尔对他的临时水手们大加夸赞与鼓励，并特别称赞巴加内尔，说他再稍加努力，将来会是一名名副其实的水手长。

奥比内先生忙了半天修船的活儿之后，又进了厨房，为大家预备了一顿好饭菜。大家正感到饿得厉害，所以吃得就更加香，吃饱之后，疲劳顿消，干劲儿又上来了。

为了保证万无一失，孟格尔又督促大家减轻船上重量，并弄一些重物到船尾，使船头翘起来。威尔逊和穆拉迪还滚了许多空桶到船尾，把桶装满水，帮助船头翘起。

全部弄完之后，已是午夜十二点半了。人人都累得筋疲力尽的，但仍拼足力气在转动绞盘。

约翰见此时风向改变，便决定第二天再开船；威尔逊和穆拉迪也发现风向由西南转为西北了，所以也非常赞同约翰船长的意见。于是，他便把这一情况报告给了格里那凡爵士。

"现在，大家都累得不行，无力把船弄浮起来，"他对爵士解释道，"再说，即使船浮起来，险滩环绕，天又这么黑，根本无法驾船，还是等到白日里再干的好。而且，看起来，明天风向会变，我们就可以借助风力了。西北风刮起，风力压下船尾，潮水冲起船头，省时省力！把主桅上的帆一扯起来，风帆就会帮船增添很大的力量的。"

格里那凡爵士同巴加内尔一样，心里十分着急，但约翰船长的解释非常有理有力，所以便欣然同意了他的决定。

一夜无话。大家轮流值班，尤其是看护好船锚。

天色渐明，果然西北风起，而且越刮越大。真是天遂人愿！临时水手们立刻集合起来。小罗伯特、威尔逊、穆拉迪上了大桅；少校、爵士、巴加内尔留在甲板上。大家都在忙着做好准备。

主帆架子整个儿地扯了上去；大帆和主帆都上了升帆索。

此时已是上午九时，距离满潮还有四个小时，但大家都没有闲着。约翰·孟格尔在船头忙着装便桅；海伦夫人和格兰特小姐也不肯闲着，十分认真地在把一张备用帆换到小顶帆的帆架上。这样一来，桅和帆全都安装完毕，船可以行驶了。

潮水在不断地上涨。放眼望去，海面上波浪翻滚，一浪接一浪，大家心里甭提多么激动了。露出水面的礁石突然像是水怪似的，隐没不见了。海水层层叠叠地涌了过来。开船的时刻即将来临，人人喜形于色，激动得连话都说不出来了。大家只等着船长一声号令，马上动手，让大船离开海滩。约翰仍在仔细地探身观察着海潮。已经中午一点了，海潮已至最高点，随后便将落潮。其间隔也许只是一秒钟的事。机会难得，机不可失，时不再来。大帆、主帆飞快地拉起，兜住了强风，鼓鼓的。只听约翰一声大喊：

"转绞盘！"

格里那凡、穆拉迪、小罗伯特在一边，巴加内尔、麦克那布斯、奥比内在另一边，拼命地推动着杠杆，转动着绞盘。与此同时，约翰和威尔逊则在转动着侧杠杆，帮一把力。

"使劲儿！使劲儿！"约翰船长在喊，"大家一齐使劲儿！"

两条铁链被拉得笔直，但锚却死死地扒住海底。这可是千钧一发之时，稍稍延误，满潮就将退去。大家都心知肚明，成功与失败就在此一举，所以都把吃奶的劲儿使上了。风越刮越猛，帆吹得鼓鼓的，都贴住桅杆了，在倒推着大船。船身在晃动，似乎已经漂浮起来。再稍加点力，便成功了！

"海伦！玛丽！快来帮一把！"爵士大声地呼唤道。

两个女子一听，便立即冲了过来，帮着推动杠杆。只听见绞盘咔巴一声，最后响了一下，就不再动了。

大船也没有再动。功败垂成！潮水已经开始回落。看来，即使有风吹潮推，光靠这几个人，船是浮不起来的。

第54章 吃人的习俗

第一个脱险办法不灵,应该立刻尝试第二个办法,绝不能有丝毫的耽搁。如果在这条浮不起来的船上干等着别人前来救援,那恐怕是在等死,坐以待毙,因为这条船迟早会被巨浪击碎的。

还是抓紧时间,赶快打造木筏,尽快地划到新西兰海岸上去。

这没什么可以讨论的。说干就干,大家立刻动起手来,干到傍晚,已经基本就绪,只因天色渐晚,天黑了下来,暂时停下休息。

晚上八点光景,吃完晚饭之后,海伦夫人和玛丽小姐回到便舱休息。巴加内尔同朋友们一起在甲板上边踱着步,边谈论着。小罗伯特不肯休息,也跟大人们在一起,聚精会神地听着他们谈论着一些严肃的问题,心想,说不定以后自己也能为大家做点什么的。

巴加内尔问约翰·孟格尔能否撑着木筏沿海岸行驶到奥克兰去,中途不在这附近靠岸。约翰回答他说,木筏简陋,一直撑到奥克兰是不可能的。

"木筏不成,用麦加利号上的小艇行不行呢?"巴加内尔又问道。

"那倒还成,不过只能晓行夜宿。"约翰回答道。

"这么说,那帮浑蛋故意撇下我们,去奥克兰了?"

"请您别提那帮浑蛋了,好不好?"约翰·孟格尔说,"没准那几个醉鬼在黑夜里已掉进海里喂鱼了。"

"那是他们活该,"巴加内尔应答道,"不过,我们也活该倒霉。如果当心一点,不让他们偷走小艇就没事了。"

"您这不是马后炮吗,巴加内尔?好在有木筏了,我们是可以上岸的。"格里那凡爵士反驳他道。

"我想说的就是千万别上岸去。"巴加内尔强调一句。

"为什么?不就是二十英里的路程吗?潘帕斯大草原、澳大利亚,我们都闯过来了,什么苦头没吃!二十英里算得了什么!"

"我不是在说二十英里的路!"巴加内尔着急地说,"路倒真的不算远,可这是在新西兰!我可不是胆小,走南美穿澳洲还是我提议的。但这儿可不同!"

"总比待在搁浅的船上等死强。"约翰·孟格尔说。

"新西兰有什么可怕的?"格里那凡爵士问道。

"土著人很可怕!"巴加内尔固执己见地说道。

"土著人?我们想法避开他们走不就得了吗?"格里那凡爵士反驳道,"再说,十个欧洲人,全副武器,还怕几个坏蛋不成?"

"那可不是几个坏蛋,"巴加内尔摇晃着脑袋更正道,"他们可是一个个可怕的部落,他们反抗英国人的统治,拼命抵抗,常常把入侵者杀了,吃掉!"

"那不是吃人的恶鬼吗?"小罗伯特紧张地说,接着便喊起来,"姐姐!海伦夫人!"

"别怕,别怕,孩子,"格里那凡爵士连忙安慰他道,"别听他的,他在吓唬人!"

"吓唬人?"巴加内尔说,"小罗伯特已经长大了,我吓唬他干吗?我说的都是真的。新西兰人可不是菩萨。就在去年,一个英国人,名叫瓦格纳的,就惨死在他们手下。惨案就发生在1864年!就在奥波基迪,离奥克兰只有几法里,光天化日之下!"

"得了吧,巴加内尔,"少校说道,"您说的都是旅行家们的传闻,他们就是专门喜欢编些耸人听闻的瞎话来吓唬人!"

"他们讲述的当然是会有水分的,"巴加内尔反驳道,"不过,有些人可是一向说话谨慎,从来不会撒谎的,比如牧师肯达尔、马德逊,船长狄龙、居威、拉普拉斯等人。据他们的讲述,毛利人的酋长死后,要杀人祭献，因为他们认为只有杀活人做供品，才能平息死者的怒火，否则死者会变成厉鬼要来拿活人泄愤的。此外，他们也认为这是在为死者送去仆人。可是，被杀的人当完供品之后，往往被他们吃了。由此可见，他们是假借祭献来吃人肉而已，系他们的喜好使然！"

巴加内尔说得有板有眼，有理有据，令众人信服。于是，他便继续说道：

"说实在的，吃人的风俗在最文明的民族的祖先中也存在过。而且这还不是个别现象，是带有普遍性的，在苏格兰的祖先中尤甚！"

"真的？"少校惊讶地问。

"当然是真的，少校，"巴加内尔回答道，"您若不信，就读读圣·哲罗姆描写苏格兰阿提考利人的那些文章吧。就在伊丽莎白女王时代就有，还不用说远古时期了。莎士比亚的《威尼斯商人》中不是有个匪徒名叫索内·宾的吗？他就是因吃人肉而被判处死刑的。他为什么吃人肉？并不是因为宗教信仰的缘故，而纯粹是肚子饿得受不了导致的。"

"确实是饿极了？"约翰·孟格尔追问道。

"是的，是饿极了，"巴加内尔重复道，"因为没有别的可吃的，什么动物都见不着。苏格兰人吃人肉的原因也在于此，这个荒僻之地，鸟儿都不飞，野兽都不来，只能是吃人肉了。而且，他们吃人肉还分季节，如同文明国家有打猎季一样。一到打猎季节，他们就大打一仗，战败的部落便成了战胜的部落的盘中餐了！"

"这么说，照您的意思，这吃人的习俗还很难改变，非得等到猪牛羊满圈才有希望了？"格里那凡爵士说道。

"正是，亲爱的爵士。"

"他们是怎么个吃人肉法？是生吃还是煮熟了再吃？"少校在刨根问底。

"哎呀，麦克那布斯先生，问这干什么呀？"小罗伯特表示不满地说。

"孩子，应该问清楚，"少校故作正经地说，"万一我落到他们手里，我倒是愿意煮熟了再吃，我还可以多活上一会儿，而不致被生吞活剥了，那太难受了。"

"照您说的,少校,活煮也难受的。"巴加内尔一本正经地反驳他道。

"既然如此,反正都是死,那就由他们的便吧。"少校回答道。

"我实话告诉您吧,"巴加内尔又说道,"新西兰人吃人肉是煮熟了或烤熟了才吃的。他们很会收拾,烹调手艺很有一套。可我,说实在的,实在是不想被他们吃掉。一想到自己被吃进未开化的人的肚子里去,真不是个滋味!"

"说一千道一万,你们的意思很清楚,就是不能落入这些人的手中。"约翰·孟格尔像是做总结似的说道。

第55章　一行人到了本该避开的地方

巴加内尔所说的，确有其事。新西兰土著人的残忍是人人皆知的，所以绝不能就近上岸。可是，风大浪急，麦加利号坚持不了多久了，不上岸又怎么办？约翰觉得上岸是唯一有望得救的出路。

想等人搭救，那纯属痴心妄想。他们目前并不在航道上，正处于船只往来频繁的奥克兰和新普利默斯的上面一点和下面一点，在伊卡那马威海岸最荒凉的地带。这儿暗礁众多，波涛汹涌，是土著人活动猖獗的地方，避之犹恐不及，还敢找死吗？

"我们什么时候可以走？"格里那凡爵士问道。

"明天上午十点，"约翰·孟格尔回答，"潮水一涨，就能把我们送上岸去的。"

第二天，2月5日，上午八时，木筏终于做好了。桅盘太小，所以木筏是用桅杆捆扎而成的。大桅被砍倒之后，分成三截，然后把每截剖开作为木筏主干，再安上前桅、支桅等，木筏就结结实实的了，航行九海里不成问题。为了保险起见，木筏上又加了六只空桶，还把舱口格子框绑在木筏底部，以减少木筏上的水。同时，挡水板也钉在了木筏周边，以防浪涛打到木筏上来。

后来，约翰在观察了风向之后，又让人把小顶帆的架子拆下来当作木筏的临时桅杆。用支帆索把桅杆绷牢后，把帆给扯了上去。最后，在尾部又安装了一个宽舵把儿，以控制方向。木筏可以说是打造得既结实又完美。是否好使？那就得接受风浪的考验了。

九点光景，大家齐动手，把吃食先装上去。有些罐头肉、粗制饼干、咸鱼、粗粮等，已装进木箱中密封起来。随后，把枪支弹药也装了上去。

此外，木筏上还备了一个小便锚，因为说不定凭借一次涨潮还靠不上岸，那就必须抛锚，等待下一次涨潮。

十点光景，潮水开始上涨；风儿轻轻地从西北方吹拂而来；浪涛轻拍着木筏。

"准备好了吗？"约翰·孟格尔喊问道。

"准备好了，船长。"威尔逊回答道。

"上筏！"约翰命令道。

海伦夫人和玛丽小姐打头，从一道软梯下去，众人随后依次上筏。威尔逊掌管舵把儿；穆拉迪砍断系在木筏上的绳索；约翰站在帆索旁指挥着。

木筏张起了船帆。九海里并不远，若是一只小船，再有几支好桨，不用三个小时便可划到岸边。可是，木筏就慢得多了！如果风一停，海潮再一回落，说不定木筏还会倒退回来。遇此情况，只好停泊，等待下一次涨潮。想到此，约翰心里真的是忐忑不安。他当然是希望一次成功的了。

潮水是十点钟开始上涨的，应在下午三点前靠岸，否则就必须抛锚停泊，说不定还会随落潮回到海里去。

风在渐渐加大。木筏一开始很顺利。尽管礁石环生，但凭借经验与毅力，再加上技术的娴熟，倒是没出现什么问题。

时近晌午，距海岸只剩下五海里了。天气晴朗，能见度好，极目远望，可以看到岸上的山峰树木隐隐约约的。仔细观察，可以发现南纬38°线上的比龙甲山的主峰，状若抬颔张嘴的猴头。

十二点三十分。巴加内尔指着海面告诉大家，潮水已经完全盖过了礁石。

"还露着一块礁石！"海伦夫人说。

"哪儿？"巴加内尔忙问。

"那儿！"海伦夫人指着前方一海里远处的一个黑点说。

"真的是！看清楚它点儿，免得撞上去。"

"它正对着那座山北边的尖棱儿，"约翰观察一番后发布命令，"威尔逊，小心点，绕开它去！"

"是，船长！"威尔逊边压紧舵把儿边回答道。

半小时过去了，木筏前行了半海里。可是，奇怪得很，前方那黑点仍旧浮在浪涛上。

约翰颇觉蹊跷，忙拿过巴加内尔的望远镜，对准那黑点望去。

"那不是礁石，是个什么东西在漂浮着。"约翰说道。

"会不会是麦加利号的一截断桅呀？"海伦夫人问道。

"不可能，断桅漂不了这么远。"格里那凡爵士回答道。

"啊，我看出来了，是只小船！"约翰喊叫着。

"是麦加利号上的那只吗？"格里那凡爵士忙问。

"是，正是！是那只小船，扣过来了。"约翰大声回答道。

"唉！他们都淹死了？真可怜！"海伦夫人叹息道。

"肯定是淹死了，夫人，"约翰回答道，"天又黑，暗礁又多，浪涛又大，不死才怪哩！简直就是找死！"

"愿上帝可怜他们吧。"玛丽·格兰特唏嘘不已。

一时间，众人缄默不语。只见那小船越漂越近。显然，它是在距离岸边四海里处翻掉的，上面的人一个也逃不脱死亡的命运。

"我们可不可以利用这只小船？"格里那凡爵士突然问道。

"对呀，好主意！"约翰高兴地说，"威尔逊，朝小船驶过去。"

于是，木筏调整方向，朝着小船驶过去。但风在减弱，两小时后，木筏才驶近小船。

穆拉迪小心翼翼地迎头把小船挡住，不让它撞上木筏。那翻扣着的小船漂浮到木筏旁边来。

"空的？"约翰问道。

"是的，船长，"穆拉迪回答道，"但船帮裂开了，没法用了。"

"凑合着用也不行吗？"少校问道。

"不行，没用了，只能当柴烧。"约翰·孟格尔说。

"真可惜,"巴加内尔说,"不然的话,我们就可以划上小船直奔奥克兰了。"

"别做梦了,巴加内尔先生,"约翰回答他道,"浪这么大,还是坐我们的木筏算了。爵士,我们不必在此耽误时间了吧?"

"听您指挥,约翰。"格里那凡爵士说。

"继续前进,威尔逊!"约翰船长命令道,"对着海岸直行。"

涨潮还将持续一小时。木筏趁势又向前行驶了两海里。此时,风已几近完全停息,眼见落潮就要开始了。木筏几乎一动不动。

"抛锚!"约翰果断地命令着。

穆拉迪立即执行了船长的停船令,把锚抛了下去,落入海底五英寻处。木筏倒退了将近四米后,被锚紧紧地拉住。便帆随即卷好。大家只好等待下一次涨潮的到来。

其实,陆地已经看得到了,顶多也就是三海里远。

海水掀起浪头,冲向海岸。格里那凡爵士不明白,为何不趁着这海潮划向海岸。

"阁下是被一种光学幻象迷惑住了,"不敢在风高月黑夜冒险行船的约翰船长解释道,"海浪看着是在走,但却一点也没往前去。您不妨扔一块小木头试一试,它一定是漂来漂去,就是不往前走。现在,只有耐心地等待了。"

"先吃晚饭再说。"少校接嘴说。

奥比内便从箱子里取出几块干肉和十几块粗大饼干分发给众人。这么粗劣的食物,真让当司务长的奥比内满面羞红,可大家却吃得有滋有味。

木筏在海浪中摇晃剧烈;锚链绷得很紧,发出吓人的声响。约翰担心锚链被拉断,便命令每隔半小时放长一英寻锚链。这一决定十分英明,否则锚链一断,木筏必然漂回到大海中去。

天色已晚,夜已渐近。日已落入海中,把大海染成血红色。浩瀚的大海,碧波万顷,金光闪烁。抬头远望,水天相连处,可见苍茫之中显露着一个小黑点,那是搁浅的麦加利号的可怜的影子。

转瞬之间，夜色漫了上来，环绕在东面和北面的陆地随即消失在茫茫黑夜之中。

　　落难的人们挤在狭小的木筏上，真是苦不堪言。有的实在是困得不行，迷迷糊糊地睡着了，但尽做噩梦；有的则心急如焚，尽管眼睛闭着，却怎么也睡不着。

　　天渐渐地亮了。海潮开始回涨，海风又吹了过来。清晨六点，约翰下令立即起锚。但锚爪在海底抓得很深，绞动半天也绞不上来。半个小时过去了，约翰急了，立即果断地命令砍断锚链。这可是孤注一掷啊！如果趁这次涨潮仍到不了岸边，那就没锚可抛了。但是，事已至此，别无他法。

　　九点钟时，木筏离岸边只有一海里了。但如何靠岸？海岸附近沙滩很多，而且滩边很陡，很难靠近。这时，风渐渐地停下来了，帆不再鼓起，反而成了累赘，因此约翰叫水手把帆取下来。除此以外，海岸边有许多的海藻，牵扯木筏，动弹不得。

　　十点光景，木筏完全停止不动了。此时，离岸尚有三链的距离，进又进不了，停泊又没有锚，万一落潮，木筏就会被带回到海里去。约翰这下子真的急得没了辙儿了，双手不由自主地哆嗦起来。

　　突然，木筏不知怎么撞了一下，稳稳地停在了一块沙滩上，离岸只有二百米。真乃是天无绝人之路！

　　格里那凡、小罗伯特、威尔逊、穆拉迪立即跳进水里，用缆绳把木筏牢牢地拴在旁边的礁石上。大家随即把海伦夫人和玛丽小姐抱着搂着，一个一个接力似的把她们送到岸上，连衣服都没沾湿。然后，男人们又忙着把武器弹药和食物搬到岸上。

　　一行人总算是脚踏着陆地了，尽管这是新西兰最可怕的地带。

第56章 所在之处的现状

将近十一点钟了。乌云密布的天空突然大雨倾盆,无法上路,赶往奥克兰已无可能,只好找地方先避避雨再说。

威尔逊很快便在岸边找到一个被海水冲刷出来的石洞。洞内有不少的干海藻,是先前海水冲上来的,正好可以用来铺作床铺;还有几块木柴堆在洞口,可以烧火,烤干衣物。

雨连续下了好几个小时,没有一点停下来的意思。而且刮起了南风,一阵紧似一阵。约翰自然是焦躁不安,可又无可奈何。到奥克兰得走上好几天,这么大的雨,怎么能走,只有等着雨停了再说。只是土著人可千万别闯进石洞中来啊!

在洞中,闲来无事,大家便随便地聊天,谈起了眼下正在进行着的新西兰的战事。

自1642年12月16日塔斯曼驶抵库克海峡以来,虽然新西兰人也常与欧洲人有接触,但欧洲没有任何一个国家不想要霸占这块土地的。其间,有一些传教士,尤其是英国传教士,引诱新西兰酋长们臣服于英国。有些上当受骗的酋长便写信表示愿意受到维多利亚女王的保护。但也有个别的酋长觉得其中有诈,表示说:"我们的土地保不住了,外国人要抢走了,要让我们变成奴隶了。"

果然,1840年1月29日,名为"先驱"号的军舰便开进了伊卡那马威岛北部的群岛湾里来了。舰长霍伯逊来到了科罗拉勒卡村,把村民们召集到耶稣教堂,宣读了英国女王对他的委任状。

第二年的1月5日,新西兰的一些主要的酋长都被召集到派亚村英国外交官员官邸。霍伯逊舰长单刀直入,要他们臣服女王,并说女王已派来了军队和战舰,以保护他们的自由和安全。他提出条件说,他们的土地必须归属于英国女王。

许多酋长觉得这种条件太苛刻,不愿接受,但在威逼利诱之下,用点小恩小惠,就将他们给收买了。

自1840年起,到邓肯号离开克莱德湾那一天为止的这一时期的情况,巴加内尔了如指掌,他也准备讲给大伙儿听。

"夫人,"他回答海伦夫人所提问题说,"我曾说过,新西兰人勇猛彪悍,他们是不会甘心臣服于英国的。毛利族人同古代的苏格兰人一样,都是部落制,以酋长为其首领。部落的所有的人全都唯酋长之命是从。毛利族人人高马大,有的像马耳他人或巴格达的犹太人。其中也有矮个儿的,他们就像黑白混血儿一般,但都骁勇善战。他们曾经有过一位著名的酋长,名叫奚昔,不亚于法兰西古代的魏森杰托利[①]。就是这位奚昔酋长,带领自己部落的人英勇反抗,誓死不降。因此,新西兰的战事总也打不完,也就不奇怪了,因为现在岛上还有一个有名的部落,名为限卡陀,酋长名为威廉·桑普逊,一直在为保护自己的土地而英勇奋战。

"英国人不是已经把新西兰的各主要据点都控制住了吗?"约翰·孟格尔说。

"控制当然是控制了,"巴加内尔回答他道,"霍伯逊来了之后,便当上了岛上的总督了。从1840年到1862年间,九个殖民区建立起来了,后来又变成了九个省:四个省在北岛,即奥克兰、塔腊纳基、惠灵顿和霍克湾;五个省在南岛,即纳尔逊、马尔巴勒、坎特伯里、奥塔戈和索斯兰。据1864年6月30日的统计,总人口为十八万零三百四十六人。许多重要商业城市在各地涌现出来。我们到了奥克兰之后,就会感觉到该城地理位置极佳,控制着狭长的地峡。现在,那

---

① 公元前1世纪初的法国著名将领,曾率领法兰克人英勇抵抗罗马人的入侵。

里有居民一万二千人。西边的新普利默斯、东边的阿呼昔利、南边的惠灵顿，都很繁荣，舰舶往来频繁。南岛上的纳尔逊，号称新西兰的大花园。库克海峡上的皮克敦、淘金者云集的奥塔戈省、都内丁城、英佛加尔及尔城、克赖斯特彻奇城等，都各具特点。上述城市并非人们想象的那样，只不过是些茅屋陋舍罢了，而是拥有车站、码头、教堂、银行、公园、博物馆、报社、医院、哲学院、研究会所、慈善机构、行会组织、俱乐部、大剧院、展览馆等等，与巴黎、伦敦不相上下！我记得，1865年，也就是今年，世界各国的工业产品都将送到这个吃人的国度来展览，也许就这几天就要开幕了！"

"什么，与土著人打仗的时候还开博览会？"海伦夫人不解地问。

"夫人，英国人向来就不在乎打仗不打仗的，"巴加内尔回答道，"他们甚至在新西兰人的枪口之下，从容不迫地修筑铁路！奥克兰省的德鲁里铁路和朱尔米尔铁路就是这么修筑的，铁路工人经常会从火车头里开枪射击土著人的。"

"这没完没了的仗现在怎么样了？"约翰关切地问。

"这可说不好，"巴加内尔回答着，"我们离开欧洲都已经六个月了。我还是在澳大利亚时从马丽巴勒和塞木尔报纸上看到的一些消息。看来，此刻北岛上的仗打得一定十分激烈。"

"这仗是什么时候打起来的？"玛丽·格兰特小姐问道。

"您是问什么时候'又打起来的'吧，亲爱的小姐？"巴加内尔较真儿地纠正道，"早在1845年土著人就揭竿而起了。此次又打起来是在1863年年底。但是在这之前，毛利人就想摆脱掉英国人的统治枷锁。他们的民族党四处活动，积极宣传，要选举自己的领袖。据说，把那个老巴塔陀选作国王，把他的那个村子定为京都。不过，这个巴塔陀只是个刁猾之徒，胆小怕事，远不如他手下的那个'首相'精明干练。早在新西兰被占领之前，奥克兰当地就居住着一个名为爱提哈华的部落，这位首相就是该部落的后代，名叫威廉·桑普逊。现在，他已成为这场战争的灵魂了。他组建了毛利人军队，进行训练，还联合了许多部落，一起反对英国人的统治。"

"是如何一触即发的呢？"格里那凡爵士问道。

"那是1860年的事，"巴加内尔回答道，"北岛西南岸的塔腊纳基有个土著人把六百英亩的土地卖给了英国政府。但是，派人来丈量时，酋长金吉却跑出来加以干预，并派人安营扎寨，围起高栅栏，圈起这六百英亩土地。几天后，英国派高尔德上校率兵占领了这块地方，因此，引发了一场民族保卫战。"

"毛利人多吗？"约翰问道。

"不多了，近一百年来，他们的人口锐减，"巴加内尔说道，"1769年，据库克估计，大约有四十万毛利人。1845年，据《土著人保护国》公布的调查报告，只有十万零九千人了。这是因为文明人的屠杀，再加上疾病和烈酒所导致的。现在，两座岛合在一起，有九万左右的毛利人。但其中有三万人都是战士，足以与欧洲军队周旋几年的。"

"他们如此激烈地抵抗，今天，是否成功了呢？"海伦夫人问。

"成功了，夫人。就连英国人也不得不佩服他们骁勇善战。他们是打游击战，机动灵活，神出鬼没，卡莫龙将军被他们弄得晕头转向，束手无策。1862年，毛利人经过长期残酷的斗争，占领了隈卡陀江上游的一个大要塞，并矢志不移，一定要打败白人。英军也杀红了眼，尤其是在他们的斯普伦团长惨遭杀害之后，英军将士一个个怒火中烧，恨不得要将毛利人斩尽杀绝。因此，双方激战不止，有好几次，一打起来，竟然连续不停地交战了十二个多小时。毛利战士由威廉·桑普逊率领着，人人奋勇当先，面对英军的炮火毫无惧色。他的队伍人数未减反增，由两千五百人增至八千多人。连毛利女人也参加了战斗。只不过，吃亏的是他们没有精锐武器。后来，卡莫龙将军终于又占领了隈卡陀县……"

"占领了隈卡陀县之后，战争就算告一段落了吧？"约翰问道。

"没有，没有，我的朋友，"巴加内尔回答道，"英国人并未就此罢手，他们意欲挺进塔腊纳基省，攻占威廉·桑普逊的马太塔瓦堡垒。为此，英国人付出了惨痛的代价。这次，我在离开巴黎时，听说总督和将军接受了塔兰伽各部落的投诚，允许他们保留四分之三的土地。又有人传，威廉·桑普逊也想投降,但澳大利亚的报纸上,未见有此报道。说不定情况恰恰相反,他正率领着毛利兵与英国军队决一死战呢。"

"据您分析,巴加内尔,战争将从塔腊纳基打到奥克兰来了?"格里那凡爵士焦急不安地问道。

"我看是的。"

"都是这麦加利号惹的祸,把我们给弄到这奥克兰来了。"

"就是。我们正处在科依亚港以上几英里处。科依亚那儿肯定是毛利人一统天下。"

"那我们何不往北走,这样更稳妥点。"格里那凡爵士提议。

"有道理,"巴加内尔赞同道,"新西兰人恨死欧洲人了,尤其是英国人,咱们可千万别落到他们手里。"

"也许我们能碰上欧洲军队吧?那我们就有救了。"海伦夫人说。

"也许能碰上,夫人。但我却宁愿碰不上更好。碰上他们,也就必然会碰上毛利战士。乡下树林子很多,就连最小的小树丛、小草棵儿,都会藏着毛利游击战士……不过,这西海岸倒有教堂,咱们走走歇歇,眼观六路,最后总能平安地走到奥克兰的。我还真想沿着郝支特脱先生沿着隈卡陀江走的那条路走。"

"啊,就是那位大旅行家吧?"小罗伯特问道。

"对,没错,孩子。他还是位科学家。1858年,他在做环球旅行时到过这儿。"

"巴加内尔先生,"小罗伯特一想到那位大旅行家,佩服得两眼放光,"新西兰有没有像柏克、斯图亚特那样了不起的大旅行家呀?"

"也有那么几位,比如胡克博士、伯利萨尔教授、博物学家狄芬巴和哈斯特。只不过他们的名气没有澳洲和非洲的旅行家们那么大罢了……"

"您给细细地说说,好吗?"

"好呀,孩子。你小小年纪却很爱学习,我就讲给你听听吧。"

"谢谢您,巴加内尔先生,我一定专心地听您讲。"

"我们也想听的。这种鬼天气,正好听您讲讲,巴加内尔先生。"

海伦夫人说。

"好吧，夫人，"巴加内尔高兴地回答道，"我就来讲一讲吧。不过，我的故事没有什么太突出的地方。这儿不像在澳洲，没有什么同牛头人身怪物搏斗的故事。新西兰地方不大，也没什么可探险的地方，因此，那些人算不上探险家，旅行家，只是些游览者而已，虽然送了命，也只是在事故中出的事，并不是壮烈牺牲……"

"都是谁？"海伦夫人问。

"有几何学家卫公伯和霍维特。这霍维特，就是我跟你们讲过的在维迈拉河发现柏克遗骸的那个人。卫公伯和霍维特在这南岛分别领导过两次探险活动。二人都是1863年上半年从克赖斯彻特奇出发的，准备穿越坎特伯里省北部的群山。霍维特翻过山，到了伯伦纳湖，在那儿建立了大本营。卫公伯则沿着拉卡亚河谷到达亭达尔山的东面。他有个旅伴叫鲁普，曾在《里特尔顿时报》上写过报道文章，记述的是1863年4月22日，二人走到拉卡亚河发源地的那座冰山脚下的经过。他们爬上冰山，想寻找过山的路。第二天，二人又冷又累，无法前进，便去海拔四千英尺高处的雪地上宿营。在山里转了七天之后，才找到了下山的路。这些天他们可没少受罪！四周峭壁环绕，无物生还，没有吃食。所带的糖都变成糖膏了；饼干也化成了粉团。再加上虫子叮咬！二人一天顶多也只能走上三英里路；少的时候，连两百码都走不了。最后，4月9日，他俩终于发现了一个毛利人草屋，在其菜园子里挖了点土豆，凑合着吃了最后一顿饭。晚上，二人来到海边，靠近塔拉马考河入海的地方。必须渡到河右岸去，才能向北走到格莱河。塔拉马考河既深且宽。鲁普四下里寻找，一连找了一个多小时，才找到两只破小船，简单地修理了一下，把两只小船捆绑在了一起。傍晚时分，二人便上了小船。可是，未曾想，刚到河中心，小船已经灌满了水。卫公伯连忙跳下河去，游回了左岸来，可鲁普却不懂水性，只好拼命地扒住小船不放。呛了不少的水，吓得要命，最后算是死里逃生了。他被水浪冲到礁石上，随即又被一股较大的浪头给冲到了岸边，但人已是不省人事了。直到第二天，方才苏醒过来，尚能辨别出自己所在的位置离他俩渡河处只有一英里左右。于是,他便挣扎着站起来,举步维艰地往前挪着。不久,便发现了同伴的尸体。卫公伯身子深陷在泥潭中,鲁普把他扒拉出来,掩埋在沙滩上。两天后,一路艰难地走着的鲁普,差点儿饿死,幸好,碰上了一个毛利人——毛利人中也有好心人的——救了他。后来,他便回到了伯伦纳湖,进了霍维特的据点。六个星期之后,这个霍维特不幸死去了。"

"唉,这两个人真惨!一个死了,一个走投无路!"约翰感叹道。

"是啊,约翰,"巴加内尔继续说道,"真的是这样呀!似乎命运之神在牵着人们似的,霍维特受政府工程局主管卫德的委派,要从胡奴尼平原到塔拉马考河口探出一条路来,可以骑马通过。他是带着五个人,于1863年元旦出发的,凭借自己的聪明才智,已经探出了四十英里的路了,一直到达塔拉马考河,过不去了,只好返回克赖斯特彻奇。此人十分坚强,冬天已至,他仍旧要继续干下去。卫德也没有加以劝阻。霍维特便第二次来到受阻之地,并带上了足够的吃的用的,以便过冬。这正是鲁普来到这儿的时候。6月27日,霍维特又带上自己手下的两个人离开了营地,但却一去未返。后来,有人发现他们的小船漂在伯伦湖边。派人去找寻他们的尸体,但一连找了九个星期也没找到。这三个人都不会水,必是淹没在湖中无疑。"

"为什么就不能假设他们仍安然无恙地待在某个新西兰村落里呢?至少未见尸体,仍算是下落不明,算是失踪呀。"海伦夫人说。

"夫人,这不太可能的,"巴加内尔说道,"他们是1864年8月出的事,至今已一年了,音讯全无。在新西兰这种地方,一年没有消息,那必是凶多吉少,没有指望了!"

第57章　往北三十英里

2月7日,早晨六点,格里那凡爵士让大家出发。雨在夜里已停了,只是天空中仍旧满是灰蒙蒙的云霭,太阳被遮挡住了。趁着太阳不露脸,天凉好赶路。

巴加内尔在地图上测算了一下,卡花尖角到奥克兰距离是八十英里。每天二十四小时连续走十英里,得八天的时间。因此,他建议,不必沿着曲曲弯弯的海岸走,而先去离此三十英里的隈帕河与隈卡陀江的汇合处——加那瓦夏村。那儿是驿车的必经之路,有专门驶往奥克兰的驿车。他说从加那瓦夏村上车,到德鲁里稍事休息,因为那儿有博物学家郝支特脱所推崇的一家上等旅社。

一行人各自背着自己的干粮和枪支,顺着奥地湾岸边向北走去。为谨慎起见,彼此之间保持一定的距离,相互间离得不能太远,而且每人都紧握着手中的枪,提防着东面的丘陵地带。巴加内尔手里拿着地图,不时地称赞地图之精确。

脚下踩着满是贝壳的沙滩,沙里还掺杂着一些天然氧化铁渣。还可见一些海生动物在海岸嬉戏,胆子挺大,见人来也不逃跑。许多海豹躺在海岸上,脑袋圆乎乎的,甚是可爱。新西兰海岸海豹数量很多,其皮与油价格不菲,所以引来不少的猎杀海豹者。

有三四只海象夹杂在海豹中间,身长约在二十五英尺到三十英尺之间,皮呈蓝灰色,长鼻子可硬可软,长而卷的髭毛很像花花公子的头发。它们都懒洋洋地躺着,憨态可掬,颇惹人喜爱。

小罗伯特正边走边看,突然惊呼道:

"怎么!海豹还吃石子!"

果然,有几只海豹真的在那儿大口吞吃岸边的石子。

"真无法相信,它们还真的是在吃石子。"巴加内尔说道。

"它们能消化得了吗?"小罗伯特不解地问道。

"它们这不是为了吃饱肚子,孩子。我想,它们是为了保持身体的平衡,增加比重,可以潜入水底。等到回到岸上来,再把石子吐出来。你看,吃了石子的那几只海豹,正要往水下潜!"

果然,吃了石子的那几只海豹,真的在往水里潜去。大家正想看看它们是否回到岸上时会把吃进的石子吐出来,可格里那凡爵士担心延误行程,便下令继续前进。巴加内尔对此颇觉遗憾。

十点光景,一行人在遍地的雪花岩上停下来吃早饭。奥比内在海滩上捡了许多海淡菜,照着巴加内尔提供的方法,放在火堆上烤熟,味道还真的不错。

饭后,稍事休息,一行人继续赶路。他们沿着海湾行进。只见岩石与沙滩间,有数不清的鸟儿飞来飞去,有军舰鸟、塘鹅、海鸥。短粗胖大的信天翁则立于悬崖峭壁之上,一动不动。下午四点的时候,他们已经走了有十英里了,而且还不觉得怎么累。两位女士要求继续往前,走到夜幕降临。于是,他们绕过北面的山脚,来到了隈帕河流域。

这儿,远看碧草连天,近前一看,方知是一片片灌木丛。上面开着小白花,下面长着又粗又长的凤尾草。走在里面,才知什么叫行路难。一行人费了九牛二虎之力,终于走出了这一带,越过了哈卡利华塔连山的几道坡。

时间已是晚上八点。一行人便准备露宿,把毯子铺在松树下,盖上点东西,凑合着睡下了。

为了防止意外,格里那凡爵士要求二人一组,轮流值夜,并要荷枪实弹。他们还点上了篝火,以防野兽袭击。幸好,新西兰山区无老虎、狮子、狗熊出没。顶多也就是几只土著人称之为"嘎姆"的沙蝇和一些胆大的野鼠前来捣乱而已。

第二天，2月8日，巴加内尔醒来之后，心里踏实多了。他所担心的毛利人并未出现，甚至梦里都没有梦见他们，自己真的是睡了个安稳觉。他甚至心情十分愉快地对格里那凡爵士说道：

"这次远行如同轻松的散步，不会有什么意外发生，今天晚上我们就可以走到通往奥克兰的大路。这之后，遇上土著人的机会几乎就不存在了。"

"离那两条河汇合的地方还有多远？"格里那凡爵士问道。

"还有十五英里，跟我们昨天走的路程差不多。"

"不过，再遇上这些灌木丛，那我们还是走不快。"

"放心吧，我们沿着隈帕河走，就没有那些树丛了，路很好走的。"

"那么，咱们就动身吧。"格里那凡爵士见大家都已整装待发，便命令道。

这一天头几小时里，还有点灌木丛，到中午之前，他们便走出来了，到了隈帕河畔，一路往北，再没什么障碍了。

这里景色独具一格，港汊纵横，河水清澈，水草繁茂。据植物学家胡克的调查，新西兰至今已发现的植物品种达两千多种，而其中近五百种系本地独有的。但花卉种类不多，色彩也单调。一年生植物极其罕见，多是羊齿类、禾本类和伞形类植物。

在新西兰青翠的大地上，乔木品种繁多，有开红花的"美特罗西得罗"树、枝条密集向上伸直的罗汉柏、一种被称作"利木柏"的柏树。

树木间，鸟儿翻飞，喧噪一片。其中有一些珍禽类鸟儿。单单大鹦鹉就有三种：一种叫作"卡卡利吉"，羽毛青绿，项下有一道红羽；另有一种称作"托波"，面部两侧带有漂亮的黑色鬓毛；还有一种被博物学家称之为"南国老人"的大鹦鹉，如鸭子般大小，一身棕红色羽毛，翅膀张开后更加美丽。

少校和小罗伯特没有费劲儿就随手打到几只鹬鸟和竹鸡。奥比内便提着它们，边走边拔毛，很高兴有野味可以让大家解解馋了。

巴加内尔倒并不怎么关心野味的食用价值，他想的是提几只做标本,带回欧洲去。特别是土著人称之为"突衣"的怪鸟,长得奇形怪状,鸣叫声也怪得出奇,颇像是在笑,因而被人称作"哈哈鸟",有时也被称作"司铎鸟",因为它全身黑色,却有一条白领子,活脱一个司铎的衣装。

"'突衣'一到冬天,就长得非常肥胖,"巴加内尔对少校说,"胖得都飞不动了,因此,它会自己开膛破肚,啄掉体内的脂肪。您觉得怪不怪,麦克那布斯?"

"怪得没边儿,我才不信呢!"少校摇着头说。

巴加内尔恨不得马上捉到一只来让少校看,让他验证一下它是否胸前满是血痕。可眼下却没法捉到这种鸟。

但是,他们却意外地碰到了另一种怪鸟,也属珍禽,名为"几维"鸟,也叫"鹬鸵"。这种鸟现已濒临绝迹。此鸟无翅膀也无尾巴,每只爪子有四个指头,白羽毛披散着,嘴又长又尖,如鹬鸟喙。小罗伯特寻来觅去,终于在一个树根搭的鸟窝里发现了几只,令人惊喜非常。巴加内尔如获至宝,把它们抓住,捆在一起,小心翼翼地提着,以便将来带回法国,送给巴黎植物园①,并挂上一块牌子,写上"雅克·巴加内尔先生赠"。

一行人此刻正沿着隈帕河往下游走去。这一带可以说是十分安全,寂静,没有人烟,连土著人的踪迹都没见到。河水在静静地流淌,水草茂盛,郁郁葱葱,河边沙滩平坦。走在此处,人人精神焕发,神清气爽。

现在已是下午四点,已经走了有九英里路了。巴加内尔从地图上查看,离隈帕河与隈卡陀江两江交汇处只有五英里了。到了那儿,就可以踏上通往奥克兰的大路;那儿距离奥克兰五十英里,步行需要两三天,如果有邮车可以搭乘的话,七八个小时就可以抵达。

"看来,今晚我们仍得露宿了。"格里那凡爵士说道。

"是呀,但愿这是最后一次露宿了。"巴加内尔回答道。

"那就太好了,对海伦夫人和玛丽小姐来说,露宿实在是太不方便

---

① 巴黎植物园位于巴黎市内,面积很大。园内不仅有植物,还有一个小小的动物园。

了。"

"但她俩真不简单,从不叫苦,从不抱怨。"孟格尔说道,然后又转向巴加内尔问道,"对了,巴加内尔先生,你不是说两江汇合处有个村子吗?"

"是啊,您看地图,图上标着呢,名叫加那瓦夏村,离两江交汇处约有两英里。"巴加内尔指着地图回答道。

"那太好了!今天晚上咱们何不走到那村子去!为了找到一个舒服点的旅店,海伦夫人和玛丽小姐一定不在乎再走两英里路的。"

"旅店?"巴加内尔惊问道,"到毛利人的村子里去找旅店?别说旅店,恐怕连个小酒馆、小客栈都没有的。那儿全都是茅草棚子!我看,我们还是绕开走吧,别自投罗网了。"

"您快成惊弓之鸟了,巴加内尔。"格里那凡爵士嘲讽道。

"亲爱的爵士,我可不是胆小,还是多加小心为是,不怕一万,只怕万一。这可是新西兰海岸!谁知道现在战争进行到什么程度了,也许毛利人正想捉几个欧洲人去呢?我可不想送上门去让人家吃了,"巴加内尔振振有词地说道,"咱们还是到了德鲁里再找舒适的旅店吧。到了德鲁里,不仅海伦夫人和玛丽小姐,而且男士们也都可以美美地睡上一觉了。"

大家听从了巴加内尔的意见。特别是海伦夫人和玛丽·格兰特,更是宁愿睡在露天地里,也不愿去自找麻烦。于是,一行人沿着河岸又走了两个小时。已是日暮黄昏了,夕阳西下,给西边的天空抹上了最后的一道红晕,东边的山峦渐渐地变得一片紫红,仿佛在向旅行者们做最后的致敬。

一行人十分清楚,此处为高纬度地带,黄昏只是瞬间的事,黑幕随即就会漫上来。于是,大家便加快了脚步。

夜雾已经率先漫了过来,挡住了大家的视线,只能听到河水在哗哗地流淌,而且声响越来越大,没错,他们已经到了两江交汇处了。只听见江水与河水汇流,相互撞击,发出巨响,众人为之振奋。

"到了,到隈卡陀江了!"巴加内尔高兴地嚷叫道,"到奥克兰的路就沿这条江的右岸一直往上！"

"咱们明天就能踏上这条大路了！"少校也兴奋不已地说，"今晚就先在这儿凑合一宿吧。前边那儿挺黑的，你们看，是不是小树丛？如果是的，正好露宿，吃了饭，就去那儿。"

"那就吃吧，"巴加内尔说，"不过，只能吃饼干和干肉，绝对不能生火。还是谨慎点好。夜雾弥漫，正好把我们隐蔽起来。"大家走到了那小树丛中。大家听从巴加内尔的劝告，只吃了干肉和饼干，然后便躺下睡了。都走了十五英里了，都累得不行了。不一会儿，全都进入了梦乡。

第 58 章　民族之江

天亮了。江面上浓雾弥漫，雾锁隈卡陀江。太阳出来了，浓雾渐渐散去。隈卡陀江在晨曦中尤显妩媚。

一条狭长的半岛，长满青翠的灌木，伸在两江之间，越往前越尖细，远远地隐没在水流之中。隈帕河河水湍急，在这半岛的一侧，汹涌澎湃，挡住了隈卡陀江的去路，但是，江水最终还是制服了猖狂的河水，带着它稳稳当当地流向太平洋。

雾气全部消散，只见一条船在隈卡陀江上逆流而上。那是一条小船，长七十英尺，宽五英尺，深三英尺。船头翘得老高，宛如威尼斯的平底游船。此船是用一棵"卡希卡提"杉的树干剖出来的。船底上似乎铺了一层干凤尾草。前面安着八只桨，划起来似贴着水面在飞；船尾坐着一个人，握着一只长桨，掌握着船的前进方向。此人一看便知是个土著人，身材高大，四十五岁上下，胸脯宽厚，肢体筋肉暴突，强壮有力。一脸的凶相，令人生畏。

此人是毛利族的一位酋长，一看其全身以及脸上刺满了细而密的红纹便可得知。他额头上爬满粗大的皱纹，鹰钩鼻子，眼睛泛黄，射出凶光。

新西兰人把文身称作"墨刻"，是尊贵荣耀的标志，只有曾多次英勇地参加过战斗的勇士才配享有此殊荣。奴隶和平民自然就没有份儿了。有的酋长不知忍着疼痛在身上"墨刻"了多少次了。"墨刻"过五六次者不在少数。

据居蒙居威尔介绍，新西兰人的这种"墨刻"有点类似于欧洲贵族们引以为豪的族徽。但二者有一点不同，即贵族的徽记是世代沿袭的，而"墨刻"只是标志个人的英勇顽强，不是世代相传的。

此外，文身对于毛利人来说，还有一个大优点："墨刻"处皮肤变厚，既可防寒防冷又可防蚊虫叮咬。

眼前的这位掌舵的毛利人酋长身上，一看便知已被文身师用信天翁的尖骨扎刺过不下五次，难怪他一脸霸气似乎不可一世。

他身上披着一件茀密麻的披风，上面缀着狗皮，腰里围着一条短裙，裙上还沾有最近战斗中所留下的血迹。他耳朵上坠着绿玉环，把耳朵拉得很长；脖子上套着几圈"普那木"珠项圈。"普那木"是一种圣洁的玉石，新西兰人把它视作护身石。他身佩一支英国造长枪，还佩挂着一柄"巴土巴土"斧头，那是双面刃斧子，长约两英尺，翠绿翠绿的。

前面坐着他的九名战士，一个个荷枪实弹，杀气腾腾，其中有几个身上有伤，披着茀密麻披风，老老实实地坐着。有三条恶犬躺在他们的脚下。船前的那八名桨手仿佛是酋长的仆役，正在拼命地划着船。江水不算很急，逆水而上的长形小船在飞快地向前飞驰。

小船上还有十个欧洲俘虏，他们挤在一起，一动不动，看上去似乎手脚全都被死死地捆住了。这十个俘虏并非别人，正是格里那凡爵士一行十人。

原来，昨天夜晚，大雾弥漫，天黑漆漆的，一行人误入毛利人的草棚之中，他们原以为是一丛灌木的地方，其实是土著人的草棚子。将近午夜时分，大家正在酣睡，全都被捉住了。但毛利人并未虐待他们；他们也没有抵抗，他们的枪支已先被土著人摸走，挣扎反抗也只是做无谓的牺牲。

土著人说话中夹杂着英语词汇，所以俘虏们很快便猜到他们是被英国人击退下来的。战斗中，大部分毛利战士都被英国四十二旅的士兵杀掉了，现在正往回返，准备纠集沿江一带的部落，再去与威廉·桑普逊决一死战。这位酋长有一个可怕的绰号——"啃骨魔"，也就是说，他专喜啃吃敌人的四肢。他勇猛，胆大，且残酷无情。他的名字在英国士兵中，无人不知无人不晓。最近，新西兰总督已悬赏捉拿他。

格里那凡爵士盼望已久的奥克兰近在咫尺，本指望从那儿可以搭上船，返回欧洲，未曾想却落入土著人手中，不禁懊恼万分，但他脸上仍旧是声色不露，冷静而坚定，一副临危不惧、视死如归的大将风度。他觉得自己对于同伴们肩负重责，他既是海伦的丈夫，又是同伴们的主心骨，他必须给予大家以勇敢和力量！

他的同伴们也以他为榜样，面对土著人，一副大义凛然的样子。毛利土著人也同世界上其他的土著人一样，崇尚英勇顽强，视死如归，而格里那凡爵士一行的镇定自若令他们由衷地感到震慑与钦佩。

这帮新西兰土著人也同其他的土著人一样，生性不多言多语，从宿营地开始到现在，几乎没有一个土著人说过什么话。不过，在他们的夹杂着英语的只言片语中，格里那凡爵士还是明白了他们是听得懂英语的，于是，他便以沉着冷静的语调问那个"啃骨魔"：

"您究竟要把我们带到哪儿，酋长？"

"啃骨魔"狠狠地瞪了他一眼，嘴皮子都没有动一下。

"您想如何处置我们？"格里那凡爵士未被那凶恶的目光吓倒，又问道。

"啃骨魔"眼露凶光，恶狠狠地答道：

"如果你们的人要你们，就拿你们去交换；如果不要你们，就杀了你们！"

格里那凡爵士一听，心里顿觉释然，觉得并非必死无疑。毛利人有几个首领落到英军手中，"啃骨魔"是想用他们去换回自己的人。所以说，生的希望还是存在着的。

小船如离弦之箭一般在江面上飞驰。巴加内尔的心情如同这小船一样，飞快地变化着，常常从一个极端跳到另一个极端，忽而充满希望，忽而沮丧绝望。

他一边若无其事地看着地图，一边观看着江水。此刻，他仿佛心里十分笃定，认为生还完全有望。而海伦夫人和玛丽·格兰特小姐却在压着心里的慌乱，不时地交换一下眼色。有时，海伦夫人还同丈夫悄悄地谈上几句，都是没话找话，随便说说，以掩饰心中的焦灼。

隈卡陀江是新西兰的民族之江。毛利人对它非常自豪，十分爱护。它就如同莱茵河在德国人的眼里，多瑙河在斯拉夫人眼里一样，是民族的骄傲。它纵贯惠灵顿省和奥克兰省，全长两百英里，使北岛沿江一带土地肥美。沿江两岸的部落都以该江为名，称作"隈卡陀部落"，他们是不屈不挠的民族，从不屈服，绝不允许敌人侵略这片土地。

　　这条江几乎无外国船和外国人来穿行，江面上穿梭往来的都是毛利人的独木长形小船。即使有个别胆大的冒险家前来，那也只是稍加游览即走的人。

　　巴加内尔知道土著人视这条江为神江。通常，一些博物学家来到这条江上，也只是到达它与隈帕河交汇处便驻足不前了。此刻，他正在寻思，"啃骨魔"将把他们几个人带到什么地方去呢？他想来想去总也猜测不出来。但是，他从酋长与其手下们的只言片语中，却听到了"道波"这个名字，于是，他便从兜里把地图掏了出来。原来，他们只是被捆住了双脚，手却并没有捆着，仍然可以自由活动。他这么一查，才知道"道波"者，道波湖也。这是新西兰的一个相当有名的湖泊，位于北岛奥克兰南端的多山地带，正位于隈卡陀江的水道上，距两江交汇处约一百二十海里。

　　为了不让毛利人听懂，他便使用法语与约翰·孟格尔交谈起来。

　　"这小船的速度是多少？"他问约翰·孟格尔道。

　　"大约每小时三海里。"对方回答。

　　"如果昼行夜停的话，得走四天才能到道波湖。"巴加内尔计算了一下说。

　　"也不知英军在哪儿驻防？"格里那凡爵士闻言也参加了交谈。

　　"有可能打到塔腊纳基省了，很可能已经驻扎在那些山峦后边的湖边，那儿正是毛利人的老巢。"巴加内尔推测道。

　　"但愿您推测得正确。"海伦夫人也开口说话了。

　　格里那凡爵士想到自己年轻的妻子以及玛丽·格兰特小姐眼看就要被押送到一处荒野之中，任由土著人摆布，心中好不懊恼，闷闷不乐地看着她俩。可他突然发现"啃骨魔"正在盯着他时，他立即振作起来,不再看妻子她们,免得被对方发现她是他的妻子。在两江交汇处上游半海里处,有巴塔陀王的故居,但小船轻快地一闪而过,未作停留。江面上没有其他船只,岸上也未见人影。大地一片沉寂。偶尔有几只水鸟飞起,在空中飞了几下,又在前边落下来。有一种黑翅白腹红嘴的涉水鸟,名为"塔巴伦加",正迈着两条长腿在奔逃。有时,三种不同的鹭鸶——灰色的"麻突姑"、呆头呆脑的鹈鹕和白毛黄嘴黑脚的大"可突姑"——安然地望着小船划过。在倾斜的江岸旁,水很深处可见毛利人称作"可塔勒"的翡翠鸟去捕食鳗鱼。这种鳗鱼新西兰的河流中非常多,成群结队地在游。有时,江岸边可见一丛小树,无数的田凫、秧鸡和苏丹鸡落于其间,在明媚的阳光下,梳理着自己的羽毛。鸟儿们好不自在,像是即将参加快乐的聚会似的正在梳妆打扮,并不知战火已烧到这里,不知有多少生灵涂炭。

隈卡陀江开始时江面宽阔,越往上游去,丘陵多起来,接着山峦连绵,江面也逐渐地由宽变窄。随后,小船划到了几利罗亚高岸,但"啃骨魔"仍未停船。他命令手下人将从俘虏的身上缴获的食物分发给俘虏们吃,而他们自己则吃烤过的凤尾草根和新西兰土豆,而且吃得还津津有味,似乎对俘虏们手中的干肉毫无兴趣。

下午三点,右岸有高高的山峰突兀着,好似一排森严的壁垒。这就是波卡罗亚连山,上面还残留一些破损了的碉堡,这是当年毛利人不畏艰险,登高修筑的防御工事。远远望去,它们就像是一些巨大的鹰巢。

太阳即将西下,长长的小船停靠在岸边的一摊鹅卵石上。其实,这是一种火山岩石,轻巧而多孔,因为隈卡陀江发源于火山地带。河岸边有几棵树,可以借此宿营。"啃骨魔"命令把俘虏们赶下小船,又绑上男俘虏们的双手,而女俘虏们的双手仍未被捆绑住。于是,俘虏们被带到了宿营地的正中间,在前边点上一堆火,烧得很旺,作为防线。

在未听到交换俘虏的事之前,格里那凡爵士曾与约翰·孟格尔商量过趁宿营时逃跑的事。但此刻,他们觉得还是耐心等待为上策。不言而喻,交换俘虏要讨价还价,几经商讨,交涉,必然需要时间,生还的希望就大;而趁着黑夜逃跑,人生地不熟,毛利人持长枪追来,凶多吉少。

十来个手无寸铁的人如何对付得了三十来个全副武装的土著人?

第二天,小船继续逆流而上,而且划得更快。十点左右,在波海文那河口停船,稍事休息。波海文那河是条小河,在右岸的平原里蜿蜒地流淌着。

这时,从波海文那河划来一条小船,由十个土著人划着,是来接应"啃骨魔"的。两条小船上的土著人相见,互相问候了一番:"阿依勒-梅拉。"意思是"祝你们平安归来"。随后,两条小船便又继续向上游划去。接应船上的土著人衣衫褴褛,身上的枪支沾满了鲜血,有的身上还在流血,看来是刚同英军交战过退下来的战士。土著人默然无语地划着船,根本没有去理会船上的欧洲俘虏。

时近晌午,江两边蒙加塔利山的许多山峰突现。江面变得更加狭窄。江水在峡谷中更加湍急。土著人这时突然唱起了歌来,歌曲节拍与桨的节拍呼应着。船在急流中奋力向前。过了这段湍急的水流之后,小船轻巧地拐了几道弯。江面随即又开阔了,水流也平缓下来。

傍晚时分,船停在一道峭壁下。"啃骨魔"命令手下收拾宿营。立即点起一大堆篝火,火苗直往上蹿,火光映红了周围的几棵树木。这时,走来了一位看上去与"啃骨魔"同一级别的毛利族首领。二人相见,相互碰擦鼻子,亲热地道一声"兄吉"。十名欧洲俘虏仍旧被押在营地中央,周围有持枪的土著人把守着。

第二天早晨,小船又继续沿江而上。这时,从支流中又钻出了许多小船来。船上大约一共得有六十多个毛利族战士,显然是刚从战斗中撤下来的,到山中去休息,其中有不少的伤员。

突然间,毛利战士中有个土著人唱起了他们那神秘高亢的歌曲:

巴巴——拉——提——瓦提——提敌依——东伽——内……

这是一首毛利民歌,内容是号召土著人起来为独立奋勇作战。这爱国主义的歌词内容使之成为新西兰的国歌了。

歌声嘹亮,在江水山岩间回荡,土著人们边听边拍打着胸膛,齐声和着那首战歌。在歌声的激励下,桨手们更加奋力地划桨,小船冲破疾流,破浪而上。

四点左右,小船进入一条非常狭窄的水道。江中出现一座座的小岛,浪花激起很高。这是一段危险的水道,一不小心,船必将撞得粉碎。这儿就是奇特的沸泉滩。

江水正好流经这个沸水滚滚的热泉。这儿吸引着无数的探险家来观察这地质史上的一大奇观。因为含有铁元素,所以两岸的淤泥被染得鲜红,一块白色的土块都看不见。空气中弥漫着刺鼻的硫黄味,与泥土中散发出的臭味混合在一起,难闻至极。土著人倒是习以为常,可俘虏们却被熏得难以忍受。

小船在这白色的蒸汽云雾中穿行着。这浓浓迷雾重重叠叠,在江面上形成一个大穹窿。沸泉有成百上千,有的冒着团团蒸汽,有的则喷出一根根水柱,高高低低,错落有致,仿佛人工布置的喷泉装置。阳光射来,江面上出现一条条彩虹,五彩缤纷,分外妖娆。由于地热散发,不仅这儿成片地出现热泉,而且附近的托鲁阿湖的东边还出现一些沸水的瀑布,令一些胆大的探险家叹为观止。新西兰现存两座活火山:冬加里罗火山和瓦卡利火山。地下蕴藏着巨大的热量,因而便从地里往上蹿出,形成无数的热泉眼。

土著人的小船轻快地穿行于这长达两英里的热雾腾升的江面之中。不一会儿,硫黄臭气渐渐散去,清风送爽,清新的空气滋润着众人的心肺,呼吸畅快,神清气爽,热泉总算是被扔在了后面。

小船又划过了两道湍急的峡谷:希巴巴土阿峡和塔玛特阿峡。傍晚时分,"啃骨魔"命令在隈卡陀江离交汇处一百英里处宿营。江水到了这儿,向东转去,然后再转向南,流入道波湖。

第二天早晨,巴加内尔查看了地图,又看了看右岸的高山,知道那是托巴拉山,海拔三千英尺。

中午时分,小船进入了道波湖。湖边有一座茅屋,屋顶上飘扬着一块布。毛利人全都毕恭毕敬地向着那块布致敬:那是他们的国旗。

第 59 章　道波湖

　　道波湖形成于史前时代，长二十五英里，宽二十英里，深不见底。史前时代，由于火山喷发，致使岛屿中央全部塌陷，形成一个巨大的"天坑"，周围的水流全部流入其中，便形成了一个大湖，后人取名为"道波湖"。

　　道波湖海拔一千二百五十英尺，周围群山环绕，山峰都高达八百米以上。西面是高耸着的悬崖峭壁；北面是几座山峦，上面是一片片的小树林；东面是一溜儿的湖滨平原，灌木遍布，其间有一条路，浮石闪光；南面是成片的森林，林后是一座座圆锥状火山。道波湖在周围景色的映衬下，显得分外壮丽，分外妖娆，风雨交加时，湖面上狂风劲吹，呼啸不止，犹如太平洋上的飓风一般。

　　这片地区由于地热的缘故，几乎像是一口巨大无比的大锅在沸腾。热雾腾升，酷热难耐。距此十二英里处是冬加里罗火山。

　　冬加里罗火山鹤立鸡群，突兀在周围的一些小火山之中。它常年喷着火苗和烟雾，远远望去，像是人的脑袋上插着红色羽饰，令周围的小火山自叹弗如。在它的背后，还有一座鲁阿巴胡峰，孤零零地兀立于平原上，峰顶高达九千英尺，直插云霄，无人攀登过。由于云雾缭绕，锁住山峰，无法探测它的喷火口的秘密。二十年来，有许多人登上过冬加里罗火山，比如比维尔、狄逊和最近的一位，郝支特脱，都上去测量过。

　　这些火山各有其美丽的传说。如若在平常情况之下，巴加内尔肯定会讲给同伴们听的。其中有传说称,当年,为了争夺一位窈窕淑女,冬加里罗山与塔腊纳基山翻了脸。当时,两山相邻,关系密切,可这一次,双方大打出手。冬加里罗山脾气暴躁,出手太快,塔腊纳基山被打,羞愧无颜,从旺嘎尼河谷逃走,边逃边抛下两座山来。它逃到海边,更名换姓,改叫厄格蒙山,孤立地耸立在那儿。

可此时此刻,巴加内尔哪有心情讲这些,即使讲了,同伴们也无心情去听的。唉!命运多舛,竟落到这种地步,真叫人黯然神伤。

此时,"啃骨魔"让小船驶出隈卡陀江,钻入一条小河;出了小河,又绕过一个尖岬,驶向六百米高的芒伽山脚下。这儿莩密翁草遍地。毛利人称之为"哈拉克基",也就是新西兰麻。它浑身都是宝:花里含有一种绝佳的蜜;茎含胶质,可替代蜡或浆粉;叶子又大又结实,新叶可当纸用,干叶可作火绒,撕开来可以搓绳、制缆、编网、织布、做衣、编席,或染成红色或黑色,制成毛利人高贵的衣裳。

这种宝贵的莩密翁草,在新西兰两座岛上,无论是海边、江边、河边还是湖边,到处都有。俘虏们眼前就是一大片野生莩密翁草。棕红色的花朵点缀于碧绿的叶子中间,颇像龙舌兰。其叶又长又大,似宝剑一般,无数蜜蜂在花和叶间飞来飞去,忙着采蜜。

湖边有一大群鸭子浮游,羽毛颜色斑斓,光亮闪闪,已从野鸭变为家鸭了。

离此四分之一英里处,有一座"堡",立于峻峭的山岩上,那是毛利人的山寨。俘虏们被绑着的双脚已被松了开来,沿小路押往山寨去。小路两旁是一片片的莩密翁草田和茂密的森林。林间有各种各样的树,有结红果实的"秸卡茶"树、鲜嫩可爱的澳洲千年蕉树、产黑色染料的胡柚树,等等。一行人走过时,惊飞了树上的鸟儿。那些漂亮的大鹈鸪、满身灰羽毛的圆喙鹊,以及红冠棕鸟等,十分惹人喜爱。

格里那凡爵士一行被押送着,绕过一个大弯之后,终于来到"堡"的内部。

这座毛利人山寨,周围筑有一道结实牢固的栅栏,高约十五英尺。栅栏内又围着一道木桩。接着便是一道柳条墙,上面留有枪眼,算作内城的防御工事。内城里地面平坦，建有许多毛利式建筑，以及四十多个整齐划一的小棚屋。

俘虏们一进内城，便看到木桩上挂满了人头，不禁为之悚然。海伦夫人和玛丽小姐立刻扭转头去，闭上眼睛，不敢去看这瘆人的景象。无疑，这些都是战败者的头颅，至于他们的身子，早已下了战胜者的肚子。

"啃骨魔"的住所位于山寨的尽头，夹在一些简陋茅屋中间，身后便是欧洲人所谓的"演兵场"。他的住宅并不大，长二十英尺，宽十五英尺，高十英尺，是用树枝和木桩编排起来当作墙壁的，墙内面蒙着莳密翁草席。住所只开了一个缺口，当作屋门，挂着厚厚的草帘。屋檐向前伸出很长，如同古罗马人的飞檐。檐下的椽头上雕有图案。门外的"影壁"上也雕有奇禽异兽、花草人物，是毛利工匠的佳作。屋内地面是压实的黏土，高出外面平地五英寸。地上铺着几张芦席和一些干凤尾草，并有一个香蒲叶编织的大垫子，这就是主人的床了。屋内尚有一个石洞似的炉子，屋顶也有一洞，充作烟囱口，浓烟滚滚时，自会从屋顶洞口涌出，但冒出之前，先已把屋内四壁熏黑了。

屋旁有一仓房，储存食物和用品，其中有收获的莳密翁草、山芋、水芋、凤尾草根等，还存有常用的石头烤炉。稍远一点还有几个不大的小院，养着猪和羊，是当年库克船长带来的种羊和种猪的后代。几条狗没有固定狗舍，在四下里跑来蹿去的。

格里那凡爵士一行人无心去留意酋长的"府邸"，一个个心里打着鼓待在空屋子里，等待酋长的发落。这时却有一些老妪在挥拳扬手地边叫边骂着，情绪异常激动，俘虏们只好忍气吞声地听着。从她们的骂声中夹杂的几个英文字来看，她们是在叫嚷"报仇雪恨"。

面对这群毛利老妇的咒骂，海伦夫人表现得十分地高贵，声色不动，但内心里十分痛苦、委屈，为了不影响丈夫的情绪，她在竭力地克制着自己。玛丽·格兰特小姐却受不了这种气氛，几乎晕厥，幸亏有约翰·孟格尔在一旁搀扶着，决心誓死保护她。至于其他的俘虏，反应各有不同，有的与少校一样，一脸的不屑，听任泼妇骂街，有的则像巴加内尔似的，恨得咬牙切齿。

格里那凡爵士并不为自己担忧，他倒是担心自己的妻子，生怕那群恶老太婆向海伦夫人冲上来。为了避免这种情况的发生，他走到"啃骨魔"面前，指着那群泼妇，理直气壮地大声说道：

"把她们赶走！"

毛利酋长盯了格里那凡爵士一眼，没说什么，把手一挥，那群婆娘便不吭声了。爵士礼貌地点点头，算是向毛利酋长致谢，然后，走回到同伴们的身边。

这时，"演兵场"上来了上百个新西兰人，有老有少，有男有女，有的在哭在骂，有的一声不响，等待着"啃骨魔"的命令。

原来，"啃骨魔"是唯一一位撤回来的酋长。回到滨湖地区后，他便把战败的消息告诉了大家。他带着出征的二百名战士，有一百五十人未能归来，其中只有少数被英军俘获，大部分都战死在沙场，永远回不了家乡了。

"啃骨魔"这一回来，整个部落得知消息，当然是痛不欲生。

按照毛利土著人的习俗，要用肉体的痛苦来表达内心的苦痛，因此，许多阵亡将士的亲属，尤其是妇女，便用锋利的贝壳划破面部和肩头。痛哭的人身上血迹斑斑，血与泪混在了一起。有些女子，面孔鲜血淋淋，模糊不清，像疯子似的又号又喊，实在吓人。

尤其让亲人们伤心悲痛的是，这些战士死在沙场，尸骨未还，无法归入祖坟。毛利人生来迷信，认为这关乎转世投胎，非同小可，没有死者尸骨，转世无望，岂不伤悲。他们通常要把死者尸骨收集起来，清洗、刮净、刷漆，放入所谓灵堂的"乌斗巴"。毛利人的"乌斗巴"中，立着死者的木头像，死者生前身上的文身也雕在木头像上。可现在，亲人的遗骨留在荒郊野外，任凭野狗啃吃，亲人当然是哀伤痛心的，不拿这几个欧洲俘虏出气，又拿谁出气？所以，老太婆们的骂声停止了，可男人们的大嗓门却叫嚷开来。其凶蛮样儿不亚于野兽，仿佛非把这些欧洲俘虏生吞活剥了，方解心头之恨。

毛利酋长"啃骨魔"担心这些人愤怒到极点，会不管不顾，出现意外，连忙让人把格里那凡爵士一行押往神庙。神庙位于城寨的另一头，一片高高的悬崖上。整座神庙只是一座大棚屋，背靠高出其一百英尺的山崖，前面是一个陡峭的斜坡，城寨到此为止。毛利人称神庙为"华勒"，意为"供奉神灵之地"。祭师们——土著人称作"阿理吉"——常在这儿给新西兰人讲圣父、圣子、圣灵三位一体的道理。

俘虏们来到这神圣之地，避开了土著人的怒骂，感到心里踏实了许多，便在茀密翁草席上躺下了。海伦夫人已经被折腾得疲惫不堪，有点支持不住，倒在了丈夫的怀里。

格里那凡爵士搂住妻子，不住地安慰她：

"别怕，坚强点，亲爱的海伦！"

小罗伯特则一点也不觉得累，一关进来，便马上站到威尔逊的肩膀上去，把头从一条缝隙中伸出去，向外张望。这条缝隙位于墙头与屋檐之间，上面还挂着一串串的念珠，祛魔避邪。他看到了整个寨子，甚至看到了"啃骨魔"的那间矮屋。

"他们正围着酋长在开会……"他细声细气地向同伴们报告说，"他们在挥动拳头……在叫骂……'啃骨魔'要说话了……"

小罗伯特停了片刻，然后又报告说：

"'啃骨魔'正在讲话……闹着叫着的人不闹了……"

"很显然，"少校说道，"'啃骨魔'是想拿我们去交换他们的头领，但那些毛利人却在反对。"

"没错！……他们已经听他的了……"小罗伯特说，"他们都散去了……有的回家去了……有的离开了寨子……"

"是吗？"少校忙问。

"是的，没错，"小罗伯特回答道，"现在就剩'啃骨魔'同他小船上的那几个人在那儿了。啊，有个战士在往我们这边走来了！"

"赶紧下来，罗伯特。"格里那凡爵士赶忙催促他道。

海伦夫人也连忙站起来，紧紧地攥住丈夫的手臂，坚决地说道：

"爱德华，玛丽·格兰特和我，绝不许让土著人带走。"

她说着便拿出一支装上子弹的手枪递给丈夫。

"您怎么还有枪？"格里那凡爵士惊喜地说道，眼睛里闪着喜悦的光芒。

"怎么，您忘了？毛利人是不搜女俘虏的身的。不过，这枪不是用来打他们的……是留着给我们自己用的，爱德华……"

"别傻啦！快藏好！现在还用不着！"少校忙说。

于是，格里那凡爵士赶快把手枪藏于衣服里面。正在这时，棚屋草帘掀起，一个毛利战士出现。他以手示意大家跟他走。一行人相互依靠着，走出棚屋，穿过寨院，来到了"啃骨魔"面前。

毛利酋长身边除了他的那几个战士之外，还有那个在波海文那河口驾船接应他的酋长。

这后一位酋长年纪四十岁上下，虎背熊腰，面带凶相。他名叫卡拉特特，新西兰语中，意为"脾气暴躁者"。从他脸上的刺青可以看出，其地位也相当高。仔细观察，可见这两位酋长似乎相互间关系并不融洽。二人交谈时不紧不慢，"啃骨魔"脸色不太好看，虽面带微笑，但眼中却流露着忌恨。少校推测，一山不容二虎，二人互不服气。

"你是英国人？""啃骨魔"审问格里那凡爵士。

"是英国人！"爵士毫不迟疑地回答道，他心里在想，只有英国人才更有利于俘虏的交换。

"那你的同伴们呢？""啃骨魔"又问。

"也都是英国人。我们是旅行者，中途船只沉没，遇了难。我可以直截了当地对您说，我们中间谁都没有参加战斗。"

"管你参加战斗不参加战斗！英国人就没有一个好东西！"卡拉特特粗暴地说，"你们侵占了我们的岛，烧了我们的村子！你们是我们的死敌！"

"那是他们干的，我并不赞同，"格里那凡爵士义正词严地回敬道，"我之所以这么说，是因为我正是这么想的，并不是因为落入你们手中，想讨好你们。"

"你听着，""啃骨魔"又说道，"我们的'脱洪伽'努依·阿头①的大祭师，落到你们的人的手里了。我们的大神让我们把他换回来，不然的话，我早就把你们的心给剜出来！把你们的脑袋挂在栅栏上！"

"啃骨魔"原本十分镇静自若，一说这话，立即两眼冒火，像要吃人，然后，才克制住了自己，冷静地说：

"你说说看，英国军队愿意用我们的'脱洪伽'换回你吗？"

格里那凡爵士沉吟片刻，没有立即回答，因为他尚未摸清对方这话是什么意思。

"我不知道。"然后，爵士考虑了一下，这么回答道。

"怎么！你的命比我们的'脱洪伽'的命更值钱？"

"我不是这个意思。我在我们这几个中间，既不是首领，也不是祭师。"

巴加内尔听到格里那凡爵士这么回答，颇为惊讶，不禁怔住了，眼睛惊愕地看看他。"啃骨魔"也不无惊讶地在看他，说道：

"这么说，你认为换不成了？"

"这我不知道。"

"你不知道他们是不是愿意拿我们的'脱洪伽'换你？"

"我只知道换我一人，他们不肯，换我们这几个人，他们会肯的。"格里那凡爵士口气坚定地说。

"我们毛利人只讲一个换一个。""啃骨魔"说。

"那您就先拿我们的两位妇女去换您的祭师吧。"格里那凡爵士指着海伦夫人和玛丽·格兰特说。

海伦夫人一听，马上就想走到丈夫身边去；少校看到，便一把把她拉住了。

"这两位女士，"格里那凡爵士向着海伦夫人和格兰特小姐尊敬而优雅地鞠了一躬说，"在她们国家是有很高的地位的。"

"啃骨魔"一声不吭地看着爵士，嘴角浮起一丝邪恶的笑，随即把笑声敛起，恶狠狠地厉声喝道：

---

① 努依·阿头，新西兰土著人的大神。——作者注

"你这该死的英国人,竟敢拿谎言哄骗老子!你以为我很蠢是不是?"

说到这里,他便用手一指海伦夫人大声吼道:

"她是你老婆!"

"不是他的老婆,是我的老婆。"卡拉特特邪恶地叫道。

卡拉特特说着便一把把格里那凡爵士推开,用手搂住海伦夫人的肩头,把海伦夫人吓得脸色发白。

"爱德华!"她惶恐地喊道。

格里那凡爵士不急不忙,一抬胳膊,只听见"砰"的一声,卡拉特特应声倒地。

听见枪响,土著人纷纷从各自的棚屋里冲了出来,把门前场地挤得满满的。许多人举起武器对着俘虏们。格里那凡爵士手里的枪很快便被夺下了。

"啃骨魔"突然之间也给镇住了。然后,他回过神来,一手护着格里那凡爵士的身体,另一只手挡住冲向俘虏的毛利人。

最后,他终于提高嗓门儿大声叫道:

"神禁!神禁!"

这猛地一喝,叫嚷成一片的土著人立即站住不动了,俘虏们总算逃过一劫。

随即,他们便被押回神庙。可是,却不见了小罗伯特和巴加内尔。

第 60 章　酋长的葬礼

"啃骨魔"既是部落的酋长,又是"阿理吉",也拥有大祭师的权威,可以用"神禁"来保护某人或某物。

所谓"神禁",是波利尼西亚[①]土著人中的一种风俗,但凡一个人或物被"神禁",就不许任何人去碰。谁若是触犯了"神禁",就犯了神怒,会被神处死。当然,执行死刑的是祭师们。在毛利族部落中,"神禁"有固定的时间和场合,酋长也有宣布的权力。一个土著人一年之中要受到好多天的"神禁",比如剪发、文身、造船、盖屋、生病、死亡等,都得"神禁"。有时,为了保护河里的鱼苗或地里的甜芋,也可以宣布"神禁"。酋长想要避免闲杂人等上门搅扰,也可对其住宅宣布"神禁"。为了垄断船只水上交易,他也可以对船只宣布"神禁"。有时甚至对一个惹恼他的欧洲商人宣布"神禁"。

一个物件被"神禁"后,任何人不得触摸,否则将受重罚;一个人被"神禁"后,他就不许吃东西。即使过了禁食期,一段时间内,他也不许触摸食物。如果是富有者,则可让奴隶喂食;如果是穷人,则只能用嘴直接吃,不许用手去抓,如同猪狗一般。

总之,这种"神禁"风俗对新西兰人的生活,事无巨细,加以约束。它具有强大的力量,起着法律的作用,使人人都得无条件地绝对服从。

对于那几个俘虏来说,"神禁"倒是帮了大忙,使他们逃脱了那些

---

① 太平洋中部全部岛屿的名称,居住的均为棕色人种,毛利人是其中之一支。

疯狂的土著人的暴打痛殴，免于一死。

但格里那凡爵士心里清楚，尽管如此，他终将难免一死，因为他打死了一个酋长，必然会被土著人折磨致死的，只是他希望愤怒全都发泄在他一人身上，而别迁怒于他的同伴们。

这一夜真是度日如年。大家都在提心吊胆，不知命运到底如何。生离死别的阴影笼罩着大家。小罗伯特在哪儿？巴加内尔怎么也不见了？是不是被土著人杀害了？少校认为，他俩可能凶多吉少，说不定已踏上了黄泉路了。玛丽·格兰特因弟弟的失踪而倍感悲伤，手足之情，怎能让她割舍？约翰·孟格尔见她如此悲伤，自己的心都快要碎了。格里那凡爵士一想到海伦夫人要求他先将她杀了，更是心酸不已。他哪儿有这么大的勇气，亲手杀死自己的爱妻！尽管这是她的要求，以免遭到土著人的凌辱。

"玛丽呢？我有勇气亲手把她打死吗？"约翰·孟格尔心里也在受着煎熬。

看来，想逃出这个寨子是没有可能的。门外有十名全副武装的毛利壮汉看守着，插翅难逃。

就这么熬了一夜。天亮了，已是2月13日的早晨。因为受到"神禁"，这一天，没有土著人来侵扰。棚子里倒是有一些食物，但大家都没有去动。他们因悲伤过度，已忘了饥饿，滴水未进。寂寥笼罩着这个神庙。看来，死者的葬礼和凶手的处刑将同时进行。

格里那凡爵士已确信，交换俘虏的计划已不复存在，但少校对此仍抱有一线希望。

"这可说不定，"他总在这么说，还让爵士回想一下卡拉特特被打死时"啃骨魔"的面部表情，"没准儿他打心眼儿里还在感激您呢。"

但是，无论少校怎么说，反正爵士已不再抱希望了。第二天又这么在煎熬之中度过了，仍然未见做行刑前的准备。为什么迟迟不动手呢？

原来，毛利人有个迷信的说法，人死之后，灵魂三日内才会出窍，所以必须在三日后方可下葬。直到3月15日，寨子里静静的，空无一人。

约翰·孟格尔常立在威尔逊肩头，伸头张望外面的动静，但都未见土著人露面，只有看守他们的战士在持枪把守着。

到了第三天，"啃骨魔"终于走出自己的屋子，身后跟着一些部落里的主要头领。他们走到寨子中央，上了一个几英尺高的土台子。先他们出来的土著人，男女老少都有，在土台子后面几米处围成一个半圆。场上一片寂静，鸦雀无声。

"啃骨魔"把手一挥，一名毛利战士便向神庙走来。

"别忘了我的请求！"海伦夫人急忙对丈夫说道。

格里那凡爵士把妻子紧搂在怀里。与此同时，玛丽·格兰特也走到约翰身边。

"海伦夫人认为，为了免受凌辱，一个妻子可以要求丈夫把她打死，"玛丽小姐真切地对约翰说道，"而一个未婚妻也可以因同样的理由向她的未婚夫提出这种要求的。约翰，现在已是生死关头，我想告诉您，我内心深处早已把您看作我的未婚夫了。我可不可以，亲爱的约翰，也这么要求您？"

"玛丽！"约翰激动地呼唤道，"我亲爱的玛丽！……"

还没等他说完，门上的草帘已经掀开。俘虏们被押到土台子去了。两位女子已决定让自己的心爱的人处死自己，所以现在反而心里非常踏实，显得坚贞不屈，神态坚毅。

俘虏们来到"啃骨魔"面前，只听见他审问道：

"是你把卡拉特特杀死的，对吧？"

"是我！"格里那凡爵士大义凛然地回答道。

"明天，太阳升起，你就得死。"

"就我一个人死？"爵士语气铿锵有力，但心却在猛烈地跳动着。

"嗯，如果不是我们的'脱洪伽'比你们的命值钱的话……""啃骨魔"叫嚷道，眼里冒着颇为懊恼的凶光。

正在这时候，土著人圈内突然骚动起来。格里那凡爵士迅速地环视一下四周，只见一个毛利战士跑了进来，满头大汗，气喘吁吁。

"啃骨魔"立即用英语问他，像是故意要让俘虏们明白似的：

"你是从阵地上下来的吗?"

"是的。"

"你看见我们的那位'脱洪伽'了吗?"

"看见了。"

"他还活着?"

"不,他死了,被英国人枪毙了。"

俘虏们一听,知道生还的希望已化作泡影了。

"统统处死。""啃骨魔"对俘虏们做出终审判决,"明天太阳一出,统统处死!"

大家一起死?这对海伦夫人和玛丽小姐倒不失为一种慰藉。

俘虏们没被押回神庙,而是被押去参加死者的葬礼。一队土著人把他们押到一棵巨大的"苦楝"树下。看守们眼睛死死地盯着他们。其他的毛利人全都黯然无声地哀悼着。

卡拉特特已经死了三天,灵魂已离开躯体。

他的尸体被放置在那个土台子上,身着华丽的寿衣,外面裹着一层编织精美的萧密翁草席。头上插有羽饰,戴着一圈绿叶。面部、胳膊和胸脯上都涂抹了油,看上去不像僵尸。

他的亲友们走到土台子前。突然间,像是有人在指挥似的,场上一片哭号声。哭声阵阵,响彻山寨。死者的近亲连哭带喊,捶胸顿足,拍打脑袋;远亲们则用手抓破面颊,以示为死者流出的血比泪还要多。女人们的态度更加虔诚,感情更加真挚,不过,她们这么虔诚、真挚是为了不让死者的灵魂来折腾族中人。死者的战士们认为他的妻子应该陪葬,他妻子自己也很愿意为夫陪葬,不想一个人独自活在世上。

卡拉特特的妻子走了出来。她人挺年轻,颇有几分姿色。只见她披头散发,边哭边号,断断续续地哭诉着自己的哀伤,哭到痛不欲生处,便以头撞地。

这时,"啃骨魔"走上前来。那可怜的妻子突然想爬起来,但只见"啃骨魔"挥起大木棒——土著人称之为"木擂"——猛地砸下去,那女子一下子便气绝身亡了。

· 429 ·

土著人人群中突然响起一片震耳欲聋的叫骂声,朝着吓得魂飞魄散的俘虏们挥动着拳头,但无一人向他们走来,因为葬礼尚未结束。

卡拉特特及其妻子的两具尸体并排放着。但酋长在阴间光有妻子相伴还不够,还得有奴隶为他们服务。于是,有六个可怜的奴隶被拉到土台子前。他们是被俘虏的敌方部落的土著人,酋长生前让他们做牛做马,吃尽了苦受尽了罪,死后又要让他们到阴间去继续为酋长当奴隶。

其实,他们对此无动于衷,反而觉得死是一种解脱。可俘虏们从未见过活人祭,哪还敢抬头去看这种骇人听闻的场面。

只见六名身强力壮的毛利战士手举"木播",同时砸下,六名奴隶顿时倒在血泊之中。这等于是在发出一声号令,吃人肉的一幕上演了。

奴隶们的尸体与酋长的尸体不能相提并论,它们并没被"神禁",所以土著人不分男女老幼,嗬地一下,争先恐后地向那六个奴隶尸体冲了过来,开始抢肉吃。

格里那凡爵士等人吓得差点背过气去。特别是海伦夫人和玛丽小姐,几乎要昏厥晕倒。是啊,明天太阳一出,他们也将是同样下场。而且,死前说不定还将受尽凌辱,折磨……

这时候,丧仪舞蹈跳了起来。土著人在发狂似的舞动着身子,一边还在狂饮一种用"极品椒"酿造的烈性酒,那简直如同是辣椒精了,喝得土著人更加疯狂。处于这种疯癫状态中的土著人,还能记住什么"神禁"不"神禁"的吗?会不会冲过来把俘虏们活活地啃吃掉?幸好,"啃骨魔"还没有醉。他恩赐众人一个钟头的狂饮时间,让他们吃饱喝足之后,举行葬礼。

卡拉特特夫妇二人的尸体被抬了起来,依照新西兰风俗,手脚被蜷曲着,弯近肚皮。入土仪式开始。尸体并不永远埋于土中,只是埋到皮消肉尽时为止,然后,让尸骨重见天日。

墓地——土著人称之为"乌斗巴"——立于寨子两英里外的一个小山岗上。那山名为蒙加那木山,在道波湖的右岸。

四名毛利战士抬着尸体,部落中的人在前前后后大放悲声。半小时过后,送殡的行列隐没进山谷之中了。又过了一会儿,送殡队伍又出现在远处的一条山路上,扭扭曲曲地蠕动着。

蒙加那木山海拔八百英尺,山顶上为卡拉特特建造了一座大墓。

按照习俗,一个普通的毛利人死后,挖个坑,再堆上点石头,一埋了之,但酋长却不同,将来会成为神的,必须有一座豪华大墓才能相匹配。

卡拉特特的"乌斗巴"外围有一道栅栏,墓穴旁还竖着许多木桩,上面雕刻着一些人物。木桩是用赭石涂红的。为了不让亡者在阴间受冻挨饿,墓穴中还放了许多吃穿用的东西,甚至还放有武器。

一切物品放好之后,卡拉特特夫妇的尸体被并排地放了下去,同时,哭声四起,草和土纷纷地抛撒在尸体上。

仪式结束,送殡者开始返回。自此,这座蒙加那木山也"神禁"了,不许任何人上去。

第 61 章　最后关头

太阳落山了，格里那凡爵士一行又被押回到神庙中。看来，他们将在这座神庙里度过人生的最后一夜了。

面对死亡，心情沉重，但仍然一起吃了"最后的晚餐"。

"大家振作起来，不能垂头丧气，别让这帮土著人把我们看扁了。"格里那凡爵士在鼓励大家。

饭后，海伦夫人悲壮地唱起晚祷；众人默默地脱下帽子，同她一起祈祷。

是啊，这是最后的一刻，怎能忘掉上帝？

晚祷结束，大家互相拥抱着，仿佛是在做最后的祝福。

海伦夫人和玛丽小姐退至神庙一角，在一张草席上躺下。二人相拥着，不一会儿便睡着了，因为折腾了这么一天，实在是疲惫不堪，支持不住了。

这时，格里那凡爵士把同伴们叫到一边，对他们说道：

"伙伴们，我们大家的生命全都系于上帝一身了。如果明天上帝真的要我们去的话，我们是会勇敢地去接受上帝的最后审判的。不过，在这种地方死，恐怕并非一死了之，可能还得受到凌辱和酷刑，尤其是两位女士……"

语气一直铿锵有力的格里那凡爵士，说到此处，不禁声音发颤，说不下去了。但是，稍停片刻，他又继续说道：

"约翰，您答应了玛丽小姐的要求了，那您将怎么做？"

"我这儿还有一把刀,"约翰·孟格尔说着便拿出一把短刀来,"这是那浑蛋卡特特栽倒在地时,我从他手中夺过来的。爵士,咱俩谁后死,谁就满足海伦夫人和玛丽小姐的要求吧……"

没人再吭声,棚子里一片寂静。最后,少校打破了沉默,开言道:

"朋友们,不到万不得已先别这么干。我不相信我们已经穷途末路,一点希望也没有了。"

"我不是说我们男人们,"格里那凡爵士急忙解释道,"说实在的,就我们几个来说,反正都是个死,怎么也得豁出去,拼上几个够本!可还有她俩!……"

约翰稍稍掀起点门帘,往外瞧了瞧,数了一下,把守的毛利战士一共是二十五个人。他们点着一堆篝火,有的躺在火堆旁,有的则站在离火堆稍远点的地方,但是,站着的也好,躺着的也好,都不时地用眼睛看着这座俘虏们待着的棚子。

一般来说,看守与犯人之间,尽管一个是防逃跑者,一个是想逃跑者,但总是逃跑者成功的机会大些,看守者总有防不胜防的时候。可是,这些毛利看守,却是一些满怀仇恨,一心报仇雪恨的人,他们的警惕性因而更加高。尽管俘虏们未被五花大绑,但二十五个人守着唯一的一个门,哪儿有机会逃脱?

再说,神庙三面环山,山势陡峭,让你跑你也跑不了,前面这条唯一的下山之路,又有毛利战士死死地把守着。看到这种情况,格里那凡爵士已经死了心了,不愿痴心妄想。

夜在一分一秒地过去,焦虑与无奈重压在大家心头。整座山笼罩在沉沉的夜幕之中,看不到月亮也见不着星星。狂风阵阵袭来,棚子的木桩呜呜作响,篝火烧得更旺。火光映照着俘虏们的面孔,黯然无神,死亡的阴影在笼罩着大家。

大约是凌晨四点光景,一个轻微的声音引起了少校的警觉。他侧耳细听,仿佛声响来自木桩后面,在山岩矗立的地方。会不会是风吹动什么发出的声响?少校又仔细听了听,不像,那声响老也不停,像是有人在扒土,在挖墙洞。

少校心中有数了,立刻溜到格里那凡爵士和约翰·孟格尔身边来,把他俩叫了过去。

"你们听。"他压低嗓门儿说,并示意两位同伴趴下去听。

确实是扒土的声音!可以辨别出小石子被一种尖锐的东西刮擦发出的声响,并听出小石子滚掉下去的声音。

"会不会是什么动物在窝里扒拉?"约翰说道。

格里那凡爵士拍拍脑门儿说:

"说不定是个人在扒……"

"一会儿就能见分晓。"少校激动地说。

威尔逊、奥比内也溜过来了。几个一起动手挖起墙壁来。约翰使用那把短刀,其他人或找到了一块石片,或干脆用手抠。穆拉迪站在门帘后面放风,注视着毛利战士们的一举一动。

毛利人看守围在火堆旁,没有动静。火堆离棚屋有二十多步远,他们压根儿就没有想到这儿会搞什么鬼。

俘虏们又抠又挖的那处地方是矽凝灰岩,酥软易碎。尽管没有工具,但洞却挖得挺快。不一会儿,大家已经可以肯定,外面的并非动物,而是人。是在挖洞营救他们呢?还是另有企图?

管他呢!继续挖了再说。人人手指都挖出血来,但无人叫疼,希望在激励着大家。又挖了有半个钟头,洞已挖出有一米深了。可以听见外面的声音已经很响了。

又过了几分钟,少校的手指碰着了一把刀尖。他本能地一缩,差点儿叫出声来。

约翰·孟格尔把自己的那把短刀伸出去,挡住外面往里挖的刀尖。他用手一摸,摸到拿刀的手,是只小手,是女人的或是孩子的,总之,是一只欧洲人的手!

双方十分激动,但都没有出声,怕惊动土著看守。

"会不会是小罗伯特?"格里那凡爵士喃喃地自言自语,没人听见。

但玛丽小姐却听见了他发出的那极低的"小罗伯特"几个字,一下子便蹿了过来,抓住那沾满泥土的小手,狂吻不止。

"是你吗？是罗伯特吗？准是你，罗伯特！"玛丽悲切地低声哭喊道。

"是我，姐姐，我来救你们了！但千万可别出声！"小罗伯特在外面说道。

"啊！真是个好孩子！"格里那凡爵士赞叹不已。

"注意看守们的动静。"小罗伯特叮咛着棚内的人。

穆拉迪听见动静，本已跑了过来，现在赶忙又跑到门帘后面，注意地观察着。

"没有什么问题，"他说道，"只有四个人在看守，其他人全都睡了。"

"咱们把洞再掏大些。"威尔逊说着又干了起来。

洞扒大了，小罗伯特钻了进来，身上还系着一条茀密翁草编的长绳子。他先扑到姐姐的怀里，然后又去拥抱海伦夫人。

"我的孩子，你真棒！"海伦夫人在夸赞他，"我们还以为你遭土著人杀了呢。"

"没有，夫人，"小罗伯特悄声回答道，"当时，我趁乱劲儿钻出了棚栏，在树丛里躲了两天。当毛利人在忙丧葬事时我便溜出来，到寨子边来侦察。我发现可以爬到你们这儿来。于是我就溜到一间棚屋里去偷了一把刀和一根长绳，借着草丛和树枝，往上攀爬。无意之中，发现这神庙背后的岩质疏松，就动手挖起来，挖着挖着就挖通了。真太巧了！"

大家听小罗伯特说完，都搂住他吻个不停。

"咱们快离开这儿！"他果敢地说。

"巴加内尔在下边吗？"格里那凡爵士急切地问道。

"巴加内尔在下边？"小罗伯特惊讶地反问道。

"他没在下边等着我们？"

"没有！怎么，他没同你们在一起？"

"没有，罗伯特。"姐姐玛丽回答他说。

"这么说，他没跟你一起逃跑？"格里那凡爵士焦急地说，"我还以你们两个趁乱一块逃走了呢。"

"没有，爵士。"小罗伯特也着急了。

"咱们还是赶快走吧，一刻也不能耽搁，"少校催促道，"反正巴加内尔也不在这儿，等也没用。"

时间紧迫，大家准备逃走。神庙下面是一段峭壁，高约二十英尺。往下就是一道斜坡，一直通往山脚下，然后便可钻入山谷之中。

为了确保万无一失，大家便跟在小罗伯特身后往外爬。掏出的洞外恰巧是个山洞。滑下那段二十英尺高的峭壁之前，众人便在这山洞中先躲藏起来。约翰是最后一个爬出洞来的，离开之前，他随手扯出棚内草席，把洞口掩盖好。

现在，开始下峭壁了。多亏了细心的小罗伯特带的一条长绳，否则那峭壁简直下不去。

大家赶忙将长绳的一头拴牢在岩石上，让它顺岩滑下去。

约翰先抻了抻这条绳子，看看结实与否，生怕绳子吃不住劲儿，把人摔个粉身碎骨。

"这绳子只能经得住两个人，"约翰说，"下的时候间隔大点。先让格里那凡爵士和海伦夫人下。你们下去之后；晃动三下绳子。通知我们。"

"让我先下，我发现坡下有个大坑，可以藏人。我来带路……"小罗伯特说。

"那好，你就先下，孩子。"格里那凡爵士握了握孩子的手说。

小罗伯特一会儿就出溜下去了。一分钟之后，长绳摇动了三下，表明他已安全地到了下面。

接着，爵士夫妇也抓起长绳，顺绳下滑。夜仍旧漆黑，但东边兀立着的山峰已经变成淡灰色了。

清晨，凉气袭人，海伦夫人感到神清气爽，精神倍增。夫妇二人到达峭壁下面之后，爵士在前，扶着海伦夫人，倒退着下坡。几只栖息宿夜的鸟儿受惊，叫了起来，清脆的鸟鸣在夜空中回荡。

爵士一步一挪地倒退着，几乎是在托着自己的夫人。他用脚试着有无草棵儿或树根什么的，可以让夫人做落脚点。有时，一不小心踩掉一块活动的岩石,发出轰隆的声响,惊出他一身的冷汗。

突然间,听见约翰在上面轻声地喊:

"停下别动!"

格里那凡爵士立刻站下,一手搂抱着妻子,一手攀住一把草茎。二人屏声敛息,不敢出声,不知是怎么回事。

原来,威尔逊听到神庙外边有异样响动,赶忙回到神庙边,掀开草席,进入棚内,撩起点门帘,看见有个毛利战士在往神庙走来,便连忙发出"警报"。约翰于是便冲下面叫停。

那毛利战士似乎是听到点什么动静,十分警惕地朝这边走来,在离神庙门口两步远处站下了,又仔细地听了听,大约有一分钟的时间,然后摇了摇头,放心地走回去了。这一分钟,对于逃亡的这几个人来说,简直是过一个小时。

"没事了。"威尔逊发出"解除警报"。约翰便又发出信号,让爵士夫妇继续往下走去。不一会儿,二人便走到了小罗伯特正在接应他们的那条窄小的小径上。

接着,约翰便带着玛丽小姐往下滑。十分顺利。不多一会儿,二人便到了那个深坑,与前面的三个人会合了。

五六分钟的样子,所有的人全都逃下来了,会合在一起,开始往山谷里钻。

大家快速地走着,简直可以说是连走带跑。他们专挑隐蔽的小径走,跌跌撞撞的,只顾逃命。

将近五点钟光景,东方开始泛白。云堆的高处,渐渐显出了淡淡的蓝颜色。朦胧的山峰开始崭露峥嵘。不一会儿,太阳便冉冉升了起来。这时,大家心情开始轻松些了。太阳出来了,行刑的时刻陡然变成了他们逃亡的时刻。

但现在就说平安无事,为时尚早。无人知晓此刻是否已经逃出了土著人的魔掌。必须尽快地继续逃跑。海伦夫人有爵士的挽扶,玛丽·格兰特有约翰·孟格尔的呵护,小罗伯特则是欢天喜地,大家浑身是劲儿,奔走在逃亡的小路上。一行人由小罗伯特打头,由威尔逊和穆拉迪断后,一口气又跑了半个钟头。日出东方,朝霞满天。如果巴加内尔也同大家在一起,那该多好啊!大家都在为他担忧。

他们一直在向东边跑,也就是在往高处跑,一心想着离这帮毛利人越远越好。此刻,他们已经到了高出道波湖有五百多英尺的地方了。清晨,寒气逼人,人人瑟瑟发抖,他们已经进到了山中。太阳正在慢慢升起,不一会儿,射出了万道光芒,群山透亮,逃命人精神倍增,不再觉得寒冷了。

突然间,传来一阵阵的狂呼乱叫声,是成百上千的人发出的怒吼,混合成一片咆哮,从山寨中传了上来,但逃亡者们因雾气笼罩,只闻其声,不见其人。

毫无疑问,土著人已经发觉他们逃跑了,所以绝不可掉以轻心。

太阳在继续往上爬,雾气在逐渐散去。又过了一会儿,他们便看清了脚下三百英尺的山寨里的情景:毛利人全都追了出来,边追边喊边骂,显然,他们也看到了逃跑的俘虏们了。追捕的人中还有不少的狗;犬吠声与人叫声混在一起,更加瘆人。不知老天是否有眼,让这行人逃脱厄运?

第62章 禁山

一行人离山顶还有一百英尺。要逃出魔掌,就必须翻过山去。巴加内尔要是在就好了,他可以为大家指点迷津,因为这儿峰峦叠嶂,爬过山后不知去往何方。

此刻,毛利人已追到山脚下了。不能再有任何的犹豫。于是,格里那凡爵士大手一挥,大声说道:

"朋友们,鼓起勇气来,先爬上山顶!"

五分钟工夫,他们便爬到了山顶!然后,回首看去,想知道毛利人追到了哪里。

站在山顶上,西边伸展开去的道波湖一览无遗。群山环抱道波湖,湖光山色,赏心悦目。北有比龙甲山群峰;南有冬加里罗山的那个火山口,正在冒着黑烟和火焰;东边华希提连山脉峰峰相连,难有逃路。如果想逃出去,必须先翻过山去。

格里那凡爵士放眼四周,一筹莫展。雾气散尽,已可清晰地看到在下边的一个小山坳里土著人疯狂地在追着他们。追捕者与逃跑者的直线距离仅有五百英尺。

格里那凡爵士意识到,必须加快逃跑的步伐,不管多累,不得有片刻的停留,否则必将落入包围圈。

"趁他们尚未包抄过来,赶快下山!"他命令道。海伦夫人和玛丽小姐正要振作精神,准备奔逃,突然,少校叫住了她俩:

"先别急,你们看。"

大家扭头看去，只见追击的毛利人不知何故，停下了脚步，一动不动。脚步倒是停下了，但怒火并未止息，叫骂声没有停止，挥舞的拳头也未放下。那些狗也跟着狂吠不止。

究竟发生了什么事？突然，约翰"噢"了一声，用手指给大家看。小罗伯特一眼便看到了，惊呼道：

"卡拉特特的坟！"

"真的？你没看错？"爵士还不相信地问道。

"没错！绝对没错，我认得的，爵士！"小罗伯特把握很大地回答道。

小罗伯特确实没看错。离他们五十英尺高处，围着许多木桩，红红的颜色也很清晰。原来，慌急慌忙地奔逃，无意之中，竟然逃到了蒙加那木山的山顶上了。

于是，格里那凡爵士打头，一行人继续往那边爬去，一直爬到那座新坟前。坟墓前有一个挺大的豁口儿，用草席盖着，从那儿可以走进墓室。格里那凡爵士壮起胆子，正要掀起草席进去看看，突然退了出来。

"里面有个大活人！"他惊呼道。

"怎么会有大活人？"少校不信地说。

"是真的，是个土著人。"

"我们进去看看。"

于是，麦克那布斯、格里那凡、小罗伯特和约翰一起钻进了墓室。真的是个土著人！他身披一件芇密翁草披风，由于墓室太暗，看不清他的脸，但可以感觉得出，他并不凶蛮，正在安安静静地吃早饭。格里那凡爵士正待开口对他说点什么，对方却先开了口，而且说的是流利的英语：

"请坐，亲爱的爵士，已经为您准备好了早餐了。"

原来是巴加内尔！大家欣喜若狂地奔上前来，你拥我抱的，激动不已。太好了，巴加内尔还在！有了他，就有了活地图了！大家七嘴八舌地问这问那，他也不知道该先回答谁的好。倒是格里那凡爵士的一句话提醒了大家：

"山下还围着大群大群的土著人！"

"哼！土著人！有什么了不得的？"巴加内尔不屑地耸耸肩说。

"他们会……"

"会怎么样？那群蠢货，怕他们干吗？"

说着，巴加内尔便带着大家走出了"乌斗巴"。而那些土著人仍在原地，围着那座山峰，叫骂不止，咆哮之声震天动地。

"叫吧，喊吧，蠢货们！"巴加内尔说，"看谁敢上这座山！"

"为什么不敢？"爵士问道。

"那该死的酋长就埋葬在那儿！这山被'神禁'了，我们不必害怕了。"

"被'神禁'了？"

"是呀，朋友们，所以我才逃到这儿来嘛。这就如同中世纪时，不幸的人逃到圣地去一样。"

"感谢上帝！"海伦夫人双臂举向苍天，祷告道。

"那帮蠢货想把我们困死，真是痴心妄想。不用两天，我们便能逃出他们的势力范围。"巴加内尔宽慰大家说。

"可我们如何才能摆脱掉他们呢？"爵士仍心中没底儿地问道。

"现在还说不好，不过，绝对是没有问题的。"巴加内尔似乎成竹在胸地说。

这时候，大家便想到要了解巴加内尔到底是如何逃出山寨，然后又经历了些什么。可是，这一次，一向滔滔不绝的他，却三言两语便支吾了过去，也不知他葫芦里到底卖的是什么药。

"这人怎么像是变了个人似的？"少校挺纳闷儿地想。

既然他不愿意多说，大家也不便多问。然后，大家又说起了别的，他又有说有笑的，话又多了起来。

不过，仅从他支支吾吾说的一些情况，大家也能猜到个大概来。原来，他同小罗伯特一样，趁着那酋长被打死，一片纷乱之际，逃出了寨子。可是，却偏偏又落入另一个毛利部落的手中。那个部落的酋长身材魁梧，看着便是个聪明机智的人，而且能讲一口流利的英语。

441

他还友善地用鼻尖触碰了一下巴加内尔的鼻尖。

巴加内尔心里仍旧非常担心,不知自己是否又成了俘虏,将受虐待不。但那酋长却对他十分热情,老陪在他的左右,他这才稍许把心放宽了一些。

这位酋长名叫"希夷",意为"太阳之光",看上去并非凶蛮之人。他见巴加内尔戴着眼镜,还有大望远镜,便对他刮目相看。不过,他白天让巴加内尔自由自在,晚上仍旧要把他捆绑起来。

就这样,三天过去了,到了夜里,他便咬断捆绑着自己的绳子,悄悄地逃到了蒙加那木山山顶。他先已看到了这座山,知道它已被"神禁",所以逃到此处暂避,等待自己的同伴们的消息。碰巧,老天帮忙,在这儿真的等到了格里那凡爵士一行。至于在毛利人那儿的三天是怎么度过的,他却只字不提。

目前的处境并非安全无恙,大家心里十分着急。爵士十分清楚,毛利人绝不肯善罢甘休,一定会把他们围得无处可逃,饿死渴死。爵士决定先把这一带的地形摸清楚,特别是这座"乌斗巴"及其周边的路径。

于是,他便同少校、约翰、小罗伯特、巴加内尔走出墓室,查看地形去了。他们发现蒙加那木山和华希提连山之间有一条山脊,只有一英里,向平原缓缓而下,但山脊很窄狭,且起伏不定,坡上也怪石林立,颇难行走,可是,这却是唯一一条下山之路。最危险的路段是坡下,敌人的子弹可以打得到,真要是排枪齐鸣,绝对逃不出火网。

格里那凡爵士一行冒险试着走了走,立即便引来了枪声,子弹像雨点般地袭来。而子弹上包火药的碎纸也随之飘落一地,上面好像还写着字。巴加内尔出于好奇,随手捡起一张,突然惊呼道:

"好啊!这帮家伙用的是什么纸包火药!"

"什么纸?"爵士问。

"是从《圣经》上撕下来的纸!让传教士们看见会伤心死的呀!唉,他们还想在毛利人这儿盖图书馆呢!"

然后,他们又一起查看了墓地的位置及其构造。正在这时,脚下的山头在颤动,在震荡,在摇晃,把他们吓得够呛。这儿可是火山地带,地下蕴藏着大量的热能,这些山可都是地下能量的释放口,如同隈卡陀江的沸泉一样。

巴加内尔早已观察到了这一点。他对朋友们说,这山的内壳是白色矿质凝灰岩,地下蓄积的能量太大时,岩浆就将冒出来,于是这山便变成了活火山了。

"您说的也许对,可是,我们待在这儿并不比靠近邓肯号的锅炉危险。这儿的地壳是一层坚硬的钢铁!"格里那凡爵士说。

"我倒也同意您的说法,不过一个锅炉再结实,用久了也有坏的时候。"少校说道。

"少校,您就放宽心吧,我们又不老在这山顶上待着。机会一来,我们就远走高飞了。"巴加内尔回答道。

"唉,这山要能像邓肯号那样把我们载着多好,"约翰接口说,"它的肚子里汽那么多,却用不上,真可惜!"

他这么一提,倒勾起了爵士的伤心事来。他想起了邓肯号,想起了自己的船员们。他心事重重地与大家一起回到了墓室门口。

海伦夫人一见到他,便立时迎了上去说:

"亲爱的爱德华,都查看清楚了吗?有希望逃脱吗?"

"大有希望,我亲爱的海伦。您放心吧,毛利人不敢越雷池一步,我们有充足的时间考虑如何逃脱的。"

"现在,还是先回到'乌斗巴'里来吧,"巴加内尔笑嘻嘻地说,"这儿是我们的堡垒,我们的宅第,我们的餐厅,我们的研究室!没人会来打搅我们的!请允许我在此招待大家!"

大家随巴加内尔进入墓室。山下的土著人见他们竟敢亵渎圣地,简直是气急败坏,又号叫又放枪的,但子弹却没有咆哮声飞得远,全都落在了半山腰了。

海伦夫人、玛丽小姐及其同伴们见状,知道毛利人只能干着急,奈何不了他们,心里也就踏实多了。

墓室周围是一些涂红了的木桩组成的栅栏,木桩上刻有图案及刺了花纹，表示死者地位显赫。另外，木桩之间还挂着成串的贝壳和石子，作辟邪之用。墓穴上面铺了一层绿叶，厚厚的，如地毯一般。正中央隆起部分，是新盖上的土层，掩埋着死者的尸体。

陪葬武器也摆在那儿，有装着子弹的枪、长矛、精美的绿玉斧头，还有不少的弹药，供死者在阴间打猎用。

"这简直像是军械库了，"巴加内尔说道，"我们正可以利用它们，这倒像是事先为我们准备好了似的。"

"啊！这枪还是英国造！"少校说。

"是呀，是英国人送给毛利人当礼物的，真是愚蠢透顶！"格里那凡爵士说，"他们拿枪打入侵者！好吧，我们也拿起枪来打敌人吧！"

"不过，更实惠的是食物，你们瞧瞧替死者准备的这些食粮和水吧。"巴加内尔说。

果然，准备的东西真不少，够十个人吃上半个月的了。有凤尾草根、甘薯、土豆，等等，还有几大缸的清水。此外，还有十几只精巧篮子，放了不少的绿树胶做成的长方块，不知是干什么用的。

这么一来，这群逃亡者有几天可以不为吃喝犯愁了。

格里那凡爵士拿了不少食物让奥比内去拾掇，给大家美餐一顿。可奥比内凡事都不马虎，总想把活儿干得尽善尽美，可现在又没有火，如何把这些凤尾草根弄熟？这可让他犯愁了。幸好，巴加内尔给他出了个主意，让他把凤尾草根和甘薯埋到土里去。

山上的土里温度达到六十多度，奥比内差点烫着了手。他去扒坑埋草根和甘薯时，一股热气嗖的一声冒了出来，喷出有两米高，把他吓了个大跟头。

"快堵上！"少校忙叫道，两个水手赶紧跑过来用碎石块将坑给填起来了。巴加内尔在一旁看着，自言自语道：

"咦！怪了！怎么就不行呢？"

"没烫着吧？"少校关切地问奥比内。

"没有，麦克那布斯先生，我没料到……"奥比内尴尬地回答道。

"没有料到上帝这么眷顾我们，"巴加内尔插言道，"有吃有喝还有火！这么宛如天堂一般，干脆，咱们就在这儿建个殖民地算了，耕田种地，不愁吃不愁穿，过上一辈子，在蒙加木山上当鲁滨孙！我看不出我们还会缺少什么。"

"缺倒是不缺什么，只是这地壳似乎不太坚实。"约翰说道。

"这您就不必担心了，它也不是昨天刚形成的！都这么久远了，它承受地火的能力还是有的，至少在我们离开之前，是不会出问题的。"巴加内尔回答道。

"早餐准备好了。"奥比内像在玛考姆府中一样严肃认真地说。

大家立刻在栅栏边坐下，开始吃起早饭来。

东西只有两样，无可挑选。对凤尾草根的味道，见仁见智，有的称赞，有的不以为然。但对烤甘薯，大家却异口同声地赞不绝口。吃饱喝足之后，格里那凡爵士让大家赶紧商量一下如何逃走。

"干吗这么着急？"巴加内尔说道，"这么好的地方，干吗不多待些日子？"

"可这地方再好，也非久留之地，巴加内尔先生，"海伦夫人反对道，"总不能学汉尼拔迷恋卡布而惨遭失败吧？"

"夫人说得对，我的想法错了，赶快商议逃走的事吧。"

"我觉得，得赶紧走，不可久留，"格里那凡爵士说，"趁大家吃饱喝足，情绪又十分高涨，我们今夜里就走。先想法跑到东边的山谷里去，偷偷溜出毛利人的包围圈。"

"这办法好，如果毛利人睁只眼闭只眼的话。"巴加内尔说。

"那要是他们两只眼睛都大睁着呢？"约翰着急地问道。

"那我另有锦囊妙计。"巴加内尔在卖关子。

"你早已成竹在胸了吧？"少校问。

"那当然。"巴加内尔没有往下说。

大家也没有再追问他，只等着天快点黑下来。

毛利人没有撤离，仍聚集在原地，而且看上去人数在渐渐增多。山脚下燃着一堆堆的篝火。

夜幕终于降临。山顶上已被夜幕笼罩住了。山脚下的篝火仍在燃烧着，闪着红红的火光，把蒙加那木山团团围住。毛利人的叫骂喧嚣声仍然在回荡着。

九点时分，夜已完全黑透了。格里那凡爵士和约翰决定先侦察一下，然后再走。他俩悄悄地溜到那条山脊。这山脊正穿过毛利人的包围圈。只是在他们的上方五十英尺处。可以看见毛利人躺在火堆旁，仿佛没有发现任何动静。突然之间，山脊两侧，枪声大作，让他俩惊出一身冷汗。

"快撤！"爵士赶忙说道，"这帮浑蛋的眼睛跟猫的一样，而且枪法极准。"

二人立刻爬回到山顶。大家见他俩安全归来，悬着的心也放下来了。仔细一看，爵士发觉帽子上有两个弹洞，差点儿要了他的命。但侦察还是颇有收获，知道毛利人警惕性很高，山脊两侧布有流动哨，绝对不可掉以轻心。

"明天再说吧，"巴加内尔说，"既然把守得这么严，那明天就看我怎么对付他们吧。"

夜里很冷。幸好，卡拉特特把最好的睡衣、厚厚的莴密翁草被褥也带进了坟墓中，大家便毫不客气地各取所需，拿来裹在身上，不一会儿就睡着了。

身上暖和了，地面是温热的，外面还有栅栏挡着，又是一座被"神禁"的山，毫无危险可言！

第63章 锦囊妙计

第二天，2月17日，旭日东升，蒙加那木山苏醒了。四周山谷深处，晨雾弥漫。道波湖上，晨风吹起一道道涟漪。

格里那凡爵士等人已经醒来，走出了墓室，引起山下毛利人一阵疯狂咆哮。大家赶忙催问巴加内尔有何高招儿。

"朋友们，"巴加内尔说道，"我的办法有一大好处，即使万一不能成功，完全失败了，我们的处境也不致变坏，何况我的计划必然会成功的。"

"您到底是怎么计划的？"少校着急地追问道。

"是这样，毛利人的神禁让我们在此山中安然无恙。那么，我们再设法让他们相信，我们因亵渎了神山而遭到天谴，死于一场灾祸。这么一来，'啃骨魔'就会撤围了。"

"有道理。"爵士说道。

"您想让我们怎么身遭惨祸？"海伦夫人追问道。

"像触犯天威的人遭天火烧死一样，也让天火烧死！天火就在我脚下，我们只要把它释放出来就行了。"

"什么？你要让火山爆发？"约翰惊异地嚷道。

"对，借用地火，临时地来表演一下'火山爆发'。我们可以控制火势，想让它喷就喷，不想让它喷就不喷。"

"真不愧是高招儿，巴加内尔。"少校称赞道。

"我们装着是被天火烧死了，其实，我们是藏到了卡拉特特的墓室里了……我们在墓室里躲上三四天，顶多五天，毛利人会认为我们已经死了。等他们撤围之后，我们再出去，那就平安无事了。"

"那要是他们上来验尸呢？"玛丽小姐疑惑地问道。

"那不可能的，亲爱的玛丽小姐。这山是神山，已被'神禁'，天火已把犯禁的人烧死了，还有谁敢爬？"

"这办法很好，"爵士说道，"就怕他们老待在山下不撤走，那怎么办？这儿粮食毕竟有限。不过，我这也是多虑，他们不会不相信我们已经被烧死了的。"

"这也是没办法的办法了。那什么时候进行呢？"海伦夫人问道。

"今晚就动手，"巴加内尔回答说，"趁黑夜深沉的时候。"

"巴加内尔，您真了不起，我一向不盲目乐观，可这一次我却坚信这办法一定能成功，"少校支持道，"那帮浑蛋，我们来给他们表演一幕奇迹。让他们去迷信吧，活该！谁叫他们不信奉基督教的！我们这也是不得已而为之，请上帝宽恕我们。"

巴加内尔的计划一致通过了。现在就是如何实行的问题了。主意确实不错，但做起来却有一定的难度。会不会出现危险？能控制得住岩浆和火焰吗？火一旦喷出，会不会使整座山烧起来？人能抵抗住这大自然的力量吗？凡此种种，大家心存疑虑。

其实，这些问题都曾萦绕在巴加内尔的脑海里，他也迟疑踌躇过，但他最后坚信，只要多加小心，不要做得过火，能达到骗住毛利人就适可而止，那还是可以办到的。

大家焦急地在等待着夜的到来，真可谓是"望眼欲穿"，一个个都在焦急地计算着时间。出逃的准备工作已经做好，吃的东西被分成三份，用包袱包好。武器弹药也全都准备停当。

傍晚六点，奥比内为大伙儿准备好了一顿实实在在的晚餐。是呀，大家必须吃饱喝足，深山之中，还不知下一顿在哪儿"埋锅做饭"呢！晚餐还备有一道新西兰特色菜，名为"蒸田鼠"，是威尔逊捉到的田鼠，交由奥比内烹制的，味道极佳。

日暮黄昏，太阳隐去。乌云翻滚，看来暴风雨将至。天边，有电光闪烁；云里，有雷声闷响。

巴加内尔欣喜若狂，真是天遂人愿。毛利人的迷信认为，雷鸣是大神努依·阿头在怒吼；闪电是大神在怒目而视；雷电交加则是火神要惩治犯禁的人。

已是晚上八点。蒙加那木山尖已经隐没在阴沉沉的黑暗之中。此刻正是动手的时候，毛利人看不见逃亡者们的身影。

说干就干！格里那凡爵士等男士们一齐动手干了起来。

喷火选在离墓室三十步远处。这么做是有所考虑的，决不能离墓室太近，墓室烧起来的话，整座山也就解除了"神禁"了。

于是，众人在墓室外拔出几根大木桩作为杠杆，做撬起大石块之用。大家来到选定的地点，岩石被撬动了，然后，又为这块大岩石挖出一条浅沟，让它可以顺沟滚到山下去。地面似乎在颤动，而且越颤越厉害。喷薄欲出的热气声响已可听见。

这时，地火的蹿动声和热气的嗤嗤声已清晰可辨。逃亡者们在继续不慌不忙地撬动着。突然间，好几股热气冲天而出，声响巨大。最后时刻已到，大家铆足了劲儿，全力猛地一撬，大岩石终于顺着浅沟往下滚去，发出巨大的轰声。

倏忽间，那层薄薄的地壳进裂开来，一股炽热的气柱冲向云霄。紧接着涌出的沸泉水和红红的岩浆向山下哗哗地流去，向毛利人的营地冲了过去。

山在颤抖，像是要向一座无底深渊陷落而去似的。逃亡者们赶忙躲进墓室。几滴热水珠溅到他们身上，烫得灼人，得有九十度以上。这股沸水，不一会儿便充满了浓浓的硫黄气味。

一看那山坡，泥土、熔岩、碎石混成一团炽热的岩流，滚滚而下，如同一条火龙在往山下飞去。山坳中，山谷里，一片通红。

只听见毛利人营地里，鬼哭狼嚎，乱成一片，四散奔逃。人人心惊胆战，慌不择路。胆子稍为大一点的毛利人，边跑边扭头往后看，看着那骇人的"大自然"景象，看着那张开大嘴的火山，看着他们毛利人的大神在大发神威，狂暴地在把那些亵渎神山的逃亡者给吞噬掉。

当火焰喷射时的突突声微弱了点的时候，躲在墓室里的格里那凡爵士他们能够听到毛利人在边逃边发出咒语：

"神禁！神禁！"

此刻，岩浆、石块和热气在继续往外喷发，似乎地下的所有热能全都涌到了这个缺口处了。

炽热在烧灼着一切。老鼠都忍受不住了，纷纷钻出洞来，四散奔逃。

狂风呼啸，暴雨如注，山在喷火，真是十分壮观。

俘虏们躲在栅栏后面注意地观察着，望着那火势，不见有减小的势头。

天亮了。火山仍在怒吼着。大股的浓浓的淡黄色蒸汽与火焰混杂在一起，岩浆在奔向山谷。

格里那凡爵士眼看着这一切，心中不免有点焦急。

土著人已经逃到周围的高地上去了。山下横七竖八地躺着一些尸体。山寨边上，有二十来座棚屋被化为了灰烬，仍在冒着烟。

面对眼前的景象，大部分毛利人非常惊慌，天神的大怒令他们面对神山不敢造次。这时候，"啃骨魔"出现了，格里那凡爵士清清楚楚地看见了他。他张开双臂，对着山顶坟墓念念有词，同时还在做些鬼脸，意在再次对这座神山进行"神禁"。

随后，毛利人便排成一行行的，沿着下山的小径回到寨子中去。格里那凡爵士一见，立即兴奋地告诉同伴们说：

"他们撤走了，回寨子里去了！谢天谢地！计划成功了！亲爱的海伦！亲爱的同伴们！咱们成功了！咱们也算是死过一回，现在复活了！快离开这个鬼地方吧！"

众人闻言，喜不自胜。逃过这难逃的一劫，让人怎能不高兴呢？少校和巴加内尔在谩骂毛利人的可恶，在嘲笑他们的愚蠢。

不过，要逃出这座神山也不是件容易的事情。还得在这墓室之中躲上一天。正好，也可以利用这一天的时间，好好地商议一下逃跑的计划。巴加内尔又拿出他那张怎么也不肯丢弃的地图，在图上寻找最佳的逃跑路线。

最后，大家一致决定往东边巴伦特湾逃。途中将经过一些荒无人烟的地带，路虽不熟，但却不会遇上毛利人，这就没什么可怕的了。另外，到了东海岸，就有传教站，而且，北岛的那一带至今尚未遭受过战火的蹂躏，毛利人也不会到那儿去骚扰的。

前去巴伦特湾，约行一百英里，按每天走十英里算，得走十天。好在大家现在已经习惯于奔波，不怕走路了，再说，一到传教站，就可以好好地歇息一番，再寻找机会前往他们矢志不移的目的地——奥克兰。

为了安全起见，决定逃走路线之后，大家便密切注视着毛利人的一举一动。可山下已不见一个毛利人了。当夜色浓重时，原先点着旺旺的篝火处，也寂然一片，没有火光，没有人声。看来，逃跑的路敞开来了。

九点钟时，格里那凡爵士下令出发。大家背上早已准备好的行装，拿上枪支。约翰和威尔逊打头，注意观察。大家一路小心，尽量不弄出声响来。

走到离山顶二百英尺处，约翰和威尔逊便走到土著人先前派了流动哨把守的那最危险的山脊了。大家加倍地提高了警惕，生怕毛利人多一个心眼儿，在此设伏，那就糟了。这段山脊得走上十分钟，这是生死攸关的十分钟。海伦夫人不由自主地紧攥着丈夫的胳膊，后者的心也在怦怦直跳。

但是，在这关键时刻，没人想到退回去。突然，不知谁一不小心，踩掉下一块石头。石头滚落下去的声音在夜空中响得更加瘆人。大家立刻止步，屏声敛息，但却并没有听到枪声，没有任何动静，整座山一片死寂。

还剩二十五英尺要走了。然后便出现一片树林，可借以遮挡，行路就更加安全些了。

这道山脊终于闯过来了，但与此同时，也就出了"神禁"的范围，危险也就相应地加大，没准儿什么时候会突然冒出些毛利人，举刀冲上前来，切莫掉以轻心。

一行人又走了十分钟，向着那片树林潜去。夜色浓重，二百英尺外已无法看清。突然，约翰像是听到了点什么动静，连忙向后退了几步，示意后面的人停止前进。空气立即又紧张了起来。

　　静听一会儿，并未发现异常。约翰又继续往前走。片刻之后，一行人便钻进了树林。树林很矮，大家全都弓着身子在走。

第64章　腹背受敌

趁着天黑，必须赶紧往前走。巴加内尔此时站出来为一行人带路。他这人不愧为地理学家，方向感很强，而且眼力极好，即使在黑夜里，也能辨清东西。有这么一位向导，大家心里还是非常踏实的。

一行人在山的东边那漫漫斜坡上一口气走了三个小时。巴加内尔领着众人稍稍折向东南方，以便走到开马那瓦山和华希提连山之间的峡谷，那是奥克兰到霍克湾之间的一条大路所经过的地方。到了那儿之后，可抄近道，穿过荒无人烟地带，直奔巴伦特湾。

早上九点光景，一行人已经走了十二个小时了，走出约十二英里。这已经是很大的成绩了，不能再快了，两位女士已尽了自己的最大努力。必须歇歇脚！此时，他们已在峡谷谷口，再前面便是通往奥克兰的大路。巴加内尔查看了一下地图，休息之后，便领着大家拐到东边，继续前行了约一小时。十点光景，大家选择了一个尖尖的小山，在其山脚下，取出干粮来吃。因为疲劳和饥饿的缘故，一向不爱吃干粮的麦克那布斯和玛丽·格兰特也吃得津津有味。吃饱喝足之后，又休息了一阵，直到下午两点，才继续向东走去。当晚，他们在离山八英里处宿营。

一宿无话。第二天，他们开始穿越华希提连山以东的那片奇异之地。这里遍布着火山湖、沸泉和硫气坑。这倒是可以大饱眼福，但却苦了两条腿了，因为没有一条直路，必须绕来绕去，多走许多的冤枉路。

这片土地约有二十平方英里，泉眼有数以万计，大小不等。有咸水泉、沸泉、冷泉等。咸水泉隐于茶树林里，泉水闪闪发亮，招引着许多飞虫。这种泉水散发出浓浓的火药味，闻着让人头晕。泉眼周围一片白碱，晶莹剔透。沸泉顾名思义，泉水很烫，无法靠近。冷泉则流着冰冷的泉水，清澈而寒冷。真的是大自然的奇观异景。

泉眼边长满了高大粗壮的凤尾草。泉眼都在以自己的节奏，或快或慢，或高或低地喷涌着，有时汩汩滔滔，有时则断断续续。泉水从高处往低处流，所以向着四面漫了开去，久而久之，便形成了一些小小的瀑布和一片片的湖泊。瀑布上和湖面上，雾气缭绕，朦胧轻盈，恍若到了人间仙境。除了喷泉而外，那些硫气坑和半灭半喷的小的喷火口也是一道风景线。地面上仿佛长了许多大脓包，是一个个硫黄结晶体。其实，这是宝贵的能源，取之不尽，用之不竭，只可惜无人问津。如果将来有这么一天，西西里岛上的硫黄矿开采完了，人们就会关注起新西兰这块能源宝地了。

一行人在这片美丽但不好走的地方绕来绕去。而且，这儿不见飞禽走兽，有枪却打不了猎物，想调剂一下伙食已不可能。又累又乏，路难行，食不佳，因此大家都盼着早点走出这地方。

但是，因为没有直路，必须绕行，想通过此处，少说也得花上四天时间。2月23日，离开蒙加那木山已经有五十英里了。这一天，一行人来到了一处小山下。巴加内尔查看地图，小山倒是标在上面，但却没有山名。小山对面是一大片灌木丛，远处隐隐约约地可以望到一片森林。

这个地方很不错，没有毛利人，可以安安稳稳地睡上一个踏实觉。少校和小罗伯特还为大家打了三只几维鸟，解了大家的馋。在吃晚饭——甘薯和土豆——时，巴加内尔突发奇想，提出一个建议，顿时受到大家的鼓掌欢迎。

他提议将这座没有起名的山命名为"格里那凡峰"。众人一致同意后，他便在自己的那张地图上把我们那位苏格兰爵士的大名给写了上去。

一行人继续朝着太平洋走去。这一天，他们穿越着树林和平原。约翰根据太阳和星辰的位置测准了方向。天倒不算热，又没有雨，但是，毕竟是长途跋涉，还是越走越累。脚步在逐渐地慢下来。为了消除旅途的单调寂寞，大家东拉西扯地聊开了，三三两两的，不再排成一条直线。

格里那凡爵士大部分时间都是独自一人走着。越靠近海岸，他就越是思念自己的邓肯号及其船员们。尽管沿途仍危机四伏，尽管在走到奥克兰之前还有诸多的事情要考虑，但邓肯号遭劫的场面总是萦绕在他的脑海之中，怎么也驱赶不去。

大家也没再提哈利·格兰特船长。既然已无法营救，还多谈有何益？但是，约翰和玛丽却仍在悄声地谈论着他。

约翰是个诚实忠厚的青年，没有再提神庙里的那番话，他不愿将危难之时的诺言当作乘人之危的要挟。不过，他对玛丽保证说，信件的真实性是毋庸置疑的，营救工作仍将进行。玛丽·格兰特闻言，当然心里暖融融的，对面前这个青年更加倾心。海伦夫人也不时地与他俩搭上几句。她非常同情玛丽，但却并不抱什么希望，也不多说什么，免得给这对青年男女泼凉水，让他们悲观绝望。

而少校、小罗伯特、威尔逊和穆拉迪四人则边走边打猎，而且还都颇有不小的收获。巴加内尔则总是披着那件茀密翁草披风，独自走着，一声不吭，若有所思。

不过，必须提出，一行人虽然或三两一组，或独自一人，但他们的心却是紧紧地联系在一起的。灾难、疲劳、困乏和不测，都无法使他们分离，热诚与友爱倾注于每个人的心中。

2月25日，隈卡利河挡在了一行人的前面。大家终于找到了一处浅滩，涉水而过。

随后的两天中，他们走在了一片接一片的灌木平原上。行程已经走完了一半。虽然很累，但毕竟平平安安。

现在，眼前出现一大片森林，颇似澳洲的桉树林，但其实是新西兰所独有的高立松。这种松学名为"脂胶松"，光树干就高达一百多英尺。

顶上撑着一把硕大无比的绿色"大伞",也有近百英尺高。它们很像欧洲某些地方的红松。树冠呈锥形,树叶呈墨绿色。都是些五六百年的古树了。有的树干粗达五十英尺,十个人都抱不过来。

一行人在这高立松森林中走了三天。这儿像是从来没有人走过,许多树根处仍积满了松脂。

森林里有大群大群的几维鸟。在毛利人经常去的地方是很少见到它们的,面对毛利人及其猎犬,它们无法生存,高立松森林才是它们真正的家园。少校等几个猎人打了几只几维鸟供大伙儿解馋。

突然,巴加内尔叫住少校和小罗伯特,说他发现了一对很大的飞禽——莫滑鸟。

这种鸟属于恐禽类,长相奇特,没有翅膀,据说早已绝迹。

巴加内尔意外地发现被误认为已绝迹了的鸟,他怎能不兴奋?于是,三个人便忘记了疲劳,追踪而去。

这对莫滑鸟足有十八英尺高,颇像鸵鸟,跑得比鸵鸟还要快,且胆子很小,跑起来再不敢回头,但一枪接一枪也没能打中,可能大树帮了它们的忙,挡住了猎手们的视线。

3月1日,一行人终于走出了这片森林。当晚便来到了高五千五百英尺的伊基兰吉山脚下,歇息,宿营。此刻,他们已经走出了一百英里。再走三十英里,就到海岸了。约翰没想到路不好走,绕来绕去,多走了有五分之一的路程。一个个全累得快散架了。还得走两天!真的有点吃不消了。但又不能掉以轻心,这一带常有毛利人活动。

第二天,拂晓时分,大家只好匆匆地又踏上了征途。

过了伊基兰吉山之后,前面是哈代山,海拔三千七百英尺。两山之间是十来英里的熊柳林。熊柳枝条又软又长,如同藤条一般,绰号"缠人藤",常常缠住人的胳膊腿儿,让你无法逃脱,只有死路一条。大家边走边砍,艰难地走了两天,累得个"人困马乏"。干粮也吃光了,无猎可打,又无泉水可解渴,真是到了山穷水尽的地步了。但为了求生,一行人咬着牙挺着,最后总算是挨到了乐亭尖角,看到了太平洋海岸了。

远远望去,那儿有几个空着的草棚子,像是刚遭到战火蹂躏的小村子,村子周围还有一些田地,已经抛荒了。看来,一行人又有困难摆在面前了。

正在这时,突然发现一帮毛利人出现在一英里之外。他们手拿武器,号叫着冲了过来。这可如何是好?无路可逃,只有以死相拼。但约翰却突然叫一声:

"小船!那儿有条小船!"

果不其然,二十步远处,有一只小独木船靠在沙滩上,上面还有六支桨。大家赶忙跑了过去,七手八脚地把船推入水中,跳了上去。约翰、少校、威尔逊、穆拉迪连忙抄起桨来,爵士掌好舵,其他人都躺伏在爵士身边。

小船飞快地划了出去。没十分钟工夫,已划出了四分之一海里。大海十分平静,船上人也静默无言。

突然,有三只独木舟从乐亭尖角划了过来,明显是追逐他们!

"往深海划!往深海划!宁可淹死也别落到他们手中!"约翰在喊。

四名桨手一齐用力,不一会儿就到了深海上了。后面的三只独木舟紧追不放,足足追了有半个钟头,始终是开始的间隔距离。但是,渐渐地,约翰等四人有点体力不支,又累又渴,速度便慢了下来。可追上来的三只独木舟却越划越快。距离在缩短,只差两海里了。毛利人都带着枪,现在已进入他们的射程里了,形势严峻。

格里那凡爵士站在小船尾部,左顾右盼,不知毛利人想干什么。

突然,他眼睛一亮,伸手指着大海前方,大声喊叫道:

"一只大船!朋友们,那里有只大船!快往那里划!使劲儿划呀!"

四名桨手一听,忙加大力量,奋力划桨。巴加内尔立即坐起,举起望远镜,对着远处黑点望着,大声说道:

"是的,是一条大船。还是一条大汽船!它像是还在开足马力,朝着我们开过来。再加把力,朋友们!"

四支桨加速划着,小船如离弦之箭,飞速向前。追逐的三只独木舟被甩开了一些,但仍在穷追不舍着。你追我跑地又延长了半个小时。前方的大船已清晰可见。

格里那凡爵士此刻神经绷紧，心跳不已，把船舵交给小罗伯特，夺过巴加内尔的望远镜，举镜望着前方的大船。

突然间，爵士脸色变得煞白，神情极度地紧张，望远镜都从手中掉了下来。同伴们都不知他缘何如此，心也都一下子提到了嗓子眼儿上来了。

"是邓肯号！"爵士大声嚷道，"是邓肯号和那帮流窜犯！"

"什么？是邓肯号！"约翰也同其他人一样十分地惊讶，大声重复道。

"是的，没错！糟了，我们腹背受敌，只有死路一条了！"爵士焦急无奈地叹道。

果然，大船越来越清晰了，的确是邓肯号。后有追兵，前有海盗，哪儿有逃路？四个桨手也没有再划了。划也没用，无处可逃！

突然，"砰"的一声枪响。是后边独木舟上射过来的，正打在威尔逊的桨上。威尔逊不由自主地又猛划了几下，小船又靠近了点大船。

邓肯号正开足马力向这边驶来，相距只有半海里的样子。勇敢的约翰此刻也没了主意，不知是进好还是退好。海伦夫人和玛丽小姐更是失魂落魄，跪在船上，连连祈祷。

毛利追兵的子弹似雨点般飞来，但都落在了小船周围的水中。在这千钧一发之际，突然听见一声炮响，一发炮弹从小船上方飞过，是邓肯号上发射的炮弹。前面有炮，后面有子弹，往哪儿躲？往哪儿藏？约翰举起利斧要砍坏小船，让人和船一起沉入海底，免得受辱。然而，正在这时，却听见小罗伯特大声在喊：

"汤姆·奥斯丁！是汤姆·奥斯丁！他就在大船上！我看清楚了，他也看见我们了，正在向我们挥动帽子，他知道我们是谁了！"

约翰的利斧在头顶，定在了那儿。

这时，邓肯号上又飞出一颗炮弹，越过小船上方，击中了那三只独木舟最前头的一只，把它击成两段。邓肯号上响起一片欢呼声。追逐的毛利人吓得掉转船头，逃向海岸。

"快来，快来救我们，汤姆！"又惊又喜的约翰大声呼喊道。就这么片刻的工夫，格里那凡爵士一行便化险为夷，绝处逢生了。他们回到了邓肯号上，都还没弄明白到底是怎么回事，觉得仿佛是在做梦似的。

第65章　邓肯号缘何出现

邓肯号上，风笛吹响，苏格兰歌曲声唱起，人们像是身在玛考姆府中欢庆节日一般。船员们以热烈的欢呼声欢迎船主登船。

格里那凡爵士及其同伴们激动得热泪盈眶；人们相互拥抱，兴奋不已。巴加内尔乐得手舞足蹈，不知如何表达自己那大难不死、绝处逢生的高兴劲儿了。他还举起大望远镜对着逃跑的那两只独木舟望去，心中有一种说不出的高兴来。

船上的人一见格里那凡爵士一行衣衫褴褛，面带菜色，知道他们吃尽了苦，受尽了难，便停止了欢呼。他们与三个月前简直是天壤之别，几乎让人都要认不出来了。

但此时此刻，格里那凡爵士已把饥饿与困乏忘到了脑后，只想知道为什么邓肯号会开到这儿来了。

说实在的，他实在是搞不懂它怎么会出现在新西兰的东海岸的？怎么没有落入本·乔伊斯的手中？难道真的是苍天有眼，上帝庇佑？凡此种种，一行人全都在七嘴八舌地争相问着，弄得汤姆·奥斯丁也不知道该先回答谁的好。最后，他还是先回答起格里那凡爵士的问题来。

"那么，您把那帮流窜犯都弄哪儿去了呢？"格里那凡爵士问道。

"流窜犯？……"汤姆·奥斯丁被问得莫名其妙，不知如何回答是好。

"是啊，就是劫船的那帮浑蛋！"

"劫船？劫什么船？劫阁下的船？"奥斯丁越发地糊涂了。

"对呀，劫我的船，劫邓肯号。上船的那个本·乔伊斯呢？"

"哪个本·乔伊斯啊？我从没见过。"

"从没见过？"奥斯丁的回答让格里那凡爵士大惑不解，也把其他人给弄糊涂了，"那好，汤姆，您告诉我，为何邓肯号会开到新西兰东海岸来了？"

"是遵照阁下的命令？"奥斯丁不解地回答道。

"遵照我的命令。"格里那凡爵士被说糊涂了。

"是，爵士，您不是给我写了一封信吗？是1月14日写的，命令我照信中所说的做？"

"把信拿来我看看！快点！"

深觉莫名其妙的一行人全都呆住了，眼睛直勾勾地盯着汤姆·奥斯丁。在斯诺威河写的那封信到了邓肯号上了！

"到底是怎么回事？"爵士越来越惊讶地说，"您快说，汤姆，您真的收到我的信了？"

"是的，收到了。"

"在墨尔本收到的？"

"是的，在墨尔本收到的，当时，我们的船正好修好了。"

"信呢？"

"信不是您亲笔写的，但有您的亲笔签名，爵士。"

"对的,对的。那封信是我让一个名叫本·乔伊斯的流窜犯送来的。"

"不，是个水手送来的，他叫艾尔通，还在不列颠尼亚号上当过水手长。"

"对，是艾尔通，他和本·乔伊斯是同一个人。先别说这个，先说说我信上都写了什么？"

"您命令我立即离开墨尔本，把船开出来，再……"

"去澳大利亚东岸！"格里那凡爵士着急地说，把汤姆给弄糊涂了。

"怎么是去澳大利亚东岸呢？"汤姆发愣地说，"不是说在新西兰东海岸吗？"

"是澳大利亚东海岸,汤姆!真的是叫您去澳大利亚东海岸呀!"大家也异口同声地对汤姆说道。

汤姆一听,心里一惊,差点晕了过去。大家都这么说,难道是自己看错了?怎么会出这么大的错呢?

"您也别着急,汤姆,也许是上帝的意旨,要您……"海伦夫人在好言劝慰。

"不是的,夫人,这不可能的!我不会把信看错了!艾尔通也看了信,同我看的一样,而且他本想把我领到澳大利亚东海岸去的!"

"艾尔通?"爵士简直不敢相信自己的耳朵。

"是呀,而且,他硬说信上的地点写错了,说您在杜福湾等着我驾船前去。"

"那封信还在吗,汤姆?"少校觉得甚是蹊跷,连忙问道。

"在,在,麦克那布斯先生,我这就去拿。"汤姆边说边往舱房跑去。大家面面相觑,不知说什么好。只有少校抱着双臂,冲着巴加内尔说:

"我看,巴加内尔,您这次可是犯了大错了。"

"犯了大错了。"巴加内尔心里发虚地低下了头。

汤姆拿着巴加内尔代笔的那封信回来了。

"阁下请看。"他气喘吁吁地说。

格里那凡爵士展开信来读道:

兹命汤姆·奥斯丁速将邓肯号开到南纬37°的新西兰东海岸!……

"新西兰东海岸?"巴加内尔惊跳起来。

他一把夺过那封信,狠劲儿地眨了几下眼睛,把眼镜架到鼻梁上,仔细看了看。

"哎呀!真的是写了新西兰!"他怅然若失地说着,信从手上滑落。

这时,也觉得有只手在自己肩头,猛一抬头,看到了少校。

"行了,我的好巴加内尔,您没把邓肯号写到印度支那去就算是万幸了!"少校那调侃语气让巴加内尔无地自容。

大家闻言,哈哈大笑,巴加内尔更是狼狈不堪,真想找个地缝儿往里钻。他真的像是疯了似的,又揪头发又抠脸,走来踱去,不知想干什么,从这儿跑到那儿,最后,又跑回前甲板,一不小心,差点被一捆缆索绊倒。

突然,轰的一声巨响,吓了大家一跳,以为又出什么事了。原来,是前甲板上的大炮无意中被拉响了,是巴加内尔绊了一下,正好抓住了炮上的拉炮绳。炮是装了炮弹的,绳子一拉,炮弹便飞了出去,炸到海面上。巴加内尔被炮声这么一震,从上面滚落,经中舱护板,滚到水手大舱房。十几名水手连忙奔了过来,七手八脚地把他抬了上来。只见他身子软塌塌的,像是折成了两段。大家连忙呼唤他,但不见他答应。于是,大家便把他抬到楼舱里。

少校见状,像个有经验的外科医生似的要给他脱去衣服,检查伤势。本已半死不活一样的巴加内尔像是触了电似的,一屁股坐了起来。

"不能脱!不能脱!"巴加内尔叫嚷道,紧紧地护住自己的那破衣裳,像个精神病患者似的。

"应该脱,巴加内尔。"少校坚持着。

"不脱,我不脱!"

"我得替您检查一下……"

"不用检查!"

"要是摔断了骨头……"

"摔不断!"巴加内尔说着便蹦跳起来了,"摔断了,让木匠接一接就行了。"

"让木匠接一接?接什么?"

"接中舱的支柱!我摔下去时,可能把那根支柱撞断了。"

大家听他这么一说,又哈哈大笑起来,比刚才笑得更厉害。大家知道,他虽这么摔下去,但却毫发无损,于是大家也就放心了。

格里那凡爵士见他安然无恙,悬着的心也就放下了,但仍急切地要问个究竟：

"现在，巴加内尔，您实话告诉我，究竟是怎么回事？您怎么粗心大意到把'澳大利亚'写成了'新西兰'了呢？不过，说实在的，还真的得谢谢您的粗心，否则，邓肯号就落到那帮浑蛋手中了，咱们就又落入毛利人的魔掌之中了！"

"这很简单么，"巴加内尔像没事人似的说道，"那不是……"

刚这么一说，他就打住了，看了看小罗伯特和玛丽。停了片刻之后，他又说道：

"怎么说呢，我亲爱的格里那凡爵士，都怪我太粗心大意了！我这辈子看来是改不掉这个坏毛病了，真是到死也改不了了……"

"除非把您那张皮给扒了。"少校打趣地打断他道。

"扒我的皮？您这是什么意思？"巴加内尔有点恼怒了。

"什么意思？我能有什么意思，巴加内尔？"少校仍旧语气平静地反诘道。

这之后，谁也没再说话。

邓肯号缘何跑到新西兰东海岸的谜算是揭开了。这时，大家才感觉到肚子饿得在直叫唤，想着吃饭和休息。

等海伦夫人、玛丽小姐、少校、巴加内尔、小罗伯特回到楼舱之后，格里那凡爵士和约翰·孟格尔又回到甲板上，把汤姆·奥斯丁叫了过来。

"现在，我的好汤姆，"格里那凡爵士问道，"请您说说看，您见到我的信，让您'到新西兰海岸'附近来，就没觉得蹊跷吗？"

"当然觉得很奇怪了，阁下。我当时就在犯嘀咕，怎么跑新西兰去了？可我一向以服从命令为天职，因此就毫不耽搁地把船开了过来。我生怕自己不服从命令，自作主张，捅下娄子，那还得了！换了您，不也得这么做吗，船长？"

"那当然，那当然！"约翰·孟格尔船长见汤姆冲他这么说，连忙点头称是。

"那您当时是怎么个犯嘀咕法？"格里那凡爵士又问道。

"我当时想的是,一定是为了寻找哈利·格兰特船长的缘故。我想您已另有新的安排,搭船来了新西兰,所以让我来此接您。而且,在离开墨尔本时,我对驶往的目的地严加保密,一直到船已驶入大海,看不到澳洲陆地了,我才向水手们宣布。当时,船上还引起了一阵骚动,我也挺犯难的。"

"什么小骚动,汤姆?"

"开船的第二天,那个艾尔通一听说邓肯号要驶向新西兰,便……"

"艾尔通?他还在船上?"

"还在船上,阁下。"

"艾尔通还在船上!"格里那凡爵士边说边看了看约翰·孟格尔。

"老天有眼啊!"约翰应声道。

一时间,关于艾尔通的前前后后一连串的情景又浮现在爵士和年轻船长的眼前:格里那凡爵士的受伤,穆拉迪的不测,一行人在斯诺威河沼泽地的艰难困苦……这个坏蛋!这个恶棍!今天又落到我们手中了!

"他人呢?"格里那凡爵士急不可耐地问汤姆道。

"被关在甲板下面的一个舱房里,有人严密地看守着。"

"当时为什么把他关了起来?"

"因为他一看船往新西兰开,就大发雷霆,冲上前来,逼迫我改变航向。他先是威胁我,见我不从,便策动船员们暴动。这怎么行!所以我就把他给关押起来了。"

"然后呢?"

"然后就一直这么关押着。他倒也老实,也不敢出来。"

"太好了,汤姆!"

这时,格里那凡爵士和约翰船长被请到楼舱,进到方形厅,只字未提艾尔通的事。大家美美地饱餐了一顿之后,精神焕发,都来到了甲板上。于是,格里那凡爵士便把大好消息向众人宣布,并下令把那浑蛋押上甲板来。

"我不想参加审问了,亲爱的爱德华。我一见到那家伙就恶心,就会勾起对往事的回忆来。"海伦夫人说道。

"这是一场质问,海伦,您还是留下来看看吧,让这浑蛋瞧清楚了,我们仍旧活得好好的,他的阴谋未能得逞。"爵士在劝慰夫人。

海伦夫人点头称是,她也想亲眼看看这个浑蛋的下场。她同玛丽·格兰特便在格里那凡爵士身边坐了下来。少校、巴加内尔、约翰、小罗伯特、穆拉迪、威尔逊、奥比内等分别坐在爵士两旁。这些差点被这流窜犯害死的人以坚定而神圣的表情在等待着这个恶棍的出现。邓肯号上的船员都不知道会发生什么事情,所以全都不敢出声。

"把艾尔通给我押上来!"格里那凡爵士大声命令道。

第66章　审问

艾尔通被带了上来，他脚步平稳，双目无光，嘴唇紧闭，紧握着拳头，不卑不亢，满不在乎的架势。来到爵士等人面前，双臂搂抱着，一声不响地站着。

"艾尔通，咱们又见面了！"格里那凡爵士不无讥讽地说道，"这邓肯号就是您想要送给本·乔伊斯那帮浑蛋的那艘邓肯号，没想到咱们会在这儿又相见吧？"

艾尔通闻言，毫无表情的面孔上不觉变得通红，他的拳头抖动了一下，嘴角也撇了撇。他是因为忏悔还是因阴谋未能得逞感到屈辱，才脸红的？

艾尔通一声不吭，格里那凡爵士在等着他回答。

"说话，艾尔通，您难道就没什么好说的吗？"爵士催促道。

艾尔通皱了皱眉头。他没想到自己原想成为这条船的主人的，现在却在这条船上当了阶下囚，除了悔恨，还有什么可说的？

不过，稍停片刻，他便像是若无其事，毫不在乎似的说道：

"我没什么可说的。怪都怪我自己办事不周密，落在了你们手里，爱怎么处置您就怎么处置好了！"

他说完这话之后，便转过脸去看看西边的那一带海岸，毫不在乎的样子。但格里那凡爵士决定耐着性子等待着，因为有一个利害相关的事在促使他必须详细了解艾尔通的过去，特别是有关哈利·格兰特和不列颠尼亚号的那段情况。因此，他强忍住怒火，极其温和地继续问道：

"艾尔通，我想我有几个问题要问问您，您不可能不知道的。您最好还是不要拒绝回答。首先，您到底叫什么名字？是叫艾尔通还是叫本·乔伊斯呢？您到底是不是不列颠尼亚号上的水手？"艾尔通只当作没听见，仍旧凝视着远方的那一带海岸。

格里那凡爵士开始有点冒火了，眼睛在放光，他继续问道：

"您老实告诉我，您是怎么离开不列颠尼亚号的？为什么跑到了澳洲来？"

对方依然闷不作声，面无表情。

格里那凡爵士真的有点忍耐不住了，随即又问道：

"您还是老老实实地说的好，艾尔通。说了对您有好处，不说是没您的好处的。我最后再问您一句，您愿意不愿意回答我的问题？"艾尔通猛地扭过头来，眼睛盯着爵士，二人四目相对。

"我没什么好回答的，爵士，"艾尔通说道，"我有罪无罪就由法院审判，我说了也没用。"

"判您有罪简直太容易了！"

"太容易了？是吗，爵士？"艾尔通气焰嚣张地说，"阁下结论下得太早了！我老实告诉您吧，就是伦敦最精明最厉害的法官也拿我没辙儿。格兰特船长不在，有谁可以指证我？有谁知道我的底细？警方没有抓到我，我的弟兄们也没落网，有谁能证明我就是警方所通缉的要犯本·乔伊斯？除了爵士您以外，有谁看到我或抓到我犯罪的事了？有谁能指证我想劫持这条船，把它交给流放犯的？没有，一个也没有！您听清楚了吗？一个也没有！至于您么，也只是怀疑我而已。但是，光凭怀疑就可以定罪吗？得凭确凿的证据！您有证据证明我不是艾尔通吗？不是不列颠尼亚号上的水手吗？"

艾尔通一副得意忘形的样子，以为马上这所谓的审问就要不了了之了。可是，没想到，格里那凡爵士转换了话题，诚恳地问道：

"艾尔通，我不是法官，并不想调查您的犯罪事实。我们还是实话实说吧。我并非想套您的话，让您说出您的犯罪事实来。这是法庭要问您的事。您是知道的,我是来寻找人的,您只要说上一句,就可以帮我一个大忙。怎么样,可以帮我这个忙吗?"

艾尔通摇了摇头,不想说的意思。

"您可否告诉我格兰特船长在哪儿吗?"

"不,爵士。"艾尔通只吐了这几个字。

"那么,不列颠尼亚号的出事地点呢?"

"不,爵士。"艾尔通还是那句话。

"艾尔通,您就看看这两个可怜的孤儿吧。他俩寻找父亲找得好苦!"

艾尔通迟疑了一下,脸上的肌肉抽动了几下,低声说道:

"不行,爵士。"

接着,他的气又粗了起来,像是责怪自己不该心软地补充说道:

"不行,我不说,打死我也不说!"

"是得打死你!"格里那凡爵士也火了。然后,他又竭力地控制住了自己,声音平稳庄重地又说,"艾尔通,我给您留点时间,这儿既无法官,又无行刑的刽子手。等到前面的码头,我就把您交给英国当局。"

"那太好了。"艾尔通答道。

那浑蛋答了这么一句之后,悠然地走回被关押的地方。两名船员将门关上,把守在门外,严密地监视着他。大家见审问没有结果,大失所望,十分愤怒。

艾尔通既不怕恫吓,也不吃软招儿,格里那凡爵士没辙,只好作罢,打算还是按原计划回到欧洲去。寻访工作也只能到此暂告一段落,以后再找机会看吧。可是,他还真纳闷儿,难道不列颠尼亚号真的就这么从地球上消失了吗?那几封信不可能有别的解释!南纬37°线上没有其他的陆地了!

格里那凡爵士把自己的想法与大家,特别是同约翰·孟格尔商量了一番,讨论如何返航。约翰没说什么,去查看了下煤舱,余下的煤顶多只能烧上半个月了。必须在就近的码头靠岸,补充燃料。

约翰向格里那凡爵士建议,先驶往塔尔卡瓦诺湾,补足了燃料之后,再返回欧洲。由当地到塔尔卡瓦诺湾是直线航行,在南纬37°线上。船在塔尔卡瓦诺湾上足了给养和燃料之后,就可以绕过合恩角,穿过大西洋,回到苏格兰。

约翰的建议得到众人的同意。半小时之后,邓肯号的船头便朝着塔尔卡瓦诺湾驶去。浩瀚的太平洋确实很"太平",海面风浪不大,顺风顺水。晚上六点,新西兰的山峰已从大家的视线中消失了。返航开始了。

每个人都想到了格拉斯哥港,想到了竟然没能把格兰特船长随船带回欧洲,不免十分懊丧!出发时,人人振奋、快乐;返航时,一个个垂头丧气。是呀,要是把格兰特船长找到了该多好啊!哪怕再吃些苦头,再晚些返回欧洲,也没有关系!可现在,邓肯号上弥漫着一种怅然若失的悲哀情绪,没人想说话,没人想到甲板上去散步。大家就这么沉默着。就连一向欢天喜地、无忧无虑的巴加内尔,此刻也沮丧失望地缩在舱房里。

船上只有一人知道不列颠尼亚号的失事经过,那就是艾尔通,可他就是死不开口。他也许并不知道格兰特船长现在何处,但他至少知道船失事的地点。很显然,一找到格兰特船长,他的罪行就彻底暴露了,所以他不会傻到说出实情的。因此,船上的人,特别是水手们,对艾尔通愤怒至极,恨不得把他暴打而死。

格里那凡爵士并不死心,仍多次试探艾尔通,想从他口中套出点东西来,但对方就是只字不吐。爵士也很纳闷儿,认为他不肯开口必然另有原因,可少校与巴加内尔却认为艾尔通可能真的不知情,这与地理学家对格兰特船长的命运的悲观揣测是相印证的。

可是如果艾尔通真的什么也不知道,那他为什么不直说呢?他为什么非要死扛着?是不是有什么隐情?再说,能不能因为艾尔通在澳洲出现,就推断哈利·格兰特也在澳洲呢?这么多疑问,非艾尔通无法解开。

海伦夫人见丈夫一筹莫展,就想要帮丈夫一把,亲自跟艾尔通谈谈,说不定男人做不成的事,女人就能做成功。

3月5日，海伦夫人让人把艾尔通带到她的舱房里来，玛丽·格兰特也来一起与之交谈，因为说不定这少女的影响力比她自己更大。

三个人在舱房里谈了有一个钟头。究竟是怎么谈的？都谈了些什么？是否有什么收获？收获大否？无人知晓。只见在艾尔通从她们的舱房走出去之后，她俩脸上流露出失望的神情来。

因此，艾尔通被押出来时，水手们都围上前来，朝他又挥拳头又吼骂的，可艾尔通脸上没有流露出丝毫害怕的样子来，只是耸了耸肩膀而已。这更加激怒了众水手，人人举拳，真想痛揍他一顿。但格里那凡爵士和约翰船长正好走出来，及时地制止了大家。

但是，海伦夫人并未认输，她可不是一个轻易言败的女人。第二天，她亲自来到艾尔通的舱房，独自一人苦口婆心地开导他。她之所以没再让人把他带到她的舱房去谈，是担心他走来时遭到水手们的殴打。这番好意，艾尔通再浑也是能够明白的。

二人单独谈了整整两个钟头。格里那凡爵士等在隔壁，焦急难耐，踱来踱去，一直在压制自己，忍耐再忍耐，不敢操之过急。

最后，海伦夫人终于走了出来，脸上带着几分获胜的微笑。她是不是把对方的话套出来了？她真的把真实情况摸清楚了？是不是终于把这个坏蛋给说动了？格里那凡爵士一时还吃不准。而麦克那布斯则认为根本就没有成功的可能，纯粹是在浪费时间。

可是，海伦夫人真的是说动了艾尔通。水手们一下子便传开了，全都聚集到了甲板上，比奥比内吹哨集合来得都快。

"他都说了？"爵士急不可耐地问妻子道。

"说倒是没有全说，但是，艾尔通还是松动了，他想要见您。"海伦夫人说。

"啊！我亲爱的海伦，您可真了不起！"

"我很高兴能帮上了点忙，爱德华。"

"您许诺了他什么没有？他提出什么条件了？还需要再保证一遍吗？"

"我只许诺了他一条：让您尽量地减轻对他应受到的惩罚。"

"很好，我亲爱的海伦，"说着，爵士便命令道，"把艾尔通带来见我！"

玛丽·格兰特陪伴着海伦夫人回到自己的舱房里去。格里那凡爵士则来到方形厅，等着把艾尔通押上来。

第67章 谈判

艾尔通被押到格里那凡爵士面前,其他人都退了出去。
"听说您想见我,是吗,艾尔通?"爵士声色不动地问。
"是的,爵士。"艾尔通老老实实地回答道。
"想单独跟我说点什么?"
"是的,不过,我想,麦克那布斯少校和巴加内尔也在,也许更好点。"
"什么更好点?"
"对我更好点。"
艾尔通镇定自若地回答道。格里那凡爵士眼睛凝视着他,看了片刻,然后让人把少校和巴加内尔请来。
"现在,我们都在了,您说吧。"两位朋友进了方形厅坐下之后,格里那凡爵士催促艾尔通道。
艾尔通定了定神,开口说道:
"爵士,按照惯例,但凡签订合约或者谈判,都必须有证人在场,并且证人还得签字画押。我请他们两位来就是这个目的。严格说来,我是来同您谈判的,我要向您提出一个交换条件。"
格里那凡爵士对这小子的狂妄非常恼火,但他克制住了自己,毕竟现在是有求于他,于是,他便点了点头说:
"说吧,什么交换条件?"
"条件很简单,"艾尔通回答道,"您想从我这儿得到点确实消息,我就想从您那儿得到点好处。一手交钱,一手交货,公平交易。怎么样,爵士？"

"您能提供给我们一些什么消息？"巴加内尔急不可耐地问道。

"我先不问您是什么消息，"格里那凡爵士纠正了巴加内尔的说法，"我倒想先听听您要的是什么好处。"

艾尔通很满意爵士的这种态度，点了点头，说道：

"我所要求的好处并不多。您不是说要把我交给英国当局吗，爵士？"

"是的，艾尔通，这么做是正常的。"

"我并没说这不正常，"艾尔通平静地回答道，"我若是要求您放了我，您是不会答应的吧？"

艾尔通这么直截了当，单刀直入，令爵士略为迟疑了一下。毕竟哈利·格兰特的下落得靠他提供消息，但是，法律的尊严却是不容亵渎的。片刻之后，这种忠于法律的精神占了上风，于是，他便说道：

"那不可能，我无权把您放掉。"

"我也不想要您把我放掉。"艾尔通颇为凛然地回答道。

"那么，您到底想要什么好处？"

"我有一个折中的办法，爵士，一边是绞刑架，另一边是自由天地，我不愿上绞刑架，您不肯让我自由，所以我想到一个两全其美的折中办法。"

"什么办法？"

"把我放在太平洋上的一座荒岛上，再给我点生活必需品，让我在这荒岛上独自生活，也好在那儿好好地忏悔人生。"

格里那凡爵士没想到他会提出这么个主意来，自己一时也拿不定主意，便扭脸看着自己的两个朋友，但他们也不知如何回答，默默地待着。爵士想了一会儿，然后回答道：

"如果我满足了您的要求，艾尔通，那您可得如实地把您所知道的一切统统告诉我。"

"那当然，爵士。我保证把我所知道的有关格兰特船长和不列颠尼亚号的情况全都告诉您。"

"全都说出来？"

"全都说出来，毫无保留。"

"用什么担保？"

"以我的人格担保！一个坏人也是有人格的，爵士。再说，我也没有其他可以担保的了，信不信全凭您了。"

"好吧，我相信您。"

"您相信我是对的。就算我骗了您，您不仍旧有办法收拾我吗？"

"有什么办法收拾您？"

"我身处荒岛，无处可逃，您不照样可以抓住我吗？"

艾尔通说得也是，而且对答如流，考虑得很周到，看得出，他是诚心诚意地想要谈判的。

"爵士，还有这两位先生，"艾尔通接着又说，"你们都看到了，我是把话说在明处的。我并不想欺骗你们，而且，为了证明我不说假话，我还要告诉你们一点。"

"什么？您说。"

"爵士，尽管您还没有答应我，但我还是不想向您隐瞒：关于哈利·格兰特船长的事，我知道的并不太多。"

"并不太多！"格里那凡爵士惊叫道。

"是的，爵士，我所能提供给您的只是我自己的一些细枝末节，都是关于我自身情况的，可能对您所要找的人帮助不大。"

爵士和少校听了这话，颇有点失望，原以为他掌握了不少的秘密，没想到他事先就说他所知道的情况可能无助于寻找失踪的船长。可是，巴加内尔却声色不动。

不过，不管怎么说，艾尔通的这种坦诚的态度还是挺感人的，特别是他最后又补充了一句：

"我丑话说在前头，爵士，就谈判条件而言，对您有利的少，而对我有利的多，所以请您认真考虑。"

"没关系，您就说吧，我答应您的条件了，艾尔通，我可以替您在太平洋上找一座小岛的。"

· 475 ·

"那好，爵士。"

艾尔通对这次谈判结果应该说是感到满意的，但谁也看不出他到底是否感到欣慰，因为他的脸上看不到一丝喜悦的表情，仿佛这次谈判与己无关似的。

"您请问吧，爵士，我现在就可以回答您的问题。"艾尔通开始说道。

"我们不提什么问题，还是您从头说吧，您先说说您究竟是谁？"

"我确确实实是汤姆·艾尔通，先生们，"艾尔通立即回答道，"是不列颠尼亚号上的水手长。1861年3月12日，我随格兰特船长离开格拉斯哥，在太平洋上跑了十四个月，想找个有利地点建一个苏格兰移民区。格兰特船长满怀雄心壮志，非常了不起，可我俩常常发生争执，合不来。我又不是个能屈从于人的人。只要他一决定下来的事，任何人都反对不了。他对自己很严格，对别人也很严厉。因此，在忍无可忍之下，我想到了叛变，而且还想拉上船员们同我一起干，把船夺走。我这么做对不对，先别讨论，以后再说。反正，这事让格兰特船长知道了，他大发雷霆，1862年4月8日，在澳洲西海岸把我赶下了他的船。"

"澳洲西海岸？"少校打断他，问道，"这么说，您在不列颠尼亚号到达卡亚俄之前就离开了那条船了？那条船是在到了卡亚俄之后才没了消息的？"

"是的，因为我在船上时，不列颠尼亚号从没在卡亚俄停泊过。在帕第·奥摩尔庄园时，我之所以提到卡亚俄，是因为你们先告诉了我它在那儿停泊过。"

"您继续说。"格里那凡爵士催促道。

"我被扔到一个几乎荒无人烟的孤岛上，但离西澳省省城珀斯的流放犯拘押地只有二十英里。我在海边茫然不知所措，觉得走投无路时，正好碰上了一伙刚从拘押地逃出来的流放犯，于是，我也就入了伙。那两年半的漂泊生活我也就不细说了，我只是想告诉您，我后来当了流放犯团伙的头领，化名本·乔伊斯。1864年9月，我到了那个爱尔兰人的庄园，以艾尔通的真名当他的雇工。我是想待在那儿等时机，想法抢劫到一条船，这是我唯一的心愿。两个月后，邓肯号来了。

你们一到庄园，马上就把格兰特船长的事说得一清二楚。因此，我了解到不列颠尼亚号许多我先前所不知道的事情：不列颠尼亚号在卡亚俄停靠；1862年6月，也就是在我被赶下船来之后的两个月以后，它发出了最后的消息；几封求救信件；船在南纬37°线上失事；您要寻找格兰特船长的种种原因，等等。我当时一眼便看上了邓肯号，觉得这船真是棒极了，比英国兵舰跑得都快，所以我一门心思想把它搞到手。正好，船坏了，得修理，所以我就提议把它开往墨尔本去。我以船上水手的身份把您引到澳洲东岸那我编造的船出事地点去。就这样，我领你们穿过了维多利亚省。我的那帮弟兄或前或后地跟着我们。我的弟兄们在康登桥做的那件案子，说实在的，根本就没有必要，因为邓肯号只要一到东海岸，它就绝不可能逃出我的手心。一旦我拥有了邓肯号，我就成了海上霸王，还去干那种小儿科的案子干什么？所以，我才不辞辛苦地把你们带到斯诺威河。牛马是我用胃豆草毒死的，牛车是我给弄陷进泥潭里去的。后来……后来的事嘛，您全都知道了，我就不说了。唉，要不是巴加内尔先生一时粗心大意把地点写错了，邓肯号现在已经到了我的手里了。这就是我的全部经历。我很抱歉，太简单了，我所说的恐怕对你们寻找格兰特船长无所裨益，同我商定的交换条件，对你们来说是很吃亏的，我是有言在先的。"

说完这些，艾尔通搂抱住胳膊，不再言声，神情十分平静。格里那凡爵士和他的两个朋友一时间也找不到什么可以说的。全部事实这个浑蛋已经都讲了。若不是巴加内尔粗心大意，后果真的就不堪设想了。格里那凡爵士在杜福湾发现的那件黄色囚衣就是个明证，差一点儿他们的阴谋就要得逞了！显然，他们是在杜福湾准备接应自己的头领的。久等不到，他们可能又蹿到新南威尔士省的乡间去杀人放火，为非作歹去了。这时，少校突然想起点什么来，便问艾尔通道：

"这么说，您在澳洲西海岸被赶下船的那一天，肯定是1862年4月8日了？"

"是的，没错。"

"当时，格兰特船长有什么计划，您清楚吗？"

"稍稍知道一点点。"

"那您说说看，您稍稍知道的那一点点也许能帮我们找到线索的。"

"我只知道格兰特船长想去新西兰。但我被赶下船之后，他是否真的去了新西兰，我就不清楚了。也许他有可能真的去了。这与求救信上的三桅船失事的日期，1862年6月27日，还是很符合的。"

"当然符合。"巴加内尔说道。

"可是，信件上并未提到过'新西兰'。"格里那凡爵士不解地说。

"这我就解释不清楚了。"艾尔通说。

"好了，艾尔通，"格里那凡爵士说道，"您实践了您的承诺，我也将实践自己的承诺。我们将会商量一下，在太平洋上替您找一个小岛。"

"好，随便一个小岛就行，爵士。"艾尔通颇为满意地答道。

"您先下去，等我们决定了之后，会通知您的。"

艾尔通在两名水手的押送下，回自己的舱房去了。

"这小子本来可以成为一个了不起的水手的。"少校感叹道。

"是呀，这人既聪明又坚毅，可惜走到邪路上去了。"爵士应答道。

"不知格兰特船长究竟如何了？"少校又感叹道。

"恐怕是凶多吉少。可怜了这两个孩子，一心想找到父亲，可现在上哪儿去找呀？"爵士也在感叹。

"我知道上哪儿去找了！"巴加内尔突然冒出这么一句来。

这个巴加内尔，盘问艾尔通时，他一直沉默不语，几乎不提任何问题，可现在却突然来了这么一句，让人好生奇怪。

"您知道上哪儿去找？"格里那凡爵士不禁惊呼道。

"是呀，同大家一样地知道。"巴加内尔不急不忙地回答道。

"您怎么知道的？"

"还是从那几封信！"

"嗨，开什么玩笑！"少校鄙夷不屑地顶撞他道。

"您别不信，叫我说嘛，麦克那布斯。我就是怕您不信，所以一直没敢吭声。今天，经艾尔通这么一说，我的看法得到了证实。"

"是新西兰？"爵士急切地问。

"您先别忙着问，先听我说，"巴加内尔认真地回答道，"我写错了 Zealand 这个词的后一半？"

"嗯。"格里那凡爵士点着头应了一声。

"这么重要的一点，我先前怎么就没有想到呢？"巴加内尔信心十足地说，"那是因为我一门心思全都用在了那封法文信上了，因为它相对来说比较完整些，可法文信上却偏偏没有这个词。"

"哼，巴加内尔，您的想象力也太丰富了！"少校忍不住挖苦他道，"您这么快就把您以前的两种解释给忘掉了？"

"我没忘，我可以解释。"

"那您就解释一下 austral 这个词吧。"

"这个词，当然仍旧应解释为南半球。"

"那么，indi 呢？您先解释为'印第安人'（indiens），后又说是'土著人'（indigenes），到底是哪一个？"

"我觉得是，而且肯定应该是我这次的第三个解释：'走投无路的人'。"

"还有 contin 呢？应该还是'大陆'（continent）吧？！"

"新西兰是个岛，那就不该是'大陆'。"

"那又是什么呢？"爵士急切地问道。

"我亲爱的爵士，您先别着急，等我把信件再从头至尾连起来给您解读一下，您再判断是对还是不对。但是，在我解读之前，我请你们注意两点：首先，把脑子里原先的解释全都驱除掉，只注意研究这新的解读；再有一点，有些地方可能有点牵强，但那都是些无关紧要的地方，比如'gonie'，我先前的解释总觉得有点欠妥，但却苦于找不出其他的解释来，而且，我根据的主要是那封法文信，可写信的人却是英国人，法文估计不很精通。先说明了这些之后，我现在来给你们解读一下那些信吧。"

于是，巴加内尔便不紧不慢地解读那些求救信来：

1862 年 6 月 27 日，三桅船不列颠尼亚号不幸遇难，沉没于风浪险恶的南半球海上，靠近新西兰（也就是英文信上的"登陆"）。船上的三名幸存者（格兰特船长和他的两名水手）即上了北岛。不幸成为这个蛮荒岛屿上的走投无路的人。今特将此信抛入海中求救。地点是南纬37°11′。见信请速来营救。

巴加内尔解读完了。这个解读不无道理，可是头两次听起来也言之有理，最后不还是证明理解有误吗？这次会不会又理解错了呢？爵士和少校因此也不想再争论了。既然南纬37°线上的巴塔戈尼亚海岸和澳大利亚海岸都没能找到格兰特船长，那么，很可能在新西兰会找到他的吧？二人对巴加内尔的这次解读表示了赞同。

"巴加内尔，您既然有此想法，为何两个月来，竟然滴水不漏呀？"格里那凡爵士对此颇为不解地问道。

"因为我总在担心，生怕又让大家空喜欢一场。当时，我心里一直想着奥克兰，那儿正是信上所指的南纬37°线上的那个点。"

"可后来我们被迫离开了去奥克兰的路线，您怎么还不说呢？"

"那是因为，即使说出来，解读得再清楚，也成了马后炮了，无法去搭救格兰特船长了！"

"您这话是什么意思？"

"我是想说，即使不列颠尼亚号真的是在新西兰出的事，都已经两年过去了，船上的人不是淹死就是被毛利人杀害了。"

"这话先别传出去，朋友们，"格里那凡爵士不无担忧地说，"等我遇到适当的时机再把这一不幸消息透露给格兰特船长的两个可怜的孩子吧。"

第68章　黑夜中的呼唤

艾尔通的招供未能像大家所企盼的那样带来好消息，因此，船上的人无不大失所望。希望化为泡影，人人怅然若失。

邓肯号还能找到不列颠尼亚号的出事地点吗？大家心中无底。船仍在按原定路线行驶着，顺便找一座荒岛，把艾尔通丢弃掉。

巴加内尔和约翰在查看地图，正好，在这南纬37°线上就标着一个小孤岛，名为玛丽亚泰勒萨岛，离美洲有三千五百海里，离新西兰是一千五百海里，离最近的陆地是北边的法国保护地——帕乌摩图群岛。往南，一直到南极，都是浩瀚大海，未见陆地。这是孤立地悬在太平洋上的一片巉岩，是鸟儿们中途歇息的处所，是风暴和浪潮袭击的地方。

艾尔通被告知要去这个荒无人迹的小岛后，表示同意。于是，邓肯号便朝着玛丽亚泰勒萨岛驶去。其实，这座小孤岛与塔尔卡瓦诺湾及航行中的邓肯号正处在一条直线上。

两天后，下午两点，瞭望的水手报告说看见玛丽亚泰勒萨岛了。它低低的，长长的，宛如一条大鲸鱼浮在浪涛上面。此时，邓肯号距离该岛还有三十海里，正以每小时十六海里的航速劈波斩浪，向它驶去。

船离岛越来越近，小岛的侧影在西下夕阳的照射下，已清晰可辨。岛上的几座低矮的山头疏落地立着，倒影映在海水里。

五点钟时，约翰船长仿佛看到岛上有一股红红的烟冒了出来。

"那会不会是座火山？"他向在一旁举着望远镜观察的巴加内尔问道。

"说不好，"巴加内尔回答道，"人们对该岛知之甚少。如果它是因海底突起而形成的一座岛的话，那就有可能是座火山。"

"如果是火山喷发造成的小岛，那么火山会不会再次喷发，把它给喷没了？"格里那凡爵士不解地问。

"这种可能性不大，"巴加内尔回答道，"据我所知，这座小岛也形成了有几百年了，绝不会像尤里亚岛那样，从地中海里冒了出来，没几个月，又不见了。"

"那好，您看，在天黑之前能赶到那个小岛吗，约翰？"格里那凡爵士转问约翰船长。

"不行，阁下。这一带我不熟悉，天又暗了下来，很容易造成危险。我们只好减低航速，慢慢地漂荡，等明天天一亮，放下一只小艇靠上岸去。"

晚上八点。邓肯号与小岛之间相距只有五海里了。夜色苍茫，邓肯号缓缓地向小岛方向漂荡着。

九点光景，小岛山头突发升腾起一团红红的火光，持续不断地亮着。

"还真的是座火山。"巴加内尔仔细地观察了一番后说道。

"不会吧？"约翰疑惑地说，"火山喷发应该有巨大的声响的啊？咱们离它这么近，怎么会听不见呢？而且，它还是处在上风口，是顺风啊？"

"对啊！"巴加内尔也挺纳闷儿，"火山喷发必然是会发出巨大的响声的。而且，你们看，那火光还有间歇，很像是灯塔。"

"灯塔？只有在海岸线上才有灯塔！可这只是太平洋上的一个孤岛！啊！"约翰说到这儿，突然惊呼道，"又有火光出来了！快看，在海滩上！火光还在一个劲儿地晃动！啊！它又挪地方了！"

约翰没看错，确实是又有一处在发出火光，而且突然熄灭，又突然亮起。

"是不是岛上有人居住？"格里那凡爵士自言自语地说。

"应该是，而且肯定是土著人。"巴加内尔回答道。

"那我们可别把那家伙扔在这儿了。"

"对，不能！"少校插言道，"这家伙坏得都不配让土著人吃。"

"那就另找一个荒岛吧，"格里那凡爵士听了少校的话，微笑着说，"既然答应艾尔通还他以自由，不能食言，不能把他送去给土著人当食粮。"

"不管怎么说，我们还是小心为好，"巴加内尔提醒道，"新西兰人诡计多端，有时会点燃火把引诱过往船只，跟过去的康瓦人一样。我看，这小岛上的土著人也采取的是这么一招儿。"

"横向转头，"约翰船长命令掌舵水手，"明天天一亮，就会弄清楚是怎么回事了。"

夜晚十一点。约翰等人已各自回到舱房去了。船头只有几名水手在甲板上值班；船尾只有一名掌舵的水手在把着舵。

这时候，玛丽·格兰特和小罗伯特却在黑暗之中来到船舵顶部。姐弟二人手扶栏杆，凄然地望着海面和邓肯号身后的那亮闪闪的浪潮。他俩在思念着父亲，在想父亲是否仍在人世间。怎么这么久了，连一点音讯也没有？寻访工作就此结束了？不能就此结束啊！没了父亲，怎么活啊！找不到父亲，活着还有什么意思！是啊，如果没有格里那凡爵士和海伦夫人的关怀，他们姐弟俩早就不知是什么样了！

现在，小罗伯特已经成熟了，他能猜得到姐姐此刻的心情，便像个小大人似的紧紧地攥住姐姐的手说道：

"姐姐，千万可别悲观失望，千万记住父亲的训诫：'有勇气就能战胜一切.'爸爸多么有勇气啊！我们也应该像他一样，有勇气去战胜一切。这之前，是你在替我操心，现在，我长大了，该由我来操心你了！"

"啊，我的好弟弟！"玛丽感叹道。

"我有句话要告诉你，你听了可不许生气！"

"我不会生气的，弟弟。"

"你保证？"

"我保证。可你这话是什么意思？"玛丽有所警觉地向道。

"我想当水手，姐姐……"

"那你得离开我了？"姐姐紧张地握住弟弟的手，惊问道。

"是的，姐姐。我想像父亲一样，成为一名水手。我想像约翰船长一样，出海远航。姐姐，你比我更了解约翰船长，也比我更相信他，他说过能把我培养成一个了不起的水手。而且，约翰船长是个坚强的人，不达目的誓不罢休。他将同我一起去继续寻找爸爸。姐姐，你就答应我吧。我一定要把爸爸找回来！不管怎么说，我是爸爸的儿子，我豁出命也要把他给找回来。姐姐，你不也想念爸爸吗？他是世界上最好的父亲！"

"是呀，他是世界上最好的父亲！"玛丽激动地说，"是让我们引以为豪的父亲。你知道吗，罗伯特？父亲早就是我们国家的骄傲了，如果不是运气不好，使他未能完成自己的宏愿的话，他已经是我们祖国的伟人之一了。"

"这我怎么能不知道！"

玛丽搂住弟弟，泪水滴在了弟弟的额头上。

"姐姐，姐姐，你别哭。不管怎么说，我仍旧抱有希望，永远抱有希望，我不相信父亲那样的一个人，会在未完成自己的事业之前就死去的！"

玛丽听了弟弟的话，更是悲从心来，只知抽泣，不知说什么好。对父亲的思念，对弟弟的怜爱，对约翰船长的侠肝义胆的感激，全都涌上心头，百感交集。

"你是说约翰船长仍旧心怀希望？"她不禁问弟弟道。

"是的，他是个真正的大哥哥，他不会骗我们的。答应我，姐姐，让我也去当水手吧。我好跟他一起去寻找父亲。"

"好倒是好，可咱姐弟俩就得分开了。"姐姐像是在回答他似的自言自语道。

"你不会孤单的,姐姐。约翰船长告诉过我,海伦夫人是不会放你走的,她特别疼爱你,你是个女孩,需要别人疼爱,有她陪着你不是很好吗?而我是个男孩子,父亲常说:'好男儿志在四方!'"

"可我们敦提的老家怎么办?那可是充满回忆的地方。"

"这你就不用操心了,姐姐。约翰船长,还有格里那凡爵士早就有所安排了。爵士准备认你作干女儿,把你留在玛考姆府上。这是爵士亲口告诉约翰船长的,而约翰船长又把这话说给我听了。你就把那儿当作自己的家,好好地生活,等着听我们给你带回好消息来。我和约翰船长一定要找到爸爸,一找到,就马上把他带回来,让你看到!到了那一天,我们该是多么幸福快乐!"小罗伯特说到激动处,两眼放光,喜悦兴奋之情溢于言表。

"啊,我的好弟弟!要是爸爸能听到你的这番话,他该有多高兴啊!你真不愧是咱爸的好儿子,你还真像父亲,等你长大之后,一定同父亲一模一样!"

"那当然啰!"小罗伯特不免自豪地回答道,脸上洋溢着激动的光芒。

"格里那凡爵士和海伦夫人对我俩恩重如山,真不知该如何报答他们。"

"这并不难嘛。我们将来一定会尊敬他们,热爱他们,为他们赴汤蹈火,在所不辞!为他们而死,也绝不皱一下眉头!"

"不许乱说!不要为他们死,而要为他们活着,"玛丽说着便狂吻着弟弟的额头,"他们希望你为他们活着。我也希望你为我而活着!"

姐弟俩在夜色苍茫中渐渐停止了对话,但心潮在起伏,心儿仍旧在彼此交谈着。平静的海面上长长的浪条在轻轻地滚动,一起一伏,螺旋桨在轻轻地搅动着浪花。正在这时,姐弟二人像是有神明在指点似的,两颗心同时产生了一种幻觉,冥冥之中,仿佛有一种呼唤声传来,该不是在做梦吧?二人猛地一激灵,屏声敛息,竖起耳朵,仔细聆听,只觉得那呼唤声十分低沉,苍凉,让人心儿发颤。

"救救我！救救我！"那声音在隐隐约约地向姐弟二人传来。

"姐姐，你听见什么了吗？是不是有个声音在喊？"

姐弟二人连忙扶住栏杆，身子向前伸出去老远，住四下里望去。但是，夜色苍茫，什么也没看见，只是见到浪涛翻起的那点白光。

"罗伯特，"玛丽脸色煞白地扭过头来对弟弟说，"我仿佛……没错，我同你一样，仿佛……该不是咱俩都因头疼发热，意识不清吧，弟弟？"

玛丽正说这话时，突然又传来一声喊叫，二人听得十分真切，同时在从心里迸发出一声呼唤：

"爸爸！爸爸！……"

玛丽激动得支持不住，晕倒在小罗伯特的怀中。

"救人啊！姐姐！爸爸！救人啊！"小罗伯特扯着嗓门拼命地在喊。

掌舵的水手第一个跑过来，扶起玛丽小姐，值班的水手们随即也奔了过来。约翰·孟格尔、格里那凡爵士、海伦夫人也被惊醒，连忙跑到舱顶上来。

"姐姐不行了！啊！我爸爸在那儿！"小罗伯特在大声说着，还一边用手指着那边海上。大家被他说糊涂了。

"真的！"小罗伯特仍旧在大声嚷嚷，"我爸爸就在那边！我听见他在呼唤，姐姐也听到了！"

玛丽突然醒了过来，站直了身子，瞪大了眼睛，疯狂地叫喊着：

"我爸爸！我爸爸在那儿！"

她边喊边爬上栏杆，弯下身子，要想往海里跳。

"爵士啊！夫人啊！"被众人强拉住的玛丽·格兰特仍在狂叫道，"我爸爸就在那儿！我发誓，我听到他的呼救声了，他快要不行了……"

由于激动过度，她全身抽搐起来，又晕了过去。大家不得不赶快把她抬到舱房里去。海伦夫人跟着进了她的舱房，守候在她的身旁。小罗伯特则仍在那儿不停地大叫道：

"爸爸！我爸爸就在那儿！我说的是真的，爵士！"

大家都认为这两个孩子是因为思念过度，产生了幻觉，都不相信他们说的是真的。但是，格里那凡爵士却心存疑惑，不禁拉住孩子的小手，问他道：

"你真的听到你父亲的呼救声了？"

"真的！爵士，就在那儿，从波浪中传过来，他在喊：救救我！救救我！"

"不会听不出来的，爵士！我发誓，我绝没有听错，我姐姐也听到了，她也听出来是父亲的呼救声。您想，总不能两个人同时都听错了吧？求求您了，爵士，快放一只小艇下去，把我父亲救上来吧！"

小罗伯特急得直跺脚，哭都哭不出声来。

格里那凡爵士还想进一步查清一下，便把掌舵的水手叫了过来，问他道：

"霍金斯，玛丽小姐突然晕倒时，您是在那儿掌着舵吗？"

"是的，阁下。"

"您听见什么，看见什么了吗？"

"没有，阁下。"

"你看，罗伯特，是不是？"格里那凡爵士转过脸去对小罗伯特说。

"如果霍金斯的父亲在叫他，他也就听出来了，"小家伙倔强地反驳道，"那是我父亲在呼救，我当然听得见了，爵士！……"

小罗伯特急得脸色苍白，声音哽咽，也像他姐姐一样，昏过去了。爵士连忙叫人把他也抬到舱房里去了。

"这姐弟俩命真够苦的！上帝对他俩也太不公平了！"约翰·孟格尔感叹道。

"是呀，伤心过度，真让人怜爱！真没想到，他俩小小年纪，竟然伤心得产生了幻觉……"爵士也感叹道。

"两人同时产生幻觉？"巴加内尔自言自语道，"这也太离奇了！这从科学的角度来说，是不可能的啊。"

随后，巴加内尔也探身桅杆外，侧耳聆听，并让大家别出声，让他仔细地听。他先是静静地在听，继而又放开喉咙大声呼喊，仍未听见任何的回声。

"这就怪了！难道真的是有'心有灵犀'？情感真的能感天动地？"巴加内尔不解地边寻思边往舱房走去。

第二天，3月8日，清晨五点。天刚蒙蒙亮，乘客们全都早早地跑到甲板上来了。大家心里只装着一个念头，要弄清楚那个小岛上到底是怎么回事，特别是玛丽与罗伯特姐弟俩。

此刻，邓肯号离那小岛上只有一海里。所有的望远镜全都对准了岛上的主要景物。船在缓缓地沿着小岛环行着。现在，肉眼也能看清岸上的情景了。突然，小罗伯特大喊一声，说是看见岛上有两个人在跑，还挥动着胳膊，其中有一个人还在挥动着一面旗帜。

"是面英国国旗！"约翰船长抓起望远镜对准了看过去后叫喊道。

"没错，是英国国旗。"巴加内尔也看得一清二楚。

"爵士，爵士！"小罗伯特声音颤抖着在叫嚷，"请放小艇下去，快点儿！不然我就跳下去，游到岛上去了！我要第一个上岛！"

船上的人没人应答，都有点困惑。怎么搞的？小岛上竟然有三个人，还是三个英国人！大家想到了昨天夜里两个孩子的"幻觉"，其实，他们真的是听到了求救声。也许他们因幻觉而错以为是他们的父亲在呼救。不过，不管怎么说，他们姐弟俩真的是听到呼救声了，这一点看来是毋庸置疑的。但这并不一定就是他们的父亲的呼救声！一想到这一点，大家就不想让小罗伯特先上小岛上去，万一真的不是他父亲，这两个孩子已经身体十分虚弱，再大失所望，岂不又要乐极生悲，昏了过去？可是，格里那凡爵士又不忍心阻止这姐弟俩，于是，他便下令道：

"放下小艇！"

不到一分钟的工夫，小艇已经泊于海面，准备好了。玛丽、小罗伯特、爵士、约翰、巴加内尔一下子全都上了小艇。小艇内六名水手奋力划着，像离弦之箭般飞也似的划向小岛。小岛已在眼前！

"爸爸！"玛丽·格兰特一眼就认出了岸上站着的那个人来，不禁惊呼起来。

岸上果然站着三个人，中间的那位高大魁梧，正是大家苦苦寻找的那位格兰特船长！格兰特船长慈眉善目、面带坚毅，是玛丽和罗伯特姐弟俩面容的完美结合。两个孩子的"幻觉"，他俩的心理感应，没有错，确实是他们的父亲在向他俩求救。

格兰特船长听见女儿的呼叫，心中惊喜万分，百感交集，只见他张开双臂，却突然间"咚"的一声摔倒在地。

第69章 塔波岛

虽说是乐极生悲，但毕竟人是不会因高兴而死的。父子三人很快就从昏沉迷惑中清醒过来了。见他们一家三口喜相逢，观者无不既喜又悲，真不知如何才能描绘得出来。大家流着喜泪在一旁观看着，静候着。

上了邓肯号的甲板之后，格兰特船长向着海伦夫人、格里那凡爵士及其一行同伴哽咽着表示深切的感谢，因为在小艇带上他和两名水手返回邓肯号时，两个孩子已经把邓肯号环球寻访他们的经过情况告诉他了。

自伟大的海伦夫人、格里那凡爵士及其伙伴们到每一位船员，为了寻找他吃尽了苦头，费尽了心机，这怎能不叫他感激涕零呢？他真的认为自己无以回报这种大恩大德。可他又不善言辞，但是他脸上的那种朴素真挚、高尚豪爽的表情已经深深地打动了大家，使大家早已把艰难险阻、饥饿劳累等等苦楚全都抛到了九霄云外，忘得一干二净。即使一向冷峻的少校，也不禁潸然泪下。至于巴加内尔，则更像是个孩子，激动得哇哇地哭了起来。

格兰特船长一个劲儿地看着自己的女儿，好像怎么也看不够似的，觉得她温柔美丽，对她赞不绝口，还请海伦夫人评判自己所言对否。然后，他又转向自己的儿子，乐不可支地大声嚷道：

"你都这么高了，我的孩子！简直就是个大人了嘛！"

说着，他双手搂抱着自己的一双儿女，把两年多来的离情别绪全流露在他的热吻中。

小罗伯特立刻向父亲一一介绍在座的他的好朋友们,特别强调由于他们的关心爱护,他和姐姐才勇敢地站了起来。当他介绍到约翰船长时,这个年轻的船长竟然满脸绯红,像个女孩儿似的,回答格兰特船长的问话时,连声音都在发颤。

这时,海伦夫人便把这次行动的经过,特别是头天夜晚的情况讲给格兰特船长听了,后者打心眼儿里为有这双儿女而高兴,而自豪。

然后,约翰船长又对玛丽·格兰特赞不绝口,至此,格兰特船长已心知肚明,立刻抓起女儿的手,放到了这个英俊勇敢的年轻船长的手里,并冲着格里那凡爵士夫妇说道:

"爵士,夫人,让我们为我们的孩子们祝福吧!"

诉不完的离别苦,道不完的思念情,大家你一言我一语地亲切地交谈着。然后,格里那凡爵士见缝插针地把艾尔通的事告诉了格兰特船长。格兰特船长证实了艾尔通的说法,确实是他在澳洲海岸把他给赶下船去的。

"此人既聪明又有胆量,只可惜贪心不足,才走向罪恶的深渊的。但愿他能改过自新,痛改前非,重新做人。"格兰特船长最后说道。

在准备把艾尔通送到塔波岛上之前,格兰特船长说是想请大家到他在岛上的"宅第"去,并且在他的"餐桌"上共进一餐。大家欣然接受了。玛丽和罗伯特姐弟更是高兴得什么似的,急不可耐地要去看看父亲住过的地方。

于是,他们又乘上小艇,向小岛划去。

上得岛来,大家走遍了格兰特船长的"领地"。这小岛并不大,只是海底一座大山的山顶上的一小片平地,满是雪花岩的岩石和火山的残余。毫无疑问,这个山头是海底火山爆发时隆起,突出洋面的。然后,形成了物化土,生长出植物来,过往的船只,如捕鲸船,把船上的猪呀羊呀弄到岛上来,渐渐地繁殖起来,后来,慢慢地变成了野猪,野羊,于是,动物、植物、矿物这大自然的三界便全有了。

自从不列颠尼亚号的遇难者们来到这个岛上之后,通过劳动,使这儿得到了改造，活力显现出来。在这两年半中，格兰特船长和他的两名水手让这个小岛改变了模样。昔日的荒岛，有了翻耕过的土地，长出了作物、蔬菜。

大家走到了窝棚前。这窝棚搭在绿绿的胶树的掩映下，面对着大海，阳光充足。格兰特船长让人把桌子搬来，置于绿荫下，大家围桌而坐。随即，一只山羊腿、一些纳豆粉制作的面包、两三棵野菊苣，以及几碗奶和一些清凉的水，便摆到了桌子上。这虽称不上是"盛筵美食"，但却别有一番风味。

巴加内尔特别激动，脑海里又浮现出鲁滨孙的故事来。

"艾尔通也算是很有福分，能待在这么个岛上，"巴加内尔感慨万千地说道，"这小岛简直是天堂！"

"真的可称作天堂，"格兰特船长应声道，"我们三人大难不死，让上帝给安排进入这个天堂里来了。只是这玛丽亚-泰勒萨岛太小了点，而且贫瘠荒凉，没有大河，只有一条小溪，再加上一个被海浪冲出来的所谓的'海湾'，其实只是个'小水坑'。"

"小点又有何妨，船长？"格里那凡爵士问道。

"要是个大岛屿，我就可以把它改造成为太平洋上一个苏格兰移民区了。"

"啊，船长，您至今仍念念不忘这移民区！正因为如此，祖国人民全都在挂念着您呢！"

"我真的是一直在这么考虑的，爵士，上帝派您来救我脱险，为的就是要我继续完成未竟之业。我们古老的喀里多尼亚同胞，所有苦难的人，应该找到一片新的海上陆地，建立移民区，享受独立与自由，过着在欧洲未能过上的幸福生活！"

"好极了，格兰特船长，"海伦夫人赞叹道，"这个计划太好了，太伟大了！但是，这个岛……"

"是呀，这个岛太小了，地方就那么一点点，又是一片岩石，养活不了几个人。要建移民区，就必须有一块广袤富饶的土地。"

"对，船长，"格里那凡爵士也赞同道，"是得有一大片土地，我们一起去寻找吧。"

格兰特船长听了这句话后，十分感动，紧紧地握住爵士的手。

然后，格兰特船长便开始向大家讲述起这两年多来他们是如何度过的，因为他看出了大家正急切地想要知道：

"我的这番成功与鲁滨孙相差无几。落到这个地步，到了这么个小小的荒岛上，别无他途，只有依靠上帝，依靠自己，与大自然去搏斗，去求生存。

"那是1862年6月26日夜间的事。连续六天狂风骤雨，把不列颠尼亚号刮坏了，最后撞毁在这玛丽亚－泰勒萨岛的岩石上。当时，恶浪滔天，不可能得到援救，除了水手包伯和乔戈而外，其他船员全都遇难了。于是，我们三人便奋力地向岸上爬，爬上去，滑下来，再爬，再滑，几经努力，总算爬到了岸上。

"随后才发现，这是一座荒无人烟的小岛，约有两英里宽，五英里长。岛上总共只有三十多棵树，有几小片草地，以及一条小溪。还算好，这小溪一年到底也不干涸。

"我们三人并未丧失信心，尤其是包伯和乔戈，决心像鲁滨孙那样，在岛上坚持下去。于是，我们便动手把破船上的工具和枪支以及一点火药和一袋种子弄上岛来。头几天，缺少食粮，困难很大，但后来，我们便去打猎，捕鱼捉虾。没想到，岛上有不少野羊，沿岸鱼虾也不少，真是天无绝人之路。就这样，我们吃的问题总算解决了点儿。

"我从船上捡拾出来的工具中有测量仪，所以我就把小岛的位置给测量了出来。测量后发现，这小岛不在任何一条航线上，想有人搭救恐怕是没希望了，除非遇到什么极其意外的情况。我心中思念着亲人，但理智让我克制，誓死也要坚持下去。

"于是，我们就拼命地为了生存而开荒种地，把菜籽先种上，土豆、菊苣、酸模等率先长了出来，随后，其他一些菜籽也发芽了，冒出了地面。我们又捕捉了几只野羊，把它们驯养起来，羊奶和奶油的问题也随之解决。我们还在泥洼地里发现了很多的纳豆。便用它来制作面包，很有营养，这么一来，粮食问题也迎刃而解了。生活上，可以说是大大地改善了，没有太大的顾虑了。

"再就是住的问题。我们把破船的木料弄来搭建窝棚，用帆布盖顶，涂上柏油，雨水浸不透。住的问题也算是解决了。我们三人在这座窝棚里商议过无数的计划，做过许多的美梦，最好的一个梦就是今天实现的这个梦。

"我本想用破船板做一只小船，去海上碰碰运气，看看有无生路。但是，最近的陆地是帕乌摩图群岛，离我们至少有一千五百海里。小船哪能划那么远！只好作罢。因此，这个求生计划便放弃了，只好听天由命，看看有没有奇迹出现。

"唉，你们是想象不到的，我天天都站在岸边注视着，看看有无过往船只。整整翘首以盼了两年半！两年半！一共只看到过两三只帆船，远远的，瞬间即已消失，心里好失落！但是，我虽然感到失望，可却并未绝望。

"我等呀，盼呀，最后，终于有一天，也就是昨天，我正爬到岛子上的最高处，突然在西边发现一缕轻烟，而且在渐渐地大起来，不一会儿，我便看到了一条船，似乎正在向我们的小岛驶过来。可我心里在想，小岛无停泊处，它可能又会避开的。

"唉，我真是急得跟什么似的，不知如何是好。我便立即去叫我的那两位难友，赶忙在另一座山山峰上点起一把火来。可是，直到夜里，也不见那条船有任何的回应。我不死心，这可是生的希望，绝不能错过！

"夜越来越深沉，船很可能在夜里绕过小岛而去。我便纵身下海，朝船游去。求生的希望在激励着我，我感到越游越有力。我劈波斩浪，眼看离船越来越近了，可是，未曾想，在相距不到三十多英尺时，船却偏偏掉过头去了！

"这一下，我可真是急坏了！我扯起嗓门儿，声嘶力竭地呼唤着。只有我的两个孩子听到了这似冥冥之中的呼救声，他们以为是幻觉，其实那并不是幻觉，是他们的父亲在呼唤。

"后来，我只好又游回到岛上，浑身瘫软，焦急与疲劳致使我瘫倒在岸边。我的两位难友连忙把我拉了回去。这一夜是多么难熬啊！

以为今生今世再也不可能遇救了，只有客死他乡，客死在这荒凉的小岛上了。可是，天刚蒙蒙亮，我便看到船在缓缓地沿着小岛环绕，然后又看见你们放下了艇……我知道，我们有救了！而且，我还看见我的一双儿女就在自己的眼前，在向我挥手！……"

玛丽和小罗伯特听到这里，再也忍不住了，立刻拥抱住父亲，吻个不停。

至此，格兰特船长他们之所以有此再生的机会，竟然是他在船失事后一个星期所写的那几封信帮了大忙。真得感谢那只漂流瓶！

当格兰特船长在讲述自己遇险经历时，巴加内尔脑子里在想些什么呢？他在脑子里反复地琢磨那几封信，心想，自己的三种解释看来是全解读错了。这玛丽亚-泰勒萨岛在那被海水腐蚀的信纸上是怎么写的？巴加内尔怎么也按捺不住了，一把抓住格兰特船长，大声问道：

"船长，您现在可否告诉我们您在信里是怎么写的？"

经他这么一提，大家也非常好奇地急于知道，九个月来，大家可是为猜出信的内容而绞尽了脑汁了。

"船长，您还能准确地回忆起您所写的内容吗？"巴加内尔催问道。

"当然记得，并且记得一字不差，因为那是我们所寄托的唯一希望，我天天都在默默地念叨信上的内容。"

"到底是怎么写的，船长？"格里那凡爵士也急切地问道，"请您给复述一遍，我们猜来猜去全都猜错了。"

"好，我来复述给你们听。不过，我在漂流瓶中装的可是三封信呀，是用三种语言写的，你们想知道的是哪一封？"

"怎么，三封信的内容不一样？"巴加内尔几乎无法相信地叫嚷道。

"那倒不是，只是有一个地名有所不同。"

"那好，您先说那封法文信吧，"格里那凡爵士说道，"法文信相对来说较为完整，我们每每是以它为基础进行研究的。"

"爵士，法文信是这么写的："

1862年6月27日，隶属格拉斯哥港的三桅船不列颠尼亚号，沉没于离巴塔戈尼亚一千五百海里的南半球海域。三名幸存者,两名水手和格兰特船长,爬上了塔波岛避难。

"嗨!"巴加内尔叹息一声。格兰特船长继续往下念那封法文信:

我们因脱离人群成了走投无路之人。兹特抛下此求救信于经度153°,纬度37°11′处。务请从速营救!

巴加内尔这时实在是憋不住了,霍地站了起来,大声嚷道:
"怎么是塔波岛呢?不是玛丽亚-泰勒萨岛吗?"
"是这样,巴加内尔先生,"格兰特船长解释道,"在英国和德国的地图上,写的是玛丽亚-泰勒萨岛,而法国地图上标明的却是塔波岛。"
这时,巴加内尔肩头突然挨一拳,是少校打的,而且还一反庄重、拘礼的常态,调侃地说了一句:
"好个大地理学家呀!"
但是,巴加内尔对少校的这一拳并未有所感觉,他感到羞愧的是自己的学识之浅薄,竟然出了这么个大错。
其实,他对信件的解读基本上是正确的,那些残缺不全的字差不多都被他补全了,巴塔戈尼亚、澳大利亚、新西兰都被确认。而 Contin,则从 continent,渐渐地接近"长远"(continuelle)的意思。indi 也从"印第安人""土著人",终确定为"走投无路的人"。只有那个残缺不全的"abor",却把巴加内尔给引上了迷途,以为是 aborder(上岸,登陆),而实际上却是法文地图上的 Tabor(塔波岛),也就是三位幸存者的避难之地。这也怪不了巴加内尔,因为邓肯号上的地图全都写的是玛丽亚-泰勒萨岛。
"真是丢人现眼!千不该万不该,我不该忘了这个岛有两个名称!"巴加内尔羞愧难当,抓着头发在责备自己,"我真不配当地理学会的秘书,真是无地自容!"
"巴加内尔先生,您千万可别这么想,"海伦夫人劝慰道,"别太自责了，这也是在所难免的事。"

"不是在所难免，不是在所难免！是太粗心！是愚蠢！"

"那倒也是，比马戏团里的蠢驴胜过一筹。"少校故意逗他。

饭吃完了之后，格兰特船长收拾了一下窝棚，布置了一番。他把一些家什全留了下来，心想，对那个浑蛋，还是以德报怨吧。心宽胸阔天地宽，何必与这种人去计较？

大家回到了邓肯号上。格里那凡爵士准备当天起航归去。于是，他让人把艾尔通带上来，面对格兰特船长站着。

"还认识我吗，艾尔通？"格兰特船长问艾尔通。

"当然认识，船长，"艾尔通平静地回答道，"能再次见到您，我很高兴。"

"艾尔通，如果我把你扔到一个有人居住的陆地上去，似乎反而会害了你，对不？"

"是的，船长。"

"我想让你待在这个无人居住的小岛上，这样对你可能更好，你可以好好地忏悔！"

"谢谢您，船长。"艾尔通一直保持着平静回答着。

这时，格里那凡爵士也对艾尔通说道：

"您仍旧坚持您所提出的要求：把您放在一个荒岛上吗，艾尔通？"

"是的，爵士。"

"你觉得塔波岛合适吗？"

"很合适，爵士。"

"现在，我最后再跟您说一句，艾尔通。这儿离陆地很远，您想与您的那帮兄弟联络几无可能。奇迹是很难出现的，您不可能遇上格兰特船长的这种好运。不过,您与格兰特船长不一样，他逃到这座荒岛上，无人知无人晓，可您，却仍旧有人知道您留在了这儿，尽管您并不值得大家记得您。但愿您能好好忏悔。"

"愿上帝保佑您，阁下。"艾尔通仍平静地回答了一句。

小艇已准备好了，艾尔通被送去岛上。在这之前，约翰船长已经派人把一些工具、武器弹药、几箱吃的及一些书籍送到岛上去了。

开船的时刻到了。不管怎么说，大家还是有点于心不忍，尤其是玛丽·格兰特和海伦夫人。

"非得这么做吗？非得把他一个人扔在荒岛上吗？"海伦夫人向丈夫问道。

"必须这么做，海伦，"爵士回答她说，"只有这样，他才会独自忏悔，改过自新。"

约翰·孟格尔指挥着小艇离开邓肯号。艾尔通站在小艇上，默默地摘下帽子，深深地向邓肯号这边鞠了一躬。

爵士及船上的人全都脱下帽来，仿佛在为一个死人送葬似的默然地站着。小艇离大船越来越远，渐渐靠近小岛。

接近沙滩，艾尔通纵身跳下，小艇随即返回邓肯号。

此刻已是下午四点。船上的人站在船舱顶上，只见艾尔通搂抱胳膊，一动不动地立在一块岩石上，望着邓肯号离去。

"咱们开船吧，爵士？"约翰船长提议道。

"好的，约翰。"格里那凡爵士竭力地在掩饰着自己心中的激动说。

"开船！"约翰船长命令道。

发动机立即发动起来，发出很大的声响；螺旋桨转动起来，搅得浪花飞溅。晚上八点，塔波岛上的最后几座山峰便在夜色中隐去了。

第70章 巴加内尔最后又闹了个笑话

邓肯号驶离塔波岛十一天后,即3月18日,美洲海岸已隐约可见。第二天,它便停泊在塔尔卡瓦诺湾了。

航行了整整五个月之后,邓肯号终于回来了。它沿着南纬37°线,环绕了地球一周。这是一次壮举,它填补了英国航海旅行上的一个空白。他们穿过了智利、潘帕斯大草原、阿根廷共和国,越过了大西洋、达昆雅群岛,经由印度洋、阿姆斯特丹群岛、澳大利亚、塔波岛、太平洋,并且找到了不列颠尼亚号的幸存者,把他们带回了祖国。

响应格里那凡爵士远征的苏格兰人,悉数地胜利归来。这次远征真可谓古代史上所说的"无泪"的战争。

补充了给养和燃料之后,邓肯号便沿着巴塔戈尼亚的海岸,绕过合恩角,驶入大西洋,日夜兼程,全速前进。

这一段的航行真是顺利得没法再顺利的了。邓肯号满载着幸福与欢乐,像鸟儿似的轻快地飞驰着。约翰对玛丽的那份爱也公之于众,这更增加了人们的喜悦。

不过,还有一个秘密,少校始终也猜不透:为什么巴加内尔总是衣服穿得严严实实,领带也一丝不苟,围巾竟然围到耳朵根儿?少校总在探问,盘问,但巴加内尔总是只字不吐。

他怎么就不怕热呢?船过赤道,气温高达五十度,可他仍旧是一颗纽扣也不解。

"看来他粗心到家了,冷热不分,还以为自己身处圣彼得堡呢。"

少校在犯嘀咕。

5月9日，驶离塔尔卡瓦诺湾五十天后，约翰·孟格尔船长终于看见克利尔角闪烁着的灯火了。邓肯号穿过了圣乔沿海峡，驶过爱尔兰海，进入克莱德湾。十一点时，它停泊在丹巴顿。下午两点，格里那凡爵士一行在当地群众的热烈欢呼之中踏进玛考姆府。

读者读到此处，必须会联想到，大团圆的结局随之而来。确实如此。哈利·格兰特船长及其两名水手终于获救；约翰·孟格尔船长与玛丽·格兰特喜结连理，百年好合，婚礼由九个月前曾为格兰特船长做祈祷弥撒的摩尔顿牧师主持；小罗伯特也将子承父业，当上船员，在格里那凡爵士的大力支持之下，去完成父亲未竟之业……还有雅克·巴加内尔，我们的这位了不起的地理学家，其声名已在苏格兰社交界广为流传，其粗心大意也被传为了佳话，人人都想见见他，各种应酬不断，使之几乎难以招架。正在这个时候，一位年约三十岁的女子出现了，她是麦克那布斯少校的表妹，虽说有点古怪脾气，但是性情温和，眉清目秀，颇有几分姿色。她还真的爱上了我们这位古怪的地理学家，而且非他不嫁，并想尽快地成双成对。除此之外，此女尚有陪嫁一百万法郎，只是她避而不谈，只字未露。巴加内尔对这位名为阿若贝拉的小姐也颇为心动，只是羞于启齿，不敢主动表示。倒是少校颇为积极，主动撮合，正告巴加内尔说，这是他最后一次闹个"粗心大意的笑话"了，以后就再没有这样的机会了。

巴加内尔颇觉为难，不知如何是好，弄得少校摸不着头脑，甚是纳闷儿。

"您是不是看不上她？"少校着急地问他道。

"不是，不是，少校，"巴加内尔连忙摇头说道，"她太可爱了！说实在的，我倒宁愿她少可爱点，希望她有点缺陷更好。"

"这您尽管放心，她还是有缺陷的，而且还不止一个。再完美的女人也是有缺陷的。行了，您这不算是理由，巴加内尔，您就决定了吧！"

"可……我不敢。"巴加内尔嗫嚅道。

"怎么啦，我博学的朋友？怎么这么支支吾吾的？"

"我……我是怕配不上人家！"他老这么推来推去，就是不说出具体的原因来。

终于，有这么一天，巴加内尔被少校逼得无可奈何，在要求他严守秘密的情况之下，道出了实情。原来，他是身上有点难以启齿的东西，不便泄露。如果警方想捉拿他，光凭他身上的这点特征，他就无处可躲，无处可藏。

"原来就这么点事！"少校轻描淡写地大声说道，"这算什么！"

"这还不算什么？"

"非但没有关系，相反，有了这个特点，您便妙不可言，若是阿若贝拉小姐看到了，会把您视为举世无双的妙人儿的！"

少校说这话时也像平时一样地一本正经，十分严肃，并不像是在取笑，这反而更让巴加内尔心里忐忑不安。

麦克那布斯少校扭头便去找他的表妹，三言两语便把话说清楚了。

半个月后，玛考姆府中的小教堂里，举行了一场轰轰烈烈的婚礼。新郎巴加内尔英俊潇洒，面貌一新，衣服纽扣扣得严严实实；新娘阿若贝拉小姐花枝招展，貌若天仙。

我们的地理学家巴加内尔身上的秘密，本来一辈子也不会为人所知的，可是，少校并未信守诺言，他把这个秘密泄露给了格里那凡爵士，爵士又告诉了海伦夫人，海伦夫人又偷偷地告诉了孟格尔太太。就这么一传再传，最后连奥比内太太也知道了。

原来，巴加内尔被毛利人俘虏去了三天，被刺了青，还不是刺了一点，从下到上，刺了个遍，胸前还刺了一只大大的几维鸟，张开双翅，在啄他的心脏。

这是他在这次伟大的远征中留下的唯一的伤心的纪念，他今生今世难以忘掉这奇耻大辱。他永远也不会原谅新西兰人给他造成的这一巨大的伤害。正因为如此，尽管他非常思念祖国，尽管别人屡屡劝他，但他就是不愿返回法兰西，生怕传出去，说地理学会来了个身上有刺青的秘书，马上就会成为漫画家和小报的揶揄对象，连地理学会也因此而蒙羞。

格兰特船长回到祖国,受到祖国人民的夹道欢迎,盛况空前,几乎如同民族英雄一般。儿子罗伯特后来也同他一样,同约翰船长一样,当了海员,在格里那凡爵士的支持下,为实现在太平洋上创建一个苏格兰移民区这一伟大梦想而积极奋斗。